El oro del mar

DANIEL WOLF

El oro del mar

Traducción de
Carlos Fortea

Grijalbo

Papel certificado por el Forest Stewardship Council®

Título original: *Das Gold des Meeres*
Primera edición: septiembre de 2018

© 2016, Wilhem Goldmann Verlag, una división de Verlagsgruppe Random House GmbH, Munich,
Alemania. www.randomhouse.de
Este libro ha sido negociado a través de un acuerdo con
Ute Körner Literary Agent,
S. L. U., Barcelona. www.uklitag.com
© 2018, Penguin Random House Grupo Editorial, S. A. U.
Travessera de Gràcia, 47-49. 08021 Barcelona
© 2018, Carlos Fortea Gil, por la traducción

Printed in Spain – Impreso en España

ISBN: 978-84-253-5680-3
Depósito legal: B-10.958-2018

Compuesto en La Nueva Edimac, S. L.

Impreso en Liberdúplex
Sant Llorenç d'Hortons (Barcelona)

GR 5 6 8 0 3

Penguin
Random House
Grupo Editorial

En Gotland pesaban el oro por quintales,
jugaban con piedras preciosas,
las mujeres llevaban fíbulas de oro,
y los cerdos comían en artesas de plata.

Canción popular de Gotland

Dramatis Personae

VARENNES SAINT-JACQUES

La familia Fleury
Michel, mercader
Balian, su hermano
Blanche, hermana gemela de Balian, iluminadora de libros
Rémy, su padre, maestro de la iluminación de libros
Philippine, su madre
Isabelle, su abuela
Clément Travère, marido de Blanche, mercader
Odet, un criado

Mercaderes
Célestin Baffour
Fulbert de Neufchâteau
Martin Vanchelle
Maurice Deforest
Thomas Carbonel
Raphael Pérouse
Bertrandon Marcel
Aymery Pelletier, un mercader empobrecido

Otros
Godefroid, un mercenario
San Jacques, patrón de Varennes

TRÉVERIS

Meinhard von Osburg, un caballero
Rosamund von Osburg, su hermana
Dietrich von Osburg, su padre
Wolbero, escudero de Meinhard
Padre Nicasius, un sacerdote

HATHO

Rufus von Hatho, un caballero
Rufus el Viejo, su padre, señor del castillo

LÜBECK

La familia Rapesulver
Sievert, mercader
Helmold, su hermano, caballero de la Orden Teutónica
Winrich, el tercer hermano, mercader
Agnes, su madre
Mechthild, esposa de Sievert

Otros
Elva, armadora danesa
Arnfast, pirata
Henrik, mercader de Gotland

PRUSIA Y LITUANIA

Konrad von Stettin, caballero de la Orden Teutónica
Algis, hijo del príncipe samogitio Treniota, un guerrero
El Krive, sumo sacerdote de los lituanos
Valdas, un guerrero lituano
Rimas, un capataz de esclavos
Giedrius, guerrero y narrador

NÓVGOROD

Fiódor Andreievich, guerrero
Katrina Fiodorovna, llamada Katiuska, su hija mayor
Grigori Ivanovich, su señor, un boyardo
Tarmaschirin, un mongol
Rutger, Olav y Emich, señores comerciales de la Confederación de
   Gotlandia

PERSONAJES HISTÓRICOS

Guillermo de Holanda, emperador germanorromano hasta su
   muerte en 1256
Ricardo de Cornualles, emperador germanorromano desde 1257
Alfonso de Castilla, emperador germanorromano desde 1257
Enrique III, rey de Inglaterra
Konrad von Hochstaden, arzobispo de Colonia
Alberto Magno, monje y erudito universal
Mathias Overstolz, patricio de la ciudad de Colonia
Balduino de Rüssel, obispo de Osnabrück
Burkhard von Hornhausen, maestre de Livonia
Treniota, príncipe de los samogitios
Mindaugas, gran duque de Lituania
Alexander Yaroslavich Nevski, príncipe de Nóvgorod y gran du-
   que de Kiev
Dimitri Alexandrovich, hijo de Alexander Nevski, príncipe de
   Nóvgorod
Berke, Kan de los mongoles en la región rusa de la Horda de Oro

Prólogo

Mayo de 1256

Balian dio gracias a Dios y a todos los santos cuando bajó del barco en Londres. La travesía desde Calais se le había hecho eterna a causa de la calma chicha, y su hermano y él juntos en un estrecho barco... a la larga eso nunca salía bien. No había faltado mucho para que el uno lanzara al mar al otro.

Por fin tierra firme bajo los pies. Balian respiró hondo y captó el olor apestoso de la gigantesca ciudad, contempló la maraña de callejones y de cabañas que se extendía más allá del muelle. Su barco había atracado en el puerto de Billingsgate, y el agua sucia del Támesis bañaba su casco. Parecía pequeño y modesto junto a las dos ventrudas carabelas que había a su derecha, pero era suficiente para sus fines. Los criados acababan de bajar los carros a tierra y estaban unciendo los bueyes. Los estibadores del puerto desembarcaban la mercancía: balas de paño y vinos del Mosela, pero sobre todo la codiciada sal de su ciudad natal, Varennes Saint-Jacques, en la lejana Lorena.

Michel dirigía a los hombres con voz acostumbrada al mando. «Siempre consciente de sí, nunca inseguro», pensó malhumorado Balian, y deseó tener la soberbia presencia de su hermano mayor. La gente escuchaba a Michel, estaba pendiente de su boca. En cambio, cuando Balian decía algo, la mayor parte de las veces le respondían con una sonrisa. Era la oveja negra de la familia Fleury, un fracasado, un inútil, se lo hacían sentir a la menor oportunidad.

—¡Balian! —su hermano le llamaba.

Balian vio que en ese momento desembarcaba Clément Travère. Su cuñado, el esposo de su hermana gemela Blanche, era el *fattore* de Michel, y hacía los viajes comerciales mientras Michel dirigía el negocio familiar desde su escritorio, en casa. Esta vez, como algo excepcional, Michel había ido con ellos porque había importantes negocios a la vista.

Con la mano en el puño de la espada, Balian se dirigió hacia los dos hombres.

—Lo he revisado todo —informó Clément—. Toda la mercancía está fuera.

—Bien —dijo Michel—. Hoy no iremos al mercado, ya no merece la pena. Llevaremos la mercancía a Guildhall e iremos mañana a primera hora. ¿De acuerdo?

—Me parece razonable —respondió Clément.

—Ahí vienen los alguaciles del Sheriff. ¿Dónde tengo las cartas de privilegio...? Ah, aquí. —Michel sacó un hatillo de pergaminos.

Balian lo dejó entregado a sus importantísimas tareas y ayudó a los criados a cargar los toneles y las balas de paño en el carro. Siempre prefería el trabajo físico a las molestas obligaciones de un mercader. Discutir con los representantes de la autoridad le resultaba tedioso, muy al contrario que a Michel, que en la negociación estaba en su elemento.

Balian se preguntaba a menudo por qué Dios había repartido sus talentos de forma tan desigual. Michel había salido en todo a su legendario abuelo. Desde que había recibido el negocio familiar de manos de su anciana abuela, lo dirigía con astucia y prudencia. Aunque no tenía más que veintiocho años, pasaba ya por ser uno de los mejores mercaderes de Varennes. Nadie dudaba de que algún día haría grandes cosas. Y las mujeres... caían a sus pies. Aun así, hasta ahora no se había casado. Michel apreciaba su libertad.

En cambio, nadie caía a los pies de Balian. Todo en él era mediocre... su inteligencia, sus capacidades comerciales, incluso su apariencia, porque Blanche había heredado toda la belleza de su madre, así que no había quedado mucha para él. Un cabello cobrizo, largo hasta la mandíbula, que solía sujetarse detrás de las orejas; hombros pasablemente anchos y un rostro vulgar, que se olvidaba con rapidez... ese era Balian, el corriente. A veces deseaba odiar a su hermano, bendecido con innumerables dones. Pero, naturalmente, no lo hacía. Amaba a Michel. Todo el mundo amaba a Michel.

Oh, se había rebelado contra su destino una y otra vez… la última de ellas el invierno anterior, cuando luchó contra los frisones rebeldes junto al rey Guillermo de Holanda. El trabajo de mercader le aburría, soñaba con vivir aventuras y llegar a ser un caballero como su tío abuelo materno. Desde su juventud, se ejercitaba en el uso de las armas. Una guerra era la oportunidad de ponerse a prueba, de ganar fama… había pensado. Pero la campaña resultó ser un error catastrófico. Antes de que el rey pudiera vencer a los frisones rompió el hielo con su caballo, se quedó flotando desvalido en el agua y fue muerto por guerreros enemigos. El ejército de Guillermo se disolvió, los hombres se fueron a casa. Un final lamentable para una guerra. No es sorprendente que Balian no fuera festejado como un héroe en Varennes… No, se rieron de él, se burlaron de él como de un perdedor, y ya no lo tomaron en serio como mercader.

«Basta de autocompasión», se reprochó. Su sueño había saltado por los aires, jamás sería caballero… era hora de conformarse con eso. Era mercader, bueno, ¿y qué? Podía disfrutar de la vida. Al fin y al cabo, ahora estaba en Londres, la ciudad más grandiosa que conocía. Balian estaba decidido a saborear cada momento de su estancia.

Cuando hubo cargado en el carro el último tonel, se dio cuenta de que el intercambio de palabras entre Michel y el alguacil estaba subiendo de tono.

Balian se acercó a ellos.

—¿Algo va mal?

—Rechaza nuestros privilegios comerciales —se indignó Michel—. ¡Y eso que los tenemos por escrito!

Desde que habían aumentado las prácticas comerciales de los loreneses en Inglaterra, el rey Enrique los había eximido de las tasas portuarias en las ciudades costeras más importantes. Michel tenía una copia de ese privilegio. Por desgracia, ni siquiera los documentos reales protegían siempre de la arbitrariedad de las autoridades. En verdad, no era la primera vez que les negaban sus derechos en el extranjero.

Michel agitó el pergamino en el aire.

—Afirma que la carta es una falsificación. ¿Te lo puedes creer?

—¿Quieres que hable con él? —propuso Balian.

—¡Dile que no vamos a pagar ni un céntimo! ¡Que nos quejaremos al rey si no se doblega!

Balian cogió el documento y se volvió al alguacil. Sabía hablar inglés notablemente mejor que Michel y Clément, porque tenía un don para los idiomas... una de las pocas capacidades en las que llevaba ventaja a su hermano. Había aprendido inglés en sus anteriores viajes a Londres. Dado que la lengua estaba emparentada con el alemán, y tenía muchas expresiones francesas, no le había hecho falta mucho tiempo.

—Vuestro rey nos ha eximido de pagar tasas en Billingsgate —explicó pacientemente Balian al alguacil—. Mirad... aquí lo pone. No es una falsificación, tenéis mi palabra.

El funcionario municipal sonrió, taimado.

—Me da igual lo que ponga ahí, *doche*. Las tasas son para todos. También para ti.

Los dos hombres armados que había tras él miraban fijamente a Balian, parecían esperar tan solo un pretexto para sacar la espada.

—Eso viola el derecho real.

—Yo soy el derecho real en Billingsgate. Puedo arrojarte a la torre, *doche*... ¿y sabes por qué? Porque no me gusta tu cara. Ahora paga, o me conoceréis.

—¿Y si nos negamos?

—Incautaré vuestra mercancía y os llevaré ante el Sheriff.

—Sin remedio —dijo Balian volviéndose hacia su hermano—. Es mejor que paguemos.

—¿Tan pronto te rindes? —ladró Michel—. ¡No lo has intentado de veras! Tienes que amenazarle, para que se le pase la desvergüenza.

Claro... cuando algo iba mal, la culpa siempre era suya. Pero Balian se forzó a mantener la calma:

—No tiene sentido. Mira a este tipo. Es un corrupto, y no tengo ganas de pasar la noche en la torre.

Maldiciendo, Michel contó las monedas y se las puso en la mano al alguacil. Este se inclinó, burlón.

—Gracias, señores, sed cordialmente bienvenidos a Londres. Os deseo que hagáis buenos negocios. —Con estas palabras, se marchó orgulloso de allí.

—Empezamos bien —murmuró Clément.

Michel miró sombrío al alguacil.

—Vamos a Guildhall.

Escupió y se encaramó al carro.

Guildhall era una lonja fortificada a la orilla del Támesis, no lejos de Billingsgate, al otro lado del puente de Londres, apartada de sus apestosos mercados de pescado. Mercaderes de Colonia que venían regularmente a Londres habían comprado la casa el siglo anterior, como punto de apoyo para sus negocios en la isla. Entretanto también lo utilizaban la poderosa Confederación de Gotlandia y otros navegantes del Sacro Imperio que iban a Inglaterra. Un firme portón y altos muros protegían a los mercaderes de los habitantes de la ciudad, que envidiaban los numerosos privilegios de los extranjeros y ya habían intentado en más de una ocasión echarlos de Londres.

En aquellos momentos no pasaba gran cosa en Guildhall. Había algunos mercaderes de Renania y Bremen en la lonja, pero se mantenían juntos y vivían en un edificio propio. Una vez que Balian y sus acompañantes guardaron los carros, se instalaron en una de las casas. Tenían todo el dormitorio para ellos. Una bendición, después de las estrecheces del barco.

Tenían el cansancio del largo viaje metido en los miembros, así que se fueron a la cama pronto. Antes de apagar la luz, Clément se arrodilló junto al lecho y mantuvo en voz baja su diálogo con Dios. Todos los días rezaba sus oraciones, ni siquiera las circunstancias difíciles se lo impedían. El cuñado de Balian era de naturaleza amable, un hombre prudente y silencioso, que solo hablaba cuando había realmente algo que decir. Blanche estaba con él en buenas manos. Apenas habían tenido tiempo de conocerse antes de la boda, pero entretanto se querían mucho el uno al otro. «Suerte para ti. Si fueras un mal esposo tendrías que vértelas conmigo», solía decir Balian. Se reían de eso, aunque ambos sabían que Balian lo decía medio en broma. Nunca dudaba en defender con los puños a Blanche si se le hacía alguna injusticia.

—Esta vez saldrá bien —dijo Clément mientras se quitaba la ropa interior—. Blanche está encinta, puedo sentirlo. En cuanto lleguemos a casa me lo dirá.

Los dos deseaban ardientemente un hijo, pero hasta ahora Dios no les había escuchado. Durante el primer año de su matrimonio, Blanche había tenido un aborto; dos años después había traído al mundo un hijo sano, pero el bebé había muerto a las pocas semanas de nacer.

—Me cuesta trabajo esperar —dijo Balian—. Quiero ser tío de una vez, hombre.

Clément sonrió.

—Buenas noches, cuñado. —Apagó la vela y se metió en la cama.

—Ahí todavía queda un puesto libre —dijo el inspector del mercado, mientras guiaban el carro entre la ruidosa multitud—. Podéis ocuparlo.

—¿No hay otro más grande? —preguntó Balian.

—Lo siento, está todo lleno. Es el último.

—¿Qué dice? —preguntó Michel.

—Nos dan el puesto de la esquina. Por desgracia no hay otro mejor —añadió Balian cuando su hermano ya iba a quejarse.

Pasó una eternidad hasta que pudieron descargar las mercancías, porque un mercader de ganado bloqueaba el callejón entre imprecaciones con sus cerdos cebados, y no consiguieron avanzar hasta que la multitud dejó paso por fin al rebaño. Aunque apenas había sitio en torno a la pequeña choza de madera, de alguna manera lograron desenganchar los bueyes y apilar la mercancía en peligrosas torres.

Las campanas acababan de tocar a tercia, pero en los callejones ya se había desatado el infierno. A su alrededor, campesinos, carniceros y vendedores de pescado poblaban los puestos y ensalzaban a gritos los productos expuestos. El cacareo de los pollos y el mugir de las reses era ensordecedor; innumerables olores asaltaban la nariz de Balian: a estiércol, grasa de lana, cerveza, pan recién hecho y carne asada. Cheap, en el corazón de Londres, no era el mercado más grande que había visitado, pero sin duda era el más caótico. Los puestos, los montones de mercancías y los corrales de ganado no estaban en una extensa plaza sino que se apiñaban en los angostos callejones al este de San Pablo. Era un laberinto de alegrías para los sentidos, en el que finalmente podía encontrarse todo lo que anhelaba el corazón —ropas, comida, vino, armas, caballos— si se tenía el aguante necesario para abrirse paso entre las masas humanas y buscar.

Aunque no se encontraban en un lugar céntrico, Michel rápidamente consiguió compradores para sus mercancías. Dominaba de manera magistral el arte del regateo. Se habría podido suponer que su escaso inglés podía ser un obstáculo, pero lo que ocurría era lo contrario: lograba que su fuerte acento y sus trompicadas frases no resultaran ridículas sino llenas de encanto. De ese modo vendía a los ingleses la sal por toneladas, y afirmaba con descaro que el paño de Varennes era aún más fino y suave que las telas de Flandes e Italia. De Balian se habrían reído ante semejante exageración; en cambio, de Michel creían cada una de sus palabras falsas y le quitaban las balas de paño de las manos. De todos modos, el vino del Imperio era muy codiciado en Londres, así que en el arca entraban sin cesar relucientes monedas. Ya al caer la tarde del segundo día habían vendido la mayor parte de sus mercancías. El arca que iba bajo el pescante estaba llena hasta los bordes de plata inglesa.

Michel movió en círculo sus cansados hombros. Balian fue a una taberna y trajo una jarra de cerveza, que compartieron.

—Dejémoslo estar por hoy —decidió su hermano—. Es hora de hacer una visita a Basing. Nuestros ingresos deberían bastar para hacerle una buena oferta.

Stephen Basing era un *alderman*, un miembro del gobierno municipal de Londres. Además, era proveedor real y abastecía a la corte de Westminster de pieles, cera y otras mercaderías. Michel quería comprarle el permiso para exportar lana de Lincolnshire. Hasta entonces, a los mercaderes de Varennes únicamente se les permitía importar a Lorena pequeñas cantidades de lana. Una expansión de ese comercio prometía enormes beneficios, porque la naciente industria textil de su patria tenía un hambre insaciable de lana.

—Pues no perdamos tiempo y carguemos el resto de las mercancías. —Balian apuró la jarra y se levantó.

—Que los criados lleven el carro a Guildhall —dijo Michel—. Tengo otra tarea para ti.

—¿No quieres que vaya contigo a ver al *alderman*? ¿Quién va a traducir si no estoy?

—Basing habla francés, nos las arreglaremos sin ti. Vas a ir al Sheriff Court, a quejarte de ese sinvergüenza de corchete de Billingsgate y conseguir que nos devuelvan nuestras tasas.

Balian torció el gesto. Lo mismo de siempre: a él se le encargaban molestas tareas mientras su hermano se quedaba con toda la fama.

—¿Estás de acuerdo? —insistió Michel.

Balian no se tomó la molestia de ocultar su disgusto.

—Supongo que alguien tiene que hacerlo.

—Es importante, hermano. Necesitamos ese dinero. Así que no vuelvas a estropearlo.

—¿Vuelvas? ¿Qué quieres decir con «vuelvas»? —preguntó Balian con irritación.

—Que no seas imprudente y eches a perder el negocio, eso es todo. —Michel levantó las manos en gesto defensivo.

—¿Ah, sí? ¿Cuándo he echado a perder el negocio?

—Por ejemplo en Calais, cuando las balas de paño cayeron al agua.

—¡Pero eso no fue culpa mía!

—Sí que lo fue. O el asunto de Troyes, cuando por tu culpa tuvimos problemas con el capataz inspector del mercado...

—Eso no tuvo nada que ver conmigo —rugió Balian—. Fue culpa de ese estúpido con su chucho, lo sabes perfectamente...

—¡Dejad eso ya! —se interpuso Clément, y miró irritado a Michel—. ¿Es necesario importunarlo constantemente? Puede que haya cometido algún que otro error en el pasado, pero sin duda ha aprendido de ellos. Lo hará bien.

—Solo digo que tiene que esforzarse —dijo Michel—. Nada más.

—Estoy seguro de que lo hará, ¿verdad? —Clément miró con aire retador a Balian.

—Lo conseguiré —desvió este la respuesta.

Michel asintió.

—Nos veremos más tarde en Guildhall. Mucha suerte, hermano.

Con eso se separaron sus caminos. Balian dio a los criados las últimas instrucciones antes de dirigirse por los callejones hacia el Sheriff Court.

Hacía una espléndida tarde de primavera. El sol ya se ponía

detrás de los tejados, su luz tenía el color del ámbar y los carbones encendidos; profundizaba las sombras en los patios y hacía brillar el humo de los fogones como oro fundido. El enfado de Balian desapareció. Entró al edificio por el ancho portón... y estuvo a punto de volver a salir. Manadas de personas atestaban la sala, a cuya cabecera se sentaban los dos sheriffs, juzgando en su calidad de representantes del rey. Los peticionarios formaban largas colas ante su estrado. En ese momento, un mercader de lanas exponía con gran prolijidad sus quejas contra Dios y contra el mundo, y era previsible que solo ese caso tardase media eternidad.

«Sin mí», pensó Balian. No había ido a Londres para pasar su primera tarde libre en un sombrío edificio judicial. Después del largo viaje y los agotadores días de mercado, quería ver algo de la ciudad. El gigantesco monstruo le llenaba de una indomable hambre de vida, le hacía burbujear la sangre. Echaba de menos el suave cuerpo de una mujer. Balian decidió ir a Southwark, allí estaban las más bellas muchachas de Londres, en los burdeles del obispo de Winchester. «Ya hablaré más tarde con el sheriff.» De todos modos, era más razonable esperar a que la multitud se hubiera aclarado un poco.

Pero según salió de la sala ya no dedicó un solo pensamiento al sheriff y las tasas del puerto. Se dejó llevar, absorbiendo impresiones, a lo largo de Thames Street, con sus olorosos figones, vinateros y tabernas. Los marinos y los nativos entraban a raudales en las tabernas, Balian escuchaba sus alegres voces y sus obscenas canciones. Un vendedor callejero empujaba un carrito y ofrecía bollos, hasta que aparecieron unos cuantos hombres del gremio de panaderos y lo echaron con gritos furibundos.

Desde All Hallows the Great, la iglesia de los mercaderes alemanes, Balian se dirigió al puente de Londres. Al este distinguió la Torre, que se alzaba imponiendo respeto en el cielo de la tarde. El puente mismo era una curiosidad que no se saciaba de ver. Estaba habitado: donde debía encontrarse la barandilla, se apiñaban cabañas y tiendas. Las edificaciones de madera, inclinadas en contra del viento, sobresalían, sostenidas por audaces construcciones de apoyo, muy por encima del río.

Balian no era ni con mucho el único que quería cruzar el Támesis. Toda clase de personas en busca de distracción afluían a

Southwark, entre ellos no pocos sujetos dudosos, porque el asentamiento situado al sur no solo era el centro del amor comercial, sino también un escondrijo para toda clase de truhanes. Sea como fuere, Balian se alegraba de llevar su espada al cinto, como era su derecho en calidad de mercader viajero. En Southwark había peleas y navajazos casi todas las noches.

Tenía sed, y decidió hacer una pequeña excursión a la *alehouse* del puente. Entró agachado por la puerta baja y llegó a una sala velada por el humo. Un caldero colgaba sobre el fogón. En un rincón se encontraba un cercado en el que peleaban dos gallos. Varios hombres animaban a gritos a los animales; el posadero recogía las últimas apuestas. Balian encontró un sitio libre en un rincón, pidió una cerveza y escuchó las conversaciones de los clientes.

Una historia llamó especialmente su atención: al parecer, el Sacro Imperio Romano había encontrado al fin un sucesor para el rey Guillermo, fallecido en enero de forma tan poco gloriosa. Una legación enviada desde Pisa, contaba un mercader de Colonia a sus compañeros de mesa, había proclamado hacía unas semanas a Alfonso de Castilla nuevo emperador del Sacro Imperio. El rey Enrique III estaba indignado porque Alfonso de Castilla no era precisamente su amigo, y deseaba un rey alemán, más proclive a Inglaterra.

—He oído que va a ayudar a su hermano pequeño, Ricardo de Cornualles, a conseguir la corona —terminó su relato el de Colonia.

—¿Cómo piensa hacerlo? —preguntó uno de sus amigos, obviamente nativo—. Alfonso de Castilla ya es el rey.

—No es tan sencillo —explicó el de Colonia—. Los de Pisa no pueden decidir quién es el rey. Lo que ha sucedido es vergonzoso. El soberano alemán tiene que ser elegido por los siete príncipes más poderosos. Si Enrique puede ganarse a esos príncipes para sus planes, quizá su hermano tenga una oportunidad.

Los hombres estuvieron discutiendo largamente aquellos complicados enredos políticos. También Balian tenía sus ideas al respecto. Dos reyes peleándose por el trono… aquello era malo para el Imperio. Significaba inquietud, disputas, quizá la guerra. Jugueteó con el talismán que llevaba siempre al cuello, una cintita de cuero con un emblema de peregrino en la que estaban grabadas las letras «CMB», de *Christus mansionem benedicat*, Dios bendiga esta casa. «Esperemos que la cosa termine bien.»

Una moza le trajo su cerveza.

—*Merci beaucoup* —dijo distraído Balian, antes de darse cuenta de dónde estaba y añadir un «*Thanks!*».

La muchacha no reaccionó, pero sí un inglés de la mesa vecina que de repente lo miró con recelo. El tipo, tal vez un marinero, tenía un aspecto terrible. Solo tenía un ojo, y el otro cubierto con una sucia venda.

Balian bebió de su cerveza y se secó la espuma del labio superior. El tipo seguía mirándolo fijamente.

—¿Hay algún problema? —preguntó Balian.

—Ey —gruñó el tuerto—. Vaya si lo hay. Eres francés. Odio a los franceses.

Balian guardó silencio y bebió otro trago.

—En el cuarenta y dos, combatí en Taillebourg por el rey Enrique —prosiguió el inglés—. Mira lo que me hicieron los malditos franceses. —Levantó la venda y dejó al descubierto su ojo destrozado: un cráter en su rostro lleno de cicatrices.

—Lo siento por ti —dijo Balian.

—No lo haces. Así que no me mientas a la cara. Mejor escucha lo que tengo que decirte.

Balian suspiró interiormente.

—Soy todo oídos.

El tuerto se plantó delante de él. Sus dos compañeros de mesa sonrieron de oreja a oreja, enseñando unos dientes amarillos.

—Vosotros los franceses no solo sois unos embusteros, sois sucios como cerdos y oléis como ellos. Además, no sabéis por dónde coger a una mujer, porque preferís meter vuestra cosa en un hermoso mancebo.

Otro trago.

—¿Has terminado?

—¿No tienes nada que decir? ¿Es que no tienes honor en el cuerpo?

—Amigo mío, tengo mucho honor en el cuerpo. Pero por desgracia he de decirte que tus insultos no han dado en el blanco. De hecho, han fallado por mucho.

—¿Ah, sí? ¿Y por qué?

—Porque no soy francés —le informó Balian.

—¿De dónde vienes entonces?

—De la hermosa Lorena.

La confusión se apoderó del tuerto. Pero ya había ido demasiado lejos como para retroceder.

—Nunca he oído hablar de ese sitio —graznó—. Pero apuesto a que esa Lorena es un nido de mierda lleno de débiles mentales y tullidos, que se acarician el culo unos a otros.

—Ahora sí tenemos un problema. —Balian se puso en pie.

—¿Y qué hacemos?

El inglés era grande como un armario y media cabeza más alto que él, pero eso no asustaba a Balian. Era ágil, y en la lucha la rapidez era más importante que la fuerza bruta.

—Creo que vamos a tener que pelearnos.

—Ey —gruñó el tuerto—. Eso creo yo también.

Sus compañeros se levantaron. Durante un momento, los cuatro hombres se quedaron mirándose, inmóviles… luego todo fue muy deprisa. Balian se lanzó hacia delante y clavó el puño en el vientre del tuerto. Cuando este cayó de costado, Balian derribó la mesa de una patada y mantuvo así a distancia a los otros. Tres contra uno, no era fácil. Pero si había algo que Balian sabía hacer, era pelear; lo había aprendido, como muy tarde, en la guerra contra los fresones. Además, sus adversarios estaban bebidos y eran lentos. Esquivó un golpe del tuerto, cogió la banqueta y la agitó con ambas manos como si se tratase de una gigantesca maza. La pesada madera golpeó en el hombro a uno de los ingleses, que cayó de espaldas sobre la mesa de los de Colonia, que se pusieron en pie gritando. Uno de ellos levantó al inglés y le dio un puñetazo en la cara… y de pronto ya no eran cuatro los que se peleaban sino cinco, seis, siete, poco después la mitad de la taberna. Los puños volaban, los hombres rugían, los jarros se hacían pedazos. Balian esquivaba puñetazos y gemía de dolor cuando era alcanzado. Pero por cada golpe que tenía que encajar repartía cinco. Tiró el banco al tuerto, que lo agarró al vuelo y por tanto apenas pudo defenderse cuando Balian lo alcanzó con una rápida serie de puñetazos.

—¡Ya es suficiente! —El tipo sacó un cuchillo, de peligroso brillo.

Balian retrocedió. La cosa se ponía seria. Cuando ya iba a sacar la espada, un grito se elevó sobre el tumulto.

—¡Los alguaciles! —rugió alguien—. ¡Los alguaciles del She-riff! ¡Largo, rápido!

La pelea había terminado. Algunos hombres huyeron por la puerta delantera, pero la mayoría se apretujaron en la parte tra-sera de la taberna. Cuando Balian vio que huían por la puerta de atrás, se unió a ellos porque no tenía ningunas ganas de correr directo a los brazos de los guardianes del orden.

La puerta llevaba a una maraña de pilares, tableros y escaleras detrás de la *alehouse*, que se aferraba como una gigantesca planta trepadora al puente y a las casas que había encima.

—¡Por allí! —gritó el tuerto, y los bebedores corrieron por una estrecha pasarela. El Támesis corría a los pies de varios hom-bres, y no había más que una floja cuerda para agarrarse.

—¡Alto en nombre del rey!

Balian fue el último en alcanzar el final de la pasarela. Se vol-vió y vio a los alguaciles que salían de la *alehouse*. Llevaban jubo-nes con remaches y cascos con protector nasal, y sacaron las espa-das mientras trepaban sobre los tablones.

Balian ya se veía en la Torre. Con presencia de espíritu, atizó una patada a la pasarela, con lo que los mal anclados tablones se soltaron y cayeron al río. El alguacil que iba en cabeza luchó en vano por mantener el equilibrio y aterrizó en el agua con estré-pito. Los demás guardias levantaron furiosos los puños al dar-se cuenta de que les habían cortado el camino. Los bebedores jalearon.

Balian y los otros huyeron entre la confusión de vigas hasta la orilla sur del Támesis, hasta Southwark. Solo cuando estuvieron seguros de haberse sacudido a los corchetes se detuvieron para tomar aliento.

—¡Por Dios, ha faltado poco! —gimió uno de los de Colonia.

Con gesto sombrío, el inglés fue hacia Balian. No estaba poco afectado por la pelea. Donde le había alcanzado un puñetazo ya empezaba a hincharse la mejilla.

—Aún no hemos terminado. ¿Dónde nos habíamos quedado?

—Acababas de sacar el cuchillo —le recordó Balian.

Se quedaron mirándose el uno al otro, cada uno con la mano en la empuñadura de su arma. Los demás parroquianos contenían el aliento, esperando el inminente derramamiento de sangre. De pronto, la comisura de la boca del tuerto tembló, Balian apuntó una sonrisa... y al instante siguiente rompían a reír. Los otros se sumaron a la carcajada.

—Ha sido una buena pelea —dijo el tuerto cuando se hubo tranquilizado.

—Estoy de acuerdo —convino Balian.

—Me has dado un buen puñetazo. ¿Son todos los de Lorena tan fuertes como tú?

—Ey. Cuando no estamos acariciándonos el culo trabajamos en la salina, eso hace músculos.

Los hombres volvieron a reír.

—Vamos a beber algo —propuso el tuerto—. Luego podrás hablarnos de tu patria.

Balian iba a decir que sí cuando vio Guildhall iluminada al otro lado del río. Se acordó, acalorado, de lo que tenía que hacer. Ya oscurecía... ojalá que no fuera demasiado tarde.

—Por desgracia, aún tengo algo que hacer. Bebed una por mí. —Le dio una palmada en el hombro al inglés a modo de despedida y regresó corriendo al puente de Londres.

Al parecer los alguaciles se habían retirado al ver que los camorristas se les habían escapado, porque a lo largo y ancho del puente no se veía a ninguno. Balian pasó corriendo delante de las tiendas y las cabañas hacia Thames Street, rogando que el sheriff lo recibiera a aquellas horas. «¿Cómo se me ha hecho tan tarde?» Normalmente, habría podido divertirse media hora en el burdel y estar de vuelta antes de que oscureciera. ¿Por qué había ido a la maldita *alehouse*? Por eso todo había durado demasiado.

Llegó al Sheriff Court. La puerta de la sala estaba cerrada.

—Tengo que hablar con el sheriff —dijo Balian al guardián.

—Llegáis bastante tarde —repuso el hombre—. Han tocado a completas hace ya un rato. Hace mucho que los sheriffs se fueron.

—¿Y mañana? ¿A qué hora llegan mañana?

—No vienen. Y pasado mañana tampoco. No vuelven a celebrar sesión hasta la semana próxima.

«La semana próxima», resonó como un eco en el interior de Balian. Le hubiera gustado darse con la frente en la pared. Había vuelto a echarlo todo a perder.

Michel iba a arrancarle la cabeza.

Ya había oscurecido cuando Michel y Clément regresaron a Guild-hall. La mayoría de los habitantes de la sede gremial ya dormían; tan solo el guardia estaba aún de pie, y franqueó el paso a los dos mercaderes.

Atravesaron el patio en silencio. Michel seguía repasando mentalmente la conversación con Stephen Basing. La entrevista con el *alderman* había sido poco satisfactoria. Sin duda Basing los había recibido cordialmente en su casa, pero había rechazado decididamente sus pretensiones. El comercio de lana estaba en buenas manos con los mercaderes de Flandes y Colonia; Lorena en cambio estaba demasiado lejos de Londres como para que los mercaderes de Varennes pudieran distribuir a buen precio el valioso material. «Además, vuestra empresa me parece demasiado pequeña para una tarea como esa», había dicho el *alderman*.

Naturalmente, Michel le había replicado y había tratado de convencer a Basing; incluso le habían ofrecido una suma importante por la licencia. En vano. El inglés se mantuvo en sus trece y les deseó, a modo de despedida, que hicieran buenos negocios en Londres. La decepción había sido profunda.

—Dejémoslo dormir una noche —dijo Clément, que parecía intuir lo que pasaba en la mente de Michel—. Mañana pensaremos cómo hacer cambiar de opinión a Basing.

—Lo haremos. —Michel puso en su tono toda su decisión. Era un Fleury… no iba a darse por vencido tan fácilmente. Mañana mismo se sentaría a forjar un nuevo plan… tal como hacía su famoso abuelo, al que Michel emulaba.

Entraron en su alojamiento. Dos criados dormían ya, los otros dos estaban sentados a la luz de una tea y jugaban a los dados por unas pocas monedas de cobre.

—¿No ha vuelto mi hermano? —preguntó Michel.

—No lo hemos visto, señor.

Sin duda Balian aún estaba en el Sheriff Court; las vistas judiciales con los representantes del rey eran prolijas, y podían alargarse hasta horas tardías. Al menos, eso era lo que esperaba Michel. La otra posibilidad era que Balian hubiera vuelto a meter la pata. Michel quería a su hermano, pero, con su imprudencia, Balian lo ponía al rojo vivo. Especialmente las grandes ciudades como

Londres, con sus tabernas, burdeles y atractivos en cada esquina, siempre hacían aflorar lo peor de él.

«Espero por su bien que haya obedecido. De lo contrario, va a tener noticias mías.»

—Deberíamos echar un vistazo al resto de las mercancías antes de irnos a la cama —dijo Clément.

Michel asintió. Habían ordenado a los criados que bajaran los toneles a la bodega. Pero cuando no se estaba encima de ellos tendían a hacer solo lo imprescindible. Era mejor cerciorarse de que todo estaba correctamente almacenado y que al día siguiente no les esperaba una mala sorpresa.

—Venid —exigió Michel a los criados.

—Antes quiero terminar la partida —gruñó uno de los hombres—. Tengo una buena racha.

Michel ya estaba a punto de abroncar al tipo cuando Clément dijo:

—Déjalos jugar. Los llamaremos si hay trabajo.

La bodega estaba debajo del edificio vecino y se llegaba a ella por una ancha rampa. Abrieron el portón y bajaron al oscuro sótano abovedado. Las cámaras delanteras estaban repletas de cajas y toneles. Gracias a las marcas, las mercancías eran fáciles de asignar a sus propietarios.

Penetraron más en la bodega, hasta que vieron una débil luz que venía de la última cámara. En la sala anterior estaban sus mercancías, pero Michel se interesó de pronto por las sombras que palpitaban a la luz de una antorcha. Además oyó voces: dos hombres conversaban en voz baja. Michel tenía buena intuición, en la que siempre podía confiar, y ahora le decía que algo no iba bien allí. ¿Quién se encuentra de noche, en la bodega de Guildhall, para mantener una conversación confidencial?

Se volvió hacia Clément y se llevó el índice a los labios, antes de acercarse más al pasadizo.

—… en Westminster… nosotros y el rey Enrique… —Fueron las únicas palabras bisbiseadas que entendió. Aquellos hombres hablaban en alemán. Por desgracia no era la lengua del sur del Rin, con la que se las arreglaba bien, sino bajo alemán, que le daba algunas dificultades.

Se ocultó junto al pasadizo, aguzó el oído y se asomó a la cámara trasera. Uno de los hombres estaba de espaldas a él. La sobreveste que llevaba... ¿no eran esos los colores de la Orden Teutónica?

En ese momento Clément pisó una piedrecita y se oyó un crujido.

«No vas a creerlo, Michel, pero en este momento ninguno de los dos sheriffs está en la ciudad. Se supone que están en el norte y no celebran vistas. ¡Qué mala suerte!»

No, no bastaba. Michel no tenía más que hacer dos o tres preguntas mañana, en la ciudad, para que su mentira quedase al descubierto.

«¡Por Dios! ¡Cuando llegué al Sheriff Court estaba ardiendo!»

Eso era incluso peor. Balian palpaba su talismán y se machacaba el cerebro mientras se arrastraba por los callejones.

«Había tanto jaleo que no quisieron aceptar mi queja en modo alguno. Me temo que tendremos que esperar hasta la semana próxima.»

Eso sonaba en alguna medida creíble, y además se acercaba bastante a la verdad. Pero, por desgracia, Michel tenía el don casi sobrenatural de descubrir las excusas de Balian. Aparte de eso... ¿Qué clase de hombre sería si no era capaz de responder de sus errores? Le diría la verdad a Michel y aguantaría el chaparrón con estoicismo. Ese era el mal menor. Ya había hecho bastante, no tenía por qué convertirse además en mentiroso.

Abatido, entró en Guildhall y fue al dormitorio.

Su hermano y su cuñado tenían que estar de vuelta, porque sus abrigos y espadas estaban encima de las camas.

—¿Dónde están Michel y Clément? —preguntó Balian a los dos criados que seguían despiertos.

—Han ido al sótano, a ver las mercancías.

Cuando Balian salió del edificio, vio a dos hombres subir por la rampa del sótano. No eran Michel y Clément, sino dos desconocidos. Uno iba ataviado como un mercader; el otro, un tipo recio de enmarañados cabellos negros y barba cuidadosamente recortada, llevaba una cota de malla, y por encima una veste blanca con una cruz negra en el pecho. «¿Qué hace un caballero teutónico aquí?», pensó Balian. Normalmente, la Orden Teutónica operaba en Tierra Santa, Prusia y el Sacro Imperio Romano.

Era la primera vez que veía en Londres a uno de los monjes guerreros.

Los dos hombres pasaron por delante de él; parecían apresurados, casi acosados. Bueno, no era asunto suyo. Balian descendió por la rampa y cruzó el portón abierto.

—¿Michel?

Su voz resonó bajo la bóveda. Pasó por delante de los toneles y cajas y vio palpitar la luz de una antorcha.

—¿Dónde estáis?

Silencio.

Entonces oyó un leve ruido, una especie de gemido. Invadido por un mal presagio, aceleró sus pasos. Ante el pasadizo que daba a la cámara iluminada, dos cuerpos yacían en el suelo de piedra.

Uno era Clément. Un mandoble le había cortado el cuello. Miraba con ojos obtusos al techo, todo estaba lleno de sangre.

Un segundo susurro:

—Balian...

Como guiado por potencias desconocidas, se dejó caer de rodillas junto al segundo cuerpo, cogió por los hombros a su hermano, apoyó la cabeza de Michel en su regazo. Trató de cerrar con las manos la terrible herida del pecho, pero era demasiado grande, demasiado profunda, la ropa estaba empapada de sangre.

—Por Dios, Michel. Michel... —profirió Balian.

Su hermano movía los labios, trataba de formar palabras en vano.

—¿Qué ha pasado? Por favor, dímelo...

Michel le miró a los ojos y le cogió la mano, y se la apretó tan fuerte que dolía. Un suspiro apenas audible escapó de sus labios, un último susurro. Luego, la mano aflojó.

Balian se quedó inmóvil, con su hermano en brazos. Apenas se dio cuenta de que las lágrimas le corrían por las mejillas. Michel y Clément muertos, sus heridas, toda esa sangre... eso no estaba pasando, tenía que estar imaginándolo, no era más que un sueño, una pesadilla espantosa.

«Levántate. Haz algo», se dijo.

Con suavidad, dejó la cabeza de Michel en el suelo, movió sus miembros rígidos, se levantó. Cuando vio los dos cuerpos allí tendidos, una fuerza devoradora se apoderó de él, una ira que, sencillamente, barrió el espanto y el dolor.

«El mercader y el caballero teutónico… han sido ellos. Ellos han matado a Michel y Clément.»

Balian desenvainó la espada y corrió por el sótano, rampa arriba, a través del patio.

—¡Asesinos! —rugió—. ¡Asesinos!

Pero hacía ya mucho que los dos hombres habían desaparecido.

1

Noviembre de 1259

Había sido una cabalgada agotadora, pero apenas pisó el *scriptorium* del monasterio de Larrivour, a Blanche se le quitó todo el cansancio. El rasguear de las plumas en el pergamino, el susurro de los monjes, el aroma de los colores... tenían un efecto singularmente tranquilizador para ella. Blanche era iluminadora de libros. Se sentía como en su casa en todos los escritorios de la Cristiandad.

Abrió su bolsa.

—Vuestro ejemplar de la *Gesta francorum*. Una vez más, mil gracias por el préstamo, abate Germain, también en nombre de mi padre.

El abad entregó el volumen encuadernado en cuero a un novicio, sin examinarlo en busca de daños. Tenía una confianza ciega en Blanche. Hacía años que le prestaba, por una pequeña tasa, libros de la biblioteca del monasterio que copiaba en el taller de su casa y vendía a ricos coleccionistas. Al abate Germain no le repugnaban sus intenciones comerciales. Lo único que le importaba era promover el arte de la iluminación de libros y contribuir a la difusión del conocimiento.

El singular clérigo sonrió, taimado.

—¿Cómo está ese viejo egoísta de Rémy? ¿No va siendo hora de retirarse y dejar en tus manos el taller?

—No tiene la menor intención de hacer tal cosa. Ya le conocéis. Hará libros mientras pueda.

—Cierto, cierto. Porque quien se inclina sobre un pliego de

pergamino y copia frases latinas se libra de tener que hablar con otros, ¿verdad?

Blanche sonrió.

—Puede ser.

—Que Dios bendiga a tu padre y le dé muchos años, para que conservemos por mucho tiempo su destreza con la pluma —dijo el abate Germain—. Transmítele mis saludos. Y dile que haga el favor de dejarse ver por aquí.

—Me temo que, en su ancianidad, solo a duras penas abandona Varennes.

—Ah, y tiene razón. Viajar es espantoso. Cuando me llaman del convento matriz, una semana antes del viaje ya estoy tan nervioso que casi no puedo dormir. Pero qué hago hablando tanto... seguramente querrás ver los libros.

Fueron a la parte trasera, donde el abad sacó de la cogulla una pesada llave y abrió los dos armarios de los libros.

—Coge lo que necesites.

Blanche contempló los infolios y los lujosos códices, sacó algunos libros y los hojeó. Los evangeliarios y salterios y los otros escritos litúrgicos, que representaban la parte principal de la colección, carecían de interés para ella. Su atención estaba puesta en las obras profanas: enciclopedias, tratados científicos y textos de los antiguos filósofos.

—Todos estos ya nos los habéis prestado. ¿No habéis recibido libros nuevos?

—Últimamente no. Aunque... quizá tenga algo para ti. —El abate Germain se dirigió a uno de los atriles y regresó con un librito—. Esta es la leyenda del buen Gerhard. ¿Has oído hablar de ella?

Blanche negó con la cabeza.

—Para mí tampoco significa nada. Pero, al parecer, se trata de una historia conocida al otro lado del Rin. Un tal Rudolf von Ems la escribió. El convento matriz desea que la traduzcamos al francés. Por desgracia mis hermanos no pueden con ella. ¿Te atreverías a intentarlo?

Blanche abrió el librito. Los versos llenaban muchas páginas de apretada escritura. La lengua era sin duda alemán, pero se trataba de un dialecto que no le resultaba familiar. Le costaba trabajo seguir el texto.

—Difícil —dijo.

—Os pagaríamos bien.

Blanche no podía permitirse rechazar un encargo lucrativo. Bueno, lo conseguirían de alguna manera. Rémy y ella ya habían superado otras dificultades, habían descifrado caligrafías casi ilegibles y hecho frente a un latín catastrófico. Además, siempre estaba su hermano, tan dotado para los idiomas, que podía ayudarles si no salían adelante.

—Veré qué podemos hacer. —Blanche se guardó el librito en su bolsa—. ¿Cuándo necesitáis la traducción?

—No corre prisa. Tomaos tanto tiempo como necesitéis.

El abad la acompañó hasta el exterior.

—Como siempre, ha sido un placer, hija mía. Por favor, vuelve pronto a visitarnos —dijo mientras caminaban a lo largo del claustro. El viento les soplaba, frío, en el rostro, arremolinaba la hojarasca y hacía bailar las hojas secas en torno a las columnas, como hadas arrogantes que hicieran travesuras a los hombres—. Temo que haya tormenta. ¿Quieres que te demos albergue esta noche?

—Tengo que irme. Mi hermano me espera en Troyes.

El abate Germain lo aceptó no muy convencido.

—Ten cuidado ahí fuera. Este viento tiene garras y dientes.

—Antes de irme me gustaría visitar la capilla, si me lo permitís.

El clérigo la llevó hasta la casa de Dios. Delante del portal, la miró preocupado.

—Quieres rezar por tu esposo, ¿me equivoco?

El abate Germain interpretó correctamente su silencio; conocía su historia.

—No es bueno guardar luto durante tanto tiempo. Ya casi han pasado cuatro años... Quizá deberías desprenderte poco a poco.

—Eso es asunto mío —dijo escuetamente Blanche.

—Sin duda. Nadie va a prohibirte rezar por tu Clément. Pero no debes permitir que el pasado te tenga prisionera. ¿Qué edad tienes, hija mía?

—Veintisiete.

—Tan joven. Dios no quiere que sigas viuda para siempre. Quiere que hagas feliz a un hombre y le des hijos. Que tú seas feliz.

—Gracias por todo, abate. —El viento hinchó su abrigo cuando abrió el portón. Blanche dejó al clérigo y entró.

Delante del altar se quitó la bolsa, cayó de rodillas y sintió su mirada en la espalda. Sabía que el abate Germain solo quería lo mejor para ella; aun así, estaba furiosa con él. Ese monje nunca se había casado, no sabía nada del amor, y menos aún del matrimonio… ¿Y él iba a decirle lo que tenía que sentir? La absurda muerte de Clément casi había acabado con ella, y el dolor seguía atormentándola, a veces tanto como el primer día. Guardaría el luto que fuese necesario. Aunque durase diez años.

Cuando el abad se fue, pudo al fin concentrarse en su oración. Contempló el crucifijo en el altar. Larrivour era un monasterio rico, y la cruz relicario era espléndida. Una chapa de oro repujado envolvía los huesos del santo Alano; las gemas y los carbunclos que la adornaban brillaban como esquirlas de un arcoíris, verde musgo, rojo sangre y azul celeste. Blanche pidió al santo que intercediera por su marido en el Más Allá. Que el alma de Clément encontrara la paz en la Gracia de Dios… deseaba eso más que cualquier otra cosa.

El viento silbaba en torno a la capilla mientras su mirada se posaba en la cruz relicario. ¿Por qué no había dado ningún hijo sano a Clément? Habían deseado tanto tener un hijo o una hija. Sin duda un hijo habría hecho más fácil soportar el dolor. Porque una parte de Clément habría seguido viviendo en él. Pero Dios no había hecho realidad ese deseo.

«¿Tendré hijos alguna vez?»

Blanche se sorprendió pensando en el consejo del abate Germain. «Dios quiere que hagas feliz a un hombre», resonaban en ella sus palabras. Naturalmente que había tomado en consideración volver a casarse. También su padre y Balian recibirían bien la idea, aunque nunca acosaban a Blanche y dejaban en sus manos la decisión. No le faltaban pretendientes. Durante los tres años transcurridos, algunos hombres se habían fijado en ella y habían probado suerte, entre ellos dos o tres que habrían sido un buen partido. Blanche los había rechazado a todos.

Ninguno era como Clément.

Naturalmente, eso era injusto. Pero así era como se sentía. Y mientras estaba arrodillada ante el crucifijo, en el frío suelo de piedra, dudaba de que fuera a cambiar nunca.

Blanche cerró los ojos y rezó otra oración, esta vez por su hermano mayor. Echaba de menos a Michel todos los días pero, al contrario que con Clément, en algún momento había conseguido despedirse de él... «desprenderse», como diría el abate Germain. Quizá porque el amor entre hermanos estaba hecho de otra manera que entre hombre y mujer.

Sus pensamientos se desviaron a Balian, y decidió rezar también por él. Su hermano gemelo estaba en el mercado de Troyes, y sin duda necesitaba toda la ayuda que el cielo y la tierra pudieran ofrecer.

—San Alano, por favor, ayúdale a hacer buenos negocios —susurró—. Dale buenas oportunidades, y una clientela solvente.

Blanche abrió los ojos y contempló el relicario.

—Y, por favor, guárdalo de volver a meterse en dificultades.

El frío viento barría los terrenos de la feria delante de los muros de la ciudad. Balian se arrebujó en el manto, entrecerró los ojos y buscó el puesto de venta que le habían asignado.

—¿A qué santo veneran en Troyes? —preguntó a Odet.

Su criado no tuvo que pensarlo mucho: estaba familiarizado con los santos.

—A varios, señor —explicó con celo—. Está, por ejemplo, san Patroclo. Pero hace mucho que se llevaron sus huesos, así que no cuenta. Más importante es santa Hilda. También se invoca con frecuencia a santa Maura.

—Entonces, haz el favor de rogar a santa Maura que apacigüe este maldito viento.

—Por desgracia, santa Maura no es la adecuada para eso, señor —le instruyó Odet—. Es la patrona de las lavanderas y comadronas. Me temo que no puede hacer nada contra el viento frío.

Balian empezaba a arrepentirse de haber preguntado.

—Entonces santa Hilda.

—Pediríamos ayuda a santa Hilda si sufriéramos sequía o inundaciones. Recomiendo que nos dirijamos a san Urbano. Es el responsable de las tormentas y los relámpagos, y seguro que nos prestará oídos si nos quejamos de estar padeciendo rachas heladas. Además, es el patrón de Troyes.

—Pues ya puedes empezar. Este viento comienza a ser muy molesto.

El criado pidió ayuda a san Urbano mientras guiaba el carro de bueyes con la mercancía por el extenso terreno. Odet era un hombre rechoncho, con una vistosa barriga. Cuando no estaba invocando a los santos, estaba atiborrándose de comida.

Odet era el último criado que le quedaba, aparte de la mujer que se ocupaba de su casa en Varennes. Hacía mucho que había despedido a todos los demás... las angustias financieras de los últimos años le habían obligado a dar ese paso. Cuando había trabajos puntuales, contrataba a jornaleros baratos. También a la feria de Troyes le acompañaban tres ayudantes que asistían a Odet.

Su puesto estaba en el extremo de los terrenos de la feria, porque no podía permitirse una posición mejor. La pradera junto al camino estaba amarillenta y pisoteada. Balian vio que al pie de un bosquecillo corría un arroyo. Indicó a Odet y los jornaleros que descargaran los toneles de sal y las balas de paño y dieran de beber a los bueyes.

—¿No sería mejor llevar la mercancía al almacén durante la noche? —observó el criado—. Con este tiempo nunca se sabe.

Balian temía las elevadas tasas que el capataz del mercado pedía por el almacenamiento. Además, no le apetecía levantarse a primera hora e instalar los productos en medio de la oscuridad y con aquel frío.

—A la mercancía no le hará ningún daño pasar la noche aquí. No parece que vaya a llover.

—Sin duda, señor Balian —dijo Odet, poco convencido—. Aun así, rogaré a san Bernardo que mantenga lejos de nosotros la tormenta.

Mientras los hombres hacían su trabajo, Balian observó el resto de los puestos y tiendas. Aunque el mercado de noviembre en Troyes no era una de las ferias más populares de la Champaña, estaba bien surtido. Había allí mercaderes de toda Francia, además de flamencos, alemanes y muchos lombardos. Esperaba descubrir un determinado rostro, uno que había visto por primera y última vez en Londres hacía ya tres años y medio: el rostro del mercader que estaba involucrado en el asesinato de Michel y Clément.

En aquella ocasión, Balian hizo todo lo posible por encontrar a los dos hombres, el mercader forastero y el caballero, pero no tuvo éxito. Se habían esfumado en el aire. Sin duda los habían visto en Guildhall, pero nadie sabía sus nombres; nadie sabía de dónde venían. Ni siquiera los corchetes, a los que Balian había dado la alarma enseguida, consiguieron dar con su rastro. Al parecer, los asesinos habían abandonado Londres esa misma noche.

Pero Balian había visto sus caras y se le habían grabado sus rasgos, los reconocería entre un millón. En todos los mercados del extranjero, en cada lejana ciudad comercial, buscaba al mercader, porque estaba decidido a vengarse de él y de su amigo el caballero, a castigar a los dos asesinos por el crimen cometido contra su familia.

Michel y Clément descansaban en la tierra consagrada de All Hallows the Great, donde Balian los había enterrado. Acto seguido se hizo cargo del negocio familiar... una tarea que a veces maldecía. La empresa le parecía como un leño atado a la pierna, como una cadena que lo ataba a una vida para la que no estaba hecho. Negociar, llevar la contabilidad, distinguir las buenas oportunidades... siempre había sido el terreno de Michel. También Balian sabía hacer todo eso si era preciso, pero no lo hacía ni la mitad de bien que su hermano. Pero era un Fleury, y eso significaba obligaciones. Había expectativas puestas en él, y Balian hacía lo que podía para cumplirlas.

Por desgracia, no era suficiente. Los ingresos disminuían desde hacía años, mientras los gastos crecían. Desde la muerte de Michel, Balian había tenido mala suerte, y su legendario talento para tomar las decisiones equivocadas había hecho el resto. La riqueza de la familia Fleury se le escapaba entre los dedos. Para salvar el negocio, no solo había tenido que despedir a los criados, también había vendido sus propiedades y cedido la sucursal de Espira a su *fattore* local, Sieghart Weiss. Aquellas operaciones le habían reportado algún dinero... del que, entretanto, ya no quedaba mucho.

Pero aquello era el pasado. Y Balian miraba decidido al futuro. Por eso había ido a Troyes: para poner fin a su miseria comercial. Alguna vez la suerte tenía que acudir a él. Hasta la peor racha terminaba alguna vez.

Sin embargo, una cosa enturbiaba su confianza: antes un paraíso del comercio, las ferias de la Champaña estaban degenerando cada vez más en centros del negocio financiero. Cambistas y usureros se extendían por doquier, e iban desplazando poco a poco a los mercaderes de paño, lana y especias que unos años atrás habían dominado los mercados del condado. Antes se podía ganar una fortuna en Troyes, Provins, Lagny-sur-Marne y Bar-sur-Aube con sal de Varennes. Pero eso ya no era tan fácil. Aun así: Troyes seguía siendo un lucrativo destino para los mercaderes de Lorena, y Balian iba a explotar en su beneficio las posibilidades del mercado anual.

El asesino de Michel no aparecía por ninguna parte. Eso no significaba nada... la feria era grande. Por eso, Balian decidió seguir buscándolo durante los siguientes días. Alguna vez lo encontraría. Si no allí, en otro lugar. Tenía que confiar en la justicia de Dios.

«¿Dónde está Blanche?»

Era desde siempre la persona en la que más confianza tenía, su mejor amiga, su compañera espiritual. Estar separado de ella le parecía antinatural, sencillamente falso. Pero no había motivo para preocuparse... Blanche sabía cuidar de sí misma.

«Seguro que vendrá pronto.»

—Hemos terminado, señor Balian —dijo Odet.

Balian contempló el montón de mercancías a la orilla del pequeño arroyo. Oscurecía, la jornada de mercado estaba prácticamente acabada. Los inspectores hacían ya su ronda y avisaban a los mercaderes para que fueran acabando sus negocios. Ya no merecía la pena empezar. Además, a pesar de la invocación a los santos de Odet, el viento seguía soplando con fuerza.

—Cubridlo todo con lonas y atadlas bien —decidió.

—¡Así lo haremos!

Balian estaba helado, cansado del viaje, y ansiaba distracción. A las afueras de la ciudad había una confortable taberna que tenía un burdel anexo, en el que pensaba pasar la tarde.

—Montad la carpa y no perdáis de vista la mercancía —ordenó a sus hombres—. Cuando llegue mi hermana, decidle que busque alojamiento y se reúna conmigo en el puesto por la mañana.

—¿Adónde vais? —preguntó Odet.

—Eso no te importa, amigo mío.

—Pero ¿y si sucede algo?

—Para eso tienes a tus santos —dijo Balian, y se fue de allí.

El viento era más fuerte a medida que Blanche cabalgaba hacia el oeste. Rachas de viento barrían la llanura, fustigaban los árboles del borde del camino y tiraban de su manto. Aun así, picó espuelas a su caballo porque quería estar en Troyes antes de que cayera la noche.

Normalmente no era aconsejable para una mujer cabalgar sola por un país desconocido, y además con un libro valioso en su bolsa. Pero Blanche se sentía segura en esa región. Mientras había mercado en Troyes, los caballeros del conde de Blois protegían a los mercaderes que llegaban y partían. Encontró varias veces por el camino caballeros armados hasta los dientes. Nadie se atrevería a molestarla.

Al atardecer avistó por fin Troyes. La ciudad estaba a orillas del Sena y surgía poderosa de la llanura. Fuertes defensas rodeaban casas con vigas de madera y palacios; el cielo burbujeaba por encima de las cinco naves de la catedral. El viento daba en el rostro a Blanche, y hacía que su manto flameara como un estandarte de guerra cuando llegó a la explanada de la feria, delante de las puertas de la ciudad.

Las ráfagas de viento tiraban de los puestos de venta y levantaban nubes de polvo. Hacía mucho que mercaderes y visitantes se habían puesto a resguardo de la tormenta. En ese momento, el capataz del mercado y sus hombres iban hacia la puerta de la ciudad, sujetándose las gorras. Balian y Blanche se habían separado por la mañana; su hermano tenía que haber llegado hace tiempo. Probablemente había cubierto la mercancía y después habría buscado alojamiento. Decidió ir a la ciudad en su busca cuando observó varias figuras en el extremo del terreno. Entrecerró los ojos. ¿No era ese Odet? Sí, sin duda.

Blanche clavó los tacones en los flancos de su caballo.

El viento tiraba de la carpa de Balian, y se la habría llevado si los jornaleros no la hubieran sujetado con todas sus fuerzas. Había balas de paño dispersas por todas partes. El montón de toneles a la orilla del río se movía de forma inquietante.

—¡Señora Blanche! —gritó Odet, que intentaba desesperadamente uncir los bueyes.

—¿Por qué no habéis llevado la mercancía al almacén? —gritó ella contra la tormenta.

—¡El señor Balian... él lo quiso así!

—¿Dónde está?

—¡Ni idea! —Odet tiraba de uno de los bueyes, pero el atemorizado animal se negaba a dar un solo paso.

Blanche saltó de la silla, y estuvo a punto de ser derribada por una de las rachas de viento.

—¡Desmontad la carpa y cargad en los carros la mercancía! —gritó a los jornaleros—. Tú vete a buscar a mi hermano —ordenó a Odet.

El criado salió corriendo, encorvado.

—Te voy a matar, Balian —siseó Blanche, y agarró una bala de paño que rodaba por el prado.

Oyó un grito y vio que uno de los jornaleros se había caído. La carpa se inclinaba, los postes crujían y la tela se estaba soltando. El viento la lanzó contra la pila de toneles, que se desplomó.

—No —gimió Blanche.

Sintió gotas de lluvia en el rostro. Al instante siguiente, empezó a llover a raudales.

Balian debió de quedarse dormido porque, cuando volvió en sí, la tea se había consumido. Yacía en un lecho de paja, agradablemente cálido bajo las mantas y pieles; también era cálido el cuerpo de la ramera que se pegaba a su cuerpo desnudo. Apenas abrió un poco los ojos porque estaba agotado por el acto amoroso, su entendimiento estaba nublado por el vino y aún no quería levantarse. Yacía en brazos de una mujer y todavía quería disfrutar un rato de la sensación de somnolencia y de dicha.

Fuera ululaba la noche. «Tormenta. La tormenta no es buena», pensó adormilado, y una voz bajita, muy al fondo de él, le recomendó hacer algo con rapidez. Pero ¿qué? ¿Y por qué? No lo sabía, y volvió a hundirse en el feliz aturdimiento de la duermevela. «Un poquito más. Los próximos días van a ser duros.»

En algún momento oyó una voz excitada. Unos pasos pesados atronaban el burdel.

—¡Señor Balian! —gritaba alguien—. ¿Estáis ahí?

La ramera estiró la cabeza y le dio un pellizco en el costado.

—Despierta —dijo con aspereza.

Balian parpadeó y se quitó las briznas de paja del pelo. Entonces la puerta se abrió de golpe y Odet entró en la estancia.

—¡Señor! —exclamó sin aliento—. Tenéis que venir enseguida. ¡La tormenta! ¡Se lo ha llevado todo!

—¿Cómo? —murmuró Balian.

—¡Toda la mercancía! ¡Se perderá si no hacemos nada!

Balian estuvo sobrio de golpe. Se levantó de un salto, se puso la ropa y los zapatos y bajó corriendo las escaleras detrás de Odet.

—¿Por qué no me has avisado antes, maldita sea?

—¡No sabía dónde estabais! He estado en todas las tabernas de la ciudad.

Cuando salieron del edificio, Balian estuvo a punto de ser derribado por el viento; con tal fuerza arreciaba la tormenta. Odet dijo algo, pero el viento se llevó sus palabras. Gotas de lluvia caían sobre su rostro, punzantes como esquirlas de hielo. Fueron al mercado por el camino más corto. Estaba oscuro; la tormenta hacía estremecer los puestos y tironeaba de las carpas, y había arrancado ya muchas.

Al llegar a su puesto, Balian se hizo una idea del desastre. La carpa había desaparecido; las sogas que debían sostenerla fustigaban el aire como los tentáculos de un pulpo furioso. La mercancía yacía desperdigada por la pradera. Unos toneles de sal reventados flotaban en el arroyo.

—¡No! —gritó Balian—. ¡No, no, no!

Una figura apareció ante él. ¿Era Blanche?

—¡Ahora no te quedes ahí parado! ¡Ayúdanos, maldita sea! —le increpó su hermana.

—¡Recogedlo todo y cargadlo en los carros! —rugió—. ¡Odet, trae los bueyes!

—¡Ya lo hemos hecho! —gritó Blanche. Lo agarró de la mano y tiró de él hacia el carro. De alguna manera, a pesar del viento, había conseguido uncir los bueyes. Las dos bestias mugían presas del pánico.

Se dispersaron y trataron de salvar la mercancía. Una empresa imposible. Estaba demasiado oscuro para encontrar las balas de paño desperdigadas, y a causa de la lluvia no podían prender antorchas. Resbalaban todo el tiempo en el barro, y encima debían tener cuidado para que las ramas y demás desperdicios que volaban por los aires no les golpearan. La mayor parte de la sal se había perdido irremisiblemente, porque incluso en los toneles que seguían intactos había penetrado agua lodosa. La pimienta había corrido la misma suerte. Y casi todo el paño estaba sucio o deshilachado e inutilizable.

Cuando la mañana alboreó y la tempestad amainó por fin, habían logrado poner a cubierto dos toneles de sal, uno de vino y un puñado de balas de tela. Helado, empapado, mortalmente agotado, Balian se apoyó en el carro y contempló los miserables restos de su mercancía. Sentía la cabeza vacía.

—Y todo porque fuiste demasiado avaro para pagar el alquiler del almacén —dijo Blanche—. Y bien, ¿ha merecido la pena el ahorro?

—¿Qué hacemos ahora? —preguntó Odet.

Balian se frotó los ojos ardientes.

—Iremos a la ciudad a entrar en calor. Luego ya veremos.

—Mi pobre señor Balian —dijo el criado—. En verdad os persigue la desgracia.

Sacó una tira de carne seca del bolsillo de su mandil y la masticó con mirada triste.

Más tarde, los gemelos estaban sentados en la taberna de una posada, se calentaban junto al fuego y bebían vino caliente y especiado. Con el ceño fruncido, Blanche examinó el libro del monasterio de Larrivour. Por suerte lo había envuelto cuidadosamente, de modo que había superado la tormenta sin sufrir daños.

—Compraste la mercancía a crédito, ¿verdad? —rompió ella por fin el silencio.

Balian asintió.

—A Célestin Baffour, Martin Vanchelle y Fulbert de Neufchâteau.

—¿A cuánto asciende la pérdida?

—Es difícil de decir —respondió él evasivo, pero su hermana no aflojó la presa. Cerró el libro y lo dejó encima de la mesa.

—¿Puedes pagar la mercancía o no?

—Primero tengo que echar un vistazo al libro mayor.

—Tienes que saber a cuánto ascienden tus reservas.

—Blanche —dijo él irritado, y ella dejó de preguntar. Pero había una gran preocupación en su mirada.

Balian vació el vaso y lo dejó en la mesa con un golpe.

—¿Adónde vas?

—A vender el resto de la mercancía para que podamos irnos a casa. —Se echó el manto por los hombros, salió de la taberna y llamó a Odet a gritos.

2

Diciembre de 1259

Balian estaba acurrucado en el pescante, lamentándose por enésima vez de haber vendido el verano anterior su valioso manto de piel de marta. Aunque llevaba toda clase de prendas bajo la túnica de lana tenía frío, porque la temperatura había bajado a plomo desde que habían salido de la Champaña. Su respiración formaba nubecillas blancas, en sus mangas brillaban cristales de hielo, el viento le cortaba el rostro. Odet y los jornaleros iban junto al carro para poder empujarlo cuando volvía a quedarse clavado en la nieve. Blanche cabalgaba delante de ellos, con la capucha del manto calada.

El invierno había llegado muy pronto; nevaba casi sin parar desde el primer domingo de Adviento. El año anterior había sido igual, el frío gélido había asediado Lorena hasta entrado marzo. Algunos creían que el duro invierno era el castigo de Dios por la doble elección de 1257, cuando tanto Alfonso de Castilla como Rodrigo de Cornualles, el hermano del soberano inglés Enrique III, fueron nombrados emperadores del Sacro Imperio Romano. De hecho, la elección había sido un proceso bastante vergonzoso. De los siete príncipes que elegían al monarca del Sacro Imperio Romano, tres dieron su voto a un candidato y tres al otro; se hablaba de que previamente habían corrido enormes sobornos. El rey de Bohemia habría podido evitar el empate, pero votó por ambos candidatos, para estar en el lado del vencedor en cualquiera de los casos. La situación era penosa para todos los implicados, pero nadie pensó en subordinar su propia ventaja al bien del reino, así que cada partido coronó rey a su pretendiente, y desde entonces el Imperio tenía dos soberanos.

Una situación vergonzosa, y peligrosa además. Porque un monarca que tiene que compartir su poder con otro es un monarca débil. Los príncipes se aprovecharon de ello y reforzaron su propio poder, no pocas veces a costa de sus súbditos y vecinos. El derecho era pisoteado por doquier. Los aranceles y los impuestos se disparaban, en todas partes reinaba la insatisfacción, rugían las disputas.

Por lo menos, Alfonso y Ricardo no estaban en guerra el uno contra el otro. De hecho, ambos mostraban poco interés por su nuevo trono. El inglés solo había estado en suelo alemán una vez desde su coronación; el castellano, nunca. Gobernaban el Imperio desde la distancia y, en gran medida, lo dejaban a su propio albedrío.

Balian entendía poco de todo eso. Su única preocupación era llegar pronto a casa para que Blanche y él olvidaran por fin ese desdichado viaje comercial y pudieran pasar el invierno con su familia.

Por suerte ya no estaban lejos. Un cruce de caminos que sobresalía de la nieve indicaba que Varennes Saint-Jacques se encontraba a una milla de distancia… a dos horas de viaje, con ese tiempo. Poco después volvió a nevar, pero para entonces ya habían llegado al límite del término municipal, y Balian se dio calor con la idea de la chimenea encendida que le esperaba en casa.

La influencia de Varennes no terminaba en los muros de la ciudad; se extendía a lo largo de una franja de terreno que incluía varios pueblos, granjas y campos. Hacía algunos años que el ayuntamiento había asegurado la ciudad con una defensa, un entramado de fosos, muros de tierra y gruesas vallas, que solo permitía a los enemigos entrar al término municipal por determinados lugares, fáciles de defender. La general inseguridad política desde la muerte del emperador Federico había hecho necesaria esa medida.

Por desgracia, a veces proscritos y otra chusma se escondían en la espesura y acechaban a los viajeros. Por eso, Balian se llevó la mano al pomo de la espada cuando el carro se acercó a las defensas, sobre todo al oír voces lejanas. Solo les faltaba ser asaltados tan cerca de su objetivo. Si se trataba realmente de ladrones, tendría que defender a sus compañeros y su mercancía, porque hacía mucho tiempo que no podía permitirse mercenarios que le protegieran en sus viajes.

Blanche frenó su montura.

—¡Balian! —siseó en tono de advertencia.

Entre los árboles cargados de carámbanos aparecieron dos figuras armadas con lanzas. Balian desenvainó en parte la espada. A causa de la nieve, tardó un momento en distinguir los detalles.

Eran guardias de la ciudad, no salteadores de caminos. Respiró aliviado y saludó a los hombres.

—¡Bienvenido de vuelta, señor Fleury! ¿Ha merecido la pena el viaje?

—Habría podido ser mejor —replicó él—. ¿Todo bien en Varennes?

—El invierno está siendo duro, pero aparte de eso todo está tranquilo.

Los guardias saludaron y siguieron su camino. Poco después llegaban a los barrios periféricos de Varennes, acumulaciones de cabañas en las que vivían campesinos y obreros. La ciudad había crecido considerablemente en los últimos años, porque el bienestar que los ciudadanos debían a las dos ferias anuales y a la floreciente industria pañera atraía a gentes de toda Lorena hacia Varennes, que les ofrecía un futuro mejor en libertad. Entretanto, los muros defensivos ya no podían contener a los recién llegados, de modo que surgían nuevos asentamientos por doquier. Sin embargo, con ese frío la gente se quedaba en casa avivando el fuego, de manera que Balian y sus compañeros no vieron un alma hasta que llegaron a la Puerta del Heno.

«Por fin en casa», pensó, cansado, mientras guiaba el carro por los callejones. El barro se había congelado bajo las ruedas; habían barrido la nieve, por todas partes había montones de un blanco sucio contra los muros. El humo se alzaba de innumerables fogatas, y se unía con las nubes bajas en una campana gris sobre la ciudad. Cruzaron la plaza de la catedral, en la que se celebraba el mercado diario, y llegaron por fin a la rue de l'Épicier, donde estaba la casa de Balian: el triste resto de las antaño extensas propiedades de la familia Fleury.

En el patio, ordenó a Odet y los jornaleros que guardaran en el almacén las mercancías de Troyes. La criada les llevó a Blanche y a él vino caliente y especiado, que se tomaron con rapidez. Gracias al benéfico calor que se hizo hueco en su estómago, el humor de Balian mejoró. La tristeza nunca le duraba mucho, su ánimo estaba hecho para la alegría. Habían llegado a casa sanos y salvos. Ya encontrarían una solución para todas las demás dificultades.

—Cuando hayáis terminado, dale su jornal a los hombres y ocúpate de los animales —indicó a Odet.

Luego se pusieron en camino hacia la casa de sus padres.

Rémy y Philippine vivían en el barrio de los zapateros, guarnicioneros y cordeleros, donde Rémy tenía su taller de iluminación de libros desde hacía décadas. Seguía siendo el único establecimiento de su clase en Varennes, por lo que había alcanzado cierto bienestar con la producción de libros y otros trabajos de escritura. La casa, de dos plantas, estaba hecha enteramente en piedra, y disponía de un gran patio en el que la familia criaba pollos, gansos y cerdos.

Los gemelos se sacudieron la nieve de las botas antes de que Blanche abriera la puerta del taller. Dentro hacía un calor agradable. En la chimenea chisporroteaba un fuego, y pieles de animales muy finas cubrían los huecos de las ventanas impidiendo la entrada del viento helado. Su padre, ya un anciano de sesenta y nueve años, se inclinaba a la luz de las velas sobre su escritorio. Hacía mucho tiempo que no tenía ayudantes ni aprendices, porque la edad había incrementado su tendencia al trabajo solitario. Tanto más cuando Blanche le ofrecía toda la ayuda que necesitaba.

Sonriendo, los gemelos contemplaron a su padre, que estaba tan abismado en su trabajo que ni siquiera advirtió su presencia. La plumilla corría en silencio por el pergamino mientras esbozaba una miniatura. También Balian había probado suerte antaño con esa tarea, pero estaba completamente incapacitado para la iluminación de libros, como Rémy tuvo que aceptar después de muchos meses de sufrimiento. Sin duda había aprendido muy pronto a leer y escribir, pero no le gustaba pasarse horas sentado y escribir y pintar hasta que la espalda dolía y los ojos ardían. Al contrario de Blanche, que se había revelado un talento natural, a

Balian sencillamente le faltaba la paciencia necesaria para el esforzado trabajo en los textos y miniaturas.

—Hemos vuelto, padre —dijo Blanche—. ¿No vas a saludarnos?

Rémy alzó la cabeza y mostró su infrecuente sonrisa. No era hombre de muchas palabras.

—Me alegra que estéis en casa —se limitó a decir, antes de dar un beso a Blanche y una palmada en el hombro a Balian.

—¿Dónde está madre? —preguntó Blanche.

—Ayudando en la casa de los pobres... seguro que vuelve pronto. ¿Qué tal fue en la feria? Espero que el mal tiempo no os haya arruinado los negocios.

Rémy llenó tres copas de vino, y Balian contó algunas banalidades acerca del viaje. Por el momento guardó para sí el desastre de Troyes. No quería alterar a sus padres antes de saber con exactitud la cuantía del daño.

—¿Estuviste en Larrivour? —se dirigió Rémy a Blanche.

Ella abrió su bolsa y sacó el libro.

—Esta vez el botín ha sido bastante magro. El abad quiere que traduzcamos esto. Es la leyenda del buen Gerhard.

Su padre hojeó el libro con el ceño fruncido.

—¿Cómo está la abuela? —preguntó Balian.

—Ya la conoces... es indestructible —respondió Rémy.

Los gemelos cambiaron una mirada. Hacía mucho tiempo que Isabelle ya no era indestructible, pero su padre se negaba a mirar de frente la realidad.

—Vamos arriba, quizá esté despierta —dijo Blanche.

Balian se sintió aliviado cuando subieron las escaleras. Su abuela había cumplido noventa años. Nadie en toda la diócesis contaba más primaveras que ella, y antes de cada viaje él temía que la despedida pudiera serlo para siempre. Porque la salud de Isabelle estaba dañada. Pasaba casi todo el día en cama, necesitaba cuidados y solo podía levantarse con ayuda. Dormía la mayor parte del tiempo, como ahora, comprobó al abrir la puerta del pequeño dormitorio.

Rémy fue a despertarla, pero Blanche le detuvo.

—Déjala. Podemos hablar después con ella.

Balian contempló con preocupación su cuerpo enflaquecido bajo las mantas. Por lo menos solo era su cuerpo el que tenía que doblegarse bajo el peso de los años. El entendimiento de Isabelle seguía tan agudo como siempre. Cuando estaba despierta, arengaba a todos los miembros de su familia con su afilada lengua, y les recordaba quién era la verdadera dueña de la casa.

Balian sonrió al ver los dos gatos que velaban a su ama. Lo de Isabelle con sus animales era una amistad especial. Su don casi mágico para ganarse la confianza de caballos y perros, e incluso de animales salvajes, era famoso en todo Varennes. Uno de los gatos saltó de la cama y se frotó ronroneando con las piernas de Blanche, porque había heredado de su abuela aquella capacidad, aunque no estuviera tan marcada en ella.

Salieron en silencio de la estancia.

—¿Come bien? —preguntó Balian, una vez en la sala.

—No tanto como debería. Tenemos cuidado de que, por lo menos, beba lo suficiente.

La puerta chirrió abajo.

—Debe ser vuestra madre —dijo Rémy.

Volvieron abajo, donde Philippine cubrió de besos a los dos hermanos.

Nada más terminar la cena, los gemelos volvieron a su casa de la rue de l'Épicier, donde también vivía Blanche desde la muerte de Clément. Se sentaron a la mesa del despacho y Blanche abrió el libro mayor, en el que estaban anotadas todas las operaciones y las existencias. Balian contempló los ingresos y las columnas de cifras, y de pronto fue como si todo se volviera borroso ante sus ojos. De todas las actividades de la profesión de mercader, la que más odiaba era la contabilidad, pero era la primera vez que se sentía realmente mal.

—¿Todo bien? —preguntó preocupada Blanche.

—Haz tú las cuentas.

Ella le lanzó una mirada penetrante, antes de remover la tinta fresca y afilar una pluma.

—¿Dónde están los apuntes del crédito que Baffour y los otros te concedieron?

Balian fue a la última hoja y señaló el punto en cuestión con el dedo.

—¿Has tomado prestada mercancía por valor de trescientos cincuenta marcos de plata? —preguntó su hermana, perpleja.

—Quien quiere ganar dinero tiene que invertir con ánimo. Para nuestros viajes a Brujas y Londres, Michel compró sal por más de cuatrocientos marcos.

—Tú lo has dicho: compró. Con el patrimonio de la familia. Jamás habría tomado un crédito tan grande.

—Cuando partimos no tenías reparos —respondió irritado Balian—. Pero ahora, de pronto, es demasiado.

—Yo solo vi toneles, y pensé que contenían sal y vino. Si hubiera sabido que también llevaban especias y un paño pecaminosamente caro habría intervenido, puedes creerme. ¿Cómo has conseguido que Baffour y los otros te adelanten tanta mercancía? Tienen que saber que no puedes permitírtelo.

Balian había pedido un crédito de entre cien y ciento veinte marcos a cada uno de sus tres acreedores, sin mencionarles la existencia de los otros prestamistas. Entretanto, probablemente habrían averiguado que les debía dinero a los tres. Pero ya se ocuparía de ese problema más adelante.

—Puedo permitírmelo —explicó, decidido.

—Veremos qué dice de eso el libro mayor —dijo Blanche.

Asentó las mercancías que habían perdido con la tormenta, así como las que habían podido salvar y que él había vendido en Troyes.

—¿Qué has comprado con el beneficio?

—Lana inglesa y distintos tintes para ropa.

—¿Cuánto calculas que reportará eso?

Cuando dijo una cifra, Blanche frunció el ceño.

—Te estás imaginando cosas, hermano. Como mucho, la mitad.

—¿Y cuánto es eso? Dilo ya.

Ella empezó a calcular.

—Los asientos se han llevado de manera lamentable —gruñó—. Es un lío. ¿Cómo mantienes el control de tus negocios? Tenías que haberme dejado hacer esto mucho antes.

Tachó algunas cifras y escribió otras nuevas. A Balian no se le escapó que palidecía.

—¡Dios misericordioso!

—¿Tan malo es?

Blanche apretó los labios. Hojeó las páginas, escribió, calculó, reflexionó.

—Sabía que el negocio no iba bien —murmuró—. Pero esto...

Balian se sintió como si fueran a ponerle una cuerda al cuello y tirar poco a poco. «Mantén la calma.» Involuntariamente, tocó su amuleto. «Todo irá bien.»

Por fin, su hermana dejó la pluma. Él vio que la mano le temblaba.

—Tus deudas ascienden a trescientos cincuenta marcos, y podrás devolver como mucho a tus acreedores la vigésima parte. Si acaso.

Balian compuso una sonrisa torcida.

—¿La vigésima parte? Eso no puede ser. Tienes que estar equivocándote.

—Calcúlalo tú mismo, si no me crees.

Él se acercó el libro. Por mucho que se esforzó, no pudo encontrar ningún error. Respiró hondo.

—Bien. La mercancía de Troyes vale quince marcos. Quedan trescientos treinta y cinco. ¿De dónde los sacamos? —Hojeó las páginas con apresuramiento—. ¿Dónde está la lista con mis reservas, maldita sea?

—¿Es que no me has oído? No hay reservas.

—Entonces venderé algo. —En alguna parte aparecería una bolsa de plata, Balian estaba convencido de eso. Hasta ahora siempre había sido así.

—¿El qué? La finca de las afueras, los estanques, las parcelas en la ciudad baja, incluso los candelabros, el crucifijo de plata y tu ropa de ceremonia… todo ha desaparecido hace mucho.

Balian se desplomó en su asiento. Cerró los ojos por un momento. Detrás de sus párpados bailaban cifras y sumas de dinero.

—No lo entiendo —murmuró.

—Oh, puedo explicártelo —dijo Blanche sin compasión—. En cuanto tus acreedores sepan lo que ha ocurrido te quitarán la casa, el carro y los animales. Luego incautarán la casa de padre, además de sus libros, los vestidos de madre y la cama en la que duerme la abuela. Pero, como eso seguirá sin alcanzar, te meterán en la Torre del Hambre y te mantendrán allí hasta que pagues el resto. En otras palabras: la familia está arruinada, hermano.

El resto de la noche fue una borrosa pesadilla. Blanche le hizo reproches, él se defendió, se gritaron el uno al otro, hasta que él salió de la casa. De alguna manera fue a parar a una taberna sin nombre en la ciudad baja, un sótano oscuro y de mala fama en el que holgazaneaban mutilados de guerra y mercenarios. Balian bebió con unos cuantos veteranos; al cabo de tres jarras de cerveza propuso jugar a los dados y perdió un puñado de monedas de cobre.

—Los dados están cargados. ¡Me has tomado el pelo, maldito tramposo! —gritó Balian, y se lanzó por encima de la mesa para agarrar por el cuello al ganador.

Hubo pelea, al momento siguiente volaron los puños. Balian no estaba a la altura del viejo soldado y recibió una paliza. Finalmente, el posadero lo echó por la puerta de atrás, fue a dar con el rostro en la nieve y estuvo a punto de caerse al canal cuando se incorporó, tambaleante.

—¡Escoria! ¡Estafadores! —rugió.

El posadero y los mercenarios aparecieron con las armas desenvainadas y enseñaron los dientes. Balian se puso en fuga, y poco después vagaba por los callejones nevados; las lágrimas le corrían por las mejillas.

«Arruinado. Arruinado...» Las palabras de Blanche resonaban en su cráneo una y otra vez.

Estaba desesperado, la noche era oscura, y Michel se había ido.

3

Había vuelto a nevar durante la noche. Blancos copos corona-
ban tejados, torres y almenas; carámbanos del tamaño de
un brazo brillaban al sol de la mañana como las lanzas de los ejércitos celestiales. Todo parecía inquietantemente limpio y silencioso. La nieve recién caída atenuaba todos los sonidos, cubría la
suciedad de la ciudad y ocultaba piadosa tras un velo los pecados
de sus habitantes: todo Varennes parecía un paisaje hechizado.

Sin embargo, Balian no tenía ojos para la belleza invernal.
Cansado y con resaca, bajó por la rue de l'Épicier maldiciendo la
nieve cuando volvía a hundirse en ella hasta las rodillas. Por lo
menos el frío hacía que la niebla de su cabeza se aclarase. Porque
aquella mañana desdichada necesitaba urgentemente una cabeza
clara.

Cuando llegó a la plaza de la catedral, comprobó que ese día
no había mercado. Ninguno de los pequeños comerciantes y campesinos parecía tener ganas de tirar de sus carretas sobre las masas de nieve, pasarse el día entero en medio del frío y esperar a los
pocos clientes que osaran salir al exterior. Tan solo los niños estaban contentos con el tiempo. Corrían entre los puestos vacíos y
libraban una furiosa batalla de bolas de nieve. Un canónigo que
pasaba casualmente fue alcanzado en mitad de la cara por un pro-
yectil gélido, y maldijo de un modo muy poco clerical mientras
perseguía a los criminales.

Balian pasó de largo ante la catedral y el hospital de pobres en
el que su madre ayudaba de forma regular. El pequeño edificio de

piedra estaba retranqueado entre dos casas patricias, y se llegaba hasta él por un angosto callejón. Benéficos mercaderes lo habían fundado hacía algunos años para atender a los que sufrían, y todas las grandes familias de Varennes donaban de manera regular dinero para su mantenimiento. Hacía una eternidad desde la última vez que Balian había dado algo, y la conciencia le remordía. Sin duda habría sido beneficioso para la salvación de su alma apoyar con su plata a los Pobres de Cristo, en vez de festejar en tabernas y burdeles...

—¡Con Dios, joven señor! ¿Sería demasiado pediros un humilde donativo?

Una figura raída se había acercado a él; flaco, ataviado con harapos, el rostro un páramo de arrugas y venillas reventadas.

—Buenos días, Aymery —saludó Balian al mendigo.

—¿Podéis quizá darme un denier que os sobre? El frío nos aprieta, y se nos ha acabado la leña.

Aymery había sido antaño un mercader, prestigioso y acomodado, con una espléndida casa en la plaza de la catedral y un negocio floreciente, antes de perderlo todo por una mezcla de mala suerte y funestas decisiones. Tenía deudas en todas partes, en Varennes, en Metz, incluso en la lejana Colonia, se decía... deudas que jamás podría pagar. Desde su profunda caída, habitaba con su familia en una mísera cabaña en la ciudad baja, y ahogaba sus penas en cerveza barata y aguada.

Balian abrió la bolsa. En realidad, él mismo necesitaba hasta la última moneda, pero Aymery le daba pena, así que le puso al mendigo dos deniers en la mano huesuda.

—Aquí tienes. Pero compra leña, no cerveza, ¿me oyes?

—¡Lo haré, señor Balian, tenéis mi palabra! Que Dios os bendiga mil veces. Tenéis el corazón en su sitio.

Con estas palabras, Aymery se fue arrastrando los pies hacia el hospital de pobres, llevando consigo a sus harapientos hijos y su esposa enferma.

Balian se quedó mirándolo. El encuentro con el mendigo le parecía un mal presagio, como si Dios le señalara con el dedo, como si quisiera decirle: «¡Fíjate bien! Si no te rehaces y lo intentas todo, te pasará lo que al pobre Aymery».

Siguió su camino con un escalofrío.

Ya estaban esperándole en el gremio. En la gran sala, encima de los almacenes, en la que los mercaderes de Varennes celebraban sus asambleas, estaban Célestin Baffour, Fulbert de Neufchâteau y Martin Vanchelle, cada uno de ellos con un cáliz de plata lleno de vino humeante. Cuando Balian entró, se levantaron como un solo hombre. Los tres eran riquísimos mercaderes de sal, especias y paños, con grandes terrenos en Varennes y sus alrededores. Sus cuerpos bien alimentados iban ataviados con mantos de piel y vestiduras de fino *panno pratese*, en sus dedos brillaban oro y piedras preciosas. En realidad, todos aquellos hombres tenían motivos para estar satisfechos con la vida pero, cuando vieron a Balian, no parecieron en absoluto felices. De hecho, sus barbados rostros ardían de ira.

—¡Vos! —tronó Célestin—. ¡Como os atrevéis a presentaros ante nuestros ojos! ¡Deberíamos haberos hecho prender para que os metieran en la Torre del Hambre esta misma mañana!

Aquello resolvía la duda de Balian de si sus acreedores ya estaban al tanto de los últimos acontecimientos. Ahora se trataba de encontrar las palabras adecuadas. Primero tenía que apaciguar de alguna manera a aquellos hombres, porque no deseaba proseguir aquella conversación en una mazmorra.

—Buenos días, señores —saludó amablemente a los mercaderes, esperaba que con la medida justa de humildad—. Dado que ya sabéis lo que me ha ocurrido en Troyes, podemos hablar sin rodeos...

—¡Y tanto que lo sabemos! —le interrumpió Martin—. Gracias a vuestra incapacidad, habéis perdido toda vuestra mercancía. Mercancía que nos pertenece, por cierto.

—Sal, especias, paño y vino por un total de trescientos cincuenta marcos —completó Célestin—. De manera que el daño es inmenso.

—¡Cómo pudisteis ser tan frívolo! —le gritó Fulbert.

—No fue frivolidad sino mala suerte, una desgracia —se defendió Balian—. Hubo una tormenta y...

—¡Oh, basta! —le increpó Célestin—. En Troyes había docenas de mercaderes, pero ninguno perdió la mercancía en la tormenta... solo vos. Porque fuisteis demasiado vago y codicioso como para guardar del modo debido nuestra propiedad. Así que no echéis la culpa al tiempo.

Balian se preguntó quién había hablado. Odet seguro que no,

el criado era leal y discreto. Sin duda uno de los jornaleros. Bueno, de todos modos Balian no esperaba poder mantener el asunto en secreto durante mucho tiempo. Esas noticias siempre corrían por Varennes. En esas circunstancias, lo más inteligente era mostrarse comprensivo.

—Bueno, he cometido un error y tenía que haber sido más cuidadoso. Pero no se podía prever que habría una tormenta. Durante el día hizo buen tiempo —mintió.

—En noviembre siempre hay que contar con la posibilidad de una tormenta —dijo Fulbert—. Un mercader viajero que entiende algo de este negocio lo sabe.

—Sea como fuere, exigimos que indemnicéis el daño. —Célestin fue al grano—. Dado que la mayor parte de la mercancía se ha perdido, queremos su contravalor en plata.

—Y queremos el dinero ahora —añadió Martin—. ¡Así que basta de excusas!

—Es comprensible —dijo Balian—. Y os doy mi palabra de que os pagaré en cuanto pueda.

—¿En cuanto podáis? —Fulbert le clavó una mirada penetrante—. ¿Significa eso que no tenéis el dinero?

—Naturalmente que no lo tengo. ¿Podríais vos sacaros de la manga trescientos cincuenta marcos? —Antes de que ninguno de los mercaderes pudiera responder, Balian prosiguió—: Ahora tengo que hacer algunos negocios y tomar decisiones, antes de poder reunir esa suma. Pero para eso necesito tiempo.

—Tenéis una semana —dijo Célestin—. Si el tercer domingo de Adviento no tenemos nuestro dinero, nuestra paciencia se habrá agotado.

—Con todo respeto, Célestin, una semana es demasiado poco —repuso Balian—. Toda Lorena duerme el sueño invernal. Hacer negocios en estas circunstancias es lento y trabajoso. Tenéis que darme hasta la primavera.

Fulbert cogió aire.

—¿Hasta la primavera? ¿Habéis perdido el juicio?

—Ya os he dicho que no serviría de nada hablar con él —se indignó Martin—. No hacemos más que perder el tiempo. Deberíamos informar enseguida al Consejo.

Balian miró al mercader.

—De acuerdo… echadme a una mazmorra e incautaos de mis

posesiones, si eso os satisface. Pero luego no os quejéis de quedaros con gran parte de la deuda. Porque por mi casa y mis propiedades no os darán más de doscientos cincuenta marcos.

—Eso no puede ser —dijo Célestin—. ¿Dónde están todas vuestras fincas?

—Ya no están.

—Pero si ya no tenéis nada que vender… ¿cómo vais a recuperar nuestro dinero? —preguntó Fulbert.

Balian, que no tenía ni la menor idea, respondió confiado:

—Con la ayuda de Dios, encontraré una solución.

Los tres mercaderes lo miraron llenos de ira impotente. Célestin apartó de Balian a los otros y deliberaron en voz baja.

—Está bien —dijo al fin—. Os daremos hasta Pascua. Pero si para entonces no podéis pagar, que Dios se apiade de vos.

—En ese momento nos ocuparemos de que os pudráis en la Torre del Hambre hasta el fin de vuestros días —le prometió Martin.

Los hombres echaron mano a sus mantos.

—En verdad sois una vergüenza para vuestra familia. Si vuestro señor abuelo lo supiera se revolvería en la tumba —dijo Fulbert—. Por Dios, fue un error hacer negocios con vos, lo supe desde el principio. Si hubiera seguido mi instinto…

Con estas palabras salieron de la sala. Balian se dejó caer en un banco y respiró hondo. Lo había conseguido. Había ganado tiempo. Tiempo que podía aprovechar.

Si supiera cómo.

Fue a ver a sus padres. Según parecía, Rémy y Philippine ya estaban enterados. Su padre no dijo nada, pero su mirada golpeó a Balian con más dureza que riñas y reproches. Su madre estaba poniéndose un manto.

—Me voy a ayudar al hospital de pobres —dijo—. Dado que pronto tendremos que mendigar, no hará daño que antes nos mostremos humildes y caritativos.

Se fue sin mirar a Balian.

Él colgó su manto de un gancho y se acercó a su hermana, que estaba sentada junto a su atril de escritura.

—Voy a ver cómo está la abuela —gruñó Rémy, y subió por la escalera.

—Tendría que haber dejado que tú se lo dijeras, lo siento —dijo Blanche afligida.

Balian hizo un gesto desdeñoso.

—Mi comportamiento de ayer...

—Está bien.

Callaron. Blanche estudiaba la página del libro y tomaba notas en su tablilla de cera. «Qué hermosa es», se le pasó por la cabeza. Su hermana había heredado todos los atributos ventajosos de su madre y su abuela. Su cuerpo era esbelto y bien formado, su rostro de corte fino y pómulos altos. Sus ojos verde musgo hacían un interesante contraste con su cabello rojo oscuro, casi negro, que cuando le daba la luz adecuada parecía hilo de cobre. Mientras trabajaba se lo recogía en una trenza, para que no le molestara. Siempre parecía melancólica, de una manera digna y silenciosa. Antes era tan alegre. Pero la muerte de Clément la había cambiado.

«¿Superará algún día el dolor?»

—¿Es esa la leyenda del buen Gernot?

—Gerhard —dijo Blanche—. Mira, ¿has visto alguna vez un alemán como este?

Balian echó un vistazo a los versos.

—Yo diría que así hablan en el este. No va a ser fácil de traducir.

—Lo sé. Pero el abate Germain paga bien.

—¿Tan bien como para cubrir mis deudas?

—¿En qué sueñas? —Blanche regresó a la primera página—. Podría venirme bien un poco de ayuda, hermano.

Balian acercó un taburete.

—Hazme sitio...

El invierno mantuvo a Varennes atrapado durante las semanas siguientes. El Mosela se congeló. La nieve en los callejones se convertía en hielo que quedaba enterrado bajo la nueva nieve que caía por las noches. Durante el día, raras veces, un pálido sol atravesaba la capa de nubes. Varennes era un bloque blanco y gris, como si el frío hubiera privado de color al mundo.

Los gemelos pasaron el Adviento en el seno de la familia. Celebraron el nacimiento de Cristo en casa de sus padres, donde estuvieron tres días comiendo y cantando villancicos. Por desgracia, las preocupaciones de Balian ensombrecieron la Navidad. Se rompía la cabeza sin cesar buscando una solución para su problema. En más de una noche oscura, deseó que Michel estuviera allí. Michel habría sabido qué hacer. ¡Con Michel, las cosas nunca hubieran llegado tan lejos!

Durante aquellos días, Balian echó de menos a su hermano más que nunca.

Para colmo de males, el estado de salud de Isabelle empeoró. Su abuela casi no comía y estaba cada día más débil. Aun así —o precisamente por eso— insistía en levantarse todas las noches y sentarse con la familia junto a la chimenea. Los animales percibían su estado y no se apartaban de su lado. El perro estaba tendido a sus pies, y una gata dormía enroscada en su regazo. Balian ayudaba como podía a Isabelle, la sostenía al caminar, le llevaba mantas, le daba vino caliente. Desde siempre había habido entre ellos un vínculo especial. Cuando otros desesperaban de él, ella le mostraba indulgencia y le asistía con su consejo y su ánimo. Su abuela había sido la única que había entendido antaño que tuviera que irse a servir al rey Guillermo.

—¿Sabes a quién veo cuando te miro? A tu tío abuelo Jean —le había dicho entonces—. También él tenía que salir en busca de aventuras. Tu abuelo hizo todo lo que pudo por retenerle, pero no había nada que hacer. Jean era testarudo, y se le había metido en la cabeza tomar la cruz. Ese era su destino. Enséñanos a todos lo que llevas dentro de ti —le había animado Isabelle—. Es el momento.

Balian no podía imaginar un mundo sin su abuela. Siempre había estado allí, todos los días desde que tenía memoria. Que un día tuviera que morir le parecía incomprensible. Y sin embargo, sentía que su fin se aproximaba.

—No te amargues, querido —dijo Isabelle, al ver que el corazón le pesaba por eso—. He tenido una vida larga y cumplida, y estoy cansada. En verdad, es hora de que el Señor me llame a su lado. Cuando muere una anciana como yo no hay motivo para la pena. Deberíais alegraros de que por fin se me permita entrar al reino de los cielos.

Los recuerdos dominaban sus pensamientos. Por las noches, delante de la chimenea, Isabelle entretenía a la familia con historias de aventuras pasadas. Sus viajes comerciales a lejanos países. Sus años con las beguinas. Cómo habían vivido los padres de Balian proscritos en los bosques, su lucha común contra la opresión y la arbitrariedad. Rémy y Philippine se cogían de la mano y sonreían al recordar aquel tiempo extravagante y glorioso.

Pero lo que más le gustaba contar a Isabelle era cómo había conocido al abuelo de Balian, aquel otro Michel que había guiado a Varennes hacia la libertad.

—Acababa de volver de Milán, donde había aprendido el oficio de mercader con micer Agosti. Tendríais que haberle visto. Era amable, de buena presencia e inteligente, pero también muy seguro de sí mismo. La gata saltó a su regazo, y supe que era el hombre adecuado. No tardamos mucho en enamorarnos.

Hablaba todo el tiempo de su Michel, de su vida, de sus grandes acciones, pero también de su muerte.

—Íbamos a visitar al duque, pero los soldados de Metz nos tendieron una emboscada —contaba, mientras rascaba a la gata, perdida en sus pensamientos—. Fue en un bosque próximo a Nancy. Llovía a cántaros, y de pronto saltaron de entre los arbustos y quisieron atraparnos. Nos abrimos paso y pudimos huir, pero un dardo de ballesta alcanzó a vuestro abuelo. Rápidamente le abandonaron las fuerzas. Dos carboneros lo llevaron a casa en su carro, porque todo lo que quería era volver a ver su querido Varennes. Allí murió poco después, rodeado de su familia y de todos sus amigos.

Rémy tenía lágrimas en los ojos cuando se acordaba de aquel día. Pero Isabelle sonreía.

—Michel, mi Michel. Has tenido que esperarme mucho tiempo, pero pronto vamos a reunirnos.

El viejo año se fue. El nuevo llegó con un frío gélido y nieve recién caída. En la casa casi nunca había auténtica claridad; las velas y teas ardían de la mañana a la noche, y creaban pequeñas islas de luz en cuyos bordes acechaba la oscuridad. Isabelle estaba ya demasiado débil para dejar el lecho. Apenas hablaba, pero sus ojos estaban alerta y llenos de un brillo expectante. Pidió un sacerdote, confesó e hizo que le administraran los últimos sacramentos.

Balian dormía en la pequeña estancia en la que antaño habían dormido los aprendices de Rémy. Una noche su madre fue a despertarle.

—Tu abuela quiere verte.

Balian se incorporó.

—¿Se encuentra mal?

Philippine no dijo nada, pero la expresión de su rostro fue suficiente respuesta.

Se vistió rápidamente y corrió arriba. Una parpadeante vela iluminaba el dormitorio. Fuera, las tinieblas se apretaban contra la ventana; el viento gemía en torno al tejado y alborotaba los cristales de hielo. Su madre le había puesto a Isabelle dos almohadas debajo de la espalda y la cabeza para que pudiera mantenerse erguida. Las dos gatas estaban inmóviles encima del arcón de la ropa, y la observaban.

—Siéntate a mi lado, cariño —pidió ella.

Philippine le cedió su escabel. A él se le puso un nudo en la garganta cuando cogió la mano de Isabelle y sintió la piel coriácea.

—Tienes que prometerme una cosa. —Hablaba despacio, pero su voz sonaba asombrosamente fuerte—. Tienes que jurarme que harás todo lo que puedas por salvar el negocio familiar. No seas el que hundió lo que tus antepasados construyeron a lo largo de muchas décadas.

Balian apenas era capaz de hablar.

—Lo juro.

—Nada de frivolidad. El asunto es serio.

—Sí, abuela —logró decir.

Ella sonrió.

—Estoy segura de que encontrarás una solución para todo. Tienes el talento para hacer grandes cosas.

—Pero yo no soy Michel.

—¡Michel! Siempre Michel, ¿vas a dejar ya eso? Tu hermano ya no está. Te toca a ti tomar las decisiones adecuadas. No dejes que te convenzan de que no estás a la altura… no dejes que lo haga nadie, y tú mismo menos que nadie. Tienes que aprender a confiar en tus capacidades. Tienes dotes que ni siquiera sospechas.

Su voz se iba haciendo visiblemente más débil. Con un movimiento de la mano, le pidió a Balian que se acercara. Él se acercó a la cama y ella le puso la mano en la mejilla.

—El que te llame fracasado es un necio —dijo, y una sonrisa pícara recorrió sus rasgos—. Todos esos charlatanes y fariseos arrogantes… tú les enseñarás. Se avergonzarán de haberte hablado así. Dilo, hijo mío. Di lo que vas a hacer.

—Yo les enseñaré —cuchicheó Balian con voz ahogada, y puso la mano sobre la de ella y apretó sus dedos contra su mejilla.

Fue la última vez que Isabelle habló. Cuando la mañana alboreaba, la familia se reunió junto a su lecho. Isabelle miró a su alrededor, sus ojos ambarinos resplandecieron, tan fuertes y vivaces como los de una joven. Poco después los cerró para siempre y, viéndola, a Balian le pareció al mismo tiempo pequeña y fuerte, frágil e indomable, digna, hermosa e inmortal.

Estrechó a Blanche entre sus brazos, lloró y sonrió cuando se imaginó a Isabelle caminando decidida hacia las puertas del cielo y urgiendo a san Pedro, con voz acostumbrada al mando, a abrirlas: «Ya es hora. Daos prisa, buen hombre, dentro está mi Michel, y ya me ha esperado bastante».

4

Febrero de 1260

Cochinillos brillantes de grasa. Codornices asadas. Anguila a la parrilla. Brochetas de cebolla y fuentes humeantes de habas. Como si toda esa comida sobre las mesas no fuera suficiente, los criados trajeron además gigantescas rebanadas de pan, bandejas con queso y una ventruda fuente de sopa.

Cuarenta hombres se sentaban a la mesa del gran salón, todos los miembros del gremio de mercaderes de Varennes Saint-Jacques. Bebían y comían, eructaban y ventoseaban como si no hubiera un mañana. Era el último banquete del gremio antes del ayuno. Los hermanos querían llenarse la panza una vez más antes de que el hambre apretara dentro de dos días. Así que las barbas no tardaron en brillar de grasa y las mejillas en arder con el vino del sur. Un músico cantaba aires alegres, el ambiente era espléndido.

Tan solo Balian estaba de mal humor. Lo habían sentado al extremo de la mesa, lo más lejos posible del maestre del gremio y de los consejeros, para que no olvidara lo que pensaban de él. Naturalmente, también sus acreedores se encontraban allí. Célestin Baffour, Fulbert de Neufchâteau y Martin Vanchelle estaban sentados al otro extremo de la mesa, le lanzaban constantes miradas de desprecio y se rompían la boca hablando de él sin ninguna vergüenza. Sus vecinos de mesa se daban palmadas en los muslos, partiéndose de risa. El destino de Balian era, al parecer, materia de buena conversación.

Bueno, a él no le importaba lo que aquella gente pensara de él. Su mal humor tenía otras causas. Hacía algunos días que había hablado con el maestre del gremio y le había pedido ayuda, al fin y al cabo el gremio estaba ahí para eso: para asistir a sus miembros en apuros. Al menos era lo que siempre había pensado Balian. Pero el maestre tenía, al parecer, una idea distinta de los estatutos del gremio. Había rechazado ásperamente su petición y le había hecho saber que no podía hacer nada por él.

—El gremio solo ayuda a los mercaderes a los que golpea el destino, por ejemplo en forma de naufragio, enfermedad o asalto de ladrones —le había explicado el presidente de la fraternidad—. Pero sin duda no a los miembros irresponsables como vos, que han perdido su patrimonio por sus propios errores. —Balian debía tener presentes las virtudes de su familia. Su hermano y sus abuelos siempre habían conseguido recuperarse, incluso después de graves reveses—. Tomad ejemplo de ellos, en vez de andar quejándoos constantemente.

Balian no se había quejado en absoluto, pero ¿qué fin tenía discutir con el maestre? La decisión estaba tomada. Así que había aceptado su destino, y ahora estaba allí sentado y daba sorbitos a su copa de vino, mientras a su alrededor aquellos sacos de patatas hinchados de riqueza caían sobre el banquete como una plaga de langosta.

A su lado se sentaban los mercaderes más jóvenes, que se habían adherido al gremio hacía pocos años y aún no vivían de sus fincas ni de sustanciosos puestos. Balian no podía soportar a la mayoría de ellos. Maurice Deforest, por ejemplo, un tipo alto de rizos cortos y rojizos, recalcaba una y otra vez su parentesco con el alcalde, cosa que le servía de pretexto para mirar de arriba abajo a otros. Especialmente Balian era objeto de su arrogancia. Raphael Pérouse era incluso peor, porque sentía predilección por las bromas crueles y exhibía todo el tiempo una sonrisa de superioridad. Además, Balian no lo consideraba una buena persona. Se contaba que era un asesino, y taimado además, que nunca había tenido que pagar por sus crímenes. Junto a Raphael estaba su perro, al que todos temían, una bestia gigantesca, negra, parecida a un lobo. Se llamaba Mordred, y nunca se apartaba de su lado.

Thomas Carbonel en cambio parecía inofensivo. Terriblemente flaco, sin color, sin opinión propia, un seguidista de pies a cabeza. Tendía a inclinarse ante Maurice Deforest y repetir lo que él decía. También en ese momento estaba pendiente de los labios de su ídolo cuando este preguntó a los reunidos:

—¿Habéis pensado acerca de mi propuesta?

—Sinceramente, no sé muy bien qué pensar de ella —respondió Bertrandon Marcel—. La empresa me parece en extremo arriesgada. ¿De verdad merece la pena?

El pequeño mercader de pelo castaño cortado a lo paje, perilla corta y rostro redondeado era el único de los cuatro que le gustaba a Balian porque, al contrario que los otros, Bertrandon siempre le trataba con amabilidad.

—Visby, en Gotland, es el mayor mercado del mar Báltico —explicó Raphael mientras le tiraba un trozo de carne a Mordred—. Allí hay mercancías que no se pueden conseguir en ninguna otra parte. Seda de Catai, pieles de la Rus, ámbar de Prusia. Si lo hacemos bien, podríamos ganar mucho dinero de un golpe.

—Aun así es osado, en eso Bertrandon tiene razón —dijo Maurice—. Ningún mercader de Varennes se ha atrevido a llegar tan al este. Y los tiempos son inseguros. Pero si planeamos bien el viaje podemos reducir el riesgo y, con un poco de suerte, volveremos a casa como hombres bragados.

Los tristes ojos de Bertrandon brillaron.

—Admito que se trata de una aventura atractiva. Con ese viaje podríamos abrir por fin vías propias de adquisición de incienso y otras mercancías parecidas, y dejaríamos de depender de los intermediarios de Colonia y Brujas. Podría ser realmente lucrativo.

—Entonces, ¿estáis conmigo? —preguntó Maurice.

—¿Cuándo pensáis partir?

—Justo después de Pascua, cuando se haya fundido toda esta maldita nieve —respondió Raphael.

—Eso me viene bien. —Bertrandon asintió—. Contad conmigo.

—Brindemos por eso. —Maurice alzó su copa—. Señores, por nuestro viaje a Gotland. ¡Vamos a hacer historia!

Balian había escuchado a los cuatro hombres con curiosidad creciente. Un viaje comercial a la legendaria isla de Gotland… quizá una empresa así fuera su salvación. Si Maurice y los otros calculaban bien el asunto, en ese viaje podría ganar suficiente dinero para pagar todas sus deudas… suponiendo, claro, que le dejaran participar. Su mal humor se había esfumado. ¿Había escuchado Dios finalmente sus oraciones?

Los cuatro mercaderes aún siguieron hablando de su proyecto un rato. Cuando Maurice brindaba con el alcalde y Raphael salió a tomar el aire, Balian aprovechó la oportunidad y se volvió hacia Bertrandon.

—He oído casualmente lo que estabais hablando. Una empresa atractiva, ese viaje a Gotland.

—Pero no carente de peligros. —Bertrandon sonrió con timidez, como acostumbraba. Sufría de melancolía. Incluso en momentos de alegría, raras veces reía a carcajadas—. Espero no haberme dejado enredar en ninguna locura.

—¿Cómo surgió la idea?

—Estábamos charlando hace poco sobre las ferias de la Champaña. Todo el mundo contaba lo mismo: año tras año se multiplican los usureros, cada vez es más difícil vender la mercancía allí. Alguien sugirió que se podía intentar en otra parte, y de pronto se habló de Gotland. Maurice, Raphael y Thomas se entusiasmaron enseguida, pero yo tenía que consultar el asunto con la almohada un par de noches.

—¿Es cierto que en Gotland hay extrañas y valiosas mercancías?

—Sin duda. Allí confluyen todas las rutas comerciales de los lejanos países del este. Toda la seda que compramos en Colonia se negocia primero en Visby. También las especias que no vienen de Ultramar.

Era en verdad una aventura del gusto de Balian. En todo caso, conocía de oídas los países costeros del mar Báltico, y ardía en deseos de verlos con sus propios ojos.

—¿Creéis que podría unirme a vosotros?

Bertrandon dudó antes de responder. Thomas Carbonel se le adelantó:

—Eso solo puede decidirlo Maurice —dijo el seco mercader, con poca amabilidad—. Al fin y al cabo, era su propuesta.

—Hablaré enseguida con él —propuso Bertrandon.

Poco después volvían Deforest y Pérouse. Cuando se sentaron, Bertrandon dijo:

—Balian ha escuchado lo que planeamos. Nos pregunta si puede acompañarnos.

—Sí, claro —dijo Raphael—. Necesitamos urgentemente un compañero de viaje que tire nuestra sal al primer arroyo que encuentre y deje nuestro paño bajo la lluvia. De otro modo, el viaje podría resultar aburrido.

Maurice lanzó a Balian una mirada llena de condescendencia.

—No creo que eso fuera una buena idea.

—¡Ni yo tampoco! —se apresuró a secundarle Thomas.

—¿Por qué no, si me permitís preguntaros? —Balian reprimía su ira a duras penas—. Es un camino largo y peligroso. Una espada más solo puede resultaros útil. ¿Qué tenéis que perder si os acompaño?

—¿Toda nuestra mercancía? ¿Nuestra vida? —Las comisuras de la boca de Raphael temblaban.

—Sé que vuestra situación es desesperada y que buscáis una salida —dijo Maurice—. Pero nosotros no podemos ayudaros. En este viaje solo participarán hombres en los que pueda confiar.

—¿Y por eso lo llevaréis a él? —Balian señaló con la barbilla a Raphael—. ¿A un ladrón y asesino?

—Eso no es más que palabrería, y no me interesa —respondió relajado Maurice—. Raphael es un buen mercader... Para mí, eso es lo que cuenta.

Mientras Pérouse tiraba a su perro otro trozo de carne, atrapó la mirada de Balian y sonrió apenas. No parecía preocuparle lo más mínimo que lo hubieran llamado canalla delante de todo el mundo. Balian tenía incluso la impresión de que estaba orgulloso de su dudosa fama.

—Si fuerais un hombre de la talla de vuestro hermano las cosas serían distintas —prosiguió Maurice—. Pero un inútil que prefiere el burdel al despacho y que se pelea constantemente con otros borrachos no puede servirnos para nada.

—Eso es muy duro, Maurice —terció Bertrandon—. Balian es uno de los mejores guerreros de Varennes. Puede sernos útil si por el camino amenazan peligros.

—Para eso llevamos una escolta.

—Los mercenarios suelen salir corriendo cuando la cosa se pone fea —dijo Balian—. Para ellos, lo único que cuenta al final de la jornada es su salario. Yo en cambio defendería nuestra caravana hasta el final. Y hay algo más que no habéis pensado: si queréis llegar hasta Gotland, necesitaréis mis conocimientos de lenguas.

—Qué tontería —jadeó Raphael—. La mayor parte del viaje

discurre por regiones en las que se habla alemán. Cualquiera de nosotros lo hace.

—Quizá conozcáis el alemán que se habla en Alsacia y Espira. Con eso podréis entenderos como mucho hasta Colonia, pero más al norte ya no —ilustró Balian a los hombres—. ¿Ha estado alguno de vosotros en Sajonia o en Wendland? —Las miradas ofendidas de Maurice, Raphael y Thomas fueron suficiente respuesta—. Los dialectos de allí son muy diferentes de la lengua de los alemanes del sur. Es una lengua propia. Quien no esté familiarizado con ella no podrá hacerse entender. Porque allí nadie habla francés.

—Me temo que Balian tiene razón —dijo Bertrandon—. En una ocasión tuve que vérmelas con mercaderes de la Liga de Gotland que venían de Lübeck. Y costaba trabajo entenderlos.

Maurice agarró su copa de vino. Le irritaba visiblemente que su plan de altos vuelos tuviera un punto débil, y que fuera precisamente Balian quien lo había descubierto.

—¿Vos habláis la lengua de los alemanes del norte? —preguntó desabrido.

Balian asintió.

—En la campaña que hice con el rey Guillermo conocí guerreros de los países alemanes del norte y del noreste, y aprendí los más variados dialectos. Me necesitáis, Maurice —insistió—. Os guste o no.

El mercader pelirrojo dio vueltas a la copa en la mano. Su rostro se había endurecido. No miró a Balian cuando dijo:

—Por mí, podéis venir...

—Maurice —dijo contrariado Raphael, pero Deforest no le prestó atención.

—... con una condición —prosiguió Maurice—. No penséis que vamos a ayudaros de ninguna manera. Si creáis dificultades u os convertís en una carga para el grupo, nuestros destinos se separarán. No dudaremos en dejaros por el camino. ¿Nos hemos entendido?

—Quiero ser un compañero de viaje con los mismos derechos y obligaciones que los demás —dijo Balian—. No espero más.

Bertrandon trató de relajar la situación alzando su copa con una sonrisa:

—¡Por nuestro nuevo compañero!

70

Pero solo Balian brindó con él.

—Permitidme una pregunta —dijo Pérouse, y sus ojos brillaron malvados—. Me han dicho que para hacer un viaje comercial se necesitan mercancías. ¿Cómo vais a conseguirlas? ¿No estáis prácticamente arruinado?

Balian se cercioró de que sus acreedores estaban lo bastante lejos como para no oírle en medio del alboroto que reinaba en la sala, antes de enfrentar la mirada sarcástica de Raphael y mentir con desenvoltura:

—Todavía tengo plata suficiente para comprar las mercancías que necesito. —Ahora era él el que sonreía—. ¿Estáis decepcionado? Parecéis decepcionado. Se os pasará. Bebed un poco más de vino.

Hasta entonces apenas había probado la comida. De pronto, sintió que estaba hambriento. Llenó su plato de carne, pan y verduras y comió con gran apetito. Que Raphael le estuviera mirando mientras preparaba la siguiente observación ácida no le molestaba en absoluto, pues no hacía más que pensar en la promesa que le había hecho a su abuela: «Yo os enseñaré a todos».

—Basta por hoy —dijo Rémy—. El vigilante nocturno no tardará en llegar. Si nos sorprende trabajando tan tarde nos pondrá una multa.

—Voy a terminar deprisa este verso, padre. —Blanche se frotó los ojos ardientes, mojó la pluma en tinta y empezó una nueva línea.

La epopeya del buen Gerhard ocupaba casi siete mil versos. Rémy y Blanche ya habían traducido al francés alrededor de seis mil. Durante todo el invierno casi no habían hecho otra cosa que trabajar en la traducción. El principio había sido difícil, pero entretanto se habían embebido del inusual dialecto, de manera que el resto de los versos salían con facilidad. La siguiente semana, esperaba Blanche, habrían terminado, y entonces podrían empezar a pasar a limpio la epopeya.

La historia había ganado su corazón en los últimos meses. Era distinta de los romances en verso que ella conocía. La leyenda no hablaba de santos, caballeros o damas nobles, sino de un hombre completamente normal... el buen Gerhard, un mercader de

Colonia. Gerhard acometía viajes comerciales que lo llevaban hasta Prusia y Livonia, más adelante incluso hasta las tierras de los sarracenos. Las riquezas que allí cosechaba las gastaba con liberalidad en rescatar a los cristianos prisioneros en Marruecos, entre ellos la hija de un rey. En un principio quiso dar por esposa a su hijo a la noble damisela, pero cuando aparece su prometida, a la que habían dado por muerta, humildemente la deja marchar y rechaza toda recompensa terrena por sus actos desinteresados. Su nobleza era tan grande que incluso llegó a los oídos del emperador Otto y este se dejó inspirar por el buen Gerhard.

La historia era hasta tal punto arrebatadora que Blanche tenía que forzarse a parar. Secó la tinta y movió los tensos hombros.

—Déjame a mí hacer eso —dijo su padre cuando ella iba a recoger su atril—. Vete a casa. Ya has trabajado bastante.

Blanche le dio un beso, y poco después caminaba por las calles nevadas. Pasó por delante del gremio, en el que celebraban un ruidoso banquete. ¿Debía subir y tomar una copa de vino con su hermano? No, estaba demasiado cansada y no tenía ganas de encontrarse con mercaderes grandilocuentes y bebidos que la mirasen con lascivia. Fue a casa y, después de una sencilla cena, se acostó.

Durante la noche la despertaron ruidos: Balian y Odet, que andaban por la casa. Suspirando, se volvió del otro lado, pero poco después la puerta de su habitación se abría.

—¿Duermes ya? —preguntó su hermano.

—Sí —dijo ella escuetamente.

—¡Estamos salvados, Blanche! Vamos, levanta. ¡Tengo que contártelo todo!

—Un viaje a Gotland —dijo Blanche, sin entonación, cuando poco después se sentaban en la fría sala.

—A Visby, para ser exactos —explicó Balian—. Es una ciudad que está sometida al rey de Suecia...

—Sé dónde está Visby —le interrumpió su hermana—. ¡Por Dios, Balian! Todo eso es una locura. La familia está luchando por su supervivencia, ¿y tú quieres viajar al fin del mundo? A veces me pregunto si estás en tus cabales.

—No entiendo por qué te pones así —dijo él contrariado.

—¡Ese proyecto no está meditado! Un viaje como ese dura meses, y por el camino pueden pasarte sabe Dios qué cosas. ¿Qué será entonces de nosotros? Y si ese viaje ha de tener sentido, necesitas mercancías que vender. ¿De dónde vas a sacarlas?

—Voy a ir a los judíos a que me presten dinero.

—¿Que te presten dinero? —Blanche casi gritó—. ¿Es que ya no tenemos suficientes deudas? ¿Quieres convertir en mendigos a nuestra familia?

Entonces fue Balian el que se puso furioso.

—Bien, entonces dime qué debo hacer. ¿Vender más propiedades? Sabes que eso no es posible. ¿Trabajar para Célestin o alguno de esos otros sacos de grasa? No ganaría ni en cien años lo bastante para pagar las deudas. Tengo que hacer algo, o pronto acabaré en la Torre del Hambre. Y ese viaje es la mejor oportunidad de conseguir dinero de golpe.

Blanche se mordió el labio inferior.

—Estás realmente convencido —dijo al fin.

—Sobre todo lo están Maurice, Bertrandon y Thomas. Ellos lo han pensado bien. Saben lo que hacen. —Hablaba con total convicción, pero involuntariamente pensaba: «Ni siquiera sabían que no iban a poder entenderse en el norte...».

Balian desechó esa idea. Las dudas no le ayudaban a avanzar.

—Aun así, no irás a los usureros —insistió su hermana—. Tiene que haber otro modo.

—¿Cuál?

Sin decir palabra, se levantó y fue a su cámara. Cuando volvió, dejó un collar encima de la mesa. Era una joya hermosa y distinguida. La cadena era de oro puro. Cada eslabón tenía un artístico trabajo, alguno llevaba incluso rojos rubíes engarzados. Era el regalo de tornaboda de Blanche. Clément se lo había regalado después de la noche de bodas, como era costumbre ancestral.

—No —dijo decidido Balian—. Eso no entra en consideración. Devuélvelo enseguida a su sitio.

—Nos reportará por lo menos sesenta marcos. Con eso podemos comprar un carro de bueyes lleno de mercancías.

—Pero no puedes desprenderte de él como si fuera una bolsa de sal. ¡Ese collar es todo lo que te queda de Clément!

—No necesito una estúpida joya para acordarme de él —respondió Blanche, aunque, como Balian sabía, el collar le importaba mucho—. Mi amor por él no será más pequeño si tengo que vender esto. Para ser sinceros: tenía intención de venderlo de todos modos e invertir el beneficio en el negocio familiar. Clément lo habría querido así.

Balian respiró hondo.

—Está bien. Si tú crees que es mejor que ir a los judíos… véndelo —dijo, y esperó no tener que arrepentirse un día de no habérselo impedido. «Perdóname, Clément.»

Blanche cogió el collar, cerró los dedos en torno a la joya y clavó una penetrante mirada en él.

—Pero tengo una condición.

—¿Y es?

—Solo la venderé si puedo ir contigo.

—¿A Gotland? —preguntó Balian frunciendo el ceño.

—No, a confesarme, idiota.

—De ninguna manera —protestó él—. Es demasiado peligroso para una mujer.

—A la Champaña sí me dejas ir.

—Visby está mucho más lejos.

—La abuela hizo largos viajes, incluso a una edad avanzada.

—¡Eso era totalmente distinto!

—¿Ah, sí? ¿Y en qué?

Balian no tenía respuesta para eso.

—No vendrás —declaró irritado—. Ese viaje es asunto mío. Te quedarás aquí y ayudarás a padre en el taller.

—Como quieras. Entonces no hay collar. —Blanche hizo ademán de dirigirse a la habitación de al lado.

Balian se puso en pie.

—Espera.

Cuando ella lo miró desafiante, buscó a toda prisa las palabras:

—¿Por qué quieres venir a toda costa? ¿Qué esperas de este viaje?

—Si no estoy contigo, nadie te impedirá hacer tonterías. Ya se ha visto adónde lleva eso.

—Tengo a Odet —respondió ofendido.

—Odet no es adecuado para cuidar de ti. Se pasa el día pensando en comer. Y tú necesitas a tu lado alguien con entendimiento, si es que este viaje ha de ser un éxito.

Balian se daba cuenta de que estaba en el mejor de los caminos para perder en aquella discusión. Blanche se había fijado demasiado en Michel, era casi imbatible en una disputa verbal. Disparó la última flecha de su carcaj:

—A Maurice y los otros no les gustará. Me ha costado que me aceptaran a mí. ¿Qué crees que dirán cuando sepan que tú también vienes?

—Eso me da igual. Convencerlos es cosa tuya.

—¿Cómo quieres que lo haga?

—Ya se te ocurrirá algo —dijo Blanche, y con eso puso fin a la disputa.

—Subid, yo iré enseguida —dijo Maurice, y Balian fue con Odet a la sala de recepciones, que miraba sobre el patio cubierto de nieve de la casa del mercader.

Un calor benéfico le salió al encuentro cuando abrió la puerta. En la chimenea crepitaba un fuego. De los otros, hasta ese momento solo había llegado Raphael Pérouse. Balian le saludó con un escueto gesto de la cabeza, y oyó un leve gruñido. Provenía de Mordred, tumbado debajo de la mesa, royendo un hueso y mirándolo amenazador.

Raphael le rascaba la cabeza a la bestia, una sonrisa lobuna jugueteaba en sus labios. Balian tuvo que admitir que el mercader tenía una notable prestancia. El cabello oscuro corto, formando remolinos en el cogote y junto a la raya; una sombra de barba azuleaba su mentón y sus mejillas, y recalcaba sus rasgos marcados, igual que la recta nariz. En los ojos verdosos había ese centelleo tan típico suyo, que expresaba sarcasmo, arrogancia y ganas de pelea. No era sorprendente que aquel hombre no tuviera muchos amigos... sobre todo porque los rumores acerca de su persona no generaban mucha confianza: hacía dos años había matado y robado a un monje en Vogesen, se decía en la ciudad. Aunque el Consejo había investigado el asunto sin poder probar nada, desde entonces no pocos lo tenían por un asesino de negra alma. También Balian estaba convencido de la culpabilidad de Raphael... reconocía a un canalla en cuanto lo veía. Por eso, la perspectiva de recorrer medio mundo junto a ese hombre no lo llenaba precisamente de entusiasmo.

Guardaron silencio hasta que los otros mercaderes aparecieron. Maurice extendió distintos mapas encima de la mesa, mientras dos criadas servían la comida. Como había empezado el ayuno, solo hubo sopa clara y sidra de manzana.

Odet hizo una mueca de tristeza al meter la cuchara en el cuenco, la contempló sin ganas y la inclinó, y un trozo de pan reblandecido cayó en la sopa con un chapoteo. Para él, la Cuaresma era la peor época del año. Llevaba quejándose desde por la mañana, y decía que no sabía cómo iba a superar los próximos cuarenta días.

—¿Sabéis a quién he visto esta mañana? —contó Raphael mientras comían—. A Célestin Baffour y Martin Vanchelle. No están muy contentos de que nuestro amigo Balian quiera hacer un viaje.

—¿Le habéis dicho que voy con vos a Gotland? —preguntó Balian indignado.

—No ha sido necesario... esas cosas se saben con rapidez. Sea como fuere, Célestin tiene la sospecha de que queréis de ese modo escapar de vuestras deudas.

—¿Acaso es de vuestra incumbencia? —repuso Balian—. Mis deudas es algo entre mis acreedores y yo.

—A nosotros también nos incumbe —dijo Maurice—. Nos habéis dado vuestra palabra de que tenéis suficiente dinero para este viaje. Si no es así, ponéis la empresa en riesgo.

—Tengo dinero —repuso Balian.

—Eso no es lo que dicen Célestin y Martin. —Los ojos de Raphael brillaban, con ganas de pelea—. Dicen que no tenéis ni un céntimo, y que por eso les habéis implorado aplazar vuestras deudas.

Balian dudó antes de responder.

—Hay un dinero que ellos desconocen.

—Ah. ¿No es eso un poco deshonesto?

—¿Precisamente vos vais a darme un discurso sobre honestidad?

—Basta —terció Bertrandon—. Balian debe arreglar ese asunto con sus acreedores. No veo por qué tenemos que ocuparnos de eso. Si tiene dinero para el viaje... santo y bueno. Si no, no vendrá. Es así de sencillo. ¿Podemos hablar acerca de la ruta?

Maurice miró por última vez con disgusto a Balian, antes de llamar la atención de los hombres hacia los mapas.

—Nuestro destino es Lübeck —dijo el mercader de cabello rojizo—. Allí cogeremos un barco que nos llevará por el Báltico a Gotland. La cuestión es: ¿cuál es el mejor camino para ir a Lübeck?

Empezó una animada discusión. Rápidamente se pusieron de acuerdo en remontar el Mosela hacia Tréveris y Coblenza y desde allí seguir remontando el Rin. Thomas Carbonel propuso coger un barco en Colonia y viajar por vía fluvial y marítima hasta Lübeck, pero la idea fue desechada. Rodear Dinamarca llevaba tiempo; el viaje por tierra no duraba tanto como para que mereciera la pena exponerse a los inmensos gastos y múltiples peligros de un viaje en barco.

—Propongo aprovechar las grandes rutas comerciales y viajar desde Colonia hacia Münster, Bremen y Hamburgo —dijo Raphael, mirando los mapas—. Por el camino hay muchas plazas de mercado y ciudades, así que no tendremos que pasar las noches al raso.

—Me parece el camino más favorable —respondió Maurice, lo que movió a Thomas Carbonel a asentir con vehemencia.

Los hombres habían ignorado a Balian todo el tiempo. Tan solo Bertrandon trató de incluirle.

—¿Estáis de acuerdo con esta ruta?

Balian contempló los mapas. Quería intervenir en la planificación, por lo que hizo una propuesta:

—Podríamos ir por el Vogesen a Estrasburgo y desde allí viajar hacia el norte por el Rin. —Eso le daría la oportunidad de visitar Espira y volver a ver a su antiguo *fattore* Sieghart Weiss.

Pero Raphael se limitó a reír con desprecio. Tampoco Maurice ocultó que la propuesta le parecía estúpida.

—Mantendremos la otra ruta —decidió.

Balian sintió una nueva ira brotar dentro de él.

—Si no os gusta mi propuesta... ¿me podríais al menos explicar por qué?

—No sabe ni las cosas más sencillas —dijo Raphael a Maurice—. ¿Seguís creyendo que es una buena idea llevarlo con nosotros?

—Lo necesitamos —repuso el cabecilla, a lo que Raphael respondió con un resoplido despectivo.

Thomas se rebajó a explicar su error a Balian:

—Si vamos por Estrasburgo, primero tendremos que transportar la mercancía en carros y luego traspasarla a canoas. Eso es trabajoso. Además, al norte de Espira hay en este momento una disputa. Los de Worms luchan contra el caballero Jakob von Stein. Debemos evitar esa región.

—Si os tomarais vuestro trabajo en serio, lo sabríais —observó Raphael.

Antes de que Balian pudiera aprestarse a dar una respuesta corrosiva, Bertrandon dijo:

—Calculo que necesitaremos como mucho tres meses para llegar a Gotland. Luego un mes en Visby para los negocios, y tres para el viaje de vuelta. En ese caso estaríamos en casa para Navidad… si nada se interpone. Tened en cuenta que viajamos por un reino intranquilo. Desde que no tenemos un rey digno de tal nombre, más de un príncipe ya no considera necesario respetar el derecho. Las aduanas y los impuestos han subido en todas partes. En algunos bosques, un mercader ya no está seguro ni de conservar su vida. ¿Cómo nos protegemos de esos peligros?

—Naturalmente llevaremos mercenarios con nosotros —respondió Maurice—. Y en lo que a las aduanas se refiere: al menos para las primeras etapas del viaje tenemos salvoconductos que nos librarán de la mayoría de las tasas.

—Uno se pregunta cuánto vale un trozo de pergamino, aunque lleve el sello de un arzobispo, en estos tiempos —murmuró Bertrandon.

Maurice llenó de sidra su jarra.

—Esperemos tener suerte. De todos modos, no podemos hacer nada más. Por mi parte, no considero posible aplazar el viaje hasta que tengamos un rey como es debido. ¡Quiero ganar dinero ahora! Así que hablemos de las mercancías que conviene llevar.

—Sin duda, sal no —dijo Thomas.

Balian frunció el ceño.

—¿Por qué no?

—¡Maurice, por Dios! —Raphael rio, medio sarcástico, medio desesperado—. ¿Cuántas estupideces vamos a tener que soportar aún?

Balian miró fijamente al mercader de negros cabellos y tuvo

que dominarse para no darle un puñetazo en plena cara. Soportar la arrogancia de Raphael durante muchas semanas iba a ser duro. Muy duro.

—Pensaba que conocíais el norte del Imperio —dijo irritado Maurice.

—¿Qué tiene eso que ver con nuestra sal?

—El comercio de sal en el noreste está en manos de Lüneburg —explicó Bertrandon—. Lüneburg y la Confederación de Gotlandia no permitirán que llevemos sal de la Lorena a Lübeck. Por eso debemos llevar otras mercancías. Lo mejor es el paño de las fábricas locales. Eso promete buenos beneficios, porque al este no hay ninguna fábrica de tejidos digna de mención.

—Los mercaderes de Visby quieren sobre todo productos elaborados, que puedan vender a Suecia, Livonia y Nóvgorod —dijo Maurice—. Así que equipaos de vino, herramientas y armas.

Más tarde discutieron los últimos detalles. Aunque a Balian le habría gustado airear su enfado, mantuvo la boca cerrada. Su participación en el viaje pendía de un hilo... no quería dar a Maurice ningún pretexto para no llevarlo con ellos. Así que comió un poco de pan y escuchó en silencio hasta que la conversación terminó.

—Os agradezco que hayáis venido —despidió Maurice a sus huéspedes—. Ahora, aprovechad la Cuaresma para rezar por el éxito de nuestro viaje.

Raphael fue el primero en levantarse.

—Sobre todo, yo rezaré por que él no nos arruine a todos —dijo mirando a Balian, y se marchó llevando tras de sí a Mordred.

Balian tiró el trozo de pan a la mesa y apretó los dientes. «Calma. Si pierdes el control, habrá ganado.»

Odet miró de reojo el mendrugo de pan y se lamió los labios resecos.

—¿Vais a comeros esto, señor?

—¡Eso es estúpido! ¡Absurdo! ¡Una espantosa locura, con la que aún vais a perder más dinero! —rugió Célestin, que estaba en el zaguán con los otros dos acreedores. Los tres hombres estaban esperando a Balian cuando llegó a casa, y enseguida le pidieron cuentas—. ¡Haced el favor de pagar vuestras deudas en vez de embarcaros en locas aventuras!

—Señores… —Balian intentó calmar a los mercaderes, pero no le dejaban hablar.

—¿Qué pasa si perecéis por el camino? —gritó Martin—. ¿Quién pagará entonces lo que nos adeudáis? ¿Habéis pensado alguna vez en la gente a la que perjudicáis con vuestras aventuras?

Fulbert le puso el índice en el pecho a Balian.

—¿De dónde habéis sacado el dinero para las mercancías? ¿Acaso nos habéis ocultado valores?

—¡Por favor, escuchadme! Puedo explicarlo todo…

—¡Ya estamos cansados de vuestras excusas! —atronó Célestin—. Voy a deciros lo que vamos a hacer: ¡vamos a arrojaros a la Torre del Hambre, y os dejaremos languidecer allí, entre el frío y las tinieblas, hasta que paguéis!

—Por última vez: solo podré pagaros cuando tenga dinero. Y solo conseguiré dinero si emprendo ese viaje.

—¡Ya no creemos de vos una sola palabra!

—Mi hermano dice la verdad. —La voz de Blanche hizo enmudecer a los indignados mercaderes. Parecía un símbolo de decoro y encanto cuando bajó por las escaleras. Mientras Balian discutía con sus acreedores, se había puesto a toda prisa un vestido muy discreto. Una cofia ocultaba su pelo, recatada; el rojo de sus mejillas resultaba atractivo, pero no habitual—. Está casi sin recursos. El dinero para el viaje lo aportaré yo.

—¿Cómo? —preguntó Célestin.

—Vendiendo mi regalo de tornaboda. Mi esposo, Dios lo tenga en su gloria, habría querido que con eso salvara el negocio familiar.

Su aparición no careció de efecto en los tres mercaderes: la visión de una mujer hermosa y virtuosa a la vez quitó algo de fuerza a su ira.

—Es muy respetable que os empleéis así en favor de vuestra familia —dijo Martin, que era viudo y hacía mucho que había puesto sus ojos en Blanche—. Pero ¿no ayudaría más al negocio que pagarais las deudas con el producto de la venta?

—No alcanza para eso —explicó Blanche—. Pero sí para que mi hermano pueda hacer buenos negocios en Gotland, y a su vuelta pagar todas sus deudas.

—Si vuelve —dijo Fulbert—. ¿Quién nos garantiza que en este viaje no habrá ninguna otra desgracia?

—Nadie. Como sabéis, en todo viaje acechan peligros, y el éxito económico no está en modo alguno asegurado. Pero creo que las posibilidades son buenas... y además he decidido acompañarle. He aprendido mucho de nuestra abuela. Juntos conseguiremos ganar mucho dinero en este viaje.

—Una mujer joven, meses sola entre hombres... ¿estáis segura de que queréis exponeros a eso? —preguntó Martin.

—Mis hermanos me enseñaron a defenderme —respondió sonriente.

Los mercaderes callaron, pensativos. Balian habría querido besar a su hermana. Gracias a ella, el viaje ya no parecía la fantasía de un loco caballero de fortuna, sino una empresa seria. Porque la fama de Blanche en Varennes era espléndida; pasaba por ser inteligente, concienzuda y capaz.

—Aun así, corremos un gran riesgo si os lo permitimos —dijo Célestin—. Tendríais que ofrecernos algo más que hermosas palabras y promesas.

—Tomad esto como signo de nuestra buena voluntad. —Blanche le tendió una bolsa llena de dinero—. Quince marcos de plata... los ingresos de la venta de las mercancías de Troyes. Todo lo que os pedimos a cambio es tiempo. Aplazad las deudas hasta Navidad, y os las devolveremos íntegras... Tenéis mi palabra.

Fulbert cogió la bolsa y la abrió apresuradamente para ver su contenido. Luego, los mercaderes deliberaron en susurros.

—De acuerdo —dijo Célestin—. Pero no volveremos a prolongar el plazo. Si para Navidad no habéis vuelto y pagado las deudas, nos incautaremos de todas vuestras propiedades, y de las de vuestros padres si fuera necesario. —Miró penetrante a Balian—. Dad gracias a Dios por haberos bendecido con una hermana tan inteligente y generosa. Sin Blanche, ahora mismo estaríais en una mazmorra.

Por fin los hombres se fueron. Martin no se privó de guiñar un ojo a Blanche a modo de picante despedida.

—Con la plata de Troyes pensaba comprar un buey de tiro —observó Balian.

—Si no se la hubiera dado, nunca habrían aceptado el trato

81

—respondió ella irritada—. Acabo de salvar nuestro trasero, hermano. ¿Qué tal un poco de gratitud?

—Gracias —dijo con voz neutra, y luego añadió—: Estás muy guapa con ese vestido.

—Por desgracia, también ese repugnante de Martin lo ha notado. —Blanche subió la escalera quitándose la cofia—. ¡Por Dios! Cuando pienso que esta noche puedo estar en sus lascivos sueños me dan ganas de vomitar. Ahora no te quedes ahí, vamos a pensar a quién le vendemos el collar...

5

Abril de 1260

O det estaba preocupado.
 Cierto que su señor Balian era un pedazo de pan, bondadoso y amable. Nunca había alzado la mano contra sus sirvientes. Sus dotes para las lenguas extranjeras asombraban a Odet. Y luchaba... ¡como un verdadero caballero! Sin duda, el señor Balian tenía muchos honrosos talentos.

Por desgracia, la destreza comercial no se hallaba entre ellos.

Odet había pasado más de una noche inquieta desde que había tenido noticia del inminente viaje a la lejana isla de Gotland. Ningún habitante de Varennes había osado hacer un viaje así. Solo los mejores mercaderes resistirían esa aventura. En cambio, a Balian seguro que le amenazaba la desgracia en ese viaje, y por lo tanto también a él, a Odet. Sin duda en el extranjero le esperaba un mal destino.

Odet quería hacer todo lo que estuviera en su mano para garantizar a su señor el apoyo divino. Quería rezar a los santos como no había rezado nunca, quería implorar a los mártires y patrones que tendieran su mano protectora sobre él mientras recorrían tierras lejanas y peligrosas. Con ese fin se puso en camino hacia la catedral, porque la venerable catedral de Varennes albergaba los huesos de san Jacques: una poderosa reliquia que daría a sus ruegos el efecto deseado.

Mientras Odet subía los escalones y cruzaba el impresionante portal, iba royendo un embutido ahumado que había sisado de la despensa. Aquel domingo se celebraba la Pascua. Por fin, por fin había pasado la maldita Cuaresma y podía volver a comer cuanto quisiera: queso, huevos, carne... todo lo que su estómago moribundo ansiaba. Los cuarenta días anteriores le habían parecido una pesadilla interminable. Durante la última semana, el hambre casi le había hecho perder la razón. Cada hora que estaba despierto la pasaba pensando en exquisitos platos, por las noches soñaba con opulentos banquetes, y entretanto había enflaquecido. ¡No era más que una sombra de sí mismo! Tardaría semanas en recuperar su prestancia de antaño.

Naturalmente, Odet entendía el profundo sentido del ayuno... al fin y al cabo era hombre temeroso de Dios. Aun así, el tiempo que mediaba entre el Miércoles de Ceniza y la Resurrección de Cristo eran un continuo tormento para él, porque desde aquel terrible invierno de hacía muchos años ya no podía soportar la sensación de hambre. Odet aún era un niño entonces, su familia vivía al borde del Vogesen. Durante meses apenas habían tenido nada que comer, porque el mal tiempo y la podredumbre habían echado a perder todas sus reservas, las plagas habían matado a las bestias. Los habitantes de su pueblo estaban tan desesperados que mascaban cortezas de árboles y asaban anguilas medio podridas... No podía evitar pensar en aquella terrible época cuando le asediaba el hambre. Cuando su estómago empezaba a gruñir, no tardaba mucho en verse asediado por los miedos.

Pero ahora había superado la Cuaresma, lo que mejoraba notablemente su humor. Aquella mañana se había levantado a primera hora y se había llenado la panza, y por fin volvía a pensar con claridad. Y estaba bien así, porque había unas cuantas cosas que hacer.

Mientras Odet avanzaba entre la penumbra de la enorme nave de la iglesia contempló las vidrieras, en las que brillaban los rayos del sol. El cristal de colores representaba escenas bíblicas y distintos martirios. Su visión sumió a Odet en un estado de felicidad. Siempre que estaba en la catedral tenía la sensación de estar muy próximo a los santos. Eran sus amigos, sus consejeros en todas las situaciones de la vida. Allí estaba san Sebastián, al que el emperador romano había flagelado hasta la muerte. Una ventana más allá estaba san Liborio, que había sido decapitado por los hunos. Junto a ellos, Ludmila de Bohemia, estrangulada por malvados asesinos. Odet se jactaba de conocer la vida de más de cien mártires, aunque tenía un especial interés por las distintas formas en que habían muerto. Poseía buena memoria para los detalles morbosos, y sentía un agradable escalofrío cuando se imaginaba lo que aquellas personas habían sufrido por su fe.

Su santo favorito era Jacques, el patrón de Varennes, que no solo protegía la ciudad natal de Odet, sino también a todos los que trabajaban en las salinas extrayendo la valiosa sal. Además, san Jacques intercedía ante el Todopoderoso por los mercaderes viajeros de Varennes. Sin duda estaría bien dispuesto para escuchar la petición de Odet.

Cuando iba a bajar a la cripta en la que descansaban los restos de Jacques, le llamó la atención que el relicario estuviera delante del altar. Allí lo habían expuesto los canónigos la noche anterior, para que los creyentes pudieran rezar ante él. Hacía mucho que la misa del Gallo había terminado, pero el relicario seguía allí.

¿Lo habrían olvidado? Odet miró a su alrededor. No se veía un clérigo por ninguna parte. En la nave lateral se oían cánticos. Naturalmente, acababan de empezar las vísperas. Sin duda los canónigos llevarían abajo las reliquias en cuanto terminasen su oración.

Se acercó con respeto al arca dorada y formuló una oración: «San Jacques, todos sabemos que este viaje es una gran necedad. ¿Puedes cuidar de nosotros? Sobre todo, tienes que guardar de las necedades a mi señor Balian... ya le conoces. Y, por favor, cuida de que no nos quedemos sin víveres, para que tu fiel servidor Odet no tenga que pasar hambre...».

El relicario estaba abierto, los huesos amarillentos de Jacques eran visibles a la luz de las velas. Odet los contempló con devoción. Nunca había visto de cerca los santos restos. Cuando los canónigos abrían el arca, había siempre tal multitud que apenas se podía ver nada.

Se mordió el labio inferior, mientras su mirada se deslizaba por el esqueleto. Tanto poder sagrado en tan poco espacio era inconcebible. Incluso en el dedo meñique de Jacques había suficiente gracia divina para toda una vida humana.

Tocar la reliquia una vez, solo una.

Rápidamente Odet miró a su alrededor. No había nadie.

Su mano tembló al extenderla...

Por la tarde, Balian fue a visitar a sus padres. Rémy y Philippine estaban en ese momento en el taller, barriendo el suelo. Balian nunca había visto tan ordenada la gran sala de trabajo. Estaba claro que sus padres habían aprovechado el Lunes de Pascua para hacer limpieza a fondo.

—Mañana te vas, ¿no? —dijo Rémy—. ¿Nervioso?

—No es la primera vez que hago esto, padre —respondió sonriente Balian, aunque no podía ocultar que su tensión crecía desde hacía días. Este no era un viaje comercial normal. Esta vez se lo jugaba todo.

—¿Viene también tu hermana? —preguntó Philippine.

—Está preparándolo todo para la partida. Pasará a veros luego. —Sus padres no se habían mostrado felices al saber que Blanche iba a acompañarle. Balian esperaba que disuadieran a su hermana pero, al igual que él, no lo habían logrado.

Balian tendió a su padre un pergamino plegado y sellado con cera.

—¿Qué es esto? —preguntó Rémy frunciendo el ceño.

—Mi testamento. Solo por si acaso —añadió Balian.

Todavía hacía pocos años que solo los nobles hacían testamento; entretanto, esa práctica había hecho escuela también entre la burguesía urbana. Especialmente los mercaderes tomaban disposiciones escritas acerca de su última voluntad antes de partir para largos viajes. Balian jamás había considerado necesaria tal precaución, pero esta vez quería hacer las cosas bien, y eso incluía un testamento con disposiciones acerca de qué había que hacer con sus propiedades en caso de su muerte. Así quería impedir que todo cayera en manos de sus acreedores si no sobrevivía al viaje. Por eso, había dispuesto que su casa fuera vendida y un tercio del ingreso fuera donado al hospital de pobres. Célestin, Martin y Fulbert no se atreverían a impugnar esa cláusula.

Su padre sostuvo el testamento sin decir palabra. El silencio era elocuente. En la mirada de Rémy se advertía la preocupación por Balian, el temor al futuro, el anhelante deseo de que todo terminara bien. No dijo nada de eso. En su ancianidad, Rémy se iba volviendo cada vez más parco en palabras.

—La criada se ocupará de la casa —rompió al fin el silencio Balian—. ¿Podéis echar un vistazo de vez en cuando?

—Claro —dijo sonriendo su madre.

—Ahora tengo que irme. Maurice celebra esta noche una fiesta para que podamos despedirnos de todos. ¿Queréis venir?

—Lo pensaremos —gruñó su padre.

Balian sonrió para sus adentros. Eso significaba que no. Sus padres amaban la tranquilidad, sus libros, la familiar compañía en pareja. Las fiestas ruidosas no estaban hechas para ellos.

—¿Os habéis confesado ya? —preguntó Philippine.

—Iremos mañana a primera hora, antes de cargar las gabarras.

—No lo olvidéis. Es importante emprender un viaje tan largo con la conciencia tranquila.

—No lo olvidaré, madre. —Balian le apretó la mano—. Te lo prometo.

Poco después caminaba por los callejones. Solo hacía una semana que el invierno había soltado al Mosela de sus gélidas garras. La nieve se había fundido en pocos días; el sol brillaba, la ciudad olía a primavera, a vida. El hecho de que las calles fueran un barrizal y Balian se hundiera más de una vez en el lodo hasta los tobillos no podía enturbiar su confianza. Tomaba el abrupto final del invierno por un buen presagio. Días suaves, tibios atardeceres, noches cada vez más cortas: exactamente el clima adecuado para un nuevo comienzo.

En la catedral, se encontró con los otros mercaderes. Juntos rezaron por el éxito del viaje e invocaron al arcángel Rafael y a san Cristóbal, los santos patronos de los viajeros. Acto seguido se juraron mutua fidelidad y recíproca ayuda con las armas.

—Habéis hecho voto de asistiros mutuamente —dijo con solemne gravedad el sacerdote que dirigía la ceremonia—. Cada uno es responsable del bienestar de sus compañeros. Ninguno podrá engañar a otro, nadie dejará a otro en la estacada. Ahora, elegid un capitán que dirija la comunidad.

Apenas se habían levantado los cinco mercaderes, Thomas Carbonel dijo:

—Yo propongo a Maurice. Él planeó la empresa. Además, de todos nosotros es aquel que de más prestigio goza en la ciudad.

El mercader pelirrojo miró, seguro de sí mismo, a los congregados. Balian habría apostado a que Maurice se había puesto de acuerdo con Thomas en que le propusiera, para no tener que hacerlo él mismo.

—Si no se encuentra a otro, acepto la tarea —declaró con fingida modestia.

—Maurice debe hacerlo —dijo escuetamente Raphael.

Bertrandon asintió. Balian también, porque todo le valía mientras Raphael no encabezara el grupo.

—Entonces está decidido —anunció el sacerdote—. Maurice es vuestro capitán. Los demás estáis obligados a obedecer sus decisiones.

Después de la ceremonia se dirigieron a casa de Maurice. La fiesta tuvo lugar en el salón. Mientras atardecía, llegaron en tropel los invitados: vecinos, consejeros, miembros del gremio, hasta que la sala ya no pudo más y una parte de la gente empezó a beber en el patio. En el fuego se asaba medio ternero, y la cerveza y el vino corrían a chorros. Se ensalzaba el valor de Maurice y sus compañeros por acometer semejante empresa, y se les deseaba suerte.

Esa noche nadie habló de los peligros del viaje. Estaban seguros de que los cinco hombres volverían a casa sanos, y encima ricos. En medio de la euforia general, Maurice olvidó su arrogancia habitual y trató a Balian casi como a un igual. Raphael llegó incluso a brindar con él, antes de volver a darse cuenta de que prefería estar solo en un rincón, rascar a Mordred y contemplar con una mueca burlona el trajín.

Cuando hacía mucho que había anochecido apareció Godefroid, un viejo guerrero bien conocido en la ciudad, que había servido a un caballero antes de hacerse mercenario y empezar a trabajar a sueldo para distintos amos. Godefroid era un hombre de cuarenta y cinco años, bajo y recio, con un cráneo pelado lleno de cicatrices del que se despegaban las orejas.

Maurice llamó a su lado a los otros mercaderes antes de saludar alegremente al mercenario.

—Supongo que todos conocéis a Godefroid. Él y sus hombres nos acompañarán a Gotland. Si vienen con nosotros, ningún salteador de caminos osará acecharnos.

El mercenario saludó ceñudo a los otros con un gesto de cabeza.

—¿Hay también para mí una copa de vino?

—¡Criados! ¡Vino para mi amigo Godefroid! —rugió Maurice.

En ese momento apareció Blanche.

—Yo tampoco tendría nada que oponer a una jarra —dijo sonriendo y, cuando Balian la vio, se dio cuenta con fuego en el rostro de lo que no había hecho a lo largo de las últimas semanas. Se había propuesto varias veces decir a los otros que su hermana iría con ellos. Pero, de alguna manera, nunca se había dado la ocasión. Se frotó la nariz. Bueno, se lo diría ahora.

Por desgracia, Bertrandon se cruzó en sus planes.

—¡Blanche! Qué alegría que queráis festejar con nosotros. Quién sabe si mañana podríamos despedirnos como es debido, en medio del tumulto.

—¿Despedirnos? —Frunció el ceño, y su mirada encontró la de Balian—. No se lo has dicho.

—¿El qué no ha dicho? —La confusión apareció en los tristes ojos de Bertrandon.

—Mi hermana nos acompaña a Gotland —dijo Balian.

El alegre gesto de Maurice se descompuso.

—No estáis hablando en serio.

—Vamos, Maurice, ¿qué tiene de especial? No importa un compañero más de viaje. Además, solo es cosa mía si la llevo conmigo.

—¡Eso no es cierto! —le increpó el mercader pelirrojo—. Nos afecta a todos, y nos lo habéis ocultado.

—¿Estoy viendo bien? ¿Viene una mujer con nosotros? —gruñó Godefroid—. Menos mal que me entero a tiempo. Si viene una mujer, es mucho más difícil proteger el convoy. Eso lleva un recargo.

—Eso es ridículo —dijo Balian—. Queréis tomarnos el pelo, eso es todo.

El soldado no le prestó atención y miró fijamente a Maurice.

—Un denier más al día, o podéis buscaros otros guerreros.

El capitán ardía de rabia, sus dedos se agarrotaron en torno a la copa.

—¿No os lo dije? —terció Raphael—. No nos dará más que problemas. Vayámonos sin él.

Maurice se volvió hacia Balian.

—Vos pagaréis el recargo de los mercenarios. Y os lo juro: a la próxima, nos separaremos.

Se marchó orgulloso de allí, seguido de Thomas y Raphael,

que lanzó una última y sombría mirada a Balian. Tan solo Bertrandon se quedó con ellos, y salvó el penoso silencio dando un largo trago a su copa de vino.

—Bien hecho, hermano —dijo Blanche—. De verdad. Una obra maestra.

6

El mercado del pescado era un caos de hombres que gritaban, bueyes que mugían y mercancías apiladas. Los criados cargaban toneles en las gabarras en el puerto fluvial, y estibaban las valiosas mercaderías. Godefroid y sus guerreros se repartían entretanto por los barcos de fondo plano que se mecían en las aguas lodosas. Los nueve mercenarios llevaban cotas de malla y jubones reforzados con remaches. Cada uno iba armado con una lanza o un hacha de guerra; sus cascos brillaban al sol de la mañana.

Hacía un tiempo espléndido. Aunque desde la noche anterior el ambiente en el grupo era de irritación, y Maurice, Raphael y Thomas lo ignoraban con todas sus fuerzas, Balian estaba de buen humor. Por fin partían. Apenas podía esperar a dejar tras de sí la angosta y contemplativa Varennes y ver tierras desconocidas.

Odet y él estaban estibando el último tonel en la gabarra. Balian era el único de los mercaderes que solo necesitaba una. El collar de Blanche había reportado algo más de sesenta marcos de plata. Con eso habían comprado paño, herramientas, mineral de hierro y otras mercancías; además, su padre les había dado algunos libros de su taller. Era mucho menos de lo que Maurice y los otros habían comprado, pero si hacían las cosas con inteligencia y cambiaban en Ostland la mercancía por productos de lujo procedentes del este, se podía ganar una fortuna.

No habían gastado todo el dinero para tener un fondo de emergencia para el viaje. Balian guardaba la plata en una arqueta, en forma de barritas que podían convertir en monedas por el camino, para ahorrarse las enormes tasas que había que pagar cuando se cambiaban monedas extranjeras por locales.

—Comprueba que todo está bien atado —indicó Balian a su criado antes de saltar al muelle de atraque, donde Blanche estaba junto a sus padres.

—Maurice me trata como si no existiera —se quejó su hermana.

—Se hace el ofendido. Se le pasará. —Balian se volvió hacia sus padres—. Deseadnos suerte.

—Rezaremos por vosotros cada día. —Philippine sonrió valerosa, aunque apenas podía contener las lágrimas.

—No pongas en vergüenza nuestro nombre, hijo mío. Y devuelve a tu hermana sana y salva. —La voz de Rémy sonaba áspera—. Vamos, venid. —Primero encerró a Balian en sus brazos nervudos y luego a Blanche, y no acababa de soltar a su hija, aunque las efusiones sentimentales no eran cosa habitual en él.

De pronto, también Balian sintió un nudo en la garganta. ¿Y si la despedida era para siempre? ¿Y si nunca volvía a ver a sus padres ni Varennes? Apartó la mirada para que nadie pudiera darse cuenta de cómo luchaba con las lágrimas. Acto seguido compuso una sonrisa descarada:

—A más tardar, en Navidad estaremos en casa… ¡con tanta plata que se habrán acabado las preocupaciones! —se jactó.

—¡A los botes, hermanos! —gritó en ese momento Maurice, que disfrutaba visiblemente de su nuevo papel de capitán—. ¡Listos para zarpar!

Balian ayudó a Blanche a subir al barco y empuñó la vara del timón, mientras Odet soltaba las amarras.

—¡Dios esté con vosotros! —gritó Philippine.

Ella, Rémy y todos los demás que habían ido al puerto aquella mañana saludaron y gritaron sus bendiciones mientras la corriente se llevaba las gabarras una tras otra.

—¡A Gotland! ¡A por la suerte y la riqueza! —gritó Bertrandon, en un raro momento de euforia.

—¡Hurra! —rugieron Balian y los otros.

«¡Hurra!», resonó su alegre grito sobre las aguas.

Varennes era una ciudad de cierta extensión y, como tal, olía de manera espantosa: a excrementos en las calles, a cadáveres enterrados a medias, a desechos de matadero, montones de estiércol, fosas negras y los corrosivos colorantes de los pañeros, que iban todos los días a parar al Mosela. Sin embargo, hacía mucho que sus habitantes se habían acostumbrado al olor, y solo se notaba su pestilencia cuando se abandonaba la ciudad. Cuando Varennes se perdió de vista, Balian fue consciente de lo limpio que era el aire allí afuera. Olía a naturaleza que despierta, a tierra húmeda, a plantas que brotaban y a las hierbas aromáticas que había por todas partes a la orilla del río. Disfrutaba de cada respiración, y se sentía vivo y lleno de ánimo.

A causa del deshielo, el Mosela llevaba mucha agua e inundaba prados y sembrados aquí y allá. No se veían los bancos de arena y las afiladas rocas. Eso hacía que el viaje de las gabarras no careciera de riesgos, sobre todo porque junto a ellas pasaban constantemente ramas astilladas y otros desechos, y en algunos lugares se formaban traicioneros remolinos. Sin embargo, Balian y sus compañeros eran experimentados navegantes fluviales, que eludían los obstáculos y aprovechaban la crecida del río para avanzar. Al cabo de una jornada ya habían llegado a la sede episcopal de Toul, y al cabo de otra a la gran ciudad comercial de Metz, al norte de Lorena.

Antes, Balian, Michel y Clément habían ido a menudo allí, a hacer negocios con los riquísimos mercaderes de Metz. Su abuelo había tenido incluso una lucrativa sucursal en aquella metrópoli, que tuvo que cerrar cuando, treinta y cinco años atrás, se había producido una seria disputa con las *paraiges*. Dado que hacía mucho que las relaciones entre Metz y Varennes se habían normalizado, Michel había coqueteado con la idea de volver a abrir una filial en Metz, un proyecto que nunca se hizo realidad a causa de su temprana muerte.

También Blanche conocía Metz. Iba allí una vez al año para tomar prestados libros de los monasterios locales. Por eso, se sintió casi como en casa cuando estuvo de pie en el muelle y contempló en la ladera la conocida confusión de·cabañas, casas de piedra, iglesias y torres de las familias. Atardecía ya, y querían pasar la noche en un albergue. Dejaron la mercancía en las gabarras, naturalmente bien vigilada. Solo llevaron consigo los toneles más valiosos y las arcas de la plata. Los criados cargaron las cosas en un carro de bueyes de alquiler.

Uno de los hombres no prestó atención y dejó una caja en el pescante de tal modo que empezó a tambalearse. El criado ya volvía a las gabarras, pero Blanche tuvo presencia de ánimo, agarró la caja cuando se resbaló del carro y buscó un lugar en el que dejarla.

—¡Quitad las manos de mi mercancía!

Blanche volvió la cabeza y vio a un indignado Raphael dirigirse hacia ella.

—Ha estado a punto de caerse...

—Dadme eso. —Le quitó la caja de las manos.

—Solo quería ayudar —se defendió ella.

—No necesito vuestra ayuda. —Raphael metió la caja entre los toneles—. Al contrario que vuestro hermano, puedo dirigir mi negocio solo y no necesito que ninguna mujer me sostenga la mano.

Su tosquedad la dejó sin habla por un momento.

—¿Siempre sois así de grosero? —le increpó.

—Soy desagradable con todo el que me molesta. —Raphael dio una palmada en la caja cuando su criado regresó—. ¡Haz el favor de tener cuidado con mis mercancías, o te voy a alargar las orejas! —ladró antes de dejar plantados a Blanche y al sorprendido criado y llamar a Mordred con un silbido.

Blanche se quedó mirándolo con los labios apretados. Aquel había sido su primer verdadero encuentro con Raphael. Naturalmente, conocía los rumores que circulaban acerca de su persona, pero no había creído que fuera tan insoportable. En el futuro evitaría cruzarse en su camino, eso estaba claro.

Balian se acercó corriendo desde el muelle.

—¿Qué ha pasado? —preguntó indignado—. ¿Te ha ofendido Raphael?

—No ha pasado nada —le tranquilizó Blanche, y volvió a mirar de reojo a Raphael, que le tiraba un trozo de carne seca a Mordred—. Tan solo acabo de comprender por qué ese hombre no tiene amigos.

7

Después de una noche reparadora, durmiendo en camas medianamente limpias, abandonaron Metz con la primera luz del día. Siguieron avanzando a buen paso porque el clima les era favorable y, gracias a los salvoconductos que Maurice llevaba, no los detuvieron mucho tiempo en ninguna barrera aduanera, ni los desplumaron más de lo debido.

Balian se mostraba confiado en lo que al resto del viaje se refería. Si podían mantener esa velocidad, llegarían a Visby antes de lo previsto.

A veces el valle del Mosela se volvía angosto y oscuro, entre peñascos de roca arenisca y empinadas laderas; a veces ancho y luminoso, con valles adyacentes y extensas praderas junto a las orillas. Por todas partes crecía la genista, que empezaba poco a poco a florecer y salpicaba las colinas de un amarillo azafranado.

Día y medio después de partir de Metz, los loreneses alcanzaron la siguiente estación de su viaje: Tréveris, la sede del arzobispado, *Civitas Sancta*, la Ciudad Santa, como la llamaban en todo el Imperio. La metrópoli se extendía impresionante por la orilla derecha del Mosela y se pegaba a las laderas bajas del Hunsrück, con sus bosques y viñedos, rodeada de un muro que protegía de sus enemigos todas las cabañas, casas e iglesias.

—Descansaremos aquí y seguiremos mañana —decidió Maurice cuando alcanzaron el puerto fluvial, junto al puente del río.

—Aún es pronto —dijo Balian—. ¿No deberíamos aprovechar el resto de la luz del día y cubrir unas cuantas millas más?

—Río abajo hay pocos albergues. Si seguimos, corremos el riesgo de tener que pasar la noche al raso. Descansaremos en Tréveris —insistió el capitán—. Creedme, las molestias no tardarán en llegar.

Subieron a la orilla y dejaron las gabarras al cuidado de criados y mercenarios. Mientras Maurice y los otros se dispersaban en busca de un albergue, Balian y su hermana se quedaron en el muelle y contemplaron la ciudad. Blanche, que a diferencia de él nunca había estado en Tréveris, preguntó por distintos edificios que podían verse desde el puerto.

—Esa es la catedral —explicó él—. Y esa de atrás, la antigua puerta romana de la ciudad, la Porta Nigra. Ven, vamos a dar un pequeño paseo y te la enseñaré.

Cuando iban a echar a andar, se les acercó un clérigo, un hombrecillo enjuto con tonsura y una enmarañada barba negra, entreverada de mechones grises. Su parda cogulla no estaba demasiado limpia, pero él causaba una impresión amable.

—Os saludo en el nombre de Cristo —les dijo el sacerdote—. Acabo de observar vuestra llegada. ¿Puedo preguntar adónde vais?

A Balian no se le escapó que el clérigo olía a vino, y no poco.

—Al norte —respondió.

—Al norte… ¡eso suena bien! Nosotros también. ¿Os parecería bien si viajásemos juntos, y repartir así los trabajos del viaje sobre más hombros?

—¿Quién es «nosotros»?

—Oh, disculpad. Qué descortés por mi parte. Soy Nicasius, el padre confesor de los Von Osburg. Hablo en nombre del señor Meinhard y su hermana Rosamund. Vamos a Hatho, que está cerca de Oldenburg.

—No puedo decidir —dijo Balian—. Hablad con nuestro capitán.

Justo en ese momento Maurice llegaba al puerto desde un albergue. Se les acercó al llamarle Balian.

—¿Qué pasa? —preguntó, echando una mirada al clérigo.

Nicasius se le presentó y repitió su petición.

—Rosamund está prometida a Rufus von Hatho. Meinhard y yo debemos llevarla con su prometido, por mandato de su padre, el venerable señor Dietrich, para que puedan llevarse a cabo los esponsales. Hay un largo viaje hasta Hatho, que discurre además por países inquietos. Por eso preferiríamos viajar con un grupo más grande. De hecho, he rogado por una caravana como la vuestra.

—¿Vuestro señor Dietrich es un caballero? —preguntó Maurice.

—Un caballero y fiel vasallo de nuestro arzobispo. Igual que su primogénito Meinhard —declaró Nicasius.

—¿Y decís que Rufus von Hatho vive cerca de Oldenburg?

—A pocas millas de distancia.

El capitán reflexionó.

—Tenemos que ir a Lübeck. Dado que hemos de pasar por Bremen, no sería un gran rodeo para nosotros, y una espada más nunca hace daño.

El rostro de Nicasius se iluminó.

—Entonces, ¿nos lleváis con vos?

—Al fin y al cabo, es un deber cristiano ayudar a otros viajeros —explicó Maurice—. Sea como fuere, esperamos que atendáis vuestro alojamiento y manutención.

—Sin duda.

Blanche levantó una ceja cuando Balian cambió una mirada con ella. «Deber cristiano. Cuando yo estuve en apuros, el deber cristiano no te interesaba», pensó él. Pero ese Meinhard y su hermana eran nobles, y por tanto el asunto era muy distinto.

—Gracias, hijo mío. Voy enseguida a buscar a mi señor. —El padre Nicasius se levantó los faldones de la cogulla y se fue a toda prisa.

Poco después los mercaderes estaban en la taberna del albergue, apagaban su sed con cerveza diluida y comían sopa de col. Balian y Blanche habían dejado su paseo para otro momento porque querían conocer a sus nuevos compañeros de viaje.

No se hicieron esperar mucho. Apenas se habían sentado los mercaderes cuando se abrió la puerta y entró el padre Nicasius seguido de un hombre alto y de hombros anchos, que llevaba una cota de malla bajo la túnica azul y una espada al cinto. Aunque el gigante tenía la edad de Balian, el pelo castaño se aclaraba ya en su cráneo anguloso; en cambio, su bigote era tanto más frondoso.

Nicasius llevó al caballero hasta su mesa.

—Son estos, señor.

—¿Qué sois… comerciantes? —preguntó Meinhard von Osburg sin una palabra de saludo.

—Mercaderes viajeros de la ciudad libre de Varennes Saint-Jacques. Yo soy su capitán —se presentó Maurice.

—Los buhoneros no son dignos compañeros de viaje para mi hermana y para mí. —El gigante se volvió hacia Nicasius, que miraba codicioso las jarras de cerveza—. ¿No habéis podido encontrar nada mejor?

—Empezamos bien —murmuró Raphael, que como era de esperar había estado en contra de aceptar a desconocidos.

—El Señor nos ha enviado a estas amables gentes —respondió impaciente Nicasius—. Sería necio y pecaminoso rechazar semejante regalo del cielo. Pero, naturalmente, también podemos esperar a que el rey Alfonso venga a Tréveris y tenga a bien escoltarnos en persona hasta Hatho.

Maurice quiso congraciarse con el noble:

—Puede que solo seamos mercaderes, pero tenéis mi palabra de que haremos cuanto esté en nuestra mano para que os sintáis a gusto en nuestra compañía. Sentaos con nosotros. Bebamos por nuestro viaje. ¡Posadero! Una jarra para el señor Meinhard.

A regañadientes, el caballero se sentó en el banco, que crujió bajo su recio cuerpo.

—Traed a Rosamund y Wolbero —ordenó a Nicasius.

Poco después apareció el clérigo con un joven que llevaba en la mano una espada en su vaina: el escudero de Meinhard. Sin embargo, toda la atención de Balian se dirigió a la doncella que entró tras ellos. Quizá contaba diecisiete o dieciocho primaveras. Bajo el vestido color verde musgo se ocultaba un cuerpo esbelto y bien formado; también el rostro tenía gran encanto. Labios rojos y carnosos, ojos oscuros, cabello castaño que caía en cascada sobre la capucha del manto. Manos delicadas, piel aterciopelada… ¡y esos pechos, por Dios! Eran redondos y turgentes, apenas contenidos por el estrecho vestido. Balian había visto muchas mujeres hermosas, pero Rosamund von Osburg era la más encantadora de todas, sin ninguna duda.

Se dio cuenta de que se había quedado mirándola fijamente. Si Rosamund lo advirtió, no dio pruebas de ello. Aburrida, dejó vagar la mirada entre los huéspedes del albergue.

98

—Tenéis una hermosa espada —dijo Godefroid desde el extremo de la mesa—. ¿Puedo verla?

Meinhard miró malhumorado al viejo guerrero.

—¿Quién es ese?

—Godefroid. Manda a nuestros mercenarios —explicó Maurice.

Meinhard hizo una seña a Wolbero, que le tendió la espada; el caballero la desenvainó y la puso encima de la mesa. La hoja pulida y cuidada medía casi dos varas, y estaba muy afilada.

—Un arma impresionante —dijo Godefroid.

—Se llama *Martillo de enemigos* —explicó Meinhard.

—¿*Martillo de enemigos*? —La voz de Raphael destilaba sarcasmo.

Pero el caballero parecía impermeable a toda clase de sarcasmo. Posó la mano en el gavilán y acarició el arma casi con ternura.

—*Martillo de enemigos* no es cualquier espada. Está llena de poder celestial, porque la empuñadura contiene una astilla de la sagrada cruz. Nadie más que yo puede empuñarla —añadió en tono de amenaza.

—Andad con cuidado, ladrones y salteadores... ¡nos acompaña Meinhard con *Martillo de enemigos*! —Raphael movió la cabeza y dio un largo trago a su copa.

—¿No quiere vuestra hermana sentarse con nosotros? —preguntó Balian.

—Una taberna no es sitio para una noble damisela —respondió rígido Meinhard—. Solo quería que viera con quién vamos a viajar. Padre, llevadla de vuelta a nuestro alojamiento.

—Sin duda —dijo Nicasius—. Además, es hora de rezar. Seguro que las campanas pronto tocarán a nona.

El clérigo vació su jarra de un trago antes de llevarse a Rosamund. Balian se quedó mirándola, y lo lamentó profundamente cuando la puerta se cerró tras ella. Se consoló pensando que desde entonces iba a poder disfrutar todos los días de su hermosa visión.

Pidió otra cerveza y la bebió complacido. Inesperadamente, su viaje se había vuelto un poco más atractivo.

—¡Ten cuidado! Si se hace daño me vas a conocer —increpó Meinhard a su escudero cuando este guiaba su corcel de batalla hasta la gabarra por una plataforma.

Wolbero tenía alrededor de veinte años y era casi tan recio como su señor, pero su naturaleza era completamente distinta: amable y contenido, casi tímido. Como mucho habría dicho tres frases desde que llegó al albergue el día anterior. Aquella mañana estaba especialmente silencioso porque se esforzaba en concentrarse para seguir las instrucciones de Meinhard. Era manifiesto que temía al caballero, pues —Balian estaba seguro de eso— le golpearía sin grandes titubeos si le desagradaba su conducta.

Como no iban por tierra, nadie había pensado en el caballo de batalla de Meinhard. Naturalmente el caballero insistió en llevarlo, igual que a su caballo de viaje, y no le importó que eso causara considerables problemas a los mercaderes. En las gabarras, llenas hasta los topes, no había sitio para dos caballos. Pero Meinhard había sido sordo al ruego de dejarlos atrás.

—Un caballero sin caballo no es un caballero —había dicho, terco.

Finalmente, Maurice y Bertrandon habían cedido y redistribuido sus mercancías para hacer sitio a los animales en sus gabarras.

Eso les había costado media mañana. Cuando Wolbero terminó por fin de amarrar al percherón, el sol ya estaba alto sobre las montañas.

—¿Y el arca con la dote, imbécil? —ladró Meinhard—. ¿Acaso vas a dejarla aquí para que todo el mundo pueda servirse?

Con la cabeza baja, el escudero se apresuró a subir a bordo la caja con herrajes. Aunque era pequeña, a Wolbero le costaba trabajo llevarla. Balian sospechó que estaba llena de plata hasta los topes.

—¿Podemos partir por fin? —exclamó irritado Raphael. Estaba plantado en su gabarra con las piernas abiertas, aferrado a la barra del timón. Había dejado claro que no pensaba llevar en su barco a sus nuevos compañeros ni a sus caballos, así que Wolbero subió con Thomas Carbonel.

—Vos viajaréis conmigo —dijo Balian a Rosamund antes de que nadie pudiera adelantarse. Sonriendo, le tendió la mano, que ella agarró para subir a bordo. La muchacha se sentó en un banco sin una palabra de agradecimiento, lo que le reportó una mirada poco amigable de Blanche, que estaba en ese momento comprobando la carga.

Meinhard seguía en el muelle, y su mirada iba de Rosamund a su corcel. Balian intuía lo que estaba pasando detrás de su ancha frente. ¿Debía sentarse junto a su hermana? ¿O ir con su valioso caballo de guerra? En el río solo podía velar por uno de los dos... ¿cuál merecía más la pena?

Su elección recayó sobre el caballo. Sobre todo porque en la misma gabarra iba también el arca con la dote.

—Canalla —murmuró de manera casi inaudible Rosamund cuando su hermano subió a la gabarra de Maurice y ordenó al padre Nicasius que se quedara con su hermana. El clérigo subió con dificultad y encontró un sitio a proa.

Por fin zarparon. Balian estaba a popa y sostenía el timón; Rosamund se sentaba frente a él, apoyaba la espalda en los toneles y miraba pasar el paisaje. La brisa jugueteaba con sus cabellos. Aquel día no llevaba el vestido verde, sino sencilla y cómoda ropa de viaje. Aun así su figura destacaba, y Balian tenía que forzarse a no mirarle constantemente los pechos.

—¿Es la primera vez que viajáis en un barco como este? —preguntó.

Rosamund lo miró, sorprendida de que un hombre de baja condición se dirigiera a ella de manera tan suelta.

—Probablemente una noble dama como vos suele viajar a caballo o en coche —dijo él sonriente.

—No he viajado a menudo. —Su voz sonó distinta de lo que él había esperado, más grave y adulta de lo que correspondía a su edad.

Guio el barco por delante de una pequeña isla.

—De donde yo vengo, casi todos los mercaderes tienen una gabarra como esta. Apenas tiene quilla, por eso es adecuada para el Mosela, que es muy poco profundo al sur de Lorena.

—Así es. —Rosamund volvió a mirar los viñedos en las laderas.

—¿Habéis estado ya en Lorena?

—¿No me habéis oído? Acabo de deciros que no viajo a menudo.

Balian sonrió, confuso por la aspereza de su tono.

—No era más que una pregunta. No quería ofenderos.

—No, no he estado en Lorena —respondió ella—. Y si todos allí son tan locuaces como vos, no siento necesidad de ir. —La damisela decidió no prestarle más atención.

Balian levantó una ceja y miró a su hermana como si le hiciera una pregunta. La mirada con la que Blanche respondió estaba llena de rabia.

Rabia que no iba dirigida a Rosamund, sino a él.

—Caballeros, ¿sería demasiado pediros un poco de vino? —preguntó el padre Nicasius—. Me temo que se me ha acabado el mío.

«Porque llevas dando besos a tu odre desde el amanecer, viejo haragán», pensó Balian. Aun así, se apiadó del viejo sacerdote. Quien sirviera a un estólido matón como Meinhard von Osburg tenía que sucumbir a la bebida antes o después.

—Tomad del mío.

—Gracias, hijo mío. Que san Abrúnculo te proteja. —Sonriendo, el clérigo se sentó junto a él—. ¡Ah, vino del Mosela! No hay néctar más sabroso en todo el ancho mundo.

Habían decidido hacer un descanso por la tarde y, con ese fin, se habían acercado a la orilla. Por allí pasaba un camino de sirga, un ancho surco trazado por ruedas de carro y cascos de caballo, bordeado de zarzas y hayas antiquísimas, que inclinaban sus copas como súbditos obedientes ante su señor. Como a pesar del sol hacía bastante fresco, habían prendido dos fuegos e hirvieron unos nabos de sus reservas. Raphael se había tendido en la hierba, con Mordred a su lado, y dormitaba mientras los otros charlaban. Rosamund tenía la vista en las llamas con la mirada perdida, y no parecía advertir que las de los hombres se dirigían a ella una y otra vez. Meinhard estaba sentado a su lado, y le daba a Thomas una conferencia sobre sus distintas armas porque, por razones insondables, suponía que el mercader compartía su entusiasmo por el arte de la guerra.

—El arma más importante del caballero es, naturalmente, la lanza. Con ella se puede matar hasta al más fuerte de los adversarios. Pero solo puede emplearse una vez en la batalla, concretamente durante la carga de los caballos. Cuando todo se disuelve en combates singulares se echa mano a la espada, la mejor arma para el cuerpo a cuerpo. Cuando se ha derribado a un enemigo se le liquida con el puñal de misericordia, que es capaz de atravesar cualquier armadura. Suponiendo, por supuesto, que no se le quiera tomar prisionero y exigir un rescate a su familia.

—¿Habéis luchado ya en muchas batallas? —preguntó Thomas, más por cortesía que por auténtico interés.

—Oh, sí —respondió Meinhard—. Sobre todo contra las bandas de malhechores del Hunsrück. Por desgracia, casi nunca contra un enemigo digno. Pero una vez que Rosamund esté por fin casada, tomaré la cruz como hizo mi padre e iré a Tierra Santa, para que *Martillo de enemigos* pueda probar la sangre sarracena.

Raphael se había sentado. En sus ojos había un brillo de odio que Balian conocía demasiado bien. La simpleza de Meinhard le irritaba, quería humillarle.

—Decid, señor caballero —empezó—, ¿cómo se os ocurrió el nombre *Martillo de enemigos*?

—Es un buen nombre, enérgico, que expresa fortaleza e inspira temor a mis adversarios.

—A mí me parece más bien ridículo y pomposo. Si fuera vuestro enemigo me movería a risa más de lo que me haría temblar.

—Raphael —advirtió Maurice, pero la burla fue una vez más a parar al vacío.

—Eso es porque no sois más que un buhonero, que no entiende nada de estas cosas —repuso Meinhard.

—También habríais podido llamarla Excalibur. O Balmung —insistió Raphael—. Las viejas leyendas están llenas de espadas con sonoros nombres. Pero vos no leéis mucho, ¿no?

—No leo —confesó Meinhard—. Los libros están hechos para las mujeres y los monjes. Un caballero no debe ocuparse de ellos.

—Así que la instrucción literaria es cosa de mujeres. ¿Qué opináis de la perspicacia?

Meinhard frunció el ceño.

—¿A qué os referís con eso?

—Inteligencia. Astucia. Un entendimiento agudo. ¿Tampoco necesita eso un caballero?

—«Astucia» no es más que otra palabra para el ardid y la perfidia. No son buenas cualidades para un caballero, que debe actuar de forma honorable.

—Gracias. No me hace falta saber más. —Sonriendo satisfecho, Raphael se tendió en la hierba.

Balian se vio obligado a admirar la habilidad de Raphael. De hecho, había logrado que Meinhard se calificara a sí mismo de necio mientras todos le oían. Pero había errado en su propósito de humillarle. El caballero derrochaba tal confianza en sí mismo que ninguna burla, por malvada que fuera, podía alcanzarle nunca. Se comió su ración de nabos y siguió explicando a Thomas las ventajas de las distintas armas.

Finalmente, Maurice decidió que era hora de continuar la marcha. Balian apagó el fuego y ayudó a Rosamund y a Nicasius a subir a bordo. Antes de encaramarse él mismo a la gabarra, Blanche lo apartó unos pasos.

—¡Sé lo que pretendes! —siseó.

—¿De qué estás hablando?

—Rosamund. He visto cómo la miras.

—Bueno, ¿y qué? ¿Qué te importa?

—¡Si te pones a cortejarla pondrás todo el viaje en peligro!

Balian se echó a reír.

—¿Yo, cortejar a Rosamund? Eso es ridículo.

—Naturalmente que es ridículo. Pero yo te conozco, hermano. Piensas con eso que llevas entre las piernas. Haznos un favor a los dos y entra en razón. Te lo ruego. —Su mirada era implorante—. Piensa que aquí no solo se trata de ti. Es mi dinero el que está en juego.

Con esas palabras, lo dejó plantado y subió a la gabarra. Durante el resto del día no habló una palabra más con él.

8

Entre el Hunsrück y el Eifel, el valle del Mosela apenas estaba poblado. Aquí y allá un castillo se alzaba en la cima de una colina, semioculto entre los bosques antiquísimos. Los pueblos y albergues eran raros. Balian y sus compañeros pasaron la noche siguiente al raso, en un lugar protegido del viento a la orilla del río, rodeado de densa espesura y escabrosos riscos altos como casas. Dado que con la caída de la oscuridad refrescaba con rapidez, hicieron fuego, se cubrieron con sus mantos y escucharon el lejano aullido de los lobos en las montañas. Cuando despertaron al amanecer, la hierba estaba húmeda de rocío y más de uno sentía los miembros rígidos.

Siguieron avanzando con rapidez. Al noreste de Tréveris el paisaje cambió notablemente. Las montañas se hicieron más altas y más escarpadas; la arenisca roja dio paso a las rocas de color ceniza, que se alzaban del suelo como costras. Por todas partes había viñedos, incluso en las laderas más empinadas. Hasta el último trozo de tierra se aprovechaba. Entre las cepas discurrían muros, tan viejos y devastados que apenas podían distinguirse de las rocas del suelo. Siervos trabajaban encorvados en las terrazas, cultivando las valiosas uvas.

Hacia el mediodía los loreneses alcanzaron un asentamiento en una hoz del Mosela, al pie de una ladera boscosa.

—¡Traben! —gritó Maurice a los otros—. Aquí hay una aduana del conde de Sponheim. Tenemos que parar.

Poco después amarraban las gabarras a los postes y ahuyentaban a los patos que chapoteaban en el agua poco profunda.

—Os llevaré a tierra —se ofreció Balian, pero Rosamund seguía mostrando su desdén.

—Lo hará mi hermano —repuso, y esperó hasta que Meinhard la levantó en brazos y la depositó en la orilla.

Se alzaba humo de los fogones. La iglesia y las pocas casas de piedra de Traben estaban cubiertas de tejas de pizarra negra. Desde una torrecilla se les acercó el aduanero, acompañado de un alguacil regordete.

—¿No nos ha eximido el conde del pago de la aduana? —preguntó Bertrandon.

Maurice asintió, y sacó un puñado de pergaminos de un forro que llevaba al hombro, colgando de un cordón de cuero. Los hojeó hasta encontrar el que buscaba.

—Aquí tengo la copia del privilegio.

Cuando el aduanero distinguió a Rosamund, sonrió lascivo.

—Mira qué hermosa mercancía traen los señores mercaderes a Traben. Uno se siente tentado a incautarse de ella. Seguro que una joya como esta queda bien en mi lecho.

El alguacil rechoncho sonrió, pero la risa se le congeló cuando Meinhard atravesó a zancadas el terraplén.

—¡Espera, perro sarnoso!

El aduanero retrocedió, sus ojos se abrieron de par en par.

—¡Meinhard! Deteneos —gritó Maurice, pero el caballero ya había cogido al hombre por el cuello.

—Te voy a enseñar modales. ¡Discúlpate con mi hermana!

—Yo no sabía... no era más que una broma...

Meinhard lo soltó, y el hombre fue a parar al barro junto al camino. El alguacil estaba como petrificado y dirigió su lanza hacia el caballero, hasta que el aduanero rugió:

—¡No te quedes ahí parado, idiota! Ayúdame, maldita sea.

—¿Estáis loco? —increpó Raphael a Meinhard—. Es un aduanero del conde de Sponheim. ¡Dependemos de su benevolencia!

—Nadie habla así de Rosamund —explicó tercamente el caballero, y se plantó junto a su hermana con mirada terrible.

Con ayuda del alguacil, el aduanero logró salir del charco. Un lodo apestoso se pegaba a sus ropas, a su rostro:

—¡Debería enviaros a todos a las mazmorras! —bufó.

—Mil disculpas —trató de apaciguarlo Maurice—. Nuestro compañero no debió hacer eso. ¿Podemos compensaros de algún modo por el disgusto?

—¡Pagad el arancel, y luego marchaos de Traben!

—Somos mercaderes de Varennes Saint-Jacques. Estamos exentos del arancel. Vedlo vos mismo. —Maurice tendió el documento al aduanero.

—Ese trozo de papel no me interesa.

—Debería hacerlo. El conde en persona lo ha expedido para nosotros.

—Cuando mi señor sepa lo que ha pasado aquí, se sorprenderá de que no os haya castigado con mayor dureza. Son dos dineros por persona y un chelín por cada gabarra.

—Os lo advierto —dijo relajado Maurice—. El alcalde de Varennes es mi tío y...

—Aunque fuerais sobrino del Papa, pagaréis —le cortó la palabra el aduanero—. O vuestro viaje terminará en las mazmorras de Starkenburg.

Como el alguacil se aprestaba a pedir refuerzos, no les quedó otro remedio que someterse. El funcionario se guardó las monedas, escupió y se fue de allí.

—Exijo que restituyáis mis pérdidas —se volvió Raphael con voz cortante a Meinhard.

—No tengo tanto dinero —dijo el caballero.

—¡Tenéis un arca entera llena de plata!

—Esa es la dote de Rosamund. No se toca.

—Entonces, ¿vamos a tener que asumir el perjuicio que debemos a vuestra necedad?

Meinhard no se dignó responder. Rosamund estaba junto a él como si todo aquello no fuera con ella.

—Si es así, aquí se separan nuestros caminos —dijo Raphael—. Me niego a viajar ni una milla más con este tipo.

—En verdad merecéis que os dejemos aquí —gruñó Maurice.

Thomas mostró su asentimiento con la cabeza.

Balian se sentía entre dos bandos. Sin duda, también a él le irritaba el arancel innecesario que había pagado, pero no le gustaba la perspectiva de seguir viaje sin Rosamund.

—Primero vamos a tranquilizarnos todos. Ahí delante hay una

taberna. Comamos algo. Luego, Meinhard podrá pensar en cómo compensarnos.

—Sabia propuesta —dijo el padre Nicasius, aliviado—. La cerveza nos espera, ¿no es verdad, mi señor Meinhard? —Miró al caballero con aire de insistencia, pero este se limitó a gruñir:

—Vayamos.

Los otros le siguieron a regañadientes.

—Tú no —ordenó Meinhard a su escudero—. Los caballos necesitan movimiento. Móntalos mientras comemos.

—Lo haré, señor. —Con la mirada baja, Wolbero descendió por la ladera.

—Sin duda, el pobre muchacho tiene hambre —dijo Nicasius—. ¿No puede tomar algo antes de ocuparse de los caballos?

—Podrá comer luego en el barco —explicó Meinhard—. De todos modos come demasiado. Tiene que aprender a practicar la *mâze*, o nunca llegará a ser un caballero.

—Vos, en cambio, sois un dechado de *mâze* y virtud —observó Blanche.

—Habéis olvidado el honor y la rectitud. —El gigante abrió la puerta de la taberna.

Durante la comida, el padre Nicasius pudo convencer al dechado de rectitud para que vendiera dos de sus armas en la gran ciudad más próxima que hallaran y pagara la aduana a los mercaderes. Después de eso los de Lorena seguían malhumorados, pero al menos Raphael ya no insistió en dejar a Meinhard y Rosamund en Traben.

—De acuerdo —dijo Maurice—. Pero si volvéis a causarnos daño, seguiremos sin vos.

Comieron en silencio. De pronto, Meinhard se levantó profiriendo maldiciones y abrió la puerta. Por la ventana, Balian vio que Wolbero había vuelto con el caballo. Estaba quitándole la silla y las bridas delante de la taberna.

—Primero tienes que cepillarlo, idiota... ¡te lo he dicho cien veces! —le increpó Meinhard—. De lo contrario, se enfriará. ¿Es tan difícil de entender? —Le dio un golpe en el cogote.

Wolbero fue corriendo a por un trapo y obedeció la orden, con los labios apretados. Meinhard se quedó a su lado, observando cada uno de sus movimientos.

—Pobrecillo —murmuró Blanche.

Cuando poco después volvieron a los barcos, Balian se retrasó para poder hablar con Wolbero, que llevaba de las riendas a los dos caballos. El escudero era un muchacho de buena presencia, ojos despiertos y corto cabello negro. Llevaba la barba limpiamente recortada, sin duda para parecer mayor y ocultar los suaves rasgos de su rostro.

—Habéis hecho bien —le dijo Balian—. No hace tanto frío como para que un caballo se resfríe si se espera un poco a secarlo.

—Pero el señor Meinhard lo quiere así... solo eso importa —respondió el escudero.

—Es muy duro con vos.

—Tiene que serlo. Si fuera flexible, nunca aprendería las virtudes que necesito para resistir en el campo de batalla —explicó Wolbero, aunque sus ojos decían otra cosa. Sea como fuere, no se le podía reprochar falta de lealtad.

—¿Cuánto tiempo hace que sois el escudero de Meinhard?

—Seis años y medio.

—O sea que dentro de unos meses habréis superado la prueba. —Balian sonrió para darle ánimos—. Entonces, vos mismo seréis un caballero y podréis seguir vuestro propio camino.

—Si es que llego a serlo —murmuró Wolbero, y guio a los caballos ladera abajo.

—Odet y yo nos ocuparemos del barco —dijo Blanche a su hermano—. Tú lleva nuestras cosas dentro.

Era una hermosa tarde. Los florecientes matorrales y los manzanos desprendían su aroma, las abejas zumbaban. Una cinta de fuego se alzaba al oeste sobre las montañas... era como si las nubes ardieran por dentro, en un cielo violeta y anaranjado. Pasaron ante un pueblo diminuto cuyas cabañas se aferraban a la orilla y, sostenidas en carcomidos postes, se elevaban por encima del agua musgosa. Al otro lado del asentamiento el bosque se elevaba empinado, una espesa maraña de hayas, castaños y abetos sueltos. Entre los árboles había rocas, planchas de pizarra apiladas e inclinadas, de bordes afilados, fracturadas por el constante influjo de los elementos.

Un campesino les permitió pasar la noche en su granero. Desde que Meinhard y sus acompañantes se les habían unido, la comunidad alcanzaba las treinta y seis almas, pero el edificio ofrecía espacio suficiente para todos. Mientras Balian y los otros llevaban dentro sus pertenencias, Blanche y Odet amarraron la gabarra.

Por una vez, Mordred no había seguido a Raphael. El gigantesco perro había descubierto en la ladera una raíz que sobresalía e intentaba desenterrarla como un poseso. Wolbero, que ya había llevado los caballos hasta la orilla, regresó para llevar el arca con la dote de Rosamund. Como Meinhard no confiaba en los mercaderes, por las noches jamás dejaba la plata sin vigilancia.

Con la caja en las manos, Wolbero saltó del barco. Pisó mal, cayó de rodillas lanzando imprecaciones y dejó caer el arca... justo al lado de Mordred. El perro se asustó y tomó el repentino movimiento por un ataque. Dejó la raíz, aguzó las orejas y enseñó los dientes. La saliva goteaba de sus incisivos.

—Déjame en paz, chucho estúpido —dijo el escudero, con los ojos agrandados por el miedo.

—¡Wolbero! —advirtió Blanche, pero ya era demasiado tarde.

El escudero arrancó un puñado de hierba y se lo arrojó a Mordred. El perro saltó. Wolbero era un muchacho recio, pero cuando Mordred lo alcanzó en el pecho con todo su impulso, lo derribó. Al instante siguiente yacía en el suelo e intentaba desesperadamente impedir a la bestia que le mordiera en el cuello.

Los criados gritaron, pero nadie intervino por miedo a ser atacado por Mordred. Odet se mesaba los cabellos y gritaba:

—¡San Guinefort, ayúdale! ¡Ayúdale!

Blanche no se lo pensó mucho. En tres zancadas estaba junto a Wolbero, cogió a Mordred por el collar y lo apartó de su víctima. El perro no solo era pesado, sino también increíblemente fuerte, de manera que Blanche solo pudo impedirle con gran esfuerzo que volviera a lanzarse sobre Wolbero. Finalmente, se soltó y le ladró con las orejas tiesas y enseñando los dientes.

—¡Basta! —gritó ella—. ¡Basta!

En los ojos de Mordred ardía la sed de sangre. Pero en vez de atacar a Blanche, se sentó de repente y se limitó a gruñir, amenazador.

—Buen perro —dijo ella, y se volvió hacia Wolbero.

El escudero ya se había recobrado. Estaba ileso, pero visiblemente alterado.

—¡Por Dios! —profirió. Se limpió las babas del rostro y parpadeó antes de agacharse a por el arca.

También los otros habían oído el ruido y venían corriendo desde el granero.

—¿Qué has hecho esta vez, idiota? —gritó Meinhard.

—Esa bestia me ha atacado —se defendió Wolbero.

—¡Quien es tan necio como para pisarle no merece otra cosa! —bufó Raphael.

—Él no lo ha pisado —dijo Blanche—. Fue un descuido... Wolbero no tiene la culpa.

Su hermano bajaba por la ladera con la mano en el pomo de la espada.

—¿Te ha ocurrido algo?

—No. Todo está bien.

También Raphael llegó hasta ellos y agarró el collar de Mordred. El perro se había calmado y miraba fijamente a Wolbero, que iba hacia el granero con mirada sombría.

—No puedes ni siquiera con un perro —le reprendió Meinhard.

Cuando Raphael la miró, Blanche se preparó para un ataque verbal. Pero, para su sorpresa, el mercader dijo:

—Gracias por haber intervenido.

Ella se frotó los brazos y se limitó a asentir. Desde el incidente de Metz no tenía especiales deseos de hablar con aquel hombre.

—¿Cómo lo habéis hecho? —preguntó Raphael, que tenía que haber visto cómo salvaba a Wolbero—. Nadie más que yo puede acercarse a Mordred, y no digamos tocarle. Es un milagro que no os haya atacado.

—Siempre me he entendido bien con los perros —respondió ella sin especial cordialidad.

A su hermano le disgustó visiblemente que hablara con Raphael.

—Vamos a comer algo —dijo. Le puso la mano en la espalda y se la llevó de allí.

Blanche lanzó una última mirada a Raphael. El mercader la miraba, y parecía no salir de su asombro.

—Mantente alejada de él —dijo en voz baja Balian—. No se puede confiar en ese tipo.

Al caer la oscuridad hicieron fuego delante del granero y cocinaron un poco de col, que comieron con hambre. Luego el grupo se separó. Algunos fueron al granero a acostarse. Meinhard y Wolbero clavaron dos antorchas en el suelo y practicaron a su luz con las armas. Blanche, que se había puesto una manta sobre los hombros y remendaba un agujero en un zapato, los miró. Wolbero no le parecía en absoluto tan inútil como Meinhard siempre lo presentaba. Hasta donde ella podía juzgar, era muy capaz con la espada, del todo a la altura de su gigantesco señor en el combate. Lo que no impedía a Meinhard criticar cada una de sus acciones.

Naturalmente, Balian se había sentado junto a Rosamund e intentaba una y otra vez entablar conversación con ella. Blanche alzó los ojos al cielo. No cedía, aunque ella le indicaba con claridad que un hombre como él no era digno de ella. Pero ese era Balian: no podía resistirse a una cara bonita y unos pechos turgentes.

En cierto modo, Blanche podía incluso entender a su hermano. Rosamund era una belleza sin igual. Todo en ella era perfecto, desde el sedoso cabello hasta los delicados pies. «¿Cómo puede una mujer ser tan perfecta? ¿No le basta con ser de sangre noble?», pensó Blanche, y enseguida se enfadó con la mezquina envidia que aquella damisela despertaba en ella. Pero es que lo que estaba ocurriendo ante sus ojos la ponía furiosa.

Le asombraba que Meinhard aún no hubiera intervenido. Pero el caballero apenas se fijaba en Balian. A sus ojos, los mercaderes solo estaban un poco por encima de los criados. Lo más probable era que ni siquiera pudiera imaginar que un hombre de baja cuna pudiera interesarse seriamente por Rosamund.

«Esperemos que se quede en eso», pensó Blanche. Porque un enfrentamiento entre Meinhard y Balian era en verdad lo último que necesitaban.

—Lo habéis heredado de vuestra abuela, ¿verdad?

Levantó la cabeza. Raphael se sentó junto a ella. Involuntariamente, su mirada buscó a Balian, pero estaba tan cautivado por Rosamund que no se dio cuenta.

—¿El qué he heredado de mi abuela?

—Dicen que tenía un talento especial para los animales. Tenéis que haberlo heredado. De lo contrario, no puedo explicarme lo de Mordred.

—Sí, ella tenía ese don. Yo también... un poquito. O simplemente he tenido suerte. —Siguió trabajando en el zapato, con la esperanza de que él se levantara y se fuera.

—¿Suerte? No. Con suerte no se va a ningún sitio con Mordred. Tenéis que tener un sentido especial para los perros. De no ser así, antes os habría arrancado la mano.

—Entonces puedo estar contenta —dijo ella.

Callaron. Él estaba inmóvil junto a ella. Tan solo su mano se movía, sostenía una larga brizna de hierba y le daba vueltas entre los dedos.

—¿Cuánto tiempo hace que lo tenéis? —preguntó ella, aunque sin saber por qué lo hacía.

—Va para tres años.

—¿Siempre ha sido tan malo?

—Mordred no es malo... es iracundo —respondió Raphael.

—¿Por qué?

—Su anterior propietario lo tenía encerrado en una jaula estrecha, casi no le daba de comer, le pegaba con un palo y le hacía tumbarse en su propia porquería. Los perros jamás perdonan una cosa así.

Blanche le miró sorprendida. Siempre había pensado que Raphael había convertido a Mordred en la bestia salvaje que hoy era, para tener un guardaespaldas ante el que todos temblaran.

El mercader se levantó.

—Debo ir a dormir... ya es tarde. Buenas noches.

Se dirigió al granero. Blanche se quedó mirándolo, con el zapato en la mano.

«¿Qué es lo que ha pasado?»

9

Tres días después de su partida de Tréveris, la comunidad alcanzó Coblenza, donde el Mosela afluía al mucho más ancho Rin. Un verde intenso, entreverado con el amarillo de la genista, orlaba los dos ríos; el bosque penetraba aquí y allá hasta la orilla. Hacia el norte, el paisaje se volvía más llano. Las brumosas colinas a lo lejos parecían mezclarse con las nubes bajas. La ciudad fortificada, protegida por una muralla y un bastión en la roca de Ehrenbreitstein, estaba sometida al arzobispo de Tréveris, cuyo bailío exigía un tributo a todos los viajeros.

—Presentaré enseguida el salvoconducto para que nos eximan del arancel —dijo Maurice—. Thomas, Bertrandon, id entretanto a buscar un alojamiento donde pasar la noche.

Los hombres se fueron. Mientras los criados se ocupaban de las gabarras y Meinhard se iba al mercado a buscar comprador para sus armas, Balian se quedó plantado en el muelle y contempló con el ceño fruncido la encomienda de la Orden Teutónica. La sólida casa de los caballeros, en la desembocadura del Mosela, estaba formada por edificaciones dispuestas en forma de herradura que incluían establos, una capilla y un hospital. El sol de la tarde dibujaba sombras alargadas en el patio amurallado. Los caballeros, reconocibles por sus blancos mantos con la cruz negra en el pecho, entraban y salían de la finca y se movían seguros de sí mismos, como si la ciudad les perteneciera. La Orden Teutónica era una orden militar, como los templarios y los hospitalarios; como monjes guerreros, sus miembros combatían por Cristo con la espada en la mano. Los superiores de la Orden eran hábiles políticos, que sabían ganarse para su causa a Iglesia y príncipes y cada vez acumulaban más tierras, propiedades y poder. Desde hacía algunas décadas, la Orden se extendía por todo el Imperio, enrolaba caballeros de manera masiva y fundaba constantemente nuevas encomiendas; entretanto también las había en Lorena.

Balian observó los rostros barbados buscando al asesino de su hermano, como había hecho ya tantas veces en otros lugares. Pero tampoco esta vez lo encontró. Sencillamente, en el Imperio había demasiados caballeros teutónicos, solo Satán sabía dónde se habría metido aquel tipo.

Pero algún día lo encontraría, a él y a su amigo, se juró Balian, antes de darse la vuelta y seguir a sus compañeros.

Encontraron techo en un convento de la Weissergasse, un edificio de piedra arenisca con tejado de pizarra que casi desaparecía bajo la hiedra. La planta trepadora se aferraba a casi todas las paredes, rodeaba la chimenea y desbordaba, boscosa, la tapia del patio, como un ejército al ataque asaltando los muros de una fortaleza.

Los dominicos habían convertido en su tarea atender a los viajeros y los recibieron con hospitalidad. El abad en persona y otros cuatro hermanos lavaron los pies a los cansados hombres y los guiaron hasta el refectorio, donde se les preparó una cena sencilla pero sabrosa, a base de sopa, carne de cerdo fría y vino de Franconia. Acto seguido participaron en la oración de completas y se retiraron a sus celdas.

Balian no podía dormir. La visión de los caballeros teutónicos le había alterado, y decidió pasear un poco por el jardín para poner en orden sus ideas.

Cuando salió al oscuro patio oyó hablar a dos personas. Rosamund y Meinhard. Balian siguió el sonido de sus voces y los vio de pie delante de la capilla, a la luz de una tea. Se apoyó en la pared de la fuente, oculto por las sombras.

—Es lo que dices siempre... no soporto escucharlo otra vez —se quejaba Rosamund—. ¡Lo que yo quiera no os interesa ni a padre ni a ti!

—Eres la descendiente de un antiguo linaje de caballeros. Harás lo que se te diga —repuso impaciente Meinhard.

—No.

—Te casarás con Rufus, te pongas como te pongas.

—¡Es un monstruo!

—Ya basta, hermana —gruñó el caballero—. Ahora ven a la casa. Mañana saldremos temprano. —La cogió del brazo, pero ella se resistió.

—¡No me toques!

—Entonces quédate fuera y muérete de frío, niña estúpida.

Meinhard se fue solo a su alojamiento. Rosamund se quedó delante de la capilla, una silueta negra contra el resplandor del fuego. Balian la oyó llorar en voz baja.

Se acercó a ella.

—¿Estáis bien?

Con un movimiento furioso, ella se secó las lágrimas. Empresa inútil, porque enseguida corrieron otras nuevas por sus mejillas.

—¿Es que habéis estado escuchando?

—Estaba paseando por el patio. No pude evitar oíros a vos y a vuestro hermano.

A Rosamund le disgustaba visiblemente que la viera llorar.

—Entonces ya conocéis mi desagradable situación —murmuró.

—No queréis casaros —constató Balian.

—Sí quiero casarme. Pero no con Rufus von Hatho.

Era la primera vez que Rosamund se mostraba dispuesta a hablar con él. Probablemente porque estaba sola y desesperada, pero eso ya era mejor que nada.

—¿Cómo es que os repugna tanto?

—Porque es repulsivo, feo y tosco. No sabe nada de las mujeres, y encima es pobre. Seguro que su castillo es una ruina.

—Si es tan mal partido... ¿cómo es que vuestro padre os ha prometido a él?

—Él y el padre de Rufus son hermanos de armas. Se conocen desde la Cruzada. Acordaron hace ya muchos años que Rufus y yo nos casaríamos algún día. A nadie le importa lo que yo piense.

Un matrimonio arreglado era el destino de la mayoría de las mujeres nobles, salvo que eligieran vivir en un convento. Pero Balian consideró poco delicado indicarle tal cosa a Rosamund.

—No me parece bien que se os imponga un esposo —dijo en vez de eso.

Ella lo miró, y él advirtió en sus ojos una inmensa tristeza que despertó en él el deseo de tomarla entre sus brazos. Lo que, naturalmente, era impensable.

—¿De verdad? —preguntó ella en voz baja.

—Cuando buscábamos un marido para Blanche, escogimos uno del que estábamos seguros que encajaría con ella. Nunca se nos habría pasado por la cabeza obligarla a casarse con alguien a quien no quisiera.

—Entre vosotros los mercaderes las cosas son distintas. No sois de sangre noble.

—Pero nuestra madre lo es.

La sorpresa de ella no habría podido ser mayor.

—Procede de un antiguo linaje de la Lorena, los señores de Warcq —explicó Balian—. Su hermano es un caballero como Meinhard.

—¿Y cómo es que vos no sois noble?

—Porque nuestra madre se casó por debajo de su condición. Eligió al hombre al que amaba. Un sencillo iluminador de libros.

Rosamund guardó silencio largo tiempo antes de preguntar:

—¿Cómo lo hizo? Quiero decir, imponerse a los deseos de su familia. Seguro que su hermano no estaba de acuerdo con eso.

—No le pidió permiso. —Sonrió—. Mi madre tiene una voluntad fuerte y es obstinada.

—Desearía poder hacer lo mismo —casi susurró ella.

—Oh, podéis. Estoy seguro de eso —dijo Balian—. Solo tenéis que querer.

Por primera vez desde que la conocía, Rosamund sonrió, y a él le pareció más deseable que nunca.

—Me gustaría ver el taller —explicó Blanche cuando al día siguiente llegó al *scriptorium*.

—¿Por qué? —preguntó receloso el monje.

—Soy iluminadora de libros, y me intereso por el trabajo de los demás.

—¿Iluminadora de libros? —El monje frunció el ceño.

—Así es.

—Pero vos sois una mujer.

Blanche suspiró interiormente.

—¿Qué hace eso al caso? Esta profesión no está solo abierta a los hombres. Hay *scriptoriums* dirigidos exclusivamente por monjas.

—No aquí en Coblenza. Creo que estáis contando cuentos para robarnos nuestro pan de oro. ¡Largaos!

El monje iba a cerrar la puerta cuando, detrás de Blanche, alguien dijo:

—Ella es iluminadora de libros. Su padre es el famoso maestro Rémy de Varennes Saint-Jacques. Él mismo la ha instruido. Tenéis mi palabra.

Blanche se volvió. Raphael se acercaba hacia ella, seguido de Mordred.

—Dejadla entrar —dijo al monje—. ¿Qué tiene de malo?

—Está bien —gruñó el fraile—. Pero no toquéis nada; y el perro se queda fuera.

Una vez que Raphael hubo atado la correa a una argolla en el muro, entraron al taller monacal. Blanche no sabía qué pensar de la aparición de Raphael. Mientras los otros aún estaban desayunando en el refectorio, tenía que haberla seguido para... ¿para qué? ¿Para buscar su proximidad? Tenía que ser eso, por extraño que le pareciera. Raphael seguía siendo despreciativo y desabrido con Balian, pero desde el incidente con Mordred, era amable con ella. ¿Por qué? No podía explicárselo.

—Gracias por vuestra ayuda —dijo.

—No hay de qué. De no ser por vos, Mordred habría devorado a ese escudero idiota y ahora yo tendría un montón de querellas.

Ella sonrió involuntariamente. «Querellas.» Bonita descripción para un escudero muerto y un Meinhard furioso, que probablemente habría intentado matar a Raphael.

Una escasa luz se filtraba apenas por la ventana rodeada de hiedra, por lo que los monjes habían encendido velas de sebo. En silencio, Blanche y Raphael pasaron ante los atriles en los que los frailes copiaban textos murmurando en voz baja o iluminaban códices. Blanche estaba decepcionada. Nada que no hubiera visto ya cien veces. Ninguna herramienta novedosa o método revolucionario. Tampoco los libros de los estantes destacaban en nada. Bien hechos, sin duda, pero en absoluto sobresalientes. Su padre podía hacerlo mejor.

—Nada que os cause impresión, ¿no? —dijo en voz baja Raphael.

—No.

—De todos modos tenemos que irnos. Partiremos pronto.

Cuando se dirigían hacia la puerta, él dijo:

—Dejadme salir primero. No tenemos que irritar a vuestro hermano intencionadamente.

Salió del *scriptorium*.

¿Dónde habían quedado su habitual arrogancia y hostilidad? Sencillamente, no se aclaraba con aquel hombre.

Aquella mañana, Rosamund estaba como cambiada.

Cuando dejaron Coblenza y fueron por el Rin hacia el noroeste, estaba de buen humor y bromeaba con Balian. Ambos se reían a costa de Meinhard.

—*Martillo de enemigos* —dijo Balian sonriendo, mientras guiaba la gabarra río arriba.

—Ridículo, ¿verdad? ¿Para qué necesita una espada tener nombre? Quiero decir que es una cosa inanimada. Tampoco se bautiza a una cuchara.

—Deberíais proponérselo. Sin duda la cuchara estaría entusiasmada. «¡Mirad esta poderosa cuchara! ¡Su nombre es Rompecráneos!» —imitó Balian al caballero.

—O Partenabos —propuso Rosamund.

—O Maldición de la sopa.

Ella se cubrió la boca con la mano y rio entre dientes. A él le gustaba verla así de contenta.

—¿Es cierto que el pomo de su espada contiene un trozo de la sagrada cruz? —preguntó Balian.

—Creo más bien que a Meinhard le han vendido un trozo de la pata de una silla. Pero por favor, no se lo digáis. Ha pagado mucho dinero por su reliquia.

Balian rio.

—Queda esperar que la sagrada pata de la silla le proteja la próxima vez que entre en combate.

Las colinas ascendían de manera visible, y el Rin, alrededor de Coblenza ancho y ramificado en brazos y marismas pantanosas, se hacía más estrecho y más profundo. Enseguida empezó a abrirse paso por un lugar angosto, de paredes rocosas de un gris oscurecido que se alzaban desde las orillas como titánicos bastiones de una edad mítica. Rosamund contempló su imagen reflejada en el río, antes de sumergir la mano en el agua y dejar que la fresca humedad corriera entre sus dedos. Balian miraba de vez en cuando a Blanche y al padre Nicasius. Los dos estaban sentados al otro extremo del barco, charlaban con Odet y el mercenario y no se fijaban en ellos.

—He estado pensando —dijo Rosamund al cabo de un rato—. Tenéis razón. Puedo ser tan fuerte como vuestra madre. Me resistiré a mi hermano y no me casaré con Rufus.

Él se sintió obligado a advertirla:

—Eso va a exigiros mucho valor y decisión. Y os reportará la ira de vuestra familia. Es probable que os aparten de sí.

—Eso me da igual. Estoy harta de esta vida. Desde que nací son otros los que deciden sobre mí. Quiero ser libre y hacer lo que me plazca. Y quiero un marido. —Su mirada estaba llena de calor y deseo, y él sintió que se le secaba la boca—. No un alfeñique como Rufus... uno de verdad.

10

Thomas y yo buscaremos un comprador para las gabarras —dijo Maurice—. Los demás, esperad aquí y cuidad de la mercancía.

Acababan de llegar a Colonia, donde querían librarse de las gabarras y comprar con la ganancia carros y bueyes, porque el viaje a Lübeck era exclusivamente por tierra. Era una tarde agradable; el sol descendía de un cielo sin nubes y calentaba a hombres y animales. Mientras los criados llevaban a tierra los toneles, Balian contempló el trajín del puerto fluvial.

Colonia era una de las ciudades más grandes del Imperio, más grande aún que la lorenesa Metz. Diez mil personas vivían dentro de sus muros, apretujadas en angostos callejones, gobernadas por su arzobispo, el poderoso Konrad von Hochstaden. Palacios y cabañas, almacenes de grano y burdeles se alzaban sobre las ruinas de épocas anteriores. En las iglesias y criptas susurraba el pasado, mientras en los mercados y sedes de los gremios el futuro llamaba prometedor. Favorecidas por el Rin y el fácil acceso por mar, las rutas comerciales llevaban a diario mercancías y palabras, reluciente dinero y audaces pensamientos hasta la ciudad. La plata afluía en inmensas cantidades a las casas patricias y a los relicarios, acechada con ansia por todos los jornaleros, rameras y mercaderes que de vez en cuando lograban distraer unas monedas y hacerlas desaparecer en sus sucios mandiles antes de que cayeran en arcas y cepillos.

El puerto hervía de actividad. A los oídos de Balian llegaron fragmentos de conversaciones en inglés, flamenco y francés, mientras los marineros gritaban y los mercaderes discutían con los aduaneros. Musculosos trabajadores cargaban y descargaban gabarras empleando modernas grúas, cuyas sirgas chirriaban como los cordajes de un barco agitado por la tormenta cuando los hombres izaban hasta la orilla toneles y balas de paño y los apilaban en elevados montones. Una costra de puestos y figones se pegaba a la muralla entre la Puerta del Zafiro y la de Franconia, asediada por marineros y carreteros hambrientos que dejaban monedas encima de las mesas gastadas y se abrían paso con cuencos humeantes entre la multitud. Allí no había aire despejado y limpio en ningún sitio. En cada inspiración Balian percibía el olor a pimienta, bacalao salado, alquitrán y aguas de sentina, hasta que su nariz terminó capitulando y ya no olió nada.

Su interés se centró en la carabela que se acercaba al muelle, proveniente del norte. El barco, que solo era el primero de un convoy, pasó por delante de uno de los molinos del Rin que flotaban en medio del río, sostenidos por una construcción de madera hecha de pasarelas y maromas. Con ayuda de las armas dibujadas en las henchidas velas, Balian pudo distinguir que la carabela pertenecía a la Liga de Gotland, una poderosa organización comercial que tenía su sede en Lübeck y Visby, pero comerciaba en toda el área de los mares Báltico y del Norte, hasta Bergen y Nóvgorod. Desde hacía algunas décadas los navegantes de Gotland extendían su influencia por doquier, adquiriendo privilegios de reyes, príncipes y ciudades comerciales, con métodos a veces carentes de escrúpulos. Balian había hecho negocios con esa gente en alguna ocasión. No había sido cosa de broma. Aquellos broncos mercaderes sabían imponer siempre su voluntad.

Escuchó el barullo de voces en los muelles. El alemán que allí se hablaba difería notablemente del dialecto que se usaba en Tréveris. Y aquello aún no era siquiera la Baja Alemania. Unos días de viaje más allá, Maurice y los otros dejarían de estar en condiciones de entenderse. «Quizá entonces Raphael comprenda al fin que me necesita.»

Involuntariamente su mirada fue hacia Rosamund, que estaba con su hermano y el padre Nicasius de pie a la sombra de la muralla. No se cansaba de mirar a aquella muchacha. Ella se daba cuenta y sonreía a escondidas, y al instante a él se le aceleraba el corazón. «Dios, esos pechos, esos cabellos, esa boca», pensó, y sintió que el miembro se le endurecía.

Poco después volvieron Maurice y Thomas. Habían encontrado un comprador para las gabarras y negociado un buen precio, de modo que la comunidad pudo adquirir varios carros en el cercano mercado del heno. Después de haber cargado las mercancías, se pusieron a buscar un albergue para pasar la noche.

Para ello tuvieron que atravesar media ciudad porque querían ir a una casa junto a la Puerta de Ulrep en la que se alojaban sobre todo mercaderes franceses, y donde se hablaba su lengua. Su camino los llevó primero por la Webergasse y luego por el barrio de San Severin, sorprendentemente campesino si se tenía en cuenta que estaba dentro de los muros de la ciudad. Huertos y corrales de ganado se pegaban a las chozas de madera y a las sencillas casas de piedra. Junto a la calle vivían sobre todo alfareros, que hacían girar en el torno sus recipientes a medio terminar. Casi ningún nativo se fijó en los forasteros de Varennes: en Colonia estaban acostumbrados a ver mercaderes extranjeros.

El albergue daba desde fuera una impresión modesta, que por desgracia se confirmó cuando entraron en el edificio. El patio estaba sucio y casi se hundía en el lodo, los cerdos andaban por todas partes. Los alojamientos no estaban mucho más limpios. Había una cámara para gente de mayor condición, que Meinhard reclamó enseguida para sí y para Rosamund. Los dos grandes dormitorios para el pueblo bajo ni siquiera tenían lechos, sino tan solo sacos de paja... y abundantes chinches. Al menos los tenían para ellos solos, porque casi no había otros huéspedes en el apeadero.

—Debemos descansar y hacer acopio de fuerzas, el viaje por tierra va a ser trabajoso —dijo Maurice—. Quedémonos dos o tres días en Colonia. Podemos aprovechar ese tiempo para recoger un poco de información. Quizá nos enteremos de cosas acerca de los países que nos esperan.

—Yo ya he estado preguntando —dijo Godefroid, que entraba en ese momento—. El mozo de cuadras me ha contado algo: el rey está en Colonia.

—¿Cuál? —preguntó Raphael, con un ligero tono de burla en la voz.

—Como si Alfonso fuera a venir a Alemania alguna vez —dijo Bertrandon—. Tiene que ser Ricardo de Cornualles, ¿no?

Godefroid asintió.

—Llegó hace algunos días de Inglaterra para afianzar su poder en el Imperio. Al parecer, vive en el palacio del arzobispo. Dicen que va a haber un gran torneo en su honor.

—Gracias, Godefroid —dijo Maurice—. Quién sabe si eso puede sernos útil.

Poco a poco empezaba a oscurecer. Después de una prolongada cena, algunos se acostaron. Los otros se reunieron al pie de la única tea que seguía encendida, jugaron a los dados por unos céntimos e hicieron circular una jarra de cerveza. Balian se acomodó en su saco de paja, cruzó los brazos detrás de la cabeza y trató de ignorar el hormigueo de los bichos en su pelo. Su lecho se encontraba pegado a la pared, donde la estancia grande lindaba con las habitaciones individuales. A través de la resquebrajada mampostería oyó voces atenuadas. Al parecer, Rosamund volvía a discutir con Meinhard, mientras el padre Nicasius trataba de calmar a ambos, lo que probablemente habría conseguido mejor de no haber vaciado un odre de vino a lo largo de la tarde. En cualquier caso, Balian podía imaginar en torno a qué giraba la confrontación, y deseó lo mejor para Rosamund. En vano, por desgracia: poco después una puerta se cerró con furia y alguien bajó las escaleras con pasos iracundos.

Miró a su alrededor. Ninguno de los otros parecía haber oído los ruidos. Blanche y Odet ya dormían. Se puso los zapatos con rapidez y se escurrió fuera.

Rosamund estaba sentada, sollozando, en uno de los peldaños más bajos de la escalera. Al oír sus pasos se sobresaltó, pero se relajó al verlo.

—Balian —dijo en voz baja.

—¿Habéis hablado con vuestro hermano?

—No me ha escuchado, y me ha llamado loca. El padre Nicasius tampoco ha sido ninguna ayuda. Dicen que me llevarán por la fuerza con Rufus, si es necesario.

—Os advertí que no iba a ser fácil —dijo Balian.

—No lo conseguiré sola. No estoy a la altura de Meinhard. Es un caballero, y yo no soy más que una estúpida doncella.

Bajó la mirada y sus hombros empezaron a temblar.

—No hay razón para llorar. —Le puso las manos en los brazos—. Miradme.

Lo hizo. Una lágrima solitaria se deslizaba por su mejilla.

—Siempre hay un camino —dijo él.

—Sí. —Replicó a su sonrisa de forma tímida y titubeante, luego su rostro se iluminó de pronto y le cogió las manos. Sus dedos eran cálidos y delicados—. ¡Ya sé lo que haremos! Vos impediréis la boda.

—Rosamund —empezó él, pero era imposible detenerla.

—Prefiero morir antes que casarme con Rufus. Pero vos no permitiríais eso, ¿verdad? Me protegeríais de semejante destino. Porque... os importo algo —añadió.

—Eso es cierto

¿Por qué iba a negarlo?

—También vos me importáis algo a mí —confesó ella—. Sois el único amigo que tengo. Pero eso no es todo...

Una vez más, Balian sintió que se le secaba la boca cuando ella se acercó, sus manos entre las suyas.

—Os amo —cuchicheó—. Me di cuenta en el monasterio. Sí, mi corazón os pertenece.

Él la atrajo hacia sí, quiso besarla, pero ella retrocedió de manera apenas perceptible.

—Por favor, Balian, ayudadme. Salvadme de Rufus para que podamos estar juntos.

—¿Cómo queréis que lo haga? No está en mi poder impedir esa boda.

—Por favor —susurró ella de nuevo, esta vez tan cerca de su mejilla que él creyó que podía sentir sus labios.

—Se me ocurrirá algo —se oyó decir—. No os casaréis con Rufus. Tenéis mi palabra.

—Parece que últimamente os entendéis a las mil maravillas —dijo Blanche al día siguiente, cuando daban un paseo por el barrio de San Severin, a la sombra de la muralla de la ciudad.

—¿Quiénes? —Balian llevaba ausente toda la mañana.

—Bueno, tú y tu noble damisela. Durante el viaje Rin arriba estuvisteis cuchicheando y soltando risitas. Es un milagro que Meinhard no te haya arrancado las orejas.

—Tan solo estuvimos hablando, eso es todo.

—¿Ah, sí? ¿Y de qué trataba vuestro confidencial arrullo?

Él se detuvo y la miró fijamente.

—¿Quieres decirme algo, hermana?

—Sí que quiero. Pero no te va a gustar.

—Nunca te ha preocupado lo que me gusta. Así que suéltalo.

—Rosamund está jugando contigo —empezó Blanche.

—¿A qué clase de juego? —respondió él, divertido.

—No lo sé. Pero no es nada bueno, eso puedo sentirlo. Te está utilizando, hermano, y ni siquiera te das cuenta.

—Qué tontería. Es una pobre y solitaria muchacha que necesita ayuda. —Apretó los labios al darse cuenta de que había hablado demasiado.

—¿Ayuda con qué? —preguntó Blanche.

—Nada importante. Además, no te incumbe.

Ella lo sujetó por los hombros.

—Vas a decírmelo... enseguida.

La ira ardió en los ojos de él, y por un ínfimo instante ella esperó que la empujara y la arrojara al suelo como aquella vez, cuando tenían diez años. Pero no hizo nada semejante, claro que no. Desde entonces, nunca había vuelto a hacerle daño.

—Puedes confiar en mí —añadió ella, más suave—. Y tengo derecho a saberlo. Es mi dinero...

—No empieces otra vez —le interrumpió él—. Está bien. Está bien. Debes saberlo. Pero primero tienes que prometerme que no armarás un escándalo.

—No puedo prometerte tal cosa, y lo sabes muy bien.

Él torció el gesto.

—Rosamund está siendo obligada a casarse con Rufus von Hatho, aunque le odia. Me he ofrecido a ayudarla a salir del atolladero.

En un primer momento, Blanche se quedó sin habla.

—¿Que has qué? —dijo al fin.

—Ninguna mujer tendría que casarse contra su voluntad. En eso estamos de acuerdo, ¿no? —se defendió él—. Sea como fuere, me dio pena cuando lo supe.

—Así que le has prometido impedir la boda.

—En cierto modo.

—Por Dios, Balian —gimió Blanche—. ¡Y si Meinhard se entera! Con eso pones en riesgo toda esta empresa.

—Vamos. Tendremos cuidado. Lo haré de tal modo que ninguno de nosotros sufra daño.

—¿Cómo? —Tuvo que esforzarse para no gritarle.

—Eso ya lo veremos.

—Y acto seguido pedirás su mano, supongo.

Su silencio fue suficiente respuesta.

—Eres un loco si crees que ella te aceptará —le increpó—. Has sucumbido a sus encantos. Ella lo sabe, y te ha enredado. ¡Cómo no puedes verlo!

—Ella no es así. La juzgas mal.

—¡No, tú! Tú la juzgas mal. Esa mujer es astuta y calculadora. Apuesto a que si fuera más fea te darías cuenta. Además, una noble y un mercader... es sencillamente imposible.

—No lo es —contradijo él—. También nuestra madre se casó con un hombre del pueblo, si te acuerdas.

—No se puede comparar. Nuestra madre es una mujer orgullosa y digna, y no podía hacer otra cosa. Rosamund, en cambio...

—¿Qué? ¿Qué es Rosamund?

Blanche consideró más sensato no terminar la frase.

—Por favor, hermano —imploró—. No lo hagas. Sería un catastrófico error. No nos traería otra cosa que desgracias.

—Exageras desmedidamente. Además, ya le he dado mi palabra.

Blanche no sabía qué más podía decir. Alzó los brazos al cielo y se fue de allí.

Cuando Balian llegó al albergue, los criados estaban cargando los carros. Los mercaderes estaban junto a ellos y agitaban las manos. Se dio cuenta enseguida de que tenía que haber pasado algo desagradable.

—¿No íbamos a partir mañana como muy pronto? —dijo a Maurice.

—Los inspectores de mercados acaban de estar aquí —explicó el capitán—. Nos han hecho saber que el año pasado el arzobispo de Colonia decretó un derecho de venta obligatoria. Tenemos que llevar nuestras mercancías al mercado enseguida y ponerlas a la venta durante tres días si queremos que nos dejen seguir nuestro camino.

Balian hinchó los carrillos. Eso era un duro golpe. El derecho de venta obligatoria era una medida con la que muchas ciudades intentaban concentrar el flujo de mercancías en sus mercados. Afectaba a todos los mercaderes de paso, aunque sus bienes no estuvieran en absoluto destinados a esa región. Si tenían mala suerte, venderían allí tanto como para que no mereciera la pena seguir viaje.

—Podríamos ignorar el decreto y ponernos en marcha con rapidez —propuso Raphael.

—Probablemente ya habrán avisado a los guardias de puerta —respondió Bertrandon—. No, es demasiado arriesgado. Si nos resistimos, corremos el peligro de que nos atrapen y se incauten de todas las mercancías.

Finalmente, convinieron que era más inteligente someterse a los inspectores. Entre maldiciones, ayudaron a los criados a cargar los toneles y fueron al mercado antiguo, una de las grandes plazas de Colonia. Un guardia les asignó puestos de pago, y en medio del barullo de bestias y gentes volvieron a descargarlo todo.

Paño, especias, mineral de hierro, herramientas... el derecho de venta obligatoria de Colonia afectaba a todas sus mercaderías. Apenas habían plantado los toneles en el suelo cuando aparecieron los primeros compradores. No mostraron interés por la oferta de Balian, circunstancia que en otro lugar le hubiera entristecido pero allí le llenó de alivio.

En cambio, Thomas Carbonel no tuvo tanta suerte. Los ciudadanos de Colonia se peleaban por sus mercancías. Al cabo del primer día de mercado había vendido ya un tercio de ellas.

En el mercado viejo podían encontrarse prácticamente todas las mercaderías que los seres humanos cultivaban, fabricaban y ponían a la venta lejos y cerca: sal de Lüneburg, paños de Brabante, arenques de Schonen y muchas cosas más. Sin embargo, los productos locales tenían una importancia especial, según comprobó Blanche cuando dio un paseo por la plaza a la mañana siguiente. Había espadas y hachas de guerra de los herreros de la zona, lino, esparto, plomo, y un hilo especial azul al que llamaban «hilo de Colonia». Con esas cosas era con las que los mercaderes locales ganaban la mayor parte de la plata, porque las mercancías de Colonia disfrutaban de gran popularidad en el norte del Imperio.

Blanche pasó ante las mesas de los libreros y echó un vistazo a las obras que no conocía. Quizá pudiera comprar a buen precio una obra novedosa y llevársela a su padre. Cuando estaba hojeando un librito encuadernado en cuero, Raphael se acercó a ella:

—¿Ya habéis encontrado algo?

—Por desgracia, no. Aquí no hay más que biblias y salterios.

«Lo ha vuelto a hacer», pensó mientras dejaba el libro y seguía su camino. En cuanto ella se alejaba de Balian, él aprovechaba la oportunidad para hablarle. ¿Le molestaba? No sabía decirlo. Al menos, en los últimos días había descubierto que había otro Raphael, uno que solamente se mostraba ante ella. Un Raphael amable, servicial, de seco ingenio.

Iba junto a ella llevando de la correa a Mordred, con el grato resultado de que la gente les hacía sitio.

—Ahí hay otro puesto de libros.

De pronto, un olor infernal llegó a la nariz de Blanche, un olor aún peor que los muchos olores desagradables que la enorme ciudad destilaba constantemente.

—Dios Todopoderoso —murmuró, y estiró la cabeza para localizar la fuente del olor. Vio a algunas figuras harapientas que habían quitado la tapa de un pozo negro y vaciaban con palas y cubos el agujero lleno hasta los topes. Vertían los excrementos en una carretilla.

Afortunadamente, enseguida apareció un alguacil que puso fin a sus trajines.

—Eh, necios, ¿es que habéis perdido el juicio? —gritó a los hombres—. Tenéis que hacer eso por la noche. Vais a ahuyentar a los visitantes del mercado.

Una vez que volvieron a tapar la fosa, el alguacil los ahuyentó y amenazó con llamar a su superior, el verdugo.

El incidente puso a Raphael de visible buen humor.

—¿Sabéis cómo llaman en Colonia a esta gente?

—¿A los que limpian los pozos negros?

—Buscadores de oro. ¿No os parece poético?

Ambos se echaron a reír.

En el puesto de libros, Blanche encontró una obra que Rémy y ella llevaban buscando mucho tiempo: el décimo volumen de la enciclopedia *Liber de natura rerum*, un tratado integral sobre medicina vegetal, animal y natural. Estaba encuadernado en forma de un manejable librito, de modo que no representaría una carga innecesaria en su viaje.

Por desgracia, el mercader pidió por él un precio desvergonzado. Blanche intentó regatear, pero como entendía con dificultad a aquel hombre y se veía en desventaja, acabó renunciando.

—Tengo que volver a mi puesto —dijo Raphael—. Si no estoy atento, mis criados se dejarán engañar por esta gente tan astuta.

Poco después se marchó, pero Blanche no pudo evitar quedarse pensando largo rato en aquel hombre impenetrable. Escuchó a su interior y comprobó que ya no albergaba rencor hacia él por lo ocurrido en Metz. Incluso le agradaba un poco. Aun así, sin duda era más inteligente no hacer amistad con un asesino.

Porque lo era, ¿no? Medio Varennes estaba convencido de eso, también su hermano.

¿Y ella?

Blanche sacudió la cabeza. Ya no sabía qué creer.

Cuando se fue a dormir aquella noche vio que había algo en su lecho de paja. Lo cogió.

Era el décimo volumen del *Liber de natura rerum*.

Levantó la cabeza, sorprendida. Raphael le guiñó un ojo.

11

«Quiera Dios que no pille un catarro», pensó malhumorado Sievert Rapesulver cuando el viento le hizo saltar las lágrimas. Se caló la capucha y subió calle arriba con la cabeza encogida, contento de poder permitirse ropa forrada de piel y no tener que tiritar de frío como los pobres diablos que desembarcaban la carga en el puerto.

Hacía mucho que había terminado el invierno, incluso allí arriba, en el norte. Las bahías y desembocaduras de los ríos se habían descongelado semanas antes; hacía dos meses que los barcos volvían a surcar el mar Báltico. Salvo por eso, en Gotland no se notaba mucho la primavera. Durante todo el día, gélidas rachas de viento azotaban los callejones de Visby, y durante la noche seguía haciendo un frío considerable. Sievert envidiaba a su hermano Winrich, que estaba en esos momentos en Colonia y podía disfrutar del suave clima de Renania.

Y eso que en abril Visby era soportable, comparado con Nóvgorod en enero. Allí habían pasado los últimos meses, Sievert, su madre Agnes y muchos otros mercaderes de la Liga de Gotland, y habían hecho negocios con boyardos y vendedores de pieles. El cruel invierno ruso solo era soportable si apenas se salía de las cálidas salas de Peterhof y si se pensaba sin cesar en las riquezas que un mercader podía acaparar en la principesca ciudad junto al Volga. Las arcas de la Liga estaban repletas de plata cuando emprendieron el viaje de vuelta a finales de marzo.

Hacía medio año que Sievert no veía su querida patria de Lübeck. Al día siguiente viajarían por fin a casa... Adiós, tempestuosa Gotland. Pero antes tenía que cumplir con un último y molesto deber.

Como la mayoría de las ciudades portuarias del Báltico, también Visby estaba hecha principalmente de cabañas de madera. Edificios de piedra los había como mucho en el centro, donde se encontraban las casas y los almacenes de los mercaderes suecos, alemanes y rusos. A Visby se le daba el nombre de *Regina Maris*, Reina de los Mares, y con razón, pensaba Sievert. Aunque un poco más pequeña que Lübeck, era igual de rica que su ciudad natal, si no más. Era el puerto más importante del Báltico. Las lonjas de Visby eran auténticos templos a Mammón, donde se rendía homenaje a la codicia y el lujo y se cambiaban tesoros de los reinos exóticos de Oriente, los mercaderes de Livonia, la Orden Teutónica y la Rus por vino y paños, armas y herramientas del Sacro Imperio Romano.

Pero ese día Sievert no quería hacer negocios. Algo mucho más importante le obligaba a exponerse al frío y húmedo viento. Atravesó todo el asentamiento alemán, que estaba claramente delimitado de la parte sueca de la ciudad, y fue a la Marienkirche, la iglesia de los alemanes de Gotland. Su nave de grises bloques de piedra se alzaba con tal reciedumbre que las casas circundantes parecían agacharse atemorizadas ante ella. Una racha de viento casi se llevó la gorra de Sievert cuando abrió el portal y entró.

Sus pasos resonaron en el silencio. La turbia luz del día entraba por las vidrieras, pero era demasiado débil para dibujar algo más que borrosos arcoíris en el suelo de piedra. Sievert se secó una gota de la punta de la nariz, subió por las retorcidas escaleras y entró al almacén de la iglesia. Balas de paño y toneles se acumulaban bajo las vigas del techo; entre ellos había rollos de cuerda y poleas para izar las mercancías. Mientras la parte inferior de la casa de Dios servía para fines religiosos, el piso superior estaba bajo el signo de los negocios. Más de un trato lucrativo se había firmado en el desván de la Marienkirche. Los viajeros que iban a Gotland, cansados del trayecto, apreciaban los caminos cortos. Quien aquí arriba se entregaba a la codicia y la avaricia no tenía que recorrer después media ciudad para confesar sus pecados: el confesionario más próximo estaba un piso más abajo, justo al lado de la escalera.

Sievert fue hacia un guardia de la ciudad, que estaba sentado en una caja con las piernas abiertas y mordisqueaba una tira de carne seca. Al ver a Sievert, se puso en pie de un salto y se limpió en la túnica las manos grasientas.

—Que Dios os acompañe, señor Rapesulver.

—El bailío dice que tenéis detenidos aquí a dos prusianos.

—¿Los contrabandistas de ámbar? ¿Queréis verlos?

—Os lo ruego.

El guardia desapareció entre las pilas de mercaderías. En la penumbra chirrió una puerta, y luego regresó con otros tres corchetes que empujaron a dos hombres y los obligaron a arrodillarse delante de Sievert. Pescadores prusianos, a juzgar por sus pobres vestiduras; probablemente padre e hijo. Lo miraron implorantes.

Sievert respondió a esa mirada con total desprecio. Sentía aversión hacia todos los bálticos, en particular los prusianos. Esa gente decía que era cristiana, pero si no se les amenazaba constantemente con una espada, todas las noches se escapaban hasta sus árboles mágicos y hacían sacrificios a dioses paganos.

—¿Dónde está la mercancía?

Un corchete acercó una caja y abrió la tapa. Sievert no quedó mal sorprendido. Contenía ámbar en todas las formas y tamaños. Agarró un trozo del tamaño de un puño, que brillaba a la luz de las antorchas como luz de sol fundida. Inusualmente puro. «Guárdame. Poséeme», parecía murmurarle.

—El oro del mar —susurró Sievert.

Arrugó la nariz. Aquel ámbar olía a bacalao. Probablemente los prusianos lo habían escondido bajo una capa de pescado. Volvió a arrojar el trozo a la caja.

—Solo la Orden Teutónica puede recoger ámbar en la costa de Sambia —dijo a los prisioneros—. Habríais tenido que entregar vuestro hallazgo en una encomienda. Sacarlo de contrabando es un delito grave. Solo a la Orden y a la Liga de Gotland le corresponde comerciar con ámbar.

Los dos prusianos se quedaron mirándolo con los ojos muy abiertos.

—No pueden entenderos, señor —dijo uno de los corchetes.

—Oh, me entienden muy bien. —Sievert dio unos golpecitos con el índice en la frente del prusiano de más edad—. Conocéis la ley tan bien como yo. Pero la tentación de engañar a esos tontos cristianos era demasiado grande, ¿verdad?

Retiró la mano y lamentó haber tocado al prusiano. Ahora se sentía sucio.

—Decidle al bailío que me incauto del ámbar en nombre de la Liga —ordenó a los corchetes.

—¿Qué va a pasar con ellos? —El jefe de los corchetes señaló a los prusianos.

—Llevadme a su barco, y traedlos conmigo.

Ataron a los presos las manos a la espalda y los llevaron por los callejones. Su barco no estaba en el puerto, lo habían encallado en la playa, al norte de la ciudad. Tenían valor, eso había que reconocérselo. Sievert no se habría atrevido a ir a Gotland en semejante cáscara de nuez.

—Quemadlo.

Uno de los corchetes roció el barco con aceite de su lámpara. Entonces los prusianos comprendieron lo que les amenazaba y pidieron clemencia a Sievert, mostrando de pronto unas asombrosas dotes lingüísticas.

—Por favor, no, señor. No lo queméis —se quejó el mayor—. Estaremos arruinados sin barco. Arruinados. Moriremos de hambre.

Sievert no se dignó mirarlos, e hizo una seña a otro de los corchetes. El hombre se adelantó y acercó la antorcha al bote, que ardió presa de las llamas. Los prusianos se echaron a llorar.

—Cuando haya terminado de quemarse, suéltalos. Creo que habrán aprendido la lección.

Sievert volvió la espalda al fuego y regresó a la ciudad. El viento había aflojado; a cambio, su humor había mejorado. El ámbar que había en la caja valía una fortuna. Incluso después de haber entregado la mayor parte del hallazgo a la Orden Teutónica, a lo que estaba obligado por la ley, a la Liga le quedaba un beneficio considerable. Y sin el menor esfuerzo.

Decidió contárselo a su madre y fue hacia su casa en el barrio de los alemanes.

Un criado le hizo saber que Agnes estaba arriba, en la sala, y tenía visita. Sievert no esperaba encontrarla sola. Desde que estaban en Visby recibía visitas constantemente. Anudaba contactos, afianzaba amistades, intrigaba contra sus numerosos enemigos. Todo por la familia y por la Liga.

Su madre estaba sentada junto a la chimenea. Como siempre que Sievert la miraba, le recordó a una severa abadesa. Desde hacía más de veinte años, Agnes Rapesulver llevaba el vestido de luto blanco y una cofia que ocultaba su pelo encanecido y solo dejaba ver su rostro. Un rostro imperativo y surcado por profundas arrugas, de ojos penetrantes, las comisuras de los labios siempre apuntando al suelo.

Sievert se tensó interiormente. A pesar de todo el amor que sus hermanos y él sentían por Agnes, también la temían. Era tan inteligente como desconsiderada, y no toleraba réplica alguna. Aunque según la ley la empresa pertenecía a Sievert, en realidad era ella la que tomaba las decisiones y guiaba los negocios con mano dura.

Frente a Agnes estaba sentado un mercader alemán, cuyo cabello negro y revuelto y poblada barba enmarcaban un rostro curtido por el clima, como los matorrales que cubren una roca desgastada. Su negro atuendo y el manto de armiño eran tan selectos como las vestiduras de Sievert.

—Menos mal que has llegado —saludó Agnes a su hijo—. Siéntate. Rutger y yo estábamos discutiendo un asunto importante.

Sievert se sentó junto al fuego. La ventana de la sala daba a los empinados acantilados al norte de la ciudad. A través del paño embreado se podía ver la columna de humo que se alzaba del bote en llamas. Decidió hablar más tarde a su madre de los contrabandistas. Cuando tenía ese gesto no era aconsejable desviar la conversación.

—¿Conoces a Mechthild, la hermana de Rutger? —preguntó Agnes.

—La he visto algunas veces en misa —respondió Sievert, que se temía lo peor.

—La semana que viene cumplirá diecinueve años, y Rutger está buscando un marido para ella. Dado que unirse sería ventajoso para nuestras familias, he propuesto a Rutger que tomes por esposa a Mechthild.

Como de costumbre, Agnes no se había tomado la molestia de hablar antes con él, y no digamos preguntarle su opinión. Una rabia impotente se apoderó de Sievert.

—Mi hermana es en extremo obediente y virtuosa… será una buena esposa para vos —dijo Rutger—. Se entiende que contará con una generosa dote.

—¿Qué dices tú? —preguntó Agnes, con indisimulada impaciencia.

«Debería levantarme e irme. Debería ponerla en ridículo delante de toda la ciudad, para que aprenda de una vez que no puede ignorarme de ese modo», pensó Sievert, pero, como siempre, no hizo nada parecido. Antes de ofender a su huésped con su silencio, dijo:

—Os agradezco la oferta, Rutger. Nos hacéis un gran honor a mí y a mi familia. Lo pensaré y os haré llegar pronto mi respuesta.

—¿Qué hay que pensar? —preguntó cortante su madre—. Mechthild es hermosa y procede de una distinguida familia. Mil solteros de Lübeck darían cualquier cosa por un partido así. ¿Quieres ofender a Rutger?

—No lo tomo como ofensa —declaró bondadoso Rutger—. Es comprensible que Sievert pida un tiempo para pensarlo. Lo hemos abrumado, y una decisión así tiene que estar bien meditada. Ningún hombre debería ir con ligereza al matrimonio.

Se levantaron.

—Pensadlo con calma y dadme vuestra respuesta cuando estemos en Lübeck —añadió el recio mercader. Dio una palmada en los hombros a Sievert y se despidió.

—¿En qué estás pensando? —bufó Agnes apenas los pasos de Rutger se apagaron en la escalera.

—No puedes ponerme ante hechos consumados y esperar que me someta sin rechistar —repuso Sievert.

—¡Me has puesto en evidencia delante de Rutger!

—Hubieras debido preguntarme antes.

—A mí nadie me preguntó si quería casarme con tu padre. ¡Por Dios, Sievert! —chilló Agnes—. Te ponen delante a la doncella más hermosa de Lübeck y todo lo que tienes que hacer es alargar la mano, y te comportas como si te hubieran presentado un plato de casquería. ¿Qué es lo que no anda bien en ti?

—Aún no quiero casarme —dijo, testarudo—. Aún quiero disfrutar mi libertad por un tiempo.

—Tienes más de treinta años… ya has disfrutado bastante de tu libertad. ¿Piensas alguna vez en la familia? —Su madre le clavó una mirada penetrante—. ¿O eres quizá uno de esos pervertidos que satisfacen su lujuria con niños y animales?

—¡No! ¡Por Dios, madre!

—Júralo.

—¿Vas a dejar ya eso? —Sievert no era en absoluto un sodomita. Le gustaban las mujeres. Pero el acto carnal lo llenaba de repugnancia, con raras excepciones. Y la idea de compartir el lecho con una mujer el resto de su vida le horrorizaba, por muy hermosa que fuera.

—Ya has perjudicado bastante a la familia con tu testarudez —dijo Agnes—. Una oportunidad así de buena no volverá a darse. Te casarás con esa muchacha. Fin de la discusión.

—Madre...

—No quiero saber nada. Es mejor que muestres un poco de gratitud por preocuparme por ti de este modo.

Sievert ya no dijo nada. Sabía cuándo había perdido.

Cuando diez días después llegaron a Lübeck, Agnes dio comienzo a los preparativos de la boda apenas puso un pie en tierra.

12

Al cabo de tres días, los loreneses al fin pudieron desmontar sus puestos. Cargaron a toda prisa el resto de los toneles en los carros. La mayoría de ellos habían salido con bien de la situación. Lo poco que habían tenido que vender pudo ser sustituido por mercancías locales sin pérdidas dignas de mención. Tan solo Thomas había tenido auténtica mala suerte. Le habían quitado sus mercancías de las manos; apenas quedaba nada que mereciera la pena cargar. Para colmo de males, no había conseguido buenos precios, de modo que estaba sentado a la mesa con rostro cadavérico contando sus parcos ingresos.

—Para mí se acabó, amigos —declaró sordamente—. Tengo que volver.

—¿No podéis cubriros con mercancías del mercado viejo? —preguntó Bertrandon—. Las espadas y armaduras de Colonia sin duda son codiciadas en Gotland.

—¡He tenido pérdidas enormes! —bufó Thomas—. ¿Y encima queréis que compre esa morralla subida de precio? No, me vuelvo a casa antes de que las pérdidas sean mayores. Ya he tenido bastante de este viaje mil veces maldito.

Ni siquiera su admirado Maurice pudo hacerle cambiar de opinión. Hizo que lo cargaran todo en los carros y envió a un criado al albergue a por el resto de sus pertenencias. A primera hora de la tarde estaba en el pescante de su carro, listo para partir.

—El Señor no quería que fuera a Gotland —dijo—. Ojalá que al menos os sea propicio a vosotros. Os deseo mucha suerte.

—Y nosotros a vos, Thomas —dijo Maurice—. Dos hombres de Godefroid os acompañarán para que lleguéis seguro a casa. ¡Buen viaje!

Se quedaron saludando con la mano cuando el carro empezó a traquetear.

—Pobre hombre —murmuró Bertrandon—. Nadie se merece tan mala suerte.

—Mejor que la haya tenido él que yo —dijo Raphael.

—¿Cómo podéis decir una cosa así? Thomas era nuestro compañero. ¡Es el momento de mostrar un poco de compasión!

—¿Y de qué le serviría eso? Por Dios, hombre, no me miréis así. Thomas no ha muerto. Solamente ha perdido un poco de dinero. Nada que no nos haya pasado a todos alguna vez.

Cuando Bertrandon se aprestaba a darle una furiosa réplica, Maurice dijo:

—Dejad de disputar. La discordia es lo último que necesitamos ahora. Mejor vayamos al albergue y pensemos en cómo vamos a proceder ahora.

Cuando se reunieron en el albergue no tardaron en ponerse de acuerdo en que no había motivos para cambiar de planes. Por la mañana temprano recogerían sus existencias y seguirían camino.

—Pero antes debemos pedir su asistencia a los santos —dijo Maurice—, para que nos protejan de nuevos reveses.

La propuesta fue bien acogida.

—En Colonia hay muchas reliquias junto a las que podemos invocar a los santos —prosiguió el capitán—. Están por ejemplo el altar de los Reyes Magos, en la catedral, o los huesos de las once mil doncellas...

—¿Había once mil doncellas en Colonia? —preguntó Odet.

—¿Sorprendente, eh? —observó Balian—. En Varennes no encontraríamos ni una.

—¿Y todas son santas? —El criado se rascó la cabeza con asombro—. ¿Cómo voy a acordarme de todos sus nombres?

—Yo preferiría el altar de los Reyes Magos —dijo Bertrandon—. Me parece más adecuado a nuestros fines rezar allí.

Todos estuvieron de acuerdo con eso.

—¿Vienes? —preguntó Balian a su hermana cuando echaron

mano a los mantos. Seguía habiendo tensión entre ellos, y él buscaba una forma de apaciguarla.

—No —respondió ella con frialdad—. Es mejor que me quede vigilando la mercancía.

—Nosotros tampoco vamos —dijo Meinhard—. No considero necesario importunar constantemente a los santos con mezquinas preocupaciones.

—Como queráis —repuso Maurice—. Godefroid, vos os quedaréis con Blanche, por si acaso.

Donde antaño se hallaba la catedral se extendía una obra gigantesca, porque hacía algunos años que la antigua iglesia carolingia se había quemado en un incendio durante unos trabajos de demolición, y de la nueva catedral no había más que los cimientos. Para que el arzobispo pudiera decir misa, se habían acondicionado partes de las ruinas quemadas. Allí estaba también el altar de los Reyes Magos, como Balian y sus compañeros supieron por los canteros que trabajaban en la obra.

El arca dorada estaba en el crucero, donde la nave longitudinal cruzaba la transversal, protegida por verjas de hierro y rodeada de numerosos peregrinos, que depositaban flores y otros dones y rezaban a los huesos de los tres reyes. El altar era imponente; una obra de arte hecha en oro, plata y cobre, con la forma de una iglesia de tres naves y decorada con tal número de motivos bíblicos que no se sabía dónde mirar primero. Balian y Odet contemplaron conmovidos el sagrado tesoro mientras esperaban a que los peregrinos les hicieran sitio.

Por desgracia, la multitud no se aclaraba tan fácilmente. Al cabo de un rato, Bertrandon dijo:

—Mirad, ¿no es ese Mathias Overstolz?

Se volvieron y distinguieron a un barbudo patricio ataviado con espléndidas vestiduras, que avanzaba hacia las ruinas de la catedral en compañía de algunos hombres armados. Balian le conocía, como probablemente todos los mercaderes del Imperio. Los Overstolz eran un antiguo linaje, una de las más poderosas y ricas dinastías de Colonia; las cabezas de esas familias ejercían como mercaderes y formaban parte del Grupo de los Ricos, el influyente gremio que constituía el contrapeso al régimen del arzobispo. Los miembros de la familia tenían asiento en el colegio de escabinos y ocupaban otros cargos importantes. A Mathias

Overstolz era posible verlo con regularidad en los grandes mercados anuales. Los mercaderes más ricos de Varennes hacían de vez en cuando negocios con él.

—¿Qué lo traerá por aquí? —preguntó Maurice.

—Según parece, también él está buscando la asistencia de los santos —dijo Balian, porque los hombres iban directamente hacia ellos.

—Buscamos a cuatro mercaderes de Lorena —se dirigió Mathias Overstolz a la multitud—. Dicen que están rezando en el altar de los Reyes Magos.

Maurice lanzó a los otros una mirada dubitativa antes de adelantarse.

—Somos nosotros. Quedad con Dios, venerable Mathias. ¿Qué podemos hacer por vos?

El patricio frunció el ceño; al parecer, le costaba trabajo entender al capitán.

—Dejadme hablar con él —dijo Balian, contento de poder ser útil por fin.

—He oído que venís de Varennes Saint-Jacques, la ciudad en la que vive Aymery Pelletier —le dijo Mathias con poca amabilidad—. ¿Es cierto?

Balian se temió lo peor al oír el nombre del mercader empobrecido. Asintió.

—Aunque no tenemos nada que ver con él.

—Sois sus compatriotas, y por tanto estáis obligados a responder por las deudas que aún no ha devuelto a mi familia. Prendedlos —ordenó Mathias a los armados.

Los compañeros se resistieron a gritos, Raphael llegó incluso a sacar su espada. Pero no pudieron impedir que los guardias los rodearan y, bajo amenaza de violencia, los obligaran a entregar sus armas. Tan solo Odet logró aprovecharse de la confusión y escabullirse entre la multitud.

—¡Advierte a Blanche! —le gritó Balian antes de que le dieran un golpe y le ordenaran ir con los otros.

Mordred enseñaba los dientes y gruñía hostil.

—¡Sujetad a ese chucho o lo mato! —gritó un guardia, y dirigió su lanza hacia el perro.

—Tranquilo, amigo. Todo está bien —habló Raphael a Mordred, y lo sujetó por la correa.

No había escapatoria. Los armados los rodearon y se los llevaron como a criminales, pasando ante los boquiabiertos peregrinos. Mathias Overstolz caminaba delante, sordo a las protestas de Maurice.

—¡Esto es inaudito! No podéis tratarnos así. Mi tío es el alcalde de Varennes. Cuando se entere, vais a saber…

—Cierra la boca —le cortó Mathias—. El derecho está de mi parte. Vuestro tío lo sabe.

Los llevaron a la torre de San Kuniberto, un bastión de la muralla que se alzaba grisáceo y amenazador sobre la orilla del Rin. En sus cimientos había sombrías cámaras abovedadas con puertas de hierro. Los metieron en una de esas mazmorras.

—Aquí os quedaréis hasta que las deudas estén pagadas —explicó Mathias antes de que un criado cerrara la puerta y pasara el cerrojo.

Se dejaron caer, abatidos, en los sucios catres. Apenas se veía nada a un palmo de los ojos; apestaba a paja podrida, orina y humedad.

—Bueno, Bertrandon —murmuró Raphael—, ¿quién es ahora el que tiene mala suerte?

Por la diminuta ventana enrejada, muy por encima de sus cabezas, oyeron el aullido desesperado de Mordred a las puertas de la torre.

—¡Señora Blanche! ¡Señora! —gritó Odet sin aliento cuando entró corriendo al patio del albergue—. Vuestro hermano… nuestros compañeros… ¡los han prendido a todos!

—Lo sé —dijo Blanche, que estaba en la escalera con Godefroid y los otros—. Los hombres de Overstolz acaban de estar aquí. Se han incautado de todas las mercancías. —Todo lo que había podido salvar había sido la arqueta con el resto de la plata.

—Tenemos que ayudar a vuestro señor hermano —exclamó el criado—. Lo han arrojado a una mazmorra. ¡Quizá le golpeen!

—Por favor, cállate, Odet. Tengo que pensar.

—Me temo que no se puede hacer nada —dijo Meinhard sin compasión—. Los Overstolz están en su derecho de cobrar las deudas de ese modo. Ha sido necio por vuestra parte venir a Colonia en estas circunstancias.

—Hermano, haznos un favor a todos y cierra la boca al menos por una vez —soltó Rosamund.

Blanche apretó los labios. Por desgracia, Meinhard tenía razón en lo que decía: la ley permitía a los Overstolz proceder de ese modo. Pero no iba a conformarse con eso. Tenía que haber alguna forma de salvar a Balian... y a Raphael. Porque, si había de ser sincera, estaba casi tan preocupada por él como por su hermano. «No seas tonta», se reprendió por esa extraña idea. «Mejor sigue pensando.»

—Me voy al ayuntamiento —decidió—. Quizá pueda conseguir algo del tribunal.

—Será mejor que os acompañemos —dijo Godefroid, y todo el grupo se le unió. Incluso Meinhard les siguió con desgana.

Blanche caminaba en cabeza con paso enérgico. De pronto, en los callejones del barrio de San Severin, Rosamund la alcanzó.

—Si en algo puedo ayudaros, hacédmelo saber —murmuró la damisela.

—Este asunto no os incumbe —respondió fríamente Blanche—. ¿O acaso teméis que vuestro único aliado pueda pudrirse en las mazmorras?

—¿Por qué sois tan poco amable? ¿Os he hecho yo algo que no sepa?

—Utilizáis a mi hermano para frustrar vuestra boda. Sí, conozco vuestros ridículos planes —añadió al ver que la muchacha palidecía.

—Por favor, no digáis nada de esto a Meinhard.

—No os preocupéis, vuestro dulce secreto está a salvo conmigo —se burló Blanche—. Pero os lo juro: si hacéis daño a Balian, tendréis que véroslas conmigo.

—Yo no le utilizo —dijo Rosamund—. Le amo. De veras. Mis sentimientos hacia él son...

—Ahorradme el resto antes de que vomite. —Blanche aceleró sus pasos.

En el Ayuntamiento de Colonia no consiguió absolutamente nada. El escabino con el que habló formaba parte, como Mathias Overstolz, del Grupo de los Ricos, y no mostró comprensión alguna hacia su petición. Mathias solo había hecho uso de su derecho, proclamó. Al fin y al cabo, él era el perjudicado, hacía años que esperaba su dinero. El escabino ni siquiera le permitió ver a Balian y a los otros.

—¿Puedo saber al menos dónde están presos?

—En la torre de San Kuniberto. Pero no os molestéis. Mathias ha dado instrucciones de no dejar pasar a nadie.

—¿Y dónde están nuestras mercaderías?

—En casa de la familia Overstolz. Mathias las venderá lo antes posible.

Fuera, Blanche informó a los otros del fracaso de sus esfuerzos. Odet invocó enseguida a san Leonardo, patrón de las pobres almas que iban a prisión sin culpa alguna.

—Creo que solo nos queda acudir al arzobispo Konrad —dijo Blanche—. Quizá él pueda apaciguar a los Overstolz.

—¿Por qué hablar con el arzobispo si podemos dirigirnos al rey Ricardo? —propuso Rosamund.

Blanche miró fijamente a la damisela. Tenía que admitir que la idea no era ninguna tontería. Solo el rey era lo bastante poderoso como para poner coto a Mathias Overstolz.

—Sin duda el rey tiene cosas más importantes que hacer que ocuparse de unos cuantos mercaderes —dijo Meinhard—. Sin un influyente paladín, nunca llegaréis a hablar con él.

—¡Pero yo tengo un paladín! —Blanche habría querido darse una palmada en la frente. ¡Cómo no se le ocurrió antes!—. ¡Alberto Magno vive en Colonia! Es un viejo amigo de mi padre, y además hombre de confianza del arzobispo Konrad. Sin duda él puede ayudarnos.

—¿Conocéis al hermano Alberto? —preguntó Nicasius, no menos impresionado.

—¿Quién es? —Meinhard frunció el ceño—. ¿Un monje guerrero?

—No tienes motivos para conocerlo, hermano —observó despreciativa Rosamund—. Solo es uno de los más grandes eruditos del Imperio, y quizá el hombre más inteligente de la Cristiandad. Nadie importante.

Salieron rápidamente de la parte exterior de la judería, donde se encontraba el ayuntamiento, y fueron a la Stolkgasse. Allí estaba el convento dominico al que pertenecía Alberto. Aunque ya empezaba a oscurecer, dejaron entrar a Blanche. Dos monjes que estaban trabajando en el jardín del convento le explicaron que Albertus estaba en su laboratorio. Los otros esperaron en el claustro mientras Blanche descendía las escaleras del sótano.

La puerta estaba abierta. El aire en la angosta y sombría estancia abovedada olía a salitre y a humo, que se enroscaba tenue en el atanor, el horno alquímico que ocupaba el centro de la estancia como un gnomo que fumara complacido. Encima de la mesa había un batiburrillo de enigmáticos instrumentos; Blanche distinguió matraces de destilación de cristal verde, crisoles encostrados de sal y redomas llenas de diversas sustancias y aceites. A la luz de una tea humeante se encorvaba un anciano con hábito de monje que tenía un libro abierto en las rodillas.

—Dónde lo he... Tiene que estar en alguna parte... No, esto no... Esto tampoco... —murmuraba, con el dedo doblado sobre el pergamino.

Blanche sonrió. Había visto a Alberto por última vez hacía muchos años, cuando era una chiquilla. El erudito era ahora un anciano, pero aparte de eso apenas había cambiado. Su padre y Alberto se escribían de vez en cuando. Solo le quedaba esperar que se acordara de ella.

—¿Hermano Alberto?

Él alzó la cabeza y entrecerró los ojos.

—¿Eres Blanche? —Su rostro se iluminó—. ¡Santísimo apóstol Pablo! ¿Qué te trae a Colonia, querida niña?

Su alivio no habría podido ser mayor cuando dejó el libro a un lado y la abrazó como un padre.

—Mi hermano y yo estamos haciendo un viaje comercial... vamos de camino a Lübeck. Me alegra veros, Alberto. —Sonrió al anciano.

—Cuenta —exigió el erudito—. ¿Cómo están tu padre y tu maravillosa madre? ¿Qué hace vuestra escuela? Seguro que entretanto ha producido alguna que otra buena cabeza.

—Mis padres están bien. Mi padre tiene desde hace mucho tiempo la intención de volver a escribiros, pero ya le conocéis. Le gusta disfrutar de su tranquilidad.

Alberto sonrió.

—Es y será siempre un viejo solitario. Pero en eso nos parecemos. También yo estoy más feliz que en ningún sitio cuando me dejan trabajar solo en mi laboratorio. Pero dime... ¿dónde está tu hermano? ¿No ha querido visitarme Balian?

—Por él estoy aquí. —Le contó su desgraciada situación.

Alberto la escuchó preocupado.

—¡Mathias Overstolz es un usurero y un avaro! —se indignó—. Como si unas libras de plata representaran alguna diferencia para él. ¿Es que nunca se sacia?

—Sea como fuere, creemos que solo el rey puede ayudarnos. ¿Creéis que podríais pedir al arzobispo Konrad que nos consiguiera una audiencia con Ricardo de Cornualles?

—Sin duda. Konrad aún me debe algún que otro favor. Lo mejor será que vayamos a verle antes de que se haga demasiado tarde. De todos modos no avanzo aquí —dijo Alberto lanzando una mirada a su libro y a sus utensilios—. Estoy intentando destilar una bebida con la que se pueda comprobar si una joven es todavía doncella. Pero no lo consigo. Todo lo que he logrado hasta ahora es que las pobres muchachas se echen a perder el estómago cuando la prueban. Quizá debería añadir un poco de esmeralda pulverizada... —Contempló meditabundo las sustancias de las redomas.

—Alberto —le exhortó suavemente Blanche.

—Por favor, perdona a un viejo y distraído erudito. Vuestras angustias son en verdad más importantes que mis necios experimentos. ¡Vamos a ver al rey!

Las antorchas ardían a la entrada del palacio episcopal; dos guardias armados vigilaban la puerta. El gran salón hervía de favoritos y peticionarios que se calentaban junto a la chimenea. No solo había allí nobles con sus leales, también numerosos ciudadanos de a pie y campesinos esperaban una oportunidad de exponer sus deseos al rey. Pero Ricardo de Cornualles no estaba presente; su trono, en la cabecera de la sala, estaba vacío. En el sillón de al lado se sentaba, en todo su esplendor, el arzobispo Konrad von Hochstaden, regidor de Colonia y uno de los príncipes más poderosos del Imperio, y hablaba con varios altos dignatarios.

—Esperad aquí —indicó Alberto a Blanche y sus compañeros antes de abrirse paso entre la multitud.

El arzobispo lo saludó cordialmente y presentó a «su» Alberto a los hombres. El erudito se inclinó ante los nobles e hizo luego un aparte con Konrad.

Entretanto, Blanche miró a su alrededor. Algunos de los presentes le resultaban conocidos, sin duda eran famosos caballeros y condes. No podía ocultar que aquella acumulación de poder y riqueza la intimidaba. Odet y los otros criados se sentían aún peor. Los pobres diablos parecían petrificados y miraban temerosos a su alrededor, como si fuesen a ser ahorcados por una nimiedad en cualquier momento.

Cerca de ellos había dos hombres con finas vestiduras. Uno era un funcionario de alto rango, como podía apreciarse por el collar dorado con las armas reales que llevaba al cuello; el otro tenía que ser un rico mercader. Blanche nunca había visto a un hombre tan atildado. El cabello peinado a raya, con un brillo de seda, estaba recortado con tanto esmero como la perilla, tanto en el bigote como en el mentón. Las esbeltas manos y las limpias uñas revelaban que no se veía obligado al trabajo físico. La túnica verde le sentaba como un guante a su cuerpo atlético. El broche del manto y los anillos estaban tan escogidos que encajaban espléndidamente con el color de sus ojos y cabellos.

Los dos hombres charlaban en francés, porque esa era la lengua predilecta de la alta nobleza inglesa, el rey Ricardo y parte de su séquito. Sin duda daban por sentado que nadie les entendía porque la conversación trataba de cosas en extremo confidenciales, que probablemente hubieran discutido en otra parte de haber sabido que, a pocos pasos de distancia, la lorenesa Blanche aguzaba los oídos.

—En honor a la verdad: la posición en el trono de Ricardo no es buena —estaba diciendo en voz baja el funcionario—. Solo en el Rin dispone de una sólida base de poder. Al este y al sur del Imperio, o incluso en Italia, no tiene una influencia digna de mención. Llevará tiempo que consiga ganarse a los príncipes locales. Pero para eso necesita dinero.

—Ya le hemos dado dinero —respondió el mercader bien vestido, cuyo francés tenía un duro acento alemán—. Mucho dinero, he de añadir.

Cerca de ellos alguien abrió una puerta; la corriente de aire llevó hasta Blanche su agua de aroma. Era agradable, pero un poco impertinente.

—Sin duda. Pero lo que habéis recibido a cambio casi no se puede pesar en plata: numerosos privilegios comerciales en toda Inglaterra, y especialmente en Londres.

—Y estamos muy agradecidos por eso al rey Enrique. Aun así, me mantengo en que no podemos seguir financiando a Ricardo. Tendrá que arreglárselas con el dinero que tiene.

El funcionario guardó silencio un momento. Luego dijo:

—Ricardo es un poderoso amigo de la Liga de Gotland. Si no logra convertirse en un rey indiscutido, eso podría tener repercusiones perjudiciales para vuestra organización.

—¿Me estáis acaso amenazando? —preguntó el mercader con una peligrosa vibración en la voz.

—Me limito a describir realidades.

—Si vuestro soberano no está en condiciones de unir al Imperio, posiblemente deberíamos apoyar a Alfonso de Castilla. Quizá él sepa emplear mejor nuestra plata.

El funcionario no estaba impresionado.

—Alfonso aún tiene menos apoyo en el Imperio que Ricardo —explicó sonriente—. No es una alternativa para vos, y lo sabéis tan bien como yo. De acuerdo. No esperamos ningún regalo ni contraprestación por vuestra parte. ¿Estaríais dispuestos a concedernos un préstamo?

—¿No viene a ser lo mismo? Los reyes son terribles deudores. Tienden a no devolver los créditos...

En ese momento, Blanche vio que Alberto le hacía una seña. Junto a Meinhard y Rosamund, atravesó la sala y se arrodilló delante del trono archiepiscopal. Uno tras otro besaron el anillo de Konrad.

—Levantaos —les reclamó, aburrido, el dignatario eclesiástico.

—Su Excelencia ha hablado con el rey —explicó Alberto—. Ricardo está dispuesto a recibirte.

—Pero solo a ti —añadió Konrad—. Ha pasado todo el día escuchando a peticionarios y está agotado. No quiere ser importunado por varias personas.

—Gracias, excelencia. —Blanche volvió a inclinarse—. Presentaré mi petición con rapidez, y le molestaré el menor tiempo posible.

A Meinhard le disgustó visiblemente que una sencilla iluminadora de libros fuera recibida por el rey mientras él tenía que esperar fuera. Por suerte, se guardó su disgusto para sí.

—Ve por esa puerta —dijo el arzobispo—. Encontrarás al rey en el jardín.

El jardín del palacio estaba un poco más bajo que el salón, y se llegaba a él por una escalera de piedra. Cuando Blanche descendió los peldaños, con el corazón palpitante, distinguió un campamento en los prados que había más allá de la muralla, bañado en una débil luz por docenas de fuegos. Allí acampaban todos los nobles y dignatarios eclesiásticos que esperaban para ver al rey. Sin duda, también allí tendría lugar el torneo del que toda Colonia hablaba desde hacía días.

El rey estaba en la pradera, donde habían instalado una mesa y dos sillas para él. Aunque la noche era tibia, un fuego ardía en un pebetero con carbones. Ricardo de Cornualles era un hombre de unos cincuenta años, delgado, de cabellos grises y rasgos afilados. Ocupaba una de las sillas, inclinado sobre un tablero de ajedrez, pero sin tocar las figuras de marfil repartidas por él. Al borde del pequeño prado montaban guardia sus escuderos, listos para rechazar por las armas cualquier peligro para su vida.

—Sire. Os agradezco que me recibáis. —Blanche hizo una profunda reverencia.

—Sentaos. —El rey hablaba francés, como sus antepasados normandos—. ¿Estáis familiarizada con este juego? —preguntó sin levantar la vista del tablero.

Procedente de España e Italia, el ajedrez se había difundido también en Lorena desde hacía algún tiempo. Clément le había enseñado las reglas antaño, y habían jugado durante muchas y largas tardes de invierno.

—Un poco.

—Konrad lo domina como nadie. Me ha planteado un serio problema. Si no rechazo su ataque, seré el perdedor. Ayudadme a salir del atolladero. —Normalmente el rey utilizaba el plural mayestático cuando hablaba de sí mismo. Al parecer, Ricardo estaba demasiado cansado para tales formalidades.

Blanche contempló el tablero. Vio que el arzobispo era un buen jugador, tenía a Ricardo mate en dos jugadas. Así que tuvo que pensar un rato antes de hallar una solución:

—Si avanzáis aquí con el alfil y coméis este peón, podréis

amenazar a Konrad con vuestro caballo en la siguiente jugada. Eso debería procuraros tiempo suficiente para proteger a vuestra reina.

El rey no dejó traslucir si estaba de acuerdo con aquella estrategia. Después de haber estudiado el tablero durante un rato, la miró finalmente:

—Me han dicho que tenéis una petición urgente.

—Sí, majestad.

—¿También vos queréis pedirme dinero?

La pregunta dejó estupefacta a Blanche.

—En absoluto —aseguró—. Se trata de mi hermano. Está en apuros.

—Todos quieren dinero —se quejó Ricardo—. Obispos, nobles, alcaldes, llevan días mendigándome: «Dadnos esto, dadnos aquello, y os juraremos lealtad eterna». Si hubiera sabido que los alemanes son así de voraces y sobornables, le habría cedido la corona a Alfonso.

La amargura se reflejaba en sus palabras. Blanche no sabía muy bien qué hacer.

—Siento mucho que se os agobie de ese modo, sire. Si queréis estar solo, volveré mañana.

—No. Hacedme compañía. Me complace hablar en francés con alguien que no es ni un cortesano ni un adulador. Habladme de vuestro hermano.

En pocas palabras, le informó de por qué habían ido a Colonia ella y sus compañeros. Ricardo no parecía especialmente interesado, tampoco cuando le habló del prendimiento de Balian.

—Ahora esperamos que aboguéis por nosotros —terminó ella—. Sois el único que puede poner coto a los Overstolz. Os lo ruego, sire: hablad con Mathias y prohibidle prender a mis compañeros por las deudas de un desconocido.

¿Le había escuchado siquiera el rey? No estaba segura. La miraba, pero más interesado en ella que en su historia.

—¿Tenéis esposo? —preguntó de repente.

—Soy viuda. Mi esposo Clément murió hace cuatro años.

—¿Cómo es que no habéis vuelto a desposaros?

—Sigo guardando luto por él.

—¿Después de cuatro años? Tenéis que haberle querido mucho.

—Así es, mi rey. —Blanche se preguntó por qué de pronto

había pensado en Raphael. Su conciencia le dio una punzada, y apartó todo pensamiento de su cabeza.

—Una belleza como vos no debería estar sola —dijo el rey—. La vida es corta. Disfrutadla.

—Sí, sire.

—También la reina es bella —prosiguió Ricardo—. Y además me ha dado dos hijos. Aun así me cuesta trabajo amarla. Pero ella no tiene la culpa… nuestro matrimonio fue una unión puramente política. Mi hermano Enrique deseaba entonces que yo me casara para fortalecer las relaciones entre Inglaterra y Saboya.

Estaba claro que el rey se encontraba predispuesto a la charla, y le habló de su esposa Sancha y sus hijos. Blanche sospechaba que solo le ayudaría si lograba apaciguar su mal humor. Así que escuchó y se mostró interesada, aunque sabía que estaba jugando a un juego peligroso. Todas esas confidencias que Ricardo le estaba haciendo… ¿y si luego se arrepentía de haber abierto su corazón a una mujer de baja condición? Además, la encontraba deseable; sus miradas hablaban con claridad. No se atrevía a imaginar qué ocurriría si el deseo lo acometía en aquel oscuro jardín. Era el rey, difícilmente podría rechazarlo.

Pero Ricardo de Cornualles no hizo el menor intento de seducirla. Al parecer, le bastaba con charlar de trivialidades con una mujer: una bienvenida distracción después de los trabajos del día en la corte. Y, de hecho, al cabo de un rato su humor mejoró. Incluso consiguió hacerle reír con ingeniosas observaciones.

—No solo sois hermosa, sino también inteligente —ensalzó él—. Una rara combinación de cualidades. Quisiera que los abades y caballeros que hay arriba, en el salón del trono, tuvieran vuestro ingenio. Sin duda este día en la corte habría sido más satisfactorio.

—Os lo agradezco, sire —dijo Blanche sonriente—. Me alegra poder distraeros.

Él llenó su copa.

—Este vino del Rin es exquisito, ¿verdad? Bebed un poco más.

Obediente, ella tomó un trago. Era un buen momento para recordarle su petición.

—En lo que a mi hermano y nuestros compañeros se refiere… ¿abogaréis por ellos?

—¿No os he respondido aún?

—Hasta ahora no, sire.

—Por desgracia, no puedo ayudarles —explicó el rey—. Si los hubieran encerrado en Basilea, Lübeck o cualquier otro sitio... quizá. Pero no en Colonia. Los Overstolz y los demás linajes de Colonia se cuentan entre mis más importantes seguidores. No puedo irritarlos, y menos por una nimiedad.

Blanche miró fijamente al rey. «Una nimiedad.» ¿Estaba gastándole una broma cruel? No, lo decía en serio. Había tomado su decisión. Y ella, que estaba tan segura...

—Volvamos al ajedrez —dijo él—. He estado pensando en vuestra jugada. ¿No sería más sensato atacar con la reina?

De alguna manera, ella consiguió ocultar su conmoción y darle algunas recomendaciones más respecto a la partida. Entretanto había perdido el interés en ella, miraba el tablero y ensayaba mentalmente distintas jugadas.

—¿Puedo retirarme, mi soberano? —preguntó Blanche.

—Sin duda. Marchaos. Marchaos. Que os vaya bien, Blanche.

Ella hizo una reverencia y subió la escalera luchando con las lágrimas. Al llegar a la puerta respiró hondo, de manera que había recuperado el control de sí misma cuando entró al salón y se dirigió a Alberto y a los otros.

Sus compañeros estaban sentados a una mesa junto a la chimenea; les habían traído un poco de pan, cerveza y carne fría. Todos los ojos se volvieron hacia ella. Odet se puso en pie de un salto.

—¿Os ayudará? —preguntó Alberto.

—No —respondió escuetamente Blanche.

Se extendió general consternación.

—¡Pero era nuestra última esperanza! —gritó Odet.

—Es como es. —Blanche miró a los reunidos—. Volvamos al albergue y descansemos. Quizá mañana se abra un nuevo camino para nosotros.

Cuando dejaron el palacio, se despidieron de Alberto.

—Os agradezco vuestra ayuda. —Blanche se forzó a sonreír.

—Lamento sinceramente no haber podido hacer más por vosotros.

—¿Puedo volver a visitaros mañana, si necesito vuestro consejo?

—Siempre eres bienvenida, hija mía —respondió Alberto, cálido y cordial—. Pero por desgracia mañana ya no estaré aquí.

—¿Abandonáis Colonia?

—He sido nombrado obispo de Regensburg. Tengo que partir hacia allí. Llevo aplazándolo mucho tiempo.

—Mucha suerte en vuestro camino, Alberto —dijo Blanche.

Se abrazaron.

—Rezaré por ti y por tu hermano —prometió el erudito, y la besó en la frente—. Que el Señor esté con vosotros.

Poco después desapareció en la oscuridad.

Aquella noche, Blanche se vio asediada por oscuros sueños. En una ocasión incluso tuvo la impresión de oír aullar a lo lejos a Mordred.

Después de que Rosamund, Wolbero y los otros se acostaron, Meinhard fue a ver al padre Nicasius, que estaba en la escalera. El clérigo había apoyado en el muro las temblorosas manos, alzaba la vista hacia las estrellas y hablaba en voz baja consigo mismo:

—¿Qué clase de mundo es este? Dímelo, oh, Señor. ¿Por qué castigas de este modo a esas pobres almas...?

—Una palabra, padre —se dirigió a él Meinhard.

—¿Qué ocurre, hijo mío?

—Deberíamos seguir viaje. Aquí no hacemos más que perder el tiempo.

—¿Queréis partir sin los loreneses? —preguntó Nicasius frunciendo el ceño.

Meinhard asintió.

—Aquí retenidos ya no son de ninguna utilidad para nosotros.

—Nos han ofrecido protección y nos han escoltado hasta Colonia sin exigir compensación a cambio. No es correcto dejarlos ahora en la estacada.

—No hay nada que podamos hacer por ellos.

—Eso no está tan claro —le contradijo el clérigo—. Blanche me parece una persona extremadamente inteligente e ingeniosa. Seguro que encuentra una manera en la que podamos ayudar a su hermano.

Meinhard no quiso escuchar. Tenía una tarea que cumplir... los problemas de aquellos buhoneros no le importaban nada.

—Mañana buscaré nuevos compañeros de viaje con los que podamos ir hacia el norte —insistió—. A Rosamund no le gustará oírlo, así que hablaréis vos con ella. Os las arregláis mejor que yo con su testarudez.

—Deberíamos esperar unos días más.

—Está decidido —dijo bruscamente Meinhard, y volvió al edificio.

—Por Dios —murmuró Balian en algún momento de la noche—. ¿Es que ese chucho no va a cansarse nunca?

—Tiene miedo sin su amo —respondió Raphael.

—Si sigue así, el vigilante nocturno lo matará.

—Que lo intente.

—Callaos —gruñó Bertrandon, que yacía en la paja en un rincón de la celda, donde Balian apenas podía distinguirlo en la oscuridad—. Algunos intentamos dormir.

—Mejor pensad en cómo salimos de aquí. —Raphael le golpeó sin cuidado alguno con el pie—. Al fin y al cabo, es culpa vuestra que estemos metidos en este agujero.

Bertrandon se incorporó.

—¿Cómo? —preguntó indignado.

—Desde luego, no fue idea mía ir al altar de los Reyes Magos —repuso Raphael.

—¡Tampoco mía! Maurice lo propuso.

—Eso es irrelevante —terció Balian—. De no ser en la catedral, los Overstolz nos hubieran encontrado en otro sitio.

—No si hubiéramos partido deprisa de Colonia. Pero cierta gente era demasiado cobarde para eso.

—Fue buena idea obedecer a los inspectores del mercado —se defendió Bertrandon—. De lo contrario, los guardias de las puertas nos habrían apresado y estaríamos metidos aquí de igual modo.

—Dejad de discutir —dijo cortante Maurice—. Es mejor dormir un poco para estar descansados cuando Mathias vuelva. Tenemos que ser razonables con él, y no podremos si nos tiramos los unos al cuello de los otros.

Fue una noche intranquila para todos. Balian estaba acurrucado en un rincón, daba cabezadas y soñaba con Rosamund, pero se despertó varias veces con el corazón desbocado. No era hombre temeroso, y ya había estado en peligro de muerte en varias ocasiones. Pero la celda húmeda, apestosa, sombría, y la expectativa de pudrirse en ella eran más de lo que podía soportar. ¿Había terminado ya su viaje, antes de haber siquiera empezado? «Michel, hermano mío... si puedes vernos, por favor, ayúdanos», pensó en las primeras horas del amanecer, cuando la luz del alba se filtraba por la ventana enrejada, gris como una mortaja vieja.

Mordred seguía gimoteando.

Balian contempló el talismán en su mano. Su anterior propietaria había comprado antaño la señal del peregrino en el altar de los Reyes Magos. En realidad, tenía que ser especialmente eficaz aquí en Colonia. Cerró el puño en torno a la plaquita de plata y apoyó la cabeza en el muro de la celda.

En algún momento una llave chirrió en la cerradura y la luz de una antorcha entró en la celda, tan brillante que los ojos dolían. En el pasillo pudieron verse varias siluetas.

—Calculo que vuestra mercancía me reportará entre setecientos y ochocientos marcos de plata —dijo Mathias Overstolz—. Faltan otros cien para cancelar las deudas de Pelletier. ¿Cómo los aportaréis?

Maurice se había puesto en pie.

—Cada uno de nosotros ha invertido toda su fortuna en este viaje. Tenéis mi palabra, Mathias. No se puede sacar más de nosotros. Os lo ruego: quedaos con la mercancía, pero liberadnos. ¿Qué ganáis con dejarnos pudrir aquí?

—Esta celda es un estímulo para vos —explicó Mathias—. Un estímulo para pensar con todas vuestras fuerzas dónde podéis hallar la plata que falta. Hasta ese momento seguiréis bajo arresto.

La puerta se cerró. Maurice se dejó caer, desmoralizado, en uno de los catres.

—Maldito seas, Aymery —murmuró Raphael—. Si salimos de aquí alguna vez, voy a cortarte personalmente los huevos...

13

Oíd, ciudadanos de Colonia y extranjeros de lejanos países! —pregonó el heraldo por la mañana en el mercado del heno—. Nuestro bondadoso señor, Su Excelencia el arzobispo, y Su Majestad el rey Ricardo, testa coronada de los países alemanes y acrecentador del reino, convocan un torneo de hoy en seis días en la campa delante de la Puerta de Eigelstein. Todos los caballeros y hombres libres que puedan decir suyas un arma y una armadura están llamados a medirse en noble combate... ¡para fama de la ciudad de Colonia y para complacer al rey! Quien quiera inscribirse tiene cinco días para ir al palacio episcopal. La inscripción cuesta diez marcos de plata...

Con los brazos cruzados al pecho, Meinhard estaba delante del horno de pan público y escuchaba al heraldo, que en ese momento estaba describiendo las modalidades del torneo. Los caballeros se enfrentarían en campo abierto, a pie y en un combate masivo, para imitar el tumulto de una verdadera batalla... aunque, naturalmente, no se combatiría con espadas afiladas, sino con armas romas de torneo, para que el número de heridos y muertos no fuera muy alto. Quien venciera a un adversario podía tomarlo prisionero, hacerlo sacar de la campa por su escudero y reclamar su armadura. Además, el vencido tenía que lograr que su familia pagara por él un rescate acorde a su rango y su fortuna.

Meinhard se acarició el bigote. El torneo le incitaba, porque ardía en deseos de medirse con los más grandes caballeros del

Imperio. Si un hombre se batía con bravura, en un día como ese podía ascender a la categoría de héroe, cuyo nombre los trovadores volvieran eterno en sus canciones. Además podía hacerse rico, porque la victoria sobre dos o tres caballeros acomodados o incluso un conde prometía legendarios tesoros.

Por desgracia, se interponía el precio de la inscripción. ¡Diez marcos! Una pequeña fortuna. Meinhard recelaba que lo habían fijado así de alto para disuadir de participar a pobres e indignos. Él no era ni lo uno ni lo otro, pero tampoco podía aportar los diez marcos. Sin duda poseía un gran apellido, pero tan solo un modesto efectivo, que encima estaba en casa, en Osburg, y no estaba disponible.

Si no hubiera vendido su mangual y su segunda espada para compensar a esos malditos mercaderes, quizá habría podido dar sus armas en pago al arzobispo y negociar el resto de la inscripción.

Hubiera, hubiera, hubiera. Las cosas eran como eran. Meinhard no era de los que lloraban por las oportunidades perdidas. Un hombre hacía bien en mirar siempre hacia delante.

—Ven —dijo ásperamente a Wolbero—. Busquemos compañeros de viaje adecuados.

Blanche estaba en el patio del albergue y vio venir a Meinhard y Wolbero mientras ella hablaba con Godefroid. Al parecer la búsqueda de Meinhard no había tenido éxito, a juzgar por su cara. Bueno, seguro que no tardaría en encontrar un nuevo grupo al que unirse… De Colonia salían constantemente mercaderes y peregrinos hacia el norte. Blanche le deseaba suerte. Tal vez fuese lo mejor para todos que sus caminos se separasen.

Se volvió nuevamente a Godefroid.

—Maurice nos pagó dos semanas por anticipado —explicó el cabecilla de los mercenarios—. Terminan pasado mañana. Si para entonces no ha sido liberado y no puede pagarnos la próxima soldada, regresaremos.

—¿Hay alguna manera de convenceros para que esperéis unos días más?

A regañadientes, el viejo guerrero se dejó ablandar.

—Como mucho un día, más no. Tengo que pensar en mi gente. Este encargo no está tan bien pagado como para que puedan permitirse esperar la soldada eternamente.

Blanche no podía hacerle reproche alguno. Eso era lo que pasaba con los mercenarios: solo servían a quien les pagaba puntualmente. Más allá de eso, ninguna lealtad les unía a su señor.

—Gracias, Godefroid. Tres días deberían bastar. Si para entonces no hemos podido sacarlos de la mazmorra, probablemente tampoco lo lograremos en diez.

Entretanto, Rosamund volvía a disputar con Meinhard.

—¡Pero sería nuestra salvación! ¿Por qué no lo ves, hermano?

—Tu dote no se toca. En cuanto encontremos nuevos compañeros de viaje, nos iremos de Colonia.

—¿Por qué me ha castigado Dios con un hermano tan egoísta y terco?

—¿Me llamas egoísta? Hago todo esto por ti… ¡Rosamund! ¡No te vayas cuando te estoy hablando!

La damisela corrió hacia Blanche.

—Sé cómo podemos sacarlos de la mazmorra —explicó excitada—. Mi hermano tiene que participar en el torneo. Si logra un rescate lo bastante alto, podremos comprar la libertad de vuestros compañeros.

Blanche frunció el ceño.

—¿Rescate? ¿De qué estáis hablando?

—Del torneo en honor del rey. El vencedor puede tomar prisionero a su adversario, quedarse con su armadura y exigir un rescate a su familia. ¿Entendéis? Solo pueden participar caballeros acomodados y hombres de la alta nobleza. Si Meinhard es hábil, puede hacerse rico de un golpe.

—¿Es eso cierto? —Blanche se volvió hacia el caballero, que en ese momento se acercaba a ellas.

—Mi hermana olvida mencionar que no puedo pagar la inscripción.

—Mi dote sería más que suficiente para eso —observó Rosamund sin mirarle.

—¡Por enésima vez! —ladró Meinhard—. Tu dote pertenece a Rufus von Hatho, no a ti.

Blanche se mordió el labio inferior. ¿Sería eso una señal del cielo?

—¿A cuánto asciende la inscripción?

—A diez marcos.

Es decir, exactamente lo que su arqueta contenía. En verdad, el Señor le mostraba un camino para salvar a su hermano. Pero era su última oportunidad. ¿Era sensato confiar sus últimas reservas a Meinhard? Apenas conocía a ese hombre. Era fanfarrón y seguro de sí. ¿Sabía realmente luchar tan bien como afirmaba? El destino de su familia dependía de eso. «Por favor, Señor, haz que no me arrepienta de esto.» Tomó aire y dijo:

—Yo pagaré la inscripción...

—¿Vais a hacer eso? —Meinhard frunció el ceño.

—... con una condición: si vencéis, primero pagaréis las deudas con vuestras ganancias, para liberar a los nuestros. Podéis quedaros con el resto. Y con la fama. De ese modo ambas partes ganan algo. ¿Es un trato?

Meinhard reflexionó un momento.

—De acuerdo —dijo al fin.

—Jurad que no intentaréis marcharos con las ganancias.

—Por mi honor —declaró, rígido, el caballero.

Blanche asintió. El corazón latía desbocado en su pecho.

—Iré a por el dinero para que podáis inscribiros.

Después de pagar la inscripción y que Meinhard se apuntara en el torneo, fueron a la torre de San Kuniberto. No lejos de la entrada, Mordred se sentaba en el suelo enfangado y bebía de un charco, vigilado con recelo por los dos guardias de la puerta.

—Nuestros compañeros están presos aquí —dijo Blanche a los hombres—. Me gustaría verlos.

Los guardias miraron a Rosamund pero, al advertir la sombría mirada de Meinhard, apartaron la vista con rapidez.

—Lo siento —dijo uno de ellos—. No podemos dejar pasar a nadie. Órdenes del señor Mathias.

—¿Tampoco si mostramos nuestro reconocimiento? —El padre Nicasius se puso junto a Blanche y abrió la mano. Una moneda de plata brilló al sol de la mañana.

Los dos corchetes lucharon con su codicia, pero se mantuvieron firmes.

—No estamos en venta. Guardaos esa moneda enseguida, o iréis a hacer compañía en la mazmorra a los vuestros.

Blanche se dio cuenta de que no había esperanza. Mathias Overstolz no iba a permitir que visitaran a los prisioneros. Quería desmoralizarlos, y la mejor manera era negarles todo contacto.

—¿Puedo al menos llevarme a Mordred?

—¿Os referís a ese perro? Lleváoslo. Aúlla de una manera que le vuelve a uno loco.

—¡Señora, no! —advirtió Odet cuando ella se acercó con cautela a Mordred—. Ese animal está poseído por el Maligno.

—Tonterías. Tan solo tiene miedo. —De hecho, sentía que aquella criatura tenía un miedo terrible desde que lo habían separado de su señor. Blanche se puso en cuclillas junto a Mordred y dijo suavemente—: Todo está bien, pequeño. No tienes que tener miedo. Pronto sacaremos a Raphael. Pero ahora tenemos que llevarte al albergue, ¿eh?

Mordred se levantó y movió la cola, jadeante. Ni rastro de hostilidad. Su voz parecía haberle tranquilizado. Lo agarró con cautela por el collar, y él dejó que se lo llevara de la torre.

—Asombroso —observó el padre Nicasius—. En verdad estáis bendecida con un gran don.

—Si me preguntáis mi opinión, habría que matar a ese animal —dijo Meinhard—. Es peligroso, y completamente repugnante.

—Por suerte nadie os ha preguntado. —Blanche miró furibunda al caballero. Esa misma mañana esperaba que Meinhard y su horrible hermana los abandonaran. Ojalá todo aquello no fuera un inmenso error—. ¿No deberíais prepararos para el torneo en vez de pronunciar grandes discursos?

—Vayamos al campamento y veamos con quién tenemos que vérnoslas —ordenó Meinhard a su escudero.

Después de la cena, Odet se sentó en el patio del albergue y contempló el cielo estrellado. Era una noche tibia y clara; la luna brillaba sobre Colonia. Odet había comido en abundancia y estaba de buen humor. Tarareando una alegre melodía, abrió su bolsa y acarició con las yemas de los dedos el hueso amarillento que contenía el saquito de cuero.

«Gracias por asistir tan bien al señor Balian. Ahora tienes que ayudar a vencer a Meinhard, y todo irá bien.»

Odet cerró la bolsa y miró la hoz que se alzaba en el cielo

nocturno. La luna era digna de asombro, pensaba a menudo. «¿A qué distancia estará? ¿Tan lejos como Gotland?» El criado frunció el ceño. No, seguro que no tan lejos.

Mientras estaba sentado, cavilando, su estómago empezó a gruñir.

Los seis días siguientes fueron de los más largos de la vida de Blanche. Ya no había nada que pudiera hacer. Se quedaba sentada en el albergue de la mañana a la noche, matando el tiempo, imaginando a Balian en la sombría celda y desesperándose paulatinamente.

Al menos, logró convencer a Godefroid para que se quedara con ellos hasta el torneo... pero solo porque entretanto los mercenarios fueron contratados por el arzobispo para mantener el orden en el campamento que había a las puertas de la ciudad.

Luego, por fin, llegó el día del torneo. Una multitud se congregó en los prados más allá del foso de la ciudad; el tiempo era espléndido. Se había construido una pequeña tribuna para los grandes señores. Allí tomaban asiento el rey y la reina, el arzobispo Konrad, Mathias Overstolz y muchos otros nobles, dignatarios eclesiásticos y patricios. El pueblo llano circundaba un ancho campo y se apretujaba contra las vallas, de manera que Blanche, Rosamund, el padre Nicasius y Odet tuvieron que emplear los codos para llegar hasta la primera fila. Blanche había dejado a Mordred en el albergue. No quería exponerlo a la multitud.

—¡Meinhard! —Rosamund saludó a su hermano, que estaba cerca, pero tan ocupado en tensar y aflojar sus músculos que no la vio. Cuando hubo terminado sus ejercicios, Wolbero le ayudó a ponerse la cota de malla y a ceñirse la espada.

Otros cien caballeros y otros tantos escuderos estaban haciendo lo mismo. Los combatientes se habían repartido en dos grupos y esperaban que el rey diera comienzo al torneo.

Aunque Blanche estaba en tensión, lo que vio la cautivó. Ya había presenciado varios torneos en su vida, pero ninguno tan grande, con tan ilustres participantes. Hoy no solo iban a enfrentarse simples caballeros; también varios condes, por lo menos dos duques e incluso un obispo lucharían en la campa por el honor y la fama. Armas llenas de fantasía rampaban sobre túnicas y escudos. Las armaduras relampagueaban. Las hojas de las espadas centelleaban al sol. Ante ella se extendía un bullicioso mar de acero, cuero y músculos.

Resonó una fanfarria. La multitud enmudeció; miles de personas irguieron sus cabezas. El rey Ricardo se había puesto en pie y gritaba:

—La flor de la caballería alemana se ha congregado hoy aquí. ¡Luchad, guerreros! ¡Por la fama y por Cristo!

Aunque casi ningún combatiente entendió las palabras, dichas en francés, los armados alzaron jubilosos sus armas al cielo y las agitaron sobre sus cabezas. Con un rugido, los dos ejércitos se lanzaron el uno contra el otro.

Al momento siguiente se rompió el orden de batalla. Las espadas chocaron levantando chispas contra los escudos, los hombres gritaban, un estrépito ensordecedor, como si sobre Colonia estuvieran cayendo las hordas bárbaras.

Meinhard respiraba pesadamente bajo su yelmo. Atisbaba por la estrecha ranura de la visera e intentaba orientarse entre el tumulto. Por la izquierda un guerrero se lanzó contra él. Meinhard le clavó el escudo en el pecho y lo repelió. A la derecha brilló una espada. Paró el golpe sin esfuerzo, propinó al atacante un duro mandoble en los hombros y siguió abriéndose paso entre el enemigo.

Rechazó todos los desafíos. Aquellos hombres no eran adversarios dignos de él, como mucho funcionarios que se consideraban caballeros porque tenían una espada y un corcel de batalla. Tampoco eran ricos. Meinhard perseguía una víctima que mereciera la pena, un conde o incluso un duque que pudiera reportarle un buen rescate.

¡Allí! A pocos pasos delante de él se revolvía el obispo, armado de pies a cabeza. Contra su voluntad, Meinhard sintió admiración por aquel hombre. Aunque solo era un clérigo, luchaba con valor y bramaba de furia mientras agitaba su maza de guerra. Los dignatarios eclesiásticos eran ricos. Por eso, Meinhard decidió desafiar al clérigo. Alzó su espada a modo de saludo y fue hacia él... y entonces recibió un golpe en el yelmo por la espalda.

—¿Qué ha pasado? ¿Qué ha pasado? —jadeó Rosamund.

—¡Lo han abatido! —exclamó Odet, que se había encaramado a la valla—. Un caballero desconocido se ha lanzado sobre él. ¡San Jorge, protégelo! ¡Por favor, protégelo!

También Blanche imploraba al patrón de los caballeros, porque si Odet tenía razón, una temprana derrota amenazaba a Meinhard. «¡Lo sabía! Ese hombre no es más que un bocazas. Grandes palabras pero nada detrás», pensó. Y a alguien así había confiado el futuro de su familia.

—¡Rechaza el ataque! —gritó Odet—. Se ha levantado y ha abatido al caballero. ¡Gracias, san Jorge, gracias, gracias!

Blanche gritó de júbilo y, antes de comprender cómo había ocurrido, Rosamund y ella se abrazaban.

«Ha faltado poco», pensó Meinhard, cuyo cráneo seguía atronando tras el traicionero ataque. Por suerte, era lo bastante fuerte como para encajar un golpe así. Contempló al caballero que había derribado en tierra. Aturdido, el hombre intentaba quitarse el yelmo. Por lo menos no era un funcionario sino un noble, a juzgar por la calidad de la armadura.

Meinhard envainó la espada y ayudó al caballero a quitarse el yelmo. Su rostro barbado estaba cubierto de sudor y ardía, enrojecido. Meinhard le puso en la garganta el puñal de misericordia.

—Entregaos, y os perdonaré la vida.

—Me entrego a vuestra clemencia —graznó el hombre aturdido.

—Wolbero. —Meinhard se volvió hacia su escudero, que le seguía fielmente entre el tumulto pero no estaba autorizado a intervenir en el combate—. Llévate a mi prisionero, dale de deber y cuida de que no escape.

—Así se hará, señor. —Wolbero ayudó al vencido caballero a ponerse en pie y se lo llevó.

Meinhard se bajó la visera y desenvainó la espada. Deseaba tener con él a *Martillo de enemigos*, su sagrada hoja, a cuya altura no estaba ningún adversario. Esta era roma e inmanejable, pero cumpliría su finalidad.

Volvió a ver al obispo. El clérigo se había alejado un poco de él y en ese momento tomaba aliento.

—¡Por san Jorge! —rugió Meinhard agitando su espada y atacó.

—Están ahí delante. —Rosamund les precedía mientras se abrían paso entre la multitud.

El torneo había durado casi dos horas. Dos horas llenas de lucha, griterío y acciones heroicas. El rey Ricardo agradeció su valor a todos y sostuvo una larga alocución en francés, a la que casi nadie prestó oídos. Los caballeros estaban sentados y tumbados en el prado, cansados, tomaban aliento y bebían el agua y el vino que sus escuderos les llevaban. Dos cirujanos caminaban entre ellos y se ocupaban de los heridos. Había unos cuantos. Numerosas contusiones y heridas abiertas, diversas fracturas, varias conmociones cerebrales. Dos caballeros se habían empleado tan a fondo que se habían quedado sin aire dentro de sus yelmos y se habían desplomado inconscientes. Enseguida se los llevaron del palenque.

Meinhard apestaba a cuero y sudor, pero estaba ileso, a excepción de un chichón en el cogote al que Wolbero en ese momento le aplicaba un ungüento. Junto a él se sentaban sus prisioneros, dos caballeros acomodados y el obispo, que había luchado como un loco antes de ser vencido por Meinhard. El clérigo reaccionó a su derrota lanzando imprecaciones y maldiciones nada cristianas. Wolbero les había quitado ya las armaduras a él y a los caballeros, y las había amontonado: un tesoro de cierto valor, porque en particular el obispo llevaba armas de la mejor calidad y una armadura sobredorada.

La mirada de Meinhard era consecuentemente satisfecha.

—Bueno, ¿qué tal me he batido?

—Como un verdadero héroe. —Rosamund lo abrazó—. Eres el mejor, hermano.

—¿Habéis enviado ya las peticiones de rescate a sus familias? —preguntó Blanche.

—Cuando Wolbero haya terminado, puede ocuparse de eso —dijo Meinhard.

Así se hizo. El escudero terminó de curar la lesionada cabeza de su señor y se fue.

Al cabo de un rato regresó, trayendo con él a varios hombres que se presentaron ante Meinhard como los parientes de sus prisioneros y pidieron rescatarlos tal como exigían las reglas del torneo.

—¿Dónde está el dinero? —preguntó sin rodeos Meinhard.

—Naturalmente no llevamos tanta plata encima —explicó uno de los negociadores—. Pero hemos expedido pagarés que podéis cobrar a nuestras familias.

Rosamund y Blanche se apretujaron junto a Meinhard cuando cogió los documentos. Facultaban al caballero para cobrar considerables sumas.

—¿Estamos de acuerdo? —preguntó el hermano menor del obispo.

Meinhard asintió y se volvió a sus prisioneros.

—Os agradezco el buen combate. Podéis marcharos.

—Gracias, señor Meinhard —repuso uno de los caballeros—. Sois un hombre de honor. No me avergüenza haber perdido ante tan bravo guerrero.

Los tres hombres se inclinaron en una reverencia y se fueron de allí con sus escuderos y sus parientes.

Meinhard contempló satisfecho los pagarés.

—Novecientos marcos de plata más las armaduras. Padre estará satisfecho. Con esto podremos ampliar nuestro castillo.

—Recordad vuestra promesa —dijo Blanche—. Antes liberaréis a nuestros compañeros.

—Pero después de pagadas las deudas casi no quedará nada. —El caballero la miró con disgusto.

—Meinhard —dijo cortante Rosamund—. ¡Lo has jurado!

—Por vuestro honor —completó el padre Nicasius—. ¿De veras queréis sacrificarlo a vuestra codicia? Así no actúa un auténtico caballero, hijo mío.

Meinhard se limitó a resoplar y luego puso los pagarés en manos de Blanche.

—Haced lo que queráis con ellos. Pero me quedaré con las armaduras.

Con los pagarés en la mano, Blanche cruzó el palenque seguida de Odet y Rosamund. Fueron a la tribuna, donde los grandes señores disfrutaban tomando vino fresco y fruta escarchada. Mathias Overstolz estaba en ese momento hablando con tres patricios de Colonia.

—¿Señor Overstolz? —Blanche inclinó la cabeza y se presentó—. Soy la hermana de Balian Fleury, de Varennes Saint-Jacques, a quien retenéis en la torre de San Kuniberto.

Mathias la miró con desprecio, irritado con la molestia.

—¿Qué deseáis?

—He venido a pagar su rescate. ¿Habéis vendido ya la mercancía incautada?

—Aún no. La he almacenado en mi casa.

Blanche respiró.

—Os ruego que nos la devolváis, junto con los carros y los bueyes. Tomad. Esto debería bastar para cubrir las deudas pendientes.

Con el ceño fruncido, el patricio estudió los pagarés y contempló los sellos de cera que demostraban su autenticidad.

—Esto lo cubre todo, de hecho —dijo, no poco sorprendido—. ¿Tengo vuestra palabra de que no se trata de un engaño?

—Soy Rosamund von Osburg —terció la dama noble—. Mi hermano Meinhard acaba de ganar ese dinero en el torneo en buena lid. Sin duda habéis visto con cuánta bravura se ha batido.

—Meinhard von Osburg —repitió Mathias—. Sí, ese nombre se ha oído varias veces hoy. ¿No es el caballero que ha doblegado a ese loco obispo?

La muchacha asintió:

—Ese mismo.

—Muy bien. —El barbudo patricio le sonrió. El efecto que causaba Rosamund sobre los hombres era notable—. Dado que al parecer todo está correcto, informaré a la guardia para que deje libres a vuestros compañeros de inmediato. Luego podéis ir a recoger vuestra mercancía.

Poco después, Blanche cruzaba el prado. Estaba tan aliviada que no podía dejar de sonreír.

—Lo hemos hecho realmente bien, ¿eh? —Rosamund quiso colgarse de su brazo, pero Blanche lo retiró.

—Eso no significa que ahora seamos amigas —dijo, y dejó plantada a la sorprendida muchacha.

Balian fue el primero que salió tambaleándose a la luz cuando los vigilantes abrieron la puerta de la celda. «Dios Todopoderoso», pensó Blanche. Su hermano tenía un aspecto terrible: pálido, sucio y con las mejillas hundidas. Con lágrimas en los ojos, Blanche lo estrechó en sus brazos, aunque apestaba de tal modo que por un momento se quedó sin aire.

—Disculpa, hermana. Si hubiera sabido que hoy nos ibas a honrar con tu visita habría ido al barbero y me habría puesto un poco de agua de olor.

Sonriendo, ella se secó las lágrimas.

—¿Os han tratado muy mal?

—A medias —ponderó él—. Los criados habrían podido ser más amables, y la comida dejaba bastante que desear. Pero, aparte de eso, era un alojamiento bien confortable. De todos modos, voy a pedirle a Mathias que la próxima vez nos aloje en el piso de arriba, hay menos humedad y las vistas son mejores.

Blanche no pudo evitar echarse a reír y le dio con el puño en el pecho.

—Ni siquiera ahora puedes dejar de decir tonterías, ¿eh?

—Alégrate de que haya conservado el humor. De lo contrario, los últimos cinco días se me habrían hecho muy largos. ¿O han sido siete? Sabes, cuando se está en compañía agradable el tiempo pasa tan deprisa que ni se nota. Pero ahora debería dar las gracias a nuestro salvador...

Balian fue hacia Meinhard y cambió unas palabras con el caballero. Rosamund, a su lado, parecía alegrarse sinceramente de su liberación... o sabía fingir entusiasmo de manera espléndida. Cuando Meinhard fue requerido por Maurice y Bertrandon, Blanche vio que su hermano y la damisela cambiaban una mirada de complicidad. Balian se inclinó y le susurró algo al oído. Blanche no pudo entender el qué.

Miró a Raphael que, como siempre, estaba apartado y observaba el alegre reencuentro con una fina sonrisa. Cuando alzó la mirada su expresión cambió, se volvió amable y cálida, y la saludó inclinando la cabeza. El hecho de que hubiera superado la cárcel con buena salud alivió a Blanche más de lo que le parecía apropiado. Rápidamente se volvió hacia los otros.

—El padre Nicasius nos ha contado que os habéis empleado obstinadamente en nuestra liberación, e incluso habéis tratado de ella con el rey —le dijo Maurice—. Que, en última instancia, habéis sido vos la que nos ha sacado de las mazmorras. Os debemos mil veces gratitud. Balian hizo bien en traeros. Por favor, perdonad que os hayamos mostrado tanto rechazo.

—Perdonado y olvidado —dijo Blanche.

El capitán miró a su alrededor.

—Vamos a ver si recuperamos nuestras mercancías, amigos. Y luego, ¡nos largamos de esta desdichada ciudad, que no nos ha traído más que desgracia!

—¿Podemos ir antes a unos baños? —dijo Bertrandon—. Me siento como si me hubiera caído a un albañal...

En la casa de baños, los cuatro mercaderes no solo se lavaron la suciedad de la prisión, además se llenaron la panza de queso, carne y fruta fresca, porque llevaban días sin comer en condiciones. Cuando por fin fueron a por sus mercancías atardecía ya, de manera que decidieron quedarse una última noche en Colonia y partir al día siguiente.

Blanche informó a Godefroid y, por encargo de Maurice, pagó algunos días al jefe de los mercenarios, que se declaró dispuesto a seguir viaje con ellos. A la mañana siguiente los hombres se reunirían en la puerta de la ciudad. Al caer la oscuridad regresó al albergue y atravesó el patio iluminado por las antorchas, en el que ya estaban los carros, vigilados por dos criados aburridos.

De los establos salió una figura. Era Raphael, que al parecer había estado echando un vistazo a sus bueyes.

—¿Dónde está Mordred? —preguntó Blanche.

—Arriba, con los otros. El pobre está dormido. Los últimos días han sido duros para él.

Ella sonrió al pensar en el conmovedor reencuentro entre ellos. Mordred había saltado enloquecido a los hombros de su señor, y no había dejado de mover la cola y de lamerle el rostro.

—Quería daros las gracias otra vez por haberos ocupado de él —dijo Raphael.

—Lo hice gustosamente.

Se miraron, el silencio cayó entre ellos. De pronto, el corazón de Blanche se aceleró, y tuvo la torturadora necesidad de decir algo, lo que fuera, daba igual... con tal de poner fin al silencio.

—El libro. De verdad, no era necesario. Aun así, muchas gracias. Espero que no fuera demasiado caro —añadió.

—Sabéis lo que costaba.

—Cierto. De hecho, lo sé. —Se sintió como una idiota.

Él sonrió, pero tuvo el decoro de bajar la mirada. Se frotó la nariz.

—Deberíamos entrar...

—Blanche... —Le tocó el brazo, y el momento volvió a estar lleno de significado, de preguntas y secretos deseos, aunque ninguno de los dos dijo una palabra.

Se adelantó un paso, le puso la mano en la mejilla y la besó.

Al principio ella quiso retroceder, apartarlo, abofetearlo, ¿cómo se atrevía? Pero luego olvidó el mundo, el tiempo, solamente estaban ella y él, la mano en su mejilla, sus labios sobre los de ella... hasta que la mala conciencia la trajo de vuelta al aquí y ahora. ¿Qué estaba haciendo, se había vuelto loca? ¡Engañaba a Clément, traicionaba su memoria del modo más vergonzoso, precisamente con Raphael! Pero esa sensación que la inundaba, ese dulce olvido... ¿habría querido Clément que ella nunca volviera a sentir algo así? No, seguro que no...

Entonces el beso terminó abruptamente porque alguien dijo:

—Qué demonios...

Y Raphael se vio apartado de un tirón de ella.

Balian había bajado al patio, por la razón que fuera. Blanche no podía recordar la última vez que lo había visto tan furioso. Empujó a Raphael contra la pared del establo y gritó:

—¿Habéis perdido el juicio?

—Hermano, escúchame —dijo Blanche, que seguía presa de sus sentimientos y apenas podía formular una idea clara—. No es lo que tú piensas.

—¿Te ha manoseado este cerdo?

—¡No! Escucha...

Pero Balian estaba demasiado furioso.

—No sé lo que os ha impulsado a esta locura —increpó a Raphael—, pero os juro una cosa: ¡si volvéis a tocar a mi hermana os mataré!

Si el mercader de negros cabellos se hubiera limitado a retirarse, probablemente el asunto habría quedado liquidado. Pero Raphael no era hombre para soportar semejante ataque. Apartó la mano de Balian y se liberó de su presa. Una sonrisa perversa brilló en sus ojos:

—¿Ah, sí? Yo diría: el mismo derecho para todos. ¿O es que la dulce Rosamund no os ha permitido pasar a mayores? ¿Tenéis quizá miedo a su hermano?

Balian cerró los puños. Enseguida, Raphael insistió:

—¿Sorprendido, viejo amigo? ¿Esperabais que todos fuéramos tan ciegos como ese buey de Meinhard? Sé utilizar mis ojos. Reconozco a dos tórtolas cuando las veo. Sobre todo porque vuestra predilección por las grandes tetas es ampliamente conocida...

Balian enseñó los dientes y le propinó un puñetazo que lo lanzó contra la pared. Antes de que Raphael pudiera recobrarse, el hermano de Blanche lo cubrió de golpes, en el rostro y la boca del estómago.

—¡Canalla! ¡Aborto! Voy a acabar contigo...

Los dos criados llegaron corriendo pero, al parecer, no sabían si les correspondía intervenir en aquella confrontación.

—¡No! —gritó Blanche cuando Balian fue a lanzarse contra Raphael, que yacía en el suelo—. ¡Detente ahora mismo!

—¡Déjame!

Ella le sujetó, pero la rabia le daba fuerzas increíbles y tuvo que agarrarse a él por la espalda con ambos brazos.

Raphael se incorporó, la sangre le brotaba de la nariz. Se la secó y se miró la mano manchada, y su rostro se desfiguró en una mueca.

—Lamentarás esto —siseó—. No tienes idea de lo que soy capaz.

Balian escupió. Raphael se dio la vuelta y fue hacia el edificio, pero a medio camino lo pensó mejor y desapareció por el portón.

—¿Estás satisfecho? —increpó Blanche a su hermano—. Cuando se lo cuente a los otros, nos mandarán a casa.

—No lo hará. Entonces tendría que admitir que le he dado una tunda. —Balian respiraba pesadamente—. Vosotros no habéis visto nada, ¿entendido? —dijo a los criados.

Los dos hombres asintieron y volvieron junto a los carros.

Blanche se frotó los brazos. Se sentía aturdida, no podía entender lo que acababa de suceder.

—¿Estabas de acuerdo? —preguntó abruptamente Balian.

—¿Con qué?

—Con que te besara. ¿O te ha obligado?

—No me ha obligado. Ha… simplemente ha pasado.

—Simplemente ha pasado —gruñó su hermano—. ¿Hace mucho que está ocurriendo esto?

—Hemos hablado de vez en cuando, eso es todo —respondió Blanche.

—¿Le amas?

—¿Qué? ¡No!

—Eso espero. Porque en adelante vas a mantenerte alejada de él, ¿me oyes?

Ella quiso gritarle, decirle que no era quién para ordenarle nada. Pero con eso no haría más que empeorar las cosas. Se tragó su rabia y guardó silencio.

—No sé cómo se te ha podido ocurrir. —Balian sacudió la cabeza—. Raphael y tú… tengo que decirte con claridad que nunca estaría de acuerdo. Y padre tampoco. Ese tipo es un asesino.

—¡Eso tú no lo sabes! Nunca se demostró nada —explotó ella, y lo lamentó al instante.

—Así que lo consideras inocente, ¿eh? Entonces, haz el favor de explicarme por qué se hizo rico de repente después del asesinato del monje.

—Él no se hizo rico.

—Pero de pronto tuvo suficiente dinero para ampliar su negocio e ingresar en el gremio. Te diré por qué: porque saqueó al monje. Por eso lo mató al borde de aquel camino: para robarle su crucifijo de oro y su limosnero.

—Me prohíbes besar a Raphael, pero cortejas a Rosamund. Espero que te des cuenta de lo hipócrita que eres. —No fue inteligente decirle eso. Pero Blanche no pudo evitarlo.

—Yo no la cortejo —respondió él—. Quiero ayudarla.

—Claro —dijo ella, despectiva—. Balian, el compasivo samaritano. Aquí solo se trata de eso.

Por un momento pareció que de nuevo se pondría furioso, pero en esta ocasión se contuvo:

—Sea como fuere, está dicho todo. No vuelvas a hablar con Raphael. Desde ahora, evítale. Vamos dentro. Mañana partimos temprano y va siendo hora de que nos vayamos a dormir.

Se fue de allí.

Blanche miró hacia el portón. ¿Debía ir en pos de Raphael?

No, era mejor que no. Balian lo había humillado ante sus ojos. Sin duda ella era la última persona que quería ver.

Suspiró y siguió a su hermano.

Winrich Rapesulver sacó un espejito de plata y comprobó su aspecto una última vez antes de entrar en la casa, similar a una fortaleza, de la Rheingasse. Si su madre, Agnes, hubiera estado presente, sin duda le habría atacado con furia y le habría tildado de alfeñique amante del lujo y le habría dicho que se comportaba como una mujer. De hecho, Winrich daba mucha importancia a su aspecto, y se esforzaba por presentarse siempre impecable... especialmente cuando se reunía con un socio comercial como Mathias. Bueno, podía ahorrarse la opinión de su madre. Ese viejo espantapájaros estaría en Visby o en Lübeck, seguro que dando órdenes a su hermano. Aquí en Colonia, a muchos días de viaje, podía hacer lo que quisiera.

Lo que vio le gustó: su pelo brillaba sedoso, y estaba limpiamente peinado. La barba subrayaba su rostro atractivo, y el caro atuendo le sentaba perfecto. Satisfecho, entró en la casa de los Overstolz.

Un criado lo llevó hasta el gran comedor, en el que le pidieron que tomara asiento. Mientras Winrich esperaba, llenó una copa de plata, disfrutó del caro vino del sur y contempló complacido el mar de tejados que se extendía al otro lado del arco de la ventana. Colonia era una ciudad asombrosa, le parecía, notablemente más grande que Lübeck, pero también más tosca, más sucia, más fea: un lupanar lleno de alegrías degeneradas, que apestaba a sexo, sangre y cerveza y disimulaba hipócritamente con incienso su mal olor. Aunque disfrutaba de su estancia en la metrópoli del Rin, se alegraba de volver a casa, con su familia, con su amada, que sin duda también se consumía por él. Había estado fuera mucho tiempo, y echaba de menos su patria junto al Trave. ¡Por Dios, si incluso echaba de menos a su madre!

Mathias Overstolz no le hizo esperar mucho. Como una fuerza de la naturaleza, el robusto patricio entró en la sala y le saludó con atronadora cordialidad, como acostumbraba desde siempre. Al estrechar su mano, Winrich temió que el de Colonia le aplastara los dedos.

Sus familias se conocían desde hacía mucho, así que charlaron acerca de esto y aquello hasta que por fin empezaron a hablar de negocios.

—¿Me habéis traído el ámbar? —quiso saber Mathias.

—Está en nuestro almacén del mercado viejo. Igual que las pieles de la Rus, veinte toneles llenos. Podréis recoger la mercancía en cuanto nos hayamos puesto de acuerdo.

—Magnífico. Entiendo que se mantienen los precios que negociamos la última vez.

—Por desgracia tenemos que adaptarlos un poco. Ya sabéis cómo son las cosas: desde que el rey Guillermo ya no está, impuestos y aranceles suben por doquier. Eso encarece todas las mercancías.

Empezaron a regatear. Winrich se preparó para un duro intercambio de golpes, porque Mathias se las sabía todas, y encima tenía más experiencia que él. Si Winrich no hubiera tenido el respaldo de la poderosa Liga de Gotland, el de Colonia le habría superado en más de una ocasión. Pero esta vez Mathias aceptó su oferta en líneas generales.

—No quiero ser avaro, viejo amigo —explicó el de Colonia, sociable—. Acabo de cobrar viejas deudas... una plata con la que ya no contaba. Así que no vamos a discutir por unos chelines.

—Gracias, venerable Mathias. —Winrich sonrió. Su madre estaría satisfecha con él.

—Os quedaréis a comer, ¿no? Diré al cocinero que sirva solamente lo mejor de lo mejor.

—Por supuesto.

Mathias dio al criado las instrucciones correspondientes. Mientras el hombre se marchaba corriendo, llenó las copas de vino.

—¿Habéis estado con el rey? —preguntó, tan de pasada que llamó la atención.

—La verdad es que sí. —Winrich ocultó su diversión. Se esperaba esa pregunta. Los Overstolz tenían oídos en todas partes. En Colonia no sucedía nada de lo que ellos no se enterasen antes o después—. Aunque no personalmente con él. Hablé con su consejero Arnold de Holanda. —«Pero eso ya lo sabéis vos», pensó.

—¿Negocios importantes? ¿Quizá la familia Rapesulver quiere ascender a la categoría de proveedora de la corte?

—Se trata de asuntos de la Liga —respondió escuetamente Winrich.

—Los viajeros de Gotland solo descansaréis cuando vuestro poder haya llegado hasta el último rincón del Imperio, ¿verdad? —dijo Mathias con una taimada sonrisa.

—Tenemos grandes ambiciones, es cierto. Pero no estamos interesados en desafiar ni a vuestra familia ni a la ciudad de Colonia, si es que eso os preocupa.

Cuando el recio patricio comprendió que no iba a sacarle nada más, dejó a un lado el asunto. Dio vueltas a la copa entre los dedos cargados de anillos y finalmente dijo:

—Hay algo que deberíais saber. Nuestras familias son amigas desde hace mucho. Por eso, considero mi deber advertiros cuando llega a mis oídos una amenaza para vuestra empresa.

—¿Una amenaza? —Winrich frunció el ceño—. ¿De qué clase?

—Los deudores que antes mencioné. Mercaderes de Lorena. Acaban de marcharse de Colonia.

—No conozco a nadie de Lorena. ¿Cómo podrían ser peligrosos para nosotros?

—Bueno, quizá «amenaza» sea demasiado decir. Pero planean, al parecer, viajar a Gotland y hacer negocios allí. Ayer les oí casualmente hablar de ello. He pensado que debíais saber que hay extranjeros que tienen la intención de cazar en vuestro coto.

Eso era preocupante. El comercio del mar Báltico estaba firme en manos de los de Gotland; la Liga no daba la bienvenida a los forasteros.

—¿Qué fuerza tienen esos loreneses?

—Es difícil de decir. Pero son jóvenes y están hambrientos, eso está claro.

—¿Qué camino van a tomar? ¿Por Lübeck?

—No hay muchas otras posibilidades —dijo Mathias.

Winrich reflexionó. Su familia no podía permitir que gente venida de fuera se estableciera en el comercio de Gotland. Decidió regresar antes de lo previsto para tomar medidas y detener a tiempo en Lübeck a los loreneses.

—Os lo agradezco, Mathias. Estamos en deuda con vos.

—Vuestra familia podrá con ello. Y ahora, ¡basta de preocupaciones! —Riendo, el de Colonia le dio una palmada en el hombro—. ¡Comamos y bebamos! ¡Quién sabe cuándo volveremos a vernos!

Solo entonces Winrich apreció el seductor olor a asado que venía de la cocina. Resistió la tentación de sacar el espejo y comprobar su pelo, compuso una sonrisa y brindó con Mathias.

14

Desde Colonia, la comunidad siguió en dirección noreste. Pronto echaron de menos el Mosela y el Rin, porque por tierra avanzaban con mucha lentitud. En esa región prácticamente no había carreteras. Las sendas de carros no eran más que surcos embarrados entre la maleza; se veían en las colinas, porque en las zonas bajas solían estar encenagadas. En los vehículos de cuatro ruedas se percibía cada socavón. Los bueyes eran lentos y se cansaban enseguida, de modo que avanzaban solo unas pocas millas cada día.

Viajaban por un bosque interminable, sin apenas claros. Era un constante subir y bajar pendientes. En los valles había pequeños poblados y granjas de carboneros, rodeadas de sembrados y pastos; en las cimas de las colinas había castillos y monasterios solitarios. Profundas barrancas separaban las cordilleras, formando uves en su fondo. Parecían golpes dados en el suelo con un hacha gigantesca.

Como los carros iban a plena carga, solo una o dos personas podían ir en ellos. Todos los demás tenían que ir a pie. Godefroid y sus mercenarios caminaban a los lados de la caravana con las lanzas al hombro, seguidos por los criados, que por su parte llevaban garrotes y puñales para rechazar cualquier peligro. Meinhard y Rosamund eran probablemente los que viajaban con mayor comodidad. El caballero iba en su corcel de batalla; su hermana cabalgaba a la amazona el percherón, como convenía a una doncella. Desde su triunfo en el torneo, Meinhard aún se había vuelto más jactancioso, y fanfarroneaba constantemente acerca de sus victorias sobre sus nobles adversarios, aunque Raphael le había dicho varias veces que se callara de una vez.

Raphael... Cuando su hermano no estaba mirando, Blanche le lanzaba miradas, pero él las ignoraba. Al parecer, seguía doliéndole la humillación. Por lo menos reinaba un armisticio entre él y Balian. Se apartaban el uno del camino del otro, y ninguno de los dos había gastado una palabra acerca de la pelea en el albergue.

En algún punto entre Colonia y Dortmund, Blanche contó a su hermano su audiencia con el rey.

—¿Te pidió que le ayudaras a ganar al ajedrez al arzobispo?

—Increíble, ¿verdad? Nuestra angustia no le interesaba en absoluto.

Balian movió la cabeza.

—Los poderosos y sus caprichos.

—Lástima que no pudieras saludar a Alberto, le hubiera gustado verte —dijo Blanche.

—¡Por Dios, a mí también! Espero que le vaya bien.

—Se está volviendo raro con los años, pero está sano de cuerpo y de alma y sigue lleno de energía. Imagínate, lo han nombrado obispo de Regensburg. Por eso tenía que irse de Colonia.

—¿Estará contento con un cargo así? —observó pensativo Balian.

—Hubo una cosa más. Cuando estábamos esperando a ser recibidos por el rey, oí hablar a dos hombres a mi lado. Uno era un funcionario de la cancillería. El otro, un mercader de la Liga de Gotland. —A Blanche le parecía importante contar ese asunto a su hermano—. Hablaban en francés. Probablemente pensaron que de ese modo nadie podría entenderlos.

El carro pasó por un socavón, y el golpe les llegó hasta los huesos.

—¿De qué hablaban? —preguntó Balian, después de cerciorarse de que no se había caído nada de la carga.

—La Liga apoyó económicamente en el pasado a Ricardo, y a cambio obtuvo privilegios comerciales en Inglaterra —explicó Blanche—. Ahora el rey vuelve a pedirles dinero, pero el mercader se negó a dárselo. Incluso amenazó con volverse hacia el rey Alfonso.

—¿Hasta dónde llegó su apoyo a Ricardo? ¿Le permitió ser elegido rey?

—El mercader no lo dijo expresamente, pero lo considero posible.

—Un grupo desagradable, esos viajeros de Gotland —dijo Balian—. Bueno, calculo que, a más tardar, en Lübeck los conoceremos de cerca.

Sonó un silbido. Raphael, que iba detrás de ellos, se había puesto de pie en el pescante. Mordred salió moviendo la cola de los matorrales al borde del camino, con un conejo desgarrado entre los dientes.

Acamparon en una vieja cantera, no lejos del sendero. Rocas de pizarra se apilaban entre las encinas, verdes ellas mismas como el bosque a causa de los líquenes y musgos que crecían sobre los afilados estratos rocosos. Al pie de la pared de roca brotaba un manantial, y allí dispusieron los carros en protector semicírculo.

Mientras encendían fuego y repartían los víveres, Raphael se alejó de los otros. Estaba cansado del viaje; lo último que necesitaba era su cháchara irrelevante. Se sentó en el musgo junto a su carro, ahuyentó a los criados y se comió una manzana, con Mordred, que mordisqueaba un hueso, a su lado.

Se dio cuenta de que Blanche lo miraba pero, cuando respondió a su mirada, ella apartó la vista y hurgó en el fuego. Él tiró a la espesura el corazón de la manzana y se sacó una semilla de los dientes. Maldita cosa; se le había enganchado y le estaba volviendo loco.

Miró de reojo a Balian que, como algo excepcional, no se había sentado junto a la ramera noble sino que conversaba con Bertrandon. Raphael sacó el puñal y arrancó astillas a una rama. Era una buena hoja; hacía mucho que la tenía. Era afilada como un cristal roto y lo cortaba todo. Madera. Cuero. Carne dura. Una garganta humana.

Mientras observaba a Balian, apretó los dientes y aferró el puñal con tanta fuerza que los nudillos se le pusieron blancos.

—Ya no soporto este traqueteo —dijo Blanche en algún momento del día siguiente—. Voy a ir un rato a pie.

—Pero no te alejes mucho de la caravana —le pidió Balian—. No sabemos si esta comarca es segura.

No pudo evitar seguirla con la vista. ¿Iba con Raphael? No, se adelantó mucho y charló brevemente con Odet o con Godefroid.

Balian gimió ligeramente cuando el carro pasó por encima de otro agujero, más o menos el número mil de aquel día. Cuanto más se alejaban de Colonia, peores se volvían los caminos. En general, aquella región no tenía ningún parecido con los países alemanes del sur, que le eran familiares. Estaba escasamente poblada y era solitaria, los pocos pueblos estaban muy separados entre sí; entre unos y otros se extendían prados cenagosos y bosques sombríos... una espesura desde la que podía acechar cualquier cosa. Allí uno casi nunca se encontraba con mercaderes, clérigos o artesanos acomodados, la gente de los pueblos era pobre y arrancaba con duro trabajo un parco fruto al suelo. Aunque Colonia estaba a solo día y medio de viaje, a Balian le pareció que la riqueza del Rin quedaba lejos.

Observó un movimiento a su derecha, y comprobó que Rosamund se había retrasado hasta quedar a su altura. Su hermano seguía cabalgando a la cabeza de la caravana, junto al padre Nicasius, que, para su edad y su consumo de vino, aguantaba sorprendentemente bien a pie.

Balian le sonrió. Desde su liberación, no había tenido oportunidad de hablar con ella sin ser molestado. Pero Rosamund no estaba de humor para charlas; parecía impaciente y parca en palabras.

—Estoy empezando a preocuparme. No falta mucho para llegar a Hatho, y me pregunto si ya tenéis un plan.

—Bueno, ni siquiera hemos llegado a Dortmund. Si los caminos son así de malos en el norte, necesitaremos al menos diez días para llegar a Hatho. Así que tenemos tiempo de sobra —respondió él.

—Pero ¿habéis pensado ya en cómo vais a impedir mi matrimonio? —insistió ella.

—Considero distintas... posibilidades. —De hecho, Balian no tenía ni la sombra de una idea.

—¿Posibilidades? ¿Qué significa eso?

—Exigís demasiado de mí. Si no tengo cuidado, pondré en mi contra a hombres poderosos. La cosa tiene que estar bien meditada.

—¿Sabéis lo que creo? —De pronto, Rosamund parecía marcadamente fría—. Tenéis miedo.

—No tengo miedo. Tan solo soy cauteloso. Hay una diferencia.

—Tal vez me he equivocado con vos. Quizá no seáis tan valeroso y viril como yo pensaba.

Pico espuelas al percherón y se adelantó.

—¡Rosamund! —la llamó él en voz baja—. ¡Rosamund...! ¡Maldita sea!

Pero ella no se detuvo, y tampoco se dignó mirarle.

—Cría mimada —murmuró él.

¿Es que lo tomaba por un siervo, al que podía dar órdenes como le pluguiera? «No tan valeroso y viril como pensaba...» Balian apretó los dientes. ¡Valeroso y viril! Había pocos más valerosos y viriles que él.

Se lo demostraría.

El Ayuntamiento de la ciudad imperial de Dortmund era un edificio impresionante, dominaba la plaza del mercado y sobresalía, con su alta fachada puntiaguda, por encima de las casas patricias vecinas. Dos arcos ojivales formaban la entrada a la lonja de los paños; encima estaba la sala en la que se reunía el tribunal para dictar justicia y guiar los destinos de la ciudad.

En verdad un edificio imponente. Por desgracia, no se podía decir lo mismo del albergue que había en el lado opuesto de la plaza. Era mísero, pequeño y sombrío, e incluso más sucio que el de Colonia. El gran dormitorio apestaba al montón de estiércol que había a la puerta. No había sacos de paja, y no digamos camas; los mercaderes y sus acompañantes tuvieron que pernoctar en el suelo y taparse con sus mantos.

Mientras los demás metían refunfuñando sus posesiones y se repartían por la sala, Balian negoció con el posadero un precio por el alojamiento y la manutención, porque Maurice no estaba en condiciones de entender a aquel hombre. Al menos el albergue era barato.

Después de que un puñado de monedas cambiaran de dueño, Balian fue hacia Odet, que estaba sentado encima de sus cosas. El criado tenía una bolsa abierta en la mano y hurgaba en ella con el dedo.

«¿Son huesos?», pensó Balian.

—Sal y ayuda a Blanche con los bueyes —indicó a Odet.

Este levantó vivamente la cabeza, como si lo hubieran cogido en falta. Cerró la mano en torno al saquito y, en ese momento, algo se escurrió fuera y cayó entre las pajas del suelo. Odet lo recogió, lo metió en el saco y se lo guardó en el cinturón.

—Sin duda, señor Balian, enseguida —dijo, y salió corriendo.

«Sí que son huesos.» Balian frunció el ceño.

¿Por qué su criado andaba por ahí con una bolsa llena de huesos?

Aquella noche, Blanche no pudo conciliar el sueño. Desde los acontecimientos de Colonia, tenía demasiadas cosas en las que pensar. Salió sin hacer ruido de la estancia, se echó el manto por los hombros y llegó al patio siguiendo el muro bajo junto a los establos, pegados a un pequeño camposanto. La luna se colaba entre las ramas de los crecidos árboles. Sobre las devastadas lápidas bailaban las primeras luciérnagas, y parecían reluciente polvo de hadas.

Aunque era una noche agradable, sintió frío y se ajustó más el manto sobre los hombros. No pudo evitar pensar una vez más en Clément, como tantas veces en los últimos días. El sentimiento de culpa que le agobiaba desde el beso con Raphael se había calmado un poco. Pero no había desaparecido del todo. Ahora, al contemplar las tumbas desconocidas, se anunciaba de nuevo. Aún fue más agobiante la oscura intuición que de repente se apoderó de ella, aunque los malos presagios nunca le habían sido familiares. «Jamás llegaremos a Gotland», pensó. Y lo sintió como una certeza.

«Tonterías. Ya hemos llegado muy lejos. Conseguiremos cubrir el resto», se dijo. Pero el mal presagio no terminaba de apartarse.

Oyó pasos sobre la grava. Una figura apareció a su lado.

—Han llegado temprano este año —dijo Raphael, refiriéndose a las luciérnagas—. Sorprendente, después de un invierno tan largo.

—¿Qué hacéis aquí fuera? —preguntó Blanche, sin especial amabilidad.

—No podía dormir. Al parecer, vos tampoco.

—¡Si mi hermano os ve!

—No tengáis miedo. Duerme profundamente. Los otros también.

—Aun así, no deberíamos hablar el uno con el otro.

—Blanche... —Él apoyó una mano en su brazo y la mantuvo allí. Ella sintió el contacto en todo el cuerpo. Quería sacudirse esa mano, porque sabía que era lo único correcto. Y sin embargo no lo hizo—. No dejéis que vuestro hermano os diga con quién tenéis que hablar. No sois esa clase de mujer.

—Parecéis conocerme bien. Por desgracia, yo no os conozco en absoluto.

—Hay una sencilla manera de cambiar eso. —En la oscuridad, apenas se veía su sonrisa—. Preguntadme algo. No importa qué.

Blanche lo miró fijamente. «Muy bien. Si me lo pide expresamente...» Tragó saliva.

—¿Tiene razón mi hermano? ¿Sois un asesino?

Raphael rio en voz baja, bajó la mirada y se pasó la mano por la nuca.

—¿Qué? ¿Teméis admitir la verdad?

—¿Qué os dicen vuestros sentimientos?

—No os entiendo. —No pudo ocultar su impaciencia.

—Escuchad a vuestro corazón. ¿Me tenéis por un asesino?

—¿Cómo voy a saberlo? Parece haber dos Raphaeles. Uno que al parecer desprecia y escarnece sin cesar a todo el mundo...

—... y el que tenéis delante —dijo él en su lugar—. ¿Y qué?

Una parte de ella quería poner fin a ese juego insensato y marcharse. Pero otra quería aceptarlo, por insondables razones.

—No creo que seáis un asesino —respondió en voz baja.

Él no dijo nada, ni siquiera asintió. Se limitó a mirarla.

—Entonces, ¿todos los rumores acerca de vos son falsos? —preguntó Blanche.

—Ya sabéis cómo es la gente. —En su voz destellaba el desprecio que habitualmente dirigía al mundo—. Si no tienen de quien hablar, mueren de aburrimiento.

Blanche sabía que estaba eludiendo la respuesta. Pero no podía imaginar que él hubiera matado a sangre fría a un hombre para enriquecerse, como afirmaba Balian. Aquello no encajaba con el Raphael que ella conocía. Su Raphael era amable y bondadoso; su burla y su desprecio hacia todos no eran más que un escudo con el que protegía su vulnerable ser.

En última instancia, no era tan distinto de Clément.

Qué idea tan absurda. No podía comparar a Raphael con su fallecido esposo, ¿qué ocurrencia era esa? Y sin embargo, no podía negar que se sentía atraída hacia él... que estaba harta de guardar luto, de estar sola, de anhelar un contacto amigable en las largas noches.

A Blanche le parecía como si hubiera pasado los años anteriores en medio de una niebla, en una gris uniformidad de días siempre iguales y sordo dolor. Quería que aquello terminara. Quería volver a vivir de una vez.

De pronto estaba muy pegada a él, con las manos apoyadas en su pecho, susurrando su nombre. Él la agarró por las caderas y la atrajo hacia sí. Sus labios se tocaron, primero titubeantes, luego cada vez más ansiosos. Ella enterró los dedos en su pelo y sintió que él abría la puerta del establo y la empujaba dentro. Un aire cálido la rodeó, olía a bueyes y caballos, a avena y paja, y al momento siguiente estaban tumbados en el heno. Respirando con dificultad, él trató de despojarla de sus ropas. No lograba hacerlo lo bastante deprisa y ella le ayudó. Su piel era a tal punto sensible que parecía sentir cada brizna de paja seca, y cuando él le acarició el ombligo con los labios empezó a jadear. Las manos de él fueron hacia arriba y al instante sus pezones se endurecieron, cerró los ojos y se mordió el labio inferior.

Echaba eso de menos, lo echaba tanto de menos..., pensó antes de que la excitación barriera cualquier pensamiento.

15

Mayo de 1260

Mientras abril había sido en general amable, mayo empezó con una tormenta. Apenas la comunidad había dejado Dortmund cuando se vieron sorprendidos por un fuerte chubasco que los empapó hasta los huesos y, en poco tiempo, convirtió el sendero en un surco de lodo. Como no había ningún asentamiento a la vista y no querían dar la vuelta, no les quedó más remedio que continuar el viaje bajo un torrente de lluvia. Se calaron las capuchas de los mantos y caminaron agachados junto a los pescantes; más de uno maldecía de manera audible.

Durante la noche anterior y la mañana entera, Balian no había tenido oportunidad de hablar con Odet sin ser molestados. Eso cambió cuando, hacia el mediodía, alcanzaron un hondo camino que llevaba al valle. Seguía lloviendo a cántaros, y el angosto sendero flanqueado por empinados terraplenes era como un torrente. Los mercaderes tuvieron que descabalgar y tirar de los bueyes. En el carro de Balian, Blanche se encargó de esa tarea, mientras Odet y él empujaban por detrás, porque las toscas ruedas se quedaban encalladas en el lodo.

También sus compañeros tenían trabajo a manos llenas. Balian decidió aprovechar la oportunidad.

—¿Qué llevas en esa bolsa de cuero? —preguntó a su criado.

—Oh, nada importante, señor. Más que nada cachivaches.

Posiblemente Odet era el peor embustero del mundo.

—No me cuentes cuentos. He visto que son huesos.

De pronto, empujar el carro reclamó toda la energía y atención de Odet.

—Por favor, dime que no son huesos humanos.

—Humanos, no... al menos no del todo.

Balian perdió la paciencia.

—Suéltalo ya, Odet... ¿de dónde han salido esos malditos huesos?

—¡Por favor, señor, no los llaméis así! El cielo se pondrá furioso con nosotros si maldecís los huesos.

Balian tuvo una terrible sospecha.

—¿Son huesos de un santo? ¿Has robado una reliquia? No habrás ido al altar de los Reyes Magos...

—No, no, señor Balian, eso no se me habría ocurrido nunca. Además, el altar de los Reyes Magos está enrejado. ¿Cómo iba yo a llegar hasta los huesos, con todos esos peregrinos a mi alrededor?

Balian soltó el carro y se detuvo.

—Son los huesos de san Jacques, ¿verdad?

—No todos. Solo unos pocos.

—Mil veces maldito idiota, ¿te has vuelto loco? —siseó Balian—. ¡No puedes robar una reliquia! ¿Sabes lo que haría contigo la Iglesia si te descubrieran? ¡Te excomulgaría, y mandaría tu alma al Infierno!

—Nadie ha visto nada, señor, lo juro —afirmó Odet—. El altar no tenía vigilancia, no pude resistirme. Pensé que partíamos para este viaje y podíamos necesitar la asistencia sagrada, con todos esos peligros y ladrones y demás. Así que me llevé unos cuantos huesos, porque san Jacques puede cuidar mejor de nosotros si está cerca. No son más que huesos de la mano, no lo notará nadie.

—Aun así está prohibido. Robar reliquias es un grave delito, y un pecado además.

—Pero ¿cómo puede ser un delito? San Jacques es poderoso, casi tan poderoso como Cristo y la Virgen María. Si no hubiera querido que cogiera los huesos lo habría impedido. Habría hecho caer la tapa del altar y me habría pillado los dedos, o se habría levantado un hedor terrible que me habría expulsado de la catedral. Pero eso no ocurrió. Así que él quería que cogiera los huesos.

Balian no supo qué oponer a esa lógica.

—Tienes que devolverlos lo antes posible. En la próxima ciudad se los darás a un cura y le pedirás que los envíe a Varennes. Quizá de ese modo podamos evitar lo peor.

—¡No puedo hacer eso! —protestó Odet—. San Jacques me ha elegido para llevar sus huesos hasta que hayamos vuelto a casa sanos y salvos. Ha funcionado ya. Sin su intercesión, todavía estaríais en una mazmorra. Si devuelvo ahora los huesos, se pondrá furioso con nosotros, y probablemente nos castigue. Además... si un cura extranjero se entera de que los huesos son sagrados, preferirá quedárselos en vez de devolverlos.

Al menos, la última objeción de Odet no estaba falta de razón.

—Está bien —dijo Balian en voz baja—. Conserva los huesos. Pero ni una palabra a nadie, ¿has entendido? Los otros no pueden enterarse de lo que has hecho.

—Mis labios están sellados, señor —respondió aliviado el criado.

A pocos pasos de ellos, el carro había vuelto a atascarse. Blanche se asomó irritada por la capucha.

—Ah, ¿los señores están charlando? Cuando hayáis terminado, ¿tendréis la bondad de volver a empujar un poco? Pero solo si no es mucha molestia.

Balian dio una palmada en la espalda a su ayudante, avanzó por el barro y afianzaron las manos en el pescante.

Cuando el carro se puso en movimiento, Odet murmuró, más animado:

—Ya lo veréis, he hecho lo correcto. San Jacques se encargará de que lleguemos a Gotland sanos y salvos.

Al norte de Dortmund el terreno se hizo más llano y el bosque más claro, de modo que avanzaron con mayor rapidez. Después de un descanso reparador en la ciudad episcopal de Münster, llegaron por fin a un pueblo sin nombre que no estaba señalado en ningún mapa. Detrás del mísero asentamiento campesino, un riachuelo cortaba el terreno llano. No era muy ancho, pero venía visiblemente crecido a causa de las fuertes lluvias de los últimos días y pardo de lodo. Por suerte, a la orilla vivía un barquero, que los trasladó por un puñado de monedas. Dado que la balsa no era grande, tuvo que ir y volver varias veces para llevar a la otra orilla a todas las personas, animales y carros.

Entretanto, Balian hablaba con el barquero y trataba de hacer averiguaciones sobre la comarca que tenían delante. Las cosas habían ocurrido exactamente como él predijo: tan al norte, los otros apenas podían entenderse con los nativos. Balian tuvo que encargarse de todas las conversaciones con aduaneros, alguaciles y similares. Hasta entonces, Maurice no había considerado necesario darle las gracias.

—Lo que tenemos delante es el Osning, ¿no?

El barquero de rostro lleno de surcos asintió malhumorado. No era de la clase de los locuaces, había que sacárselo todo a tirones.

—Queremos seguir hacia Oldenburg y Bremen. ¿Es aconsejable pasar por Osnabrück?

—Yo daría un rodeo en torno al Osning.

—Pero eso llevará demasiado tiempo.

—Si no podéis evitar las montañas, al menos cruzadlas por Bielefeld. En ningún caso por Osnabrück.

—¿Por qué no? —preguntó Balian.

—Por Cerbero —gruñó el barquero.

Balian no estaba seguro de haber entendido bien al hombre. ¿Se refería al perro del Infierno, el guardián del inframundo de los antiguos mitos?

—¿Qué es Cerbero?

—No se habla de esas cosas. —El barquero se santiguó y se envolvió en el silencio.

En ese momento el bote tocó tierra. Mientras los otros iban a por los carros y los caballos, Balian pagó al barquero.

—¿Qué ha dicho? —preguntó Maurice, mientras se arrastraban hacia un albergue al borde del camino donde pensaban calentarse y secarse. Aunque ya no llovía, seguían teniendo la ropa húmeda y fría.

—Nos recomienda el paso de Bielefeld.

—Eso supone un rodeo de varios días.

—Pero el camino a través de Osnabrück es peligroso —dijo Balian.

—¿Por qué, qué hay allí?

—Cerbero.

—¿Cerbero? —Maurice sonrió despreciativo—. ¿Qué se supone que es eso?

—No lo sé, pero el barquero parece tenerle miedo, y deberíamos escuchar a la gente que conoce la comarca.

—Mirad a esa chusma. Un hatajo de campesinos supersticiosos. No. Ya hemos perdido bastante tiempo en Colonia, no forzaré a nuestros compañeros a dar un rodeo solo porque un viejo barquero ve fantasmas. Además, el paso de Bielefeld tiene una aduana. Iremos hacia Osnabrück —decidió el capitán, sin tolerar réplica.

Al llegar al albergue se apretujaron en torno al fuego de la chimenea. Habían colgado a secar sus ropas y mantos, y se habían envuelto en toscas mantas de lana que les había dado la posadera. Rosamund se había retirado para desvestirse a un cuarto trasero con su hermano, y no había vuelto a aparecer.

Balian daba sorbos a su cerveza, malhumorado. La muchacha llevaba evitándolo varios días. Ya ni siquiera intentaba hablar con ella, porque sabía que le daría la espalda si no le ofrecía un plan. Pero ¿cómo iba él a preservarla de su maldita boda? Todo lo que se le ocurría tenía la consecuencia de enfurecer a Meinhard y a Rufus y a toda la familia Von Hatho.

Estaba en un apuro.

Balian se tomaba la cerveza y se martirizaba el entendimiento por enésima vez. El hecho de que en ese mismo instante Rosamund estuviera sentada allí dentro, frente al fuego totalmente desnuda, según él la imaginaba, no hacía más sencillo concentrarse.

A la mañana siguiente sus ropas estaban secas. Se vistieron con premura, se fortalecieron con una papilla y recogieron sus pertenencias, que yacían dispersas por el suelo del albergue.

Uno de los criados de Maurice se agachó para coger una bolsa. Creía que era de su propiedad, pero cuando la tuvo en la mano le sorprendió el contenido y la abrió.

—Señor, mirad, esta bolsa está llena de huesos —dijo volviéndose hacia Maurice.

«No. Por favor, no», se estremeció Balian.

—¿Qué significa esto? ¿Por qué andas por ahí con unos huesos? —respondió irritado el capitán mientras se ceñía la espada.

—La bolsa no es mía. La he confundido con la mía.

—Entonces déjame en paz, y haz el favor de uncir los bueyes.

Probablemente la cosa hubiera quedado despachada con eso si Odet no hubiera entrado corriendo:

—¡Es mía! —dijo, y arrancó al otro criado la bolsa de la mano.

Maurice, Bertrandon y algunos otros se quedaron mirándolo.

—¿Qué huesos son esos? —preguntó receloso Maurice.

—Son solo un amuleto. —Odet se apresuró a guardarse la bolsa en el cinturón.

—Enséñamelos —ordenó el capitán. A regañadientes, el criado obedeció, y lanzó a Balian una mirada suplicante mientras Maurice desataba la bolsa—. Esto son huesos humanos. ¿De dónde los has sacado? ¡Responde!

Odet se volvió, y el mercader pelirrojo miró fijamente a Balian:

—¿Qué significa esto?

Entretanto, toda la comunidad les estaba escuchando, y era demasiado tarde para una excusa elegante... nadie les creería. Balian suspiró.

—Díselo, Odet.

—Son los huesos de un santo —explicó el criado en voz baja.

—¿De un santo? —Maurice frunció el ceño—. ¿Hablas en serio? ¿De qué santo?

—De san Jacques.

Un tumulto estalló en el albergue. Varios criados y mercenarios manifestaron en voz alta su consternación. Blanche y Bertrandon asediaron a Balian a preguntas, mientras Odet bajaba la cabeza.

—¿Ha robado los huesos de san Jacques? ¿Es que este tipo ha perdido el juicio? —gritó Maurice—. ¿Cuánto tiempo hace que lo sabéis?

—Me he enterado hace unos días —respondió Balian.

—¿Y no habéis considerado necesario informarnos de esta blasfemia?

—Odet no lo hizo con mala intención. —Balian intentó calmar al capitán—. Tan solo se preocupaba por nuestra seguridad, y quiso garantizarnos la intercesión de san Jacques. Devolverá los huesos en cuanto volvamos a casa.

—Así que los devolverá. —Maurice estaba pálido de ira y perplejidad—. Bueno, entonces todo está bien. Seguro que el cabildo tendrá la mayor comprensión, y en el futuro permitirá a todo el que llegue tomar las reliquias prestadas durante unos días. —A cada palabra, su voz se iba haciendo más alta, hasta que se puso a gritar—. ¿Es que no veis lo que ha hecho este idiota? ¡Ha invocado la ira de los santos sobre esta empresa!

—He hecho lo contrario... —empezó Odet, pero Balian le ordenó con un gesto que tuviera la boca cerrada.

—¡Ahora todo tiene sentido! —se indignó Maurice—. La venta obligatoria de Colonia. La mala suerte de Thomas. Mathias Overstolz y las mazmorras. ¡Los santos nos castigan, y enviarán sobre nosotros desgracia tras desgracia hasta que esos huesos vuelvan a estar en la catedral de Varennes, a la que pertenecen!

—¿No estáis exagerando un poco? —observó Bertrandon—. Apuesto a que todas esas cosas habrían ocurrido aunque él no hubiera traído los huesos.

—Que nos prendieran precisamente junto al altar de los Reyes Magos no se debió al azar —replicó Maurice—. Los santos no pueden indicarnos con mayor claridad que están furiosos con nosotros.

Varios criados y mercenarios, e incluso Godefroid, compartían esa idea, y asintieron iracundos.

—Con estas cosas no se bromea —declaró el viejo guerrero—. Tenemos que actuar enseguida. Quién sabe lo que puede pasarnos si no apaciguamos a los santos.

—Así es. —Maurice se volvió hacia Balian—. Por eso vais a dar la vuelta y a devolver las reliquias por el camino más corto.

—Os lo ruego, Maurice, no podéis hacerme eso. Sabéis cuánto dependo de este viaje.

—Dejad de mendigar. Vos habéis causado el daño, haced el favor de responder por él.

—Maurice —empezó Bertrandon, pero el capitán alzó las manos en gesto defensivo.

—Di algo de una vez —exigió Rosamund, que observaba la disputa con creciente pánico, a su hermano—. No pueden tratarle así.

—Ese asunto no nos concierne —respondió Meinhard con los brazos cruzados a la altura del pecho—. Solo su capitán tiene que decidir.

Balian recibió ayuda de alguien completamente inesperado:

—No podemos enviarlo de vuelta —dijo Raphael—. Me molesta admitirlo, pero aquí en el norte necesitamos sus conocimientos de idiomas. ¿Acaso no os lo ha demostrado los últimos días?

Pero no se podía hablar con Maurice.

—Desde el principio ha sido un error traerlo con nosotros. Intuía que iba a perjudicarnos, pero no presté atención a mi instinto, y el pobre Thomas ha tenido que pagar por ello. Soy el capitán, soy responsable de vuestro bienestar... no permitiré que por su culpa otros miembros de la comunidad sufran daño. Balian volverá hoy mismo. En lo que concierne al idioma... nos arreglaremos de una manera u otra.

Balian tragó saliva con dificultad. Maurice había tomado su decisión; ningún poder en el mundo le haría cambiarla.

—Permitid al menos que nos quedemos con vosotros hasta Bremen, para que podamos tomar un barco a Francia.

—No —declaró ásperamente Maurice.

—Pero no podéis negarle eso —dijo Bertrandon—. Y tampoco a nosotros nos conviene. Pensad lo que tardará si tiene que volver por el camino por el que hemos venido. Solo remontar los ríos lleva semanas. Si toma un barco, podrá devolver las reliquias y calmar a los santos mucho antes.

—Tened un poco de humanidad —completó Raphael.

—Está bien —dijo a regañadientes Maurice—. Pero solo hasta Bremen. Allí nos dejará. —Con estas palabras se encaminó al albergue.

Odet estaba a punto de llorar.

—¡Mi querido señor Balian, lo siento tanto! Soy un necio, un bufón, un simple idiota. Tenía que haber cuidado mejor de la bolsa...

—Cierra la boca, Odet. Simplemente cierra la boca —murmuró Balian con voz neutra, y se fue de allí.

Cuando oscureció, acamparon en un prado al borde de un pantano. Aunque la noche estaba despejada, los viajeros durmieron debajo de los carros, para el caso de que empezara de nuevo a llover.

Dos mercenarios montaban guardia y hacían las rondas. Blanche se cercioró de que Balian y Odet dormían. Cuando los mercenarios estaban justo al otro lado del campamento, hizo una seña a Raphael, cuyo carro estaba junto al suyo. Juntos se escurrieron hasta los abedules que crecían a un tiro de piedra. Se internaron en la espesura.

Raphael tomó su rostro entre las manos y la besó. Desde aquella noche en el establo eran amantes, aunque a los ojos de Balian y los demás mantenían en secreto lo que sentían el uno por el otro. Aquí una sonrisa cómplice, allá un beso a escondidas… no osaban nada más.

—Gracias por haber defendido a mi hermano —dijo Blanche—. Puedo imaginar lo que te habrá costado.

Él se forzó a una parca sonrisa.

—No lo hice por él, sino por ti.

—¿Qué haremos ahora?

—Queda un largo camino hasta Bremen. Tiempo suficiente para hacer cambiar de opinión a Maurice.

—¿Crees que se podrá hablar con él?

—Por el momento está demasiado furioso. Pero se calmará.

Blanche apoyó la cabeza en su pecho. Después de la emoción de las últimas horas, sentaba bien tener a alguien que la estrechara entre sus brazos y le diera consuelo. Si no hubieran tenido que ocultar sus sentimientos… Eso lo hacía todo más difícil.

—Tú y Balian —lo miró—, ¿crees que algún día lograréis entenderos?

—Bueno. Me ha amenazado con matarme. Es un mal principio para una amistad.

—Tú tampoco se lo pusiste fácil en el pasado.

Raphael no dijo nada, pero ella pudo sentir que se ponía tenso.

—¿No puedes intentar ser más amable con él? ¿Al menos un poquito?

Otra vez esa parca sonrisa.

—Sabes, ser amable no es precisamente mi punto fuerte.

—Pero conmigo lo eres —dijo Blanche.

—Eso es diferente.

—Por favor, Raphael. Hazlo por mí. Facilitaría tanto las cosas. Basta con que no te burles de él a cada paso.

—Tienes que admitir que provoca…

Ella le dio un golpe en el pecho.

—Deja de hablar así de él. Es mi hermano, y le quiero. Aunque a veces lo estrangularía.

—Está bien, está bien. Haré lo que pueda. Pero me va a costar. Sé indulgente si no puedo cerrar la boca siempre.

—Gracias. Lo aprecio. —Volvió a apoyar la mejilla en su pecho y él le acarició el pelo.

—Pero deberías decirle que no es buena idea coquetear con Rosamund —dijo Raphael al cabo de un rato.

—Oh, ya lo he hecho. Varias veces.

—¿Y qué dice él?

—No preguntes.

—Bueno, puedo entenderle. —Su voz tenía ese matiz oculto—. Esa chica tiene realmente dos pechos sin parangón…

Esta vez le pegó con más fuerza.

16

La caravana avanzaba lentamente por el estrecho sendero. Espesos zarzales y monte bajo se acumulaban a ambos lados, entreverados de gibosas rocas de piedra arenisca. Las ramas de las hayas y las encinas eran tan bajas que rozaban los toneles apilados en los carros y obligaban a bajar la cabeza a los mercaderes. Aquí y allá el sol brillaba entre las copas de los árboles y lo bañaba todo en una penumbra verde.

Se encontraban en el Osning, la cordillera que separa la región de Münster de los territorios del norte. Las montañas no eran muy altas pero sí boscosas, y estaban llenas de barrancos. A Balian el camino le pareció aún más bacheado que la senda de carros de la llanura; porque bloques de piedra y raíces altas dificultaban su avance. Empinados terraplenes, ocultos en la espesura, desembocaban en profundos barrancos, y había que prestar atención constante a dónde se ponían los pies. En esas circunstancias, apenas cubrían más de una o dos millas diarias. Según sus mapas, regía esa comarca el obispo de Osnabrück, pero el dignatario eclesiástico no parecía tomarse especialmente en serio sus obligaciones como gobernante: hacía mucho que nadie rellenaba los socavones ni podaba la maleza que llenaba los bordes de los caminos. Tampoco había jinetes armados protegiendo los desfiladeros. Los rodeaba un bosque salvaje, oscuro, desierto.

En aquel momento, Blanche iba en el pescante y guiaba a los bueyes. Balian caminaba junto a ella, perdido en sus pensamientos. Odet trotaba al otro lado del sendero, con cara de perro apaleado.

Balian no tenía esperanzas de hacer cambiar de opinión a Maurice. El capitán estaba tan furioso que, sencillamente, se negaba a hablar con él. Pero Balian no estaba dispuesto a someterse sin queja a su destino. Había hecho una promesa a su abuela... y la mantendría a toda costa. Pero ¿qué posibilidades le quedaban? Consideraba la idea de seguir solo desde Bremen hasta Gotland. Pero eso era muy arriesgado, sin compañeros y sin escolta. Blanche, Odet y él serían presa fácil para salteadores y aduaneros codiciosos.

Para colmo de males, Rosamund estaba furiosa con él. En un momento en que no los estaban observando, él le había asegurado que a pesar de todo intentaría salvarla del odiado matrimonio. Pero ella no le creía, y se sentía dejada en la estacada. La joven tenía en verdad talento para crear mala conciencia en un hombre, eso había que admitirlo.

De pronto los carros que iban delante se detuvieron.

—¿Qué pasa? —preguntó Blanche.

Balian estiró la cabeza. Como no pudo ver nada, se dirigió a Maurice y Bertrandon, que habían bajado de sus carros.

Delante de ellos, el camino se perdía en la espesura. Además, una tormenta había derribado ramas que se habían engarzado en el monte bajo, de manera que ya no era posible distinguir si la senda seguía por la cresta del monte o descendía por la empinada ladera. No era la primera vez que llegaban a un punto como ese. De hecho, hacía un rato que Balian se preguntaba si seguían el camino correcto.

Godefroid estaba junto a los mercaderes.

—Yo digo que tenemos que ir hacia el este. Si continuamos en esta dirección, dejaremos de lado Osnabrück.

—¿Tenemos que bajar? —repuso Maurice—. No lo conseguiremos con los carros. Es demasiado empinado.

—¿Es este el paso correcto del Osning? —Con el ceño fruncido, Bertrandon estudió el pergamino que tenía en las manos—. Este mapa es bastante impreciso. ¿No tenemos otro mejor?

—Echaré un vistazo. —Godefroid iba hacia el carro cuando se oyó un siseo. Se detuvo abruptamente.

Una flecha emplumada había atravesado su cuello y salía por el otro lado. Godefroid aferró el astil con una mano y abrió la boca. Brotó un torrente de sangre antes de que el viejo guerrero se desplomara sin hacer ruido.

Maurice y Bertrandon se quedaron mirándolo con los ojos muy abiertos. Balian fue el primero en recobrar el sentido.

—¡Poneos a cubierto! —rugió—. ¡Todos los que no vayan armados, debajo de los carros!

En ese mismo momento estalló el caos. Flechas y dardos de ballesta zumbaban por el aire como avispas enfurecidas. Un criado de Bertrandon fue alcanzado en el ojo y cayó muerto antes de que su cuerpo golpeara el suelo. Un mercenario recibió dos flechas en el estómago y se desplomó. Los demás desenvainaron sus armas y miraron agitados a su alrededor. Criados y mercaderes corrían gritando en confusión.

Balian desenvainó la espada y distinguió a varios arqueros entre los árboles. Otras figuras bajaban por la ladera, se veían brillar cascos y hojas de hacha.

Tenían que defenderse, organizarse en torno a los carros y rechazar a los agresores. Pero a causa de la abrupta muerte de Godefroid, no había nadie que diera las órdenes necesarias. Balian comprendió que tenía que actuar.

—¡Bertrandon y Maurice, sacad las espadas y aguantad de pie, maldita sea! —gritó—. Meinhard, Wolbero, Raphael... ¡conmigo! Los demás, quedaos en los carros si no queréis que os maten. ¡Luchad!

No era capaz de decir cuántos eran los asaltantes, veinte, treinta, quizá más. Le daba la impresión de que venían por todas partes. Eran hombres flacos y sucios, algunos tenían quemaduras en las mejillas y en la frente. Pero, para ser proscritos, iban muy bien armados. Casi todos llevaban un gambesón, un casco y un escudo, y esgrimían una afilada espada o una mortal hacha de guerra.

«Son guerreros... ¡auténticos soldados!», pensó con espanto.

Uno de los salteadores se lanzó hacia él enseñando los dientes. Balian paró el hachazo con la espada, dio al hombre una patada en la boca del estómago y le abrió la garganta con un mandoble de costado. Hacía tiempo que no luchaba en un combate a vida o muerte. Pero apenas sintió la sangre del adversario en su rostro, todo volvió a estar allí... la experiencia, los reflejos, la concentración. La espada parecía formar parte de su brazo, y se entregó por entero a su instinto.

Meinhard acudió galopando en su caballo, abatió a un agresor, agitó la espada y partió el cráneo a otro desde atrás. Wolbero, que le seguía a la carrera, sostenía la lanza con ambas manos y se la clavó a un enemigo en el pecho con un rugido. En ese mismo instante Balian hizo retroceder a un proscrito y lo hirió gravemente en la pierna, haciéndolo rodar ladera abajo. Eso le dio un breve respiro, en el que buscó con la mirada a su hermana. Vio a Raphael, que había reunido a su alrededor a sus criados y a dos mercenarios y defendía su carro, de pie en el pescante con las piernas abiertas y haciendo el molinillo con la espada. Por un lateral, Mordred salió corriendo y atacó a un adversario. Blanche en cambio no aparecía por ninguna parte, y Rosamund tampoco. ¿Le habían oído y buscado refugio debajo de los carros? «Arcángeles, asistidlas», rezó, porque no veía ninguna posibilidad de abrirse paso hasta allí en medio del tumulto.

Otro adversario, experimentado esta vez. El barbudo guerrero con el rostro lleno de cicatrices ofreció un duro combate a Balian, y lo habría arrinconado si Bertrandon no hubiera acudido en su ayuda. El mercader logró de alguna manera situarse a la espalda del proscrito y le clavó la espada entre los omóplatos.

Entretanto, Meinhard y Wolbero se abrían paso entre los enemigos como dos diablos. Invocaban a san Jorge, y un salteador tras otro caían víctimas de sus mortales armas o eran pisoteados por los cascos herrados del caballo. Balian dio gracias a Dios por tener consigo dos combatientes tan capaces, porque los mercenarios sin jefe y los atemorizados criados estaban obteniendo todo lo contrario a un buen resultado. Hasta donde Balian podía ver en medio de la confusión, algunos ya habían caído o se retorcían en el suelo con terribles heridas.

Tan solo Odet se batía con bravura; su aspecto rechoncho y su carácter amable engañaban acerca de su marcado espíritu de lucha, que le hacía olvidar todo temor en caso de peligro. Resoplando, dando la espalda al carro de Balian, esgrimía un pesado garrote con ambas manos y golpeaba a cualquiera que se acercara al vehículo.

Entonces Balian oyó gritar a Meinhard. Un dardo de ballesta lo había alcanzado en el hombro, el del brazo que sostenía la espada; la fuerza del impacto casi le hizo caer de la silla. *Martillo de enemigos* escapó de su mano y a Wolbero le costó trabajo rechazar a los agresores, que querían aprovecharse de la debilidad de Meinhard para matarlo.

Balian apretó los dientes. Acababan de perder a su mejor combatiente. Ahora iban a necesitar un milagro para salir ilesos de aquella carnicería.

Un cuerno resonó en las cercanías, la señal retumbó en el bosque y se impuso a los gritos. Los agresores se retiraron a toda prisa ladera arriba. Maurice alcanzó por detrás a uno con la espada y, en su furia, le golpeó una y otra vez, aunque hacía mucho que el hombre estaba muerto.

—¡Huyen! —gritó alguien—. ¡Hemos vencido!

Pero Balian no estaba tan seguro. A cincuenta brazas de ellos, descubrió a un jinete en una cima, un caballero con cota de malla y yelmo de cimera, que sostenía una lanza en la mano enguantada. Llevaba la visera baja, así que Balian no podía distinguir su rostro. Pero sí vio su escudo y las armas que llevaba en él: representaban a un gigantesco perro negro con las fauces abiertas y los ojos ardientes. Una bestia del infierno.

«¡Cerbero!», se le pasó por la cabeza.

El caballero reunió a su alrededor a los hombres que le quedaban y ladró órdenes. Del monte bajo salieron refuerzos, de forma que la tropa pronto volvió a ser tan grande como antes del ataque, aunque Balian y sus compañeros habían matado o herido gravemente a diez o más proscritos.

—No huyen… se reagrupan para el golpe aniquilador —dijo Balian a los otros. Miró a su alrededor. El sendero era una imagen del horror. Había muertos en el suelo, atravesados por flechas, con los cuerpos rajados y los miembros cortados. Apestaba a sangre y a vientres abiertos. Los heridos gimoteaban. Tragó saliva—: No resistiremos otro ataque. Tenemos que escondernos.

—¡Pero los carros! ¡La mercancía! —empezó Maurice.

—¡Al infierno con la mercancía! ¿De qué nos servirán todas esas balas de paño si nos matan? Nos retiramos al bosque —ordenó Balian, con tal decisión que Maurice no osó contradecirle—. El que no esté herido, que sostenga a uno.

Luego corrió hacia su carro. Enseguida salieron de debajo Blanche, Rosamund y Nicasius. Para su alivio, se encontraban bien.

—¡Balian! —Su hermana se le lanzó al cuello.

—¡He cuidado bien de ella, señor! —anunció Odet, cuyo garrote tenía pegada sangre y cabellos—. ¡No he dejado acercarse a nadie!

—Bien hecho, viejo amigo. —Balian se volvió hacia los que le rodeaban—. Seguro que vuelven a atacarnos pronto. Nos retiramos al bosque. ¡Apresuraos!

Raphael saltó del carro con la espada en la mano. Había perdido a ambos mercenarios y a un criado, pero él estaba ileso. Balian se dio cuenta de que el mercader de negros cabellos y Blanche se sonrieron antes de que él llamara a Mordred y ayudara a levantarse a un criado herido. Daba igual. En ese momento tenía, en verdad, otras preocupaciones.

También Meinhard estaba incorporándose, y se apoyaba con la mano izquierda en *Martillo de enemigos*. Su rostro estaba desfigurado por el dolor. De su hombro sobresalía el dardo.

—¿Podéis luchar aún? —preguntó Balian. Casi esperaba que el fanfarrón caballero quitara importancia a la gravedad de la herida. Pero Meinhard parecía valorarla correctamente.

—Se me está quedando rígido el brazo de la espada —explicó—. Es mejor que no contéis conmigo.

—¿Y tú, Wolbero?

—Yo estoy bien —respondió el escudero, que llevaba de las riendas el corcel de batalla.

—¿Dónde está el percherón?

—Ni idea. Ha tenido que salir corriendo cuando Rosamund se escondió debajo del carro.

Balian miró hacia los proscritos. Justo en ese momento Cerbero espoleaba a su caballo y descendía lentamente la ladera hacia ellos. La punta de la lanza atrapó un extraviado rayo de sol y brilló fríamente. Sus guerreros le siguieron con las armas desenvainadas. Los arqueros se situaron en la cima de la colina.

—¡Tras de mí! —gritó Balian agitando su espada.

Apenas habían llegado a la maleza cuando las primeras flechas empezaron a zumbar en el aire.

Corrieron por la cresta de la colina, acosados por Cerbero y sus perros. El caballero sin rostro —«¿Quién puede ser?», se preguntaba Balian— no había reunido ni con mucho a todos los guerreros a su alrededor. Cerca de la mitad de los proscritos se habían quedado atrás, probablemente para saquear los carros, al fin y al cabo la caravana abandonada prometía un rico botín. Pero incluso quince perseguidores representaban un peligro mortal, porque los loreneses habían perdido a casi todos los mercenarios y un tercio de los criados. Otro tercio estaban heridos, y apenas podrían ser de utilidad en un combate.

«Mira a la verdad a la cara», se dijo Balian, mientras remontaba la ladera y se agachaba para pasar por debajo de una rama. «Si hay que pelear, nos tocará a Wolbero, al mercenario que queda y a mí defender al grupo.» Raphael y los otros eran sin duda valientes, pero ninguno de ellos podía vérselas, a la larga, con guerreros instruidos en la lucha. Debían dar gracias por haber salido vivos de la matanza en el sendero, con tan solo algunas magulladuras, probablemente porque los agresores habían respetado a los mercaderes para tomarlos presos y pedir un elevado rescate a sus familias. Solo así se podía explicar que hasta ese momento los salteadores solo hubieran matado mercenarios y criados.

«Si por lo menos fuéramos más deprisa.» Pero los muchos heridos los retrasaban, mientras la horda enemiga se acercaba cada vez más. Entretanto, Cerbero solo estaba a un tiro de piedra de ellos. En más de una ocasión, Balian estuvo a punto de ser alcanzado por una flecha que falló por los pelos. Uno de los criados de Maurice no tuvo tanta suerte: un dardo le atravesó la nuca; cayó cuan largo era en la hojarasca en descomposición y ya no se movió.

Balian no habría sabido decir cuánto tiempo corrieron por el bosque. Una hora, quizá más. Los heridos gemían, y empezaban ya a abandonarles las fuerzas. El padre Nicasius resoplaba jadeante y tenía la cabeza roja como un tomate. Rosamund, que no estaba acostumbrada a los esfuerzos físicos, se detuvo en algún momento; su rostro ardía.

—¡Vamos! —le increpó Blanche.

—¡No puedo más!

—¿Sabéis lo que harán con vos si nos alcanzan? Si queréis presentaros doncella ante el altar, deberíais mover vuestras ilustres posaderas.

Blanche siguió adelante sin compasión.

—No temáis, yo os protegeré —prometió Balian a la damisela—. Mientras yo esté aquí, nadie os tocará un pelo.

Ella no dijo nada, pero en su rostro se reflejaban el espanto y la desesperación. Cuando él le tomó la mano, ella encontró un último resto de fuerzas y se puso en movimiento respirando pesadamente.

La pendiente descendía a pico, lograron llegar abajo más bien patinando y resbalando que caminando. Ante ellos se extendía un barranco cubierto de helechos, bordeado de rocas altas.

Cerbero había llegado a la cumbre, a menos de veinte brazas por detrás de ellos. Levantó su lanza, su voz atronó sorda desde dentro del yelmo. Los perros del infierno se arremolinaron en torno a él y entonaron un furioso alarido.

—Allí, apresuraos. —Balian señaló el barranco con la punta de la espada—. Los contendremos a la entrada. Eso nos dará un poco de tiempo.

—Pero estaremos atrapados —objetó el padre Nicasius.

—Hay salida por el otro lado, lo he visto desde arriba. ¡Vamos!

Balian reunió a su alrededor a Wolbero, el mercenario, los otros mercaderes y los criados ilesos; con las armas prestas, se ocultaron en la espesura, mientras el resto del grupo huía adentrándose en el barranco. El padre Nicasius se llevó el corcel de batalla, porque en aquel terreno intransitable no iba a serles de utilidad.

Mordred gruñía a los enemigos que se aproximaban. Meinhard sostenía a *Martillo de enemigos* en la mano izquierda; su brazo derecho colgaba fláccido. Entretanto el dardo se había partido, solamente la punta seguía clavada en la herida.

—Estáis demasiado débil para combatir —dijo Balian—. Es mejor que os quedéis con vuestra hermana y con el sacerdote.

—Si nos desbordan, no podré salvar a Rosamund —gruñó el caballero, que sufría visiblemente la pérdida de sangre—. Así que bien puedo quedarme aquí y luchar hasta el fin de mis fuerzas.

En ese momento, los perros infernales atacaron. Se lanzaron rugiendo hacia el barranco.

—¡Matad a tantos como podáis! —arengó Balian a sus compañeros antes de que las armas entrechocaran con estrépito.

El combate iniciado en ese momento fue mucho más terrible que la lucha librada junto a los carros. Ni perseguidores ni perseguidos dieron espacio a la clemencia. Balian cruzó el rostro de un enemigo con la espada, la sangre le salpicó los ojos. Junto a él cayó un criado al que una lanza había atravesado el cuello. Raphael, Maurice, Bertrandon y Odet lucharon con el valor de la desesperación, pero solo con el mayor esfuerzo consiguieron defenderse de los experimentados guerreros. Bertrandon fue duramente acosado por un proscrito que agitaba una maza de hierro. Recibió un golpe en la sien y se desplomó en tierra. «¡Bertrandon no!», pensó Balian con un estremecimiento, pero no había tiempo para lamentaciones. Tenía que luchar por su propia vida. Su espada se alzaba y descendía como un hacha de carnicero, rajaba carne, seccionaba huesos.

—¡San Jorge, sé mi escudo! —tronó Meinhard. Aunque combatía con la mano izquierda, de hecho logró matar a un proscrito. Golpeando furiosamente a su alrededor, se abrió paso entre los agresores. Al parecer, aquel loco quería desafiar a un combate singular a Cerbero, que hasta entonces no había intervenido en la pelea.

—¡Meinhard, no! —gritó Balian, pero ya era demasiado tarde. Dos ladrones se lanzaron sobre el caballero y lo derribaron en tierra. Balian alcanzó a ver que Wolbero corría en ayuda de su señor antes de tener que defenderse él mismo de otro ataque.

El resto de la pelea le pareció una pesadilla de sangre, muerte y gritos. El acero entrechocaba haciendo saltar chispas, los hombres morían… y, de pronto, los perros del infierno retrocedieron. Los compañeros habían matado a muchos. Cerbero llamó a los otros a reunirse con él y desapareció al otro lado de la colina. Mordred fue tras ellos; la bestia alcanzó en la pantorrilla al más lento de los ladrones, lo arrastró hasta los matorrales y le desgarró la garganta.

Aun así, nadie estaba de humor para celebraciones, porque también la comunidad había pagado un alto tributo de sangre. Su último mercenario yacía muerto en el barranco, igual que otros dos criados. Balian envainó su espada y corrió hacia Bertrandon. Cuando comprobó que su amigo no había caído en la batalla, estuvo a punto de llorar de alivio.

El mercader se incorporó, aturdido:

—Por Dios, ha sido un buen golpe —murmuró, y se llevó la mano a la sien, que le sangraba.

—Vamos a buscar un escondite. Allí nos cuidaremos de la herida —prometió Balian, mientras le ayudaba a levantarse.

Wolbero, que sostenía a su señor, se unió a ellos. En contra de lo esperado, también Meinhard había sobrevivido a la matanza. Su túnica estaba rajada, por lo que probablemente la cota de malla le había salvado de un golpe mortal. Pero había recibido otra herida en la pierna; ya no parecía poder pisar con ella.

—¡Eso ha sido una necedad! —le increpó Balian—. Habrían podido mataros.

—He estado a punto de alcanzar a ese falso caballero —respondió testarudo Meinhard.

Irguieron la cabeza al oír gritos procedentes del bosque.

—Esto aún no ha terminado —observó Raphael.

Balian asintió.

—Vamos a ver si encontramos a los otros.

—Toda la mercancía... todo perdido... ¡estoy arruinado! —se lamentó Maurice mientras corría por la espesura.

Encontraron a los otros a la salida del barranco. Aunque no pocos de ellos estaban mortalmente agotados, Balian no les concedió descanso porque sospechaba que Cerbero iba a reemprender la persecución. Dado que Meinhard ya no podía cabalgar, cedió el caballo de batalla a Wolbero, que hizo montar a Rosamund delante de él. De ese modo descendieron hacia el valle, con la esperanza de encontrar allí una cueva u otro escondite.

El crepúsculo declinaba y el bosque rápidamente oscureció. Las sombras se apiñaban en el monte bajo, de manera que Balian ya no podía ver a sus perseguidores. Pero sus gritos y ruidos revelaban que no estaban lejos.

«Necesitamos urgentemente un escondrijo, o quedaremos al descubierto», pensó desesperado.

—¡Mirad... ahí arriba! —dijo Blanche poco después. Señalaba una silueta en la cima de la colina, una estructura dentada que se recortaba, negra, contra el cielo. Una ruina.

Balian dio gracias a Dios y a todos los santos.

—Allí nos atrincheraremos. ¡Venid!

Los compañeros emplearon sus últimas fuerzas en seguirle ladera arriba. Allí les esperaba un claro rodeado de nudosas encinas en el que se alzaba una vieja torre. Quizá el resto de un castillo derruido hacía mucho tiempo, porque elevaciones en el terreno y montones de escombros apuntaban a que por allí habían discurrido muros alguna vez. De la torre misma no quedaba más que el piso más bajo. Era redondo, la escalera estaba desmoronada. Los peldaños sueltos que quedaban sobresalían del muro como dientes podridos.

Balian apartó unos helechos para pasar por la única entrada. Piedras y vigas se acumulaban en el interior, ya no había tejado. Pero, lo que era más importante: la torre ofrecía espacio suficiente a su grupo, los muros eran firmes y la estrecha entrada, fácil de defender.

Rápidamente hizo entrar a todos. Una vez dentro, más de uno se desplomó, totalmente agotado, jurando que no iba a levantarse nunca más. Wolbero llevó el corcel al fondo y lo ató a una oxidada argolla en la pared. Balian los llamó a él y a Odet.

—Ayudadme con las vigas.

Los tres hombres empujaron viejísimas vigas y las encajaron entre sí de tal modo que obstruían la entrada. Aunque la madera estaba podrida y astillada, contendría durante un tiempo a eventuales intrusos.

Balian observó el claro, mientras Blanche y el padre Nicasius se ocupaban de los heridos.

No pasó mucho tiempo hasta que aparecieron Cerbero y los perros infernales.

Por la visera del yelmo, Cerbero observaba las ruinas en el claro. Así que allí se habían escondido aquellos ricachones.

—Rodead la torre y no dejéis escapar a nadie —ordenó, y sus guerreros se dispersaron.

Una vez que los hombres llevaron los carros a su escondite, habían vuelto para reforzar la tropa. Aun así, el grupo había perdido mucho de su fuerza con las bajas de las primeras horas. Los ricachones sabían pelear, había que admitirlo. Cerbero no contaba con tanta resistencia en el primer asalto a la caravana. Normalmente, los mercaderes corrían como conejos cuando brillaban las espadas. Estos no. Los dirigía un hombre con adiestramiento militar, eso estaba claro. Pero eso no iba a salvarlos. Cerbero iba a aniquilarlos, mataría a cada uno de ellos y se llevaría a la cama a sus mujeres. Habían osado hacerle frente, y ahora iban a pagar por ello. Él era el señor del Osning... en aquellas colinas, solo él decidía sobre la vida y la muerte.

La furia se apoderaba de Cerbero cuando pensaba que quince de sus hombres yacían muertos en el bosque. Otros cinco estaban tan gravemente heridos que no pasarían de aquella noche. Pensó en su venganza. Colgaría los cadáveres de aquellos mercaderes en los árboles, en todos los caminos y desfiladeros, para que los viajeros vieran lo que ocurría cuando se excitaba la furia de Cerbero.

Descabalgó. Uno de los hombres encendió un fuego, los perros del infierno prendieron antorchas. Pronto, todo el claro estuvo bañado por la luz de las llamas. Largas sombras bailaban temblorosas, como los espíritus de almas condenadas.

Cerbero se quitó el yelmo, se sentó junto al fuego y esperó.

—¿Por qué no atacan? —Maurice se asomó por la entrada bloqueada y observó a los proscritos, que caminaban por el claro con antorchas en las manos.

—Les saldría demasiado caro —respondió Balian—. Podríamos defender fácilmente la torre. Esperan a que salgamos.

Cerbero llevaba horas asediándolos. Hacía mucho que era noche cerrada, y los compañeros estaban sentados en la oscuridad porque no había nada con lo que hacer fuego. Blanche, que entendía algo de sanar, había vendado a los heridos con túnicas rasgadas. En cambio, no podía hacer gran cosa por Meinhard, porque en la oscuridad no se atrevía a quitarle el dardo del hombro.

—Entonces ya pueden esperar —dijo Bertrandon, que por suerte se había recuperado con rapidez del golpe en la cabeza—. Nos quedaremos aquí hasta que esos tipos hayan desaparecido.

—¿Sin agua? ¿Sin víveres? —respondió Balian en voz baja—. Meinhard no aguantará mucho tiempo. Si no lo llevamos pronto a un médico que limpie sus heridas morirá. Tenemos que actuar.

—¿Cómo? —preguntó Maurice en tono desabrido—. Estamos atrapados aquí.

Su deber como capitán tendría que haber sido insuflar valor a los otros y buscar una escapatoria. En cambio, prefería lamentarse sin parar. Balian lo ignoró y llamó a su lado a Raphael, Odet y Wolbero.

—Solamente tendremos una oportunidad si logramos matar a su jefe —dijo a los hombres.

—¿Queréis vencer a Cerbero? —preguntó Bertrandon—. ¿Os creéis capaz?

—Tengo que intentarlo. No tenemos otra elección.

—Ese hombre es un caballero experimentado en combate —dijo Meinhard—. Puede que seáis un buen luchador con la espada, pero no estáis a la altura de un guerrero como él.

—Eso es cierto —admitió Balian—. Por eso no voy a atacarle solo. Wolbero, ¿me ayudarás?

—Claro. —El escudero asintió.

—Cortar la cabeza a la serpiente es sin duda un buen comienzo —apuntó Raphael—. Pero ¿qué pasa con los otros proscritos? Dudo que huyan cuando Cerbero haya muerto. Querrán nuestra sangre.

—No, si procedemos de la siguiente manera. —Balian expuso su plan.

—Es peligroso, sobre todo para vos y para Wolbero —dijo Bertrandon—. Pero podría funcionar.

—Así que estáis de acuerdo.

—No tenemos nada que perder. —Raphael y los otros asintieron.

Meinhard era el único que no estaba feliz con sus intenciones:

—Es una emboscada traicionera, injustificable incluso tratándose de proscritos. Prefiero una muerte de caballero antes que ensuciar mi honor de ese modo.

—No seas necio, hermano —dijo Rosamund.

—Podéis gustosamente morir de esa muerte heroica —dijo Raphael con tono incisivo—. Coged a *Martillo de enemigos* y cojead al encuentro de Cerbero... nadie os lo impedirá. Pero los demás queremos vivir un poco más. Así que quedaos tranquilo y dejadnos hacer.

—Ven —dijo Balian a Wolbero, pero el escudero titubeó. Balian intuyó lo que estaba pensando—. Lo que dice Meinhard es absurdo. Con nuestra treta podemos salvar las vidas de todos. ¿Qué puede tener eso de deshonroso?

Wolbero se volvió hacia su señor.

—¿Me está permitido?

—Haz lo que quieras —soltó Meinhard.

El escudero apretó los dientes y asintió a Balian. Los dos hombres fueron hasta el punto en el que la desmoronada pared de la torre tenía solo braza y media de altura. Dado que allí se habían amontonado muchos escombros, era fácil trepar hasta la cima del muro.

—La lanza, Wolbero.

El escudero empuñó el arma, y se colocaron en posición.

Entonces entró en escena Raphael.

El mercader de negros cabellos se puso a la entrada y empezó a gritar. Gritó a los perros infernales los peores insultos, explotando al máximo su talento para la burla cruel. Suponía que los proscritos no entenderían bien su alemán pero, como además subrayaba los burdos apelativos con gráficos ademanes, no podía haber duda de su significado. Para terminar, incluso se levantó las vestiduras, mostró los genitales y se entregó a comentarios acerca del escaso tamaño de los del enemigo.

Lo cual tuvo el efecto deseado. Los perros infernales entonaron un furioso alarido y se lanzaron hacia la entrada con las armas desenvainadas. Enseguida los mercaderes y Odet empuñaron sus lanzas, las clavaron entre las vigas cruzadas y trataron de impedir a los agresores que rompieran la barricada.

Balian besó su talismán, se asomó a lo alto del muro y miró hacia fuera. El claro estaba oscuro delante de él. Todos los perros del infierno habían corrido hacia la entrada. Rápidamente dejó caer la lanza, Wolbero y él treparon a la cima del muro, saltaron y fueron a parar a la blanda hierba.

El camino estaba despejado y se internaron entre los matorrales. El fuego junto al que se había sentado Cerbero estaba a un tiro de piedra. En ese momento el caballero se había puesto en pie y gritaba:

—¡Volved! ¡Volved a vuestros puestos, idiotas!

Pasó un rato antes de que la furia de los perros infernales se calmara y obedecieran a su señor.

Entretanto, Balian y Wolbero se acercaron a Cerbero.

«Va a ser una noche larga», pensó cansado el salteador, de pie en el claro observando la torre, con una antorcha en la mano. Él y muchos de sus compañeros estaban agotados de la persecución por el bosque, pero su señor no les daba tregua para el sueño. Su orden era vigilar la ruina y abatir a esos ricachones en cuanto osaran salir. Los perros del infierno obedecían sin rechistar, porque Cerbero era un señor duro, que no toleraba rebeldía alguna. Se le había metido en la cabeza aniquilar a esos mercaderes... así que asediarían la torre hasta haber alcanzado su objetivo, aunque tardaran días.

Tanto más sorprendidos se quedaron los hombres cuando Cerbero apareció de pronto en el claro y dio la orden de retirada.

—¡Ya basta! —atronó su voz desde el yelmo—. Regresamos.

Los perros infernales se extrañaron, pero ninguno hizo preguntas. Todos estaban contentos de regresar por fin a casa. Habían conseguido lo que querían: carros llenos de riquezas. Ahora deseaban refocilarse con los tesoros y destapar los toneles de vino robados.

La tropa se puso rápidamente en marcha. En contra de su costumbre, Cerbero no iba delante sino que les seguía como un pastor a su rebaño. Su camino les llevó por espesos bosques y sombríos barrancos, hasta que por fin alcanzaron su cueva al amanecer. Una ancha garganta se abría en la roca. Los hombres entraron en ella agotados, dejaron armaduras y armas y avivaron el fuego.

—¡Celebremos! —gritó Cerbero—. ¡Bebamos por los compañeros caídos!

Algo no encajaba, pensó más de uno de los salteadores. Hacía pocas horas su señor aún estaba rabioso de ira... ¿a qué venía de pronto esa alegría? Y nunca los había llamado «compañeros», en todo caso «perros», «ratas» o «chusma piojosa».

Pero aquello no les preocupó mucho tiempo. ¿Que celebraran? ¡No iban a tener que decírselo dos veces! Bajaron los toneles de los carros y los destaparon, y pronto el vino corrió a chorros. Los perros del infierno estaban sedientos, y bebieron como si no hubiera un mañana. Tenían el horror de los combates metido en los huesos, más de uno había perdido en los bosques a un buen amigo, así que buscaron consuelo en los dulces brazos del olvido.

A nadie le llamó la atención que Cerbero tan solo se sentara y no bebiera con ellos.

Pocas horas después, los proscritos estaban por fin tan borrachos que dormitaban sentados o yacían en el suelo balbuceando.

El sol ya estaba alto en el cielo, un triángulo dentado de luz caía por la abertura entre las rocas. Cerbero se levantó y fue hacia los guardias que habían tomado posición a la entrada. Los dos hombres también habían bebido, pero no tanto como sus compañeros de la cueva.

—¿No queréis quitaros el yelmo, señor? —preguntó uno de los guerreros—. Os vais a asfixiar.

—Tienes razón. Ya es suficiente. —Cerbero les dio la espalda e hizo como si forcejeara con su yelmo. En ese instante, con un único movimiento, desenvainó la espada y la hizo girar. Al primer guardián le abrió el torso desde el hombro hasta el ombligo. El segundo se quedó mirándolo, estupefacto, e iba a echar mano a su hacha cuando Cerbero le clavó la espada en el cuello.

Balian se quitó el yelmo y contempló los dos cadáveres, respirando pesadamente; el sudor le caía a chorros por el rostro. Escupió, escondió a los muertos en la espesura y corrió hacia el corcel atado abajo, entre los árboles.

Regresó junto a sus compañeros como alma que lleva el diablo.

A primera hora de la tarde, la comunidad se reunió junto a la cueva. Balian, que seguía llevando la armadura y la túnica de Cerbero, se puso el yelmo y entró.

—Están durmiendo la mona —dijo poco después a los otros—. Rápido, saquemos nuestras mercancías y larguémonos de aquí.

Los mercaderes, Wolbero y los criados entraron en la cueva con las armas en la mano. La mayoría de los perros infernales estaban inconscientes a causa del desmesurado consumo de vino y roncaban ruidosamente, pero si alguno se movía no tenían piedad. Espadas y hachas descendían y enviaban al infierno la negra alma del salteador.

Los proscritos no habían terminado de meter en la cueva todas las mercancías, así que no tardaron mucho en cargar los toneles y las cajas. En última instancia, solo habían pagado el asalto dos toneles de vino. A cambio, encontraron en la cueva un montón de balas de paño, al parecer botín de una anterior rapiña, que los compensaba de sobra por sus pérdidas. También el percherón de Meinhard estaba allí; los perros infernales debían de haberlo atrapado en el bosque. Wolbero sacó con cautela al animal.

Poco después los bueyes estaban uncidos. Los fustigaron con dureza y fueron por el camino más rápido hasta las ruinas de la torre, donde los otros los esperaban.

Blanche corrió hacia ellos.

—¡Lo habéis conseguido! —gritó lanzándose al cuello de Balian.

—¡Por Dios y por todos los arcángeles! —dijo Bertrandon—. No hubiera pensado que saldríamos vivos de esta. Pero Balian incluso ha logrado recuperar nuestra mercancía. ¡Viva nuestro salvador!

Los compañeros respondieron al grito. El único que no lo hizo fue Maurice, y el entusiasmo de Raphael fue más bien contenido. A cambio, Rosamund se comía con los ojos a Balian. «Mi héroe», decía su lánguida mirada.

—¡A Osnabrück! —gritó Balian, y la comunidad volvió a corear.

Mientras Wolbero y Odet subían a Meinhard a uno de los carros, el noble miraba con desaprobación a Balian.

—¿Vais a conservar esa armadura?

—No os preocupéis, no osaré vestirme como un caballero —respondió Balian con una fina sonrisa—. Vuestro escudero es quien debe tenerla, igual que el caballo de batalla y las armas de Cerbero. Al fin y al cabo, fue él quien lo mató.

Meinhard frunció el ceño.

—¿Wolbero mató a Cerbero?

—En efecto. Ha demostrado ser un guerrero valiente y circunspecto. —A Balian no se le escapó que Wolbero crecía dos pulgadas al oír sus palabras—. Así que en el futuro tratadlo con decoro y dejad de llamarle necio. Le debéis vuestra vida.

—Aun así, todavía le queda mucho que aprender —gruñó Meinhard.

—Todavía no nos habéis contado cómo fue todo —dijo Bertrandon—. Me refiero al ataque a Cerbero.

—Tuvimos mucha suerte —confesó Balian—. Cuando los proscritos se distrajeron, nos acercamos a él y nos escondimos entre los arbustos. En ese momento estaba gritando a sus hombres, así que no vio a Wolbero, que se acercaba por detrás a él. Le clavó la lanza en la nuca: estaba muerto antes de darse cuenta de lo que pasaba.

—¿Un ataque a traición? —gruñó Meinhard desde el carro—. ¿No hubo combate singular? ¿Y a eso lo llamáis valor?

—A veces el valor equivale a la necedad, pero por suerte Wolbero ha sido dotado por el Todopoderoso con un agudo entendimiento, al contrario de otras gentes —respondió Balian—. Sea como fuere, arrastramos el cadáver hasta los arbustos y me puse la armadura, la túnica y el yelmo, de modo que los ladrones me tomaron por Cerbero. Ya habéis visto lo que ocurrió después.

—¿Cómo es que nadie vio caer a Cerbero? —preguntó Raphael, con involuntaria admiración en la voz.

—Los proscritos estaban muy ocupados mirando la torre. Pero todo ocurría a sus espaldas… a tiro de piedra.

—Cuando su señor ya no estuvo junto al fuego, probablemente pensaron que había ido a aliviarse al bosque —completó Wolbero.

—En verdad, un audaz acto heroico —los elogió el padre Nicasius—. Doy gracias a Dios por haber extendido su mano protectora sobre vosotros.

Balian sonrió.

—Ahora deberíamos marcharnos. Quién sabe qué harán los proscritos cuando descubran lo que ha ocurrido.

—¿Qué pasa con Godefroid y los otros? —preguntó Blanche—. ¿No deberíamos ir a por sus cuerpos para enterrarlos como es debido?

—Es demasiado peligroso. Además, Meinhard necesita con urgencia la ayuda de un cirujano. Cuando lleguemos a Osnabrück, pediremos al obispo que envíe hombres a recogerlos. —Balian trepó al pescante, cogió las riendas y fustigó a los bueyes.

17

Al caer la tarde el bosque se aclaró por fin, y los loreneses encontraron un pueblo entre pastos, sembrados y verdes colinas que rodeaban el valle como gigantescas bolas de musgo.

—¿Estamos bien aquí? —preguntó Blanche.

Sus mapas de la zona eran imprecisos, y además los acontecimientos en el Osning habían enseñado a Balian a no confiar demasiado en ellos. Saltó del carro y se dirigió hacia un campo de judías en el que una familia de campesinos estaba arrancando malas hierbas.

—Con Dios —saludó a la gente—. Esa ciudad de ahí delante… ¿es Osnabrück?

Dos jóvenes se incorporaron. Se parecían muchísimo, estaba claro que eran hermanos.

—Lo siento, señor. Me temo que os habéis extraviado —explicó sonriendo el mayor—. Eso es Jerusalén. Sed bienvenidos a la Ciudad Santa.

El más joven rio entre dientes.

Después de los espantos de los días anteriores, Balian no estaba para bromas idiotas. Valoró la respuesta como un sí.

—¿Dónde podemos encontrar al obispo?

—Sin duda os referís al patriarca de Jerusalén —dijo el más joven—. Naturalmente, en la iglesia del Santo Sepulcro, en la colina del Gólgota. No podéis equivocaros. Pero tened cuidado, aquello bulle de judíos y sarracenos.

Los dos hermanos se morían de risa, con las manos en el vientre, hasta que una mujer de recio aspecto vino hacia ellos y les dio sendos pescozones en el cuello.

—¡Ya estáis otra vez enfadando a la gente! ¿No veis que el señor lleva una espada? Algún día daréis con el hombre equivocado, y tendré que ver cómo os acortan la estatura en el largo de una cabeza.

Los muchachos dejaron de reír. Miraron al suelo apoquinados, mientras su madre se dirigía a Balian, con las manos en jarras:

—Naturalmente que es Osnabrück, ¿qué otro sitio iba a ser? Si queréis ver al obispo Balduino, subid la carretera, entrad por la Puerta de Heger y dirigíos hacia la catedral. Él ha venido hace unos días de la abadía de Iburg, y sin duda estará en su palacio.

Balian dio las gracias a la campesina, y poco después la caravana traqueteaba por las calles embarradas que había tras el muro de la ciudad. En Osnabrück podían vivir quince mil almas. Muchos trabajaban como tejedores de lino o de lana; en los patios y los carros se acumulaban las balas de paño. Los compañeros encontraron un alojamiento cerca de la catedral y al día siguiente fueron al palacio episcopal.

Un criado los llevó hasta una sala de impresionante tamaño, en la que cada ruido encontraba su eco en los muros. Por las ventanas ojivales entraba el ruido de las calles. Esperaron entre las poderosas columnas que, sobre sus cabezas, se entrelazaban con las nervaduras de la bóveda.

Por fin apareció Balduino de Rüssel, un hombre flaco y vivaracho que miró con el ceño fruncido a sus visitantes.

—Excelencia. —Maurice dobló la rodilla, y uno tras otro los mercaderes besaron el anillo de Balduino.

—¿Qué deseáis? —preguntó escuetamente el dignatario eclesiástico.

—Somos viajeros de Lorena y Tréveris —explicó Balian—. En nuestro camino a través del Osning, trabamos conocimiento con un tal Cerbero. ¿Supongo que conocéis a ese hombre?

—Que si lo conozco... —El gesto de Balduino se ensombreció—. Ese hombre es peor que una plaga bíblica. Desde hace dos años aterroriza los caminos que pasan por el bosque. ¿Así que os habéis topado con él? Entonces, dad las gracias a vuestro Creador. Pocos sobreviven a un encuentro con ese criminal.

—¿Hay una recompensa por su cabeza?

—Doscientos marcos de plata para aquel que lo mate. ¿Queréis decir con eso que le habéis matado? Si así fuera, habríais logrado algo que ni siquiera mis mejores caballeros han conseguido.

—Estaba claro que Balduino le tomaba por un fanfarrón y un embustero.

Sin decir palabra, Balian abrió su bolsa. La cabeza de Cerbero cayó sobre la mesa con un ruido sordo, y miró con ojos muertos hacia la nada.

El obispo se puso de rodillas. Se santiguó, juntó las palmas de las manos y dirigió la mirada al cielo.

—Dios Todopoderoso, nuestro Padre benévolo, te doy mil veces gracias por habernos enviado a estos héroes. Te lo pagaremos con una fastuosa misa. —Se levantó y se volvió de nuevo hacia ellos, esta vez mucho más amigable—. Habéis librado de un gran mal al Osning. Por fin los mercaderes y peregrinos podrán volver a visitarnos sin temer por su vida. La recompensa es vuestra. Además, os invito de todo corazón a mi palacio. Sed mis huéspedes mientras queráis.

Los mercaderes se inclinaron.

—Gracias, excelencia —dijo Maurice.

—Tenemos heridos que necesitan atención urgente —explicó Balian.

—Mi médico personal se ocupará de ellos.

—En los bosques aún andan los restos de la banda. Deberíais enviar a vuestros caballeros para que hagan trizas a esa horda antes de que pueda reagruparse. Además, os rogamos que recojáis a nuestros muertos, a los que tuvimos que dejar atrás. Eran buenos cristianos, y deben ser enterrados en tierra consagrada.

—Tendrán un entierro cristiano. Tenéis mi palabra —prometió el obispo, y mandó llamar a su médico.

Mientras Blanche y los otros salían a buscar los carros, Balian se quedó en el palacio.

—Colgad la cabeza en lo alto de la Puerta de Heger, para que todo el mundo pueda ver que el criminal ha muerto y el peligro ha quedado conjurado —ordenó el obispo Balduino a dos alguaciles.

Los dos hombres metieron la cabeza en el saco y se fueron.

—¿Quién era Cerbero? —preguntó Balian.

—Su verdadero nombre era Fulko von Gesmel —respondió el eclesiástico—. Era un caballero, uno de mis vasallos, antes de romper su juramento de vasallaje y empezar a asaltar a los viajeros.

—¿Cómo llegó a eso?

Balduino guardó silencio largo rato.

—Satán tiene que haberlo seducido —dijo al fin—. De lo contrario, ¿cómo explicar que un hombre de honor sucumba a la maldad de un día para otro y se deje llevar por la codicia y el ansia criminal?

—La banda se esconde en una cueva en lo más profundo del Osning. ¿La empujasteis vos hacia los bosques?

—Cuando tuve noticia de los actos de Fulko, dicté la proscripción y lo asedié en su castillo. Destruimos la fortaleza, pero pudo escapar con parte de sus hombres. En adelante la banda cabalgó bajo el estandarte del perro infernal, y él se hizo llamar Cerbero. Nunca he conseguido desafiarlo a combate o encontrar su escondite. ¿Podéis llevar allí a mis caballeros?

—Sin duda —asintió Balian.

El obispo se volvió cuando entró un criado. El hombre entregó a Balian una bolsa llena de dinero.

—Vuestra recompensa —dijo sonriente Balduino. Cuando Balian se inclinó, el eclesiástico añadió—: Ahorraos el agradecimiento. Habéis prestado un inestimable servicio a mi ciudad y a todos los viajeros de estas tierras.

A muchos días de viaje de Osnabrück, en la casa de la familia Rapesulver en Lübeck, Sievert estaba sentado en la sala y miraba fijamente la oscilante llama de una vela. Estaba oscuro; hacía mucho que su madre y los criados se habían ido a la cama. Solo él seguía despierto, y luchaba contra su destino.

Se había casado con Mechthild, naturalmente. ¿Cómo había podido esperar, ni por el tiempo de un pestañeo, apartar a su madre de su idea? Agnes había quebrado su resistencia, como solía hacer siempre que él se oponía a sus planes. Sus deseos nunca le habían importado.

Y ahora tenía a esa muchacha al cuello. Noche tras noche, yacía en su cama y le esperaba. La mera idea hacía que todo su cuerpo se pusiera en tensión. Así que todas las noches se quedaba sentado allí hasta medianoche, y solo entraba al dormitorio cuando ella estaba profundamente dormida. Eso hacía algo más soportable compartir el lecho con ella.

Debía de haberse quedado dormido porque cuando un chirrido le sobresaltó, la vela ya se había consumido.

Una figura se desprendió de las sombras.

—Sievert, querido —dijo Mechthild—, ¿no vienes a la cama?

No llevaba otra cosa que un fino camisón, bajo el que se dibujaban sus bien formados pechos y caderas. Era hermosa, con sus largos rizos negros y su piel blanca y aterciopelada, de eso no había ninguna duda. Si hubiera sido una ramera, posiblemente habría pagado mucho por sus servicios. Pero como esposa le repelía.

—¿Hay algo que haga mal? —preguntó suavemente.

Sievert no respondió, no la miró.

—Desde hace cinco días somos marido y mujer, pero no me has tocado ni una sola vez. ¿No deseas consumar nuestro matrimonio?

—Hay tiempo para eso —gruñó él.

—Soy inexperta en el amor. Quizá me comporto con torpeza. Dime qué puedo hacer para despertar tu deseo.

—Vuelve al dormitorio —ordenó él.

Pero en vez de eso, Mechthild se acercó y dejó caer al suelo el camisón, quedándose completamente desnuda delante de él.

—¡Si tu madre te ve!

—Hace mucho que duerme —susurró Mechthild, y se sentó en su regazo con las piernas abiertas.

Él apoyó las manos en sus caderas, y sintió que el miembro se le endurecía. Pero cuando se imaginó que iba a plantar su semilla y posiblemente engendrar un hijo, la excitación pasó tan rápido como había venido.

—Mis hermanas me dijeron que era mi obligación excitarte —susurró Mechthild mientras frotaba su sexo contra él—. ¿Te excita esto, esposo mío?

—Ni lo más mínimo. Baja de mí. —La empujó sin delicadeza alguna.

Mechthild se enredó el pie en su camisón y cayó al suelo. Lo miró dolida.

—¡Me has hecho daño!

—No te pongas así, no ha pasado nada.

Ella agarró el camisón y se incorporó.

—Has prometido amarme y honrarme. En vez de eso, me castigas con tu desprecio y me humillas constantemente.

—Cierra la boca, mujer, vas a despertar a todo el mundo.

—¿Y qué? Tu madre debería saber cómo me tratas...

Eso fue demasiado para Sievert. Le golpeó en el rostro con tanta fuerza que chocó contra la mesa. Empezó a sollozar. Sievert la cogió del brazo y la arrastró hacia el dormitorio.

—Vete a la cama, o te vas a enterar de quién soy.

Temblando, ella se metió bajo las sábanas.

Sievert cerró la puerta, se desnudó y se tumbó junto a ella.

—Qué vida —murmuró.

Mientras Mechthild lloraba en silencio, se quedó dormido.

A la mañana siguiente, la mejilla de Mechthild estaba visiblemente hinchada. A Agnes no podía habérsele escapado, pero no hizo el menor comentario cuando se sentaron a desayunar. También Mechthild callaba. Sievert esperaba haber expulsado de ella el espíritu de contradicción de una vez por todas.

Cuando afuera se oyeron cascos de caballo, Agnes se acercó a la ventana.

—Tu hermano está aquí.

—¿Ya? —Sievert frunció el ceño. Esperaba que Winrich volviera de Colonia como muy pronto dentro de dos o tres semanas.

Poco después su hermano entró en la habitación. Estaba lleno de polvo y sudoroso por la cabalgada, y no parecía tan cuidado y atildado como era su costumbre.

—¡Me alegro de verte, hermano! —Se abrazaron riendo.

Agnes no tuvo más que un escueto asentimiento para el recién llegado. Winrich y Sievert sufrían por igual su frialdad. Tan solo su hermano mediano, Helmold, lograba a veces arrancarle un gesto cariñoso.

—¿Por qué no has vuelto con los barcos? —preguntó.

—Habría tardado demasiado —respondió Winrich—. Traigo noticias que exigen actuar rápido. —Entonces vio a la joven sentada a la mesa.

—Mi esposa Mechthild —explicó Sievert—. Sí, me he casado mientras estabas fuera. Te sorprende, ¿eh?

—Vaya si me sorprende. Ya no lo creía posible. Pero puedo imaginar cómo ha conseguido madre que pruebes por fin el matrimonio. ¿Quién podría resistirse a tal belleza? Mis felicitaciones, hermano.

Cuando Sievert vio la envidia en los ojos de Winrich, pensó por primera vez que quizá no había sido un error casarse con Mechthild. Ella bajó, modosa, la cabeza cuando su hermano la miró de arriba abajo. Si a Winrich le había llamado la atención la hinchazón de su mejilla, no dio muestras de ello.

—¿Qué tal fue la boda? Cuéntamelo todo.

—Luego —dijo desabrida Agnes—. Primero danos las noticias de Colonia. ¿Has hablado con el rey?

—No con él en persona, pero sí con Arnold de Holanda —respondió Winrich—. Es justo como pensábamos: Ricardo quiere más dinero.

Agnes resopló con desprecio.

—Espero que no hayas aceptado.

—Hice saber a Arnold que el rey ya ha recibido bastante. Y entonces me amenazó.

—¿Con qué? —preguntó Sievert.

—Con que Ricardo podría retirar su favor a la Liga si no seguimos apoyándole.

—Ridículo —dijo su madre—. No puede creer que vayamos a tomarlo en serio. ¿Por eso has regresado antes de tiempo?

—No. Hay una cosa más. Estuve con Mathias Overstolz, y le proporcioné la mejor mercancía —informó Winrich—. Cuando me reuní con él, me advirtió de que unos mercaderes de Lorena estaban en camino hacia Lübeck.

—¿Y qué? —preguntó Agnes.

—Mathias cree que quieren venir a Visby para cubrirse con mercancías del este.

Sievert y Agnes cambiaron una mirada. El mar Báltico era el territorio de la Liga de Gotland... a los forasteros no se les había perdido nada allí.

—Son, de hecho, novedades preocupantes —dijo Sievert—. Está bien que hayas venido tan rápido. ¿Qué haremos? —le preguntó a Agnes.

—Echarlos, ¿qué, si no? De un modo que resulte disuasorio. Para que a otros forasteros no se les ocurra siquiera la idea de desafiarnos. ¿Cuándo estarán aquí?

—Es difícil de decir. Dentro de las próximas semanas.

—Informad a los guardias de las puertas —ordenó su madre—. Cuando aparezcan los loreneses, deben comunicarlo enseguida. —Miró con desaprobación a Winrich—. Ahora, ve a lavarte. Apestas como un carretero.

18

Con la primera luz del día, llevaron a los presos desde la cárcel de Bucksturm hasta el patíbulo que habían levantado delante de los muros de la ciudad. A pesar de lo temprano de la hora, todo Osnabrück parecía estar en pie. Masas de personas se apretujaban a ambos lados del camino, la gente gritaba salvajes insultos, escupía a aquellas figuras heridas y desastradas y las cubría de desechos.

A Balian y sus compañeros se les había asignado un lugar de honor: estaban con el obispo Balduino en el camino de ronda de la Puerta de Heger y observaban el acontecimiento. Había sido fácil aniquilar a la banda. Balian guio a los caballeros de Balduino hasta el escondite de Cerbero y les ayudó a vencer a aquellos hombres carentes de jefe. Ocho de los perros infernales sobrevivieron al sangriento combate y fueron llevados, cargados de cadenas, a Osnabrück, donde el corregidor de la ciudad los había condenado a muerte por sus crímenes.

Enseguida, el verdugo lanzó la cuerda por encima de la viga y se la puso al cuello al primero de los proscritos. Entre el júbilo de la multitud, sus ayudantes izaron al hombre. Pataleó. De su mandil goteó la orina. Su rostro se amorató; pasó mucho tiempo antes de que su cuerpo quedara fláccido.

A Balian no le gustaban las ejecuciones, pero se forzó a mirar hasta el final. Aquellos hombres habían causado un daño terrible a su grupo. Tenía que ver cómo morían.

Ninguno de los compañeros habló. Se quedaron en silencio

junto a las almenas, mirando hacia el patíbulo hasta que el último perro del infierno expiró entre convulsiones.

Bertrandon fue el primero que se dio la vuelta. Se santiguó y descendió las escaleras sin decir palabra.

El médico de Balduino era un maestro en su arte. Gracias a sus cuidados, los heridos se recobraron con rapidez. Incluso Meinhard, que era el que había resultado más gravemente herido, no tardó en mejorar.

Los demás durmieron mucho, comieron de la mesa del obispo y se recobraron de los horrores y estragos pasados. Junto a las tumbas del cementerio de Santa María, lloraron a sus acompañantes caídos.

Nadie hablaba ya de enviar a Balian a casa. Ni siquiera Maurice insistía en ello. De hecho, Balian sentía el respeto que los otros mercaderes le brindaban. Ya no era la piedra en el zapato. Cuando decía algo, le escuchaban. Incluso Raphael había dejado de burlarse de él.

—¿No os lo dije? —concluyó jovialmente Odet una noche—. San Jacques nos protegerá. Y lo ha hecho… ¡y cómo! Todo ha salido bien. ¿No fue previsor por mi parte llevar los huesos?

El palacio era tan espacioso que todos tenían sitio sin ser una molestia para el obispo Balduino. Los criados dormían con los sirvientes de la casa, y a los otros les dieron a cada uno una habitación. De ese modo, Raphael podía visitar a Blanche sin ser advertido. Noche tras noche se amaban en el lecho de ella, y después dormían estrechamente abrazados, hasta que Raphael se marchaba a su aposento con la primera luz del día.

—Cásate conmigo —dijo él una noche, mientras ella estaba entre sus brazos.

Blanche recorrió su pecho con las puntas de los dedos y sonrió. No había nada que deseara más que ser su esposa, vivir con él, compartir cada noche su lecho. Pero ya no era una muchacha ingenua que, de puro enamoramiento, cierra los ojos a la realidad. Lo que Raphael proponía era una ensoñación extraviada, nada más.

—Mi hermano y mi padre nunca lo permitirían, y lo sabes.

—Eres viuda. Tu familia ya no puede prescribir a quién debes tomar por esposo.

—La realidad no es esa. Balian nunca me lo perdonaría.

—Supongamos que nuestra relación mejora. ¿Crees que podría cambiar de opinión?

—Quizá. Pero queda un largo camino para eso.

—Eh, me estoy esforzando. Ya no me burlo de él.

—Eso es cierto —concedió Blanche—. Pero si quieres ganarte su amistad, no basta. Tienes que esforzarte más.

—¿Más aún?

Ella podía sentir que él sonreía en la oscuridad.

—Podrías, por ejemplo, darle las gracias por haberte salvado.

—¡Lo he hecho!

—Pero todo el mundo vio lo mucho que te costaba.

—En sentido estricto, no estuvo solo en eso. Wolbero hizo por lo menos tanto como él.

—Exactamente a eso me refiero —murmuró adormilada Blanche, y le dio unos tironcitos del vello del pecho—. Te queda un largo camino…

—Está bien —dijo Raphael al cabo de un rato—. Tu hermano es un héroe. Le debo mi vida y estoy profundamente en deuda con él. ¿Lo ves? Ya lo he dicho.

Pero Blanche ya se había dormido.

También Balian tuvo visita aquella noche.

Acababa de acostarse y estaba estudiando los mapas cuando la puerta se abrió con un leve chirrido y una silueta se coló en la habitación.

—¿Rosamund? —dejó a un lado los mapas.

Ella cerró la puerta, pasó el cerrojo y se arrodilló junto a la cama. Iba descalza, y no llevaba más que un fino camisón que apenas velaba sus redondeces.

—¿Sabe vuestro hermano dónde estáis?

Rosamund compartía una habitación con Meinhard.

—No os preocupéis. Ha tomado zumo de amapola contra los dolores y duerme como un bebé, —Sonrió—. Quería daros por fin gracias por todo. Quién sabe lo que esos salteadores nos habrían hecho si vos no nos hubierais salvado de forma tan valerosa.

Balian se limitó a asentir. Entretanto, ya conocía a Rosamund. Si hablaba así con él, es que quería algo. Sin embargo, no podía negarse a sí mismo que su presencia en su habitación le excitaba. En las salas se estaba fresco, y bajo la fina tela se dibujaban con claridad sus erectos pezones.

—No estuvo bien que dudara de vos —prosiguió—. Sois mucho más valiente de lo que pensé al principio, y ahora sé que puedo contar con vos. Aun así, tengo que preguntaros hasta dónde han avanzado vuestras consideraciones sobre mi salvación.

«Naturalmente», pensó Balian.

—Tengo un plan —dijo, y no era mentira. Solo que el plan le parecía peligroso y, si era sincero, no del todo realizable. Pero ella no tenía por qué saberlo. Al fin y al cabo, aún le quedaba tiempo para pulirlo—. Por desgracia, ahora no puedo hacer nada. Tenemos que esperar a llegar al castillo de Rufus. Entonces os sacaré durante la noche y antes de que nadie se dé cuenta, estaréis muy lejos.

Ella le dedicó una mirada difícil de interpretar.

—¿Puede ser que os falte la última decisión?

—¿Acaso no acabo de demostrar que sé actuar con decisión cuando hay que hacerlo?

—Quizá debería recordaros cuál es la recompensa que os espera. —Se encaramó a la cama y se sentó con las piernas abiertas encima de las suyas.

—Rosamund —empezó él, pero ella le puso el índice en los labios.

—Todo esto puede perteneceros. —Abrió el cintillo por encima de sus pechos y deslizó el camisón por sus brazos—. ¿De verdad queréis dejárselo a Rufus?

La piel de sus muslos era suave, el cabello oscuro le caía revuelto sobre los hombros, olía a rosas y a lavanda. Él alzó la mano y acarició su pecho, deslizó el pulgar sobre los firmes pezones. Ella suspiró ligeramente y lo miró con los ojos entrecerrados.

Balian la atrajo hacia sí. Ella respondió apasionadamente a su beso. Su mano se aferró al cabello de la nuca de él. Rodaron hasta que él quedó encima de ella. Le quitó el camisón, ella abrió los muslos y frotó con los talones sus piernas, sus nalgas, mientras él le besaba las mejillas, el cuello, los hombros. Finalmente, volvió a cogerle los pechos e hizo girar la lengua sobre los pezones. Ella jadeó y le clavó las uñas en la espalda.

Su mano se deslizó hacia abajo, acarició el vello entre sus piernas, descendió más, su sexo estaba húmedo y caliente. De alguna manera, consiguió desprenderse de los calzones. Se agarró el miembro, e iba a penetrarla cuando ella cuchicheó de pronto:

—No, Balian. Por favor.

Estaba tan excitado que apenas le llegaron las palabras. La miró confundido. Ella apretó las manos contra su pecho y lo apartó de sí.

—¿Qué ocurre? —profirió él—. ¿Te he hecho daño?

—No podemos. Aún no —dijo ella respirando pesadamente—. Solo cuando sea libre.

Rodó de la cama, recogió el camisón y se lo puso.

—Rosamund… ¡Espera!

Pero ella ya había abierto la puerta y se había marchado sin decir nada más.

Balian se quedó solo en la estancia. El miembro le latía. Apretó los dientes y la emprendió a puñetazos con la cama.

—¿Podéis volver a montar? —preguntó Balian unos días después, cuando estaban sentados en la sala para desayunar.

—He estado en la silla con heridas peores —respondió Meinhard.

—Pero seguís sin mover apenas el brazo.

—No necesito el brazo para cabalgar. Lo importante es la pierna, y está prácticamente curada.

—Bien. Como queráis. Sois vos el que tendréis que soportar el dolor, no yo. —Balian miró a los reunidos—. ¿Partimos mañana?

Blanche asintió.

—Ya hemos abusado bastante de la hospitalidad de Balduino. Además, es hora de que sigamos avanzando.

También los otros estaban de acuerdo. Cuando iban a levantarse, Bertrandon dijo:

—Esperad. Ya que estamos todos reunidos, deberíamos discutir una cosa. Creo que debemos elegir un nuevo capitán.

—¿Cómo? —preguntó ásperamente Maurice.

Bertrandon no se tomó la molestia de ocultar su disgusto:

—Cuando cruzamos el vado, Balian fue el único que se tomó en serio el peligro que representaba Cerbero. Si le hubiéramos escuchado, nos habríamos ahorrado mucho dolor. Pero vos insististeis en ir por el Osning a través de Lengerich. Por vuestra culpa han muerto muchos hombres. Bien, una decisión equivocada, eso puede ocurrirle hasta al mejor de los capitanes. Pero cuando estuvimos en supremo peligro, vuestro deber habría sido guiarnos e infundirnos valor. En lugar de eso, no hicisteis otra cosa que quejaros y lamentar la pérdida de vuestras valiosas mercancías...

—¡Lo que estáis diciendo es monstruoso! —siseó Maurice.

Pero Bertrandon prosiguió impertérrito:

—Semejante fracaso es imperdonable. Si Balian no hubiera tomado las riendas, todos habríamos muerto en el bosque. Él ha demostrado poseer todas las cualidades de un buen capitán que vos no habéis tenido. Por eso me pronuncio a favor de que depongáis vuestro rango y Balian guíe a la comunidad.

Un silencio de muerte siguió a sus palabras. De todas las personas sentadas a la mesa, posiblemente Balian era el más sorprendido. Sonriendo, se frotó la nariz y buscó las palabras, pero antes de que pudiera decir nada Maurice se levantó de un salto, con el rostro rojo de ira.

—¡En Osning arriesgué mi vida exactamente igual que los demás! —gritó—. No voy a tolerar que me acuséis de cobardía y debilidad. ¡Hice lo que pude! Yo os guie hacia la torre.

—Blanche descubrió la torre, no vos —observó Raphael.

Maurice volvió la vista hacia él.

—¿Vos también?

El mercader de negros cabellos enfrentó su mirada.

—Bertrandon tiene razón al decir que habéis faltado a vuestras obligaciones. ¿Que habéis hecho lo que habéis podido? Eso no basta. Un capitán tiene que hacer más. De lo contrario, no necesitamos ninguno.

—¿Tengo que recordaros que este viaje fue idea mía? Además, de los cuatro soy quien goza, con mucha distancia, de mayor prestigio en Varennes. Por eso me corresponde a mí dirigir esta comunidad.

—Porque vuestro tío es el alcalde, entretanto ya nos hemos enterado —dijo Blanche.

—¡Manteneos al margen! —la increpó Maurice—. Una mujer no tiene ningún derecho a hablar a esta asamblea.

—No viene al caso de quién fue la idea del viaje —dijo Bertrandon—. Aquí solo se trata del rango de capitán, y ha quedado probado que Balian es más adecuado que vos para ejercerlo. Ahora, dejad de comportaos como un niño testarudo para que podamos hablar de este asunto razonablemente. Al fin y al cabo, va en interés de todos tener un buen jefe.

—¿Así que queréis un nuevo capitán? Muy bien. No seré un obstáculo. Depongo el rango. Elegid a ese perdedor. Ya veréis dónde acaba todo esto...

—Maurice, por favor, esto no debe acabar así —trató de apaciguarlo Balian, pero el mercader ya estaba saliendo de la sala.

Bertrandon parecía compungido.

—Por favor, perdonad que haya causado discordia. En mi enfado, me dejé arrastrar. Tendría que haber abordado esto con más delicadeza.

—Maurice está herido en su orgullo —dijo Raphael—. Pero se calmará.

Blanche miró hacia el pasillo por el que había desaparecido el pelirrojo mercader.

—No lo sé. Nunca lo había visto tan furioso. ¿Qué pasará si nos abandona?

—Oh, no lo hará. Ha invertido mucho dinero en esta empresa, y no lo pondrá en riesgo así como así. A más tardar cuando lleguemos a Lübeck, las riquezas de Gotland estarán al alcance de la mano, olvidará este asunto y no pensará más que en el negocio.

—En cualquier caso, ahora necesitamos un nuevo capitán. —Bertrandon dirigió la mirada de sus ojos tristes hacia Balian—. ¿Lo haríais?

Balian se tomó tiempo para reflexionar. Los acontecimientos del Osning habían demostrado que era capaz de mantener la cabeza fría incluso en medio del mayor apuro, y estaba en condiciones de dirigir a la comunidad incluso en peligro de muerte. Además, no podía negar que se sentía halagado. De perdedor escarnecido a capitán en pocas semanas. «Si mi padre pudiera verme ahora...»

Asintió:

—Si pensáis que soy adecuado, seré vuestro jefe.

—Sois del todo adecuado... estoy convencido de ello. —Bertrandon se volvió hacia Raphael—. ¿Y vos?

—Difícilmente lo hará peor que Maurice, así que, ¿qué tenemos que perder? Contad con mi voto.

Balian no quedó poco sorprendido de que también Raphael se pronunciase a su favor. Pero algo había cambiado entre ellos. A Balian no se le había escapado que Raphael ya no se burlaba de él desde hacía mucho. A veces incluso le trataba con amabilidad. Su mirada fue hacia Blanche. «¿No seguirá pretendiendo...?» Bueno, no era el momento para romperse la cabeza con eso.

—Entonces está decidido. —Bertrandon, radiante, le estrechó la mano—. Nuestro nuevo capitán. Felicidades. Estoy seguro de que, si vos nos guiais, llegaremos a salvo a Gotland.

Acto seguido, la comunidad se separó. Los criados lo prepararon todo para la partida. Bertrandon y Raphael fueron a la ciudad para tomar las últimas providencias. Balian aún se quedó sentado un rato, bebiendo su cerveza. Seguía sin entender del todo lo que acababa de ocurrir.

—Estoy orgullosa de ti, hermano. De verdad —dijo Blanche—. Te lo has ganado.

Balian sonrió.

—Por una vez no he enfadado y decepcionado a todos. Es una experiencia completamente nueva.

—Por desgracia, todo tiene su precio. Sin duda también esto.

—¿A qué te refieres?

—Maurice se vengará. Y está claro de quién.

—Lo sé. Bueno, lo soportaré. De todos modos, no me queda otro remedio.

—Estate alerta, ¿eh? —Blanche se levantó—. Voy al jardín de palacio, ¿vienes conmigo?

—Ve tú sola. Quiero tomarme la cerveza y reflexionar.

Cuando su hermana se hubo ido, miró de reojo a Rosamund, que estaba al otro extremo de la mesa. Entretanto, el obispo Balduino había venido y se había sentado con ella y con Meinhard. El eclesiástico estaba charlando con el padre Nicasius cuando las campanas tocaron a tercia.

—Vamos a la capilla para que puedas rezar tus oraciones —dijo Nicasius a Rosamund.

—Sin duda, padre —dijo ella, sumisa.

—Sois en verdad un adorno para vuestra casa —dijo sonriente el obispo—. Una doncella virtuosa. Ojalá hubiera más damas nobles tan piadosas como vos.

Balian estuvo a punto de atragantarse con la cerveza. «¿Doncella? ¿Virtuosa? Si tú supieras...» El recuerdo de la noche de hacía tres días le estremeció, excitante y burbujeante.

Fue como si Rosamund le hubiera leído el pensamiento porque, cuando pasó delante de él con la cabeza gacha, modosa, lo acarició con una mirada que estaba hecha de puro deseo.

19

Había un ancho país más allá del Osning, y parecía terriblemente solitario a causa de la capa gris de nubes que llegaba hasta el horizonte. Los arroyos serpenteaban por las praderas, orlados de enjutos abetos que susurraban al viento. Las granjas eran infrecuentes, los pueblos aún más infrecuentes. En algunas cabañas cubiertas de juncos anidaban cigüeñas.

Cuando Balian contempló la lejana línea en la que el cielo se unía con la tierra, se dio cuenta de que aún les quedaba un largo camino por delante. Un enjambre de grajos se alzó de la espesura como una nube negra, que se extendió y se deshilachó con rapidez. El graznido de los pájaros sonaba sarcástico en sus oídos.

El largo descanso y las comodidades del palacio episcopal los habían vuelto perezosos, por lo que el primer día que reanudaron el viaje fue como una tortura para ellos. Los pescantes parecían más incómodos, los socavones más profundos y los bueyes más tercos que a su llegada a Osnabrück. La senda de carros se retorcía entre extensos pantanos y riberas inundadas, de modo que tenían que cuidar de que carros y animales de tiro no se hundieran en el suelo. Para colmo, Maurice demostró ser un mal perdedor. Derrochaba mal humor de la mañana a la noche, calificaba de rodeo el tramo elegido y descargaba su ira sobre los dos criados que le quedaban.

—¡Ay de vosotros si la mercancía se cae y se moja! —gritaba a los hombres—. ¡Si pierdo, aunque sea un sou por vuestra culpa, os azotaré!

—¿Veis? —murmuró Bertrandon a los mellizos—. Destituirlo ha sido la decisión correcta. No necesitamos un capitán así.

La comunidad ignoraba a conciencia los estallidos de ira de Maurice, de manera que este tuvo que dedicarse a refunfuñar durante días.

La parte buena era que ya no tenían que temer a los salteadores. El obispo Balduino se encargó personalmente de su protección, dándoles como acompañantes a una docena de sus guerreros. Los hombres armados los escoltarían hasta Lübeck; iban a derecha e izquierda de la caravana, y sin duda disuadían con sus armas a cualquier salteador y otros tipos poco amistosos.

De ese modo siguieron hacia el norte, y pronto el castillo de los Von Hatho dejó de estar lejos.

Durante el viaje, Blanche y Raphael tuvieron pocas oportunidades de acercarse. Eran observados de la mañana a la noche; raras veces podían encontrarse en secreto, la mayoría de ellas por las noches, cuando la comunidad descansaba al aire libre y se escapaban un rato, protegidos por la oscuridad.

Un romance excitante, prohibido y emocionante. Blanche se sentía tan viva como antaño. Y sin embargo maldecía las circunstancias. ¡Cuánto más fácil habría sido para Raphael y ella sin todo aquel secretismo, si pudieran mostrarle a todos lo que sentían el uno por el otro!

¿Sospechaba su hermano algo? «No, hemos sido cuidadosos», pensaba. Pero a veces Balian hacía ciertas observaciones que le daban que pensar... como el tercer día que siguió a su partida de Osnabrück. Caminaban junto al carro cuando, de repente, él dijo:

—Me pregunto por qué Raphael es tan amable conmigo.

—Estará agradecido de que nos hayas salvado.

—No, empezó antes. —Hizo una pausa—. ¿Tienes tú algo que ver con eso?

Blanche se estremeció por dentro, pero no dejó que se le notara.

—¿Por qué? Me has prohibido hablar con él.

La voz de él adquirió un tono peligroso:

—¿Te atienes a ello?

—¿Qué es esto, hermano? ¿Un interrogatorio?

—Solo es una pregunta.

—Desde lo de Colonia, le evito. —Le mintió a la cara, a él, su hermano gemelo, su alma gemela. Pero no conseguía tener mala conciencia. ¿Por qué tenía que acosarla de ese modo?

—¿Y las miradas que os lanzáis? —insistió él—. ¿Qué pasa con eso?

—No hay miradas. Son imaginaciones tuyas.

—¿Ah, sí?

—No hay nada, Balian. De veras.

Se dio por satisfecho con eso.

—Bien —dijo—. Porque aunque de pronto se haya vuelto tratable, eso no cambia el hecho de que es un asesino. No lo olvides.

«Un asesino», resonó como un eco en su interior. «Y comparto mi lecho con él.»

—¿Dónde estamos? —preguntó Bertrandon junto al fuego, dos días después.

—Según el mapa, estos territorios pertenecen al condado de Tecklenburg. —Balian señaló el pergamino—. Tendríamos que estar más o menos aquí. Eso significa que mañana llegaremos al condado de Oldenburg. De allí no queda mucho hasta el castillo de Hatho, unas tres o cuatro horas de viaje.

Involuntariamente, levantó la cabeza.

Rosamund, sentada al otro lado del fuego, lo miraba implorante.

Con el ceño fruncido, Balian contempló el castillo ante ellos.

Dado que no había al alcance de la vista elevaciones dignas de mención, estaba en la llanura, al borde de un pequeño pueblo, rodeado por un borboteante arroyo que alimentaba una acequia. La fortaleza era bastante grande. Por el puente levadizo se accedía a un camino de ronda y de allí al castillo principal, que tenía una fuerte muralla, un generoso patio y varias edificaciones, entre ellas un espacioso palacio y una recia torre del homenaje en cuyas almenas ondeaban estandartes a rayas doradas y rojas: las armas del conde de Oldenburg.

El castillo de Hatho parecía el hogar de señores acomodados, defendible y habitable al mismo tiempo. ¿No había dicho Rosamund que era un chozo oscuro y miserable, y además medio en ruinas?

—Aquí estamos —le susurró Blanche—. Enseguida entregaremos a Rosamund y, si no ocurre un milagro, dentro de unos días se casará con Rufus von Hatho. ¿Verdad? —preguntó, relajada.

—Eso parece —dijo Balian.

—¿O acaso aún planeas salvar a tu doncella en apuros?

Él no respondió, se limitó a mirar tercamente hacia delante. La caravana avanzaba a trompicones.

—Ahora eres capitán —dijo Blanche—. Eres responsable de esta comunidad, así que piensa lo que haces. Rosamund no es tan valiosa como para poner todo el viaje en peligro por ella.

Balian compuso un gesto inexpresivo.

—No hagas tonterías, hermano —murmuró Blanche antes de que se detuvieran ante el puente levadizo.

El guardia de la puerta se adelantó.

—Decid vuestros nombres y lo que deseáis.

Meinhard picó espuelas a su corcel, pasó al trote delante de los carros y tiró de las riendas al borde del foso.

—Soy Meinhard, de la casa de Osburg —se presentó—. Traigo a mi hermana, prometida de tu señor, Rufus. Estos son mercaderes loreneses, viajamos juntos.

El rostro barbado del guerrero se iluminó.

—Sed bienvenido al castillo de Hatho, señor Meinhard. Entrad. Los señores os esperan ya.

Los carros traquetearon por el puente y rodaron hacia el patio interior del castillo. El asombro de Balian creció al ver que había gente que acudía corriendo a saludar a los viajeros. Como en todas partes, los criados iban vestidos con sencillez, pero no cabía hablar de pobreza. Todos estaban sanos y bien alimentados. También los numerosos cerdos y gansos que corrían por el patio estaban muy bien cebados. Los edificios parecían nuevos y confortables, y en absoluto venidos a menos.

Sin embargo, Rosamund daba la impresión de preferir estar muerta o en el fin del mundo antes que en aquel lugar. Cuando lo miró, parecía cercana a las lágrimas.

Balian no acababa de entender todo aquello.

Un hombre de grises cabellos, con una túnica azul y zapatos de cuero de perro, cruzó el patio con una espada al cinto. Estaba claro que era el señor del castillo, y también se llamaba Rufus, se acordó Balian, Rufus el Viejo. Con una cordial sonrisa en los labios, abrió los brazos ante el noble.

—¡Meinhard! Aquí estáis al fin. Hemos rezado todas las mañanas por vuestra llegada segura. A mis brazos, querido amigo.

Aunque las heridas de Meinhard habían mejorado notablemente, siguió necesitando la ayuda de Wolbero para desmontar.

—Estáis herido —constató preocupado Rufus—. ¿Os han asaltado por el camino? —Parecía estar familiarizado con el alemán del sur, y adaptaba su forma de expresarse para que sus huéspedes pudieran entenderle.

—Solo unos ladrones —se jactó el caballero—. Y puedo aseguraros que lo han lamentado amargamente.

—Son tiempos inseguros para los viajeros. Es una gran suerte poder unirse, como vos, a una caravana comercial.

—Este es mi escudero —explicó Meinhard, a lo que Wolbero dobló la rodilla.

Pero Rufus apenas le prestó atención, acababa de descubrir a la hermana de Meinhard.

—¡La dulce Rosamund! Por todos los santos, aún estáis más hermosa desde la última vez que os vi. ¿No es un deleite para la vista? —Se volvió a los circundantes—. Gracias a vosotros, esta casa resplandece con un nuevo brillo. Esperad, llamaré a mi hijo. Arde en deseos de conoceros al fin. ¡Rufus! Por Dios, ¿dónde se ha metido? Tú, ve a buscarlo.

Mientras el siervo salía corriendo, los mercaderes bajaron de los carros; les dieron cerveza rebajada y sopa caliente. Los habitantes del castillo eran a todas luces gente hospitalaria, que ansiaban saber más acerca de sus aventuras. Balian y los otros se vieron rodeados de gentes que los asediaban a preguntas.

Por fin, la multitud se apartó para dejar paso a Rufus el Joven, que llevaba dos galgos de una correa. Entregó a un criado los animales y se inclinó profundamente ante Rosamund.

—Ahora mis ojos ven que mi padre no me había prometido más de lo que era verdad —dijo con voz agradable—. Sois una flor, una joya. Un hombre no podría desear una novia más bella. Después de haberos visto, los días que faltan hasta nuestros esponsales van a parecerme interminables. —También él hablaba un alemán comprensible para los del valle del Mosela.

Balian pensaba que a él sus ojos le estaban jugando una mala pasada. ¿Era ese el monstruo feo y corcovado al que tanto temía Rosamund? Rufus no era corcovado, y mucho menos feo. De hecho tenía una excelente presencia, era el joven retrato de su padre, y además podía presumir de pulidos modales. Parecía cuidado, y en absoluto el pobre diablo que le había descrito Rosamund. Su ropa, la cota de malla que llevaba debajo y el puñal al cinto parecían caros.

—¿Habíais visto antes a Rufus? —siseó Balian, pero Rosamund no le respondió. Toda su atención era para su novio, y de pronto ya no parecía tan desesperada.

Sonrió a Rufus, y su rostro resplandeció de alegría cuando dijo:

—También yo estoy feliz de veros, noble Rufus. Me han hablado mucho de vos, pero creo que ninguna historia hace justicia a vuestra nobleza. Me alegra que pronto vaya a presentarme a vuestro lado ante el altar.

—Por favor, encantadora Rosamund, permitidme guiaros para que podáis conocer vuestro futuro hogar.

Con exquisitos modales, el joven caballero la ayudó a descabalgar y le tendió la mano antes de dirigirse al palacio. Rosamund no se volvió hacia Balian.

—La pobre muchacha… —Blanche sonreía de oreja a oreja—. Qué espantoso destino le espera. No puede más que darle pena a una.

—Haz el favor de callarte, ¿eh? —gruñó Balian. Luego se echó la bolsa al hombro y siguió a los otros.

Aquella noche, la mayoría de ellos se fue temprano a la cama. Tan solo Meinhard y Wolbero se quedaron con los señores del castillo en la sala, donde el caballero les contó su batalla contra Cerbero. Un llamativo número de frases empezaba por las palabras «*Martillo de enemigos* y yo». Quien oyera a Meinhard podía llevarse la impresión de que había vencido él solo a la horda de proscritos.

Balian sabía que era una necedad, y probablemente inútil, pero no pudo evitarlo: a hora tardía, abandonó a escondidas su aposento en la planta baja del palacio y se escurrió hasta el de

Rosamund, en el piso superior. La puerta, cuyos herrajes imitaban hojas de hiedra, estaba cerrada.

Llamó.

—Rosamund.

No hubo respuesta.

Balian volvió a intentarlo.

—¡Rosamund, abrid la puerta! Os lo ruego. Si he de sacaros de aquí, tiene que ser ahora.

Oyó ruidos. ¿Eran pasos?

—Mañana quizá sea demasiado tarde —siseó.

Por fin se oyó su voz.

—¡Marchaos! No deberíais estar aquí.

—Pero nuestros planes...

—No hay planes.

Oyó que se alejaba de la puerta.

—¡Rosamund! —Balian sacudió el pomo, pero el cerrojo estaba pasado por dentro—. ¡No me tratéis como a un imbécil!

Ella no dijo nada.

Al cabo de un rato, él se marchó.

Más tarde, Balian estaba sentado en una escalera, en lo alto de la cual titilaba una tea. Tenía los codos apoyados en los muslos, se pasaba los dedos por el pelo y se sentía como un idiota.

No era el corazón lo que le dolía, ni rastro de tal cosa. Lo que había tomado por amor no había sido más que deseo físico, de eso se daba cuenta ahora. Rosamund lo había notado y empleó sus encantos para manipularlo. Porque no era en absoluto la pobre víctima por la que se había hecho pasar, muy al contrario: era astuta y calculadora.

Le hubiera gustado abofetearse. Le estaba bien empleado estar allí sentado como el idiota más grande del mundo.

En ese estado lo encontró Blanche.

—Aquí estás. Te he buscado por todas partes. —Se sentó junto a él—. Así que no encuentras reposo. ¿Qué te impide dormir?

—Tenías razón desde el principio. Fue una necedad correr en pos de Rosamund. Por su culpa he sido un imbécil.

Ella no preguntó, pero su mirada revelaba que podía imaginarse lo que había ocurrido.

—Venga, llámame necio. Dejémoslo atrás de una vez —añadió.

—Lo creas o no, no me alegro. Eres mi hermano... no me da ningún placer que te hagan daño. Naturalmente que fue una necedad, pero, Dios mío, es probable que hombres mucho más inteligentes y de mayor voluntad que tú hayan sucumbido a Rosamund.

—¿Tú crees?

—En su campo es una maestra, hay que reconocérselo. Pero no te amargues. Habría podido pasarle a cualquiera. Lo importante es que hayas entrado en razón a tiempo.

Balian compuso una sonrisa torcida.

—Te agradezco la indulgencia, hermana. Los dos sabemos que no me la he ganado.

—Asegúrate de olvidar pronto a Rosamund —dijo Blanche—. No merece la pena que reine sobre tus pensamientos ni un segundo más.

—¿Sabes que es lo peor? Si al menos ese Rufus fuera un monstruo perverso... Pero el tipo me cae incluso simpático. Es posible que Rosamund sea feliz con él.

—No lo sé. Mi experiencia es que las mujeres como Rosamund nunca son felices mucho tiempo. Puede que al principio la vida con Rufus sea nueva y emocionante, pero pronto se aburrirá. Le dará un hijo cada dos años, estará rodeada de críos llorones de la mañana a la noche y vivirá en este páramo hasta el fin de sus días. Deberías pensar en eso.

Él rio brevemente. Una Rosamund siempre insatisfecha en medio de niños que chillaban: de hecho, era una idea consoladora.

Blanche le acarició el brazo y se levantó.

—Ahora, vamos a dormir. Mañana el mundo tendrá otro aspecto.

—Ve tú. Yo me quedo un poco más aquí.

El ruido de sus pasos se extinguió. La conversación había animado a Balian, al menos un poco. Se dio cuenta de que era hora de hacer algunos cambios. Él era el capitán... una gran responsabilidad pesaba sobre sus hombros. Ya no podía comportarse como un vagabundo siempre en busca del placer. Al fin y al cabo, precisamente ese comportamiento había llevado a su familia al borde de la ruina.

«Se acabó.» Era hora de hacerse adulto.

Pero eso podía esperar hasta mañana. Esa noche quería emborracharse. Seguro que Meinhard y los otros seguían en la sala. Les haría compañía y aprovecharía la ocasión para poner en su sitio algunas cosas relativas a Meinhard y Cerbero.

Al día siguiente, Wolbero fue armado caballero en la capilla del castillo de Hatho.

Balian no sabía exactamente cómo había ocurrido. Se acordaba de forma borrosa de que Rufus el Joven y él habían convencido la noche anterior a Meinhard de que debía elevar por fin a Wolbero a la categoría de caballero por sus méritos en la lucha contra Cerbero. Meinhard protestó e insistió en que el escudero aún no estaba listo. Pero no era posible asegurarlo... todos habían bebido mucho.

Durante el desayuno, de pronto, Meinhard anunció que ese día tendría lugar la investidura de Wolbero, y pidió a Rufus el Viejo que hiciera el honor a su escudero de ceñirle la espada y calzarle las espuelas. Sostenía en la mano el cinturón, que al parecer llevaba consigo desde Tréveris. Según dijo, tenía desde el principio la intención de armar caballero a ese Wolbero al que tanto había reprendido durante el viaje.

Rufus aceptó con alegría, así que ahora estaban en la capilla todos los habitantes del castillo y los compañeros de viaje, casi cien personas. Wolbero estaba arrodillado, bien lavado y afeitado, delante del altar, y susurraba oraciones mientras el capellán decía la misa.

—Dios dio a los hombres la espada para mantener el derecho y combatir el mal —dijo el clérigo al hombre arrodillado—. Utilizad ese poder para proteger a las viudas, los huérfanos y los débiles, y para defender la verdadera fe.

Acto seguido, bendijo la espada y se la tendió a Wolbero, que la cogió por la hoja y por el puño y la sostuvo ante sí.

—Levantaos.

Rufus el Viejo se adelantó.

—Os arrodillasteis como escudero y os levantáis como caballero. El viejo Wolbero ha muerto. Aquí y ahora, ha nacido un hombre nuevo. Recibid de mi mano el cinto y las espuelas.

El señor del castillo impuso ambos atributos al antiguo escudero.

—Emplead vuestras armas con honor, Wolbero. Obrad siempre de manera virtuosa y misericorde, como un verdadero cristiano.

Aunque Balian había dormido poco y le dolía la cabeza, la solemne ceremonia le conmovió. Se alegraba por el muchacho, que había tenido que soportar tantas cosas a lo largo de los años pasados. Ahora por fin era libre, y estaba a la altura de su antiguo señor.

El recién armado caballero sonrió de oreja a oreja cuando envainó la espada. El capellán entonó un coral, su voz armoniosa llenó la pequeña iglesia. Los loreneses no se privaron de felicitar a Wolbero. Meinhard parecía orgulloso como un padre pero, naturalmente, no pudo reprimir una última exhortación:

—Ahora sois caballero, pero aún sois inexperto con la espada. Por eso, practicad con esfuerzo antes de desafiar a combate singular a vuestros iguales.

Sonriendo, Balian apartó a Meinhard y felicitó a Wolbero.

—Tengo un regalo para vos.

El antiguo escudero cogió la bolsa de dinero que se le tendía y lo miró intrigado.

—La mitad de la recompensa por la cabeza de Cerbero —explicó Balian—. El dinero os pertenece. Al fin y al cabo, también fue mérito vuestro que pudiéramos acabar con él, y he pensado que un nuevo caballero sin duda puede necesitar un poco de plata.

—Os lo agradezco —dijo conmovido Wolbero—. Sin vos, quizá nunca hubiera conseguido ganar mis espuelas. Nunca lo olvidaré. Que san Nicolás extienda su mano protectora sobre vos.

Acto seguido, todo el castillo se reunió en el gran salón para celebrar el acontecimiento. Dos cerdos se asaban al fuego, y su grasa goteaba siseando sobre las llamas. Los mercaderes donaron dos toneles de vino; varios criados sacaron flautas y pífanos y entonaron canciones relajadas. Pronto todos bebían a conciencia. Meinhard no dejaba de dar palmadas en la espalda a Wolbero y de llenar su copa, con la intención de emborrachar por última vez a su antiguo escudero. Balian en cambio no probó una gota. La noche anterior había saciado por el momento su sed de vino.

A lo largo de la noche, Rufus el Viejo lo llamó a su mesa.

—Habéis hecho mucho por mi nuera —dijo—. Sin vos, quizá nunca hubiera llegado hasta nosotros. Por eso, os ruego que os quedéis hasta la boda y seáis mis invitados.

Balian miró a Rosamund, que se sentaba a la cabecera de la sala junto al joven Rufus y solo tenía ojos para su prometido. En ese momento le daba de comer fruta escarchada. Balian habría preferido ir al barbero a sacarse una muela antes que verlos casarse.

—¿Cuándo tendrá lugar el enlace?

—Dentro de dos semanas. Necesitamos ese tiempo para los preparativos. Va a haber una gran fiesta, y queremos invitar a huéspedes próximos y lejanos.

Con eso, el noble le daba una bienvenida excusa a Balian.

—Os doy las gracias en nombre de nuestra comunidad, Rufus, nos hacéis un gran honor. Pero por desgracia hemos de rechazar la invitación. Ya hemos perdido demasiado tiempo y tenemos que seguir nuestro viaje.

—Sin duda —declaró el dueño del castillo—. Os deseamos mucha suerte en vuestro camino. Si volvéis a pasar por estas latitudes, no dudéis en llamar a mi puerta.

La fiesta duró hasta entrada la tarde, y después de una corta noche la comunidad se congregó en el patio. Todos quisieron despedirse: Wolbero, Meinhard, el padre Nicasius, Rufus el Viejo y Rufus el Joven; tan solo Rosamund no se dejó ver. «Es una suerte», pensó Balian.

Les desearon un buen viaje y exitosos negocios en Gotland, y poco después los carros traqueteaban hacia el este, lejos de Hatho.

Ante ellos se extendían el cielo, la llanura y la recta carretera.

20

La caravana se detuvo en mitad de ninguna parte. Desde que las nubes se habían retirado, el sol ardía. Una fresca brisa les dio alivio; venía del mar, y olía a sal, a pescado y a algas. Las altas hierbas se mecían al viento. A lo lejos se veía un pueblo, poco más que un puñado de chozas y graneros. Parecía aislado en medio de la extensión de campo, sobre todo porque no se veía más que a un habitante: un niño pequeño subido en un murete, que observaba a los loreneses.

—Algo le pasa a uno de los bueyes de Bertrandon —dijo Balian cuando volvió a su carro—. ¿Puedes ir a echarle un vistazo?

Blanche bajó y recorrió el polvoriento camino, pasando ante los criados y los soldados, que aprovecharon la espera para hacer circular los odres. Bertrandon tenía dos carros; uno de los bueyes del primero estaba dando dificultades. El animal mugía y se revolvía como si quisiera sacudirse el yugo. La carga del carro se movía de forma amenazadora.

—¿Habéis intentado desuncirlo? —preguntó Blanche.

—Quisimos, pero nos pareció demasiado peligroso —respondió Bertrandon—. Si lo soltamos, es posible que hiera a alguien.

Se acercó con cuidado al buey, que tenía los ojos muy abiertos y los ollares muy dilatados. Volvía a mugir y dar coces. Blanche se dio cuenta enseguida de que el animal sufría dolores.

—Chisss…

Le acarició el lomo, de manera que se tranquilizó un poco y ella pudo arriesgarse a examinar con más atención su enorme cuerpo. No encontró heridas donde el yugo apoyaba, pero sí en la pata trasera: tenía una astilla clavada en la pezuña.

Blanche apretó los labios. Sabía tranquilizar a los animales que sufrían dolores, pero ese don no era en ella ni la mitad de fuerte que en su abuela. Si al quitarle la astilla el buey se sobresaltaba y daba una coz, podía herirla gravemente. Lo mejor era actuar con rapidez y decisión.

Sujetó la pata del buey, la levantó ligeramente y sacó la astilla. El buey gimió y pataleó un momento, y luego todo hubo pasado... o al menos eso pensó ella. Cuando ya estaba respirando tranquila, al animal se le ocurrió aliviarse. Una orina apestosa le corrió por encima del brazo.

—Muchas gracias, maldita bestia. —Blanche cogió el trapo que uno de los hombres le tendía riendo.

—¿Creéis que podrá volver a tirar del carro? —preguntó preocupado Bertrandon.

—Debería. Solo tenía dolores, no está herido.

El melancólico rostro del mercader se iluminó.

—Muchas gracias. Qué suerte teneros con nosotros. Alguien con vuestros dones es una bendición para cualquier caravana.

Maurice se acercó por detrás.

—¿Podemos seguir de una vez? Esa condenada bestia nos ha costado ya la mitad de la tarde. ¡Quiero llegar hoy a Bremen!

Blanche se tragó una observación mordaz. Si respondía a las continuas provocaciones de Maurice todo iba a empeorar. Era más sensato no prestarle atención.

Regresó a su carro.

—¡Vamos! —gritó Balian, una vez que hubo subido.

La caravana se puso, tambaleante, en movimiento.

Al atardecer, con el cielo lleno de colores rojo, naranja y violeta, como si se hubiera prendido fuego, distinguieron los muros y las torres de una gran ciudad: Bremen, la siguiente estación de su viaje. Los guardias ya iban a cerrar las puertas, pero Balian les convenció de que los dejaran entrar. Encontraron alojamiento para pasar la noche en un albergue limpio y confortable junto al río Weser. El comedor disponía de grandes ventanas con arcos de medio punto por las que se veía el río que fluía negro y las luces de las granjas en la otra orilla. En un rincón se sentaban varios mercaderes frisios, que entrechocaban sus jarras de cerveza y charlaban alegremente en su lengua materna, que a Balian le recordó la desdichada campaña del rey Guillermo contra aquel pueblo.

Mientras tomaban una cena tardía, a base de cerveza y gachas de mijo con sal, los mercaderes discutieron la mejor forma de emplear la recompensa del obispo Balduino. Porque Balian había decidido repartir con justicia entre ellos los cien marcos que quedaban.

—Bremen es una gran ciudad comercial, con contactos que llegan hasta el alto norte —dijo Bertrandon—. Deberíamos echar un vistazo al mercado local. Si tenemos suerte, incluso encontraremos mercancías de Islandia.

—¿Islandia? —Raphael frunció el ceño.

—Una isla muy al norte, en la que dicen que no hay más que niebla, hielo y montañas que escupen fuego —explicó Balian—. ¿De verdad vive gente allí?

—Oh, sí, y comercian con bienes valiosos —explicó Bertrandon—. Dientes de morsa, aceite de ballena, halcones de caza. El dinero estaría bien invertido en eso.

Balian asintió.

—Pero no deberíamos gastarlo todo. Lo mejor es que guardemos la mitad. No sabemos cuánto nos van a costar los pasajes del barco para Gotland.

—Vos podéis guardaros vuestro dinero, pero yo no voy a permitir que me digan cómo administrarme —dijo Maurice—. Mañana iré al mercado y compraré lo que me apetezca.

Blanche miró a su hermano, que empezaba a estar harto de las hostilidades de ese hombre. Admiraba la forma en que se contenía. Era cierto que había madurado en las últimas semanas. Hacía mucho que el viejo Balian le habría roto la nariz.

—Haced lo que queráis —respondió ásperamente a Maurice—. Pero si al llegar a Lübeck vuestro dinero no alcanza, nos iremos a Gotland sin vos.

Naturalmente, luego hubo disputa. Blanche no tenía el menor deseo de oír berrear a Maurice. Les deseó buenas noches a todos. Antes de subir, miró fugazmente a Raphael, que respondió a su mirada.

No tuvo que esperarle mucho tiempo. Mientras Balian y Maurice seguían gritándose, él se deslizó en su aposento. Habían pasado algunos días desde la última vez que se habían amado. Su deseo era grande, y se besaron apenas Raphael hubo cerrado la puerta tras de sí.

Él empezó a desabrocharle el vestido, pero algo frenaba el deseo de ella. Desde su conversación con Balian, pensaba sin cesar en el pasado de Raphael. ¿Era realmente un asesino? Aquella pregunta la atormentaba como una herida abierta, y Blanche no estaba en condiciones de seguir aplazándola por más tiempo.

Raphael notó sus dudas, su resistencia.

—¿Qué pasa? —preguntó, respirando pesadamente.

Sin palabras, ella se apartó de él y se sentó en el lecho.

—¿Te he ofendido?

—Tengo que saber de una vez quién eres en realidad. No puedo seguir haciendo como si no me importara tu pasado.

Él acercó un escabel y se sentó frente a ella.

—Ya hemos hablado de eso.

—Pero no me has dado una verdadera respuesta. ¿Qué pasó aquella vez, Raphael? ¿Por qué todos creen que eres un asesino?

—¿Por qué es tan importante lo que la gente crea? —La estancia estaba oscura, ella apenas podía ver su rostro. Pero oía la impaciencia en su voz—. Tú no lo crees… es todo lo que importa.

—¿Y qué pasa con mi hermano? Mientras te considere un asesino, no permitirá que estemos juntos. Por favor, dime la verdad, para que por fin pueda convencer a Balian de que su desconfianza hacia ti está injustificada.

Raphael se levantó y empezó a dar vueltas por la habitación. Ella sentía su ira reprimida, y se enfadó a su vez.

—Porque es injustificada, ¿no? ¿O me has mentido?

—¡No he mentido! —repuso él con vehemencia.

—Entonces dime lo que pasó. ¿Cómo murió ese sacerdote?

—Era un monje.

—Pues un monje. ¿Qué tuviste tú que ver con eso?

La única respuesta fue el silencio.

—¿Robaste su crucifijo? —insistió ella.

—Ya basta, Blanche —dijo él en voz baja—. Ya basta.

—¡Por san Jacques! —Ahora ella también se había levantado—. Te lo pones muy fácil, ¿sabes? Te envuelves en el silencio, te haces el misterioso y esperas que sea buena y te siga el juego. Pero soy demasiado mayor para una tontería como esa. Te quiero, Raphael. Tengo derecho a saber la verdad. Si no puedes decírmela, no habrá futuro para nosotros.

—¿Me estás chantajeando?

—Todo lo que quiero es que seas sincero. No es demasiado pedir.

—Son cosas que no entiendes.

—Pues explícamelas.

Raphael no dijo nada; se quedó allí plantado mirándola.

Blanche estaba a punto de llorar de rabia y decepción.

—Bien. Como tú quieras —dijo—. Sal de mi aposento.

Él cerró, sigiloso, la puerta al salir.

—¿Exageraba? —exclamó Bertrandon a la mañana siguiente. Los compañeros se abrían paso entre la ruidosa multitud y admiraban las mercancías que había en los puestos y en las mesas debajo de las arcadas. Habían tenido suerte: en Bremen se celebraba en ese momento una gran feria, llamada «mercado libre», y comerciantes de países lejanos ofrecían sus tesoros al sol de la mañana. En los canastos brillaba el ámbar prusiano... trozos tan grandes como huevos de gallina. Junto a él había sal de Lüneburg y mantequilla danesa en ventrudos toneles, pieles rusas y telas relucientes venidas de Brujas. Los mercaderes ingleses bajaban de sus carros sacos de lana y apenas conseguían apilarlos, porque excitados y gritones pañeros les quitaban de las manos el codiciado producto. Y por encima de todo aquello pesaba el olor penetrante del bacalao, que se vendía en ingentes cantidades. Los armazones en los que estaba puesto a secar se extendían a lo largo de toda la plaza, y los mercaderes y sus esposas añadían constantemente nuevos trozos, cortando y limpiando los plateados lomos con expertos movimientos. Los cubos en los que echaban los despojos negreaban de moscas.

—¡Blanche! —llamó Balian—. Tienes que ver esto.

Ella pasó por delante de una burguesa que estaba probándose un collar y disfrutando de la envidia de sus amigas, mientras el joyero sonreía obeso detrás de su mesa. Balian tenía en la mano un colmillo, un notable ejemplar, casi tan largo como el brazo de Blanche.

—Los dientes de morsa de los que hablaba Bertrandon —dijo—. Puro marfil. Una buena inversión, ¿no?

—Yo creo que sí.

Él empezó a regatear con el mercader... lo que no era una empresa fácil, porque el islandés solo hablaba un poco de inglés. Finalmente, Balian compró cuatro colmillos y los metió en el saco que Odet le tendía.

—Si no nos libramos de ellos en Visby, nos los llevaremos de vuelta a Varennes —explicó—. En casa puedo venderlos a buen precio.

Blanche no consiguió compartir su alegría. Apenas había dormido la noche anterior, y encima tenía que hacer como si todo fuera de maravilla: sonreír, charlar, admirar las mercancías, cuando lo que más deseaba era esconderse en el albergue durante el resto del día.

Mientras Balian observaba las muestras del joyero, ella miró de reojo a Raphael, apoyado en una columna de una de las arcadas. Volvía a ser el de antes. Por las mañanas no tenía otra cosa para sus compañeros que un perverso sarcasmo y, cuando la gente se asustaba de Mordred, él se reía.

Y Blanche... no existía para él. Era como si la hubiera devuelto a Metz.

«Entonces es así.» Si ese era su camino... que lo siguiera. No era tarea suya cambiarlo.

—Volvamos al albergue —dijo Balian.

Encerró el dolor en una profunda estancia de su alma. Cansada, siguió a su hermano entre el bullicio.

21

Junio de 1260

D esde aquí se supone que el camino es seguro —dijo el capitán de la guardia episcopal—. Así que vamos a dar la vuelta, si os parece bien.

Balian le tendió la mano.

—Una vez más, gracias por todo. Decid a vuestro señor que nunca olvidaremos lo que ha hecho por nosotros.

—Lo haremos. ¡Mucha suerte en Gotland!

Poco después, los hombres desaparecían entre los árboles.

Hacía cuatro días que los loreneses habían dejado Hamburgo, entretanto ya estaban en el área de influencia de Lübeck. Era una mañana amable y despejada. Ya se olía el mar. Desde allí, Balian y sus compañeros avanzaron con rapidez porque a dos millas de la ciudad el camino era ancho y pavimentado, como las viejas calzadas romanas del sur. Atravesaron verdes colinas y pasaron de largo bosquecillos, extensos sembrados y pastos, hasta que por fin los prados dejaron paso a pozos de barro y fábricas de ladrillos delante de los muros de Lübeck. Un humo corrosivo se mezclaba con el apestoso olor de la metrópoli.

Carros de bueyes, animales cargados y campesinos con canastos a la espalda formaban una larga cola delante de la Puerta de Holsten. Un puente de madera se tendía sobre el Trave, que fluía por debajo de la muralla; habían levantado la parte central para que pudiera pasar un barquito rumbo al puerto fluvial, más al norte. Para poder entrar en la ciudad, los loreneses tuvieron que esperar hasta que los guardias bajaron el puente con cadenas de hierro.

—Una cosa está clara —observó Balian mirando los gigantescos almacenes de sal de la Puerta de Holsten, cuyos macizos toneles esperaban para ser transportados—. La sal de Varennes es lo último que necesitan aquí. Es una suerte que no hayamos traído.

—No fue suerte, sino inteligente previsión —dijo Maurice, que caminaba junto a su carro—. Lüneburg domina el mercado de la sal en el norte. Lo sabía porque me informé acerca de nuestra ruta... al contrario que otros.

—Seguid así, Maurice. —Raphael exhibió una fina sonrisa—. Seguro que con eso acabáis convenciéndonos de que sois el mejor capitán.

Lübeck era una de las ciudades más asombrosas que Balian había visitado nunca. Se encontraba en cierto modo en una isla, porque estaba completamente rodeada de canales. Casas, patios y jardines formaban bloques rectangulares que revelaban que Lübeck no había crecido sin control a lo largo de los siglos, sino que había sido construida conforme a un meditado plan. Angostos callejones y empinadas escaleritas llevaban hasta el centro. Muros, palacios e iglesias estaban construidos en ladrillo, que brillaba rojizo al sol: colores cálidos y amables por todas partes, que contrastaban con el áspero clima del norte. Incluso ahora, en verano, rachas de aire frío azotaban las calles, les alborotaban el pelo e hinchaban sus mantos. Sobre todo, el frágil Bertrandon no tardó en quejarse del incesante viento.

Dejando aparte el aspecto exterior, había llamativas similitudes entre Lübeck y Varennes. Las dos ciudades eran libres y debían su autonomía a un privilegio imperial que la ciudadanía había conseguido con astucia y maniobras políticas no del todo legales. Las dos vivían del comercio. Pero Balian tenía que admitir que la metrópoli del Trave era mucho más grande y acomodada que la apacible Varennes. Era la puerta del Báltico, y por eso atraía a mercaderes de toda Europa. Vieron incluso a joyeros de Venecia cuando cruzaron una de las plazas. Además, junto a Visby, Lübeck era la sede de la influyente Liga de Gotland, aquella alianza de mercaderes que controlaba el comercio con los ricos en el norte y el este y, desde hacía algunos años, extendía también su poder a Inglaterra y Flandes.

A pesar de las tensiones entre Balian y Maurice, el humor de la comunidad era sensiblemente mejor. Todos se alegraban de estar allí por fin. La parte más peligrosa y trabajosa de su viaje había quedado atrás. No podían esperar para salir hacia Gotland.

—Busquemos alojamiento —dijo Balian.

Resultó una empresa imposible. Todos los albergues de la Breite Strasse, de Koberg y Klingenberg estaban llenos. Los huéspedes dormían ya en los patios, en el mismo suelo.

—En verano siempre es así —explicó una posadera—. Los mercaderes vienen de todas partes, de Dinamarca, Suecia, Livonia, Nóvgorod, y las costuras de la ciudad revientan. Intentadlo allí.

Mencionó una pequeña iglesia, cuyo sacerdote se apiadó de ellos y les permitió dejar los carros en el cementerio y pernoctar entre las tumbas. No podía decirse que fuera cómodo, pero el clérigo les procuró a cambio sopa de nabo y cerveza fuerte de una de las numerosas cervecerías de Lübeck.

—No será por mucho tiempo —dijo Balian cuando se quejaron algunos criados—. Cuando hayamos comido, iremos al puerto y buscaremos un barco que nos lleve a Gotland.

Ruidos de labor llenaban la cámara escritorio de la familia Rapesulver. Eran los ruidos del trabajo concentrado, el comercio, el progreso y la política.

Las plumas de ganso rascaban el pergamino. Los dos escribanos murmuraban en voz baja mientras componían cartas, pagarés y letras de cambio. De vez en cuando, un ayudante bajaba al sótano a comprobar las mercaderías almacenadas hasta el techo de la bóveda. A un lado chirriaba la polea, cuando los criados izaban balas de paño y toneles hasta el almacén que había debajo del tejado.

Sievert estaba junto a la mesa y contemplaba preocupado su mano derecha. La piel estaba ligeramente seca entre el pulgar y el índice. ¿Una erupción inofensiva, o el primer síntoma de una espantosa dolencia? Decidió que un médico le echara un vistazo. Nunca se era lo bastante cauteloso, especialmente en verano, cuando de los callejones se alzaban miasmas que Dios sabía qué plagas difundían. Desde que su padre había muerto de cólera hacía muchos años, Sievert vivía en un constante miedo a la enfermedad y la agonía. Los criados de la casa tenían órdenes estrictas de lavarse con regularidad y vestir ropa limpia. Quien osaba presentarse ante su vista sucio y maloliente era puesto en la calle. En verdad, en la ciudad ya había bastantes mendigos apestosos y lisiados con heridas ulceradas. Al menos en su casa quería estar protegido de tales cosas.

—¿Me estás oyendo? —preguntó Winrich.

Sievert miró a su hermano. Aunque a menudo se burlaba de la predilección de Winrich por el agua de olor y los peines de cuerno, en secreto envidiaba su buena presencia. También él gustaba de las telas refinadas y los sombreros elegantes, pero no conseguía con ellos el mismo efecto que Winrich. Parecía, sencillamente, demasiado correcto y mediocre, con su rostro ovalado, su corta barba y el pelo ligeramente encanecido en las sienes.

—Perdona, ¿qué has dicho?

—Una carta de Helmold —respondió irritado su hermano, y levantó el pergamino—. Acaba de llegar.

—Ya era hora. Desde que está en Prusia, parece haberse olvidado de nosotros. ¿Qué escribe?

—Léelo tú mismo.

Sievert repasó las apresuradas líneas. Su hermano mediano, Helmold, había ingresado hacía algunos años en la Orden Teutónica y tenía el rango de caballero, aunque normalmente eso solo estaba al alcance de personas de sangre noble. Sin embargo, el Gran Maestre hacía de vez en cuando una excepción con las familias del patriciado de Lübeck, porque aquellos ricos burgueses aportaban mucho dinero y tierras a la comunidad. Por aquel entonces Helmold estaba en Prusia, donde la Orden había fundado un Estado propio y llevaba el cristianismo con la espada a los paganos del Báltico. En esos momentos volvía a haber combates con tribus lituanas que entraban en las tierras de la Orden para saquearlas, escribía el hermano de Sievert, y añadía: «No tenéis que preocuparos por eso». Aquellos bárbaros atrasados no estaban a la altura del poderoso ejército de caballeros. El maestre de Livonia tenía la situación bajo control.

Helmold había ingresado en la Orden Teutónica por dos razones: una, por convicción —era un buen cristiano, que creía firmemente en la misión contra los paganos—, y otra, por cálculo. Los caballeros teutónicos querían crear un Estado avanzado en el Báltico; eso solo podía salir bien si colaboraban con la Liga de Gotland y se abastecían de ese modo de todo lo que necesitaban para la expansión de país. La Liga les suministraba las mercancías necesarias y además financiaba sus campañas. Helmold representaba los intereses de Lübeck y de la familia Rapesulver en la Orden, y aseguraba que caballeros y mercaderes tirasen de la cuerda en la misma dirección, con beneficio para ambos.

Sievert se rascó la parte seca de la mano y contempló circunspecto el sello de los viajeros de Gotland, que colgaba en la cámara en forma de disco de madera. Representaba a dos hombres que a bordo de un barco se prestaban juramento de fraternidad mutuo: un símbolo de la estrecha cohesión entre sus distintos miembros. A pesar de todos los avances de los últimos años, la Liga distaba mucho de haber alcanzado sus objetivos. De hecho, Sievert y su madre soñaban con convertir la alianza de mercaderes en una comunidad que dominara todos los caminos terrestres y marítimos entre Inglaterra y Nóvgorod, y ante cuya influencia temblaran reyes y príncipes. Aún quedaba un largo camino para eso, pero con la ayuda de la Orden Teutónica era posible recorrerlo.

—¿Le respondes tú? —preguntó Winrich.

—Lo haré esta tarde. ¿Adónde vas? —preguntó Sievert cuando vio levantarse a su hermano.

—Un sastre nuevo ha abierto en la muralla de Wakenitz. Voy a ver qué sabe hacer, y a encargar un jubón nuevo.

También Sievert necesitaba ropa nueva. De todos modos, hoy no había mucho que hacer en el escritorio.

—Voy contigo.

Cuando iban a salir, se abrió la puerta que daba a la vivienda. Agnes entró y se quedó mirando fijamente a sus hijos.

—¿Que vais al sastre? ¿Es que no tenéis ya suficientes ropajes y hermosos sombreros? —Naturalmente, había estado escuchando su conversación. En aquella casa no sucedía nada sin que ella no lo supiera.

—El sastre no será caro, madre —se defendió Winrich—. Además, no he dicho que vaya a comprar nada. Solamente queremos echar un vistazo.

—Agua de olor, joyas y fino *panno pratese...* eso es todo lo que os preocupa. Que Dios se apiade de mí. He criado dos pisaverdes que se creen príncipes lombardos. Enamorados de su propia imagen en el espejo, pero ni rastro de dureza y sentido comercial. Si vuestro padre aún estuviera aquí, se avergonzaría de vosotros.

—Está bien, madre, no iremos. —Aunque Sievert se había enfadado, no estaba en condiciones de mostrarlo. La presencia de Agnes ponía freno a su ira—. No hay razón para hablarnos así delante de los escribientes. Mira —dijo para apaciguarla—, Helmold ha escrito.

Agnes le quitó la carta de las manos, la leyó con el ceño fruncido y la dejó encima de la mesa sin decir palabra. «Y eso que Helmold es su favorito de los tres. Tendría que alegrarse por lo menos un poco», pensó Sievert.

Nada de eso. Agnes les clavó una mirada penetrante y dijo a Winrich:

—Ahora hay cosas más importantes. Acaba de estar aquí un guardia de la Puerta de Holsten. Los mercaderes loreneses de los que nos advertiste han llegado. Averiguad si quieren seguir viaje hacia Gotland. Si la respuesta es sí, aseguraos de que no lleguen.

—¿Te encargas tú? —Winrich tendía a escurrir el bulto ante las tareas desagradables.

—Tengo que ir al médico sin demora —respondió Sievert.

—¿Qué te pasa ahora? —La voz de Agnes sonó despreciativa—. ¿Te has roto una uña?

Sievert reprimió la respuesta. Sabía que si se mostraba áspero con su madre, ella se burlaría aún más de él.

—Está bien, lo haré yo —dijo a regañadientes Winrich.

—Vete —exigió Agnes—. No deben tener ninguna oportunidad de asentarse aquí.

—¿Dónde puedo encontrarlos?

Su madre lo envió a una pequeña iglesia en el barrio de los cerveceros. Cuando Winrich se hubo marchado, Agnes se quedó mirando a Sievert. ¿Tendría otra tarea para él? No, no dijo nada, se limitó a quedarse mirándolo, pero él tuvo la sensación de que podía leer sus pensamientos más secretos. Hasta que, de pronto, se dio la vuelta y se fue.

La mano empezó a picarle de manera infernal. Sievert se rascó hasta hacerse sangre. Torció el gesto, malhumorado.

Era hora de hacer una visita al médico.

Las campanas de la pequeña iglesia acababan de tocar a nona cuando Balian y sus compañeros terminaron la cena.

—Traed agua del pozo y limpiad los cuencos —ordenó a los criados, y se volvió hacia los otros mercaderes—. Bertrandon, ¿venís conmigo al puerto?

—Sin duda. —El pequeño mercader se levantó y se sacudió las migas del jubón.

En ese momento, un joven entró por la puerta del cementerio. A todas luces un patricio, a juzgar por su distinguida apariencia. Dos hombres armados lo acompañaban.

Balian notó que Blanche le tocaba el brazo.

—Yo conozco a ese hombre —dijo.

Justo en ese momento, el desconocido exclamó con voz imperativa:

—¿Quién habla en nombre de esta caravana?

Balian se adelantó.

—Yo soy el capitán de estos hombres. Balian Fleury, de Varennes Saint-Jacques, para serviros. ¿Con quién tengo el honor de hablar?

—¿No sabéis quién soy? —El desconocido lo miraba con poca amabilidad. En sus dedos brillaban unos anillos pecaminosamente caros. El aroma de finas esencias de rosa lo rodeaba como un aura y se sobreponía a la peste omnipresente, como si quisiera marcar el territorio con su olor igual que un animal de rapiña.

Balian sonrió, confuso.

—Todavía no hemos sido presentados, ¿o me equivoco?

—Winrich Rapesulver. Quedaos con ese apellido. Es uno de los más poderosos linajes de Lübeck, y mi familia tiene gran influencia en la Liga de Gotland.

—Muy bien, honorable Winrich, ¿qué podemos hacer por vos?

Blanche y los otros mercaderes se pusieron a su lado e intentaron con esfuerzo seguir la conversación.

—¿Es cierto que tenéis la intención de viajar a Gotland y hacer negocios en Visby?

La sonrisa de Balian se esfumó.

—¿Cómo os habéis enterado de eso?

—No sois bienvenidos en Lübeck —dijo Winrich en vez de responder—. Solo la Liga de Gotland puede comerciar en el mar Báltico. No toleramos rivales extranjeros. Así que vended vuestras mercancías en Koberg y marchaos. Os damos tres días. Si para entonces no os habéis largado, sentiréis la ira de la familia Rapesulver.

Balian necesitó un momento para recobrarse.

—¿Qué dice? —preguntó Bertrandon.

—Nos prohíbe viajar a Gotland y nos exige que nos larguemos. Estamos en nuestro derecho de ir a Visby y vender allí nuestras mercancías —tradujo Balian, y se volvió hacia el joven de Lübeck—. No hay ningún privilegio real que otorgue a vuestra Liga el monopolio del comercio en Gotland.

—No necesitamos tal privilegio. En el mar Báltico, la voluntad de la Liga es ley —declaró Winrich—. Obedeced, o sufriréis las consecuencias. Así pues, consideraos advertidos. Tres días —repitió antes de marcharse seguido de los hombres armados.

—¿Qué se ha creído este tipo? —La ira teñía de rojo las mejillas de Bertrandon—. ¡Se planta aquí y cree que puede darnos órdenes!

—¿Quién era? —preguntó Raphael.

—Winrich Rapesulver —respondió Balian—. Dice que su familia es muy poderosa en Lübeck.

—Es el hombre que vi en Colonia —dijo Blanche.

Balian miró a su hermana.

—¿El que estaba negociando con el rey?

—Con un funcionario real, sí. ¿Cómo es que conoce nuestro destino?

—Eso no tiene importancia ahora. —Balian se volvió hacia sus compañeros—. Lo importante es: ¿qué hacemos?, ¿nos doblegamos ante la Liga? Creo que estaremos de acuerdo en que tal cosa no entra en consideración. No vamos a rendirnos tan cerca de la meta.

—Creo que no os dais cuenta de con quién tenemos que vérnoslas —dijo Maurice—. La Liga de Gotland es más poderosa que algunos príncipes. Y nos encontramos en el centro de su poder, solos, sin amigos. Si a ese Winrich le place, puede aniquilarnos con tan solo chasquear los dedos.

—Lo sé —respondió irritado Balian—. ¿Debemos entonces renunciar y dar la vuelta? ¿Es eso lo que queréis decir?

Maurice le miró directamente a los ojos.

—Quizá fuera lo más sensato.

—Vos podéis iros si queréis —dijo Raphael—. Pero yo no me voy a asustar de un tipejo que huele a agua de rosas, aunque lo haya enviado diez veces la Liga de Gotland. No he recorrido doscientas millas para renunciar sin más ahora. Quiero hacerme rico, maldita sea. No voy a dejar que nadie me prive de esta oportunidad.

Balian asintió.

—Raphael y yo no solemos pensar lo mismo, pero esta vez tiene razón. Yo digo: ¡quedémonos y afrontemos la lucha!

—¡Sí! —asintió Bertrandon.

En el fondo, eso dejaba decidido el asunto. Aun así, Balian se volvió a Maurice:

—Y vos… ¿estáis con nosotros?

—Haced lo que queráis —espetó el mercader pelirrojo, y se fue de allí.

—Vamos, Bertrandon, vayamos al puerto —dijo Balian con el ceño fruncido—. Quiero salir de Lübeck antes de que ese Winrich pueda ponernos piedras en el camino.

Cuando Balian y Bertrandon salieron del cementerio, Winrich estaba llegando al puerto fluvial, por encima de la Puerta de Holsten. Aunque estaba seguro de que su amenaza había dejado la necesaria impresión, no quería irse a casa sin haber tomado antes otras disposiciones. Necesitaba decirle a su madre que había hecho cuanto estaba en su mano.

Así que habló con los armadores en los muelles y visitó las tabernas de las que entraban y salían los capitanes de las cocas. Se le conocía y se le temía, así que no tuvo que explicar gran cosa. Ningún marino en sus cabales osaría resistirse a su familia. La plata repartida generosamente aseguraba su lealtad. Antes de que la tarde diera paso al crepúsculo, conocían sus deseos en todos los barcos, en todas las tabernas.

Cuando, poco después, se dirigía satisfecho a casa, Winrich cambió de pronto de dirección y se encaminó a la muralla de Wakenitz.

¡Al diablo con su madre y su avaricia! Se había ganado un traje nuevo.

El fresco viento alborotaba el pelo de Balian mientras, de pie en el muelle, contemplaba las dos cocas amarradas. Pertenecían a la Orden Teutónica, como revelaban las negras cruces patadas en las velas. Caballeros armados hasta los dientes subían a bordo y gritaban a los hermanos sirvientes que llevaban los caballos de batalla a tierra.

«Están en verdad en todas partes», pensó Balian con gesto rabioso. Se acordaba de algo que le había contado el obispo Balduino: Lübeck era un puerto importante para la Orden Teutónica. Desde allí los caballeros embarcaban nuevos colonos y refuerzos militares para sus territorios prusianos. Contaban en eso con el apoyo de la Liga de Gotland, que comerciaba con la Orden y le compraba ámbar y otros tesoros de los países paganos. «Como si no bastara con un enemigo fuerte, la maldita Liga tiene además poderosos aliados.»

Pero él era un Fleury y, como tal, no se conformaba con adversarios pequeños. Su abuelo había hecho frente a un obispo, su padre a un abad, y ambos juntos a la gran potencia que era Metz. ¿Qué era, al lado de eso, una asociación de mercaderes que dominaba todo el mar Báltico?

—Probemos suerte allí. —Bertrandon y él fueron a uno de los muelles de atraque, pasando de largo ante un astillero en el que estaban construyendo una coca. El casco estaba casi terminado, y se alzaba como el esqueleto de un monstruo marino prehistórico. Los carpinteros trepaban por él y clavaban tablones al esqueleto de cuadernas.

Una racha de viento infló sus mantos.

—Por san Nicolás —murmuró Bertrandon—, este viento se le mete a uno hasta los huesos.

—Con Dios —saludó Balian a un barbudo capitán, que estaba sentado con las piernas abiertas en un bolardo de piedra y daba sorbos a una jarra de cerveza mientras la tripulación fregaba la cubierta—. Somos mercaderes de Lorena, y buscamos un barco para Gotland. Pagamos bien y...

—¿Sois de Lorena? —le interrumpió el capitán, mirándolo con los ojillos entrecerrados—. No tenéis sitio en mi barco. ¡Largaos, maldita sea!

—Esto se lo debemos a Winrich —dijo Balian cuando siguieron su camino—. Creo que ha prohibido acogernos a todos los propietarios de barcos.

—Quizá deberíamos ocultar de dónde venimos —propuso Bertrandon.

Balian asintió, aunque tenía pocas esperanzas de poder engañar a nadie.

—Intentémoslo.

El siguiente con el que hablaron fue un joven marino cuya coca acababa de traer a Lübeck a unos mercaderes de pieles rusos. Los hombres de Nóvgorod estaban en el muelle y ofrecían un curioso aspecto, con sus anchos calzones y sus largas barbas partidas. Igual de extraño resultaba el idioma en el que conversaban mientras descargaban sus mercancías. Sus risas sonaban cálidas y atronadoras.

Según se demostró, el enérgico capitán venía de Gotland pero entendía alemán. Aunque Balian no mencionó que eran loreneses, el de Gotland supo enseguida con quién estaba tratando. No, no los llevaría a Visby, dijo en tono de lamento, ni siquiera por el doble de la paga, porque no podía permitirse irritar a la familia Rapesulver. Les deseó mucha suerte.

Pero la suerte estaba muy lejos aquella tarde junto al Trave. También los otros armadores reconocieron a los loreneses y se negaron en redondo a llevarlos. A veces de manera desabrida y amenazadora, a veces amable pero decidida, rechazaron la propuesta de Balian, de modo que acabaron regresando a la iglesia e informaron a sus compañeros de su fracaso.

—¿No os lo decía? —dijo Maurice—. No estamos a la altura de la Liga de Gotland. Nuestro viaje termina aquí, nos guste o no.

—Sin duda os alegráis de haber tenido razón, ¿verdad? —respondió agriamente Bertrandon.

Balian se sentó junto a su hermana y cogió un trozo de pan.

—Seguimos donde estábamos... no nos vamos a achantar.

Mañana volveremos a salir. Winrich no puede intimidar a todos los capitanes. Alguien nos llevará.

—Sin duda —dijo con decisión Odet—. Puede que ese Winrich sea poderoso, pero seguro que no lo es tanto como san Jacques —añadió, e hizo sonar los huesos discretamente dentro de su bolsa.

22

El fuego se agitó y bisbiseó como un demonio burlón cuando Blanche hurgó con un palo en las llamas. Se levantaron chispas, que fueron dispersadas por el viento y se extinguieron en las tinieblas sobre las lápidas.

Dos figuras entraron en el círculo de luz: Balian y Bertrandon, que volvían de su tercer día consecutivo en el puerto y de peinar las tabernas del Trave.

—¿Y bien? —preguntó Blanche.

—Otra vez nada. —Su hermano se sentó, cansado, junto a ella y se sirvió del caldo de pescado que hervía al fuego.

Blanche apretó los labios y añadió un poco de leña. No se podía negar que estaban clavados en Lübeck. El cementerio le parecía cada vez más un símbolo de la inutilidad de su viaje.

—Deberíamos volver —dijo Maurice.

—No vamos a rendirnos —respondió irritado Balian.

—Winrich nos dio tres días. Si no hemos salido de Lübeck mañana, nos echará de la ciudad por la fuerza.

—Esperaremos.

—¡La Liga de Gotland no amenaza en vano! —rugió Maurice—. Si Winrich no quiere que vayamos a Gotland, jamás llegaremos allí.

—Si ya no creéis en la empresa, sois libre de volver. Nadie os lo impedirá.

—Sabéis perfectamente que no puedo hacer eso. Viajar solo es demasiado peligroso.

—Deduzco que entonces no os queda más remedio que cerrar la boca y ayudar de una maldita vez.

Blanche solo escuchaba la disputa a medias. Raphael estaba sentado enfrente de ella, y tenía que forzarse a no mirarle sin parar. Sufría por su frialdad, aunque luchaba contra eso e intentaba convencerse de que era distinto. Hacía una semana que no se dirigían la palabra. A veces creía notar que él la miraba a escondidas. Pero, cuando ella buscaba sus ojos, él apartaba la vista.

Así también ahora. Miraba fijamente las llamas y hacía como si ella no existiera. Bueno, lo que él podía hacer, ella también podía. No era una mujer que se doblegara ante un hombre y se dejara tomar el pelo. Prefirió enterrar la melancolía y soportar el dolor con estoicismo.

«Él tiene que dar el primer paso... Él, no yo.» Pero podía esperar sentada. Según parecía, hacía mucho que él había puesto punto final a todo.

En algún momento se retiró a la iglesia, donde se tumbó en el suelo de piedra y se tapó con el manto.

El sueño vino pronto, y fue profundo y sordo.

—Quiero un hijo —dijo Mechthild. Se había sentado en la cama y se abrazaba las rodillas.

—Déjame dormir, mujer —dijo Sievert.

—Todas mis hermanas tienen hijos —prosiguió ella impertérrita—. Yo también quiero ser madre. ¿No puedes entenderlo? ¿Es que tú no deseas tener un hijo?

Sievert cerró los ojos.

—Que el Señor se apiade de mí...

—Una mujer tiene que tener hijos, donar vida. Así lo quiere Dios. Yo tengo amor para dar. Nuestro hijo estaría bien con nosotros. ¿Por qué me lo niegas?

—Hace seis semanas que nos hemos casado. Algunas mujeres tienen que esperar años hasta quedarse encinta.

—Al menos pueden tener esperanzas. Pero nosotros... ni siquiera lo intentamos —dijo en voz baja Mechthild.

—Basta. Es tarde.

Ella se pegó a él, y él sintió sus pechos en su espalda y su mano en su vientre.

—Ámame, Sievert —susurró—. Al menos una vez. Por favor. Quiero saber por fin cómo es.

Su miembro se agitó, y se apagó al instante. ¿Lo hacía a propósito, para que se sintiera humillado? Con brusquedad, le apartó la mano y se alejó de ella.

Mechthild se volvió de espaldas. La ira y la decepción irradiaban de ella como si fueran calor.

Sievert trató de dormir, pero al parecer la mujer estaba decidida a asediarle.

—Al principio pensaba que era culpa mía. —Su voz sonaba hostil—. Me sentía fea y repulsiva. Pero entretanto sé que no es culpa mía.

—¿Ah, sí? —gruñó Sievert.

—Es culpa tuya. No eres capaz de amar a una mujer. Ni a mí ni a ninguna. Estás enfermo.

Él se dio la vuelta.

—Ten cuidado con lo que dices.

Pero Mechthild estaba furiosa.

—Eres impotente. O deseas a los hombres. Una de las dos cosas.

Él la emprendió a puñetazos con ella, la golpeó en la mandíbula, en el rostro y en las sienes, aunque se protegiera con los brazos.

—¡No oses hablarme así! —Su respiración se había convertido en un jadeo, las palabras salían de su boca como comprimidas—. No quiero volver a oír tal cosa, ¿me has entendido?

—Sí, pégame. —Ella luchaba con las lágrimas, y hablaba tan bajo que apenas podía oírla. Pero era imposible pasar por alto el odio en su voz—. Es todo lo que sabes hacer. Pero eres demasiado cobarde para mirar a la verdad a los ojos.

—Ni una palabra más, mujer —gimió Sievert, con el puño levantado—. ¡Ni una palabra más!

En silencio, ella se secó la cara con la sábana. Apenas él bajó el puño, se levantó.

—¿Qué haces?

—Me voy a dormir al salón. Y mañana iré a ver al obispo y se lo diré todo. Cómo me tratas. Que me pegas. Y que eres incapaz de engendrar hijos. Y haré disolver el matrimonio.

—No te atreverás.

—Ya lo creo que me atreveré. ¿Y sabes lo que haré después? Le contaré a toda la ciudad que no eres un hombre de verdad.

Sievert saltó de la cama. Mechthild corrió hacia la puerta, pero él la agarró por el pelo y tiró con tal fuerza que ella cayó al suelo, jadeando de dolor.

—¡Eres un monstruo! —gimió—. ¡Un monstruo!

Antes de que pudiera recobrarse, Sievert se lanzó sobre su mujer, se sentó a horcajadas sobre ella y aferró su cuello con ambas manos.

—¡No vas a ir a ver al obispo! ¡Te lo prohíbo!

—Déja... me —gimió ella, y le clavó las uñas en los brazos.

Él se agachó, le sujetó los brazos con las rodillas y apretó con más fuerza con las manos.

—Eres mi mujer. Tienes que obedecerme. ¡Nunca volverás a salir de esta casa! Nunca, ¿me oyes?

Ella pataleó, pero no estaba a la altura de sus fuerzas. Su boca se abría y se cerraba como la de un pez fuera del agua. Los dedos de él se clavaron aún más en su cuello y, en algún momento, ella dejó de moverse.

Sievert la soltó. La cabeza de ella cayó hacia un lado. Él se incorporó y la abofeteó.

—Levántate.

Ella no se movió. Mientras Sievert se quedaba mirándola, su ira se apagó. Parpadeó varias veces. El vacío se expandió por su cabeza.

De pronto, la puerta chirrió detrás de él.

—¿Qué está pasando aquí?

Silencio.

Luego:

—¡Dios mío, Sievert! ¿Qué has hecho?

Agnes cayó de rodillas junto a él, agarró por los hombros a Mechthild, la sacudió, escuchó junto a su boca.

—¡Loco! ¡Maldito necio! —siseó—. ¿Sabes lo que has hecho?

Sievert parpadeó otra vez. Había luces centelleando detrás de sus párpados.

—Ella quería... sus mentiras... no pude...

Su madre apoyó las manos en las rodillas, respiró hondo varias veces.

—No te muevas de aquí —ordenó finalmente, y salió de la estancia.

«¡Winrich! ¡Despierta enseguida!»

«¿Madre? ¿Qué pasa?»

«¡Ven!»

«Estamos en mitad de la noche. Si no hay un buen motivo para... ¡Oh, cielos!»

Sievert volvió la cabeza. Su hermano estaba en la puerta y miraba fijamente a Mechthild.

—¿La ha..?

—Ve abajo y comprueba si alguno de los criados ha oído algo —ordenó Agnes—. Si están despiertos, les contarás que se ha caído o algo por el estilo. No deben subir en ningún caso.

—¿Por qué has hecho eso, hermano? —preguntó perplejo Winrich.

—¡Vete! —le increpó Agnes, y Winrich salió de allí.

—Quería avergonzarme. —De pronto, Sievert tenía la necesidad de explicárselo todo a su madre—. Quería ir al obispo. No podía permitirlo. Ella misma es culpable de que esto haya ocurrido. Lo es, ¿no?

—Cierra la boca, no quiero oírte. Siéntate en la cama y quédate ahí.

Sievert obedeció de manera mecánica. Agnes abandonó la habitación y regresó poco después con una vela encendida.

Winrich apareció en la puerta; se había puesto un sencillo sayo.

—Los criados no han oído nada... he cerrado la puerta que da a la planta baja. —Su mirada se posó en el cadáver—. Por Dios, Sievert...

—Ayúdame —dijo Agnes.

Juntos vaciaron el arcón de ropa de Sievert, tirando encima de la cama los ropajes, gorras y calzones.

—Metedla ahí —reclamó Agnes a sus hijos.

—¿Qué pretendes? —preguntó Winrich.

—Salvar a tu hermano del hacha del verdugo. Y a nosotros de la venganza de Rutger.

—Pero no basta con esconder el cadáver. Antes o después, alguien se dará cuenta de que Mechthild ya no está.

—No quiero hacerla desaparecer. La llevaremos a Rostock.

Diremos que vamos a visitar a mi familia. Luego haremos ver que ha sido asesinada en plena calle.

—Pero tendremos que presentar un culpable a Rutger —dijo Winrich—. De lo contrario, hará preguntas.

—Ya encontraremos uno. Ahora, metedla ahí dentro.

—Agarra, hermano. —Winrich le tocó en el hombro, y Sievert salió de su estupor. Levantaron a Mechthild y la depositaron en el arcón. Winrich le dobló las rodillas para que encajara, tumbada de costado.

«Es una suerte que fuera tan menuda», se le pasó por la cabeza a Sievert.

Su madre cubrió de ropas el cadáver y cerró el arcón. Sievert sintió alivio. Ahora que no tenía que ver a Mechthild, le parecía como si todo aquello no hubiera ocurrido. Como si nunca se hubiera casado.

—Llevadlo abajo y subidlo al carro. —Agnes se volvió hacia Winrich—. Cuando salga el sol, despertarás a los criados y lo prepararás todo para el viaje. Pero cuida de que ninguno de ellos abra el arcón. Lo mejor es que te quedes todo el tiempo junto al carro.

—¿Y si preguntan por Mechthild?

—Dirás que se fue anoche a casa de su hermana, y que vamos a ir a recogerla allí. —Agnes clavó una penetrante mirada en sus hijos—. No hace falta que os diga lo que está en juego, así que tened cuidado con todo lo que decís y hacéis. Una palabra equivocada puede costarnos la cabeza.

—Lo conseguiremos —dijo Winrich—. El plan es bueno.

Sievert sonrió. En ese momento, idolatraba a su madre.

Ocurriera lo que ocurriese, ella siempre lo tenía todo bajo control.

Durante dos días, ninguno de los compañeros salió del cementerio. Se alimentaban de sus reservas, se turnaban para montar guardia y afilaban las armas.

Winrich no vino.

—¿Lo veis? —dijo Balian—. Ese hombre no es más que un bocazas. Sabe perfectamente que no puede impedirnos ir a Gotland.

—Es extraño —dijo Bertrandon—. Habría esperado que al menos intentara intimidarnos, pero ¿que sencillamente se olvide de nosotros...?

—No creo que el asunto esté acabado —dijo Blanche—. Deberíamos seguir alerta.

Balian asintió.

—Bertrandon y yo continuaremos buscando un barco. Entretanto, vosotros mantendréis los ojos abiertos. Si Winrich aparece mientras estamos en el puerto, ven a advertirnos enseguida —ordenó a Odet.

Los días pasaban. Balian habló con todos los marinos que había en Lübeck, o eso le pareció. Y en todas partes lo rechazaron.

—No hacemos más que perder el tiempo —dijo Bertrandon—. Aquí en Lübeck no podemos hacer nada más. O damos la vuelta o intentamos llegar hasta Visby desde un puerto danés.

—Queda esperar que el brazo de la familia Rapesulver no llegue tan lejos —dijo rabioso Balian.

Cuando iban a salir del barrio del puerto, un hombre joven se dirigió a ellos. Balian se acordaba de aquel rostro enjuto, con una cicatriz en zigzag en la mandíbula... era el capitán de Gotland con el que habían hablado el primer día.

—¿Lo habéis pensado mejor? —preguntó Balian.

El marino no quería ser visto con ellos y los llevó hasta un estrecho callejón entre dos graneros, en el que olía a desechos de pescado.

—Nada ha cambiado... no puedo ayudaros —dijo con su fuerte acento nórdico—. Pero conozco a alguien que quizá esté dispuesto a llevaros a Gotland.

—¿Quién?

—Una danesa llamada Elva. Su barco entró en el puerto ayer por la noche.

Balian miró hacia una coca que había en los muelles, a cuya tripulación no habían advertido aún de no tratar con ellos.

—¿Es esa?

El joven de Gotland asintió.

—¿Una mujer gobierna ese buque? —Bertrandon había entendido al menos eso. Su voz sonaba escéptica.

—Elva es una capitana tan competente como cualquier hombre... si no más. Hace años que navega por el Báltico, y ha hecho frente a más de una tempestad.

—¿Por qué creéis que nos ayudaría? —preguntó Balian—. ¿No tiene miedo a Winrich y su estirpe?

—Elva no tiene miedo de nada ni de nadie, y menos de esos ricachones —explicó el joven capitán—. Además, gana su dinero dando a la autoridad un pellizco aquí y otro allá. Las prohibiciones no le preocupan.

—Es contrabandista —constató Balian, pero el de Gotland no respondió a eso.

—Arriba, en la Burgtor, hay una pequeña taberna. La reconoceréis por una caña de timón que hay encima de la puerta. Cuando Elva está en Lübeck, suele parar allí. Hablad con ella. Pero no digáis a nadie que yo os he enviado. —El joven capitán saludó con la cabeza, en un mudo deseo de «¡suerte!», y se fue de allí.

Rápidamente, Balian explicó a sus compañeros los detalles de la conversación.

—Busquemos a los otros.

—¿Es realmente una buena idea? —Bertrandon lo miraba dubitativo—. Esa Elva me parece una persona en extremo discutible.

—Puede ser. Pero no es que tengamos elección.

Balian encabezó al grupo, con la mano en el pomo de la espada.

Cuando Rutger se enteró de la muerte de su hermana, se derrumbó delante de sus ojos.

Primero los miró desconcertado. Luego el labio inferior le tembló y emitió sonidos gimoteantes, antes de caer de rodillas en el vestíbulo de su casa y echarse a llorar desconsolado. Las lágrimas y los mocos se quedaban prendidos de su barba mientras rugía el nombre de Mechthild.

Ver en ese estado a un hombre tan fuerte y respetable le resultó en extremo desagradable a Sievert. Él mismo hacía el papel de viudo doliente, pero había optado por la tristeza digna. Se quedó allí callado, con la cabeza baja, y dejó hablar a su madre.

Pasó una eternidad, le pareció, hasta que Rutger se tranquilizó un poco. El gigantesco mercader los miró con los ojos hinchados.

—¿Cómo? ¿Cómo ocurrió? —quiso saber.

—Un cobarde asalto —explicó Agnes—. Estábamos en Rostock con mi familia. Mechthild iba a la iglesia de San Nicolás cuando un ladrón la arrastró a un callejón y la estranguló a plena luz del día.

Rutger volvió a derrumbarse y estalló en llanto. «Que un hombre adulto se deje ir de ese modo», pensó Sievert. La última vez que él había llorado había sido de niño. Luego, su madre le había enseñado a no mostrar jamás debilidad delante de otros.

De pronto, Rutger se puso en pie de un salto. Su rostro humedecido por las lágrimas ardía de ira.

—¿Fue hallado el asesino?

—Los habitantes del callejón gritaron a voz en cuello, pero no pudieron atraparlo —relató Agnes—. Felizmente, mis hijos estaban allí. Emprendieron la persecución y lo alcanzaron en el puerto.

—¿Lo matasteis? —preguntó Rutger.

—Estaba loco de dolor —respondió Sievert con voz ronca—. Estuve a punto de matarlo. Pero Winrich me detuvo.

—Para que pudiéramos juzgarlo en Lübeck —explicó su hermano—. Me pareció más justo… también para con vos.

—Os lo agradezco —dijo Rutger—. Nunca lo olvidaré. ¿Puedo ver a ese tipo?

—Lo hemos traído. —Winrich abrió la puerta y dos de sus mercenarios entraron escoltando a un hombre harapiento. Tenía el pelo largo y enmarañado, las mejillas hundidas y los ojos febriles. Escoria del arroyo; y además, hambriento y enfermo de muerte. Había sido fácil convencerlo de que cargara con la culpa. Agnes le había ofrecido alimentar desde entonces a su mujer y a su horda de hijos, y darles un alojamiento decente, si él confesaba haber matado a Mechthild y se entregaba al verdugo. Como la enfermedad lo estaba devorando poco a poco y, como mucho, iba a seguir vivo medio año más antes de reventar miserablemente, había aceptado el trato sin grandes titubeos. Incluso le había dado las gracias por su misericordia a Agnes.

Las cadenas chirriaron cuando los mercenarios lo tiraron al suelo. Empezó a toser; moco y sangre gotearon en el suelo. Sievert retrocedió involuntariamente un paso. Aquella criatura lo asqueaba.

Rutger agarró por los cabellos al hombre encadenado y le

echó la cabeza hacia atrás para poder verle la cara. La voz de Rutger era como un gruñido que salía del fondo de la garganta.

—Dime por qué.

—Sus anillos —graznó el encadenado—. Quería sus anillos.

Rutger lo soltó y retrocedió tambaleándose, con los ojos desorbitados de ira y dolor.

—¿Has estrangulado a mi hermana por unos miserables anillos? —Con cada palabra hablaba más alto, hasta que por fin rugió—: ¡Cerdo! ¡Aborto! —Empezó a dar patadas al encadenado—. ¡Te voy a poner en la rueda, y me encargaré de que tardes días en reventar!

El prisionero se retorció en el suelo. Winrich cogió a Rutger por el brazo y lo apartó.

—Basta por ahora. Dejádselo al verdugo. Todo Lübeck debe ver cómo muere el asesino de vuestra hermana.

Rutger retrocedió tambaleándose, y de pronto pareció estar muy débil, incapaz de caminar. Se desplomó en los peldaños de la escalera, enterró el rostro entre las manos y fue presa de convulsivos sollozos.

—Metedlo en la mazmorra e informad al Consejo —ordenó Agnes a los mercenarios antes de ir hacia Rutger y ponerle una mano en el hombro. Había una calidez en su voz que raras veces mostraba en su casa—. Nuestras familias están unidas en el dolor. Si necesitáis consuelo, no dudéis en venir a vernos.

Por fin salieron de la casa de Rutger. Cuando estuvieron en el coche de viaje y se fueron, Sievert respiró. Todo aquel espectáculo le había resultado desagradable y agotador.

—¿Crees que se lo ha tragado?

—Tú estabas presente —respondió ásperamente su madre—. ¿Te parece alguien que tiene dudas?

—Ojalá que nuestro amigo no se arrugue en la cárcel y empiece a hablar —dijo Winrich.

—No hablará. Me he encargado de que no sobreviva a esta noche. —Los ojos de Agnes se convirtieron en ranuras cuando miró por la ventanilla del coche—. Dad gracias a Dios de que me tenéis a mí. Sin mí, no sobreviviríais ni una semana en este mundo.

Winrich bajó la cabeza, confuso. A Sievert en cambio no le importó el desprecio de ella. Había salido con bien de aquello, se había librado de Mechthild y, además, de ese modo se había asegurado de que su madre no se daría prisa en intentar volver a casarlo.

Estaba de un humor espléndido.

«Quizá debería ir esta noche al burdel para celebrarlo», pensó.

—¡Es ahí delante! —Odet señalaba un mísero edificio al final del callejón, encajado entre almacenes y una casa de baños de la que no entraba y salía precisamente la clase más elevada de la ciudad. La planta baja era de ladrillos, la mayoría resquebrajados y rotos; la parte superior de tablas viejísimas y el empinado techo de ripias de madera combadas. La viga de la que se colgaban las poleas sobresalía hasta adentrarse en el callejón, y representaba a un monstruo marino toscamente tallado, con la boca abierta.

Encima de la entrada estaba la caña del timón de un barco de vela.

La puerta estaba encajada, de manera que Balian tuvo que emplear considerable fuerza para abrirla. Sus compañeros y él contemplaron una taberna que estaba algunos escalones más abajo, y era tan sombría como una cueva. Dos teas ardían de manera inconstante y derramaban una luz turbia, como si el aire viciado, que olía a cerveza y a pescado, fuera demasiado húmedo y denso para alimentar la llama.

Solamente una mesa estaba ocupada. Una mujer esbelta, poco mayor que Balian, y varios hombres con raídos sayos compartían una cena de asado frío y cerveza oscura. Mientras los marinos devoraban ansiosos la comida, no pronunciaban una sola palabra.

Balian oyó un leve gruñido, y vio que Mordred enseñaba los dientes. Raphael lo agarró por la correa y le ordenó que guardara silencio.

—¿Sois vos Elva, de Dinamarca? —se dirigió Balian a la mujer.

—¿Quién quiere saberlo? —Ella lo miró con recelo, mientras sus compañeros seguían engullendo la carne sin prestar atención a los loreneses. Bajo su descolorido atuendo verde se dibujaban dos pequeños pechos; los brazos nervudos y las manos callosas revelaban que trabajaba con dureza. El pelo rubio, desgreñado por el viento y el agua salada y en parte enredado en trencitas, le llegaba hasta los hombros.

Balian se presentó.

—Buscamos un pasaje a Visby.

—Los loreneses. —Elva cambió una mirada con sus hombres—. Así que sois los queridos amigos de Winrich Rapesulver.

De modo que ya había oído hablar de ellos, aunque había llegado hacía menos de un día.

—En todo el puerto se habla de vosotros —dijo la danesa—. Se sorprenden de que no os hayáis rendido hace mucho. Os consideran o muy valientes o extraordinariamente necios.

—Nos han dicho que podríais ayudarnos.

—Vaya. Así que eso dicen. —Tomó un largo trago de su jarra.

—¿Nos llevaréis? —preguntó Raphael.

—Aún no hemos llegado a eso.

Maurice se adelantó.

—Estamos perdiendo el tiempo. Mirad a esta gente. Chusma de la peor especie. Prefiero ir nadando a Gotland que subir a un barco con ellos.

Elva dedicó una mirada al mercader pelirrojo.

—¿Quién es ese?

—Maurice Deforest, mi compañero —explicó Balian.

—¿Siempre tiene la boca tan grande?

«Mira por dónde, alguien que habla francés.»

—Tan solo está malhumorado por todo el tiempo que llevamos sin movernos en Lübeck. No lo dice con mala intención.

—Escúchame, muchachito. —Elva se dirigió a Maurice, al que casi se le salieron los ojos de las órbitas cuando oyó que le hablaba en francés. Su acento era fuerte, pero dominaba aceptablemente la lengua—. Si vuelves a insultarme a mí y a mi gente, te cortaremos las orejas y las clavaremos en la caña del timón, ahí fuera, ¿entendido? Aparte de eso, soy de sangre noble, lo creas o no, y eso es más de lo que un saco de dinero como tú puede afirmar de sí mismo, ¿verdad?

Raphael se echó a reír; tampoco Blanche pudo evitar sonreír, pero tuvo el tacto suficiente como para llevarse casualmente la mano a la boca y ocultar su sonrisa.

Maurice, en cambio, estaba pálido de ira.

—¡Cómo os atrevéis a hablarme así! ¡No tenéis idea de con quién estáis hablando!

—Si sigue hinchándose de ese modo no tardará en reventar

como una vejiga de cerdo repleta —dijo Elva, y sus hombres sonrieron.

—Entonces... ¿nos llevaréis a Visby? —preguntó Balian.

—Depende —dijo la danesa—. Si os ayudo, voy a irritar a los Rapesulver. Eso cuesta un dinero extra.

—Pagaremos bien.

—Siéntate y bebe con nosotros —le invitó ella—. Es costumbre negociar los contratos de transporte delante de una jarra de cerveza. Los demás son nuestros testigos, así que di a tu gente que abra bien las orejas. —Elva no parecía tener ningún respeto al protocolo, y tuteaba a todo el mundo.

Balian se sentó en un taburete que estaba libre, cogió la jarra de cerveza que le tendió uno de los marinos y dio un trago.

Elva lo miró. Su rostro era demasiado ancho y anguloso como para llamarlo bello... pero era atractivo, de una forma salvaje, natural.

—¿Qué mercancías lleváis?

—Sobre todo paños, vino y armaduras. Luego, algo de especias, colmillos de morsa y libros, pero eso apenas pesa.

—Por el paño, el vino y las especias pagaréis veinte partes de cada cien de su valor. Por las armas, el marfil y todo lo demás, treinta.

—Eso es demasiado. —De hecho, la petición de Elva duplicaba las tarifas habituales—. Os ofrezco diez y quince.

—Como os he dicho, este no es un viaje normal. Si no tengo cuidado, por vuestra culpa me ganaré la enemistad de la familia más poderosa de Lübeck. Además, tu amigo acaba de insultarme y quiero ser compensada por ello.

Balian se frotó la nariz, sonriente. Una cosa estaba clara: aquella mujer podía vérselas con cualquier usurero lombardo. Pero negoció con dureza, y consiguió acercar las posturas un poco.

—¿Estáis de acuerdo con los gastos? —preguntó a sus compañeros.

—Lo que esta mujer exige linda con el robo —se quejó Maurice, pero los otros asintieron, aunque titubeando.

—Nos queda el resto de la plata del obispo Balduino —dijo Bertrandon—. Con ella podemos pagar una parte, de modo que los gastos del transporte son tolerables.

—Estamos de acuerdo —se volvió Balian a Elva.

—¿Vais armados? —preguntó la danesa—. Si queréis viajar con nosotros, cada uno necesita una coraza y un arma para la lucha cuerpo a cuerpo... así lo quiere la ley.

—Los mercaderes llevamos cada uno una cota de malla y una espada; los criados, gambesones y armas blancas.

—Con eso basta. —Elva se levantó, su apretón de manos fue tan fuerte como se esperaba—. Saldremos mañana al romper el día. Embarcaremos la carga cuando oscurezca, y pasaréis la noche en el barco. Quizá de esa manera engañemos a los Rapesulver. Nos encontraremos en el puerto a medianoche.

Cuando salieron de la taberna, Balian sentía algo parecido a la confianza, por primera vez desde hacía muchos días.

Las dos cocas venían de Brujas, sus ventrudas bodegas de carga iban atiborradas de telas de las mejores pañerías de Flandes. En los carros de bueyes que traqueteaban bajo el sol del mediodía desde el puerto fluvial hacia la casa de la familia Rapesulver había una considerable fortuna.

Sievert y Winrich estaban a la sombra y vigilaban a los criados que bajaban por rampas las balas de paño al sótano o las subían con poleas al sobrado. Mientras un ayudante contaba las mercancías y las anotaba en una lista, los hermanos gozaban de un vino del Rin rebajado con agua de manantial y especiado con menta.

El trago le supo a gloria a Sievert. Las semanas pasadas le parecían una pesadilla, que iba palideciendo poco a poco. La noche anterior había dormido solo en su propia cama por primera vez desde el fallecimiento de Mechthild. ¡Qué bien le había sentado!

—Madre ha empezado esta mañana a preparar el próximo viaje a Rusia —observó Winrich.

—Lo he visto.

—¿Vas a acompañarla?

—Creo que sí.

Winrich se limitó a asentir, pero Sievert pudo notar su alivio. A su hermano no le gustaba el largo viaje a Nóvgorod y la vida abundante en privaciones de Peterhof, la sucursal local de los mercaderes alemanes y de Gotland. Sievert también lo odiaba, pero ya podía ahorrarse irle con eso a su madre. Bueno, partirían como muy pronto en septiembre, cuatro semanas después del regreso de los viajeros del verano. Quizá para entonces encontrara la forma de no tener que ir.

Un joven se acercó a ellos y los saludó inclinando la cabeza.

—Señores...

Sievert observó la cicatriz en zigzag en la mandíbula del marino y se acordó de que había trabajado con él una vez, hacía uno o dos años.

—Capitán Birger, de Gotland, ¿verdad? ¿Qué deseáis?

—Vengo por los loreneses que os causan problemas. Sé algo que puede seros de utilidad.

Los hermanos cambiaron una mirada. A causa del asunto de Mechthild se habían desentendido de aquellos intrusos. Los dos habían dado por sentado que los loreneses habían dejado Lübeck después de la amenaza de Winrich.

—¿Qué pasa con ellos?

—Están ahora mismo de camino a Gotland —dijo Birger.

—Eso no es posible —repuso Sievert—. Nos hemos ocupado de que nadie los llevara.

—Os han jugado una mala pasada. Esta noche embarcaron sus mercancías, y han zarpado hace un par de horas.

—¿En qué barco? —preguntó impaciente Sievert—. ¡Suéltalo!

El de Gotland sonrió e hizo un movimiento inconfundible, frotando los dedos índice y pulgar.

—¡Sinvergüenza! —Winrich dio un paso hacia delante, pero Sievert contuvo a su hermano.

—¿Cuánto queréis?

—Mi información bien vale quince marcos de Lübeck.

—Eso es mucho dinero.

—Bueno —dijo el capitán—, si no pagáis, los forasteros llegarán a Gotland dentro de unos días y romperán vuestro monopolio, y eso resultará mucho más caro a la Liga. La decisión es vuestra.

—Tráeme la bolsa —ordenó Sievert a su hermano, y Winrich entró en la casa a regañadientes y regresó poco después con la repleta bolsa.

—Contiene diez marcos —explicó Sievert—. Daos por satisfecho y olvidaré vuestro descaro.

La codicia brillaba en los ojos de Birger cuando tendió la mano hacia la bolsa.

—Elva, la danesa, los ha aceptado. Su barco es la *Gaviota Negra*.

Los hermanos volvieron a cambiar una mirada. Elva, naturalmente. Aquella mujer no se detenía ante nada.

—¿Decís que salieron esta mañana temprano? —preguntó Sievert al de Gotland.

—Con la primera luz del día. Si os apresuráis aún podéis alcanzarlos.

Cuando el joven capitán se hubo ido, Winrich dijo:

—Eso es más fácil de decir que de hacer. Las dos cocas que hay en el puerto las necesitamos para el regreso a Brujas, y nuestros demás barcos están todos en el mar.

Sievert apretó el puño y se tocó con él los labios. De todos modos, era más inteligente que los barcos de la Liga no tomaran parte en el asunto. Se trataba de devolver el golpe rápido y no dejar huellas.

—Arnfast se ocupará de esto. Envíale un mensajero enseguida.

—Oh, eso le va a gustar —dijo alegremente Winrich—. Cuando sepa de qué se trata, quizá lo haga incluso gratis.

—No pierdas el tiempo hablando. ¡Vete! El tiempo corre en contra nuestra.

Winrich se dirigió al patio de la casa de los mercaderes, y poco después un jinete cruzaba sus puertas al galope.

Sievert dio un sorbo a su vino y contempló asqueado a los jornaleros en el callejón, a las innumerables viejas y a los niños que jugaban entre la porquería. Felizmente, poco después los criados habían terminado y pudo retirarse por fin a su limpio escritorio.

23

Balian estaba en el pequeño alcázar, con las manos posadas en una almena de madera, y contemplaba las olas rompiéndose contra la proa. Tenían suerte con el tiempo. Apenas habían dejado atrás la desembocadura del Trave se había levantado un fuerte viento. Rachas saladas hinchaban las velas y les revolvían el pelo, iban a buena marcha; ante ellos se extendía el ancho mar Báltico, gris como el acero y verde como el cobre viejo. Después del forzado descanso en Lübeck, se sentía libre en mar abierto… libre y vivo. Respiró con ansia el aire fresco y observó el centelleo de los rayos de sol sobre las olas.

No todos sus compañeros compartían su entusiasmo por la singladura. Cuando se alejaron de tierra firme y solo se veía de la costa una estrecha franja, los primeros empezaron a marearse. Bertrandon y dos criados se inclinaron por encima de la borda y vomitaron ruidosamente el desayuno.

La *Gaviota Negra* era una coca pequeña, comparada con los ventrudos mercantes de la Liga de Gotland. Medía cuarenta varas de largo y se hundía en el agua como mucho una braza, aunque la bodega estaba atiborrada con las mercancías de los loreneses, sus carros y sus bueyes. Elva llevaba una tripulación de diez hombres, un timonel y nueve marineros, que se afanaban en cubierta.

También los loreneses tuvieron que echar una mano. Elva había enviado enseguida a Raphael y dos criados abajo y les había ordenado achicar el agua de la sentina… un trabajo asqueroso, porque aquel caldo apestaba. De vez en cuando se oía maldecir a Raphael.

Elva demostró ser una capitana capaz. Daba órdenes a la tripulación con mano serena, y aquellos broncos individuos la obedecían al instante. Balian se preguntaba quién era y si de verdad corría por sus venas sangre noble, como había afirmado en la taberna.

«¿Podemos confiar en ella?»

Su olfato le decía que no tenían nada que temer de Elva. En cambio sus compañeros no estaban tan seguros. Especialmente Maurice estaba convencido de que a bordo de la *Gaviota Negra* les esperaba un terrible destino.

—Manteneos siempre juntos y con las armas al alcance de la mano —estaba diciendo cuando Balian avanzó hacia sus compañeros.

—¿Qué significa eso, Maurice? —Balian miró con cara de pocos amigos al pelirrojo.

Como este no respondía, Bertrandon se lo explicó:

—Tan solo nos preocupamos por nuestra seguridad. —Se había recuperado un poco, pero seguía teniendo el rostro gris—. Más de un mercader ha sido asesinado y saqueado en mar abierto.

—Elva no puede permitirse hacernos nada —dijo Balian en voz baja—. Si se corre la voz de que sus pasajeros sufren daño, será la última vez que logre embarcar a un mercader.

—Dado que nadie ha visto que subíamos a bordo, tampoco nadie nos echará de menos si nos hundimos en el fondo del mar con el cuello rajado —respondió Maurice.

—Quizá Elva no respete demasiado la ley, pero sin duda no es una asesina. Veis fantasmas.

Sin embargo, esta vez Maurice no estaba solo con su opinión:

—¿No eres demasiado confiado? —dijo Blanche—. No conoces a esa mujer. Y tienes que admitir que sus hombres tienen un aspecto bastante siniestro.

—Son marinos. ¿Qué esperabas? ¿Que vistieran *panno pratese* y calzaran zapatos de piel de vaca como los consejeros de Varennes?

—Sea como fuere —dijo Bertrandon—, Maurice tiene razón... la prudencia es mejor que el descuido. Al menos yo, no pienso soltar la espada hasta que lleguemos a Gotland.

—Ojalá esto no haya sido una tontería tuya, hermano —murmuró Blanche antes de dirigirse hacia la borda para atender a los criados mareados.

Bertrandon se sentó junto a ella, con expresión sombría y la espalda encorvada sobre las rodillas. En ese estado, difícilmente iba a estar en condiciones de esgrimir el arma, y no digamos de rechazar a sanguinarios agresores.

Balian suspiró y fue hacia la popa, donde Elva estaba en ese momento dando instrucciones al timonel.

—¿Cuánto tardaremos en llegar a Gotland?

—Eso depende del tiempo. —Con los ojos entrecerrados, contempló las nubes en el horizonte. Se había recogido el rubio cabello en una tensa cola de caballo—. Si el viento sigue así de favorable… quizá algo menos de una semana, sin contar el atraque.

—¿Se avecina tormenta?

—No parece. Pero eso puede cambiar con rapidez. El mar es caprichoso como un cachorro de gato. Mantén el rumbo hacia Laaland —ordenó al timonel, antes de que Balian y ella se acercaran a las almenas del castillo de popa.

Elva observó a Blanche, que en ese momento daba de beber a un criado.

—¿Tu mujer o tu amante? —preguntó de pronto.

—Ni una cosa ni la otra. —Balian sonrió—. Blanche es mi hermana. Mi hermana gemela, para ser exactos.

—Ah. —Elva la miró de reojo—. Cierto. Ahora que lo dices, el parecido es indudable.

—Si dejamos a un lado que ella ha heredado toda la belleza de nuestra madre y yo tan solo la dura cabeza de nuestro padre.

—Ese tipo bajito que está con ella… ¿es su marido?

—Blanche es viuda. Su marido murió hace algunos años.

—¿Y no ha vuelto a casarse? Aún es joven.

Balian frunció el ceño. ¿Por qué Elva tenía de pronto interés en su hermana?

—Aún no está preparada para eso. La muerte de Clément la afectó mucho.

—Otros hermanos no habrían tenido tanto respeto, y hace mucho que le habrían buscado un marido nuevo.

—Yo no soy como otros hermanos —dijo él sonriendo—. Y los Fleury no somos como otras familias.

—Esa es la impresión que yo tengo —observó Elva con una extraña entonación.

Balian respondió a su mirada y se perdió por un momento en sus ojos, que le parecían como el mar y la espuma y la rompiente: broncos, atractivos y peligrosos. Cuando ella se metió el pulgar y el índice en la boca y lanzó un agudo silbido, fue como si lo hubiera despertado abruptamente mientras soñaba despierto.

—¡Ahí no! —gritó ella a un marinero atareado con un rollo de cuerda—. ¡Debajo de cubierta!

Cuando el hombre dio muestras de no entenderla a causa del flamear de la vela, la danesa corrió hacia él lanzando maldiciones.

Balian se quedó en el castillo de popa y movió la cabeza, sonriente.

Mientras Blanche se ocupaba de los dos criados, se dio cuenta de que Bertrandon apretaba los labios y aferraba la espada con tal fuerza que los nudillos se le ponían blancos.

—¿Os sentís peor otra vez?

En vez de responder, el pequeño mercader empezó a tener arcadas. Ella le acercó rápidamente un cubo.

—Disculpad —murmuró él—. Apenas creo haber superado las náuseas cuando se apoderan otra vez de mí.

—El mareo no es nada de lo que haya que avergonzarse. Hasta los reyes se ven asediados por él. Os prepararé un poco de medicina.

Con sabia previsión, en Lübeck había comprado distintas especias, entre ellas hierba de gato, ajenjo y vinagre, que convirtió en pasta en su mortero. Su madre le había enseñado aquella receta. Philippine era una experta sanadora que podía vérselas con cualquier médico, y Blanche se había fijado mucho en ella.

Bertrandon se frotó los orificios de la nariz con la pasta de hierbas.

—Os dejo el mortero, por si necesitáis más —dijo ella—. Además, deberíais beber regularmente. Y no os olvidéis de la comida, aunque os cueste trabajo.

—Gracias —bisbiseó el mercader.

—Todo irá bien. —Sonriente, ella le apretó la mano.

Había un largo camino hasta el castillo de Arnfast, y pasaba por zonas solitarias en las que apenas había senderos, y no digamos caminos pavimentados. Un campesino en un carro de bueyes habría necesitado una semana para cubrir el trecho. Sin embargo, el mensajero de Winrich era un jinete experimentado, tenía un caballo rápido y cabalgó como si el diablo fuera tras él. Lo consiguió en un día y medio.

Su prisa furiosa lo llevó a través del condado de Holstein, a la pequeña ciudad portuaria de Kiel y de allí al ducado de Schleswig, que pertenecía ya al reino de Dinamarca. Cuanto más hacia el norte avanzaba, tanto más salvaje y áspero era el paisaje. Campos y sembrados dieron paso al Wohld danés, un bosque gigantesco y primitivo en el que apenas vivía gente. Pueblos diminutos se escondían en los valles; en las cabañas hechas de mampostería y turba vivía una estirpe de gentes duras que cazaban entre los arbustos y evitaban a los forasteros. Tumbas de una era gris, hechas de enormes bloques de piedra que solo gigantes podían haber apilado, ocultaban espantos innombrables. El mensajero respiró aliviado cuando la sombría espesura se aclaró y dejó ver la costa.

Aquella comarca se llamaba Fraezlaet. Los fiordos penetraban profundamente en la tierra, como si el mar alargara sus garras hacia las colinas. En sus desembocaduras se extendían anchas playas; las olas rodaban sobre la arena y los guijarros y rompían espumantes contra las rocas. Los poales y las artemisas se mecían al viento. En el bosque, el mensajero apenas había sentido el sol, pero allí afuera ardía. Se secó el sudor de la frente y dio un sorbo a su odre de agua antes de volver a acicatear su caballo y seguir trotando hacia los acantilados, más al norte.

Las rocas calizas encostradas de sal brillaban rojizas a la luz del sol; se alzaban como un muro protector y hacían frente a la furia de la rompiente. Un castillo coronaba la arriscada costa. La fortaleza no era grande, poco más que una torre rodeada de un muro tras el que se guarecían construcciones de madera, y además tenía un aspecto miserable… Sin embargo, el mensajero tragó saliva al ver sus muros. Porque Arnfast no era un señor amigable. Peor aún: decían que se había apartado de la verdadera fe y adoraba a ídolos paganos.

El mensajero se santiguó y cabalgó, con una oración en los labios, por la enrevesada senda que llevaba hasta la puerta del castillo, donde tuvo que decir lo que deseaba al guardia antes de que bajaran el puente levadizo.

En el interior, la desolación salió a su encuentro como un mal olor. Aunque el sol aún estaba alto en el cielo, sus rayos apenas llegaban hasta el pequeño patio. En los establos, algunos guerreros atormentaban a un perro lisiado que tenía las patas traseras paralizadas. Mientras el animal se arrastraba gimiendo, los hombres le tiraban piedras y se reían cuando aullaba al ser alcanzado.

Con la cabeza baja, el mensajero subió corriendo por la angosta escalera que serpenteaba por el muro de la torre. Llegó a un sombrío aposento. El suelo estaba cubierto de juncos cortados, una tea ondeaba a la corriente de aire. Arnfast estaba sentado a la mesa, con la comida a medio tomar delante y, en su regazo, una muchacha jovencísima cuyo rostro no mostraba expresión alguna mientras él la manoseaba. Era un hombre de poco más de treinta años, rostro estrecho y ojos penetrantes. Llevaba el rubio cabello largo hasta los hombros, y le cubría el rostro una pelusa extrañamente rala, una barba demasiado débil para ser abundante.

—Estoy ocupado. Abrevia —dijo cuando el mensajero se inclinó ante él.

—Me envía la familia Rapesulver. Necesitan vuestros servicios. Mi señor Winrich me ordena que os dé esto. —El mensajero desprendió una bolsa con dinero de su cinturón.

Arnfast contempló con interés la henchida bolsa. Los negocios con los Rapesulver siempre eran rentables, y él siempre necesitaba dinero. Hacía años que disputas y pequeñas guerras saqueaban Dinamarca. El comercio languidecía, los campesinos perdían ganado y cosechas a manos de hordas de saqueadores. Golpeaba al reino especialmente la lucha por el poder entre la familia real y el arzobispo de Lund. Arnfast había cometido el error de mantenerse fiel a la corona, con lo que los soldados del dignatario eclesiástico habían devastado sus tierras y puesto sitio a su castillo; había estado a punto de perderlo todo. De eso hacía cuatro años, pero seguía sin haberse recuperado de aquel golpe. Para llenar sus vacías arcas, asaltaba cocas en el mar Báltico y robaba sus mercancías a los ricos comerciantes. Pero, desde que la Liga de Gotland había intensificado la protección de los mercaderes, aquellas aventuras se habían vuelto peligrosas, y sus barcos salían raras veces de caza. Sin los ocasionales encargos de Winrich y Sievert, haría mucho que se habría empobrecido.

Arnfast espantó a la chica y tocó el amuleto de plata que le colgaba al cuello. Representaba a *Mjöllnir*, el martillo de guerra del viejo dios Thor.

—Dame el dinero.

El mensajero obedeció.

Arnfast abrió la bolsa y sumergió una mano en las monedas. Sin duda eran cincuenta marcos de plata, una pequeña fortuna.

—¿Qué quiere Winrich?

—Ayer por la mañana una coca salió en dirección a Gotland. No debe llegar a Visby bajo ninguna circunstancia.

Con pocas palabras, el mensajero le explicó los detalles. Un pequeño grupo de mercaderes loreneses, apenas armados, valiosas mercancías con las que podía quedarse… un encargo del gusto de Arnfast.

—¿Quién manda ese barco?

—Es la *Gaviota Negra*, pertenece a…

—Elva. —Arnfast escupió el nombre en un siseo. ¡Por los viejos dioses del Norte! Precisamente esa mujer, mil veces maldita. Era cosa hecha. Arnfast arrojó la bolsa a un criado y le ordenó que guardara la plata bajo llave, mientras se ceñía la espada y corría hacia la escalera.

Llamando a gritos a sus hombres, salió al patio y dio una patada a una portilla abierta en la base del muro defensivo. Tras ella, unos escalones gastados por el viento y la lluvia bajaban por los acantilados. Arnfast y sus guerreros descendieron por la angosta escalera, mientras las rachas de viento tiraban de sus sobrevestes y de su pelo.

Abajo, en los muelles, dos barcos se mecían en la rompiente; no eran cocas, sino esbeltos drakkares. Eran más rápidos y manejables que los pesados mercantes, pero esa no era la única razón por la que Arnfast prefería ese tipo de embarcación. Antaño, sus antepasados se habían hecho a la mar en drakkares y habían saqueado las costas de Inglaterra y de Francia. «Vikingos», se llamaba entonces a los daneses, y allá donde ese nombre resonaba llenaba de horror los corazones de los cristianos. Hacía mucho que había terminado esa gloriosa era, pero no para Arnfast. Era un vikingo como sus antepasados, el último vikingo del mar Báltico. Había abjurado del dios de los cristianos y veneraba a Thor y Odín, Freya y Heimdall, los dioses de sus antepasados, de los que hablaban las antiguas sagas. Porque ya no podía soportar la cháchara de los curas, ese constante lamento de compasión y pecado. Anhelaba la fuerza y el poder, el honor y la lucha, y los encontraba entre los dioses del Walhalla, que animaban a un hombre a coger con la espada lo que le correspondía.

—A los barcos —ordenó a su gente—. ¡Soltad amarras, izad las velas! Aprovechemos el viento. ¡Es una bendición de Thor!

Los hombres miraron al cielo atemorizados; más de uno hizo el signo de la cruz a escondidas. Odiaban el momento en que él invocaba a los viejos dioses, porque en el fondo de su corazón seguían creyendo en Jesús y los apóstoles y todo eso que los curas predicaban.

Él se rio de su infantil temor.

—Thor es más fuerte que vuestro Cristo en la cruz. Él nos protegerá, si confiamos en su poder. Pensad siempre que somos vikingos, los señores del mar. No tememos a nada ni a nadie. ¡Ahora, apresuraos, ratas! Tenemos que alcanzar un barco. ¡Nos espera un rico botín!

Si el viento era igual de favorable al sur, Elva llevaba una considerable ventaja. Tendrían que esforzarse si querían alcanzar a la *Gaviota Negra*. Pero, con la ayuda de Thor, podía hacerse. La coca, pesadamente cargada, era lenta comparada con sus barcos, y además dependía del favor del viento, mientras que sus hombres podían en todo momento ponerse a los remos. Y él sabía exactamente qué ruta estaba siguiendo Elva, de modo que no tendrían que buscar mucho tiempo. A más tardar, a la altura de Öland la alcanzaría, y entonces tendría por fin la venganza que esa mujer llevaba tanto tiempo negándole.

Arnfast saltó a la cubierta del barco más grande y empuñó el timón. Los hombres se repartieron por los bancos, metieron los remos por los agujeros practicados en la borda y salieron remando a la bahía. El viento hinchó la latina de franjas de colores, y rápidamente cogieron velocidad.

«Elva. Esta vez no te vas a escapar. Esta vez te atraparé y te ahogaré en el mar con mis propias manos», pensaba Arnfast, mientras la espuma salada le salpicaba el rostro.

—Uno podría acostumbrarse a esta vista, ¿eh? —dijo Balian.

Blanche, que estaba junto a él apoyada en la borda, asintió impresionada. Su primer atardecer en el mar Báltico era un espectáculo. Por encima de las islas, el cielo parecía incendiado. El sol poniente bañaba el mar en miles de colores; a veces las olas brillaban como acero al rojo, a veces eran verdes como cobre viejo.

Elva lanzó la sonda al agua y la desenrolló hasta que la plomada tocó fondo. Al cabo de un rato la recogió y examinó la arena pegada al peso.

—Pondremos proa a esa bahía —decidió.

La danesa conocía el mar Báltico mejor que él el escritorio de su casa, le pareció a Balian. Como la *Gaviota Negra* siempre estaba a la vista de tierra firme, para navegar Elva solo tenía que observar la formación de las costas y las marcas de su camino en la orilla. Si quería orientarse con más precisión recurría a la sonda. Balian había conocido ese arte asombroso en sus viajes a Inglaterra. Con la sonda, los marinos experimentados podían averiguar tanto la profundidad del mar como la composición del fondo, y comprobar así la posición exacta del barco.

Una vez en la bahía, Elva hizo largar el ancla, y fueron hasta la orilla por las aguas bajas. Iban a pernoctar en tierra firme porque a bordo de la *Gaviota Negra* no había sitio para todos. Además, la coca era demasiado pequeña como para llevar, además de la carga, agua y comida suficiente para la tripulación y los pasajeros. Solo había un tonel de galleta, que además de estar dura como una piedra olía de manera sospechosa, como Odet había comprobado cuando, por la mañana, fue en busca de algo comestible. Puso una debajo de la nariz a Balian y le preguntó:

—¿A qué huele, en vuestra opinión?

—No me gusta decirlo, pero huele a pis, ¿no?

—¡Pis de rata! —había exclamado el criado con indignación, mientras tiraba el bizcocho al mar entre maldiciones—. ¡Prefiero morir de hambre antes que comer esta porquería!

Mientras los compañeros ayudaban a los marinos a montar las dos tiendas de velamen, Elva y el timonel fueron hasta un cercano pueblo de pescadores y volvieron con agua fresca y un ganso cebado. Poco después, la comunidad se sentaba junto al fuego mientras la carne se asaba. Hablaron lo imprescindible. Maurice, Bertrandon, Raphael y sus criados habían dejado las armas junto a sí y se retiraron a la tienda de campaña apenas terminaron de comer. Blanche hizo lo mismo poco después, de manera que solo Balian y un puñado de marinos se quedaron sentados junto al fuego.

—Tu gente no confía en nosotros —constató Elva.

—¿Podemos confiar en vosotros? —respondió Balian.

—Si quisiéramos robaros, hace tiempo que lo habríamos hecho.

—O esperaríais a que estuviéramos dormidos.

—Si conozco bien a tu amigo el pelirrojo, esta noche no va a dormir ni un instante.

—Es posible.

Elva se quedó mirándolo largo tiempo. A la luz de las llamas, su rostro parecía más suave y femenino que de costumbre.

—No somos ni ladrones ni salteadores —dijo con decisión.

Balian se limitó a sonreír.

—Buenas noches.

Ella se quedó mirándolo mientras se dirigía hacia las tiendas, y él sintió un cosquilleo en el estómago.

En la tienda se estaba caliente. Colgó a secar sus ropas y se sentó en el suelo junto a la entrada, vestido solamente con el calzón. Todos sus compañeros salvo Maurice dormían ya.

—Acostaos. Yo haré la primera guardia —murmuró Balian.

—No os molestéis —respondió Maurice, en voz baja y cortante.

—Bien. Si queréis quedaros de pie la noche entera, me voy a dormir.

—¡Silencio! —siseó Raphael.

Balian se cubrió con el manto y escuchó los grillos del bosque cercano. Un día en el mar resultaba tan agotador como una larga cabalgada; especialmente el constante viento lo cansaba a uno. Antes de que el sueño se apoderase de él, aún alcanzó a oír cómo Elva y sus hombres se metían en la otra tienda.

Aquella noche nadie intentó robarles.

También al día siguiente un viento favorable hinchó las velas de la *Gaviota Negra*. Cuando cayó la noche, acamparon en una costa cuyos habitantes sacaban del mar redes llenas de arenques e intercambiaron agradecidos un tonel de arenque por uno de cerveza de Lübeck.

Mientras comían, Balian observó a Maurice, que llevaba inusualmente callado todo el día. En ese momento miraba caviloso las llamas. ¿Se había conformado al fin con su derrota? «Probablemente lo único que le pasa es que está agotado», pensó Balian, que no se fiaba de tanta paz.

Después de que sus compañeros se fueran a dormir, estuvo charlando un rato con los marineros, hasta que también a él le costó mantener los ojos abiertos.

—Ratas de tierra… no tenéis ningún aguante —se burló Elva.

Había sido un día caluroso, y en el viejo granero que los habitantes del pueblo les cedieron para pasar la noche les esperaba un aire viciado. Balian decidió pasar la noche fuera. Se tumbó en la hierba bajo los abetos, cruzó los brazos detrás de la cabeza y contempló las estrellas encima del mar. El viento susurraba en las copas de los árboles y refrescaba su cuerpo recalentado. A pesar del cansancio, no pudo conciliar el sueño. No hacía más que pensar en Elva, en sus ojos verdes del mar, en su cuerpo flexible bajo su sencillo atuendo. Simplemente, no acababa de aclararse con ella. A veces era abrupta y hermética; luego, se lo comía con los ojos. ¿O solo se lo estaba imaginando?

En algún momento se quedó dormido, pero al poco se despertó sobresaltado al oír pasos que se acercaban. Había una figura delante de él.

«¡Nos atacan!» Aturdido, buscó a tientas su arma.

—Deja la espada en paz —susurró Elva—. Esta noche se requieren otros talentos que tu valor en el campo de batalla.

Con las piernas abiertas se sentó sobre él, le cogió el rostro entre las manos y le besó. Sus labios sabían a sal.

—Esto es lo que querías, ¿no?

A él se le aceleró la respiración. La ayudó a desnudarse.

Aquella noche no durmieron más de una hora.

24

En su cuarto día en el mar, se levantó un fuerte viento del oeste. La tripulación tuvo que emplearse a fondo para evitar que la *Gaviota Negra* se viera empujada a mar abierto. Elva ordenó al timonel que mantuviera el rumbo en dirección norte. Quería llegar a un estrecho entre la costa sueca y una isla avanzada.

—El estrecho de Kalmar —explicó la danesa, que estaba junto a Balian en el castillo de popa—. Eso que hay al este es Öland. Pasaremos la noche allí.

Intercambiaron una sonrisa. Durante el día, en consideración a los demás, evitaban tocarse, y mucho más besarse. Pero las noches les pertenecían. Balian casi lamentaba que fueran a llegar a Gotland pronto. Su débil romance era de lo más placentero.

Su mirada fue hacia Blanche, que subía en ese momento de la bodega. ¿Sospechaba su hermana lo que ocurría entre Elva y él? Hasta entonces no había hecho observación alguna... pero Blanche tenía un olfato infalible para esas cosas. Sin embargo, desde hacía algún tiempo parecía silenciosa y ensimismada. Algo la agobiaba. Balian se propuso hablar con ella, a más tardar, durante el descanso.

El hombre de la cofa anunció la presencia de barcos acercándose a la *Gaviota Negra*. Elva se dirigió a la popa, con los ojos entrecerrados. El sol de la tarde los deslumbraba, así que Balian tardó un rato en distinguir los barcos.

Eran dos. No eran cocas, eran demasiado esbeltos y bajos para serlo.

—Arnfast, maldita sea —murmuró Elva.

Su tono no le gustó nada a Balian.

—¿Piratas?

—Los peores del Báltico. Por desgracia, sus barcos son condenadamente rápidos. Con este viento, tardarán como mucho dos horas en alcanzarnos.

No había duda de a quién perseguían los piratas... los drakkares iban directos hacia ellos. Elva ordenó a sus hombres que preparasen la *Gaviota Negra* para el combate. Al instante, los marinos se dispersaron, repartieron armas y se pusieron gambesones.

—Winrich parece haberse tomado en serio su amenaza de deteneros a toda costa —observó Elva, sin perder de vista a los barcos enemigos.

—¿Crees que ha contratado a los piratas? —preguntó Balian.

—No sería la primera vez que Arnfast trabaja para ellos.

—Arnfast... ¿es su cabecilla?

Elva asintió escuetamente.

—Y el loco más necio de Dinamarca. Por desgracia, un loco peligroso.

—¿Acaso le conoces?

—Debería. Es mi hermano. —En voz baja, completó una frase muy parecida a la que Balian le había dicho poco antes—: Mi hermano gemelo, para ser exactos.

Él se quedó mirándola, fue a asediarla a preguntas, pero en ese momento Blanche y Bertrandon subieron por la escalera.

—¿Qué está pasando? —preguntó su hermana—. ¿Van a atacarnos?

Balian señaló los barcos enemigos, que ya se acercaban de manera visible. Los esbeltos drakkares eran endiabladamente rápidos y cortaban las olas.

—Piratas. Elva cree que Winrich los ha puesto detrás de nuestra pista.

Ambos palidecieron.

—Ve enseguida bajo cubierta y escóndete —exigió Balian a su hermana—. Bertrandon, ¿estáis en condiciones de combatir?

El mercader seguía mareado, pero ya no estaba tan débil como dos días atrás.

—Creo que sí.

—Bien. Traed vuestra espada.

Balian dejó el castillo de popa y corrió a reunirse con el resto de sus compañeros. Excitado por la general inquietud, Mordred ladraba como un poseso, y Raphael hacía los mayores esfuerzos por contenerle. Balian les puso a él, a Maurice y a los criados en conocimiento del peligro que les amenazaba y les indicó que se armaran.

Maurice eligió ese instante para abandonar su contención.

—¡Todo esto es culpa vuestra! —chilló—. Si hubiéramos vuelto a Lübeck, esto no habría ocurrido. ¡Van a saquearnos y moriremos por vuestra culpa!

Balian se hartó. Agarró por el cuello al mercader pelirrojo y se acercó tanto a él que sus rostros casi se tocaron.

—Una palabra más, Maurice, y os juro por Dios que os echo al mar. De ese modo tendríamos una preocupación menos. ¿Es eso lo que queréis? ¿No? Bien. Entonces, id a por vuestra espada y haced lo que os digo de una maldita vez.

Apartó a Maurice y miró a su alrededor.

—Eso también vale para vosotros. ¿O tengo que haceros correr?

—¿Por qué de pronto vamos hacia el este? —preguntó Balian poco después a Elva.

—En el estrecho nos alcanzarían en cualquier caso. Si queremos tener una oportunidad de escapar, tenemos que rodear Öland por el este.

Pero el gesto de Elva revelaba que no consideraba esa oportunidad muy factible. De hecho, los barcos alargados se acercaban cada vez más. Entretanto, Balian podía intuir las monstruosas cabezas talladas en la roda, con las bocas abiertas con codicia.

—¿Cuántos hombres lleva consigo Arnfast?

—Veinticinco en cada barco.

Así que el pirata disponía de más del doble de guerreros que ellos. Balian apretó los dientes. Incluso en su combate contra Cerbero, la proporción había sido más favorable.

—¿Sabe tu hermano que tú mandas la *Gaviota*?

—Claro. Junto a la plata de Winrich, ese puede ser el principal motivo por el que ha aceptado el encargo.

—¿Por qué os odiáis?

—Es una larga historia —respondió Elva con violencia—. Y ahora no es el momento de contarla.

—Si he de vencer a Arnfast, necesito saber con quién tengo que vérmelas —repuso Balian—. ¿Tiene puntos débiles que podamos aprovechar?

—No tiene puntos débiles. Es un combatiente condenadamente capaz y un marino igual de bueno. Como mucho, su punto débil es su necedad. Pero salvo que pretendas vencerle en una competición de adivinanzas, no sé de qué puede servirnos.

—¿Qué quieres decir con necedad?

—Se cree un vikingo. ¿Te basta eso como explicación?

Balian no logró sacarle más, porque Elva estaba completamente entregada en dar órdenes a la tripulación y ayudar al timonel a mantener el rumbo de la *Gaviota*. Bajó a reunirse con sus compañeros, todos ellos armados ya con espadas, hachas y mazas de guerra. Raphael había abierto los toneles de las armaduras y distribuido cascos y cotas de malla. Felizmente, Blanche le había escuchado y había buscado refugio en la bodega.

—¿Dónde está Maurice?

Bertrandon se encogió de hombros.

—Estaba aquí hace un momento.

Era propio de Maurice escurrir el bulto antes del combate, pero Balian no tenía ganas de buscarle. Fue hasta la borda y miró hacia los piratas.

El drakkar más pequeño iba notablemente más deprisa que el otro. La tripulación había echado mano a los remos, de manera que el esbelto navío iba impulsado además por la fuerza de los músculos. Con cada latido del corazón se aproximaba un par de varas. Algunos marinos tenían arcos y ballestas en las manos, y se habían apostado en las almenas de los alcázares.

Cuando el barco estuvo a tiro de piedra, dispararon. La mayoría de las flechas y dardos se hundieron en el mar o se clavaron en la borda; tan solo algunos encontraron su objetivo e hicieron gritar de dolor a los piratas. También la segunda y la tercera salva causaron pocos daños. Ya no hubo una cuarta, porque mientras los hombres de Elva recargaban sus armas el drakkar ya estaba junto a ellos. Los dos barcos chocaron con un golpe sordo. Ágiles como gatos, los piratas treparon por el casco de la *Gaviota*, rugiendo con ansia asesina.

—¡No los dejéis subir a bordo! —gritó Balian. Golpeó en el cráneo con su espada a uno de los atacantes, que se soltó de la borda y cayó sobre los bancos de los remeros.

Varios piratas se quedaron en el drakkar y atacaron con ballestas. Al lado de Balian, un marinero fue alcanzado en el pecho y se desplomó con un gemido. El resto de los piratas aprovecharon la confusión causada por la lluvia de flechas y treparon por la borda.

Al instante siguiente se combatía en todo el buque. Los hombres de Elva que estaban en los alcázares tiraron las ballestas y echaron mano a espadas, cuchillos y mazas, y corrieron en ayuda de los que estaban en cubierta. Los piratas eran ligeramente superiores en número a los defensores. En todas partes, marineros, mercaderes y criados se veían acosados y luchaban por su vida. Por el rabillo del ojo, Balian vio a Raphael con la espalda contra la borda, defendiéndose con desesperación de uno de los piratas. Probablemente habría resultado herido de gravedad si Mordred no hubiera saltado sobre el agresor y lo hubiera derribado, permitiendo que Raphael lo atravesara con su espada.

Balian quería evitar a toda costa que los piratas entraran en la bodega de carga, donde se ocultaba Blanche. Golpeó a un adversario que le atacaba enseñando los dientes y se plantó con las piernas abiertas junto a la portilla. Entonces vio a Maurice. El mercader pelirrojo estaba detrás de él, en la escalera, esgrimía rugiendo su espada y trataba de impedir que los agresores alcanzaran el castillo de popa. Así que no se había escondido como un cobarde.

—¡Cuidado, señor! —oyó Balian gritar a Odet, y vio una hoja brillar a su derecha.

En el último momento, levantó la espada y paró el golpe. Un barbudo pirata con un gambesón reforzado con remaches, el cabello castaño pegado de sudor al rostro, se le había acercado sin ser visto. Enseguida el hombre golpeó por segunda vez, siseando algo en danés; sus ojos ardían como el fuego del infierno. El ataque fue vertiginoso. Balian no pudo hacer más que defenderse y retroceder poco a poco. Tenía que vérselas con un combatiente diestro y experimentado, eso estaba claro. Un paso en falso, un movimiento torpe, y estaría a su merced.

Terminó de espaldas a la escalera, manteniendo a distancia a su adversario con estocadas largas. El pirata retrocedió un paso y tropezó con un caído. Balian vio la oportunidad y golpeó. De pronto, algo duro le dio entre los hombros. Se tambaleó y estuvo a punto de caer sobre la espada de su adversario. Pudo escapar a duras penas, pero perdió el equilibrio y aterrizó sobre las tablas. El pirata le dio una patada en el estómago que le hizo rodar mientras gemía. Cuando consiguió despejar las lágrimas, vio que el pirata estaba encima de él y se aprestaba a darle el golpe mortal.

Balian cogió al hombre por la pierna, trató de derribarlo, pero no le alcanzaban las fuerzas. La espada descendió, y le hubiera aplastado el cráneo si el pirata no se hubiera detenido a mitad de su movimiento. Algo había cruzado el aire… un hacha lanzadera. Había alcanzado al guerrero en el pecho y se le había clavado profundamente en la carne y los huesos. Inmóvil, cayó hacia atrás.

Balian cogió su espada y miró hacia el castillo de popa. Elva había lanzado el hacha. Bajó corriendo las escaleras y le ayudó a levantarse.

—¿Estás herido?

—Estoy bien. Alguien me ha golpeado por detrás. ¿Has visto quién?

Ella negó con la cabeza.

—Todo ha sido demasiado rápido.

La mirada de Balian encontró a Maurice, agazapado detrás de las almenas cargando una ballesta con gesto de dolor. «¿No estaba él en lo alto de la escalera?»

Balian no tuvo tiempo de pensar en eso porque se le venía encima otro pirata agitando una pesada hacha de guerra. Balian se entregó a un violento combate con él, apoyado por Elba, que había sacado otras dos hachas de su cinturón y sostenía una en cada mano. Se movía con agilidad y energía, y estaba a la altura de cualquier hombre en el cuerpo a cuerpo. Pero también ese adversario era un curtido guerrero, ni siquiera juntos lograban abatirle.

De pronto, un rugido se impuso al ruido de la lucha. El combatiente giró en redondo y saltó por la borda, seguido de sus hermanos de armas, incluyendo a los heridos. Dejando en la *Gaviota* a sus compañeros muertos y moribundos, los piratas emprendieron la retirada y se alejaron remando de la coca.

Balian envainó la espada y miró a su alrededor. Aunque habían rechazado el ataque, nadie lo festejó. Todos sabían que solo había sido el principio. La cubierta tenía un aspecto terrible. Las planchas de madera estaban cubiertas de sangre, había muertos y heridos por todas partes. Los piratas habían perdido cinco hombres, igual que ellos. Cuando Balian y Elva recorrieron el buque, vieron tres marineros y dos criados muertos, con tremendas heridas. Ambos habían servido a Bertrandon; eran los últimos que le quedaban después de los combates en el Osning. Se arrodilló junto a los cadáveres y lloró.

Todos los compañeros de Balian seguían vivos pero, excepto Maurice, nadie había salido sin heridas: Bertrandon sangraba por un corte en la frente, Odet cojeaba ligeramente, Raphael se palpaba el brazo con una mueca de dolor en el rostro.

—Ocupémonos de los heridos. —El rostro de Elva parecía cincelado en piedra.

Balian iba a buscar a su hermana cuando Blanche subió de la bodega. Contempló con los labios apretados el campo de batalla.

—Oh, Balian —susurró cuando él fue hacia ella y la abrazó.

—Lo mejor es que vuelvas abajo. Esto aún no ha acabado.

—No. Los heridos me necesitan. —Fue hacia Bertrandon y le ayudó a poner en pie a un marinero. Al parecer el hombre había recibido un golpe en la cabeza y estaba bastante aturdido.

Mientras Elva mandaba poner rápidamente orden en la cubierta, llevar a los heridos a sus coyes y depositar a los muertos en el castillo de proa, Balian fue hacia Maurice. El mercader estaba junto a las almenas, con la mano en la ballesta, y le dedicó una mirada antes de volver a mirar al mar.

—¿Me golpeasteis vos?

—No sé de qué me estáis hablando —respondió Maurice.

—Durante la lucha en la escalera. He estado a punto de morir por eso —dijo Balian, cuya voz temblaba de ira—. Tenéis que haber sido vos. No había nadie más detrás de mí.

—Sufrís alucinaciones. Dejadme en paz. —El mercader pelirrojo fue a darse la vuelta, pero Balian lo sujetó con violencia por el brazo.

—Hace mucho que sé que sois un fanfarrón y un cobarde, pero no suponía que vuestra vileza fuera tan lejos como para atacar por la espalda a un compañero en peligro de muerte. ¡Un compañero al que habéis jurado lealtad y ayuda!

—¡Soltadme!

—Si no necesitásemos a cada hombre, pondría fin a este asunto aquí y ahora... tenéis mi palabra. —Balian lo apartó de un empujón—. En el futuro, manteneos alejado de mí. Si volvéis a acercaros demasiado, os haré sentir mi espada.

Maurice se marchó con paso orgulloso. Al pie de la escalera, se volvió una vez más y escupió.

Entretanto, el otro barco se había acercado y se había unido al más pequeño. Ambos seguían a la *Gaviota Negra* a tiro de flecha. Los piratas no empleaban los remos, sino que confiaban en que, antes o después, el viento los acercase lo bastante como para poder recoger la cosecha.

Elva estaba al timón, porque el timonel había sido herido en los combates y descansaba en su coy con los otros.

Balian se fijó en un hombre rubio, vestido de negro, que empuñaba la caña del timón del drakkar más grande, y daba bruscas órdenes a los guerreros mientras dirigía el esbelto barco a través de las olas. Tenía que ser Arnfast. El autodenominado vikingo no dejaba de mirar a Elva. Aunque su gesto no revelaba nada, Balian podía sentir que en ella se agitaban vehementes sentimientos, ira y odio, aversión y temor. Fuera lo que fuese lo que había ocurrido entre ella y su hermano gemelo, tenía que haber sido espantoso.

Balian levantó la ballesta que Maurice había dejado caer. Su padre había sido uno de los mejores tiradores de Varennes. A esa distancia habría podido matar a Arnfast, incluso con ese viento. Por desgracia, Balian no era ni la mitad de bueno que el joven Rémy, su punto fuerte estaba en la lucha a espada. Así que ni siquiera lo intentó.

—Ahora, Arnfast sabe que podemos defendernos —dijo cuando se acercó a Elva—. No volverá a cometer el error de enviar solo a una parte de sus hombres. La próxima vez atacarán todos a la vez, y por los dos lados.

—Eso es exactamente lo que harán. —La danesa miraba tercamente al frente.

—No estamos en disposición de oponernos a tantos atacantes. Tenemos que acabar de otra forma con ellos.

Las mandíbulas de Elva rechinaron.

—Voy a sacar la *Gaviota* a mar abierto. Solo tendremos una oportunidad de librarnos de ellos si aprovechamos el viento del oeste.

Balian entendía poco de navegación, pero sabía que ningún capitán se alejaba más de lo necesario de la costa. En alta mar era difícil navegar, y se estaba expuesto a los elementos sin protección alguna.

—Pero él también podrá aprovechar el viento del oeste —objetó, titubeante—. No veo qué podemos ganar con eso.

—Los barcos de Arnfast no están construidos para moverse en mar abierto. La *Gaviota* sí. Quizá abandone cuando entienda lo que estamos haciendo.

—¿Has hecho algo así alguna vez?

En vez de responder, Elva se apoyó con todas sus fuerzas en la caña del timón y el barco viró hacia el este. La vela se tensó al máximo, y la *Gaviota* cobró velocidad. No pasó mucho tiempo antes de que la pálida tira de la costa quedara fuera del alcance de la vista y se vieran rodeados por el mar. Balian cerró el puño y se lo apretó contra los labios. De golpe, se sentía pequeño y débil ante las incomprensibles potencias de la naturaleza.

El *Beowulf* surcaba las olas como la hoja de una espada, a dos largos del más pequeño *Grendel*. Aunque la coca de Elva ahora aprovechaba por completo el viento del oeste, su ventaja seguía reduciéndose, porque también los drakkares iban notablemente más deprisa. Arnfast aferraba la caña del timón, con las piernas muy abiertas para que el viento no lo derribase. Pronto, pronto iba a llevarse a casa a su hermana renegada cargada de cadenas, cobrar la plata de los mercaderes y hacerse con sus paños ropas nuevas. ¿Y los mercaderes? Al principio se había propuesto matarlos a todos y hundir sus cadáveres en el mar, pero luego decidió dejarlos con vida. Habían matado a cinco de sus hombres, una muerte rápida sería demasiado misericordiosa para ellos. Los cargaría de cadenas y los vendería en el mercado de esclavos de Visby, a ser posible a un noble ruso, para que tuvieran que pasar el resto de su miserable vida en una granja de boyardos, en algún sitio del fin del mundo, hasta que el frío les helara el culo.

Uno de los hombres se levantó de los bancos y fue hacia Arnfast; su larga melena flameaba al viento. Con la mano derecha se agarró a la soga tendida entre la punta del mástil y la roda.

—Navegan hacia mar abierto.

—Lo creas o no, ya me he dado cuenta —repuso Arnfast.

—Deberíamos dar la vuelta mientras aún podamos.

—¿Y dejar que el botín se nos escape? No. Ahora deja de mearte encima, hombre. Thor está con nosotros. No puede ocurrirnos nada.

El guerrero se estremeció imperceptiblemente.

—Desearía que dejarais de invocar a esos ídolos paganos. Eso es blasfemia, y se paga con la condenación eterna.

—¡Thor y Odín no son ídolos... son los dioses de vuestros antepasados! —ladró Arnfast—. Haced el favor de honrarlos en vez de arrodillaros lloriqueando ante el crucifijo. Vuestro amado Jesús ni siquiera pudo impedir que esos romanos de mierda lo clavaran a una cruz. ¿Es eso un dios? ¿Sabéis lo que hace un verdadero dios, como Thor? ¡abate a gigantes con su maldito martillo! Él habría metido la cruz por el culo a Poncio Pilato, y se habría bebido una jarra de hidromiel en el Gólgota.

El hombre volvió a sentarse junto a los otros. Ninguno de los guerreros dijo nada, pero más de uno murmuró en silencio una oración. Arnfast se rio de su miedo al infierno:

—¿Y vosotros queréis ser vikingos? —se burló—. Monjas, es lo que sois. Ahí delante navega un tesoro, y vosotros tenéis miedo a unas pocas olas y un poco de viento. Vuestros antepasados se avergonzarían de vosotros.

—¿De qué nos servirá un tesoro, si nos ahogamos miserablemente? —dijo uno.

—El que caiga en nuestro barco vikingo irá al Walhalla, y beberá con los héroes hasta el fin de los tiempos en la bodega de hidromiel de Odín. Eso tendría que llenaros de ardor guerrero.

Sin embargo, no se notaba mucho ardor guerrero en el *Beowulf*. De hecho, nadie parecía compartir su entusiasmo por el Walhalla.

Arnfast no se dejó influir por su miedo. Iracundo, siguió con la vista puesta en su objetivo y guio la nave hacia el este, hacia la infinita extensión del mar. Había escuchado las grandes sagas, el *Völuspá* y la *Edda prosaica* de Snorri Sturluson; conocía a los viejos dioses y sabía de su poder. Thor mandaba sobre el viento y el clima. Los pueblos marineros eran sus hijos, a los que protegía de todo mal. Quien confiaba en él, no tenía nada que temer en mar abierto.

Thor, el demoledor, que no retrocedía ni ante monstruos terribles... había sido desde siempre el dios predilecto de Arnfast. Cualquier hombre tenía que esforzarse en imitarle y llegar a ser un guerrero ante el que sus enemigos temblaran. Las viejas historias estaban llenas de las heroicidades de Thor. Cómo el dios del trueno había viajado con el gigante Loki por el mar de Yggdrasil para matar a la serpiente Fenrir. ¿O habían sido el gigante Ragnarök y la serpiente Hymir, en el mar de Midgard? Arnfast frunció el ceño. Lo comprobaría. Lo decisivo era que Thor les había dado una lección a todos. No se doblegaba ni ante reyes ni ante monstruos, y quien trataba de burlarle sentía el peso del martillo *Mjöllnir*.

Tampoco Arnfast se doblegaba ante nadie. Hacía mucho que se había librado de la Corona danesa y de la desunida nobleza. No debía vasallaje a nadie y solo hacía lo que le complacía. Como un vikingo. Y hoy le complacía perseguir a Elva. Le había engañado y deshonrado, y a cambio iba a aplastarla como Thor a la bestia Fenrir. Porque eso era exactamente lo que era su hermana: una serpiente traicionera.

Contempló las nubes que se acumulaban en el horizonte. Allí arriba estaba su dios favorito, recorriendo el cielo en un carro de guerra tirado por chivos, y cuando resonó un trueno lejano, Arnfast sonrió, porque sabía que era Thor mostrando su júbilo.

También Elva miraba al horizonte. Pero ella no pensaba en dioses llenos de júbilo sino en un frente de tormenta que se estaba formando al este.

El viento se volvía cada vez más fuerte y silbaba en torno al castillo de popa. La vela crujía, la espuma salpicaba por encima de la borda, y la *Gaviota Negra* surcaba disparada las olas. Por desgracia, eso también valía para los dos buques que les seguían. Como mucho, cincuenta o sesenta brazas los separaban de la coca; a esa velocidad, pronto alcanzarían a la *Gaviota*. La distancia entre los dos drakkares aumentaba. Era evidente que Arnfast planeaba formar una pinza para no darle posibilidad de escapar.

Solo había una cosa que pudiera hacer: puso rumbo en dirección a la tormenta.

Era una locura, con eso ponía en juego su barco y la vida de todos, pero sabía que podía conseguirlo. Ya había escapado de su hermano muchas veces, y la *Gaviota* había hecho frente a más de una tormenta en el pasado.

Como aquella noche de hacía casi diez años, cuando escapó de su castillo natal...

También entonces rugía una tempestad, una tormenta más allá de la costa, que fustigaba el mar y lanzaba olas enormes contra los acantilados de roca caliza. El viento aullaba en torno a la torre del homenaje como una horda demoníaca, y sin embargo Elva se había sentido segura en el castillo. La fortaleza era su hogar, la casa solariega de sus padres, un refugio agradable en medio de una tierra áspera. Allí nada ni nadie podía hacerle nada, ningún enemigo, ninguna tempestad. Sí, su hermano Arnfast ya era entonces violento y perdía el control, pero su ira nunca se había dirigido contra ella. Quería a su hermana gemela, y jamás hubiera permitido que sufriera daño.

Al menos eso era lo que pensaba Elva.

No es que necesitara protector alguno. Ya cuando era una adolescente sabía cuidar de sí misma. Su familia había salido desde siempre al mar, comerciaba con Suecia y con Livonia, y luchaba por mar y tierra contra los enemigos de Dinamarca. Después de la temprana muerte de su madre, su padre siempre llevaba consigo a los gemelos cuando se embarcaba, aunque eran unos niños. Así, desde su duodécima primavera Elva aprendió a pelear, a mandar un barco y a ganarse el respeto de la tripulación.

Cuando ella tenía diecisiete, su padre murió y Arnfast heredó el feudo, el castillo y los barcos. Pasado el luto, él decidió que era hora de que su hermana se casara. Se puso a buscar un marido para ella y encontró a un noble del norte de Jutlandia, un caballero llamado Knud, acomodado y de buena presencia. Cuando la nieve se fundió y la primavera hizo reverdecer el Wohld, Knud salió con su séquito de Himmerland y fue a visitarla a Fraezlaet.

Hubo una fiesta en el salón, con carne asada, cerveza y especias traídas de Lübeck. Elva llevaba sus joyas de plata y su más hermoso vestido de paño flamenco. Mientras afuera se avecinaba una tempestad, en el interior los músicos entonaban alegres canciones y cantaban la aventura del amor.

Le gustó Knud. No era mucho mayor que ella, pero ya había visto mundo, había estado con el rey en el Imperio, en Suecia y en Noruega, y parecía experimentado y mundano. Sus modales eran cuidados y sus historias estaban llenas de ingenio, y sus ojos... Elva veía pasión, valor y audacia en ellos.

Se alegraba de ser su prometida.

También Arnfast estaba satisfecho, porque Knud ofrecía una generosa dote. La boda fue fijada para el final del verano, a pocas semanas del decimoctavo aniversario de Elva.

Los dos hombres festejaron el acuerdo brindando por su hermandad y bebiendo hasta entrada la noche. Las rachas de viento silbaban en torno a los tejados y alemanes, el mar susurraba. Arnfast estaba borracho; el aliento le olía a hidromiel cuando dijo al oído de Elva:

—Cuando te vayas a tu aposento, deja la puerta abierta.

—¿Por qué? —preguntó ella ingenuamente.

—Knud quiere visitarte. Quiere convencerse de tus excelencias antes de dar el consentimiento definitivo.

Ella tardó un momento en comprender.

—No, hermano. No puedes pedirme eso. Padre quería que yo fuera virgen al matrimonio...

Él le agarró la rodilla y los dedos se clavaron en su carne de forma dolorosa.

—Harás lo que yo te diga —siseó—. No vas a encontrar un hombre mejor. Así que no te atrevas a rechazar a Knud.

Poco después estaba en su aposento, con la mano apoyada en el cerrojo. «Cierra la puerta. Knud no tiene derecho a tratarte como a una ramera», se decía.

Pensó en sus ojos y en sus corteses maneras, y no echó el cerrojo. Y al no hacerlo, se sintió sucia.

Él no tardó en aparecer. Abrió la puerta de golpe y entró tambaleándose, borracho, en su aposento. La miró con lascivia. La pasión de sus ojos había dejado paso a la codicia, a la codicia y a la crueldad.

—Ven aquí —ordenó, y Elva obedeció, aunque todo en ella gritaba por salir corriendo.

Él empezó a tironear de su vestido, jadeando.

—Quítate el vestido, maldita sea, para que pueda verte las tetas.

Ella se soltó, ocultando su espanto.

—No —respondió con voz firme—. Sal de mi aposento. Enseguida.

—¿Qué estás diciendo? —Su rostro se deformó en una mueca—. Soy tu futuro esposo. ¡Tienes que hacer mi voluntad!

Aunque se movía de manera pesada y torpe, logró sujetarla y tumbarla en el suelo. Era robusto, y la embriaguez aumentaba sus fuerzas. Pronto estaba tendido sobre ella y le separaba los muslos, mientras jadeaba como un animal salvaje. Desesperada, Elva tendió la mano hacia el arcón de la ropa y logró agarrar una copa de estaño. Le golpeó con toda la fuerza que pudo. El recipiente alcanzó a Knud en el cráneo, y cayó de costado con un rugido. Un golpe más, y enmudeció.

Respirando pesadamente, Elva contempló al hombre inmóvil: la sangre manaba de una herida abierta. Estaba paralizada, no sabía cuánto tiempo se quedó así, hasta que de repente le asaltó una idea: «Tienes que irte. Cuando Arnfast vea esto, te matará».

Se puso el manto por los hombros, metió unas cuantas pertenencias en una bolsa y bajó corriendo al patio del castillo, donde despertó a algunos hombres.

—Preparad la *Gaviota*. Zarpamos.

—¿De noche? —murmuró adormilado el timonel—. ¿Con esta tormenta?

Pero finalmente los marineros la obedecieron, porque era hija de su padre y la tripulación la respetaba. Y así fue como Elva robó uno de los barcos de su hermano y se lanzó a la rugiente tiniebla del mar. La coca estuvo varias veces a punto de hacerse pedazos contra los acantilados, pero Elva mantuvo el rumbo y, al atardecer del día siguiente, entró en Lübeck, donde se quedó, porque en la ciudad libre del Trave estaba a salvo de su hermano, que tuvo que soportar la ira de Knud y juró vengarse de aquella vergüenza.

No lo había conseguido hasta hoy.

Los pensamientos de Elva regresaron del pasado y contempló la tormenta que tenía delante, que sin duda no era peor que aquella de hacía diez años, y aun así era más peligrosa porque esta vez estaba en medio del mar, lejos de la costa salvadora. Si la *Gaviota* zozobraba se ahogarían, sin ninguna posibilidad de salvación.

«Quién sabe, hermano, quizá al fin consigas tu venganza. Pero una cosa es segura: si he de sucumbir, te llevaré conmigo.»

La coca navegaba hacia el este. La tormenta se acercaba y las olas se hacían más altas.

Balian tenía la espalda apoyada en un tonel y miraba a sus compañeros. Elva les había ordenado meterse bajo cubierta, y allí estaban, en la penumbra, apretujados entre balas de paño, cajas y bueyes, mientras el viento y las olas sacudían la *Gaviota Negra*.

—Esa loca nos lleva de cabeza a la tormenta —murmuró Raphael.

—Mejor que dejar que nos maten —repuso Balian.

—No lo sé. Quizá una muerte rápida por la espada fuera preferible a ahogarse. Porque, según lo veo, vamos a morir de un modo u otro.

Mordred empezó a gemir, y Raphael le rascó la cabeza.

—Dejad de hablar de muerte y de morir. Aún hay esperanza —dijo Bertrandon, aunque su aspecto era todo lo contrario de esperanzado. Con la tormenta, su malestar también empeoró. Estaba acuclillado, miserable, con un cubo entre las rodillas.

—Deberíamos rezar —propuso Blanche—. Ya que no podemos hacer otra cosa.

—Sí. —Balian asintió—. Recemos...

En ese momento la coca se hundió en un valle entre las olas. Algunos gimieron, los bueyes mugieron atemorizados. Los que no se agarraron fueron sacudidos. Las sogas que ataban la carga crujían de manera peligrosa. Odet se santiguó.

Cuando lo peor hubo pasado, Balian dejó escapar el aire retenido.

—Está bien —dijo—. Decid conmigo...

Bertrandon vomitó en su cubo.

El *Beowulf* se inclinó hacia delante y luego se encabritó cuando las olas del tamaño de un hombre pasaron por debajo de su casco.

En medio de la espuma, los hombres colocaron los remos en los soportes.

—¡A los remos! —rugió Arnfast, luchando con el ulular del viento—. ¡Ya casi los hemos alcanzado!

—¡Es una locura, señor! —gritó uno de los guerreros—. Tenemos que volver, o estaremos perdidos.

—¡Remad, maldita sea! —Arnfast sacó la espada y la sostuvo con la mano izquierda, mientras aferraba el timón con la diestra—. ¡Rajaré igual que a un arenque al primero que se me resista!

Y los hombres obedecieron. Los músculos se hincharon cuando empuñaron los remos y se afirmaron contra los elementos. Quedaban veinte brazas hasta la *Gaviota*. Arnfast sonreía como un lobo, estaba empapado de pies a cabeza, se apartó con el dorso de la mano un mechón de pelo que le caía sobre la cara.

Dieciocho.

Quince.

—¡Thor y Odín! —gritó a la tempestad—. ¡Concedednos la victoria y os ofreceré abundantes sacrificios!

Apenas el viento se había llevado sus palabras cuando el *Grendel* zozobró.

Sucedió tan deprisa que la tripulación casi no comprendió qué ocurría. Una enorme ola vino de frente, rompió en la roda y barrió a lo largo todo el barco. El timonel desapareció entre las masas de agua. El barco se atravesó y fue golpeado de costado por una segunda ola. Volcó, los hombres cayeron gritando al mar y fueron arrastrados a las profundidades por el peso de sus armas y armaduras.

—¿Lo veis? —chilló un guerrero a bordo del *Beowulf*—. Esta es la recompensa a vuestras blasfemias. ¡El cielo nos castiga!

Arnfast apretó los dientes. La mitad de su gente muerta de un solo golpe. Pero no dejó notar su espanto. Ahora no podía mostrar debilidad.

—¡Seguid remando! Pensad en los tesoros que pronto serán nuestros... ¿Qué hacéis? ¡Volved a sentaros!

Esta vez, los hombres no se sometieron. Cinco de ellos se acercaron con espadas y hachas en las manos, enseñando los dientes.

—No. Es suficiente. Abandonad los remos.

—¿Qué estáis haciendo? Soy vuestro señor. El que se me resista es hombre muerto.

Esgrimieron sus armas y lo atacaron.

Arnfast clavó la espada al primero en el esternón y tiró por la borda al moribundo de una patada. Pero no estaba a la altura de los otros dos. Un golpe de hacha lo alcanzó en el brazo y casi le separó la mano del cuerpo. Gritó de dolor. Al mismo tiempo, la espada del segundo agresor le atravesó el pecho cortando los eslabones de la cota de malla, entró en su torso como un frío rayo y volvió a salir junto a la columna vertebral. Arnfast cayó de rodillas cuando el hombre sacó la espada de la herida.

—Hereje hijo de puta. Saluda a Thor en el Walhalla de nuestra parte.

Lo tiraron por la borda. Verdes olas cayeron sobre él, intentó coger aire y tragó agua salada mientras se hundía hacia las profundidades.

«Pronto las valquirias vendrán a llevarme al salón de Odín», pensó mientras caía en la inconsciencia.

Pero no apareció ninguna valquiria. En el mar no había más que frío y tinieblas.

«Lo han matado. ¡Su propia gente! Lo han ensartado como a un cerdo», pensó Elva.

La tripulación de la *Gaviota Negra* jaleó al comprender lo que había ocurrido en el otro barco. Pero Elva no sentía triunfo alguno, ni siquiera alivio. El fin de Arnfast no significaba en modo alguno su salvación. Aunque la amenaza de los piratas había quedado conjurada, la tempestad seguía allí. Iban directamente hacia la tormenta. Y era demasiado tarde para regresar.

Elva apretó los dientes y sujetó el timón cuando una nueva ola sacudió la *Gaviota*.

—¿Oís eso? —preguntó Blanche—. La tripulación festeja.

Los compañeros aguzaron el oído. Aunque el ulular del viento y el rumor del mar superaban casi cualquier otro ruido allí abajo, Balian también lo oyó: los marineros entonaban gritos de triunfo.

—¿Habrá dado realmente esquinazo a los piratas? —dijo Raphael.

—Iré a ver qué ha pasado. —Balian hizo esfuerzos para subir

por la escalera... lo que no era empresa fácil, dado que el barco se tambaleaba considerablemente.

En la cubierta, se afirmó contra el viento y fue a reunirse con Elva en el castillo de popa. Al llegar arriba, comprobó que solo se veía uno de los barcos alargados. No había ni rastro del otro. La tripulación del drakkar que quedaba recogió la vela a toda prisa, abatió el mástil y trató únicamente de no zozobrar. Enseguida el barco pirata quedó atrás.

—¿Qué ha pasado? —gritó Balian.

—Un motín. Arnfast ha muerto. Abandonan.

—¿Qué va a ser de nosotros ahora?

—Tenemos que superar la tormenta de un modo u otro. Vuelve abajo —ordenó Elva.

Antes de bajar por la escalera de la bodega contempló el hirviente infierno al este: apenas se podía distinguir dónde terminaba el mar y dónde empezaba el cielo... grises velos de lluvia confundían el horizonte.

—Dios Todopoderoso —murmuró.

En cuanto llegó a la escalera, el viento hizo chocar gruesas gotas de lluvia contra la cubierta.

Elva se había equivocado. La tormenta era igual de mala que la de hacía diez años, si no peor. Normalmente, solo había tormentas tan fuertes a finales de otoño. Nunca había visto una así en verano. Le pareció como si el cielo se hubiera enfurecido con la pecaminosa humanidad y hubiera decidido destrozar todos los barcos del Báltico.

En otras circunstancias, habría buscado un puerto o una bahía a resguardo y esperado el final de la tormenta. Pero la *Gaviota Negra* se había adentrado demasiado en mar abierto para eso. Elva no sabría decir exactamente dónde, había perdido la orientación. Entretanto, llovía con tanta fuerza que apenas podía uno ver su propia mano, sobre todo porque ya oscurecía. Lo único que estaba claro era que la coca se veía arrastrada cada vez más al este. Hacía horas que Elva había hecho recoger la vela, por miedo a que el viento pudiera partir el mástil.

Lo único que podía hacer era sujetar el timón y tratar de impedir que el barco zozobrara.

La tormenta tampoco amainó cuando la noche cayó sobre ellos. El viento soplaba con la misma fuerza en torno al castillo de popa; olas de la altura de un edificio rompían contra la proa. Elva estaba empapada, tenía frío, y del cansancio casi no sentía los brazos y las piernas. Pero no quería ceder el timón a ninguno de sus marineros. Nadie conocía el barco y el mar tan bien como ella. Nadie más que ella estaba en condiciones de pilotar la *Gaviota* con éxito en medio de la tempestad.

En algún momento alboreó la mañana, casi irreconocible en la grisura de la tormenta. Unas horas después cesó la lluvia, pero no el viento. Fustigaba implacable a la coca en dirección este. Elva buscó la costa, escrutó el horizonte por si daba con una pista de dónde se encontraban. Pero no había otra cosa que nubes y espuma.

Tenía que ser mediodía cuando de pronto comprobó que la caña del timón se dejaba mover sin resistencia. Primero pensó que sus agotados sentidos estaban jugándole una mala pasada, pero luego comprendió la terrible verdad: el timón no había resistido las inimaginables fuerzas que tiraban de la coca. Estaba roto.

Elva cerró los ojos por un momento. Ahora estaban desvalidos ante los elementos.

Ordenó a la tripulación buscar refugio en la bodega. En cuanto se quedó sola en la cubierta, empezó a rezar.

También en la bodega se rezaba sin pausa.

Nadie había dormido aquella noche. Marinos y pasajeros se apretujaban en la penumbra, los rostros grisáceos, los ojos febriles. Más de uno invocaba desesperado a los santos. Otros a su vez rezaban solos y mantenían los ojos cerrados, mientras sus labios se movían mudos.

—Si salimos con vida de este viaje iré en peregrinación a Roma —dijo Odet—. No, mejor a Santiago, a la tumba del apóstol. Te lo prometo, Señor, ¿me oyes? Te lo juro por la salvación de mi alma.

«Y yo iré contigo.» Balian apretó con tal fuerza su talismán que los bordes de la plaquita de plata se clavaron, dolorosos, en su carne.

Otra ola alcanzó a la *Gaviota* y barrió la cubierta. Un aluvión de agua corrió por la escalera hasta la bodega.

Durante todo el día, la *Gaviota Negra* dio bandazos por el mar, como un juguete de las fuerzas de la naturaleza. Fue casi un milagro que la coca no naufragara, por más veces que las olas barrieron su cubierta. Balian y sus compañeros no daban abasto a achicar el agua de la bodega.

Elva estaba en el castillo de popa y se aferraba a la borda. Hacia el atardecer, vio acercarse una costa. ¿Prusia? ¿Livonia? No lo sabía. Lo que al principio no era más que una fina línea en el horizonte se acercaba cada vez más deprisa, y descubrió playas, dunas, rocas. Sobre todo rocas. Afilados arrecifes que salían de la rompiente como colmillos.

La *Gaviota* se dirigía directamente a ellos.

—Que Dios nos asista —susurró Elva antes de que un golpe sacudiera el barco con tanta fuerza que la arrojó por el castillo.

Lo último que oyó fue el crujido de la madera. Luego, todo se volvió negro.

25

B alian soñó con la tormenta y con las olas y con insondables profundidades verdes... hasta que un ruido perturbador lo despertó. Un lamento oscuro y prolongado, un balido lleno de dolor. Pensó, sordamente, en almas atormentadas que penaban por sus pecados.

¿Estaba muerto y había ido al infierno?

Parpadeando, levantó la cabeza. En verdad se sentía como si estuviera en el infierno. Le ardían los ojos. Tenía partes del cuerpo insensibles. Le dolía la caja torácica como si una banda de ladrones le hubiera apaleado con garrotes y tirado a un foso. Tenía las piernas encima de algo duro... una plancha de madera. Las manos en parte enterradas en arena blanda; la arena también se le pegaba al rostro. Afirmó los brazos en el suelo y trató de distinguir lo que le rodeaba. La radiante luz del sol le deslumbró.

El susurro del mar. Voces lejanas.

Otra vez esos mugidos atormentados.

Una playa llena de trozos de madera, velamen desgarrado, toneles reventados. En la ladera de una duna poblada de cañas yacía uno de los bueyes de tiro. Tenía clavado en el costado una astilla del largo de un brazo, y el animal mugía cada vez más fuerte, cada vez más agudo.

Apareció una figura, un hombre con cota de malla en cuya sobreveste rampaba una cruz negra. Un caballero de la Orden Teutónica.

«¡El asesino de Michel!», se estremeció Balian, pero era incapaz de moverse.

El caballero clavó profundamente la lanza en el ojo del buey. El animal se estremeció y enmudeció al fin.

El hombre sacó el arma, la secó en la piel del buey y contempló a Balian. No, ese no era el asesino de Michel. Su rostro era distinto, y tampoco tenía barba. «Socorro», quiso decir Balian, pero solo logró emitir un graznido. El caballero lo miró sin expresión alguna.

Solo entonces Balian se dio cuenta de que tenía una sed espantosa. Tenía la garganta reseca y ronca. Miró hacia la duna de la que procedían las voces. Allí había más miembros de la Orden, además de varios carros de bueyes. Los hombres iban de un lado para otro, recogían los toneles y las balas de paño que yacían dispersas por la playa y las llevaban hasta los carros.

Poco a poco, se acordó de todo. Elva. Los piratas. La tormenta. El barco desvalido dando bandazos. Habían chocado con todo el impulso contra las rocas de la orilla y, solo Dios sabía por qué, él había sobrevivido al naufragio.

Dos guerreros pasaron ante él sin dignarse mirarle. Se ocuparon de un tonel que yacía medio enterrado bajo los restos destrozados de un carro. Balian hizo acopio de toda su energía y se puso de rodillas.

—Eso es nuestro —graznó.

Los hombres no le prestaron atención y sacaron el tonel. Balian se agarró al astillado pescante del carro y trató en vano de incorporarse.

—Son nuestras mercancías.

—Ya no. —El guerrero cogió su lanza y le golpeó con la contera en la boca del estómago, haciéndolo caer de espaldas con un gemido. Antes de perder el conocimiento, aún alcanzó a ver cómo los hombres se llevaban el tonel.

No estuvo inconsciente mucho tiempo. Cuando abrió los ojos, los hermanos seguían allí. Entretanto habían recogido el resto de las mercaderías y ahora acicateaban a los bueyes. La caravana desapareció poco después detrás de la duna. Balian se arrastró hasta un charco cercano, cogió un poco de agua y bebió un trago, solo para volver a escupirlo enseguida. ¡Agua salada! Si no encontraba pronto algo de beber, la sed iba a matarlo. El sol ya estaba alto en el cielo, hacía cada vez más calor.

Ignoró los dolores en los hombros, las piernas y los brazos y se levantó. Vio por primera vez las plenas dimensiones de la destrucción. La *Gaviota Negra* yacía en parte en la playa, en parte entre las rocas de la rompiente. La coca había reventado y se había partido en dos; el mástil estaba roto, yacía atravesado sobre el castillo de popa y tenía la cofa clavada en la arena. La fuerza del choque había lanzado a la orilla todo el contenido de la bodega: personas, animales, mercancías.

Los bueyes estaban muertos, eso pudo verlo de un solo vistazo. Balian fue vacilando hacia un cuerpo humano tendido entre los cadáveres, con el rostro clavado en la arena. Un marinero. Lo empujó con el pie. El hombre no se movió.

Un único pensamiento se abrió paso hasta él a través de la niebla que velaba su mente: «Blanche».

Por mucho que aumentaran los dolores, la sed y el aturdimiento, caminó tambaleándose por la playa y examinó los cuerpos dispersos.

Un criado. Muerto.

Otro. También muerto.

La desesperación aumentaba en él. ¿Era el único que había sobrevivido? «Por favor, no, Señor. Consérvala con vida. Por lo menos a Blanche.»

Entonces oyó un gemido. Mordred. El perro estaba junto a Raphael y le lamía el rostro. Balian cayó de rodillas junto al mercader y le abofeteó las mejillas.

Gimiendo, Raphael se movió, parpadeó, lo miró desde unos ojos turbios. Si Balian no hubiera estado tan débil, habría gritado de alegría.

¡Allí estaba Elva! Balian se apresuró a ir hacia ella, tropezó y recorrió a cuatro patas los últimos pasos. La volvió de espaldas, le quitó la arena de la cara. Respiraba débilmente.

—¡Elva! —gritó él.

Abruptamente, ella volvió en sí y lo agarró por el cuello del jubón, como si fuera a sacudirlo. Luego se puso de lado, se apoyó en una mano y tosió con todas sus fuerzas.

Alguien dijo en voz baja el nombre de Balian.

Él se puso de rodillas, se giró, parpadeó al sol.

Una figura salía trepando del casco de la *Gaviota*, por encima de maderas astilladas y planchas rotas.

Blanche.

Algún tiempo después, los compañeros se sentaban a la sombra del casco del barco. Detrás de las dunas habían encontrado un charco de agua de lluvia y habían llenado un cubo para beber. Mientras el mar rompía contra las rocas y el sol del mediodía abrasaba la hierba de las dunas, apagaron su sed.

El mar había sido codicioso, y la noche pasada había reclamado muchas vidas. De los criados, únicamente Odet había sobrevivido. Los otros se habían ido… el mar tenía que haberlos engullido. También Elva había perdido a muchos de sus hombres: de su tripulación, solo habían quedado el timonel y tres marineros.

Bertrandon y Raphael vivían.

Maurice también.

En lo que a la mercancía se refería… los caballeros habían saqueado el casco y solo habían dejado lo que estaba sucio e inutilizable. Toda la plata había desaparecido, igual que las armas. Solo les habían dejado un barrilito de bizcocho duro como una piedra. Comieron de él, porque el hambre les atormentaba tanto como la sed. Entre dos bocados, Elva contempló los restos de la *Gaviota Negra* y maldijo en voz baja.

—Lo hemos perdido todo y estamos clavados en el fin del mundo. —Maurice miró fijamente a Balian—. Muchas gracias.

—Nada de esto es culpa de Balian —dijo Bertrandon—. ¿Acaso lanzó él a los piratas contra nosotros?

—No nos habrían atacado si él no hubiera desafiado a los Rapesulver. Si por mí hubiera sido, habríamos dejado Lübeck y buscado un barco en otro sitio. Ahora estaríamos en Gotland, en vez de en esta playa abandonada de la mano de Dios.

—Ni siquiera ahora podéis dejarlo, ¿eh? —empezó Blanche, con ganas de pelea—. Sois un engreído, un fanfarrón…

—Deja que hable —dijo Balian—. También yo quería abordar otro asunto. —Se volvió hacia Maurice—. ¿No vais a contar a los otros que en medio del combate me golpeasteis por la espalda, y que por eso estuve a punto de morir?

—¿Que hizo qué? —preguntó Blanche.

—Estaba peleando con un pirata cuando alguien me golpeó. Solo pudo haber sido Maurice, no había nadie más a mi lado. Caí al suelo, y me habrían matado si Elva no me hubiera salvado.

—¿Es eso cierto? —preguntó Bertrandon.

—Bah —dijo Maurice—. Diría cualquier cosa para indisponeros conmigo. Además, yo no era el único que estaba cerca. También Elva estaba allí. Quizá ella le empujó.

—Claro —dijo la danesa—. En un momento intento matarlo y al siguiente le salvo la vida. Tiene mucho sentido.

Bertrandon se levantó.

—Estas son acusaciones muy serias. Quiero que se aclaren. Basta de mentiras. Maurice, jurad por vuestra alma que decís la verdad.

Maurice apretó los dientes y se limitó a mirar obstinadamente al frente.

—Habéis intentado matar a Balian... ¿sí o no?

—No os esforcéis, Bertrandon —dijo Balian—. Creo que todos sabemos lo que hay que hacer. Cuando este asunto haya terminado —se volvió hacia Maurice—, nuestros caminos se separarán. Id a Gotland, a casa o a donde os plazca... me da igual. Ya habéis hecho bastante daño a esta comunidad. Se acabó.

Ninguno de los compañeros tuvo reparo alguno contra la decisión.

—Menos mal que ya hemos aclarado esto —dijo Raphael—. ¿Podemos ir a buscar nuestras mercancías?

Balian miró a Maurice por última vez antes de levantarse.

—Vamos.

Cansado, se sacudió la arena del sayo de lana antes de seguir a sus compañeros. Un sordo dolor pesaba sobre su alma. Algunos de los criados que el mar había engullido habían sido amigos suyos. No podía evitar imaginarlos mientras bajaban pataleando hacia el fondo del mar.

«San Jacques, por favor, intercede ante ellos a las puertas del cielo. Eran hombres buenos, san Pedro no puede rechazarlos», rogó, y buscó la bolsa con los huesos de san Jacques... pero no estaba. También había desaparecido el cordón del que se colgaba la bolsita al cuello. Se palpó el sayo con gestos apresurados. Nada.

Volvió corriendo al sitio en el que se habían sentado. La reliquia tampoco estaba allí. Caminó a trompicones por la playa, rebuscó entre las planchas de madera, cayó de rodillas y registró todo el suelo.

No había ninguna bolsa en ningún sitio.

—¿Qué haces? —gritó Balian—. Ven.

Odet se incorporó. Apenas podía respirar de puro espanto.

—Todo está perdido —susurró.

No fue difícil averiguar hacia dónde habían ido los caballeros: detrás de las dunas, huellas de carro surcaban la blanda arena en dirección sur.

En otras circunstancias, sin duda Balian habría admirado la belleza de aquella región, sobre todo con aquel tiempo espléndido. Más allá de las playas se extendían fértiles prados, extensos pantanos y bosques interminables bajo el radiante cielo. Todo rebosaba de vida. Encima de los charcos se reunían enjambres de mosquitos. Gaviotas que describían círculos poblaban las cañas que crecían en las dunas. La hierba alta bullía de conejos. Pero no vio a ninguna persona. Aquella franja de tierra parecía deshabitada.

—¿Dónde estamos? —preguntó a Elva mientras caminaban.

—En algún lugar de la costa de Prusia o Kurlandia —respondió la danesa—. Probablemente en la frontera norte de los estados de la Orden.

—¿Hay alguna ciudad en las cercanías?

—Al sur está Memel… suponiendo que no me equivoque.

—¿Nos devolverán los caballeros la mercancía? —preguntó Blanche.

—Yo no tendría grandes esperanzas. —Elva se había acostumbrado a hablar en francés para que ellos la entendieran—. Están en su derecho de saquear los barcos naufragados. Además, esos individuos son unos fanáticos. No se puede hablar de manera razonable con ellos.

—No te gustan —constató Balian.

—No puedo soportar a los fanáticos religiosos y a los que practican la guerra.

A Balian le parecía que su destino estaba misteriosamente vinculado al *Ordo Teutonicus*. Ya era la segunda vez que los miembros de la Orden se cruzaban en su camino e imponían un giro catastrófico a su vida. Y ahora estaba en la cueva del león. En ningún sitio la Orden era tan poderosa como en el Báltico.

Se le ocurrió una idea enloquecida: «¿Encontraré aquí al asesino de Michel? ¿Dónde, sino en el Báltico?».

Sacudió la cabeza. En verdad, tenía preocupaciones más urgentes.

Las marcas de los carros se apartaban de la costa hacia un riachuelo que serpenteaba entre los prados. A su orilla había una casa fortificada, rodeada de un muro almenado. El blanco estandarte de la cruz flameaba en el tejado.

Una encomienda de la Orden Teutónica.

Un puente de madera llevaba hasta la puerta, por encima del riachuelo. Cuando Balian y sus compañeros lo cruzaron, un hermano de guardia les cortó el paso. El mantogrís, como llamaban a los simples hermanos por el color de su vestimenta, iba armado de escudo, lanza y casco.

—¿Quiénes sois? —preguntó en dialecto bendo.

—Mercaderes del Imperio —respondió Balian—. Hemos sufrido un naufragio y exigimos que se nos devuelvan las mercancías que se nos han robado. Hemos visto que las han traído aquí.

—No sé nada de ninguna mercancía.

—Entonces vuestra memoria no está bien. Fuisteis vos quien me golpeó en la playa. Dejadme pasar. Quiero hablar con el comendador.

Antes de que el hombre pudiera detenerlo, Balian pasó de largo ante él y entró en el patio. La encomienda estaba formada por varios edificios, un establo, una zona de viviendas, una capilla y dos casas más pequeñas. A la sombra de la muralla estaban los carros, pero no había rastro de sus mercancías. Un mantogrís estaba metiendo en el establo el último de los bueyes, y otro cepillaba un caballo. Balian se dio cuenta de que el patio olía a lúpulo. El olor era tan fuerte que incluso superaba la peste de los montones de estiércol.

—¡Nos han robado en la costa de este país! —gritó Balian—. Exijo reparación, y quiero hablar con el comendador de esta casa. ¿O acaso es un cobarde el que se esconde tras estos firmes muros?

Otro hermano salió del edificio. No un mantogrís esta vez, sino un caballero, vestido con una cota de malla y la sobreveste blanca de la Orden. Con la mano en el pomo de la espada, miró de arriba abajo al visitante. Su mirada fue luego hacia los compañeros de Balian, que seguían en el puente, donde el guardia los mantenía a raya con la lanza.

—Déjalos entrar —ordenó el caballero, y se volvió hacia Balian—. Seguidme.

Lo guio hasta una zona del patio que estaba detrás de la capilla, totalmente bañada en frescas sombras. Dos mantogrises se ejercitaban allí en el combate singular y daban vueltas el uno en torno al otro con las armas desnudas, supervisados por un hermano que llevaba una simple cogulla con la negra cruz en el pecho y zapatos de cuero de perro. Su cabello cobrizo, largo hasta la nuca, se convertía al llegar a las sienes en una hirsuta barba que cubría mejillas, mentón y labio superior y, junto a unas cejas no menos pobladas, enmarcaba unos duros rasgos.

El caballero se inclinó en una reverencia.

—La tripulación del buque naufragado —anunció—. Desean hablar con vos.

El superior de la encomienda ordenó a los hermanos que luchaban que hicieran una pausa. Miró con frialdad a Balian y sus compañeros.

—Veo que habéis sobrevivido. Os dábamos por muertos.

—Seguro. —Balian sonrió sin alegría—. Cuando me levanté y me dirigí a vuestros hombres, es imposible que se dieran cuenta de que aún estaba vivo.

Los ojos azul hielo del comendador revelaban alerta e inteligencia.

—¿Qué queréis?

—La mercancía que nos habéis robado. Además de nuestro dinero, nuestras armas y los equipamientos del barco.

—No han sido robados, sino tomados conforme a la ley. Cuando un barco embarranca en nuestras costas, toda la carga nos pertenece. Así es la ley desde antiguo.

—El derecho de embarrancada solo rige cuando la tripulación está muerta —terció Elva.

—Eso dice el emperador. Pero ahora no hay emperador. Deberíais estar contentos de haber salido con tanto bien de la empresa —explicó impertérrito el comendador—. Si hubierais embarrancado en tierra de paganos os hubieran esclavizado.

—Cada uno de nosotros ha invertido mucho dinero en este

viaje —repuso Balian, reprimiendo a duras penas la ira—. Si no nos devolvéis las mercancías, estaremos arruinados.

—Fue voluntad de Dios que no alcanzarais vuestro destino... quizá le disgustó vuestra codicia. Así que no nos culpéis de vuestra desgracia.

—Pensaba que vuestra orden defendía el amor cristiano al prójimo. No sabía que los caballeros teutónicos eran en realidad ladrones y salteadores de caminos.

—Son tiempos difíciles. Una encomienda apartada como la mía tiene que salir a flote. Pero voy a haceros una oferta. Estáis agotados, y algunos de vosotros os encontráis heridos. Quedaos aquí y descansad. Dentro de unos días os escoltaremos hasta Memel. Sin duda, allí hallaréis un barco que os lleve a casa.

—¿Y con qué plata vamos a pagar los pasajes?

—Los mercaderes sois gente ingeniosa... seguro que se os ocurre algo. —El comendador ordenó a los dos mantogrises que continuaran sus ejercicios.

Balian se volvió hacia sus compañeros:

—¿Habéis entendido?

—¿No nos devuelven la mercancía? —aventuró Raphael.

Balian asintió.

—A cambio nos conceden hospitalidad. ¿No es generoso?

—He echado un vistazo —contó Odet por la noche—. La mercancía no está en la casa ni en los demás edificios. Tienen que haberla llevado al sótano que hay debajo del refectorio.

Los hermanos les habían cedido el pajar que había encima de los establos. Y estaban comiendo del pan que el comendador les había dado en su clemencia. Y cerveza, destilada en la encomienda, según habían sabido.

—¿Ves una posibilidad de coger nuestras cosas? —preguntó Balian.

—La puerta del sótano está cerrada con un candado —respondió Odet—. No creo que logremos abrirla. Y menos sin ser vistos.

—Entonces, ¿damos por perdida la mercancía? —preguntó Bertrandon.

—Esperemos. Quizá a lo largo de los próximos días se ofrezca una nueva posibilidad. —Balian estiró sus cansados miembros. ¿Qué habría hecho Michel en su lugar? Seguro que su hermano habría encontrado la manera de que los caballeros les devolvieran la mercancía. Pero Balian no era Michel. Nunca conseguiría hacer cambiar de opinión al comendador.

Ahí estaba otra vez, la autocompasión que siempre aparecía cuando se comparaba con Michel. Pero en esta ocasión Balian no permitió que se asentara. Había salvado de Cerbero a la comunidad, y la había llevado a salvo hasta Lübeck… No existía, en verdad, motivo alguno para sentirse inferior. Era hora de confiar en sus propias capacidades.

Ya se le ocurriría algo.

—Acostémonos —dijo a sus compañeros—. Seguro que mañana el mundo tiene un color diferente.

Apenas había cerrado los ojos, lo envolvió un descanso sin sueños.

Los esfuerzos de los días anteriores habían agotado de tal modo a Balian que durmió hasta mucho después de romper el día. Cuando despertó, sus compañeros también roncaban tendidos en el heno; solo faltaban Elva y sus hombres. Se puso la cinta con el amuleto, bajó sin hacer ruido por la escala y salió al patio. Era una mañana radiante. Aparte del guardián de la puerta y de otro en el camino de ronda, no se veía a nadie. Balian oyó un leve canto procedente de la capilla. Los monjes guerreros estaban rezando juntos la tercia.

Salió de la encomienda y fue por las dunas hasta la playa. Ya de lejos oyó ruido. Dos marineros habían talado un árbol y llevaban el tronco hasta el pecio de la *Gaviota Negra*, donde Elva y el resto de los hombres examinaban las ruinas y comprobaban qué quedaba que fuera de utilidad.

Cuando Balian fue hacia ellos, la danesa estaba examinando una plancha astillada, que tiró a un montón con los otros desechos.

—¿Dónde están los muertos?

—Los hemos enterrado. Están al borde del bosque, detrás de la duna.

Su mirada recayó en un arcón con clavos. En la arena había repartidos martillos, hachas de carpintero y una gran sierra.

—¿Habéis conseguido las herramientas de los hermanos?

Elva asintió.

—Además, nos permiten cortar tanta madera como necesitemos para volver a poner a flote la *Gaviota*.

—Tanta amabilidad le conmueve a uno. —Balian contempló el pecio. La coca estaba tan dañada que parecía un milagro que siguieran vivos—. ¿Crees que lo conseguiréis? Quiero decir, mira esto. No es más que un montón de madera astillada.

—Es mi barco —repuso Elva—. No voy a darlo por perdido tan fácilmente.

—Pero ¿es posible repararlo en la playa? ¿No se necesita un astillero?

—Sobre todo, se necesita gente que ponga manos a la obra en vez de pronunciar grandes discursos. —Le tiró un martillo—. Así que a trabajar, si me permites que te lo pida.

La madre de Blanche había conocido hacía muchos años a un caballero templario, una experiencia de la que le gustaba hablar.

—No sabía qué hacer con las mujeres —solía contar—. No hablaba conmigo, ni siquiera me miraba... era como si estuviera hecha de aire. Probablemente el pobre temía que mi visión pudiera despertar en él pensamientos pecaminosos.

Blanche no podía evitar pensar en eso cuando cruzó el patio de la encomienda aquella mañana. Como los templarios, también los caballeros de la Orden Teutónica eran monjes guerreros, que vivían en castidad. No estaban acostumbrados a la presencia de una mujer; sin duda, muchos habitantes de la apartada fortaleza llevaban meses sin ver ninguna. Se comportaban por tanto de forma extraña cuando se cruzaban con ella: la ignoraban o se daban la vuelta. Pero más de uno le lanzaba abiertamente miradas lascivas, y en el rostro llevaban escritos sus pecaminosos pensamientos.

Blanche no podía afirmar que le gustara estar en los pensamientos de todos aquellos desconocidos, pero había aprendido hacía mucho a ocultar su malestar en momentos como esos. Ciertos hombres entendían como una invitación la inseguridad, o incluso el miedo. Así que compuso un gesto de desdén y se mostró inaccesible. Eso ayudaba. Ninguno de los hermanos la molestó.

Necesitaba hierbas y otros remedios para sus compañeros heridos, y decidió dirigirse al comendador. Lo encontró en la sala capitular, donde estaba en ese momento hablando con dos mantogrises. Konrad von Stettin era el único miembro de la Orden que se comportaba con cierta normalidad ante ella. Le expuso sus ruegos y esperó que él los atendiera.

—Id al herbolario, detrás de los establos —respondió él—. Allí encontraréis todo lo que necesitáis. —Al menos, Blanche supuso que había dicho eso. Su dialecto sonaba de tal modo ajeno a sus oídos que apenas entendía la mitad.

El herbolario constaba de dos pequeños arriates, pero en ellos crecían las plantas curativas más importantes. El levístico esparcía un aroma especiado; junto a él brotaban varias plantas de menta. La amapola florecía exuberante y tendía hacia el sol sus capullos abiertos. Blanche había aprendido ya de niña a distinguir las distintas hierbas por su aspecto y su acción curativa. Llenó la bolsa con las hojas y raíces que necesitaba y tomó prestado un mortero de la cocina antes de regresar a los establos.

Tan solo Bertrandon estaba arriba, sentado en el pajar; los demás se atareaban en otros lugares. El corte en la frente que había sufrido durante la lucha contra los piratas curaba mal.

—Durante la noche dolía tanto que apenas he podido dormir —se quejó—. No se gangrenará, ¿verdad?

Blanche picó unas hojas de plantago y las puso en una venda que hizo con una tira de tela.

—Rezad regularmente a san Sebastián —le indicó—, y la herida cerrará con rapidez.

—Gracias. Sois un ángel. ¿Podríais echar un vistazo también a Raphael?

—¿Qué le pasa?

—Creo que todavía le duele el brazo. Naturalmente no se lo dice a nadie... ya sabéis cómo es. Pero he visto que tuerce el gesto cuando lo mueve. Es mejor que os ocupéis de él, no vaya a ser que lo tenga roto.

Blanche no tenía el menor deseo de hablar con Raphael, y no digamos de atenderle. Pero si de verdad tenía roto el brazo, necesitaba ayuda urgente. Así que el sentido del deber se sobrepuso a su aversión.

—Iré a ver si puedo hacer algo por él.

—Probablemente lo encontraréis en la destilería. Quería ver cómo hacen la cerveza aquí.

Con su bolsa en la mano, volvió a atravesar el patio, luchando con la tensión. Habían pasado semanas desde la última vez que había cruzado un par de palabras con Raphael. ¿Cómo debía mostrarse ante él? ¿Fría y distante? ¿Amable y desinteresada? No, amable no entraba en consideración, para eso aún estaba demasiado furiosa. Blanche torció el gesto. ¿Por qué había tenido que herirse el maldito brazo? De mantenerse sano, ella podría seguir evitándole.

Una cosa estaba clara: ella no iba a dar el primer paso. Eso era tarea de él. En eso nada había cambiado.

Delante de la destilería estaba Mordred, y miraba fijamente a un gato que dormitaba al sol en lo alto del camino de ronda, totalmente impávido ante el gigantesco perro. Blanche entró en el edificio de piedra. Tenía una gran sala, cuyo alto techo estaba sostenido por vigas ennegrecidas por el hollín. Un mantogrís estaba avivando el fuego bajo la caldera de la destilería, mientras otro removía el lúpulo.

Raphael estaba apoyado en un tonel y miraba a los hombres, con una jarra de cerveza delante. Cuando la oyó entrar, se volvió. A ella le habría gustado saber qué estaba pensando en ese momento. Pero su gesto no revelaba nada. Así que se esforzó por componer una expresión sobria, que ocultara la confusión de su corazón.

—He oído decir que el brazo te da problemas —le dijo.

—¿Quién lo dice?

—Bertrandon. Ha visto que te duele.

—Tonterías —respondió Raphael—. Imaginaciones suyas. Probablemente el golpe que recibió en la cabeza fue más fuerte de lo que quiere aceptar.

—Déjame al menos que te vea el brazo.

—No te esfuerces. Todo va bien —insistió él en tono de rechazo.

Ella estiró la mano y le tocó el codo. Él cogió aire de golpe y retrocedió.

—Está bien. Ahora sé razonable y enséñamelo.

Durante un instante, él pareció tan irritado que ella se preparó para escuchar una observación hiriente. En vez de eso, apretó los dientes y se subió la manga. En el codo había un moratón, una espléndida mancha del tamaño de la palma de una mano, violeta y oscura como el cielo nocturno.

—¡Por san Jacques, eso tiene que causar un dolor infernal! ¿Por qué no has dicho nada?

Él guardó un testarudo silencio.

—Déjame ver si hay algo roto.

—No hay nada roto.

—Trae el brazo —ordenó ella, y palpó con cuidado los huesos. Cuando las yemas de sus dedos tocaron su piel, un dulce relámpago la estremeció. Los recuerdos se avivaron, recuerdos de caricias y besos secretos y noches demasiado cortas. Blanche apretó los labios, evitó su mirada y se dedicó por entero a su trabajo—. El hueso parece estar bien. ¿Puedes mover el brazo?

—Duele, pero puedo.

—Tenemos que tratar enseguida esa inflamación. —Echó mano a su bolsa—. Aquí tienes un poco de consuelda. Cuécela, mezcla la infusión resultante con miel y frota con ella toda la zona. Prométemelo —añadió, al no recibir respuesta.

—Lo haré —dijo él escuetamente.

—Lo mejor es que lo hagas ahora mismo, y otra vez antes de irte a dormir.

Él asintió… y de pronto se quedó mirándola fijamente, como si quisiera pedirle que se quedara, que no se fuera aún. ¿Era dolor lo que había en sus ojos? ¿Nostalgia? ¿Arrepentimiento?

Sin querer, Blanche contuvo la respiración. ¿Haría al fin lo que llevaba esperando desde la noche de Bremen y se abriría a ella, se explicaría con ella?

No, claro que no. Cogió la consuelda y se fue sin una palabra de agradecimiento. Blanche se sintió como si la hubiera abofeteado. Era y sería siempre un egoísta, incapaz de confiar en otros… alguien que se complacía en representar el papel de cínico solitario. Y ella que se había hecho ilusiones… Pero ahora se había acabado, de una vez por todas.

Abandonó la destilería, empujó a Raphael y le dio en el codo como por azar. Le procuró no poca satisfacción oírlo gemir.

—Mira por dónde vas —le increpó él, y se dirigió hacia los establos sin volver la cabeza ni una vez.

Los marineros se habían echado al hombro las hachas y las sierras, y la esperaban.

—Adelantaos —dijo Elva—. Yo voy enseguida.

Trepó a la *Gaviota* y encontró otra tabla dañada, que arrancó y tiró al montón junto con las otras. Cuando los hombres se hubieron marchado, bajó a la playa y contempló la coca. Apretó los dientes. Habían conseguido despejar el pecio lo bastante como para empezar con el verdadero trabajo. Mañana apuntalarían el casco con vigas e intentarían de alguna manera encajar sus dos partes. Elva aún no tenía ni idea de cómo iban a hacerlo. A pesar de la ayuda de los hermanos les faltaba de todo: herramientas, madera apropiada, alquitrán para las junturas. Incluso si lograban restablecer la *Gaviota*, pasarían semanas antes de poder salir al mar. Si no meses.

Acarició el casco con las yemas de los dedos.

—Lo conseguiremos, vieja amiga. No te dejaré aquí.

Se secó el sudor de la cara. Por Dios que hacía calor; la ropa se le pegaba al cuerpo. Rápidamente se desnudó, dejó sus ropas en la arena y caminó hasta la rompiente, hasta que el agua le llegó a las rodillas. La corriente se llevaba la arena bajo sus pies, dejando solamente piedrecitas que se le clavaban, ásperas y filosas, en la piel. Su cabello ondeaba al viento, la luz del sol del atardecer saltaba sobre las olas en millones de esquirlas centelleantes.

Elva amaba el mar, lo amaba y lo temía y lo respetaba. Pero no podía odiarlo, ni siquiera cuando se lo había quitado todo. El mar era eterno y poderoso, y ella no era más que una persona pequeña. ¿Qué había esperado?

Su hermano nunca lo entendió. Arnfast pensaba que podía someter al mar, imponerle su voluntad con ayuda de los viejos dioses. Un necio hasta la muerte.

No podía llorar por él, quizá nunca podría. La amargura era demasiado grande, y demasiado grande el alivio de haberse librado al fin de él. Aun así, había dolor en ella. Una sensación de pérdida. Pero no tenía que ver con Arnfast... sino con ella misma. Y tenía muchos años de antigüedad. Elva la había ensordecido, reprimido, pero Balian y Blanche la habían despertado. La vinculación de los gemelos, su amor fraternal, mostraban a Elva lo que le faltaba. Lo que Arnfast le había negado.

Eso dolía, sin duda. Pero sus compañeros no podían hacer

nada. Era tarea de Elva librarse de eso. E iba a librarse de eso. Era fuerte. Lo había aprendido a lo largo de los últimos diez años.

Se adentró en la rompiente hasta que el agua le alcanzó el pubis. Se sumergió y escuchó el silencio, casi perfecto. Siempre le había fascinado que el mar amortiguara todos los sonidos... como si no tolerase ningún ruido en su reino.

Se quedó bajo el agua mientras pudo. Solo cuando sus pulmones pidieron dolorosamente aire, se incorporó tosiendo.

Un grito despertó a Balian. Se sentó en el lecho y aguzó el oído. Los establos estaban oscuros como boca de lobo, pero pudo oír que sus compañeros se agitaban.

—¿Qué está pasando ahí fuera? —murmuró adormilado Bertrandon.

—Será mejor que vayamos a ver. —Rápidamente Balian se calzó los zapatos, bajó por la escala y salió al exterior.

Delante del edificio de viviendas estaba Konrad von Stettin con una antorcha en la mano. Dos mantogrises arrastraron una figura a través del patio y la tiraron al suelo.

Maurice.

Los hermanos le habían dado una paliza. Gemía y sangraba por la nariz. Escupió una muela entre toses.

—¿Qué habéis hecho con él? —preguntó Balian.

—Quiso entrar en el sótano —explicó Konrad—. Cuidad de que no vuelva a intentarlo. De lo contrario, dejaréis de gozar de nuestra hospitalidad.

Los hermanos volvieron a la casa. Balian explicó a los demás lo que había ocurrido.

—Qué loco —dijo Raphael—. Deberíamos dejarlo aquí tirado.

Balian suspiró.

—Llevémoslo hasta Blanche.

Ayudaron a Maurice a levantarse y lo sostuvieron, porque el mercader pelirrojo casi no podía andar por sus propios medios. Los hermanos le habían dado una buena ración de golpes, eso estaba claro.

—Sois un necio —dijo Balian—. ¿En serio pensabais que podríais marcharos con la mercancía sin que nadie se diera cuenta? Konrad estaba esperando algo así.

La voz de Maurice era tan débil que Balian apenas le entendió:

—Al menos lo he intentado. Vos andáis por ahí sin hacer nada. Bonito capitán estáis hecho... —La mandíbula le cayó sobre el pecho cuando perdió el conocimiento.

—Dios sea loado —dijo Raphael—. Ya pensaba que íbamos a tener que oír esa letanía la noche entera.

—¿Qué os llevó a traer a este tipo con vosotros? —preguntó Elva mientras llevaban a Maurice al establo—. Desde que le conozco no da más que problemas.

—No siempre estuvo tan amargado —dijo Bertrandon—. De hecho, una vez fue un buen mercader.

—¿Qué ha pasado?

—Le hemos quitado su juguete favorito. Buenas noches —gruñó Raphael, y trepó por la escala.

26

Julio de 1260

Es exquisito —dijo Balian sin dejar de masticar—. ¿Qué es?
—Lo llaman *krude* —explicó Odet con mirada radiante—. Los hermanos lo hacen con sirope de frutas especiado. He estado mirando cómo lo preparan, para poder hacerlo en casa. No se cansa uno, ¿verdad?

—Oh, sí. —Balian y Bertrandon se lanzaron codiciosos a por el dulce, y poco después había desaparecido hasta el último y gelatinoso dadito.

—Por la santa Cruz —gimió Bertrandon—. Creo que voy a reventar. La última vez que comí tanto dulce fue de niño, cuando descubrí dónde guardaban el tarro de la miel...

—Lo peor es que uno está atiborrado como un ganso cebado, y aun así se tomaría una salchicha picante para librarse de este gusto dulzón —dijo Balian.

—Oh, en la cocina tienen salchichas. ¿Queréis que pregunte si pueden darnos una?

—Déjalo estar, Odet. Creo que no podré comer nada hasta el mes que viene.

Desde que el criado trabajaba en la cocina, la calidad de su manutención había mejorado sensiblemente. En vez de papilla de mijo aguada o pan seco, había queso y pescado casi todos los días. Odet había convertido en tarea suya abastecerles de nuevos manjares continuamente. Balian pensaba que su criado había encontrado al fin su auténtico destino. Al parecer, había dejado atrás la pérdida de la reliquia.

No solo Odet trabajaba para los hermanos… todos tenían que echar una mano. Raphael estaba ocupado en la destilería; Blanche ayudaba en el herbario; Balian cuidaba de las armas en el armero cuando no estaba ayudando a Elva. Konrad les permitió seguir en la encomienda hasta que la *Gaviota Negra* estuviera en condiciones de navegar, siempre que a cambio trabajaran para ganarse el alojamiento y la manutención. Porque daba la impresión de que iban a pasarse todo el verano allí: dada la carencia de herramientas y materiales adecuados, Elva y su gente avanzaban lentamente en la reparación de la coca.

Llevaban más de una semana en la encomienda, y poco a poco el tiempo se les escapaba. En unos días, Konrad iría a Memel a vender su carga en el mercado. Si para entonces Balian no había tenido una idea que los salvara, todo estaría perdido.

Así que estudiaba con atención las costumbres de los caballeros, su vida cotidiana, sus puntos débiles. La vida en la encomienda era, en lo esencial, parecida a la de otras comunidades clericales. Los hermanos se levantaban al amanecer y se iban temprano a la cama. Se reunían en la capilla para orar varias veces al día. Entre una cosa y otra, hacían los trabajos necesarios o practicaban el uso de las armas, para estar siempre listos para el combate contra los paganos. La encomienda misma era más que una fortaleza en la frontera de un país enemigo. Constantemente entraban y salían súbditos de la Orden, colonos alemanes o prusianos cristianizados, curonios y escalvianos del interior, que pagaban tributos en forma de reses y frutos del campo o presentaban sus quejas a Konrad von Stettin, que como señor suyo dirimía en los litigios y castigaba a los delincuentes.

Durante aquellos días, Balian aprendió sin duda muchas cosas acerca del *Ordo Teutonicus*. Por desgracia, nada de eso le ayudó a recuperar sus mercancías.

Los tres loreneses estaban sentados en el refectorio. Era primera hora de la tarde, el sol dibujaba sobre la mesa la forma de los arcos ojivales de las ventanas. Balian se levantó trabajosamente.

—Voy a estirar un poco las piernas. ¿Quiere acompañarme alguien?

—Me temo que no me puedo mover —declaró sordamente Bertrandon.

—Yo tengo que volver a la cocina —dijo Odet.

Balian salió del refectorio y cruzó el portón. Fuera, en el camino, se encontró con dos caballeros montados y cuatro mantogrises con las lanzas al hombro que escoltaban a varias personas hasta la encomienda. Un hombre tenía las manos atadas a la espalda; su rostro estaba hinchado por los golpes. Los otros cruzaban el puente con la cabeza baja.

Frunciendo el ceño, Balian siguió al grupo. Los monjes guerreros llevaron al patio a sus prisioneros y les ordenaron colocarse en fila. Konrad salió del edificio.

—¿Habéis encontrado pruebas? —preguntó a sus hermanos.

Uno de los caballeros sacó una figurilla del cinturón y se la entregó al comendador.

—¿Nada más?

—El tipo lo ha confesado todo.

El caballero se refería al parecer al hombre con bigote y el rostro maltratado, que en ese momento cayó de rodillas ante Konrad y pidió clemencia en un fragmentario alemán. Los otros miraban al comendador con ojos estúpidos. Eran tres mujeres, una vieja y dos más jóvenes, que llevaban pulseras de cobre; además, cuatro niños de cara sucia, entre ellos un bebé que la madre llevaba en brazos.

Konrad ignoró al hombre arrodillado y contempló la figura.

—¿Qué han hecho? —preguntó Balian.

—¿Sabéis lo que es esto? —Konrad le enseñó la figura. Estaba hecha de abeto y representaba un hombre, toscamente tallado, que tenía una copa en una mano y un haz de espigas en la otra.

—Es la primera vez que veo una cosa así.

—Es Curche, el espíritu del grano, uno de sus ídolos. Un colono cristiano ha visto cómo le sacrificaban un gallo. Estos campesinos son apóstatas. Solo se dejan bautizar para conservar sus tierras pero, en cuanto se les vuelve la espalda, escupen sobre nuestro Señor y Redentor.

—¿Cuál será su castigo?

—La muerte —respondió ásperamente Konrad.

—Eso es muy duro.

El comendador le clavó la mirada antes de volverse hacia los prisioneros.

—Mirad a esas mujeres. La más joven… este tipo afirma que es su hermana. Pero probablemente es su segunda esposa, con la que comparte la cama mientras la otra cuida de los niños. Y la vieja... miradla.

La anciana tenía los dos puños cerrados y los cruzaba delante del vientre. Konrad la agarró por el brazo derecho y la forzó a abrir la mano. Cada una de sus uñas medía media pulgada, eran como las garras de un animal de rapiña.

—Los prusianos creen que su Dios supremo vive en la cumbre de una montaña. Si quieren llegar hasta él después de morir tienen que subir trepando. Las laderas son empinadas, así que las garras son de utilidad. La vieja siente que su fin se acerca, y tiene la precaución de no cortarse ya las uñas. —Konrad soltó a la anciana y volvió a clavar la mirada en Balian—. ¿Entendéis ahora? Poligamia, idolatría y herejía... Estas gentes no son mejores que los sarracenos. Se les puede bautizar diez veces, pero con eso no se erradica su religión herética. Eso solo se logra con dureza. —Tiró al polvo el ídolo, delante del hombre que sollozaba—. Mañana arderán.

—Perdonad por lo menos a los niños —dijo Balian—. Ellos no tienen culpa.

Konrad ni siquiera se dignó responderle.

—Encerradlos en el sótano, y cargad de cadenas a los adultos —ordenó a los mantogrises antes de irse.

—Puedo entender que os preocupe —dijo más tarde Bertrandon—. Quemar a toda la familia es muy duro. Pero Konrad es su señor feudal. Solo él decide cómo proceder en caso de herejía y apostasía.

—Este asunto no nos concierne —añadió Raphael—. Veamos mejor cómo recuperar las mercancías.

—Probablemente tengáis razón. —Balian se estiró en el heno y dejó el tema. Pero estuvo ocupado con él la noche entera. ¿Iría tan lejos Konrad como para quemar también a los niños? ¿Incluso al bebé? Por Dios, ¿qué se ganaba con eso? Mientras se rompía la cabeza pensando qué podía hacer, fue incapaz de conciliar el sueño.

Con la primera luz del día, los prisioneros fueron llevados al prado que había detrás de la encomienda, donde los mantogrises habían apilado leña y ramas. El cielo tenía el aspecto veteado de la madera vieja, naranja y violeta y azul medianoche se entrelazaban, formaban remolinos y estrías. Balian y sus compañeros estaban delante del muro del patio y observaban el espantoso espectáculo.

—Malditos fanáticos. —Elva escupió.

Los paganos adultos iban encadenados con grilletes de hierro en los pies. La anciana con las uñas como garras alzó la vista al cielo y murmuró en voz baja, y Balian se preguntó involuntariamente si estaría invocando al dios de los cristianos o a los ídolos paganos. Las dos mujeres más jóvenes lloraban sin ruido y apretaban a los niños contra su pecho. Al parecer, el hombre se había sometido a su destino. No se defendió cuando dos caballeros de la Orden lo llevaron hasta el montón de leña y lo ataron al poste.

—Con tus invocaciones paganas has rechazado la verdadera fe y escarnecido del modo más repugnante a nuestro redentor —dijo Konrad—. Que el fuego destruya tu cuerpo mortal y purifique tu alma.

Un mantogrís se adelantó y arrimó la antorcha al montón de leña. Las llamas se elevaron. El pagano rugía y se retorcía en sus cadenas. Cuando Balian ya no pudo soportar el griterío, siseó una maldición y avanzó hacia Konrad.

—¡Balian! —gritó Blanche, pero él no la escuchó.

El comendador no le miró, tenía los ojos puestos en la pira ardiente, con los brazos cruzados delante del pecho.

—Si queréis darme vuestra opinión, no estoy interesado en ella —dijo.

—¿No basta con esto? —Balian señaló el fuego—. ¿Por qué tenéis que quemar también a las mujeres y a los niños?

—No os mezcléis en nuestros asuntos. Sois nuestro huésped. Quizá recordéis que solo el amor cristiano al prójimo me impide echaros.

Balian apretó los dientes, presa de ira impotente.

—Creéis que esto me gusta, ¿verdad? —dijo Konrad—. No es así. En absoluto. Pero tengo que dar ejemplo. Si me muestro indulgente, la región entera no tardará en volver al paganismo. —Sus ojos brillaban duros y fríos como la hoja de una espada—. No tengo intención de quemar a los niños. ¿Qué culpa tienen ellos de que sus padres adoren a ídolos?

Balian tardó un momento en recobrar el habla.

—¿Vais a dejarlos ir?

El comendador asintió.

—¿Y a las mujeres?

—También a ellas. Pero he de asegurarme de que jamás vuelvan a rezar a ídolos y demonios. Ahora regresad con los vuestros, o haré que se os lleven de aquí.

Balian obedeció. En silencio, los compañeros contemplaron cómo las llamas envolvían al campesino. Pronto los gritos enmudecieron, y el fuego devoró el cadáver, que apenas era ya reconocible como humano.

Entretanto, los mantogrises separaron a las mujeres de los niños y las obligaron a arrodillarse.

Dos hermanos sujetaron a la vieja, que pataleaba. Un tercero le cortó la lengua.

27

Dos días después del castigo de los herejes, al atardecer, un jinete entró en la encomienda. Balian estaba saliendo de la armería cuando el hombre descabalgó envuelto en nubes de polvo. Era un caballero, pero no de la casa.

—Traigo noticias importantes —anunció—. Llamad al comendador.

Konrad apareció y saludó al jinete.

—Vayamos a la sala capitular. Vino y comida para nuestro hermano —ordenó a un mantogrís.

La sala capitular lindaba con el refectorio, donde Bertrandon, Raphael y Odet estaban comiendo, y se llegaba hasta ella por un pasadizo abierto. Balian se sentó junto a sus compañeros y esperó a que los dos caballeros llegaran a la sala vecina.

—¿De qué están hablando? —preguntó Odet.

—Cállate y déjame escuchar —murmuró Balian.

Konrad y el mensajero se sentaron a la larga mesa en la que los hermanos celebraban sus reuniones. Una vez que el recién llegado hubo saciado su sed, dijo:

—Traigo malas noticias del territorio de los lituanos. Guerreros de la tribu de los samogitios están atacando desde hace semanas a los nuestros en el sur, saquean e incendian todo y matan a los misioneros. Muchos pueblos e iglesias han sido ya víctimas suyas.

—¿Solo en el sur? —preguntó preocupado Konrad—. ¿O también aquí amenaza el peligro?

—Eso nadie puede decirlo. Pero el maestre está decidido a ponerles coto. Planea un contraataque para someter a los samogitios de una vez por todas. También vos debéis enviar hombres. Además, Burkhard von Hornhausen tiene un encargo para vos.

—¿Qué he de hacer?

—Vuestra casa está en la frontera con el territorio de los samogitios —respondió el mensajero—. Debéis explorar el terreno y averiguar cuanto podáis acerca del enemigo. ¿Qué fuerzas tiene? ¿Quién las dirige? ¿Dónde se retiran los guerreros después de sus ataques? Burkhard espera tener noticias vuestras dentro de dos días.

—¿Cuántos guerreros he de poner a disposición del maestre?

—Tengo órdenes de llevarme conmigo a Königsberg tres guerreros y ocho hermanos sirvientes.

—¡Eso es más de la mitad de mis hombres! —rugió Konrad—. ¿Cómo voy a explorar el territorio de los paganos y al mismo tiempo defender la encomienda? ¿Acaso Burkhard ha pensado en eso?

—Medid vuestras palabras... no os compete a vos dudar de las decisiones del maestre —declaró fríamente el enviado—. Tengo mis órdenes, y mañana, con la primera luz del día, partiré con los soldados. La forma en que atendáis vuestras tareas es cosa vuestra. Burkhard confía en que cumpliréis con vuestro deber.

—Esta es una encomienda apartada. No tenemos las posibilidades de las ricas casas que la Orden tiene en el sur... —empezó Konrad antes de poner freno a su irritación. Respiró hondo y asintió—. Dile a Burkhard que puede contar conmigo. Ahora come, hermano. Luego te prepararemos un alojamiento donde pasar la noche.

—Gracias, comendador. —El mensajero echó mano a la bandeja de la comida.

Konrad salió de la sala capitular y, una vez fuera, llamó a un caballero. Balian se acercó a la ventana y vio al aludido acudir corriendo.

—¿De qué estaban hablando? —preguntó Bertrandon—. Solamente he entendido «saquear» e «incendiar».

—Se está cociendo algo malo.

Konrad ordenó al caballero viajar enseguida hacia Kurlandia.

—Que el Consejo de ancianos de los curonios me envíe diez

hombres. Jinetes armados. Los necesito lo antes posible, ¿has entendido?

—Sin duda, señor Konrad. —Sin demora, montó en su caballo y cruzó el portón con la túnica al viento.

Justo en ese momento entró Elva. La danesa y sus hombres se dejaron caer en los bancos, maldijeron el calor y pidieron a Odet que les trajera cerveza. Habían pasado todo el día trabajando en la *Gaviota* y estaban sedientos.

—¿Qué sabes de los curonios? —preguntó Balian.

—Es una tribu báltica —respondió Elva—. Viven en el norte. Gente guerrera, con la que es mejor no encontrarse.

—¿Son aliados de la Orden?

—Forzosos. Los han sometido y los obligan desde entonces a prestarles servicio en armas. Pero he oído decir que no son vasallos especialmente fieles. Pasan por levantiscos. Además, odian a muerte a los prusianos pero, como el maestre de Prusia tiene pocos soldados, tiene que recurrir a las tribus sometidas. —Aceptó agradecida la jarra que le tendía Odet y la vació de un trago—. ¿Por qué lo preguntas?

—Me temo que aquí está a punto de empezar una guerra —dijo Balian.

Tres días después regresó el caballero. Los gemelos estaban en ese momento limpiando los establos y vieron al hermano entrar en el patio, llevando tras él diez hombres a caballo. Con la horquilla en la mano, Balian salió al exterior y contempló a los curonios. Llevaban cascos de sencilla forja o gorras de piel y ropa de lana tosca, escudos redondos, lanzas y hachas. Sus gestos furibundos, cabello enmarañado y brazos llenos de cicatrices les daban un aspecto muy salvaje.

Cuando Konrad von Stettin apareció, el caballero que los había traído hasta allí ordenó:

—Descabalgad cuando el comendador os habla.

Los curonios no mostraron la menor intención de hacer tal cosa. Con mirada sombría, se mantuvieron en sus sillas mientras Konrad avanzaba hacia ellos. El comendador no se entretuvo en fórmulas de saludo. Se puso en jarras y dijo:

—La guerra amenaza a los territorios de la Orden. Los samogitios asaltan pueblos y encomiendas. Cuando contraataquemos, vuestro pueblo prestará ayuda a la Orden, como es vuestro deber de vasallaje.

Un joven guerrero, afeitado como los otros, sonrió con malicia.

—Qué descarados esos samogitios, ¿cómo se les ocurre hacer lo mismo que la Orden lleva años haciendo?

Konrad no prestó atención a la ronca carcajada:

—Exploraréis el territorio pagano y me rendiréis informe dentro de una semana. Movimientos de tropas de los samogitios, la situación de sus fortificaciones... quiero saber exactamente qué es lo que está pasando.

—¿Quieres que expongamos el pellejo por la Orden? —gritó otro guerrero—. ¡Envía a tus propios hombres, si quieres saber lo que los lituanos están haciendo!

Los curianos hablaban alemán, pero tan entrecortado que Balian lo entendía a duras penas.

—Vuestros ancianos han jurado lealtad al maestre —dijo cortante Konrad—. Si os oponéis a mí, lo pagaréis caro.

—Y qué si es así —respondió el joven guerrero—. Mejor ser perjuros que servir a un señor que hace causa común con los malditos prusianos.

—Mientras no enviéis al diablo a los prusianos —dijo el mayor—, no nos sentiremos vinculados a nuestro juramento de vasallaje. No lucharemos al lado de esos follacaballos bigotudos, que compran sus hermanas a sus vecinos cuando quieren tener una mujer.

Los curonios volvieron grupas a sus caballos y se fueron en medio de una nube de polvo. Konrad gritó, furioso, pero no consiguió detenerlos. Balian no pudo reprimir una sonrisa. Aquellos curonios le gustaban. Además, resultaba tranquilizador ver que la Orden no era tan poderosa como parecía... al menos no aquí, en la frontera.

—Todos los hermanos a la sala capitular —ordenó Konrad—. Tenemos que celebrar consejo.

En ese momento, Balian tuvo una idea. La ocurrencia era absurda, quizá disparatada, pero era mejor que todos los demás planes que había forjado y vuelto a desechar a lo largo de las últimas dos semanas. Apoyó la horquilla en la pared del establo y atravesó la nube de polvo.

—Una palabra, Konrad.

—¿Qué queréis? —graznó el comendador.

—Proponeros un trato. Un negocio con mutuo beneficio.

—No tengo tiempo para regatear con vos. ¿Es que no veis lo que está ocurriendo aquí?

—Lo veo muy bien —dijo Balian—. Estáis en apuros. No tenéis hombres suficientes para espiar a los paganos y vuestros aliados os dejan miserablemente en la estacada. Pero quizá podamos ayudaros.

—¿Vos? —Konrad le miró dubitativo—. ¿Cómo?

—Dejadme a mí explorar el territorio pagano.

—Es tarea para soldados. Los mercaderes no sirven para eso.

—Soy soldado… fui contra los frisones con el rey Guillermo. También mis compañeros tienen experiencia en combate. A lo largo de nuestro viaje tuvimos que defendernos de ladrones y piratas. Además, los mercaderes viajeros saben atravesar territorio extranjero sin ser advertidos. Quizá mejor que vuestros caballeros.

Konrad no estaba del todo convencido.

—Es una misión peligrosa. Los samogitios son salvajes, que rezan a ídolos espantosos. La piedad cristiana y el amor al prójimo les son desconocidos. Si os atrapan, os amenaza una muerte espantosa.

—No tengo la intención de prestaros un servicio de amigo. —Balian mostró una sonrisa de lobo—. Quiero una remuneración adecuada por los riesgos que vamos a asumir.

—Vuestra mercancía —afirmó el comendador.

—Así como nuestras armas, y toda la plata que nos habéis robado. Lo recibiremos todo a nuestro regreso. En cuanto el barco de Elva esté listo nos marcharemos, y no volveréis jamás a vernos. —Como Konrad seguía titubeando, dijo—: Podéis confiar en nosotros… o confesar a vuestro maestre que no sois capaz de cumplir con la misión encomendada. La elección es vuestra.

El comendador se decidió:

—Tenéis diez días. Si para entonces no habéis vuelto, consideraré nuestro acuerdo nulo.

Poco después, los loreneses se reunían en el refectorio.

—No sé —dijo Bertrandon cuando Balian hubo expuesto su plan—. Espiar a los samogitios… ¿cómo vamos a hacerlo? No conocemos ni el país ni a la gente.

—Konrad tiene mapas del territorio pagano, con ellos deberíamos poder orientarnos. —Balian miró a su alrededor—. Lo único que tenemos que hacer es observar unos cuantos pueblos y averiguar si en ellos se concentran tropas y si los samogitios han construido nuevas fortificaciones de las que la Orden no tenga noticia. Podemos hacerlo... ¿Qué decís?

Fue Raphael el que rompió el silencio.

—Probablemente no haya otra forma de recuperar nuestra mercancía. Yo estoy a favor.

Bertrandon dio una palmada en la mesa.

—Venga, yo también. Hasta ahora, Balian nos ha guiado con prudencia, así que también esta vez confío en su juicio.

—¿Qué opináis vos? —Raphael se volvió hacia Maurice.

Hasta entonces, el mercader pelirrojo no había dicho una sola palabra. De hecho, apenas hablaba con ellos desde la noche en que los criados de la Orden lo habían apaleado. A Balian le sorprendía incluso que hubiera acudido.

En esta ocasión sonrió despectivo.

—¿Una misión que linda con el suicidio? Gracias, yo renuncio. Mi cuota de sandeces está más que cubierta.

—¡Cobarde! —escupió Raphael.

—Dejadle —dijo Balian—. Que se esconda en la encomienda. Si se queda aquí, al menos no tendré que temer que me ponga la zancadilla en el momento de mayor peligro.

—Pero no tiene por qué creer que su cobardía será recompensada —repuso Raphael—. No arriesgaré mi vida para salvarle el culo. Si volvemos, su mercancía será para nosotros.

—Si volvéis... cosa que me parece improbable —se burló Maurice—. Pero no os enfadéis. Cuando los paganos os sacrifiquen a sus ídolos, rezaré por vuestras almas.

Bertrandon sacudió la cabeza con pesadumbre.

—Ah, Maurice. Aún no hace mucho que erais un mercader esperanzado que iba a llevarnos a un dorado futuro. Y ahora, ved en qué os habéis convertido. ¿Es realmente ese el camino que queréis recorrer? ¿No queréis tender la mano a Balian y olvidar vuestra vieja disputa?

—Preferiría cortarme la mano que ofrecer mi amistad a este tipo. Por Dios que maldigo el día en que fui lo bastante necio como para dejarme convencer para traerle. Ojalá los lituanos os ahoguen en el fango. —Con estas palabras, Maurice salió de allí.

En la mesa reinó un embarazoso silencio hasta que Balian carraspeó.

—¿Alguien tiene más palabras de ánimo, antes de que partamos?

El patio casi ardía al sol de la primera hora de la tarde. Ni una brisa servía de refresco; a cada paso se levantaba el polvo. Aunque Balian acababa de ponerse la cota de malla, sudaba ya cuando salió del establo. Habían recuperado sus armaduras y espadas para la misión. Además, los hermanos les prestaron cuatro caballos de monta, animales rápidos y resistentes, que sin embargo no eran adecuados para el combate. Enseguida dos mantogrises ensillaron los corceles.

—¿De verdad tenemos que ponernos la armadura ya? —refunfuñó Bertrandon—. ¿No sería mejor cuando estemos en territorio pagano?

—El territorio pagano empieza justo detrás de ese bosquecillo. —Sonriente, Balian se ciñó la espada—. Creedme, también yo preferiría ponérmela cuando amenace el peligro. Por desgracia, el enemigo raras veces es tan servicial como para dejarlo a uno armarse correctamente antes de atacar. Sobreviviréis. Mejor sudar un poco que dejar que una lanza os atraviese.

—¿Un poco? ¡Me estoy derritiendo! —Bertrandon se secó con la manga el sudor de la frente.

—¿Habéis estudiado los mapas? —preguntó Konrad.

Balian asintió.

—Cabalgaremos a través del bosque y luego avanzaremos hacia el sureste.

—El territorio de los samogitios se extiende hasta el Memel, en el sur. Para atacar las tierras de la Orden tienen que cruzar el río. Averiguad por dónde —dijo el comendador—. Quizá junto a la orilla haya una nueva fortaleza en la que se reúnan.

—No me gusta quedarme sola —susurró Blanche a Balian—. ¿No puedo ir contigo?

—Ahí fuera hierve de idólatras impíos que persiguen cristianos. No, hermana, te quedas aquí. Además, necesito a alguien que eche un ojo a nuestras cosas. Quién sabe lo que puede ocurrírsele a Maurice cuando nos marchemos.

El mercader pelirrojo no se dejó ver. Solo las dos mujeres habían acudido a despedirlos.

Elva le miró a los ojos.

—Ten cuidado ahí fuera, ¿eh? En los últimos tiempos ya he perdido suficientes amigos. Así que no hagas heroicidades idiotas.

—Nada de heroicidades —prometió sonriente Balian—. Cumpliremos rápido con nuestra misión y regresaremos a por la mercancía… tienes mi palabra.

Elva le besó apasionadamente, sin importarle las miradas perplejas de los hermanos de la Orden.

—No os preocupéis, señora Elva. —Odet agitó una bolsa de cuero—. Mientras lleve conmigo los huesos de san Jacques, no puede sucedernos nada.

—Creía que los habías perdido —dijo Balian, mientras se familiarizaba con su caballo.

—Estaban en la playa, enterrados en la arena. Un marinero los encontró esta mañana y me los devolvió. Si esto no es un buen presagio…

—Bueno —dijo la danesa—, vuestro san Jacques tampoco impidió que fuéramos a parar a una tormenta y padeciéramos el naufragio.

—Mal puede acusársele de eso —repuso el criado—. No se ocupa de barcos y tempestades. Es el patrón de los mercaderes de sal, no de los navegantes.

—Entonces, ¿cómo va a protegeros mientras exploráis tierra de paganos?

—Bueno, mi señor Balian es mercader de sal —respondió Odet, como si eso lo explicara todo.

—Cuídate, hermano. —Blanche abrazó a Balian antes de que montara—. Que Dios te proteja.

Aunque se había propuesto no fijarse en él, su mirada fue hacia Raphael. Parecía que ya no le dolía el brazo; lo movía con total normalidad cuando montó a caballo. Naturalmente, no había considerado necesario darle las gracias por el ungüento.

«¿Acaso esperabas otra cosa?»

Él respondió a su mirada… y en sus ojos volvía a estar aquella extraña expresión, que Dios sabe lo que podía significar. Rápidamente, ella apartó la mirada. ¿Qué le importaba si él la miraba o no? Había terminado con todo eso. Ya no significaba nada para ella; ni ella para él, lo había demostrado de sobra. ¡Que se quedara en tierra de paganos! No podría resultarle más indiferente lo que fuera de él. Lo principal era que su hermano, Odet y Bertrandon regresaran sanos y salvos.

No dejó que la rabia se le notara. Lo que Balian necesitaba ahora era confianza. Así que compuso una sonrisa y le dijo adiós con la mano cuando los hombres picaron espuelas a los caballos y cruzaron las puertas.

De pronto, sintió que algo le tocaba la pierna. Era Mordred, que estaba pegado a ella, y que alzó jadeante la cabeza antes de salir corriendo detrás de los jinetes y cruzar el puente como una flecha.

Cuando los mantogrises cerraron las puertas, Blanche alzó la vista al cielo. El firmamento, claro y despejado, resplandecía con un vibrante azul como raras veces se veía en Lorena, casi del color del lapislázuli… y de pronto esa tierra le pareció indeciblemente ajena, inconmensurablemente alejada de su patria.

28

A lo largo de su viaje, Balian y sus compañeros habían cruzado muchos bosques, claros o sombríos, amables o peligrosos. Pero ninguno tan salvaje y antiguo como aquel del país de los lituanos. Casi ni un rayo de sol atravesaba las copas de los fresnos y los alisos negros, de los pinos y los abetos. Entre los troncos de los árboles se acumulaban la madera muerta y los zarzales. Constantemente, rocas afiladas y profundos barrancos cortaban el camino a los cuatro jinetes. Entre la hojarasca caída se ocultaban pantanos de los que se elevaban miasmas ponzoñosas. Enjambres de mosquitos los asediaban. Torrentes y riachuelos serpenteaban como venas por el bosque; algunos chapoteaban alegremente sobre las laderas, otros apenas se movían en su lecho y apestaban a podrido. Odet intuía por todas partes la presencia de espíritus del agua y otros demonios, pero todo lo que vieron fue jabalíes en los claros y castores que construían celosamente diques.

Allí no vivía gente. Tan solo al borde del bosque había pueblos, en su mayoría pequeñas aglomeraciones de chozas rodeadas de muros de tierra, espinos o empalizadas hechas con postes aguzados. Sus habitantes parecían pacíficos; trabajaban en los campos, cuidaban del ganado y avivaban el fuego de las carboneras. Apenas se diferenciaban de los campesinos de la patria de Balian. Hombres y mujeres llevaban sencillos sayos de lana y zapatos de cuero, tenían la cara sucia y el pelo enmarañado, y empleaban horquillas, hachas y arados para arrancar al suelo sus parcos frutos.

Aun así, Balian sentía que en aquel país estaba pasando algo. Cuando el bosque se aclaraba y trotaban por las colinas cubiertas de pasto, a veces veían pequeños grupos de guerreros que cabalgaban con decisión hacia el sureste. La mayoría no iban muy armados, únicamente llevaban un escudo redondo de madera y cuero y una lanza o un arco. Tan solo sus jefes poseían impresionantes cotas de malla y cascos puntiagudos con un velo de eslabones de cadena para proteger el rostro. De sus cintos pendían espadas y hachas de guerra; relucientes fíbulas de plata sujetaban sus mantos.

No había duda: los lituanos de la tribu de los samogitios se dirigían a la batalla.

Los compañeros los evitaban y se ocultaban en la espesura cuando veían una tropa. Al fin y al cabo, buscaban indicios de los planes de los samogitios, no el peligro.

Era una misión difícil. El pantanoso terreno lo exigía todo de hombres y animales. Debido al aire bochornoso, el sudor les corría por el rostro. Los espinos les arañaban la piel. Las picaduras de los mosquitos escocían. Y constantemente, el miedo a ser reconocidos como cristianos y atacados por los guerreros paganos. Y, sin embargo, hacía mucho que Balian no se sentía tan confiado y activo. Podía hacer lo que mejor sabía: cabalgar, explorar, observar a un enemigo peligroso... como entonces, durante la campaña contra los frisones. Por fin había terminado la inactividad. Aquí fuera no había preocupaciones, no había caballeros fanáticos; tampoco ningún Maurice gruñendo sin cesar.

Al cabo de dos días se habían adentrado profundamente en territorio pagano. Balian sospechaba que el Memel ya no podía estar muy lejos. Sin duda no era posible decirlo, porque los mapas de Konrad eran imprecisos. Balian tenía que confiar en su sentido de la orientación cuando guiaba a sus compañeros hacia el sur por las marismas, pasando de largo ante un lago en cuyas orillas se congregaban gansos salvajes y otras aves acuáticas. A lo lejos vio un pueblo en cuyos tejados de paja anidaban cigüeñas.

En un prado, desmontaron y examinaron la hierba pisoteada, los restos de un fuego de campamento. Al menos cincuenta personas habían acampado allí, la mayoría jinetes; había incluso una letrina medio tapada. Mordred corría excitado de un lado para otro con el hocico pegado al suelo.

—¿Lo veis? —Balian señaló las huellas alrededor de la superficie ovalada—. Tres grupos se han reunido aquí, viniendo del norte, del este y del noreste. Y han seguido juntos hacia el sur.

—¿Les seguimos? —preguntó Raphael.

Balian fue hacia un agujero en el suelo, observó los trozos de madera carbonizados y frotó la ceniza entre los dedos. Aún estaba caliente. Asintió.

—Quizá nos lleven hasta la fortaleza que Konrad supone junto al Memel.

Siguieron cabalgando, rastreando las huellas que iban hacia el sur. La marisma dio paso a otra zona boscosa. Un sendero pasaba entre los fresnos, bordeado de terraplenes y arbustos de avellano. El camino era angosto y los obligaba a cabalgar en fila.

De pronto, oyeron voces. Balian alzó la mano, mandó parar a los otros. Unos hombres se les acercaban por delante gritándose algo unos a otros en la lengua de los samogitios. No había ninguna posibilidad de desaparecer rápidamente en la espesura; las laderas eran muy empinadas y los matorrales demasiado espesos para los caballos.

—¡Atrás! —Balian hizo volver grupas a su montura.

Se lanzaron a lo largo del sendero. Cuando salieron del bosque, Balian vio que también por allí se aproximaban hombres, varios guerreros armados y dos arqueros. Tenían que haberlos visto y considerado peligrosos, de lo contrario aquella emboscada no tenía sentido. Porque era sin duda una emboscada: los agresores lanzaban salvajes gritos de combate y agitaban sus armas.

Cabalgaron como alma que lleva el diablo. Bertrandon y Odet consiguieron eludir a los guerreros que venían por delante. Corrieron a través de la pradera. Los arqueros dispararon pero fallaron, de forma que pudieron cabalgar hacia otro sector del bosque, perseguidos por dos guerreros a caballo. En cambio, Balian y Raphael fueron demasiado lentos. El resto de los samogitios lograron cortarles el camino cuando los jinetes se desplegaron. Balian desenvainó su espada y gritó furioso a los lituanos, pero se dio cuenta de que el combate no tendría sentido. Cinco hombres apuntaban sus lanzas hacia ellos, y a eso se añadían los arqueros, que estaban poniendo nuevas flechas en los arcos. Incluso si lograban abatir a algunos de sus adversarios, seguirían estando tras ellos los hombres que salían en ese momento del bosque.

—¿Qué hacemos? —jadeó Raphael, con la espada en la mano.

—Guardad el arma.

Uno de los samogitios bramó algo. Balian envainó la espada y alzó las manos.

Mordred tenía las orejas aguzadas y parecía un gigantesco y furioso lobo cuando ladró a los jinetes, de modo que los caballos se asustaron. Los lituanos gritaron. Uno de los arqueros apuntó con su arco al perro.

—¡Mordred, corre! —gritó Raphael.

El animal salió corriendo y la flecha falló por poco. Al momento siguiente Mordred desapareció en la espesura.

El más adelantado de los jinetes, un tipo barbudo con una oxidada cota de malla y de cuyo casco se desbordaba el cabello rojizo, sonrió triunfante y enseñó unos dientes amarillos. Señaló con la lanza el cinto de Balian. Este se desprendió de él y lo tiró al suelo. Acto seguido descabalgaron, obedeciendo a otro gesto del guerrero.

Los samogitios los rodearon y los examinaron a conciencia. Uno de los arqueros se adelantó, palpó la cota de Raphael y dijo algo, a lo que varios de los guerreros asintieron. Entretanto, Balian estiró la cabeza. Hacía mucho que Odet y Bertrandon habían desaparecido en el bosque. «Ojalá hayan logrado escapar.»

Al cabo de un rato regresaron los dos jinetes que habían perseguido a sus compañeros. Hubo un breve intercambio de palabras, tras lo cual el cabecilla de los guerreros escupió y ladró una orden. Dos de los guerreros montaron los caballos de los caballeros de la Orden, la tropa rodeó a Balian y Raphael y se pusieron en marcha.

Fueron a través de la nada, pasando por delante de lagos, praderas pantanosas y pueblos solitarios. Cuando los dos prisioneros tropezaban en el suelo intransitable, uno de los jinetes les golpeaba con la contera de la lanza.

—«Solo tenemos que observar unos cuantos pueblos, no puede ser tan difícil...» ¿O no fue así? —dijo Raphael, mordaz, antes de que uno de los samogitios le diera un golpe en la nuca. En adelante cerraron la boca.

El grupo marchó durante varias horas en dirección sur. Por la tarde, el azul saturado del cielo dio paso a un extraño juego de turquesa, violeta y naranja, entretejido de velos de nubes que ardían como ámbar al sol poniente. Una ligera brisa se levantó y ahuyentó el calor húmedo. Llegaron a un asentamiento mayor que los pueblos campesinos del norte. También allí todos los edificios eran de madera, no había ni uno de piedra. A izquierda y derecha del camino, unos postes de dos brazas de altura se alzaban en el campo. Angustiosas tallas de animales y monstruos adornaban la antiquísima madera; Balian distinguió serpientes entrelazadas, cráneos con cornamenta y fauces abiertas.

El asentamiento estaba junto a un río bastante ancho pero de poco caudal... probablemente el Memel. Los postes marcaban un vado, y a la orilla había una fortaleza. Un foso, alimentado por el río, rodeaba la fortificación. Los muros de tierra acumulada, de tres brazas de alto, estaban coronados por empalizadas de troncos pelados. También las torres y las edificaciones de la fortaleza eran de madera. Los techos estaban impermeabilizados y protegidos contra el fuego con pieles de animales. Todo se encontraba a medio construir; solamente la parte que daba al río estaba ya en pie. De la fachada tan solo existían unos cuantos postes clavados en el suelo. Unos hombres de torso desnudo arrastraban troncos y cortaban con hachas la madera.

Allí fue donde llevaron a Balian y Raphael.

En un espacio entre la fortaleza a medio hacer y el pueblo se acumulaba el material de obra, y ardían dos grandes fuegos cuyo humo olía a resina, a corteza y agujas de pino. Los guerreros los llevaron hasta una choza, abrieron la puerta y los empujaron dentro. El jinete de dientes amarillos hizo una observación sarcástica y los otros rieron mientras cerraban la puerta de golpe. El interior estaba completamente vacío, solo había un poco de paja en el suelo. Apestaba a leña podrida y orina humana. Un poco de luz del atardecer entraba por una estrecha aspillera.

Raphael se dejó caer en el suelo, cansado, apoyó la espalda en la pared y los brazos en las rodillas encogidas. Sorbió por la nariz y escupió.

—Da la impresión de que Maurice tenía razón...

La tarde dio paso a la noche. Balian observó que los trabajadores dejaban la obra y tan solo quedaban algunos guardias. Los fuegos siguieron ardiendo; el resplandor sangriento de las llamas entraba por la ventana, dándoles la impresión de estar presos en el inframundo, en una profunda mazmorra llena de ascuas y sombras.

Un samogitio entró y les puso delante un cubo de agua y un cuenco de gachas. Aunque aquello tenía un sabor asqueroso, lo devoraron hambrientos. El lituano los miró sonriente e hizo reír a su compañero imitando a los presos, como si fueran cerdos que hozaban en la artesa de su comida.

Una vez que los guardias se hubieron marchado, Balian examinó la puerta y las paredes de la cabaña.

—¿A qué viene eso? —preguntó Raphael.

—Busco puntos débiles. Quizá podamos salir de algún modo.

—Seguro. Es muy probable que nos encierren en una prisión que tenga la puerta rota y las paredes agujereadas.

—Al menos hago algo, en vez de quedarme sentado —repuso Balian.

—Aunque pudiéramos salir… ahí fuera hierve de paganos. No lograríamos dar ni diez pasos.

—Entonces ¿nos dejamos matar, entregados a nuestro destino? Porque eso es lo que van a hacer. Como excepción, lo que dijo Maurice no era ninguna tontería. Esta gente sacrifica personas a sus ídolos.

—¿Quién lo dice?

—Elva.

—Entonces tiene que ser cierto —dijo Raphael—. ¿Cuándo se ha equivocado la danesa?

—¿Qué significa eso?

—Maldita sea, que es culpa suya que estemos en este agujero.

—Tonterías.

—Si no hubiera guiado hacia la tormenta su cascarón, nunca habríamos venido a parar a esta tierra dejada de la mano de Dios.

—Elva nos salvó la vida. De no ser por ella, los piratas nos habrían matado.

—Oh, olvidaba que albergáis sentimientos hacia ella —se burló Raphael—. Será mejor que cierre la boca. De lo contrario, tal vez os veáis obligado a defender su honor.

Balian se quedó mirándolo fijamente.

—Os creéis muy listo, ¿eh? Qué superior tenéis que pareceros. Lo único estúpido es que con eso no se hacen amigos.

—No necesito amigos. Y tampoco soy listo. Pero me basta para vos.

Balian fue a lanzarse sobre él, pero Raphael se echó a reír.

—¡Adelante! Peguémonos. Pasemos nuestras últimas horas en el mundo revolcándonos en la mierda. Los paganos se divertirán: «Mirad a esos cristianos. En verdad se comportan como los cerdos».

Balian se tragó su rabia y siguió examinando las paredes. Por desgracia, la construcción de la choza era estable, con la madera nueva y firme. La puerta no se podía abrir sin herramientas. Desanimado, le dio un puñetazo antes de sentarse en el suelo.

—Odet y Bertrandon regresarán lo antes posible a la encomienda y contarán lo que ha ocurrido. Según conozco a Blanche y a Elva, harán todo lo que puedan para salvarnos. Pero vendrán por mí, no por vos. Menos mal que no necesitáis amigos.

—No vendrán. Ni siquiera saben dónde estamos. —Raphael se tumbó en las pajas, y poco después se había dormido. Sin más.

Balian consideró por un momento la posibilidad de levantarse y ahogar a ese tipo. De todos sus compañeros, tenía precisamente que estar encerrado con Raphael Pérouse.

¿Qué había hecho para merecerlo?

29

Bertrandon estaba tan agotado que casi se cayó de la silla cuando descabalgó en el patio de la encomienda. Blanche y Elva llegaron justo a tiempo de sujetarlo, y llevaron al mercader hasta el refectorio.

—¿Dónde está mi hermano? —preguntó Blanche.

—Fuimos atacados —contó Odet, que no parecía tan aturdido, aunque también él estaba marcado por el miedo, la desesperación y el esfuerzo de la larga cabalgata—. Los paganos se lo llevaron, a él y al señor Raphael. Nosotros escapamos por los pelos.

Sentaron a Bertrandon en un banco y le dieron de beber.

—Pero ¿estáis seguros de que aún están vivos? —preguntó Elva.

—Con seguridad no sabemos nada —dijo Bertrandon con voz quebradiza—. Regresamos más tarde y los buscamos, pero allí ya no había nadie. No encontramos cadáveres, y también los caballos habían desaparecido.

—Que cuente exactamente lo que ha ocurrido... desde el principio —dijo Konrad von Stettin.

Blanche, que entretanto entendía mejor el alemán, transmitió la orden a Bertrandon, y el mercader contó lo que había ocurrido en tierra de paganos. Después de abandonar la búsqueda de Balian y Raphael, los dos hombres habían vuelto enseguida a la casa de la Orden. Apenas habían dado tregua ni a sí mismos ni a los animales, y casi no habían dormido durante la noche.

—Quizá cometimos un error al abandonar tan pronto —concluyó abatido Bertrandon—. Quizá debimos intentar liberarlos. Pero estábamos desesperados, y pensamos que no podíamos hacer nada.

—Habéis obrado bien —dijo Elva—. Solos no podíais hacer nada.

—¿No os lo dije? —observó Maurice, que se sentaba, solo, al extremo de la mesa—. Enseguida supe que esta empresa iba derecha a la perdición...

—Ni una palabra más, Maurice. —La voz de Blanche era una hoja de hielo—. Ni una palabra más.

El mercader sonrió con maldad, pero por lo menos mantuvo la boca cerrada.

Blanche cerró el puño y se lo apretó contra los labios. Su hermano en poder de los paganos, por Dios y por todos los arcángeles... no quería pensar en el destino que le amenazaba. «Y Raphael. Raphael también», susurraba una voz en su interior, que se esforzaba en ignorar con todas sus fuerzas.

Konrad se volvió hacia Bertrandon.

—¿Habéis averiguado antes del asalto algo sobre los planes de los paganos?

El pequeño mercader pareció entender la pregunta.

—Hemos visto que muchos guerreros iban hacia el sur. Pero no hemos podido averiguar lo que hacen allí y quién los dirige.

—Tenéis que ir a buscarlos, Konrad —dijo Blanche.

—Eso no serviría de nada, y no pondré a mis hombres en peligro. No me gusta decirlo, pero probablemente hace mucho que vuestro hermano está muerto. En la guerra, los paganos abrevian los juicios a los cristianos.

—¿Vais a dejarlos en la estacada? ¿Después de todo lo que nos habéis hecho?

—Fueron libremente a tierra de paganos... conocían el peligro —explicó el comendador—. No he obligado a vuestro hermano a nada.

Blanche tuvo que contenerse. Si decía a Konrad lo que pensaba de él, la echaría en el acto.

Elva en cambio no tuvo pelos en la lengua:

—Y alguien como tú se llama hombre de Dios. Cualquier rata de barco sabe más de amor al prójimo y de sentido de la comunidad que tú.

—Una mujer inmoral no tiene nada que enseñarme sobre las virtudes cristianas —repuso Konrad—. Ahora, quitaos de mi vista.

Abandonaron el refectorio. Tuvieron que sostener a Bertrandon, que apenas podía caminar sin ayuda.

—No me siento bien —murmuró—. Será mejor que me acueste.

—¿Conseguiréis subir por la escalera? —preguntó Blanche cuando entraron en los establos—. ¿O es mejor que os preparemos un lecho aquí abajo?

—Creo que podré. —Lentamente, el mercader escaló los peldaños.

—Si Konrad no quiere ayudarnos, tendremos que buscar nosotros a Balian —dijo Blanche a los otros.

Elva asintió.

—Traeré a dos de los míos y me pondré en camino enseguida.

—Yo puedo llevaros al lugar en que fuimos atacados. Me acuerdo muy bien de todo —explicó Odet—. Buscaré provisiones.

El criado salió corriendo.

—Preguntaré a Konrad si por lo menos nos presta caballos —dijo Blanche.

Elva bajó la voz.

—Es mejor que te quedes aquí. Alguien tiene que ocuparse de Bertrandon. Ese pobre hombre no solo está agotado… está enfermo. Es probable que haya pescado unas fiebres ahí fuera. Esas cosas pueden acabar mal.

A Blanche le molestaba profundamente quedarse allí plantada mientras sus amigos se jugaban la vida. Pero se daba cuenta de que Elva tenía razón. Dejar a Bertrandon al cuidado de Maurice o Konrad habría sido una irresponsabilidad.

Apretó los labios y asintió.

—Traedle de vuelta. —«A él y a Raphael…» Abrazó a Elva a modo de despedida.

Poco después, el pequeño grupo partía… a pie. Naturalmente, Konrad se había negado a darles caballos.

Balian y Raphael pasaron toda la noche en la choza, y también el otro día y el siguiente. Por la mañana y por la tarde entraba el guardia para llevarles agua estancada y papilla repugnante. El cubo de las necesidades no era vaciado, y apestaba.

Ninguno de los samogitios hablaba con ellos. La incertidumbre era una tortura.

Balian trataba de recordar lo que sabía de los lituanos. Elva le había contado alguna que otra cosa. Los samogitios adoraban a extraños ídolos. Perkunas, por ejemplo, que aniquilaba a sus enemigos con rayos y fuego del cielo; o Ragana, que se mostraba a los hombres en forma de serpiente o bruja de largas garras; o la espantosa Giltine, que remataba a los moribundos con un pinchazo de su venenosa lengua. Si la naturaleza de sus dioses permitía sacar conclusiones acerca del carácter de aquellos paganos, en aquel pueblo en el fin del mundo les esperaba sin duda algo terrible.

Desde su discusión en la primera noche, apenas habían hablado. La mayor parte del tiempo lo pasaban sentados, mirando hacia la nada. Tanto más sorprendido quedó Balian cuando de pronto Raphael murmuró:

—Si al menos Mordred estuviera aquí.

Balian no estaba seguro de haber entendido bien.

—Alegraos de que pudiera escapar. Los paganos lo habrían matado si no hubiera huido.

Raphael levantó la cabeza, pareció comprender que había estado pensando en voz alta. Sin responder, alzó la vista hacia la aspillera.

«Echa de menos al chucho.»

—Seguro que está bien. En el bosque hallará suficiente comida. Quizá incluso haya vuelto a la encomienda. —Apenas lo hubo dicho, se arrepintió. Aquellas amables palabras no iban a reportarle más que sarcasmo y burla.

Pero Raphael no se burló de él. Lo miró y dijo:

—Vamos a morir, ¿no?

—No podemos perder la esperanza —respondió escuetamente Balian.

—Claro que no. Pero, visto con realismo, no vamos a salir vivos de aquí.

—Probablemente no —concedió Balian.

—Me pregunto a qué están esperando. ¿Por qué nos alimentan para al final matarnos?

—Quizá solo sacrifiquen prisioneros en determinadas festividades.

Raphael sonrió apenas.

—Alguien debería decirles que basta con que la gente vaya a la iglesia, tome la comunión y confiese regularmente. Los sacrificios humanos son tan… insatisfactorios.

Ambos rieron, en voz baja y ronca, y a Balian le sorprendió lo bien que sentaba.

De nuevo callaron… hasta que Raphael preguntó de repente:

—¿Queréis saber por qué maté a aquel monje?

Balian frunció el ceño. ¿Por qué empezaba con eso de pronto? ¿Quería, en vista de la muerte próxima, limpiar la casa y aliviar su conciencia?

—¿Porque queríais su crucifijo de oro?

—De hecho cogí aquel crucifijo. Pero esa no fue la razón por la que aquel tipo tenía que morir.

—¿Por qué, entonces?

Raphael evitó su mirada cuando empezó a contárselo.

—Como sabéis, por aquel entonces yo era un don nadie. Un insignificante mercader, poco más que un buhonero. Volvía de Estrasburgo, donde había vendido un poco de sal. En el Vogesen, me encontré al monje. Quería ir a Varennes y me preguntó si podía llevarlo en el carro. He olvidado su nombre, pero me acuerdo muy bien de su cara. Un tipo feo, con una cara como un cerdo cebado. —Raphael sonrió apenas—. Encima, parecía sucio y fanfarrón. Pero, tal como son las cosas, no se le niega nada a un clérigo. Así que le dejé venir conmigo.

En medio de las montañas, descansamos en un pueblecito. En el albergue estuve charlando con la muchacha que servía las mesas, una chica agradable, hasta que me terminé la cerveza y me fui a dormir. Poco antes de medianoche me levanté. Quería ir a ver a los bueyes, uno de ellos me tenía preocupado. Cuando entré en el establo vi allí a la muchacha. Estaba llorando. Al cabo de un rato me contó lo que había ocurrido. El monje la había forzado, y luego la había dejado tirada en el heno.

Raphael contó su historia con tranquilidad, casi sin interés, y sin embargo Balian escuchaba cautivado.

—Me puse furioso y quise pedirle cuentas al tipo. Pero la muchacha me rogó que no lo hiciera. Temía la vergüenza y el oprobio para su familia, y además no podía demostrar nada.

»A la mañana siguiente seguimos ruta. El monje sentó su gordo culo en el pescante, empezó a beber y a cantar canciones obscenas. En algún momento, se le ocurrió jactarse de cómo se había complacido con la muchacha. Incluso presumió de haber hecho cosas así a menudo: "Siempre que voy de viaje me busco una guapa conejita y me doy un poco de alegría. El Señor no tendrá nada en contra, ¿verdad? Para eso ha creado a las mujeres". Estallé. Arrastré al tipo hasta los matorrales y le amenacé con rebanarle el pescuezo. Empezó a rogar y gimotear: "No pude hacer nada. Esa ramera me sedujo, me ponía las tetas delante de la cara. ¿Cómo iba a resistirme?".

Entonces, Raphael miró a Balian a los ojos.

—¿Conocéis esa sensación en que la ira es tan grande que algo se rompe dentro de uno y de pronto se actúa como poseído por fuerzas malignas?

Balian pensó sin querer en su pelea de Colonia. En silencio, asintió.

—Exactamente eso fue lo que me ocurrió. Estaba ciego de rabia. Pensé: «Si lo mato aquí y ahora, voy a liberar de un monstruo al mundo». Y sin embargo... algo me contuvo. Quizá mi conciencia, porque, lo creáis o no, la tengo. Por eso, hasta hoy mismo, estoy seguro de que no lo hubiera matado... si en ese momento aquel tipo no me hubiera sacado un cuchillo.

»Hubo una pelea, y de pronto la sangre corrió por mis manos. Le había clavado el cuchillo en la garganta. Cayó al suelo y murió.

»No sé exactamente qué pasó después. Creo que me lavé la sangre y bebí un poco de vino. Luego arrastré el cadáver hasta los matorrales. Entonces descubrí el crucifijo que llevaba colgado de su gordo cuello. Una pieza espléndida, enteramente de oro y guarnecida con piedras preciosas. Por suerte, fui lo bastante prudente como para no llevármelo. Pero tampoco quería enterrarlo con el monje. Se lo quité y lo escondí en las proximidades, en un tronco de árbol ahuecado. Luego subí a mi carro y me fui a casa.

Raphael volvió a hacer una larga pausa.

—Lo que yo no sabía es que al monje lo estaban esperando en la abadía de Longchamp —prosiguió al fin—. Tenía que entregar el crucifijo allí; era la donación de un mercader de Estrasburgo. Cuando no llegó, se hicieron indagaciones y hablaron con el convento de Estrasburgo, donde al abad le dijeron que el monje había partido según lo previsto. Se registraron los caminos, se encontraron testigos que confirmaron haberle visto. Por fin, descubrieron la tumba y el cadáver y sacaron la conclusión de que había sido asaltado y robado.

»Por desgracia, en el albergue también se acordaban de mí y de mi nombre, y el abad de Longchamp me acusó del crimen. El Consejo me interrogó, pero yo lo negué todo y afirmé que la mañana del día en cuestión el monje y yo habíamos seguido caminos separados, y lo había perdido de vista enseguida. Por suerte, el Consejo encontró las acusaciones demasiado vagas como para prenderme. Porque no había testigos del crimen, y tampoco encontraron el crucifijo.

—Pero, en adelante, la gente de la ciudad os consideró un asesino —dijo Balian.

Raphael asintió con aire ausente.

—Meses después, cuando la hierba hubo crecido sobre el asunto —o eso pensaba yo—, regresé al punto en el que había enterrado al monje y cogí el crucifijo. En Saint-Dié-des-Vosges, donde nadie me conoce, lo hice fundir; vendí el oro y las piedras preciosas. Me reportó una pequeña fortuna.

—Con eso empezó vuestro ascenso como mercader.

—Naturalmente, en Varennes se dieron cuenta de que mi negocio florecía de pronto. La gente se volvió desconfiada. De nuevo fui citado ante el Consejo e interrogado. Pero pude explicar de manera creíble mi repentino bienestar, y ahuyenté cualquier sospecha de que tuviera algo que ver con el crimen.

—Al menos ante el tribunal —observó Balian—. Muchos siguen pensando que matasteis al monje para enriqueceros.

—Que lo hagan —dijo despectivo Raphael—. De todos modos creen lo que quieren. Y siempre necesitan a alguien al que poder señalar con el dedo. Nadie lo sabe mejor que vos.

—Habríais podido despejar fácilmente la sospecha. Con solo decir al Consejo lo que pasó en realidad. Fue defensa propia. Como mucho os habrían exigido que os reconciliarais con su familia.

—Nadie me habría creído. La víctima era un clérigo de noble ascendencia y yo, solo un pequeño mercader. Además, la muchacha se habría negado a confirmar mi historia. El abad de Longchamp habría impuesto que me pusieran en la rueda. —Raphael sonrió otra vez—. Y ser tenido por un asesino tiene sus ventajas.

La gente se lo piensa dos veces antes de mejorar la oferta de un mercader del que dicen que tiene el puñal fácil.

«Y tu arrogancia y tus rarezas hicieron el resto», pensó Balian.

Entretanto era ya el mediodía y hacía mucho calor en la choza. Balian se echó un poco de agua a la cara, apoyó la cabeza en la pared y dejó que la historia le hiciera su efecto. Sintió que Raphael estaba mirándole.

—Lo que piense la gente de la ciudad no me importa. Lo que importa es: ¿me creéis vos?

A pesar de su aversión hacia Raphael, hasta ese momento a Balian no se le había pasado por la cabeza que pudiera estar mintiéndole. ¿Por qué iba a hacerlo? Iban a morir pronto, y entonces tendría que presentarse ante un juez que conocía hasta los más oscuros secretos de su alma.

—Sí —dijo Balian—. Os creo. Pero ¿por qué os importa tanto lo que piense de vos? De todos modos no podéis soportarme.

—No me importáis vos, sino vuestra hermana.

—Mi hermana —repitió relajado Balian.

—Amo a Blanche. Y ella me ama. Al menos lo hizo una vez. Es probable que entretanto se haya arrancado ese afecto.

Balian se puso en pie de un salto cuando la vieja ira regresó con fuerza.

—¡Eso es una invención y una locura! Si volvéis a afirmar algo así...

—¿... me mataréis? Adelante. Ahorrad a los paganos el trabajo. Es así, os guste o no. Incluso hemos sido pareja por un tiempo, y compartido el lecho en secreto.

—¡Maldito bastardo!

—Es la verdad. Lo juro. Blanche no quería engañaros, pero no le dejasteis elección.

Balian había cerrado los puños y su respiración era entrecortada. Su ira, extrañamente, carecía de dirección; no sabía si iba dirigida a Raphael o a Blanche, o a sí mismo por haber estado tan ciego.

—¡Por Dios! —profirió—. ¡Debería sacaros al alma a golpes!

—¿Por qué, si me permitís preguntároslo? —respondió relajado Raphael—. Blanche y yo somos de igual condición. Yo estoy soltero, ella es viuda. Lo que hemos hecho puede ser inmoral, pero no prohibido. Sin duda teníais reservas contra mí porque me considerabais un asesino, pero ¿no acabamos de aclarar eso?

—¡Me habéis engañado!

—Eso es cierto. No ha estado bien por mi parte. Pero nunca he obligado a Blanche a nada. Todo lo que ha ocurrido entre nosotros fue conforme a sus deseos. Tenéis mi palabra.

Balian volvió a sentarse. No le gustaba admitirlo, pero Raphael tenía razón: ahora que conocía la verdad, su aversión contra el mercader ya no tenía verdadero fundamento.

—Solo quería decíroslo… para el improbable caso de que Blanche y yo volvamos a vernos. —Raphael enmudeció, buscó las palabras—. Pero suponiendo que ocurriera un milagro y nos salváramos, y que vuestra hermana aún me ame… ¿permitiríais que pidiera su mano?

—Tengo que pensarlo. Todo es demasiado repentino. —Balian se frotó la frente—. ¿Qué queréis decir con que se ha arrancado vuestro afecto? ¿Qué ha sucedido entre vosotros?

—Es una larga historia.

—¿Acaso tenemos otra cosa que hacer?

—Está bien… ¿Por dónde empiezo?

En ese momento se abrió la puerta.

La luz del sol inundó la estancia. Varios paganos entraron a la choza y les ordenaron levantarse.

«Ya está. San Jacques, si vas a ayudarnos… este sería un buen momento», pensó Balian.

Los sacaron sin contemplaciones.

—Bebed esto. —Blanche le dio a Bertrandon una infusión de manzanilla. El mercader tragó con los ojos entrecerrados, pero bebió muy poco. Ella le secó el rostro y le refrescó la frente con un paño húmedo.

Bertrandon padecía escalofríos, debilidad y violentos estallidos de sudor. Una fiebre de los pantanos que probablemente había cogido en aquellos lugares salvajes, al respirar las miasmas venenosas de la marisma. Blanche hacía todo lo que estaba en su mano para tratar la enfermedad, pero muchas de las plantas que necesitaba no crecían en el huerto de la encomienda; sauce, por ejemplo, con cuya corteza se podía preparar un bebedizo que hacía bajar la fiebre. Así que se servía de lo que había e imploraba sin cesar a los santos que asistieran a su amigo.

Al menos, Konrad le había permitido llevar a Bertrandon a los dormitorios. Como muchos caballeros y hermanos de servicio habían dejado la casa, el piso más alto no estaba en uso en ese momento, y Bertrandon pudo acostarse en una verdadera cama. Eso era mejor para su salud que el mohoso heno.

Blanche se frotó los cansados ojos. Se había pasado todo el día sentada junto a su lecho, y no había advertido el paso del tiempo. La antorcha de la pared estaba consumida y palpitaba vacilante. Bertrandon no dormía, pero tampoco estaba del todo despierto. Ella le palpó la frente, que seguía ardiendo. Por desgracia, por el momento no podía hacer otra cosa que esperar. Decidió tomar algo en el refectorio y volver luego a ver cómo estaba.

Cuando había atravesado la mitad del dormitorio, bajo el techo sostenido por vigas, vio una figura que subía la escalera. Maurice.

—¿Cómo está? —preguntó él.

—Sin cambios. Démosle un poco de descanso. —Esperaba que bajara con ella porque no quería dejarlo a solas con el enfermo. Maurice había llegado a tal extremo de amargura que le creía capaz de todo.

—Esperad. —Él le tocó el brazo con su mano pecosa—. ¿No podríamos ocuparnos de él juntos?

—Apartad —le ordenó ella—. No me gusta que me toquen. Y menos vos.

En vez de soltarla, él la retuvo.

—¿Por qué sois tan brusca? Os ofrezco mi ayuda y me recházáis sin razón. No es muy amable.

—No necesito vuestra ayuda.

—Yo también sé un poco de artes curativas.

—¿Ah, sí? ¿Tanto como de vuestros deberes de capitán? Gracias, renuncio a ello.

Blanche se soltó, pero él la cogió con ambas manos y la atrajo hacia sí. De pronto su rostro estaba tan cercano al de ella que sus narices casi se tocaban. Su aliento tenía un olor desagradable.

—¡Soltadme enseguida!

La besó. Pegó su boca a la de ella y la mantuvo apretada hasta que sus labios se separaron con un chasquido. Blanche estaba tan sorprendida que no alcanzó a emitir ningún ruido.

—En realidad no me gustan especialmente las mujeres como tú.
—La excitación hacía que le temblara la voz—. Prefiero a las rubias
y pequeñas. Pero en este páramo se toma lo que uno encuentra.

«Un acto de venganza», se le pasó a ella por la cabeza. Que
Maurice la acosara no tenía nada que ver con ella, era por Balian,
por el honor de Balian. Una vez más, intentó besarla. Esta vez ella
se resistió pero, a pesar de que era alta, él era más fuerte que ella.
Blanche no pudo impedir que la empujara contra una de las camas, haciendo que las piernas se le doblaran. La apretó contra la
manta de lana y le sujetó los brazos. Blanche gritó, pero sabía que
nadie iba a oírla porque los hermanos estaban en ese momento en
la capilla, rezando nona.

—Oh, esto va a ser divertido —dijo él, jovial—. Lástima que
tu querido hermano esté muerto y nunca vaya a enterarse.

Los paganos llevaron a Balian y Raphael a través de la plaza de la
fortaleza hasta una colina de tierra sobre la que se alzaba un solo
edificio. Era redondo, sus paredes estaban hechas de vigas talladas y el techo de hierba. Unos postes coronados por amarillentos
cráneos de oso flanqueaban el sendero que llevaba desde el pueblo
hasta su entrada.

Por la aspillera de la choza, Balian había observado que varias
veces al día dos ancianas remontaban aquel camino, apoyadas en
bastones, para alimentar el fuego en el interior del edificio. Sospechaba que se trataba de un lugar sagrado. Se le cerró la garganta.
¿Era ese el lugar en el que los paganos hacían sacrificios a sus
dioses?

Involuntariamente, retrasó el paso, y apretó los dientes cuando uno de los paganos le golpeó con el astil de la lanza en las
pantorrillas. Los hombres los empujaron hacia el sendero. Los
cráneos los miraban desde sus vacías órbitas.

Balian se tensó interiormente, se preparó para atacar al samogitio que iba a su lado. Prefería morir peleando que entregar allá
arriba su vida como sacrificio a ídolos demoníacos.

Pero no los llevaron al templo. La tropa pasó de largo ante la
elevación y caminó hacia el bosque que había detrás del pueblo.
Balian intercambió una mirada con Raphael. ¿Qué estaba ocurriendo?

El olor a resina de la madera recién cortada los envolvió mientras seguían un sendero entre los pinos. Al llegar a un claro se detuvieron. Los pinos rodeaban una superficie roturada. Tocones de árboles sobresalían del suelo; entre ellos había montones de ramas grandes y pequeñas.

Uno de los paganos agarró por el brazo a Balian y lo arrastró hasta un árbol marcado con una X. El samogitio señaló un hacha que había en el suelo y luego el tronco.

Balian cogió el hacha y empezó a talar el árbol. Sonriente, el pagano le dio una palmada en el hombro y regresó al pueblo con los otros hombres. Solo dos samogitios se quedaron en el claro, tensaron las cuerdas de sus arcos y no perdieron de vista a los dos loreneses.

También a Raphael le habían dado un hacha. Sostuvo la herramienta con ambas manos y miró sombrío a sus vigilantes.

—Trabajar como esclavo para los paganos. Grandioso. Simplemente grandioso.

Escupió.

—¿Habríais preferido que nos sacrificasen a sus dioses? —Balian arrancó el hacha y volvió a clavarla en el tronco.

—Maurice... —bisbiseó Bertrandon.

Blanche vio por el rabillo del ojo que el pequeño mercader trataba de incorporarse. Estaba demasiado débil, y se cayó de la cama junto con la sábana. Maurice lo observó también, y se distrajo por un instante. Ella aprovechó la oportunidad, liberó una mano y le golpeó con fuerza en la cara; él gimió de dolor y retrocedió. Una patada en la boca del estómago, y se apartó de ella. Blanche rodó sobre la cama, tomó impulso y huyó.

No fue muy lejos. Rápido como el rayo, él se dio la vuelta y agarró su vestido. La tela se rasgó con estrépito.

—¡Ramera! No creas que te voy a aguantar esto. Voy a follarte hasta hacerte sangrar.

Le bajó el vestido, la sujetó con fuerza y amasó su pecho desnudo; sus dedos se le clavaron dolorosamente en la carne. Blanche levantó de golpe la rodilla. No le dio de lleno en la ingle como intentaba, pero sí lo bastante como para que retrocediera y ella pudiera volver a soltarse. Desde atrás, él le aferró una pierna. Ella cayó con un gemido, se rehízo de nuevo. Maurice la alcanzó al llegar a la escalera y la sujetó con ambos brazos, le dio la vuelta y la apretó contra la pared. Mientras le separaba los muslos con las rodillas, Blanche levantó el brazo, tanteó en el vacío y se quemó con la llama de la antorcha antes de lograr por fin agarrarla. Arrancó la tea de su soporte y golpeó con ella tan fuerte como pudo. Alcanzó a Maurice en la sien. Se le prendió el pelo, gritó, y ella volvió a golpearle. Chillando, él se protegió el rostro con las manos y retrocedió tambaleándose. Al llegar a la escalera, pisó en falso y manoteó mientras caía de espaldas. Chocó con fuerza contra el suelo, rebotó con estrépito en los peldaños, dio varias vueltas sobre ellos.

Blanche respiraba pesadamente. Había luces bailando ante sus ojos. Con la antorcha en la mano, avanzó hasta el rellano. Maurice yacía, con los miembros retorcidos, en el suelo del piso más bajo, y no se movía.

Junto a él estaba Konrad, con la espada desenvainada. Sacudió por el hombro al mercader. Cuando Maurice no se movió, el comendador le palpó la yugular. Acto seguido subió los peldaños y clavó una mirada penetrante en Blanche.

Ella no fue capaz de formular un pensamiento claro, el horror empezaba a calmarse.

—Él quería... —empezó, pero Konrad la interrumpió.

—Y ahora está muerto. El Señor os ha salvado. —La miró con desaprobación—. Cubrid vuestra desnudez —dijo antes de volver a bajar y ordenar a dos mantogrises que se llevaran el cadáver.

30

El pino se desplomó con un crujido. Con el hacha en la mano, Balian retrocedió y miró al árbol caer en el claro. Enseguida, Raphael y él se pusieron a cortar las ramas y echarlas al montón, observados por los arqueros, que esperaban la oportunidad de que hicieran un movimiento sospechoso para ensartarlos.

Si seguían con vida se debía a la circunstancia de que los paganos necesitaban mano de obra para terminar la fortaleza a la orilla del río. Llevaban cinco días trabajando en el bosque, talando árboles, descortezando los troncos y llevándolos en carros primitivos hasta la obra, donde los carpinteros hacían con ellos torres y empalizadas. Pero Balian no se equivocaba: aquellos trabajos forzosos equivalían a una muerte a plazos. Lo que los paganos exigían de ellos era inhumano. Los despertaban a patadas con la primera luz del día. Después de un desayuno en extremo parco, los empujaban hacia el trabajo. Prácticamente no disponían de pausa; les daban agua y comida suficiente para que no se desplomaran. Cuando se resistían a los vigilantes o no trabajaban lo bastante deprisa, les golpeaban. Durante todo el día se burlaban de ellos y les escupían, hasta que al caer la noche los llevaban de vuelta a la choza. Los guardias les concedían como mucho cuatro o cinco horas de descanso antes de arrancarlos bruscamente del sueño y empezar de nuevo con el trajín.

Cuando llevaban el carro con el tronco a la pradera a la orilla del río, Balian contemplaba la fortaleza. Progresaba despacio porque, sencillamente, hacía demasiado calor como para trabajar de manera sensata, y los samogitios tenían pocos carpinteros. Si seguían a ese ritmo, no estaría lista antes de dos meses. «No aguantaremos tanto. Antes o después, uno de nosotros se derrumbará y lo matarán a golpes.»

Para Balian estaba muy claro lo que tenían que hacer: escapar de ese infierno, lo antes posible.

Observaba a los guardias durante todo el día, buscaba un camino para escapar de ellos. No sería fácil, porque tenían que vérselas con guerreros en alerta y experimentados.

Pero, poco a poco, iba forjando un plan.

Los acontecimientos del dormitorio persiguieron a Blanche hasta en sueños. Noche tras noche, revivía los minutos espantosos en que Maurice había intentado forzarla. Oía su voz, olía su aliento, sentía sus dedos sudorosos encima de la piel.

Veía cómo caía por las escaleras y se quedaba inmóvil, con los miembros en ángulo antinatural.

La mayor parte de las veces, ese era el momento en el que se despertaba jadeando. El crujido que había hecho su cuello al romperse... ¿lo había oído de veras en aquel momento? ¿O fantaseaba en sus sueños?

También aquella mañana tardó en librarse de las agobiantes imágenes. Se incorporó en la cama y respiró regularmente, hasta que el corazón dejó de correr. Había matado a una persona por primera vez en su vida. Sin duda un auténtico monstruo, que había merecido un fin así. Y además un idiota, único culpable de haberse roto el cuello. Y sin embargo... no habría ocurrido sin la intervención de Blanche, y eso pesaba sobre su conciencia, ya fuese defensa propia o no.

A pesar del calor, había dormido vestida como las noches anteriores, porque habitaba la misma estancia que Bertrandon y no quería desnudarse delante de él. Cuando le oyó toser, tomó rápidamente un trago de agua, se salpicó el rostro y fue hacia él. Estaba despierto, y volvía a estar bañado en sudor.

—¿Cómo os encontráis? —preguntó ella, mientras le tocaba la frente.

—Un poco mejor, creo —respondió él débilmente—. Los escalofríos parecen haber desaparecido.

Ella se quedó sentada en su lecho un rato. De hecho, ya no había escalofríos. Pero la fiebre apenas había bajado. Le dio un poco de la infusión de hierbas que había quedado de la noche anterior, antes de ir abajo a cocinarle una sopa vigorosa.

El resto de la mañana la pasó en el huerto, donde cuidó los arriates y cogió aquellas hierbas que actuaban contra el calor y el sudor. Ya se aproximaba el mediodía cuando vio que varias personas se acercaban a la encomienda. ¡Elva y Odet! Su corazón dio un brinco. Se levantó el borde del vestido y corrió a través del huerto, por el portillo y por el patio.

Elva y sus acompañantes estaban en ese momento cruzando el puente. No eran seis, como Blanche había esperado.

—No los hemos encontrado. —Elva parecía mortalmente agotada, y estaba tan sucia y sudada como los tres hombres.

Odet tenía la cabeza baja, como si no se atreviera a mirar a los ojos a Blanche. El pobre hombre estaba destrozado.

—Localizamos las huellas y las seguimos hacia el sur —explicó la danesa—. Pero al cabo de una o dos horas de viaje se volvió demasiado peligroso. Todo lleno de paganos. Tuvimos que dar la vuelta.

—Habéis hecho lo que habéis podido —se oyó decir a Blanche.

Elva le acarició el brazo, antes de que ella y sus hombres cruzaran, arrastrando los pies, la puerta.

Más tarde, cuando estaban en el refectorio, Elva preguntó por Maurice.

—¿Dónde ha vuelto a meterse ese tipo?

—Está fuera, en el borde del bosque —respondió Blanche, y la danesa la miró sin comprender—. Está muerto.

—¿Qué ha pasado?

Le repugnaba hablar del incidente, pero Elva y Odet tenían derecho a saberlo. En pocas palabras, les contó los acontecimientos de aquella noche. Odet se santiguó, impresionado. Elva en cambio la miró en silencio. En sus ojos brillaba un nuevo respeto.

—Ese cerdo no se merecía nada mejor —dijo—. Has hecho bien.

—Por desgracia, no es lo que yo siento —dijo Blanche.

Desde la llegada del mensajero no había habido novedades del sur, ninguna noticia sobre la guerra contra los samogitios. Konrad estaba inquieto, pero no osaba enviar ni a uno de los pocos hombres que le quedaban para que hiciera indagaciones.

Algunos días después del regreso de Elva, la espera terminó al fin: una noche llegaron de Königsberg dos mantogrises a caballo. Konrad saludó alegremente a los dos hombres y desapareció en la sala capitular con ellos. Cuando, más tarde, Blanche le preguntó qué noticias habían traído los jinetes, se mostró parco.

A la mañana siguiente, Elva la despertó temprano.

—Ven conmigo al patio. Tienes que ver esto.

Adormilada, Blanche la siguió. Delante de los establos había varios carros de bueyes. Los criados estaban cargando toneles en ellos... su mercancía.

—¿Qué significa esto? —preguntó Blanche al comendador, que estaba junto a los carros con los brazos cruzados.

—Nuestros hermanos regresan a Königsberg. Se llevan consigo la mercancía.

—¡Pero tenemos un acuerdo!

—Que dice que recibiréis las mercancías cuando regreséis con noticias de los samogitios —repuso Konrad—. Pero eso no ha ocurrido. Así que voy a vender la carga. Ya he esperado bastante.

Blanche protestó con vehemencia, pero el caballero no admitía réplica. Poco después, la carga estaba lista. Los carros se pusieron en movimiento con un traqueteo y cruzaron el portón.

En los días anteriores, Balian y Raphael habían cortado tanta leña que el claro había aumentado visiblemente su tamaño. Un manto de virutas y agujas de pino cubría el suelo del bosque. Con el hacha en la mano, Balian se dirigió hacia un pino alto como una torre y miró a sus vigilantes. Los tres arqueros se habían puesto cómodos al otro lado del claro. Era un día caluroso, se habían sentado a la sombra bajo los árboles.

Exactamente allá donde Balian quería tenerlos.

Asintió en dirección a Raphael, que respondió con una mirada llena de tensión y decisión antes de seguir apilando ramas. Balian empezó a talar el pino.

Finalmente, el tronco se partió con un crujido y empezó a inclinarse. Cuando los arqueros comprendieron que el árbol iba a caer sobre ellos, gritaron indignados y se pusieron rápidamente a salvo. Ese fue el momento que Balian y Raphael aprovecharon para huir.

Corrieron por el bosque, saltando sobre zarzas y troncos caídos, descendieron terraplenes deslizándose por ellos. Balian pudo oír que los arqueros emprendían la persecución. Una flecha zumbó en el aire, pero erró el tiro.

—¡Por ahí! —Raphael bajó por una ladera, un prado cenagoso tras el cual se adensaba el bosque. Allí no crecían pinos sino abetos antiquísimos, cuyas copas apenas filtraban los rayos del sol, de modo que una penumbra verde oscura llenaba el bosque.

Antes de perder la ladera de vista, Balian echó una mirada por encima del hombro. Uno de los arqueros estaba en lo alto del terraplén, y miraba buscándolos a su alrededor.

Caminaron más despacio, para no traicionarse con ruidos innecesarios. Los gritos furiosos de los perseguidores fueron bajando de volumen. Cuando se apagaron por completo, Balian y Raphael se mantuvieron en dirección norte, para dejar atrás el pueblo lo antes posible. Al menos, Balian creía que iban hacia el norte. Orientarse en aquel bosque oscuro y salvaje no era precisamente fácil.

Al cabo de un rato se aclaró la espesura, los abetos dieron paso a los familiares pinos. El suelo allí era cenagoso; a veces se hundían en el barro hasta los tobillos, mientras avanzaban con pasos de chapoteo. Un apestoso curso de agua se retorcía entre las raíces de los árboles, incubadora de enjambres de mosquitos y otros bichos.

Balian oyó voces y ordenó a Raphael con un gesto que se ocultara detrás de un matorral. Delante de ellos, dos jinetes corrían por el bosque. Los arqueros tenían que haber pedido ayuda.

Agachados, se dieron la vuelta y fueron hacia el este, donde la espesura y el monte bajo eran más densos. No vieron más jinetes. Poco después, el bosque se aclaró. Ante ellos se extendían amplias llanuras; arroyos y charcos brillaban a la luz del sol, como si Dios hubiera vertido al azar plata fundida sobre el territorio.

—¿Es buena idea salir del bosque? —preguntó Raphael.

—Un camino es tan bueno como cualquier otro —decidió Balian.

Resultó un error.

Cuando atravesaban la llanura, se les acercó un grupo de jinetes. Los guerreros, alrededor de un centenar, pertenecían a la tribu de los samogitios, a juzgar por su aspecto, pero no tenían nada que ver con sus perseguidores. De hecho, la tropa parecía la caravana de un príncipe. Varios hombres armados hasta los dientes la precedían, una visión extraña en los samogitios, que normalmente llevaban prendas ligeras de cuero y, como mucho, un sencillo escudo de madera. Algunos iban incluso espléndidamente vestidos y se adornaban con brazaletes de bronce, cinturones recamados de ámbar y colmillos engarzados en plata.

Raphael iba a dar la vuelta y regresar corriendo al bosque, pero Balian le retuvo.

—Sigue andando. Quizá nos tomen por leñadores.

Con las hachas al hombro, siguieron caminando por la llanura. Por desgracia, en ese momento uno de los perseguidores salió del bosque, descubrió a los esclavos que huían y empezó a gritar. Balian y Raphael corrieron para salvar su vida. Es probable que hubieran conseguido librarse de algún modo del jinete, pero no tenían ninguna posibilidad contra los hombres de la caravana. Varios jinetes armados se separaron del grupo y les cortaron el paso, amenazándolos con sus lanzas. Unos guerreros de a pie acudieron corriendo. Balian esgrimió rugiendo el hacha, y alcanzó a uno en el vientre antes de que los otros se lanzaran sobre él y lo derribaran en tierra. El que había salido del bosque descabalgó antes de que el caballo se detuviera, gritó y maldijo y empezó a patearlos.

Balian apenas podía respirar, de puro dolor, cuando los arrastraron por los pies y los llevaron de vuelta a la fortaleza.

Los samogitios se conformaron con la paliza y renunciaron a nuevos castigos por su intento de fuga. En cambio, a la mañana siguiente les pusieron grilletes y los encadenaron a un poste durante el trabajo. La cadena era lo bastante larga como para que pudieran manejar el hacha o la sierra, pero demasiado corta como para escapar de la atenta mirada de sus vigilantes.

Desde ese momento los hicieron trabajar en la obra. Con la caravana habían venido al pueblo trabajadores destinados a impulsar la construcción de la fortaleza. Los leñadores que había entre ellos traían nuevos troncos del bosque, y en adelante Balian y Raphael fueron empleados en descortezar la madera para que los carpinteros pudieran trabajar con ella. Seguía siendo un esfuerzo terrible, pero las circunstancias ya no eran tan inhumanas como para que Balian temiera no poder sobrevivir la semana siguiente. Incluso se les concedía un poco más de sueño.

—Se acabó —murmuró Raphael la noche siguiente a la fallida huida, cuando examinaban sus contusiones sentados en la choza oscura—. No volverán a dejarnos escapar.

—No podemos hacer nada contra las cadenas —dijo Balian—. Pero quiero intentar otra cosa.

—¿No os ha bastado con la paliza de hoy? —Raphael sonaba irritado y desesperado.

—No van a pegarme por eso.

—¿Por hacer qué?

—Voy a hablar con ellos.

—Ah. Por lo bueno que es vuestro lituano. ¿O acaso el Espíritu Santo ha descendido y os ha dado el don de hablar en distintas lenguas, como hizo con los apóstoles?

Balian dejó que Raphael se burlara. De hecho, hasta entonces no entendía una palabra de aquella lengua extraña. Pero así había sido también con el inglés y con los dialectos bajoalemanes, que aun así había logrado aprender sin maestros, solamente escuchando. Había estado descifrando conceptos sueltos hasta poder establecer relaciones; el resto fue un juego de niños. El propio Balian no podía explicar cómo lo hacía. Simplemente, aprendía nuevas lenguas más deprisa que otras personas, desde que estaba en la escuela del Consejo. Mientras los otros niños se atareaban con los fundamentos del latín, él ya había empezado a leer el Antiguo Testamento y los Evangelios.

Sin duda, no se podía comparar la lengua de los samogitios con el inglés o el bajo alemán; el lituano no se parecía a ninguna lengua que él conociera. Encima, las condiciones para aprenderlo eran todo lo malas que cabía imaginar. Pero Balian confiaba en que conseguiría hacerse al menos con los conceptos básicos en pocas semanas. No tenía más que escuchar a los samogitios.

Y era lo que iba a hacer. Todos los días, de la mañana a la noche.

31

Septiembre y octubre de 1260

Solo más tarde Blanche se dio cuenta de que, durante aquellos bochornosos días de verano, Bertrandon había estado luchando con la muerte. Estuvo a punto de escapársele entre las manos. Con numerosas infusiones de hierbas y la ayuda de Dios había conseguido fortalecerlo para que sobreviviera las primeras noches. Una vez superado lo peor, había empezado, lentamente, a cuidarlo y alimentarlo. Entretanto, semanas después, la fiebre del pantano había sido prácticamente vencida. Bertrandon seguía estando bastante débil, pero ya podía levantarse y hacer trabajos sencillos. La mayor parte de las veces la ayudaba en los establos o, como hoy, en el herbolario.

Era una mañana tibia y a la vez brumosa, que no acababa de decidir si quería ser verano o ya otoño. Estaban arrancando las malas hierbas cuando un excitado Odet entró corriendo.

—¡Señora Blanche! ¡Señor Bertrandon! ¡Tenéis que venir a ver esto! —gritó.

Blanche se incorporó y se frotó los ojos ardientes con las mangas. No había sido una buena noche, la preocupación por Balian y Raphael había vuelto a quitarle el sueño.

—¿Qué tenemos que ver? —preguntó cansada.

—¡El barco está listo!

Siguieron al criado por las dunas hasta la playa. Rachas de viento sacudían sus vestiduras, y el mar ya no parecía tan manso como durante las semanas anteriores. Susurrantes, olas de un gris acerado rompían y se estrellaban contra las rocas levantando espuma, como si el mar quisiera recordar a los hombres la fuerza que podía desencadenar. No es que Blanche la hubiera olvidado nunca.

Se asombró no poco al contemplar la *Gaviota Negra*. Cuando estuvo allí por última vez, había pensado para sus adentros que Elva jamás conseguiría reparar la coca. Bueno, se había equivocado. De alguna manera, después de dos meses y medio de duro trabajo, la tripulación había logrado hacer del pecio un auténtico barco, con un casco intacto, un mástil, cordelería y vergas. Sin duda muchas cosas parecían remendadas y reparadas a duras penas, y sin embargo, hasta donde Blanche podía juzgar, la *Gaviota Negra* volvía a estar en condiciones de navegar.

Elva, que estaba en cubierta, se encaramó a la borda y saltó a la playa.

—¿Qué me dices? —Sonrió a Blanche—. ¿Prometí demasiado?

—Estoy impresionada.

—Debes estarlo. Lo hemos conseguido sin astilleros y sin verdaderas herramientas. —El viento jugaba con los cabellos de Elva. Se apartó un mechón de la cara—. Zarparemos mañana.

—¿Mañana ya?

—No hay ninguna razón para seguir aquí. La vida en tierra no está hecha para mí. Y me temo que, si veo un día más el rostro avinagrado de Konrad, cometeré un crimen.

—¿Podréis gobernar el barco con tan pocos hombres? —preguntó Bertrandon.

—Será difícil, pero hasta Gotland deberíamos lograrlo. Allí puedo enrolar gente, y acometer los últimos trabajos que no podemos hacer aquí. Lo mejor será que llevéis vuestras cosas a bordo, para que podamos zarpar a tiempo.

—Nosotros no vamos —dijo Blanche.

Elva frunció el ceño.

—¿Cómo que no?

—Bertrandon está demasiado débil para un viaje por barco. Aún tiene que cuidarse durante algún tiempo. Además, creo que Balian vive. Cuando Bertrandon esté curado, iremos a buscarle.

Elva logró el milagro de reír y suspirar al mismo tiempo.

—Eso es una locura. Ya la última vez fue imposible encontrar su rastro, y de eso hace semanas.

—Lo sé. Pero no puedo conformarme con que... con que esté

muerto. Si así fuera, yo lo sabría —dijo Blanche, con plena convicción.

—A mí también me gustaría creer que aún vive —repuso la danesa—. Echo mucho de menos a tu hermano. Pero tenemos que mirar de frente a los hechos: sería un milagro.

Blanche sonrió.

—¿Acaso tú no crees en los milagros?

—Yo creo en el viento y en mis capacidades, y en la *Gaviota Negra*. —Elva dio unas palmadas en el casco—. Ahí fuera, en el mar, aún no me ha sucedido ninguno.

—Que sobreviviéramos a la tormenta... ¿no lo fue?

—Bueno... —La danesa sonrió—. Te toca a ti.

—Encontraremos a mi hermano, en algún momento. Simplemente, lo sé.

Elva no dijo nada. Tan solo levantó la mano y tocó la mejilla de Blanche. De pronto, parecía infinitamente triste.

Los marineros habían puesto troncos bajo la quilla de la *Gaviota* y clavado puntales para estabilizar el casco. A la mañana siguiente, quitaron los puntales y deslizaron el barco al agua. Todo el mundo tuvo que echar una mano: Blanche, Odet, Bertrandon, todos los hermanos de la Orden, incluso Konrad ayudó. Aunque veinte hombres empujaron con todas sus fuerzas, la coca no se movió ni una pulgada. «No lo conseguiremos, es demasiado pesada», pensó Blanche... hasta que de pronto la *Gaviota* cedió y se deslizó hasta el mar rodando por encima de los troncos. Hundidos en el agua hasta las rodillas, siguieron empujándola y no tardaron en estar totalmente empapados. Por suerte, la profundidad del mar aumentaba con rapidez, de modo que la coca no tardó en flotar.

La tripulación estalló en gritos de júbilo.

Cuando la *Gaviota Negra* se meció en las olas, a Blanche le pareció como un ave acuática que jugueteaba en la rompiente después de haber estado mucho tiempo encerrada. Tampoco Elva y su gente podían esperar para dejar por fin la odiada tierra firme. Treparon afanosos a bordo y empuñaron pértigas con las que apartaron la coca de los arrecifes.

—¡Buena suerte, llegad bien a Gotland! —gritó Blanche.

—No te preocupes por nosotros. —Elva estaba desconocida. En vez de la irritabilidad de las últimas semanas, derrochaba energía y confianza—. Ocúpate de encontrar a tu hermano. Dale un beso de mi parte, y dile que no me olvide.

—No lo hará. —Blanche sonrió—. Seguro que no.

—Y en lo que concierne a tu Raphael... escucha a tu corazón. La vida es demasiado corta para las dudas y las penas de amor.

Blanche torció el gesto. Naturalmente, Elva se había dado cuenta.

—¿Cómo se dice entre vosotros, los marineros? —gritó Bertrandon—. ¿Con viento fresco?

Elva rio.

—¡Que os vaya bien, ratas de tierra!

Blanche y sus compañeros se quedaron en el agua, saludando hasta que las figuras de la cubierta se hicieron tan pequeñas que apenas podían verse. Los marineros habían izado la vela. Fuertes rachas de viento la llenaron, de modo que Elva pudo guiar hacia el norte la *Gaviota Negra*.

Cuando la coca desapareció en la lejanía, Blanche sintió un peso en el corazón.

Mientras regresaban a la casa de la Orden, Konrad dijo:

—También vos deberíais ir marchándoos. Ya habéis reclamado nuestra hospitalidad durante suficiente tiempo.

—Siempre nos hemos esforzado por no ser una carga para vos —respondió Blanche enfadada—. Cada uno de nosotros trabaja duro por su alojamiento y manutención.

—No se trata de eso. No es bueno que una mujer esté tanto tiempo en una casa de la Orden. Vuestra presencia perturba a los hombres.

Ella reprimió un suspiro.

—Si nos echáis, el estado de Bertrandon empeorará.

Konrad miró con el ceño fruncido al mercader, que iba detrás de ellos.

—¿Sigue tan débil? Me parece completamente sano.

—Las apariencias engañan. Sin duda ha pasado lo peor, pero un viaje sería demasiado para él.

—Está bien —dijo a regañadientes el comendador—. Podéis

quedaros hasta que se recupere. Pero, en cuanto haya pasado la fiebre, nos dejaréis.

Quizá no fue inteligente por parte de Bertrandon meterse en el agua con el viento frío. Quizá se había esforzado en exceso al empujar la coca. La noche siguiente a la partida de Elva volvió a tener fiebre y tuvo que guardar cama. Blanche lo cuidó con infusiones de hierbas y paños frescos, y consiguió que la fiebre bajara después de algunos días. Pero su recuperación había retrocedido varias semanas. Estaba tan débil que apenas podía bajar del dormitorio al refectorio.

En esas circunstancias, era impensable un viaje a tierra de paganos. Y ella veía con claridad que con cada día que pasaba se hacía más improbable encontrar a Balian. A veces, una profunda desesperación se adueñaba de ella.

A Konrad no le gustaba ni lo más mínimo que su estancia en la encomienda fuera a prolongarse por tiempo indefinido a causa de la recaída de Bertrandon. No los echó, pero dejó inconfundiblemente claro que los loreneses ya no eran bienvenidos para él. Los mantogrises recibieron instrucciones de darles tan solo lo más necesario. Odet fue expulsado de la cocina… se había acabado la era de las golosinas y las gruesas salchichas. El propio Konrad se iba volviendo más áspero y reservado cada día que pasaba.

Entretanto septiembre pasó, y llegó octubre. A Blanche le parecía como si ese país le mostrara por primera vez su verdadero rostro. Los días cálidos y bochornosos ya no eran más que un lejano recuerdo. En el firmamento, antaño azul, se acumulaban gigantescas montañas de nubes, como celestiales fortalezas de aquellos viejos dioses a los que el hermano de Elva había rendido homenaje. Rachas de viento alborotaban el mar, fustigaban los árboles, levantaban nubes de polvo sobre las llanuras. Las noches eran oscuras y solitarias.

Mientras ella cuidaba de Bertrandon, todos los días llegaban a la encomienda grupos de caballeros y mantogrises que la obligaban a sacar su lecho al exterior. Al principio solo eran pequeños grupos, luego contingentes mayores, consistentes en tropas auxiliares de los prusianos y curianos, de manera que pronto hubo una ciudad de tiendas de campaña delante de los muros de la encomienda.

Blanche no llegó a saber cómo habían reaccionado los superiores de la Orden al hecho de que Konrad no hubiera logrado explorar el territorio de los samogitios. Según parecía, al principio habían esperado, defendido los territorios amenazados al sur y enviado tropas desde todas las regiones de Prusia y Livonia. Eso explicaría por qué los monjes guerreros se preparaban para el contragolpe tan solo ahora, muchas semanas después de empezar las rapiñas lituanas.

Dado que Konrad les había invitado a abandonar el dormitorio, Blanche y sus compañeros volvían a alojarse entre el heno de los establos. Una noche, ella estaba de pie junto a la diminuta aspillera de la pared trasera, contemplando el campamento del ejército. Docenas de fuegos ardían entre las tiendas; los caballos de batalla habían sido atados en grandes yuntas. Cuando el viento venía de allí, se olía la peste de las letrinas.

Oyó un furioso griterío y vio entrar en su campo de visión a varios hombres, una docena larga, vestidos de cuero y tosco lino. Prusianos y curianos, que se insultaban unos a otros. No sabía de qué se trataba, pero la disputa era tan acalorada que los grupos no tardaron en echar mano a las armas. Espadas, puñales y hachas brillaron a la luz de las llamas, y sin duda se habría producido un derramamiento de sangre si varios caballeros de la Orden no hubieran separado sin miramientos a aquellos gallos de pelea.

No fue el único incidente de aquel tipo. El ambiente en el campamento era malo. También a lo largo de los días siguientes Blanche observó varios choques entre las dos tribus bálticas, que no pocas veces degeneraban en peleas.

Solo supo más detalles acerca de los planes de la Orden cuando llegó un amigo de Konrad. Aquel hombre, comendador también, apareció con diez caballeros y una horda de mantogrises. Cuando descabalgó y se quitó el casco, mostró un cráneo anguloso; la barba, abundante, bien recortada, era tan negra como su rizado cabello. Algo en sus rasgos le parecía familiar a Blanche, pero no llegaba a saber qué podía ser.

—¡Helmold! ¡Qué alegría verte! —saludó Konrad al recién llegado—. ¿Cuánto tiempo ha pasado… cinco años? Dime, ¿cómo te ha ido?

—No me puedo quejar. Ya ves, me han nombrado comendador. Dirijo una casa allá abajo, en Kulm.

—Eso he oído contar. Tu madre tiene que estar orgullosa.

—Me temo que se jacta ante todo Lübeck. —Helmold sonrió.

—Entremos. Seguro que tendrás sed. Podrás contarme todo junto a una jarra.

Blanche entró en el refectorio, lindante con la sala capitular, donde se sentaban los dos hombres. Mientras simulaba machacar hierbas, escuchó la conversación.

—En el territorio pagano hay movimientos de tropas —contó Helmold junto a una jarra de cerveza—. Por suerte, sobre todo entre los samogitios. La mayoría de las tribus lituanas están tranquilas. Al parecer, el gran duque Mindaugas no quiere guerra con la Orden.

—Entonces ¿los samogitios están esperando nuestro ataque? —preguntó Konrad.

—Han suspendido sus asaltos y se han retirado al interior. Pero eso no va a salvarlos de la aniquilación.

—¿Cuándo golpearemos?

—En cuanto haya llegado el maestre Burkhard.

—¿Dirigirá él las tropas?

—Él y el mariscal. —Helmold sonrió, iracundo—. Va a ser un gran día para la Orden, viejo amigo. Cuando hayamos sometido a los samogitios, caerá Lituania entera.

Los dos hombres brindaron y empezaron a complacerse en recuerdos de pasadas batallas. Blanche apretó los labios y machacó las flores de manzanilla.

«Tenías razón, hermano. Se avecina una guerra, y nosotros estamos en medio.»

32

Esclavo. Cristiano. Cerdo. Esas fueron las primeras palabras en lituano que Balian aprendió, porque así era como los llamaban los samogitios. «¡Trabajad más deprisa!» y «¡No seáis tan perezosos!» fueron las primeras frases. Las oían de la mañana a la noche.

Todos los días, mientras Raphael y él trabajaban en la fortaleza, escuchaba atentamente las conversaciones de los leñadores, los carpinteros y los vigilantes y prestaba atención a los conceptos que se repetían. De ese modo, empezó por aprender los nombres de las cosas con las que tenía que ocuparse en la obra. Madera. Árbol. Hacha. Sierra. Pared. Choza. Luego fueron uniéndoseles otras palabras que designaban actividades y procesos. Trabajar. Pegar. Cargar. Caminar. Hablar. Obedecer. Obedecer una y otra vez. Seguidas de conceptos descriptivos. Bien. Mal. Alto. Bajo. Bonito. Feo.

El lituano era una lengua difícil, no se podía comparar con el alemán o el inglés. Pero Balian escuchaba y aprendía.

Al cabo de algunas semanas, su vocabulario alcanzaba alrededor de trescientos conceptos. Poco a poco entendía frases sueltas y empezaba a percibir el ritmo y la estructura de aquella lengua. De ese modo pudo descifrar también palabras abstractas. Viento. Clima. Sol. Noche. Príncipe. Honor. Finalmente, apenas le costaba trabajo entender las conversaciones cotidianas de los samogitios.

Balian comprobó que aquella gente no era tan distinta de la de su país. Puede que llevaran extraños adornos y adorasen a dioses desconocidos, pero aparte de eso se parecían a los loreneses. Les gustaba comer y beber, hablaban de sus hijos, maldecían a sus mujeres e insultaban a sus señores. El caballo era su animal preferido, lo utilizaban para el trabajo y para la guerra. Trataban a sus caballos mejor que a sus criados. También practicaban el comercio, sobre todo de pieles y ámbar, mercancías ambas codiciadas por la nobleza lituana, que pagaba por ellas a los mercaderes con barras de plata del tamaño de un dedo, joyas rusas o monedas bizantinas.

Si Balian no hubiera sido enemigo y esclavo, quizá habría trabado amistad con los samogitios.

Aunque la tentación de responder con destreza a las humillaciones de los vigilantes era grande, guardó para sí sus nuevos conocimientos lingüísticos. Los samogitios no necesitaban saber que les entendía. Se hizo el esclavo duro de mollera y esperó el momento adecuado para demostrar sus capacidades.

Gracias a los nuevos trabajadores, la fortaleza no tardó en elevarse. Cuando llegó el otoño, todos los muros y torres estaban listos. Tan solo había que dar la última mano a los caminos de ronda y al portón de entrada. Balian y Raphael fueron empleados para clavar pieles en los tejados, los paganos no querían ocuparse de ese peligroso trabajo.

Entretanto, cada vez más guerreros llegaban al poblado y pernoctaban en tiendas de campaña, en la fortaleza o al raso. Algunos venían del sur, y se jactaban de sus rapiñas dentro de los estados de la Orden, en las que más de uno había cosechado un botín de reses, esclavos y valiosas armas. Otros venían al parecer de territorios más alejados, al este. Los ancianos y ricos terratenientes, reconocibles por sus espléndidos cinturones de cuero recamados de bronce y ámbar, guiaban a los hombres. Aquellos nobles estaban a su vez sometidos al príncipe de los samogitios que, según Balian había oído, se llamaba Treniota.

Había en el aire grandes acontecimientos.

Cuando atardeció, la señal de un cuerno resonó en toda la fortaleza. Enseguida, todos los carpinteros, leñadores y estibadores suspendieron el trabajo y se dirigieron, arrastrando los pies, hacia los fuegos de campamento. También Balian y Raphael dejaron la obra y fueron hasta el espacio delante de las puertas en el que un vigilante sacó de una marmita una bola pastosa que resonó al caer en sus cuencos.

Ya no eran los únicos esclavos. También había alrededor de una docena de prusianos cristianizados que tenían que trabajar para los samogitios, pero aquellos hombres bigotudos se mantenían lejos de los dos latinos. Balian y Raphael se sentaron en la hierba pisoteada, un poco apartados, y se comieron su papilla.

—Mira. —Raphael asintió en dirección al templo—. Ahí está otra vez ese extraño viejo. ¿Cómo lo has llamado?

Balian alzó la cabeza.

—Krive.

El viejo pasó por delante del pequeño templo, apoyado en un bastón nudoso. El manto de lana se enroscaba en su cuerpo, increíblemente flaco y huesudo; una fíbula en forma de serpiente enrollada lo mantenía sujeto al pecho. Tenía el cráneo pelado, la barba en cambio tanto más abundante. Bajo la masa de cabellos grises se veía un amuleto, un amarillento colmillo de oso engarzado en plata. Balian sospechaba que Krive no era un nombre, sino un título. El anciano parecía ser el sumo sacerdote de los samogitios, porque hablaba con los dioses y andaba constantemente alrededor del templo. Su palabra tenía un gran peso entre el pueblo.

Ahora estaba bajando hacia una colina de arena detrás del templo. En una de las planchas de piedra puso carne cruda, un poco de sal y otras ofrendas. La colina parecía un lugar sagrado, pero Balian solo podía intuir a qué finalidad servía. Posiblemente los paganos creían que allí habitaban los espíritus de los muertos… una idea con la que no se sentía cómodo. Todo el espacio que rodeaba al templo era tabú para los cristianos, y los vigilantes les habían amenazado con una muerte horrible si se acercaban. Tampoco hubieran podido hacerlo: cuando no estaban en la choza o trabajando en los tejados de la fortaleza, siempre estaban encadenados. A veces incluso para comer, cuando los vigilantes no eran demasiado perezosos para ponerles los grilletes.

El Krive murmuró algo, dio un golpe en el suelo con el cayado y entró al templo. Al cabo de un momento volvió a salir y rugió de ira. Aunque no era más que piel y huesos, tenía una voz rotunda. Poco después se acercaron desde el pueblo varias viejas comadres y emprendieron la subida al templo. El Krive las increpó. Ellas alzaron las manos al cielo, gimoteando, pero el sacerdote se mantuvo firme.

—¿Qué le pasa? —preguntó Raphael.

—El fuego sagrado ha estado a punto de apagarse. Las viudas de la tribu son responsables de que no se extinga. Ha amenazado con castigarlas si vuelve a ocurrir.

—Nunca entenderé cómo puedes saber lo que dice esta gente. Para mí es una cháchara monocorde.

—Si les escucharas de verdad, tú también podrías —respondió sonriente Balian.

—Lo dudo. No se me dan bien las lenguas extranjeras.

—Aprendiste latín.

—Pero solo porque el magister Will me amenazaba constantemente con la vara.

Aquellas charlas eran la única distracción de su triste existencia de esclavos. Balian no iba a ir tan lejos como para afirmar que Raphael y él se habían hecho amigos, pero al menos ahora se tuteaban. Allí fuera, en tierra de paganos, formalidades como el «vos» les parecían tan absurdas como su antigua enemistad. Ya era bastante duro sobrevivir cada día frente a unos vigilantes brutales sin tener que hacerse la vida difícil el uno al otro.

Apenas habían terminado de comer cuando apareció el peor samogitio de todos, un tipo llamado Rimas. Su cuerpo parecido a un tonel estaba embutido en unos calzones de lana y una chaqueta roja, ceñida por uno de esos cinturones trenzados que llevaban muchos hombres lituanos. El ancho cráneo reposaba directamente sobre los hombros, apenas había cuello que mencionar. Rimas era el vigilante de mayor rango, y empezó a exigir a los otros guardianes que reunieran a los esclavos.

Balian se puso en tensión. La aparición de Rimas significaba no pocas veces humillaciones o incluso golpes.

Sin embargo, esa noche tuvieron suerte. Los vigilantes metieron a los prusianos en un corral junto a la fortaleza. Rimas encerró a Balian y Raphael en la choza sin entretenerse con ellos.

Raphael se tapó con los apestosos trapos de lana de que disponían y se durmió en el acto. También Balian se estiró en el suelo, pero siguió despierto. Jugueteó con su talismán, frotando la pla-

374

quita de plata con el pulgar, palpando las letras grabadas en ella. A veces pensaba que aquel emblema de peregrino era lo último que le quedaba de su vida anterior. Junto con Raphael, su único vínculo con la patria.

Hacía mucho que había renunciado a contar los días, pero calculaba que entretanto septiembre habría llegado. Ya no faltaba mucho para que, en casa, celebraran la fiesta de San Jacques y se inaugurase la feria de otoño. Pensaba a menudo en Varennes, todos los días antes de quedarse dormido o durante el día, mientras llevaban a cabo el obtuso trabajo. Hacía medio año que habían partido, con el corazón lleno de esperanza. Aquella mañana, ninguno de ellos podía sospechar lo que les esperaba.

Solo medio año. A Balian le parecía que hacía más, mucho más.

Sus pensamientos fueron hacia sus padres, hacia Blanche, Odet, Bertrandon y todos los demás, a los que tan dolorosamente echaba de menos. ¡Por Dios, hasta echaba de menos a sus acreedores! Lo que daría por volver a ver a Célestin Baffour, Fulbert de Neufchâteau y Martin Vanchelle, aunque lo metieran enseguida en la cárcel. Prefería incluso la Torre del Hambre de Varennes a este aprisco de esclavos.

«Blanche.» Estaba bien, le decían sus sentimientos, que raras veces le engañaban cuando se trataba de su hermana. Sin duda, ella y Bertrandon y los otros habrían intentado encontrarlos a él y a Raphael... una empresa carente de expectativa. Probablemente, hacía mucho que los daban por muertos. Balian no podía tomárselo a mal, y esperaba que no se pusieran en peligro por su culpa. Todas las noches rezaba por que hubieran logrado abandonar aquel desdichado país y volver a casa. Después de todo ese tiempo, seguro que Elva había conseguido poner a flote la *Gaviota Negra*. Y si Balian conocía a la danesa, no dudaría en llevar a sus compañeros a Frisia o el norte de Francia, desde donde podrían llegar fácilmente a Lorena.

«Elva.» Sonrió al pensar en la dura, valerosa, obstinada navegante, que tenía el corazón en su sitio. Quién sabe lo que habría sido de ambos si hubieran tenido más tiempo...

Finalmente, se durmió y soñó con su primera noche de amor, cuando ella fue hasta él, hambrienta y exigente y sin ningún temor. En algún momento, se despertó sobresaltado; la noche estaba oscura como boca de lobo y silenciosa, él estaba excitado y solo, y anhelaba el contacto de una mujer. Tenía las mejillas húmedas. ¿Había estado llorando? Tardó mucho en volver a dormirse.

Con la primera luz del día los despertaron, como de costumbre, con una patada en el costado.

—¡Salid! —ladró Rimas.

Aunque la patada había sido fuerte, Balian no dejó escapar ningún sonido de dolor cuando se incorporó. Porque Rimas tomaba la menor debilidad como excusa para atormentar a sus víctimas. Rápidamente engulleron un poco de pan, duro como una piedra, y unas gachas de mijo, antes de que los paganos los empujaran hacia la fortaleza, a ellos y a los prusianos.

Por las conversaciones de los vigilantes, Balian supo que el príncipe Treniota les había abroncado porque la fortaleza aún no estaba lista. El humor de Rimas aquella mañana gris estaba en consonancia con eso. Naturalmente, se desahogó con los esclavos.

—¡Vamos, en marcha! ¡Trabajad más deprisa, u os arrancaré la piel a tiras!

Balian y Raphael pasaron la mañana clavando pieles en los tejados de los caminos de ronda. Llovía, y tenían que tener cuidado con no resbalar en la madera húmeda y caer, por lo que avanzaban con lentitud. Rimas estaba abajo, en el patio, gritaba con la cabeza roja como un tomate y esgrimía el látigo. Hoy la había tomado sobre todo con los prusianos, y no dejaba pasar ninguna oportunidad de humillarlos.

—¡Traidores! Vuestra presencia me pone enfermo. Negar a los antiguos dioses… ya os daré yo. Yo os enseñaré lo que habéis sacado de eso. ¡Yo soy la venganza de Perkunas!

Lanzó el látigo sobre la espalda de uno de los prusianos, que cruzaba el patio cargado de herramientas, y rio cuando el hombre gimió.

—Y bien, ¿dónde está tu Jesús ahora?

Desde que se levantaron, a cada esclavo le habían dado un poco de agua, y nada más desde entonces. A Balian le atormentaba la sed. Hacia el mediodía, no aguantó más y bajó por la escalera.

—¿Qué haces? —preguntó Raphael.

—Tengo que beber algo, o caeré redondo.

El patio de la fortaleza estaba lleno de guerreros, que habían buscado protección de la lluvia bajo los caminos de ronda. No se veía a ninguno de los vigilantes. Balian caminó arrastrando los pies hasta un tonel, cogió agua y bebió.

Alguien lo agarró por detrás y lo tiró al suelo.

—¿El señor está haciendo un descansito? —gruñó Rimas—. Espero que todo esté a satisfacción tuya. ¿Puede ser una jarra de cerveza, y un escabel para poner los pies? —El látigo restalló. Balian gimió cuando el áspero dolor ardió como una centella entre sus omóplatos—. ¡Vuelve al trabajo, o vas a saber quién soy!

Balian apoyó las manos en el lodo. Al levantarse, se dio cuenta de que el talismán se le había escurrido fuera del sayo. Guardó a toda prisa el símbolo del peregrino, pero Rimas ya lo había visto.

—¿Qué tienes ahí? Por Kalvelis, es plata auténtica. —Arrancó el amuleto del cuello de Balian y lo contempló con una sonrisa, antes de guardárselo en la casaca—. Esto no es para ti, ¿eh? Quéjate a tu Dios de los cristianos.

A Balian le habría gustado lanzársele al cuello. Pero la razón venció, y subió por la escalera antes de que Rimas volviera a golpearlo.

—Ese talismán… ¿qué valor tiene? —preguntó Raphael por la noche en la cabaña.

Balian titubeó antes de responder:

—Sencillamente, significa mucho para mí.

—¿De dónde lo has sacado?

—Era un regalo.

—¿De una mujer?

Balian no quería hablar del asunto. La pérdida del talismán le dolía más de lo que quería admitir, y las burlas de Raphael eran lo último que necesitaba.

—Perteneció a alguien a quien quería mucho.

Simuló dormir, y Raphael no hizo más preguntas.

También aquella noche Balian soñó con una mujer —Aila era su nombre—, con una huida por pantanos nevados y una muerte absurda.

A la mañana siguiente, Rimas acosó sin piedad a los esclavos. Quedaban pocos tejados por impermeabilizar y quería acabar de una vez. Cuando el vigilante empezó a gritar y hacer restallar el látigo, Balian pudo advertir que la resistencia despertaba en Raphael.

Llevaba semanas esperando ese momento. Su compañero no era hombre que soportara estoicamente las humillaciones. Hacía mucho que estaba a punto de estallar.

—No hagas tonterías —advirtió.

—No las haré —murmuró Raphael. Pero la resistencia seguía brillando en sus ojos.

A mediodía, los vigilantes les concedieron un breve descanso. Como siempre, el pan alcanzaba apenas a calmar lo peor del hambre.

—¡Quiero más! —Raphael levantó su cuenco—. Más, ¿me oís?

En vista de los gestos inequívocos, Rimas levantó el látigo.

—Ya has tenido bastante —dijo en la lengua de los samogitios—. ¡Vuelve al trabajo!

—¡Tengo sed! ¡Dadme agua!

El vigilante lo golpeó. Un verdugón sangriento apareció en la mejilla de Raphael. Enseñó los dientes y se lanzó sobre el samogitio.

—¡Raphael, no! —gritó Balian.

El repentino ataque arrolló a Rimas, de modo que Raphael quedó encima. Los dos hombres rodaron por el suelo, rodeados por esclavos boquiabiertos, hasta que los otros vigilantes acudieron corriendo y sujetaron a Raphael. Rimas se incorporó. El lodo se pegaba a su casaca roja; resopló e hinchó los carrillos.

—Sujetadlo.

Dos paganos agarraron a Raphael, y Rimas lo cubrió de puñetazos hasta que su víctima se desplomó aturdida en el barro.

—¡Por los rayos de Perkunas! Si no necesitara hasta el último hombre, te juro que te mataría con mis propias manos. —Rimas levantó el látigo y miró a su alrededor—. No hay comida para vosotros esta noche... para ninguno. Dad las gracias a este.

Los prusianos lanzaron miradas asesinas a Raphael antes de volver al trabajo. Balian ayudó a su compañero a incorporarse.

—¿Te has vuelto loco? ¿No imaginabas cómo iba a terminar esto?

Raphael tosió. Sangraba por la nariz, empezaba ya a hinchársele la mejilla derecha, pero no parecía seriamente herido.

—Esta mañana he visto que seguía teniéndolo —susurró.

Balian lo sostuvo mientras iban hacia la escalera.

—¿Que seguía teniendo qué?

Raphael abrió la mano sin llamar la atención. En ella estaba el talismán. Cuando vio la mirada perpleja de Balian, sonrió, y la sangre le corrió por el labio superior.

—¿Por eso le has atacado? Eres un loco. ¡Ha estado a punto de matarte!

—Nada que agradecer. —Raphael le puso el talismán en la mano y subió con esfuerzo la escalera.

Balian se quedó mirándolo. ¿Llegaría alguna vez a entender a ese hombre?

Antes de irse a dormir aquella noche, hambrientos, Balian enterró el emblema de peregrino en la choza.

—Gracias —dijo. Y añadió dubitativo—: Eres un amigo.

—Yo no tengo amigos. Entiéndelo de una vez.

Rieron en voz baja, hasta que Raphael empezó a gemir de dolor.

—¡Dios! Ese tipo tiene un puño derecho decente, hay que reconocérselo...

Ahora que la fortaleza estaba terminada y los esclavos ya no eran necesarios con tanta urgencia, Balian esperaba que Rimas iría a arreglar cuentas con Raphael. Pero el recio vigilante pasaba todo el tiempo en el otro lado del pueblo, donde los prusianos cavaban letrinas para los muchos guerreros, y apenas se dejaba ver.

Los dos loreneses fueron asignados a Valdas, un flaco samogitio comparativamente bondadoso, que no les pegaba a la menor ocasión. Valdas los hizo limpiar los establos de la fortaleza, lo que, a pesar de los grilletes, era un trabajo en alguna medida agradable, porque se estaba seco y no se corría el riesgo de romperse el cuello en caso de un paso en falso.

Entrada la tarde del segundo día, Valdas les ordenó dejar las horquillas y acompañarle.

—¿Qué dice? —preguntó Raphael en voz baja, mientras el pagano los conducía a la fortaleza. Se había recuperado un tanto de los golpes de Rimas, aunque su rostro tenía un aspecto terrible.

—Hoy ya no se trabaja —tradujo Balian la orden del vigilante—. Al parecer hay una fiesta, o algo así.

—Espero que no sea una fiesta con sacrificios.

—Creo que solo quieren celebrar la reunión de las distintas familias y tribus.

—Ojalá no lo hagan echando al pantano a inocentes loreneses —observó Raphael, pero Valdas se limitó a llevarlos a su choza y encerrarlos.

Por la tarde, los fuegos ardían por todo el poblado. Los paganos entonaban ásperos cánticos, y la carne asada olía de manera tan exquisita que a Balian se le contrajo dolorosamente el estómago. ¿Cuándo había comido por última vez algo distinto a pan duro y gachas aguadas? Tenía que hacer meses de eso.

Los paganos brindaban y festejaban con alboroto, pero el cansancio era tal que logró dormirse a pesar del ruido.

Cuando despertó a la mañana siguiente, se sintió extrañamente descansado. De hecho, el sol ya estaba alto en el cielo. Nunca los dejaban dormir tanto.

Sacudió a Raphael y se acercó a la aspillera. En la plaza se estaban reuniendo los guerreros paganos, hasta que finalmente estuvieron delante de la fortaleza más de quinientos hombres armados. Balian distinguió al príncipe Treniota y a otros numerosos cabecillas, de mirada autoritaria.

El Krive bajó del templo, apoyado como siempre en su nudoso cayado. Dos guerreros llevaron a la plaza un carnero. El animal balaba mientras tiraban de él con una cuerda entre la multitud. El Krive sacó un cuchillo de bronce, alzó al cielo los brazos, secos como sarmientos, y empezó a canturrear. Con voz tonante, invocó a Perkunas, el padre celestial, que gobierna el viento y el clima. «Salve, Perkunas», gritaron los presentes como un solo hombre, un oscuro gruñido que Balian sintió en el estómago y en los huesos. El Krive lanzó un tajo y el carnero cayó al suelo mientras la sangre brotaba a borbotones de una herida en el cuello y regaba la hierba.

Los dos guerreros se llevaron el cadáver. El Krive inauguró la reunión, antes de tomar asiento en un sitial de mimbre.

Treniota se adelantó. Los cordones que ceñían su atlético cuerpo eran más espléndidos que los cinturones de los otros nobles; el cuero estaba cubierto de cobre, plata e inmaculado ámbar, reluciente como luz de sol fundida. Treniota habló largo rato a la multitud. Luego, otros hombres tomaron la palabra. Príncipes también, según se enteró Balian. No pertenecían al pueblo de los samogitios, sino que encabezaban otras tribus lituanas. Su disgusto era grande, pero no para con Treniota.

—¿Qué dicen? —preguntó Raphael.

Balian tuvo que esforzarse para entender a aquellos hombres. Se le escapaban muchas cosas, pero comprendió a grandes rasgos:

—La Orden Teutónica ha reunido un ejército. Los lituanos quieren luchar contra ellos, pero están enfadados porque su gran duque, Mindaugas, los ha dejado en la estacada.

—¿Está también aquí ese Mindaugas?

—No ha querido venir, para no poner en riesgo la paz con la Orden. Los otros jefes están furiosos con él por eso.

Treniota volvió a dirigirse a la asamblea.

—Barajan la posibilidad de luchar solos —tradujo Balian—. Pero no saben si están a su altura. Los caballeros teutónicos han reunido cuatro mil guerreros, entre ellos numerosos prusianos y curianos.

Empezó un acalorado debate.

—¿Por qué discuten? —preguntó Raphael.

—Plantean distintas estrategias contra el ejército de la Orden. Están desunidos respecto a qué hacer. Échate a un lado, voy a intentar algo... —Balian se acercó tanto a la aspillera que su rostro tocó la madera, y carraspeó.

Hablar. Nada más que hablar. Los jefes de las tribus y los ancianos no sabían hacer otra cosa. A Algis le parecían viejas que charlan junto al pozo. Aquella cháchara infructuosa le ponía rabioso.

Algis era hijo de un príncipe, el primogénito de Treniota, y un prestigioso guerrero, aunque apenas contaba veinte primaveras. Conocía su fama de acalorado que no gustaba de usar la cabeza. Pero le daba igual. Ya se veía adónde llevaba tanta inteligencia: a la charlatanería y la indecisión. Si quería sobrevivir frente a los cristianos, lo que el pueblo lituano necesitaba era valor, fuerza y energía… virtudes que su padre y él tenían de sobra. Pero no les iba a servir de nada si no lograban unir a las tribus. Porque solos, los samogitios no podían hacer nada contra los caballeros teutónicos y su gigantesco ejército.

Algis ya había luchado a menudo contra los monjes guerreros, que caían una y otra vez sobre su patria para saquearla y mataban a todo el que se negaba a honrar a su Dios crucificado. Hombres y mujeres, ancianos y niños. Durante las campañas del verano mató a más de un caballero. Dieron a la Orden un duro golpe, pero eso significaba poco. Algis había aprendido hacía mucho a tener respeto al enemigo. Los caballeros alemanes eran terribles guerreros, ya habían sometido toda Prusia y Livonia. Ese era el destino que esperaba también a Lituania si las tribus no encontraban por fin el valor para contraatacar juntas.

Entre las nubes grávidas de lluvia se veía el sol, aquella gigantesca bola de oro fundido que Kalvelis, el dios de la forja, lanzaba al cielo por las mañanas. Se elevaba cada vez más, mientras el padre de Algis se esforzaba por explicar a los otros príncipes la seriedad de la situación.

—¿Queréis que os pase lo que a los prūsai y a los kuršiai? —gritaba Treniota—. Tampoco ellos lograron rechazar a los cristianos, y ahora tienen que servirles como esclavos. ¡Incluso tienen que ir a la guerra contra sus vecinos junto a los caballeros teutónicos!

—Eso solo es culpa de ellos —repuso un recio anciano, que se apoyaba en un hacha de largo mango—. Los kuršiai son tontos como la paja, y los prūsai salen corriendo en cuanto se les suelta un pedo. Les está bien empleado que los hayan esclavizado. Pero a nosotros no va a pasarnos eso. ¡Los lituanos somos fuertes!

Otros nobles manifestaron a gritos su asentimiento. Algis hubiera querido hacerles callar, furioso, pero no podía interrumpir a su padre. Además, el príncipe de los samogitios era el que mejor sabía cómo tratar con esos hombres.

—Si sois tan fuertes como decís —dijo Treniota—, ¿por qué teméis enfrentaros a los cristianos? ¿Por qué queréis esconderos en los bosques, aunque es hora de plantar cara al enemigo?

—Porque la fuerza no es lo mismo que la necedad —explicó otro, Kunigas, un jefe—. Y es necio ir contra un enemigo muy superior en número. ¡Los cristianos tienen cuatro mil hombres!

—Nosotros también.

—Pero no tenemos lanceros en número suficiente. Tú has luchado contra ellos, Treniota. Sabes lo que sucede cuando se les desafía en campo abierto. Le pasan a uno por encima, por valiente que se sea.

—Eso está por ver. Además, ahora tenemos la fortaleza. Podemos retirarnos aquí si la suerte de la guerra se vuelve contra nosotros, y hacer nuevo acopio de fuerzas.

—Hay otro asunto del que tenemos que hablar —intervino otro noble—. Tu hermano Tautwil. Está escondido en Polozk y no tiene la menor intención de ayudarnos. Pero nos acusa de cobardía. Me parece hipócrita.

—¿Qué esperas de Tautwil? —gritó el anciano del hacha—. Se ha hecho bautizar. El traidor es cristiano él mismo. ¡Es probable que tenga tratos secretos con la Orden!

—No me acuséis de los actos de mi hermano —repuso Treniota—. Todo el mundo sabe que no apruebo la conducta de Tautwil.

Volvió a encenderse la discusión. Algis no pudo seguir conteniéndose e insultó a los dubitativos, los llamó cobardes y viejas lavanderas, lo que los puso aún más furiosos. Las armas estaban flojas en la vaina, y olía a violencia.

«Está bien. Entonces, que el asunto se decida por la espada», pensó furioso Algis.

Un grito sobrevoló la confusión de voces:

—¡Escuchadme!

Algis miró a su alrededor.

—Yo saber... yo saber qué hacer.

No era un lituano. Las palabras sonaban rotas, mal entonadas. La voz venía de la choza que había al borde de la plaza. En la aspillera se veía un rostro.

—Es uno de los esclavos —constató Treniota.

—Hablad conmigo, por favor. Puedo ayudar.

Los nobles cambiaron miradas asombradas.

—Traedlo aquí —ordenó el príncipe de los samogitios.

—¿A qué diablos viene esto? —gimió horrorizado Raphael—. ¿Quieres que nos maten?

—Confía en mí —dijo Balian, antes de que la puerta se abriera de golpe y lo sacaran al exterior.

En la plaza, delante de los jefes y los ancianos, los guerreros le obligaron a arrodillarse. Alguien le puso un cuchillo en el cuello, mientras cientos de pares de ojos lo miraban. Un pagano lo miraba con especial odio. Era Algis, el hijo del príncipe, un joven de pelo negro y ojos ardientes, alto como un árbol y fuerte como un caballo salvaje.

—¿Cómo es que hablas nuestro idioma, cristiano? —preguntó Treniota.

—Yo aprender —respondió Balian.

—Solo llevas un par de meses aquí.

—Aprender deprisa.

Eso le reportó una patada en la boca del estómago. Balian cayó de costado y tosió en el polvo. Los guerreros lo levantaron sin miramientos.

—No me mientas —dijo cortante Treniota—. ¿Eres un espía de la Orden?

—No espía. Mercader.

—¿Qué se te ha perdido en nuestro país?

—Vamos a Nóvgorod.

—¿Sin mercancías?

—Caballeros teutónicos robar mercancías.

Treniota y los nobles intercambiaron miradas.

—No escuches su cháchara, padre —dijo Algis—. Déjame matarlo por su desvergüenza.

—No mentir —afirmó Balian—. Puedo ayudar contra Orden.

Treniota llamó a Rimas y Valdas.

—Vosotros conocéis a este hombre. ¿Lo creéis un espía?

Los dos vigilantes miraron a Balian.

—No lo sé, mi príncipe —respondió Rimas—. En cualquier caso no es alemán. Su amigo y él hablan una lengua que no he oído nunca.

—¿De dónde vienes? —se volvió Treniota a Balian.

Balian no conocía la palabra lituana para Lorena, así que lo dijo en latín:

—Lotaringia.

Los hombres volvieron a intercambiar miradas. Según todos los indicios, nunca habían oído hablar de aquel lugar.

—Perdemos el tiempo con este tipo —dijo impaciente Algis, pero su padre no le escuchó.

—¿Quieres ayudarnos contra la Orden? —preguntó Treniota—. ¿Por qué?

—Odiar Orden —respondió Balian.

—Pero son cristianos como tú. ¿No tienes escrúpulos en traicionarlos?

—Caballeros robar mercancías —repitió Balian, mirando a los ojos a Treniota—. Yo ayudar. Vos dar libertad.

—¿Cómo piensas ayudarnos?

Balian buscó las palabras adecuadas. ¡Por Dios que era difícil!

—Caballeros tienen aliados. Prusianos y curianos.

—Se refiere a los prūsai y a los kuršiai —dijo uno de los ancianos.

—Ya sé a quién se refiere —bramó Algis—. Pero eso hace mucho que lo sabemos. Yo digo que lo matemos, en vez de seguir escuchando sus mentiras...

Treniota hizo callar a su hijo con un gesto abrupto.

—Sigue —exigió a Balian.

—Prūsai y kuršiai enemigos. Kuršiai no quieren pelear por caballeros. Odian prūsai. Son... —¿cómo era la palabra?—... rebeldes. No obedecen.

—¿Quieres decir que se resisten a la Orden?

Balian asintió.

—Puedo ayudar aprovechar eso.

—Para mí esto huele a trampa —dijo Algis, y algunos nobles estuvieron de acuerdo, pero no todos. Tampoco Treniota compartía la opinión de su hijo.

—Ya veremos si es una trampa —dijo el príncipe—. Llevadlo otra vez a la choza y discutamos la propuesta.

—¿Vas a tomarlo en serio? —preguntó indignado Algis.

—Sí, voy a hacerlo —repuso su padre—. ¿O acaso tienes una propuesta mejor?

El joven guerrero calló, ofendido. Los dos vigilantes pusieron en pie a Balian y se lo llevaron a la choza.

—Si engañas a nuestro príncipe te sacaré las tripas con mis propias manos, ¿me oyes? —gruñó Rimas.

—¿Qué ha pasado ahí fuera? —preguntó Raphael cuando volvieron a cerrar la puerta.

—Es difícil decirlo —dijo Balian—. O acabo de salvarnos... o acabo de sellar nuestra sentencia de muerte.

33

Sievert siempre estaba contento de poder descender del barco. El agua apestosa de la sentina y los sucios cuerpos de los marinos, aparejados a la estrechez y el viento húmedo, le repugnaban. Ojalá que durante el viaje al lago Ladoga no contrajera ninguna horrible enfermedad. No sería el primer mercader que no sobrevivía al largo viaje a Nóvgorod porque en el camino había contraído la disentería.

Pero hoy estaba de buen humor. Habían alcanzado la isla de Kotlin, ante la desembocadura del Neva, la primera etapa importante de su viaje, y eso significaba dos días de descanso en tierra, con suelo firme bajo los pies y un aire bueno y limpio.

Tendió la mano a su madre para que pudiera sujetarse mientras pasaba por encima de la borda. Ella no apreció su ayuda, y se quejó cuando el vestido se le enganchó en una astilla. Hacía días que estaba insoportable, porque le parecía que el viaje en barco era un exceso para ella.

—¡Ayúdame de una vez! —chilló—. ¿O es que quieres que salte?

La ayudó a subir al bote de remos que debía llevarlos a la orilla. Naturalmente que él ni siquiera sabía hacer bien eso.

—¡Ten cuidado, idiota! Por tu culpa he estado a punto de doblarme el brazo —le regañó Agnes.

«Muchas gracias, madre. Que me llames idiota delante de los trabajadores sin duda le viene bien a mi autoridad.» Pero Sievert reprimió la observación mordaz. No tenía sentido discutir con ella; siempre salía uno perdiendo.

—Tranquilízate. No ha pasado nada —se limitó a decir.

Uno de los criados se puso a los remos, y Sievert contempló los barcos que anclaban delante de la isla. Una visión impresionante. Eran cocas de la Liga de Gotland, en número de catorce; la mitad provenía de Lübeck, la otra mitad de Visby. En Reval, en la costa de Estonia, las dos flotas se habían reunido y habían seguido juntas hasta Kotlin. Todas iban cargadas de valiosas mercancías: paños, sal, vino del Rin y otras mercaderías, por las que se pagaba mucho dinero en Nóvgorod. Con el beneficio pensaban comprar pieles y otros codiciados productos de las Rus, antes de regresar en primavera a Lübeck y Gotland.

Sin duda les esperaban lucrativos negocios, pero una alegría desbordante habría estado fuera de lugar. Primero tenían que superar el resto del viaje. Desde Kotlin irían por el Neva al lago Ladoga, allí trasladarían la mercancía a barcos fluviales y remontarían el Vóljov durante muchos días. Aún les esperaba un largo, peligroso y trabajoso camino.

Tomaron tierra en la plena orilla occidental de la isla. Los criados empujaron el bote hasta la playa, para que Sievert y su madre pudieran desembarcar sin mojarse los pies. Enseguida se les unió Hendrik. El mercader de Gotland había sido uno de los primeros en llegar a tierra, y ayudaba a los otros en lo que podía.

—Agnes, Sievert... me alegra que hayáis llegado bien —les saludó cordialmente—. ¿Podemos ayudaros?

—Gracias, Henrik, pero nos las arreglamos —respondió Sievert.

Aun así, el barbudo gotlandés indicó a sus criados que cargaran con sus pertenencias. Así era Henrik: siempre atento, siempre amable. Mientras Agnes instigaba a su gente y les ordenaba buscar un buen sitio para plantar las tiendas, Sievert conversó un poco con el otro. Quería a Henrik... todo el mundo quería a Henrik. No solo era un experimentado mercader y un prestigioso miembro de la Liga, sino también un agradable coetáneo, al que gustaba tener cerca. Emanaba alegría y confianza... un don de un valor incalculable durante los viajes comerciales, abundantes en privaciones. No solo por eso, estaba considerado un candidato con buenas expectativas para el cargo de síndico.

El síndico dirigía a los comerciantes de viaje, arbitraba en sus disputas y representaba a la comunidad ante las autoridades de

Nóvgorod. Los viajeros de invierno y de verano siempre lo nombraban por una estación; la elección de primavera y de otoño tenía lugar en Kotlin desde siempre. El circunspecto y popular Henrik era el más adecuado para ese puesto, por lo que Sievert le deseaba con sinceridad el inminente éxito.

—Tengo que ir a echar un vistazo a mis tiendas —dijo el de Gotland al cabo de un rato—. Si necesitáis algo más, hacédmelo saber.

—Sin duda —repuso Sievert—. Mucha suerte mañana en la elección.

—Gracias, viejo amigo.

Henrik se despidió sonriente, y Sievert fue hacia su madre, que estaba supervisando a los criados. Como siempre, ocultaba el pelo bajo una cofia y, para protegerse del frío viento otoñal, llevaba un manto de piel de marta sobre el vestido de luto. Lo miró con gesto agrio cuando llegó a la playa.

—¿Qué era eso tan importante que tenías que hablar con ese de Gotland?

—Simplemente quería responder con un poco de amabilidad a su ayuda.

—Solo nos ayuda porque quiere que mañana le des tu voto.

—Y aunque así sea —dijo Sievert—. De todos modos pensaba hacerlo.

—¿Vas a votar por él? —preguntó ásperamente Agnes.

—¿Por qué no? Henrik sería un buen síndico.

—¿Es que no tienes ni una chispa de ambición en el cuerpo?

—No comprendo, madre...

Ella le cogió por el brazo y lo apartó de los criados, con una fuerza de la que nunca se hubiera creído capaz a una persona tan pequeña.

—Tú también puedes ser síndico —siseó ella—. ¿Nunca se te ha ocurrido esa idea?

—Claro —dijo Sievert—. Pero es inútil. Todos van a votar a Henrik. Ya sabes lo querido que es. ¿Y qué tiene de malo? Lo hará bien.

—Así que te das por vencido antes de que haya empezado la votación, ¿eh? Ni sombra de espíritu de lucha. ¿Qué crees que habría hecho tu padre si hubiera tenido oportunidad de ser síndico? Habría hecho todo lo posible para ganar la elección, todo...

porque sabía que en un puesto así podía hacer avanzar a la familia. Pero a ti la familia parece resultarte indiferente.

—Sabes que eso no es cierto. —Sievert empezaba a ponerse furioso—. Para mí la familia está por encima de todo.

—Demuéstralo convirtiéndote en síndico.

—¿Cómo voy a hacerlo? No tengo nada que hacer contra Henrik. Si me presento a la elección, podré darme por satisfecho si obtengo cinco o seis votos. Más es imposible.

—Imposible, imposible… es todo lo que te oigo decir —dijo Agnes—. Si tus antepasados hubieran pensado de ese modo, seguiríamos siendo unos pobres diablos. ¿Qué te parecería pensar en algo, para variar, en vez de seguir lamentándote?

—¿En qué? —replicó irritado Sievert, y bajó la voz—. ¿Es que quieres que quite de en medio a Henrik?

—Esa sería una posibilidad.

—¡No hablas en serio!

—Sí que lo hago. Y tú también deberías hacerlo. ¿O es que tienes miedo?

—No tengo miedo —se defendió él—. Pero sería un error.

—Con aquellos dos mercaderes, en Londres, no tuvisteis tantos escrúpulos.

—Eso fue diferente. Fue… un accidente.

—Oh, basta ya. Fue un crimen, y lo sabes tan bien como yo. Aun así, lo correcto fue matarlos. Cuando se trata del bien de la familia, el fin santifica los medios. Helmold lo entendió. Pero es que además tiene valor.

Naturalmente, Helmold era su hijo preferido; Agnes no se cansaba de pasárselo por las narices. Sievert buscó una respuesta adecuada, pero no se le ocurrió nada.

—No eran más que dos desconocidos carentes de nombre… no significaban nada para nosotros —dijo, cansado—. En cambio, Henrik es un buen hombre, un pilar de la Liga. No puedes pedirme que mate a un amigo.

—Y lo dice alguien que ha estrangulado a su propia esposa.

—¡Dijiste que no íbamos a volver a hablar de eso!

—Henrik es un obstáculo para la familia. Así que no puede ser un amigo —dijo Agnes—. Asegúrate de que desaparece. Haz honor por lo menos una vez a tu padre. —Lo dejó plantado y volvió a las tiendas.

Sievert se quedó mirando al mar, el viento le soplaba en el rostro. ¿Por qué siempre tenía que humillarle? ¿Y por qué no lograba defenderse? «Nadie está a la altura de su afilada lengua», pensó, y apretó los labios.

Cuando oscureció, los mercaderes se arrimaron al fuego, calentaron vino especiado en ventrudas marmitas e hicieron la comida. Sievert no pudo comer nada. Caminó sin rumbo por el campamento y buscó a Henrik.

Tuvo suerte. El de Gotland estaba solo junto a los botes, y contemplaba el mar.

—Necesitaba un poco de tranquilidad —dijo sonriente cuando Sievert se acercó a él—. Después de la angostura de los barcos, disfruto de la soledad. Quién sabe cuándo volverá uno a tener tiempo para sí mismo.

—Lo mismo me ocurre a mí. Es una hermosa noche. ¿Damos un paseo?

—Cómo no, viejo amigo. Pero discúlpame si no estoy demasiado locuaz.

Caminaron por la playa y los prados, y Sievert tuvo cuidado de describir un arco alrededor de las tiendas para que nadie los viera juntos. Como Henrik se mantenía silencioso, Sievert llenó el silencio hablando de Lübeck y de sus primeros negocios. Por encima de ellos se extendía el cielo estrellado, y seguían un estrecho sendero entre los matorrales y los acantilados.

—Rutger me ha contado lo que pasó en Rostock —dijo Henrik al cabo de un rato—. Una historia espantosa. Mis condolencias.

Entretanto, Sievert había adquirido práctica en ponerse al instante la máscara del viudo dolorido.

—Gracias.

—No hay nada peor que perder a la persona amada —prosiguió el de Gotland—. Cuando murió mi primera esposa, pensé que nunca volvería a reír. La pena me asedió durante tres sombríos años. Ahora apenas recuerdo aquella época. Solo mi Greta me devolvió a la vida.

Sievert no quería oír eso. No quería saber lo que Henrik había soportado en el pasado, qué clase de hombre era y cuánto amaba a su Greta.

—Subamos allí —murmuró.

—Llorad por Mechthild. Solo eso puede curar el dolor —dijo Henrik—. Un día, despertaréis por la mañana y comprobaréis que el rencor ha desaparecido.

Para decir que no estaba con ganas de hablar, el de Gotland hablaba demasiado. ¿Por qué tenía que filosofar precisamente acerca de la muerte y la pena? Pero Sievert no sabía cómo llevar aquella molesta conversación por otros caminos. En silencio, subió la elevación.

—¿Cómo está vuestra madre? —preguntó el otro—. Lleva luto desde que la conozco. Por vuestro padre, ¿verdad?

—Jamás ha superado su muerte.

—Quizá debería volver a casarse. Sin duda ya no es tan joven, pero puesto que procede de una de las familias más prestigiosas de Lübeck, no debería ser demasiado difícil encontrar un marido para ella.

—Incluso si quisiera casarse, en pocos minutos pondría en fuga a cualquier pretendiente.

Henrik rio en voz baja.

—Sí, he oído decir que es bastante... difícil.

—No os hacéis una idea —dijo Sievert.

Entretanto, Agnes yacía en su tienda de campaña y no encontraba el sueño... la espalda le dolía demasiado. Daba vueltas sin descanso en el duro suelo y pensaba en Sievert. Aquel muchacho inútil había desaparecido hacía un rato. ¿Estaría ocupándose de Henrik? Esperaba que hiciera lo correcto por lo menos una vez en su vida.

¿Por qué tenía que ser tan débil? Este era un mundo duro, implacable, en el que solo la fuerza sobrevivía. La debilidad no tenía sitio en él, y Agnes despreciaba la timidez y la sensiblería. En cambio, Helmold sí que era un hombre. Fuerte, valeroso, despiadado. No habría dudado en hacerse con el cargo de síndico. «¿Por qué no ha podido ser mi primogénito?», preguntaba a Dios y al destino.

Había intentado querer a Sievert, de verdad que lo había intentado, pero él se lo había puesto difícil, desde el claustro materno. El embarazo había sido un martirio. Meses de vómitos, dolores, estupor. Y luego el parto: una tortura. Sievert se había resistido a nacer durante horas, durante un día y una noche enteros. Agnes estuvo a punto de no sobrevivir a los dolores. Luego se quedó consumida, vacía, mortalmente agotada. Pero Sievert quería más, chillaba y chillaba y exigía; se aferraba a ella como un pequeño demonio y la consumía. La privaba de todas sus fuerzas, le robaba la voluntad de vivir. Ya entonces era débil, un gusano rosa pálido que solo podía vivir si le chupaba su energía vital.

Sievert la obligó a sacrificarle su juventud y su belleza. No podía perdonárselo.

Mientras se recuperaba del parto, pensó a menudo en coger una almohada y ahogarlo. A nadie le habría llamado la atención, tantos recién nacidos morían de pronto. Pero no había secretos ante Dios, y temía la condenación eterna. Solo por eso no lo hizo.

A veces lamentaba su falta de ánimo, incluso ahora, muchos años después. Cuánto más feliz habría sido su vida si entonces hubiera tenido el valor de librarse de ese demonio devorador...

«No me decepciones, Sievert. Me lo debes», pensó Agnes, antes de que un sueño intranquilo la envolviera.

Sievert se acercó al borde del acantilado y escuchó la rompiente, que rodaba sobre la playa a más de diez brazas por debajo de él. La orilla estaba oscura, pero él sabía que estaba llena de espinos y rocas.

—De noche es peligroso estar aquí arriba —dijo Henrik—. Regresemos.

«Sí, volvamos al campamento», quería responder una parte de Sievert, una parte que se hacía oír más cuanto más esperaba. Pensó en su madre y en sus palabras hirientes e ignoró las voces interiores.

—Antes tengo que enseñaros algo.

—¿El qué? —preguntó sin interés el de Gotland.

—Un descubrimiento que hice el año pasado. Venid. Desde aquí podréis verlo.

Henrik se le acercó y miró hacia las tinieblas.

—¿Es una broma? Aquí no hay nada...

Sievert le dio un empujón. «"No matarás" es el quinto mandamiento, el más importante de todos», atravesó su mente. Pero Henrik ya estaba cayendo por el borde del acantilado. Manoteó y lanzó un grito ahogado, antes de estrellarse contra las rocas y enmudecer.

Sievert prestó atención a su interior. Un breve momento de arrepentimiento, luego nada más. Qué fácil había sido. Muy distinto del caso de Mechthild, cuando el pánico y la ira lo habían empujado a la acción. De hecho, no sentía nada. Su madre tenía razón: Henrik era un obstáculo, y ahora ese obstáculo había sido eliminado. Solo eso contaba.

Descendió la ladera, se abrió paso entre la espesura y trepó por las rocas de la playa, encostradas de sal. Henrik yacía al pie del acantilado con el cráneo destrozado y los miembros retorcidos. Muerto, sin ninguna duda.

Sievert regresó a toda prisa al campamento. Apenas podía esperar para contárselo a su madre.

Naturalmente, se lo contaría de manera objetiva y relajada, como si no tuviera importancia. Tal como lo habría hecho Helmold.

A la mañana siguiente la niebla pendía sobre el mar y la isla. De los barcos tan solo se veían partes, aquí una cofa, allá un castillo de proa. Parecían monstruos en sombras, acechando inmóviles entre la bruma.

Solo entonces los mercaderes se dieron cuenta de que faltaba Henrik.

—No sé dónde está —dijo uno de sus ayudantes—. Parece que no ha pasado la noche en su tienda.

—¿No le habrá ocurrido algo? —murmuró un mercader de Visby.

—No puede estar muy lejos —explicó Sievert—. Busquémoslo.

En pequeños grupos, se desplegaron por la parte oeste de la isla, una estrecha lengua de tierra que se ensanchaba hacia el sureste. Sievert se mantuvo alejado de los acantilados y peinó con sus criados la parte llana de la playa. A causa de la niebla, el cadáver tardó un tiempo en ser encontrado.

Siguió los gritos y encontró delante de los acantilados una multitud que iba creciendo conforme mercaderes y criados acudían corriendo desde todas las direcciones. Los ayudantes de Henrik lloraban mientras sacaban a su señor de la espesura.

—Tuvo que salir a dar un paseo durante la noche y haberse caído —conjeturó Rutger.

—¿Henrik? No —contradijo un mercader de Gotland llamado Olav—. Era demasiado precavido para eso. Para mí esto parece un crimen.

Después de un momento de silencio, todos se lanzaron a hablar en confusión.

—¿Crimen? ¡Qué tontería! Henrik era amigo de todo el mundo. ¿Quién iba a querer matarlo?

—Cualquier mercader tiene enemigos. Incluso un hombre querido y prestigioso como él.

—Pero no en la Liga. Hemos jurado respetarnos y apoyarnos los unos a los otros. Insisto: tiene que haber sido un accidente.

Sievert se mantuvo en segundo plano y dejó que las cosas siguieran su curso. No temió ni por un momento que se pusieran sobre su pista. No había testigos, no había pruebas de su acción. Sencillamente, era imposible aclarar las circunstancias de la muerte de Henrik.

A esa conclusión llegaron también los mercaderes. Después de seguir especulando un rato, examinar la zona sin mucho entusiasmo e interrogar a los ayudantes de Henrik, reconocieron que ya no podían hacer nada más. El cadáver fue llevado al campamento y velado para que todo el mundo pudiera despedirse de Henrik. A Sievert le sorprendió la cantidad de lágrimas que corrieron. No había pensado que el de Gotland pudiera ser tan querido.

Hacia el mediodía, los mercaderes celebraron una asamblea. Entretanto la niebla se había levantado; bancos sueltos de bruma seguían aún posados entre los zarzales cuando los hombres se reunieron en el prado.

—La muerte de Henrik es un mal presagio —dijo Olav—. Deberíamos aplazar la elección del síndico hasta que estemos en Nóvgorod. Quizá incluso debiéramos suspender el viaje.

Algunos mercaderes asintieron, pero para la mayoría aquella propuesta iba demasiado lejos.

—He metido mucho dinero en esta empresa —explicó Rutger—. Si ahora damos la vuelta, significará enormes pérdidas para mí. Henrik no hubiera querido tal cosa, de eso estoy seguro.

—Estoy de acuerdo con Rutger —dijo otro—. El deseo de Henrik habría sido que continuáramos el viaje, a pesar de todas las adversidades, como ha sido siempre el distintivo de la Liga. ¿Dónde estaríamos si nuestros padres hubieran abandonado ante cada revés?

La mayoría asintió con rabia. Sievert sonrió para sus adentros. Se podía confiar en la codicia de aquellos hombres.

—Tampoco debemos aplazar la elección —dijo Rutger—. Precisamente en tiempos de temor y de inseguridad, es aconsejable atenerse a las tradiciones. Yo digo: ¡Elijamos al síndico aquí y ahora!

—¡Tiene razón! ¡Votemos! —gritaron algunos, y los pocos dudosos enmudecieron.

—Pero ¿quién va a presentarse a la elección? —preguntó el titubeante Olav—. Todos sabemos que Henrik habría sido el síndico si aún viviera. ¿De verdad alguien quiere seguir sus huellas?

Con eso tocaba la superstición de aquellos hombres. La inquietud se extendió. Nadie quería suceder a la víctima de un accidente tan desgraciado. Más de uno incluso expresó la sospecha de que el cargo de síndico podría estar maldito. Sievert también había contado con eso. Se adelantó.

—Me presento a la elección —declaró.

Olav lo miró preocupado.

—¿Estáis seguro?

—Henrik también era mi amigo, y su áspera muerte me ha afectado tanto como a los aquí presentes. Pero uno de nosotros tiene que dirigir esta comunidad. La pena no puede impedirnos cumplir con nuestro deber.

El alivio fue palpable. Todos estaban contentos de haber encontrado a alguien que asumiera esa carga.

—Muy bien, que así sea —dijo Olav—. ¿Quién da su voto a Sievert de Lübeck?

Casi todos los mercaderes alzaron la mano. Casi nadie se abstuvo. Fue una victoria arrolladora.

—Gracias, amigos míos. Os lo agradezco —declaró Sievert—. Tenéis mi palabra de que os dirigiré con prudencia y haré todo lo que sea necesario para acrecentar vuestras ganancias.

—¡Viva el síndico! —rugieron los hombres.

Cuando poco después Agnes supo del éxito de Sievert, se limitó a asentir. Ni una palabra de elogio acudió a sus labios.

34

Una vez que llevaron a Balian a la choza, la asamblea se disolvió. Treniota y los otros príncipes se retiraron al pueblo, donde continuaron la deliberación. Se tomaron su tiempo. Solo a la mañana siguiente, después de una noche de temor, fueron a buscar a Balian.

Rimas y Valdas lo llevaron a un lugar en el centro del asentamiento en el que había cuatro postes de la altura de un hombre. La agrietada madera estaba cubierta de tallas de estrellas, serpientes que sacaban la lengua y caballos rampantes. En el lugar también había una gran cabaña, una sala espaciosa calentada por hogueras, en la que olía a humo, cerveza y grasa de cordero. En la cabecera de la sala se sentaba Treniota, en una silla de alto respaldo. Con él estaban todos los jefes de las tribus, su hijo Algis y el Krive, que miró a Balian como si quisiera investigar las profundidades de su alma.

Balian no era capaz de interpretar el ambiente de la sala. ¿Le creían, o habían decidido su muerte? Se dispuso a vender cara su vida.

—Irás con algunos guerreros al campamento de los cristianos —le dijo Treniota—. Buscaréis la manera de entrar en él y hablarás con los ancianos de los kuršiai. Instigarlos contra la Orden, para que, en la batalla, se vuelvan en contra de sus señores.

Balian no dejó advertir su alivio. Los grilletes chirriaron cuando se inclinó en una reverencia.

—Gracias, príncipe Treniota.

—Pide ayuda a tu Dios, cristiano —prosiguió el príncipe de los samogitios—. Porque si fracasáis, os ejecutaremos a ti y a tu amigo. Y no será una muerte piadosa. ¿Has entendido?

—Sí.

Treniota asintió imperceptiblemente.

—Ahora vete. Mi hijo dirigirá vuestro grupo.

Algis eligió cinco guerreros experimentados, entre ellos Valdas y un hombre tuerto al que Balian había visto a menudo en el pueblo. Los hombres se pusieron las cotas de malla y vistieron gorros de piel y chaquetas de lana tosca, para parecer simples guerreros curianos. También a Balian le dieron la vestimenta correspondiente.

Algis le tendió además un corto cuchillo.

—Pélate la cara —ordenó.

—¿Por qué?

—Los kuršiai no llevan barba. Así que hazlo a conciencia.

Cuando Balian iba a coger el cuchillo, el hijo del príncipe lo agarró, rápido como el rayo, por el cuello del sayo y le puso la hoja en la garganta. El tipo tenía una enorme fuerza. Balian no se resistió. Se limitó a levantar los brazos, enseñar las palmas de las manos y mirar a los ojos al samogitio.

—Te lo advierto, cristiano. —El aliento de Algis olía a cerveza y cebolla—. Si nos traicionas, te arrancaré la piel.

Empujó a Balian y le tiró el cuchillo a los pies. Balian lo recogió mientras los otros hombres empuñaban lanzas y hachas.

—Necesito una espada —dijo.

—No. No vas a tener una espada —respondió Algis, y fue hacia los caballos.

Desde la choza, Raphael pudo ver cómo Balian se iba con los samogitios. Sorbió por la nariz; luego se arrodilló en el duro suelo y entrelazó las manos. No solía rezar. Desde que había matado al monje, seguro que Dios no quería saber nada de él. Pero esta vez era necesario.

—Señor, puede que nuestra relación no sea la mejor, y ha pasado mucho tiempo desde la última vez que te recé. Aun así, por favor, escúchame… es por Balian por quien hablo. Te necesita.

Protégele de los paganos y de los peligros de este país, para que vuelva sano y salvo. Porque sin él estoy perdido...

La puerta se abrió de golpe y entró Rimas, con el rostro desfigurado por la ira. Raphael se imaginó lo que había ocurrido: «Se ha dado cuenta de que el emblema del peregrino ha desaparecido. Ha tardado bastante».

Dos samogitios lo pusieron en pie. Rimas le gritó.

—No tengo el talismán. Regístrame si no me crees.

Con brusquedad, el vigilante le arrancó la ropa. Raphael se forzó a no mirar hacia el sitio en el que Balian había enterrado el talismán. Cuando Rimas no encontró nada, le golpeó en la cara. Acto seguido registró por encima la cabaña, dio una patada al cubo, con lo que los excrementos se derramaron por el suelo, y volvió a plantarse delante de Raphael, que lo miró con estoicismo a los ojos. Rimas siseó una maldición y le pegó un puñetazo en el estómago con todas sus fuerzas. Los otros dos le soltaron, y Raphael se derrumbó gimiendo y encogido.

Cuando pudo volver a ver con claridad, los paganos habían desaparecido. Tosiendo, se incorporó y echó mano a sus ropas. El sayo de lana olía a orín.

—De acuerdo, Señor... entiendo el mensaje —murmuró—. Nada de oraciones...

Fue una cabalgada de tres días por el país de los samogitios. Los bosques y pantanos que atravesaron le resultaron familiares, y Balian no tardó en advertir que iban hacia el noroeste, hacia aquel segmento de costa en el que había embarrancado con sus compañeros hacía meses.

Era un cristiano que ayudaba a los paganos a hacer daño a otros cristianos. Cuando le atormentaba la conciencia, pensaba en las piras ardiendo delante de la encomienda de Konrad y en las mujeres a las que los caballeros habían cortado la lengua delante de los niños... y sus escrúpulos desaparecían. Lo hacía por sí mismo y por Raphael. Era su única posibilidad de volver a ver la patria.

El primer día, los samogitios apenas hablaron con él. Eso cambió la noche del segundo día, cuando estaban buscando un lugar donde acampar para pasar la noche.

—Aquí —dijo Balian, mientras cruzaban un claro de un bosque.

—No. —Valdas negó con la cabeza.

—¿Por qué no? —Había árboles de abundante hoja, que los protegerían del viento y la lluvia; blanda hierba y un arroyuelo de rápidas aguas. Para Balian, era el lugar perfecto para acampar.

—¿Ves esos tocones de ahí detrás? Velinas se esconde allí.

—¿Velinas?

—Por los rayos de Perkunas —dijo perplejo el guerrero—, ¿es que no sabes nada, cristiano?

Acabaron acampando al borde del bosque, donde no había tocones putrefactos y al parecer tampoco Velinas. Mientras se calentaban al fuego y compartían la comida, Valdas dijo:

—El cristiano no sabe quién es Velinas.

Los hombres movieron la cabeza entre risas.

—¿Cómo puedes sobrevivir sin conocer a Velinas y sus argucias? —observó Algis—. ¿Cómo es que no te ha matado o llevado consigo hace mucho?

—¿Velinas es diablo? —preguntó Balian.

Giedrius, el tuerto, asintió. El barbudo guerrero de grises cabellos era el mayor de los seis paganos, y gozaba de gran prestigio entre ellos. Incluso Algis lo trataba con respeto, aunque Giedrius no parecía ser de sangre noble.

—Es el enemigo de Perkunas, y trajo el mal al mundo —explicó—. Se oculta disfrazándose de lobo, liebre u oso, y se esconde en lugares oscuros de la ira de Perkunas. Pero a veces visita las fiestas de los hombres, porque ama la música, el baile y las mujeres.

—Háblanos de los dioses y de la creación del mundo —dijo Valdas—. Que el cristiano aprenda algo.

Algis dio una palmada en la espalda al canoso guerrero.

—En nuestras campañas, Giedrius siempre nos entretiene con historias. Es el más inteligente de nosotros. Lo sabe todo.

—Mi inteligencia es un regalo de los dioses —respondió con modestia Giedrius.

—Un regalo que te has merecido —dijo Valdas—. Sacrificaste un ojo para alcanzar la sabiduría.

Cuando Balian miró al tuerto, Algis sonrió.

—Sí, se lo sacó él mismo. Te sorprende, ¿eh? Apuesto a que ningún cristiano es tan valiente.

«Ningún cristiano está tan loco», pensó Balian.

—¿Queréis que cuente, o no? —preguntó irritado Giedrius.

—¡Sí, cuenta! —gritaron los otros.

El tuerto hurgó en el fuego. De las ramas se alzaron chispas que se extinguieron en la oscuridad.

—Hace muchas eras, no había más que agua… un mar gigantesco que cubría el mundo entero —empezó su historia—. Dievas, el más anciano y más poderoso de los dioses, chapoteaba en el agua y estaba descontento porque anhelaba un compañero. Metió las manos en el fondo del mar, sacó dos piedras y las estuvo haciendo chocar hasta que saltaron chispas. De las chispas nació Velinas. Caminaron juntos, y decidieron crear el mundo.

»Dievas se metió un poco de barro en la boca y lo escupió, y donde su saliva tocaba el agua crecía la tierra. Velinas quiso hacer lo mismo, pero no soportó el barro y vomitó. Así fueron creados los lagos, pantanos, montañas y colinas. Dievas se puso furioso porque solo quería crear tierra plana, y Velinas lo había echado todo a perder. Hubo una pelea entre ambos dioses, y Velinas tuvo que reconocer que nunca sería tan sabio y poderoso como Dievas. Eso lo llenó de envidia. Más tarde, cuando Dievas dormía, Velinas quiso arrastrarlo al agua y ahogarlo, pero allá donde llevaba a Dievas, crecía nueva tierra. Dievas despertó y acusó de traición a Velinas, y desde entonces ambos dioses fueron enemigos.

»Una vez más, Dievas entrechocó las piedras y creó ángeles con las chispas. Velinas lo imitó, pero hizo demonios. Lo mismo sucedió con los animales. Dievas creaba criaturas útiles y amigables, Velinas en cambio malas y peligrosas.

—Háblanos de una vez de la creación de los hombres —pidió un guerrero.

Giedrius lo miró fijamente por encima de las llamas, molesto con la interrupción.

—Ahora llegaré a eso. Agotado por su trabajo, Dievas se sentó en una roca y escupió. Su saliva se mezcló con el polvo y creció hasta convertirse en una figura. Dievas se quedó mirándola sorprendido. «¿Quién eres tú?», preguntó, y la figura respondió: «No lo sé». Dievas se quedó pensando largo tiempo, y al final llamó a su criatura «humano».

—Pero entonces los humanos eran distintos, ¿no? —observó Valdas.

—¡Yo cuento la historia, maldita sea! Siempre tenéis que interrumpir. Sí, los primeros humanos eran distintos de nosotros. No tenían piel, sino escamas de cuero en todo el cuerpo. Eran tan duras que los humanos era invulnerables y no tenían nada que temer, por lo que se pasaban todo el día holgazaneando. Cuando Dievas lo vio, se puso furioso y les quitó las escamas protectoras. Solo dejó un pequeño resto al final de los dedos.

Sin querer, Balian se miró las manos, y pensó en las uñas como garras de la vieja prusiana.

—Ahora, háblanos del árbol del mundo y de la guerra de los dioses contra Velinas —pidió Algis al tuerto.

—No. Basta por hoy. Quizá os lo cuente mañana. Pero solo si escucháis y tenéis la boca cerrada. —Giedrius se tumbó en la hierba y se cubrió con el manto.

—También nosotros deberíamos dormir —dijo Algis.

Se repartieron alrededor del fuego, y poco después los primeros ya roncaban.

—Dievas es nuestro dios supremo, pero pocas veces le pedimos ayuda —explicó al día siguiente Giedrius—. Los más importantes son Perkunas, porque da fuerza a los guerreros, y Kalvelis, el forjador del cielo, que afila nuestras armas. También hacemos frecuentes sacrificios a Laima y Zemyna, y al dios del río, Upinis.

Balian llevaba todo el día cabalgando junto a Giedrius, porque el tuerto era el más accesible de los seis samogitios. A Giedrius le gustaba haber encontrado un oyente curioso, que sabía apreciar sus conocimientos.

—¿Sacrificios humanos? —preguntó Balian.

El samogitio le dedicó una mirada a medias burlona, a medias irritada.

—Los malditos caballeros te han contado eso, ¿no? No, no ofrendamos humanos a los dioses. Solo plantas, comida, a veces un animal. Un cochinillo blanco para Upinis y uno negro para Zemyna. Gallos y carneros para Perkunas y Laima, para que hagan que nuestro destino sea bueno...

Giedrius siguió hablando, pero Balian solo le escuchaba a medias. Oscurecía, y podía oler la proximidad del mar. Si su sentido de la orientación no le engañaba, cabalgaban derechos hacia la encomienda de Konrad.

En medio de un bosquecillo, Algis frenó a su caballo.

—Descabalgad —ordenó.

Ataron los animales a los árboles e hicieron el resto del camino a pie. Cuando llegaron al borde del bosque, Balian vio la encomienda a lo lejos. El corazón empezó a golpearle contra el pecho.

El ejército de la Orden acampaba en el prado. El reflejo de los fuegos del campamento se alzaba como una campana anaranjada sobre la llanura. Ya desde lejos olieron la peste de las letrinas y oyeron el rumor de innumerables voces.

—Piensa en mis palabras, cristiano —murmuró Algis—. Un movimiento en falso, y estás muerto.

A unos cincuenta pasos del campamento fueron detenidos por un mantogrís, que les apuntó con la lanza. Valdas, que dominaba la lengua de los curianos, habló al hombre, mezclando algunas palabras alemanas, y le explicó que eran los rezagados de las tropas curianas. El hermano de guardia se creyó la patraña y los envió a las tiendas.

—Vuestra gente acampa allí fuera. No ir ahí. Ahí están los prusianos. *Prūsai*, ¿entendido?

Según parecía, habían situado a las dos tribus enemigas muy lejos la una de la otra, para que se encontraran lo menos posible. Valdas asintió y sonrió con sumisión, por entero en su papel de vasallo servil, y guio al pequeño grupo hasta el campamento.

Nadie los observó mientras pasaban ante las tiendas y los fuegos. Los curianos tomaban cerveza, afilaban sus armas y los tenían, al parecer, por sus iguales.

—Ahora la cosa se pone seria. —Algis sonrió con maldad—. Yo en tu lugar rezaría por que tu Dios crucificado sea realmente tan poderoso como los cristianos afirmáis siempre. Porque si la cosa sale mal, tu amigo y tú daréis alimento a los gusanos.

Balian empezaba a tener la impresión de que el hijo del príncipe anhelaba el fracaso de la empresa, y así tener un motivo para torturarlo hasta la muerte. Bueno, que la empresa saliera adelante ya no estaba en su mano... tenía que confiar en su suerte. Más que pensar le daba la circunstancia de que la casa de la Orden estaba justo allí, a un tiro de flecha, y sin embargo inalcanzablemente lejos. ¿Seguirían Blanche y los otros allí, después de todo aquel tiempo? ¡Lo que habría dado por hablar con su hermana, por verla al menos una vez!

Valdas preguntó por los ancianos de las tribus, y lo enviaron hacia un gran fuego en torno al cual se sentaban varios hombres. Balian iba a seguir al samogitio, pero Algis lo retuvo con brusquedad.

—Él lo hará solo.

Esperaron al borde de la plaza mientras Valdas hablaba con los cabecillas de los curianos. Los rostros de los cinco samogitios estaban endurecidos por la tensión; tenían las manos en las armas, listos para abrirse camino peleando si los curianos daban la alarma. De hecho, al principio dieron la impresión de no creer a Valdas. Lo acogieron con clara desconfianza, y pasó un tiempo antes de que le permitieran sentarse.

—Según parece, has vuelto a tener suerte. —Algis retiró la mano del hacha de guerra—. No tendré que hacer una jarra con tu cráneo.

Balian sonrió para sus adentros.

—¿Decepcionado?

Entretanto, Valdas callaba y dejaba hablar a los curianos. Aireaban su amargura gesticulando violentamente. Aunque Balian no entendía ni una palabra, sentía que aquellos hombres estaban llenos de ira, porque se les forzaba a combatir al lado tanto de sus opresores como de una tribu odiada. Valdas asintió comprensivo y escuchó antes de someter al fin su propuesta. Una vez más, se habló durante largo tiempo.

Por fin, entrechocaron las jarras y se estrecharon las manos. Valdas se levantó y fue hacia ellos.

—¿Y bien? —preguntó Algis.

—El cristiano ha dicho la verdad… no quieren pelear por la Orden —explicó Valdas—. Pero siguen enfadados con los prūsai. El maestre los ha condenado a ir en retaguardia porque no se fía de ellos.

—Un duro golpe para guerreros tan orgullosos —dijo Giedrius.

Valdas asintió.

—Los prūsai se ríen de ellos por eso. Y ellos dicen que nunca los habían humillado tanto.

El hijo del príncipe lo cogió por el brazo.

—Entonces, ¿nos ayudarán?

—Cuando llegue el combate, atacarán a los caballeros teutónicos por la espalda. Pero he tenido que prometerles una parte del botín.

Balian respiró interiormente.

—Lo del botín está bien —dijo Algis—. Ahora, larguémonos.

No dejaron el campamento por donde habían ido, para que los guardias no sospecharan. En el borde oriental del campamento, se cruzaron con varios caballeros de la Orden que acababan de descabalgar.

Uno de los hombres era Konrad von Stettin.

Balian bajó la vista con rapidez y envió una apresurada oración al cielo: «¡Haz que no mire hacia mí!». Su plegaria fue escuchada. Los caballeros pasaron charlando junto a ellos, sin prestarles atención.

Entonces, Balian vio otro rostro conocido. Un cráneo anguloso, unos ojos duros, unos rizos espesos y negros, una corta barba... había visto ese rostro en una ocasión, hacía más de cuatro años, pero no iba a olvidarlo hasta el fin de sus días.

El caballero de Londres.

El asesino de Michel y Clément.

¿Estaban sus sentidos excitados jugándole una mala pasada? Se arriesgó a lanzar otra mirada. No, no había duda: era él.

El corazón de Balian se aceleró, y el deseo de lanzarse sobre el caballero, clavarle el cuchillo en el cuello y hacerle pagar todo el daño que había hecho a su familia se hizo casi insuperable. Tuvo que dominarse para apartar la vista y seguir caminando.

A pocos pasos detrás de él, los caballeros se separaron, y oyó a Konrad decir al caballero barbado:

—Ven, Helmold. Bebamos un trago antes de acostarnos.

Helmold. Por fin el asesino tenía un nombre.

«Volveremos a vernos. Por Dios y por san Jacques que lo haremos», se juró Balian mientras caminaba entre las tinieblas.

El refectorio de la encomienda estaba lleno de caballeros, que se sentaban apiñados a las mesas y bebían ruidosamente; casi no se podía oír la propia voz. Mientras Konrad hablaba a gritos con algunos hermanos, Helmold hizo que un mantogrís le llevara tinta y pergamino. Pronto irían a la batalla, y sentía la necesidad de escribir a su familia.

Mojó la pluma en la tinta. Sin duda su madre ya iba camino de Nóvgorod... ¿debía enviar la carta allí, a Peterhof, el asentamiento de los que viajaban a Rusia? No, el peligro de que se perdiera por el camino era demasiado grande. Mejor enviarla a Lübeck. Su hermano Winrich informaría a su madre si le ocurría algo.

Cuando hubo terminado, dejó secar la tinta y plegó el pergamino.

—Si caigo en la batalla, quiero que envíes esta carta a mi hermano Winrich —dijo a Konrad.

—¿Qué dices? —Su amigo frunció el ceño—. Nos espera una victoria. No vas a caer.

—Quién sabe qué planes tendrá para mí el Señor. Siempre puede haber una flecha perdida. ¿Lo harás por mí?

—Claro —dijo Konrad.

Helmold asintió.

—La llevaré en el cinto cuando vayamos al combate.

—Puedo quedármela ya.

Lo que había en la carta era confidencial, y Helmold se resistía a entregarla antes de la batalla. Konrad notó su titubeo.

—Como prefieras. —Sonriendo, alzó su jarra—. Pero dejemos eso. Basta de sombríos pensamientos. Bebe con nosotros, amigo Helmold. ¡Por la pronta victoria!

La melancolía desapareció tan repentinamente como les había invadido. Helmold llenó su copa y brindó con sus hermanos.

Nada más regresar al pueblo de los samogitios, Algis informó de su éxito a su padre. Balian estaba presente cuando Treniota reunió en la sala a los nobles y príncipes.

—Los kuršiai no quieren seguir sometiéndose a la Orden —informó el jefe de los samogitios—. Cuando ataquemos, nos ayudarán.

—Eso son buenas noticias —gritó uno de los hombres—. ¡Juntos, podemos vencer!

Otros proclamaron a gritos su asentimiento, y golpearon el

suelo con la contera de lanzas y hachas. Ya no quedaba nada del anterior titubeo. La certidumbre de la victoria llenaba la estancia.

—Sea —dijo Treniota, iracundo—. Mañana, las tribus de Lituania marcharán contra la Orden. Si es la voluntad de Perkunas, aniquilaremos a los caballeros teutónicos y los expulsaremos de nuestra tierra de una vez por todas.

Una explosión de júbilo respondió a sus palabras.

Balian se adelantó.

—Una palabra, príncipe Treniota.

—Habla, cristiano.

—Me has prometido darnos la libertad si el plan tenía éxito. —Gracias a los días que había pasado con los samogitios, Balian podía expresarse mucho mejor ahora en la lengua lituana.

—Solo sabremos si la empresa ha tenido éxito cuando hayamos librado la batalla. Mientras tanto, seréis nuestros prisioneros.

—Entonces, permite al menos que vaya a la batalla a vuestro lado.

Treniota alzó una ceja.

—¿Quieres luchar contra tu propia gente?

—No son mi gente. Me han robado y han matado a dos personas que me eran queridas.

—Quieres vengarte.

—Sí.

Treniota se volvió hacia su hijo.

—¿Consideras sensato llevarlo con nosotros?

—No nos traicionará. —Algis mostró una sombría sonrisa—. Porque sabe lo que haría con él.

—Pero su amigo se quedará en prisión. Eso le impedirá hacer tonterías. Dadle una espada —ordenó el príncipe a los guardias—. ¡Que el cristiano demuestre lo que lleva dentro!

—Es una locura —dijo Raphael—. Tú estás loco. ¿Por qué vas a luchar por esa gente? ¿Has olvidado cómo nos han tratado?

—No lucho por ellos —repuso Balian—. Lucho por mí. Por Michel y Clément.

—¿Michel? ¿Qué demonios tiene que ver Michel con esto?

—He visto a su asesino. Es uno de los caballeros del ejército de la Orden.

Raphael lo asedió a preguntas, pero Balian estaba demasiado cansado para dar explicaciones precisas. Los días pasados habían sido duros, y no quería hacer otra cosa que tumbarse en el suelo de la cabaña y dormir un poco.

—Está bien. Es tu vida —dijo Raphael—. Tú sabrás si quieres tirarla por la borda. Solo espero que no olviden liberarme cuando te hayan hecho picadillo en el campo de batalla.

—Mantendrán su palabra. Son gente honorable.

—¡Son paganos!

—Que no arrancan a nadie la lengua solo porque reza a un dios ajeno.

Cuando estaba a punto de dormirse, Raphael preguntó en voz baja:

—Cuando estuviste en el campamento... ¿supiste algo de tu hermana?

—No. Pero seguro que pronto volverás a verla —murmuró Balian antes de que un profundo sueño lo envolviera.

En el sueño, volvía a estar en el sótano de Guildhall, sosteniendo la mano de su hermano moribundo.

Valdas lo despertó al amanecer.

—Tu espada. —El samogitio tendió a Balian la hoja junto con su tahalí.

—¿Y mi cota de malla?

—No sé dónde está. Alguien se la habrá quedado.

—Mi caballo también ha desaparecido, supongo.

—Oh, estará por ahí. —Valdas sonrió—. Pero ya no es tu caballo.

Balian torció el gesto mientras se ceñía la espada. No es que hubiera esperado otra cosa...

—¿Así que insistes en esa locura? —preguntó Raphael, que se había incorporado.

—Sí.

—Entonces, solo me queda desearte mucha suerte.

—No te pongas ahora sentimental. —Balian sonrió—. No te pega.

—No lo haré. Me impulsa el puro egoísmo. Si vuelves sano, mis posibilidades de sobrevivir a esta historia serán mucho mejores.

Se miraron… y se echaron a reír.

—Ven aquí. —Raphael lo abrazó—. Cuídate. Y cuida de seguir conservando la cabeza. Eso vale también para todas las demás partes del cuerpo.

—No te preocupes, no tengo intención de dejarme ninguna en el campo de batalla. No son más que brazos y piernas, pero por alguna razón las aprecio.

Alguien gritó el nombre de Valdas, y el samogitio salió de la choza. Balian aprovechó la oportunidad, aflojó con la punta de la espada la tierra apisonada en el rincón de su prisión y desenterró su talismán.

—¿Ha venido Rimas a buscarlo? —preguntó mientras se pasaba por el cuello el emblema de peregrino.

—No. Parece haberlo olvidado.

Balian miró a su compañero. ¿Le ocultaba algo?

Valdas asomó la cabeza.

—Tenemos que irnos —apremió, y Raphael dio una última palmada en el hombro a Balian, antes de que el samogitio volviera a dejarlo encerrado en la choza.

El ejército de las tribus lituanas estaba reunido en los prados que había delante del poblado. A Balian le asombró el tamaño que había alcanzado entretanto. Tenía que contar por lo menos con tres mil hombres en armas, la mayoría a caballo. Treniota, Algis y los otros nobles iban montados, llevaban cascos y corazas con adornos de oro y no parecían menos impresionantes que los caballeros de la Orden, pesadamente armados, con los que pronto iban a encontrarse en el campo de batalla.

Balian se unió a los simples soldados de a pie. Parecía haberse corrido la voz de que un esclavo cristiano iba con ellos al combate. A su alrededor enmudecían las conversaciones, se le miraba a veces con curiosidad, a veces con desconfianza. Balian ignoró las miradas y esperó, con los brazos cruzados delante del pecho, a que Treniota diera la orden de marcha.

El polvo se levantó y envolvió a los jinetes cuando el pueblo de los lituanos partió hacia la guerra.

35

S acad a los prisioneros y quemadlo todo! —ordenó Treniota.
    Mil guerreros alzaron jubilosos sus armas al cielo. Balian
se acercó a Valdas y Giedrius, que estaban junto al foso, y observó
cómo varios paganos cruzaban el puente levadizo con haces de
ramas y los tiraban a los distintos edificios. Entretanto, otros reunían a los prisioneros.

El castillo de Georgen estaba en la orilla norte del Memel, y
era un puesto avanzado de la Orden Teutónica dentro del país de
los samogitios. Treniota había decidido tomarlo para no tener
enemigos a su espalda cuando se dirigiera contra el ejército de la
Orden. La fortaleza era pequeña; estaba formada únicamente
por una torre redonda y unos muros que rodeaban un angosto
patio. La guarnición —tres caballeros, veinte mantogrises y un
capellán— se había entregado sin lucha cuando la gigantesca
fuerza de combate había aparecido ante las puertas. Treniota
había ordenado mantener con vida a los hombres, porque en
especial los caballeros y el sacerdote prometían un rescate abundante.

Enseguida salieron los prisioneros, con las manos detrás de la
cabeza. Los paganos formaron pasillo y se burlaron de ellos. Un
lituano se sacó el pene y orinó encima de los soldados, para jovia-
lidad de sus compañeros.

Balian apartó la vista. Eso era también obra suya.

—Por favor, perdóname, Señor —murmuró, y se llevó la diestra al emblema que llevaba debajo de la cota de malla.

Algis cruzó orgulloso el puente levadizo, sonriente, sosteniendo en alto un cáliz.

—¿De dónde has sacado eso? —preguntó con envidia Valdas.

—Lo he encontrado en la capilla. Aquí es donde se beben los cristianos el vino de misa. Es cierto, ¿no?

Balian asintió.

—Voy a fundir la plata y coseré las piedras preciosas a mi cinturón, para que todo el mundo pueda ver lo rico que soy —explicó Algis.

—Tu cinturón es ya muy espléndido. Tendrías que ceder el botín a un hombre que lo necesite más —le regañó Giedrius.

—Voy a casarme el año próximo, necesito un hermoso cinturón —repuso testarudo el hijo de Treniota.

—Hace mucho que está decidido que tomes por esposa a la hija de un príncipe ruso —dijo Valdas—. Ya no tienes que impresionar a nadie con tu riqueza.

Algis resopló.

—Yo he encontrado el cáliz, así que puedo quedármelo. Así lo hacemos siempre.

Interrumpieron su cháchara cuando se aproximó un jinete. Era uno de los que Treniota había enviado en descubierta para explorar la zona fronteriza del Estado de la Orden. El caballero vino por la orilla del río, haciendo saltar agua y guijarros, y tiró de las riendas de su caballo delante de Treniota.

—Vengo del oeste, mi príncipe —exclamó—. La Orden sabe que hemos tomado Georgenburg. Su ejército viene hacia nosotros, y está a media jornada de marcha.

Treniota se llevó el cuerno a los labios y lo hizo sonar.

—¡A los caballos! —rugió—. Seguimos hacia Curonia.

Poco después, el ejército se ponía en movimiento.

Balian miró a su alrededor por última vez. El humo se alzaba de Georgenburg, negro como el aliento de Satán.

La corriente de guerreros enemigos era interminable. Cada vez más jinetes y peones alcanzaban la cumbre y formaban largas filas de batalla en los prados: una erizada espesura de lanzas, espadas y ballestas, una muralla humana, blanca y gris. Delante, los caballeros de la Orden, armados hasta los dientes, con sus cascos, escudos triangulares y lanzas; detrás, los hermanos servidores; en los flancos, la caballería ligera de los prusianos.

A los curianos no se les veía, probablemente porque los superiores de la Orden habían mantenido su decisión de dejarlos en retaguardia. «Por favor, haz que mantengan su palabra», rezó en silencio Balian. Porque sin los curianos, los poco disciplinados y comparativamente mal armados lituanos no podrían resistir a aquel terrible ejército.

«Esa unidad. Esa eficiencia.» El ejército teutónico no solo era enorme, además estaba formado por los mejores guerreros de la Cristiandad. A la vista de aquella fuerza de combate, Balian entendió cómo la *Ordo Teutonicus* había conseguido en pocas décadas conquistar gigantescos terrenos en el Báltico. Las fuerzas motoras de aquella empresa se llamaban fanatismo religioso, precisión militar y absoluta falta de clemencia frente al enemigo.

Sin embargo, los paganos no se dejaron intimidar. Chocaron las armas contra sus escudos y gritaron salvajes insultos a los alemanes. El ejército de los lituanos había tomado posiciones a la orilla del riachuelo llamado Durbe, en la Curonia meridional. Había sido decisión de Treniota esperar allí a la Orden, porque podían retirarse rápidamente por el vado que había a su espalda si la suerte se volvía en su contra. Era un buen plan de batalla, le parecía a Balian, porque los lituanos conocían el terreno mejor que los conquistadores extranjeros y hacían bien en explotarlo en su beneficio. Sin embargo, ¿bastaría eso, junto al apoyo de los curianos, para vencer a la Orden? Solo si los distintos príncipes se atenían a lo acordado. Y Balian tenía dudas considerables en lo que a eso se refería. Los días anteriores habían demostrado que los distintos jefes de las tribus eran en extremo testarudos, y solo a regañadientes se sometían a la autoridad de Treniota.

La tranquilidad llegó a las filas enemigas cuando varios sacerdotes pasaron ante los soldados cristianos y montaron en el prado un altar de campaña de madera. Un obispo de roja sotana empezó a decir misa, y en ese momento cuatro mil hermanos de la Orden se arrodillaron y escucharon las palabras sagradas, sin dejarse impresionar por los gritos de escarnio de los lituanos.

—¿Qué clase de miserable Dios es ese que se deja clavar en la cruz?

—¿Oyes el viento, Jesús? ¡Es Perkunas, que se ríe de ti!

—¡Sí, rezad, cristianos! ¡Cuando caigamos sobre vosotros, vais a necesitar toda la ayuda que podáis conseguir!

Cada escarnio arrancaba una áspera carcajada a muchos centenares de gargantas. Aun así, Balian pudo entender parte de lo que el obispo predicaba a los monjes guerreros.

—¡No dudéis ante esa horda salvaje! —gritaba el eclesiástico con voz tonante—. ¡Sois el escudo de la Cristiandad! Dios está con vosotros. Ningún poder del mundo puede venceros. La idolatría de esos paganos es una ofensa a Dios. Haced Su voluntad y vencedlos, hermanos míos. ¡Predicad con lengua de hierro!

Los caballeros se levantaron y agitaron sus armas. Su rugido atronó la llanura.

El ejército se puso en movimiento. Como un Leviatán de millares de piernas de carne y acero, rodó por la llanura; los caballeros acorazados delante, los prusianos y mantogrises tras ellos.

Balian se persignó y cerró los ojos un momento, antes de desenvainar la espada.

—¡Esperad! —bramó Treniota, mientras cabalgaba de un lado a otro de las filas con la espada en la mano—. ¡Dejad que se acerquen!

Pero solo la mitad de los guerreros obedeció. El resto no podía esperar que empezara la batalla, picó espuelas a sus caballos y se lanzó hacia el enemigo.

—¡Locos! —gritó el príncipe de los samogitios—. ¡Regresad enseguida! ¡Cabalgáis de cabeza a vuestra perdición!

Tampoco en esta ocasión los jinetes le prestaron oídos, porque entre ellos había no pocos jefes de tribu que no querían dejar la fama a sus rivales.

Balian, que estaba más atrás con los otros peones, en lo alto del terraplén que bajaba hasta la orilla, estiró la cabeza. Cuando vio lo que estaba ocurriendo en los prados, lanzó una abrupta maldición.

—¡Esos malditos necios! ¿Por qué no se atienen al plan de batalla?

Las hordas de jinetes de los lituanos toparon con estrépito con los caballeros y los prusianos. El acero chocó contra el acero. Los hombres gritaron. Los caballos relincharon. Aunque los paganos eran iguales en número a los caballeros y sus aliados, poco podían hacer contra unos combatientes bien armados y en firme formación. Se estrellaron contra las filas que avanzaban lentamente, como si se hubieran lanzado contra un muro. Muchos fueron abatidos en combate singular, derribados de la silla por una lanza y pisoteados por los cascos herrados de los caballos.

Treniota no pudo hacer otra cosa que correr en su ayuda con el resto de sus jinetes, de modo que en la orilla solo quedaron quinientos peones. El resto de los paganos luchaba en la llanura contra los alemanes. Sus arqueros y ballesteros se adelantaron y cubrieron de flechas y dardos a los lituanos. Una mortal granizada cayó sobre los jinetes, atravesó sin esfuerzo escudos de madera y gambesones de piel y derribó a más de uno. Los caballeros en cambio apenas sufrieron pérdidas, hasta donde Balian podía distinguir. Seguían avanzando por el prado y hacían retroceder a los paganos.

—¿Dónde se han metido los curianos? —pensó en voz alta Balian.

¡Allí! En la parte trasera del ejército de la Orden estaba ocurriendo algo. Pero no podía distinguir los detalles. ¿Serían sus aliados, que venían por fin en su ayuda?

No. Eran los peones enemigos, que se desplegaban por ambos lados para atacar los flancos de los lituanos. Los hombres alrededor de Balian empezaron a inquietarse. También ellos habían comprendido que la batalla no estaba discurriendo en modo alguno a su favor.

Los jinetes paganos —hacía un instante decididos a cosechar fama y derrotar al ejército de la Orden— advirtieron que no estaban a la altura de los caballeros. El temor se apoderó de ellos ante sus elevadas pérdidas, volvieron grupas a sus caballos y huyeron con tanta furia como habían atacado. Balian y los otros peones formaron pasillo para dejar el paso libre a los fugitivos. Los cascos de sus caballos revolvieron las aguas bajas y las tiñeron de un marrón de lodo cuando atravesaron el río al galope.

Caballeros y prusianos vieron próxima la victoria, y emprendieron la persecución. La tierra tembló cuando el ejército de jinetes galopó a través de la llanura.

—¡Detenedlos! —rugió el jefe tribal que mandaba a los peones lituanos—. ¡No deben pasar!

Los lanceros se adelantaron, clavaron las conteras de sus armas en el suelo y dirigieron las puntas hacia los jinetes enemigos. Balian apretó los dientes y trató de dominar el miedo que se apoderaba de él. Lo que estaban haciendo los paganos era valeroso, pero estéril. No se podía hacer nada con unas cuantas lanzas contra una caballería pesada que se acercaba a la carga. «Van a arrollarnos.»

Leyó en los rostros de sus compañeros que muchos coqueteaban con la idea de salir corriendo. Pero antes de que los hombres pudieran llevar a la práctica esa idea, aparecieron otros jinetes en la llanura, varios centenares. Galoparon ladera abajo, rodearon a los infantes de la Orden y se lanzaron desde atrás sobre los caballeros.

—¡Los curianos! —gritó Balian—. ¡Han mantenido su palabra!

La traición de sus vasallos desbordó a los caballeros. El caos estalló cuando los curianos los atacaron por la espalda, a ellos y a los prusianos; las ordenadas filas de batalla se deshicieron. Los peones que había en torno a Balian gritaron de alegría, pero sus jefes impusieron orden con ásperas consignas, porque el peligro estaba lejos de haber sido conjurado. Muchos caballeros no se dejaron enredar en el cuerpo a cuerpo por los curianos y siguieron tronando hacia los lituanos, entre ellos varios hombres ataviados con espléndidas armaduras, probablemente el maestre de Livonia, el mariscal y otros dignatarios de la Orden. Los lanceros de las primeras filas se llevaron lo peor del choque, pero eran demasiado pocos para rechazar a los jinetes acorazados. Las espadas caían sobre cascos y escudos, las mazas de guerra giraban en sus cadenas, los caballos se encabritaron cuando los caballeros rompieron la espesura de lanzas y abrieron una profunda cuña en el ejército.

Balian aún alcanzó a ver que Treniota y Algis tañían el cuerno al otro lado del vado para reunir a sus jinetes, antes de volver a encontrarse en medio del tumulto. La mayoría de los peones habían retrocedido y luchaban en el terraplén de la orilla. Balian estaba metido hasta los tobillos en las aguas bajas del vado cuando los hombres que había delante de él fueron atacados. Las armas ligeras de los samogitios resbalaron en las cotas de malla y los escudos triangulares de los caballeros sin causar daño alguno. Los hombres fueron pisoteados por los corceles de batalla o murieron con el cráneo partido en dos.

Balian levantó el escudo justo antes de que una maza de guerra chocara contra él e hiciera pedazos la plancha de madera. Se desprendió del escudo inutilizado, empuñó la espada con las dos manos y propinó al jinete que pasaba un mandoble que arrancó de la silla al monje guerrero. El pie se le enganchó en el estribo, así que fue arrastrado por su caballo al río.

Un segundo caballero volvió grupas a su caballo y quiso golpear a Balian en el rostro con el escudo. Balian levantó los brazos, lo que atenuó el golpe, pero perdió el equilibrio en el suelo embarrado y cayó de espaldas al agua. Mientras trataba desesperadamente de levantarse, el caballero se acercó con idea de ensartarlo con la lanza.

De pronto, el monje guerrero se detuvo y alzó la visera del yelmo.

Era Konrad von Stettin.

—¡Vos! —gritó el comendador—. ¿Vos lucháis al lado de los paganos? ¡Maldito seáis, traidor!

El odio deformaba sus rasgos cuando picó espuelas a su caballo. Balian logró incorporarse. Al mismo tiempo, un lituano moribundo chocó contra él y volvió a derribarlo en el agua. El caballo de Konrad se encabritó, relinchando, y los cascos herrados se agitaron en el aire amenazando con convertir a Balian en una pasta sanguinolenta.

En ese momento, un jinete embistió de costado a Konrad. Una lanza pasó por encima del escudo triangular, alcanzó a Konrad justo por debajo del casco y atravesó los eslabones de la cota de malla. El caballo se derrumbó, y enterró con su cuerpo al caballero.

Balian apartó el cadáver del lituano y consiguió al fin ponerse en pie. El que le había salvado era nada menos que Algis. El hijo del príncipe sonreía, sombrío. Su caballo caracoleaba y resoplaba, hinchando los ollares.

—Levanta tu espada, cristiano. Esto está lejos de haber terminado —gritó, antes de invocar a sus dioses paganos y volver a lanzarse al tumulto.

Balian no podía encontrar su espada. Se tambaleó en el agua y cogió la espada y el escudo de un samogitio caído. También Konrad estaba muerto; la sangre manaba de debajo del yelmo y se mezclaba con las lodosas aguas del río. Balian cogió las riendas del caballo errante de Konrad y montó. A su alrededor se combatía en todas partes, en el vado, en el terraplén del río, en los prados. Paganos y cristianos estaban entremezclados; miles de hombres en cota de malla, gambesón de cuero y las túnicas blancas y grises de la Orden formaban un mar ondulante. El ruido ensordecía sus oídos.

Pocos monjes seguían a caballo. Casi todos habían perdido su montura y luchaban a pie, desenvolviéndose de manera terrible entre sus enemigos; algunos mantenían en jaque, con espada y escudo, a dos o tres hombres a la vez. Y sin embargo, se veía que iban a perder la batalla. La mayor parte de sus peones estaba huyendo a través de los prados. Los prusianos habían sufrido graves pérdidas y también se retiraban. Los caballeros estaban rodeados de paganos.

Balian picó espuelas entre el tumulto, rechazó lanzazos, miró a su alrededor. Tardó mucho en encontrar lo que buscaba, y solo lo encontró porque Dios y el destino vinieron en su ayuda.

Helmold había perdido el yelmo. El barbado caballero estaba en una pequeña elevación, por encima de la orilla del río, y peleaba contra dos lituanos; bloqueó el ataque de uno con el escudo, trazó un amplio arco con su espada y le cortó el cuello al otro. El pagano restante quiso partirle el cráneo con su hacha de guerra, pero Helmold también paró ese golpe, le dio una patada en el vientre y le clavó la espada en el esternón. Acto seguido, se deslizó por el pisoteado terraplén y subió a un caballo sin amo.

Balian cogió una lanza clavada en el suelo, la arrancó y clavó los tacones en los flancos de su caballo.

—¡Helmold! —rugió, sobrepujando con su voz el ruido de la batalla—. ¡Helmold!

Dirigiendo el corcel con los muslos, el caballero se dio la vuelta. Al ver que estaba siendo atacado, se puso en guardia. La lanza de Balian alcanzó el escudo de Helmold y se hizo pedazos. El caballero desvió hábilmente la fuerza del choque, sin ser derribado de la silla, y pasó al ataque apenas Balian hubo vuelto grupas y sacado su espada. Le costó trabajo detener el golpe.

Las espadas chocaron con estrépito una segunda vez, una tercera. Los dos jinetes se separaban, los caballos caracoleaban.

—¿Cómo sabes mi nombre? —preguntó Helmold, respirando pesadamente.

—Londres. Hace cuatro años y medio. El Guildhall de los alemanes —dijo Balian—. Asesinaste a dos mercaderes. Uno era mi
hermano.

Los ojos de Helmold revelaron que se acordaba.

—¿Por qué los mataste?

—Habrían revelado nuestros planes. No podía permitirlo.

—¿Quién era el otro? —gritó Balian.

En vez de responder, Helmold atacó. Balian paró el mandoble
y partió en dos el escudo de Helmold. El caballero retrocedió y se
libró del inútil escudo. Balian atacó enseguida y cubrió a su adversario de fuertes mandobles. La idea daba a sus ataques una rabia
a cuya altura no estaba Helmold, aunque sin duda era superior a
Balian en experiencia y destreza. El brazo se le paralizaba, los
agotadores combates cuerpo a cuerpo contra los lituanos estaban
reclamando su tributo. Balian consiguió desarmar a Helmold y
golpearle de plano con la espada en el hombro, con tanta fuerza
que cayó de la silla.

Balian no dejó que su adversario se rehiciera. Le dio una patada en la espalda, haciéndolo caer de frente en el lodo, y saltó de la
silla para acabar con Helmold. Pero el caballero era muy resisten-
te, aún le faltaba mucho para agotar sus fuerzas. Se arrodilló en el
suelo y sacó el puñal de misericordia. Paró el golpe con él y retorció de tal modo el brazo que estuvo a punto de desarmar a Balian.

—¡Judas! —gimió—. ¡Amigo de paganos! ¡Que el diablo te
lleve!

Enseñando los dientes, hizo silbar el puñal. Balian tuvo que
retroceder para que la hoja no le abriera el vientre. Helmold aprovechó la oportunidad para ponerse en pie, pero tenía que haberse
lesionado el tobillo al caer del caballo. Dobló el pie, con una mueca de dolor en el rostro.

Ese fue el momento fatal. Balian golpeó con todas sus fuerzas.
La hoja cortó el brazo de Helmold, la sangre brotó. La mano, que
seguía empuñando el puñal de misericordia, colgaba, sostenida
por algunos tendones y parte de la cota de malla. Helmold se
tambaleó. El siguiente golpe de Balian lo alcanzó entre el cuello y
el hombro, atravesó la armadura, penetró hasta la carne y los
huesos.

La furia se apagó tan de repente como había venido. Cuando
Balian vio caído al caballero, comprendió que había sido necio

dejarse llevar por la ira. Las heridas de Helmold eran tan espantosas que estaba luchando con la muerte. La sangre caía a chorros en el barro, quizá no le quedaban más que segundos. ¡Y Balian necesitaba respuestas!

Dejó caer la espada y tumbó en la hierba a Helmold, que parpadeaba. Balian lo abofeteó para que no perdiera el sentido.

—¿Quién era el otro?

—Mi hermano —cuchicheó Helmold.

—¡Su nombre!

El caballero no respondió. Jadeaba sin fuerza.

—¿Cómo se llama tu hermano? —Balian casi gritaba—. ¿Dónde está?

Helmold torció los labios en una sonrisa.

—Nunca... lo encontrarás —cuchicheó.

Con esas palabras murió. Balian se arrodilló en el barro junto a él y miró fijamente el cadáver. Todo había sido en vano. ¿Cómo iba a enterarse ahora de quién era el otro asesino y qué había ocurrido en Londres?

A su alrededor, el barullo de la lucha empezaba a calmarse, porque los samogitios y sus aliados habían hecho retroceder a los caballeros de la Orden que quedaban. Balian empezó a registrar al muerto. Necesitaba algo que le diera una pista del origen de Helmold, un anillo de sello o algo parecido, algo que pudiera ayudarle a encontrar a su hermano.

Le quitó los guantes. No había ningún anillo en los dedos. Las vainas de la espada y el puñal eran sencillas, no llevaban armas familiares, solo la cruz patada de la Orden Teutónica.

En la parte trasera del cinturón había un trozo alargado de pergamino.

Balian lo sacó. Era una carta. «Para entregar a Winrich Rapesulver, Königstrasse, Lübeck», ponía en él.

—¿Rapesulver? —susurró Balian. Desplegó la carta.

«Helmold pide para Winrich, su honorable hermano, la gracia y la bendición del cielo», se podía leer en la primera línea.

Frunció el ceño, trató de comprender. «¿Helmold y Winrich son hermanos? ¿Winrich es el segundo asesino?» No tenía sentido. Él había visto a Winrich Rapesulver.

Balian parpadeó. Estaba tan agotado que apenas podía pensar con claridad.

En ese momento un griterío llegó hasta sus oídos.

Los lituanos.

Festejaban.

Balian no sabía calcular cuántos muertos había en el campo de batalla. Quinientos, quizá más. Muchos lituanos, pero muchos más caballeros y prusianos. Tan solo unos pocos caballeros habían sobrevivido a la batalla. Más de ciento cincuenta habían caído, decían los paganos, entre ellos el mariscal, muchos comendadores y el jefe del ejército, el maestre Burkhard von Hornhausen. Aquella derrota fue devastadora, de la que la *Ordo Teutonicus* no iba a recuperarse pronto.

Los peones y los prusianos supervivientes habían huido. En aquellos momentos, lituanos y curianos recorrían las praderas, saqueaban a los muertos y remataban sin compasión a todos los heridos que estaban demasiado débiles para ponerse a salvo. Consiguieron un rico botín. Más de un pagano se hizo con armas de gran valor, una fina cota de malla o un caballo nuevo.

Balian llevó de las riendas a los dos caballos y se dirigió hacia Algis, Valdas y otros samogitios, que formaban un círculo y discutían acaloradamente. Tenían un aspecto pavoroso, con las caras manchadas de sangre y las armaduras encostradas de barro. La victoria los volvía arrogantes y relajados.

—¡Ah, aquí viene el cristiano! —exclamó Algis—. Seguro que él puede explicarnos qué es esto.

—¿Qué es qué? —preguntó Balian.

Los hombres se apartaron. En la pisoteada pradera yacían varios sacerdotes, cuyos cuerpos se veían maltratados. Entre los cadáveres había una caja de madera con trabajos de talla que representaban a san Jorge y escenas bíblicas.

—¿Esto es una arqueta? —conjeturó Giedrius—. No hay forma de abrirla.

—No es una arqueta —dijo Balian—. Es un altar portátil.

—¿Para qué sirve? —preguntó Algis.

—Se necesita para decir la santa misa antes de la batalla. Ya habéis visto cómo los caballeros se arrodillaban para rezar.

—Entonces, ¿no contiene oro? —preguntó defraudado Giedrius.

—Me temo que no.

—Nunca entenderé a los cristianos —dijo Algis—. ¿Por qué necesitáis una caja de madera para hablar con vuestro Jesús? ¿Es que no puede oíros sin más?

—Es… complicado —dijo cansado Balian.

—Prefiero a nuestros dioses —prosiguió el hijo del príncipe—. Están en todas partes, en el viento, en los árboles, y siempre escuchan. Vámonos —ordenó a los hombres—. Los curianos no deben quitarnos todo el botín.

Antes de marcharse, uno de los paganos propinó una furiosa patada al altar portátil. Pero Valdas lo recogió y le quitó la suciedad.

—¿Qué vas a hacer con eso? —preguntó Algis—. Esa cosa no tiene valor.

—Me gustan las tallas. Lo desmontaré al llegar a casa y haré una cuna con él. Mi mujer va a tener pronto un hijo.

Satisfecho, Valdas se puso el altar bajo el brazo, dio una zancada por encima de los curas muertos y siguió a sus compañeros.

—El camino hacia el reino de los muertos es largo. —Giedrius señaló el cielo nocturno—. El paraíso está ahí arriba, en las estrellas. El humo llevará sus almas arriba, y entonces se convertirán en *veles*, en espíritus que cabalgan en sus monturas sobre la carpa celeste. A los más dignos se les concederá un honor especial: serán convertidos por los dioses en pájaros y podrán visitar a los vivos. Por eso ten cuidado si, en nuestro país, vas a lanzar una flecha a una paloma, cristiano. Podría ser un alma renacida.

Balian y el tuerto estaban al borde del campo de batalla, donde los lituanos quemaban a sus muertos. Docenas de fuegos ardían en la llanura. En un bosquecillo cercano, los paganos habían cortado leña y levantado grandes piras para sus nobles caídos. Porque los que eran de sangre noble eran incinerados junto con sus armas y caballos.

—¿Adónde vas? —preguntó Giedrius cuando Balian se dio la vuelta.

—Tengo algo que hacer.

Se marchó arrastrando los pies y se sentó en el terraplén, donde nadie le molestara. Por fin tenía tranquilidad para leer la carta

de Helmold, aquella enigmática nota dirigida a Winrich Rapesulver, en Lübeck.

> Helmold pide para Winrich, su honorable hermano, la gracia
> y la bendición del cielo.
> Te escribo esto en la frontera de Lituania, en octubre. El maes-
> tre ha reunido un ejército, y dentro de pocos días partiremos a
> someter a los paganos insurrectos. Si lees esto, querido Winrich, es
> que he caído en la batalla.
> No llores por mí. He dado gustoso mi vida, he caído por una
> causa justa y sé que tengo un sitio seguro en el cielo...

Y así seguía un rato. Helmold escribía acerca de la misión de
la Orden Teutónica contra los paganos, en la que había creído
firmemente, y se jactaba de sus actos heroicos en la lucha contra
prusianos y lituanos. Finalmente, pedía a Winrich que informara
de su muerte a su madre, Agnes, y a un tal Sievert.

Conteniendo la respiración, Balian siguió leyendo. De la carta
se desprendía que Sievert era el hermano mayor de Helmold y
Winrich. ¡Ese tenía que ser el segundo asesino, aquel cuyo nombre el caballero moribundo había silenciado con obstinación!
«Por Dios.» Un estremecimiento recorrió a Balian. En Lübeck
había estado todo el tiempo cerca del asesino de Michel, sin sospechar nada.

Al parecer, Sievert y Agnes estaban en esos momentos de camino a Nóvgorod, en la Rus, para comerciar allí durante el invierno. Helmold pedía a Winrich que enviara su carta a Peterhof, la
casa comercial de los viajeros a Rusia.

El corazón de Balian latía con tanta fuerza que casi dolía.
Leyó la carta por segunda, por tercera vez. Sí, no había duda:
Nóvgorod, Peterhof.

Allí era donde tenía que ir si quería encontrar a Sievert.

36

Entre la niebla y la llovizna, los hermanos de la Orden regresaron a la encomienda. Grupos dispersos, que se arrastraban hasta las tiendas. Casi todos eran peones, apenas caballeros, ni un solo prusiano. Cuando Blanche vio llegar a aquellas figuras heridas y desolladas, supo lo que había ocurrido: «Han sido derrotados».

Dos mantogrises que sostenían a un herido subían por el camino hacia la casa. Blanche y Odet descendieron del camino de ronda y fueron hacia ellos.

—¿Qué ha sucedido?

—Los malditos curianos nos han traicionado —respondió uno de los hermanos servidores—. Nos atacaron por la espalda.

—¿Dónde está vuestro señor Konrad?

—Caído. Como muchos otros. Tú entiendes algo del arte de curar, ¿no? Ocúpate de él.

Odet ayudó a los hombres a llevar a los heridos al dormitorio, donde Blanche atendió enseguida sus heridas. A lo largo de la tarde llegaron los demás habitantes de la encomienda... por lo menos los hermanos de a pie. Todos los caballeros habían caído o estaban presos. Blanche no daba abasto a curar cortes, poner vendas y dar a aquellos hombres desmoralizados y agotados infusiones de hierbas tranquilizantes. Entretanto, Odet le informó de que los pocos caballeros y comendadores que quedaban estaban levantando el campo a toda prisa y llevándose a sus guerreros para defender las encomiendas, mucho más importantes, del corazón de Prusia. Porque contaban con un contraataque de los triunfantes lituanos.

Resultó que aún iba a ser peor.

Dos días después apareció un mensajero a caballo y buscó al más antiguo de los mantogrises, que dirigía la encomienda hasta que se encontrase un nuevo comendador. Blanche se acercó a la ventana y vio a los dos hombres hablar en el patio.

—Los prusianos nos culpan de haber sufrido graves pérdidas en la batalla —informó el mensajero—. Han vuelto a sus poblados e incitan a la gente contra nosotros. Nos amenaza una sublevación.

—¿También aquí, en el norte? —preguntó preocupado el mantogrís.

—Nadie está seguro ante ellos. Sus ancianos han jurado matar a diez de nuestros hermanos por cada prusiano caído. Debéis fortificar la casa y mantenerla a toda costa.

—¡Pero somos demasiado pocos!

—Tenéis que arreglároslas con lo que tenéis. No va a haber refuerzos.

Blanche estaba sentada en el borde de un lecho y arrugaba el trapo en la mano. Una sublevación de los prusianos y menos de diez hombres capaces de luchar para protegerlos. «Tenemos que irnos de aquí. Lo antes posible.»

Pero ¿cómo? Bertrandon aún estaba enfermo. Posiblemente no sobreviviría a una huida agotadora por un país desconocido.

Fuera, los hermanos empezaban a reforzar la puerta y a repartir armas por los caminos de ronda.

Treniota mantuvo su palabra: después de la victoria sobre la Orden, concedió la libertad a Balian y Raphael.

—Mi pueblo te debe mucho, cristiano —dijo el príncipe cuando lo recibió en la casa larga—. Sin tu ayuda, jamás habríamos vencido a nuestros enemigos. Habéis venido como esclavos, debéis partir como amigos de los samogitios. Pero antes os invito a celebrar la victoria con nosotros.

—¡Sí, festejad con nosotros! —Algis dio una palmada en la espalda a Balian—. Y cuéntales a todos la historia de cómo estabas caído en el barro y tuviste que dejarte rescatar por mí.

—Fue a propósito. Quería dejarte un poco de fama.

Una carcajada llenó la sala. Algis gruñó un poco, antes de empezar a sonreír también.

Balian se inclinó ante Treniota.

—Te lo agradezco, príncipe de los samogitios. Tu amabilidad nos honra. Pero no podemos quedarnos. Tenemos que buscar a nuestros amigos. Hace ya demasiado tiempo que estamos separados de ellos.

El príncipe asintió.

—Sea. Que los dioses os ayuden a encontrarlos. Si volvéis por esta tierra, no dudéis en visitarme. Siempre seréis bienvenidos en mi sala.

Algis, Valdas y Giedrius los guiaron hasta la fortaleza, donde montaron en los dos caballos conquistados. De sus cintos pendían espadas, bajo las casacas de lana llevaban cotas de malla. Balian había cogido el equipamiento de caballeros muertos y lo había reclamado como botín de guerra.

—Lástima que tengáis que iros ya. —Algis sonrió—. Fuisteis esclavos muy trabajadores. ¿No querríais talar algún árbol más para nosotros?

—Si me das un hacha, cortaré para ti un último trozo de leña —respondió Balian, dando con el dedo en la frente de Algis.

—Se refiere a tu cabeza —dijo Valdas riéndose.

—Ya lo he entendido —gruñó el hijo del príncipe, dando un golpe al guerrero.

La mujer de Valdas, en avanzado estado de gestación, tendió una bolsa a Balian.

—Un poco de carne, pan y frutos secos… provisiones para vuestro viaje.

—Gracias. —Balian sonrió a la samogitia—. ¿Para cuándo es?

—A más tardar, la próxima luna llena.

—Es hora de que construya la cuna —dijo Valdas, y alzó la vista al cielo—. Saule y Zemyna, dadme un chico.

—¿Y si es una niña? —preguntó agresiva su esposa—. ¿Qué pasa entonces, eh?

—Entonces será una niña. —El guerrero levantó las manos, apaciguador—. De todos modos, lo deciden los dioses. Habrá que tomarlo como venga.

—Ya que hablamos de dioses —dijo Algis—. ¿Te has dado cuenta al fin de que Perkunas es superior a vuestro Jesús?

—En lo que a eso respecta, aún no está dicha la última palabra —dijo sonriente Balian.

—Los guerreros de Perkunas han aplastado a los ejércitos cristianos. ¡Es suficiente prueba!

—Aun así seguiré fiel a Jesús, si no te importa.

—¡Cristianos! —resopló Algis—. Queréis convertir a todo el mundo, pero cuando se os habla de dioses mejores os hacéis los sordos.

Balian rio.

—¡Que os vaya bien, idólatras! ¡Deseadnos suerte! —gritó a los samogitios, antes de ponerse en marcha y salir del pueblo.

Apenas el asentamiento estuvo fuera de su alcance, Raphael dijo:

—Por Dios que estoy contento. No habría soportado un día más en esa choza apestosa y a esa banda de paganos.

—En realidad no son mala gente, cuando se les conoce mejor —dijo Balian.

—Nos han tenido meses como esclavos, ¿te has olvidado? Nos han golpeado y humillado.

—Lo que han tenido que soportar durante años de la Orden Teutónica es mucho peor.

—¿Y qué? ¿Acaso soy yo miembro de la Orden Teutónica?

—No. Pero somos cristianos.

—¿Y qué tiene eso que ver?

—Porque... Bah, olvídalo —dijo sonriente Balian.

—¿Sabes una cosa? —gruñó Raphael—. Tu tendencia a verlo siempre todo desde dos puntos de vista puede volverlo loco a uno.

—Así es como soy. Creo que es cosa de familia.

Balian picó espuelas a su montura y salió al galope.

En otoño, el bosque lituano aún era más oscuro e inquietante que en verano. Tiras de niebla y nubes de bruma flameaban en torno a los árboles, se enredaban en los zarzales y la madera muerta. Hongos viscosos crecían a la orilla de las charcas cenagosas; hacía frío y humedad, apenas se encontraba algo de comer para los caballos. Los cascos de los animales se hundían constantemente en el suelo fangoso, de modo que avanzaban con lentitud. Al menos ya no había mosquitos.

Cuando llegaron a la región en la que habían sido apresados hacía muchas semanas, Balian oyó ruidos en el monte bajo: susurrar de hojas, crujir de ramas. Lanzó una mirada de advertencia a Raphael, y desenvainaron las espadas. Treniota les había asegurado paso libre por el territorio de los samogitios, pero sin duda los habitantes de los pueblos apartados no habrían tenido noticia de ello. Era muy posible que abreviaran el trámite con dos viajeros solitarios, tan amables como para llevar hasta la puerta de su casa valiosos corceles y relucientes cotas de malla.

De pronto, una silueta se desprendió de la espesura. «¡Un lobo!», pensó Balian, antes de darse cuenta de su error...

—¡Mordred!

Raphael desmontó y corrió hacia su compañero, al que creía muerto. El perro lo reconoció enseguida. Saltó hacia su señor y le lamió la cara mientras movía la cola. Raphael lo apretó contra sí, le rascó la cabeza y las orejas.

—No pensaba volver a verte, viejo amigo. San Guinefort tiene que haberte guiado.

Mordred ladró y lo derribó. Raphael se echó a reír cuando hombre y perro se revolcaron por el barro. Sonriente, Balian envainó la espada. Aquello tenía que ser un buen presagio. Comprobó con sorpresa que Mordred estaba en pasable buen estado. Un poco enflaquecido y asilvestrado, sin duda, pero aparte de eso parecía sano.

—No me digas que estás llorando —dijo a Raphael.

—No digas tonterías.

—Pero tienes la cara completamente húmeda.

—Porque me la ha lamido. —Raphael se secó a toda prisa las mejillas.

—Creo que estás llorando —insistió sonriente Balian.

Balian dio la vuelta con el pie a uno de los cadáveres. Un joven, mutilado hasta quedar irreconocible. Él y los otros muertos eran colonos alemanes que se habían asentado en el Estado de la Orden para hacer cultivable la tierra. Les habían robado el ganado y el fruto de su trabajo, y quemado la granja. No quedaba de ella más que un humeante montón de escombros.

Obra de los prusianos, sin duda. Campesinos samogitios habían advertido a Balian y Raphael de que la tribu vecina se había sublevado contra sus amos alemanes y recorría el país saqueándolo todo. En todas partes se veía alzarse humo, al oeste y al norte.

Cogió un poco de ceniza, la frotó entre los dedos y apretó los dientes. Ojalá Blanche estuviera bien. Pero no se hacía ilusiones: una encomienda apartada era un objetivo fácil para aquellos pirómanos asesinos. «Quizá ya no estaba allí cuando empezó la sublevación.»

Se volvió hacia Raphael, que estaba en la silla y contemplaba con gesto petrificado la devastada granja.

—Deberíamos seguir —dijo su compañero.

Fueron hacia el noroeste, hacia la costa. Allí había pocas granjas, pero todas aquellas por las que pasaron habían sido destruidas; ninguno de sus habitantes seguía vivo. Tampoco encontraron prusianos. Probablemente los saqueadores habían seguido su camino hacía mucho.

Al atardecer, la casa de la Orden estuvo por fin a la vista. Ya de lejos, Balian vio las columnas de humo sobre la fortaleza. Cuando alcanzaron el camino que llevaba a la puerta, se extinguió hasta la última chispa de esperanza: la encomienda había sido completamente arrasada.

—¡Mordred! —siseó Raphael, pero fue imposible detener al perro. Salió disparado a través del puente y desapareció entre las ruinas. Los dos hombres renunciaron a toda cautela y corrieron tras él.

Delante del puente, Balian desmontó, porque la ennegrecida construcción de madera no parecía capaz de sostener el peso de un caballo. Con cuidado, caminó por las crujientes planchas y entró al patio entre nubes de humo.

La puerta: destrozada.

Los muros: derribados.

El establo, la vivienda, la capilla: quemados y derruidos.

El humo olía de forma repugnante, a pelo chamuscado y carne quemada. Balian apenas podía respirar mientras seguía los ladridos de Mordred; tenía los miembros extrañamente rígidos. Las nubes apestosas se aclararon y dejaron ver una montaña de cadáveres. Diez o más cuerpos yacían ante los restos de la capilla, entremezclados como ramas muertas y quemados hasta convertirse en figuras carbonizadas.

Una tos asfixiante brotó de su garganta. Las lágrimas le corrieron por las mejillas cuando cogió un trozo de madera y hurgó en el montón. ¿Estaba su hermana entre los muertos? Imposible saberlo. Un cadáver era igual que otro.

—A la playa —se oyó decir.

Poco después cabalgaban a través de las dunas, hacia el punto en el que la *Gaviota Negra* había embarrancado en verano. Las olas rompían espumosas contra las rocas. Su susurro, que se hinchaba y deshinchaba, era como el gruñido de una bestia maligna.

Ni rastro del barco. Ni siquiera quedaban ya restos.

—Elva consiguió que la *Gaviota* se hiciera a la mar —dijo Balian.

—¿Y eso qué significa? —preguntó Raphael.

—Quizá se llevó consigo a Blanche y los otros.

—O los prusianos se los llevaron.

«O están muertos», pensó Balian, mientras un viento húmedo y frío le soplaba en el rostro.

Registraron la zona durante dos días, hurgando en granjas y pueblos destrozados, estudiando las huellas que los prusianos habían dejado al acampar en praderas y claros.

No encontraron nada. Ningún signo de vida de Blanche y los otros.

La búsqueda demostró ser peligrosa, porque aquella franja de tierra no estaba tan abandonada como parecía al principio. Una y otra vez, veían grupos de guerreros errantes, armados hasta los dientes. Sobre todo prusianos, pero también curianos, procedentes del norte, que entretanto se habían unido a la rebelión. Los guerreros iban hacia el sur, probablemente hacia Memel, por lo que Balian y Raphael describieron un extenso arco en torno a la pequeña ciudad portuaria. Algunos indicios apuntaban a que o Memel estaba siendo sometida a asedio, o se encontraba ya en manos de los sublevados.

Cuando al tercer día fueron descubiertos por una horda de saqueadores, y tan solo escaparon a duras penas, decidieron abandonar la búsqueda.

Se acercaba el mediodía. Estaban sentados en el bosque, en un tronco de árbol caído, comiendo sus provisiones. Durante largo rato ninguno de los dos pronunció palabra, hasta que finalmente Balian dijo:

—No está muerta.

Raphael levantó la cabeza, su rostro era una máscara de suciedad y cansancio que ocultaba todos sus sentimientos.

—¿Cómo lo sabes? —preguntó, cansado.

—Simplemente lo sé.

Raphael resopló.

—¿El misterioso vínculo entre gemelos, o algo así?

—Mírame a los ojos y dime que Blanche está muerta.

Raphael no hizo nada parecido. En vez de eso volvió a bajar la mirada.

—Tú también lo sabes —dijo Balian.

—Pero aun así no quieres seguir buscando.

—Es demasiado peligroso. Tenemos que confiar en que pudieron huir.

—¿Así que nos vamos a casa y esperamos encontrarlos a todos en Varennes?

—Yo no puedo ir a casa. Aún no.

Volvieron a guardar silencio.

Al cabo de un rato, Balian dijo:

—Nos vamos a Nóvgorod.

—¿Nóvgorod? —Raphael frunció el ceño—. ¿Es que te has vuelto completamente loco?

—Si Blanche y los otros pudieron huir, llegarán a casa sin nuestra ayuda. En cualquier caso, ya no podemos hacer nada por ellos. Pero podemos cuidar de que este maldito viaje tenga alguna utilidad.

—¿Y cómo?

—Ya te he contado que he averiguado quién asesinó a Michel y Clément.

—Helmold y Sievert Rapesulver —dijo Raphael.

—Bueno, Helmold está muerto, pero Sievert aún vive. Ha ido a Nóvgorod. Voy a seguirle y a vengar a Michel y Clément.

—¿Matándolo también a él?

—Eso ya se verá.

—De todas tus ocurrencias, esta es la más necia —dijo Raphael—. Haz lo que quieras, pero yo me voy a casa.

—¿Qué es lo que hay en Varennes para que quieras volver a

430

toda costa? A mí allí me espera la Torre del Hambre. Y a ti la ruina.

—¡No digas tonterías! —exclamó Raphael.

—Tú has invertido más plata que yo en este viaje, y la has perdido toda —dijo Balian—. No eres un saco de dinero como Baffour, que puede soportar una pérdida así. Necesitarás años para recuperarte.

—Pues que sean años. Es mejor que ir contigo hasta el fin del mundo.

—En Nóvgorod está Peterhof. El puesto comercial de la Liga de Gotland —explicó Balian.

—Ya sé lo que es Peterhof. ¿A qué viene eso?

—Elva dijo que está lleno de tesoros cuando los viajeros que van a Rusia comercian durante el invierno con los boyardos rusos.

—¿Y qué?

—Los Rapesulver y la Liga tienen la culpa de que lo hayamos perdido todo. Solo digo eso —murmuró significativamente Balian.

Raphael soltó una risa breve y seca.

—Estás realmente loco.

—¡Vamos! —Balian le dio una palmada en los hombros—. He conseguido quitarnos de encima a los paganos. No me dejes ahora en la estacada.

Su compañero se levantó y empezó a dar vueltas por el claro. Quitó el tapón del odre y se echó un poco de agua en la boca, para escupirla acto seguido. Luego, riendo, movió la cabeza.

—¿Es eso un sí? —preguntó sonriente Balian.

—Después de lo de los lituanos, me había jurado no volver a participar nunca en uno de tus necios planes.

—¿Y eso significa?

—A la mierda —dijo Raphael—. Nos vamos a Nóvgorod.

—¡Apresuraos! —instigó Sievert a los criados—. ¡Daos prisa, maldita sea! Si la mercancía se echa a perder por vuestra culpa, vais a saber quién soy yo.

Habían escogido un día desapacible para llegar a Nóvgorod. Llovía a cántaros; gruesas gotas heladas caían con furia y empapaban a hombres y animales. El manto de nubes gris estaba tan bajo que parecía tocar los techos del Detinets, al otro lado del río, y de la catedral de Santa Sofía, con sus blancas torres y sus plateadas cúpulas bulbosas.

Los barcos con los que los viajeros a Rusia habían remontado el Vóljov —esbeltas gabarras con artísticas cabezas de dragón talladas en la roda— estaban amarrados en el muelle, cerca del Jaroslavhof; en número de veinte, y cada una de ellas cargada hasta los topes. Los criados corrían bajo la lluvia y llevaban la mercancía hasta los carros de bueyes de los transportistas locales, que exigían jugosas remuneraciones por sus servicios. «Los rusos se vuelven más desvergonzados cada año», pensó disgustado Sievert. Por desgracia, había poco que hacer contra la codicia de los carreteros: solo ellos podían transportar las mercaderías desde el puerto fluvial hasta las distintas agencias… así estaba regulado expresamente en los estatutos de la República de Nóvgorod.

El trasbordo de la carga se prolongaba, y pronto Sievert estuvo totalmente empapado, aunque llevaba un grueso manto de piel de nutria. Convencido de que le esperaba un terrible enfriamiento, siguió con su madre la caravana por los callejones, más sucios incluso que las calles de Lübeck, si tal cosa era posible. En todas partes cubrían el suelo lodo e inmundicia; en el fango apestoso había tiradas vigas de madera que se pudrían en la humedad.

El Peterhof estaba situado detrás del gran mercado, encajonado entre iglesias y casas de boyardos, y parecía una pequeña fortaleza. Mercaderes, ayudantes, carros y transportistas afluían hacia la puerta en forma de torre, donde les esperaba el archimandrita de Nóvgorod con algunos popes y monjes. En su calidad de síndico, Sievert se inclinó ante los clérigos y recibió de sus manos las dos llaves del Peterhof, que el monasterio de San Jorge guardaba durante la ausencia de los alemanes. En un acto solemne, abrió la puerta, y los hombres empezaron a llevar la mercancía a los almacenes.

En ese momento llovía con más fuerza aún. Con las gorras caladas, los mercaderes corrieron a los edificios de viviendas y dijeron a sus criados que hicieran fuego rápido, para poder calentar sus helados cuerpos. Se notaba que el Peterhof había estado vacío algunos meses, desde la partida de los viajeros de verano: el aire de las habitaciones olía a cerrado, en todas partes había una gruesa capa de polvo; las ratas corrían por doquier. Enseguida, Agnes asumió el mando de los criados y los dividió en distintos grupos, que limpiaron a fondo y metieron las pertenencias personales de los mercaderes. Su estricta mano hizo que los alojamientos se volvieran enseguida mucho más habitables.

Entretanto, Sievert hizo llevar el arca con el dinero a la capilla. Fueron necesarios varios hombres para sacar aquel monstruo con herrajes del coche y meterlo en el hueco previsto para su custodia. El arca contenía todo el patrimonio de los viajeros a Rusia y había sido preservada en Visby durante el verano. Sievert sacó su llave, pero no podía abrirla él solo. Para eso se necesitaban más llaves, que se encontraban en poder de tres miembros de prestigio de la comunidad: Rutger, Olav y Emich. Juntos abrieron la caja y contemplaron con devoción las relucientes barras.

Muchos cientos de libras de plata.

Riquezas legendarias.

Un tesoro lo bastante grande como para comprar a príncipes y reyes.

37

También llovía a muchas horas de camino al sur de Nóvgorod, ya desde hacía días. Balian apenas podía recordar cómo era estar seco. Durante el día, la lluvia les reblandecía hasta los huesos; por la noche, no encontraban más que madera húmeda y les costaba encender un fuego digno de tal nombre.

—¿Sabes dónde estamos? —Raphael iba en la silla con los hombros encogidos, y tenía la capucha del manto tan calada que ocultaba su rostro por completo.

—Sí —respondió Balian, aunque como mucho tenía una vaga idea de la región en la que se encontraban. Ya no era Lituania, eso estaba claro, porque la lengua de los campesinos de allí le era desconocida. Probablemente cabalgaban por uno de los principados que formaban parte de la Rus, aquel gran reino venido a menos, al este del Báltico, en el que entretanto reinaban los tártaros.

Aquel país era ancho y llano, con extensas praderas y pantanos por los que pasaban pequeños riachuelos. Tan solo raras veces, cadenas de montañas interrumpían las llanuras; en cambio, había espesos bosques de encinas antiquísimas, olmos y fresnos, cuyas hojas brillaban como las llamas de un fogón. Allí vivía poca gente. A veces transcurría un día entero sin que vieran un pueblo o granja. Balian echaba de menos un techo bajo el que poder pasar la noche en seco.

Observó al perro de Raphael, con gesto de disgusto. Al menos Mordred estaba contento. Volvía a tener a su amo y podía correr a voluntad… ¿qué le importaba a él la lluvia? En ese momento se entregaba a su ocupación favorita: trotaba junto a los caballos, llevando entre los dientes un palo más largo que él; solo Dios sabía cómo lo hacía.

Raphael tiró de pronto de las riendas de su caballo.

—¿Qué pasa?

—Tengo que orinar.

Como su compañero se tomaba tiempo, también Balian desmontó y estiró los cansados miembros.

—Vamos a descansar. Tengo hambre.

—¿Aquí? ¿En mitad de la nada?

—Este lugar es tan bueno como cualquier otro. —Balian abrió su bolsa. Las provisiones que les habían dado los samogitios se estaban acabando. Dentro de dos, como mucho tres días, tendrían que conseguir más. Por suerte, en esos bosques había mucha caza.

—No hay ningún sitio en el que cobijarnos.

—¿Y qué? Probablemente tampoco lo haya más al norte.

—Estoy harto de esto. —Raphael se soltó el cinturón—. O dormimos esta noche en un albergue, o no doy un paso más.

—¿Y de dónde voy a sacar uno? —preguntó Balian.

—Tendríamos que haber buscado una ciudad para seguir la ruta comercial, como te dije ayer. Entonces podríamos dormir en un albergue todas las noches. Pero no quisiste escucharme.

—Porque ni siquiera sabemos si hay ciudades. Podemos buscar durante días y no encontrar ninguna. Es mejor seguir cabalgando hacia el norte y esperar topar casualmente con una.

—«Topar casualmente con una» —le imitó Raphael.

—Si no te convence, puedes dar la vuelta —dijo ásperamente Balian—. Adelante... no te retendré. Prefiero ir solo a Nóvgorod que seguir escuchando esto.

Por un momento Raphael pareció tan furioso que Balian pensó que iba a pegarle... hasta que de repente su compañero se quedó mirando a Mordred. El perro tenía las orejas de punta y miraba fijamente a la espesura.

—¿Qué le pasa?

Mordred dejó caer el palo, se lanzó al terraplén que había junto al sendero de carros y desapareció en la espesura.

—¡Mordred! —gritó Raphael—. ¡Vuelve! Maldita sea...

—Ya volverá.

435

—No quiero perderle otra vez. —Raphael cogió la espada de la silla y se dispuso a bajar por la ladera.

—Eso no es una buena idea. Mira lo empinado que está.

—Lo conseguiré. Quédate tú con los caballos…

En ese mismo instante, Raphael perdió el equilibrio en la resbaladiza hojarasca. Balian saltó hacia delante y logró agarrarlo por el brazo, pero solo consiguió que lo arrastrara en su caída. Bajaron rodando por el terraplén entre los matorrales, ramas y raíces, antes de quedarse tirados, gimiendo, en un foso lleno de fango.

—¿Te has hecho daño? —gimió Balian.

—Estoy sucio como un porquerizo, pero parece que todo está en su sitio…

Balian estiró la cabeza. Al otro lado de los árboles estaba Mordred, moviendo la cola.

—Mira eso.

—¿Qué?

—Ahí delante hay un albergue.

La taberna estaba en un prado en el que se cruzaban dos senderos de carros. El humo salía de la chimenea, y prometía comodidad y comida caliente. La posadera, una mujer rolliza de gruesas mejillas, gorjeó alegremente al ver a las dos sucias figuras que entraban por su puerta a primera hora de la tarde. Cuando Balian aún estaba intentando hacerse entender, la posadera leyó en sus ojos todos sus deseos y les preparó un baño caliente. Poco después estaban sentados en humeantes cubas, mientras una criada les lavaba la ropa y la colgaba a secar ante la chimenea.

—Dios tiene que querernos —murmuró Balian, con una sonrisa feliz.

—O ya no podía soportar más nuestras disputas —observó Raphael antes de lanzarse sobre la comida.

Había gachas de mijo y verdura con vinagre y cebolla, junto a una bebida llamada *kvas*, que olía a pan pero sabía más o menos como la cerveza. Las viandas estaban en una tabla atravesada sobre la cuba. Dado que no tenían dinero, Balian se preguntaba cómo iban a pagar todo eso. Ofrecería a la posadera una de las armas que había ganado en el campo de batalla. Seguro que por una buena espada de las forjas de la Orden Teutónica les darían unas cuantas comidas, una cama para pasar la noche y avena para los caballos.

En la estancia de al lado se sentaban varios guerreros que bebían ruidosamente. «¿Tártaros?», se preguntó Balian. No sabía gran cosa de aquellos jinetes nómadas, salvo que hacía veinte años que llegaron de los legendarios países de Oriente y sometieron grandes zonas de la Rus. Pero aquellos hombres no parecían mongoles. De hecho, se parecían a los lituanos a cuyo lado había luchado Balian, solo que iban mejor armados. Cada uno llevaba una afilada hacha de guerra al cinto y un jubón de cuero con remaches o una cota de malla de finos anillos de metal. Probablemente soldados de un príncipe local.

Uno de los guerreros le llamó la atención: el jefe, a juzgar por el espléndido yelmo y la espada de elaborada decoración. Era una figura impresionante, alto y esbelto, con el cabello pelirrojo revuelto y una barba aguzada que recalcaba su saliente mandíbula. Una naturaleza jovial. En ese momento estaba brindando con los hombres, y contaba una historia que causaba ruidosas carcajadas.

A Balian le pareció simpático, y se propuso hablarle más tarde. Quizá entendiese la lengua de los samogitios y pudiera decirle cuál era el camino más corto para llegar a Nóvgorod. Pero cuando salieron de la bañera, estaban tan agotados por los trabajos de los días anteriores que cayeron en la cama y poco después se habían quedado dormidos. A la mañana siguiente, cuando entraron a la taberna, los guerreros ya se habían ido.

Balian entregó la espada a la posadera y le explicó por señas que ese era el pago por el alojamiento y la comida. Después de examinar a fondo el arma, los dos huéspedes extranjeros recibieron una sencilla pero abundante comida a base de *kvas* y remolacha, así como una bolsa llena de pan y frutos secos, antes de subirse a la silla y seguir su camino fortalecidos.

También los soldados rusos habían puesto rumbo hacia el norte, pero al cabo de media hora las huellas de sus caballos se apartaban del camino e iban campo a través, mientras Balian y Raphael seguían hacia el norte. Por desgracia, la lluvia apenas había aflojado durante la noche, de manera que pronto volvieron a estar totalmente empapados.

Entrada la mañana llegaron a un río, cuyo caudal había aumentado mucho con la tormenta. Aquí y allá inundaba ya los prados. El camino pasaba por charcos fangosos hasta un puente. Cuando iban a cruzarlo a paso lento, la construcción de madera crujió como una antiquísima escalera de bodega y vaciló ligeramente.

Frenaron los caballos y descabalgaron.

—Quizá sea mejor que demos la vuelta y busquemos otro camino —dijo Balian.

—No quiero cabalgar más de lo imprescindible por este país dejado de la mano de Dios —respondió Raphael—. Vamos a intentarlo. No pasará nada si tenemos cuidado.

Mordred les privó de la decisión. Cruzó relajadamente el puente, se quedó en la otra orilla moviendo la cola y no volvió cuando lo llamaron.

—Maldito chucho —dijo Balian—. Está bien, yo iré delante.

Llevó su caballo de las riendas, poniendo lentamente un pie detrás del otro. La madera crujía, el agua fangosa pasaba a un palmo por debajo de las tablas. La fuerza del río tenía que haber aflojado varios pilares porque, en su centro, el puente se inclinaba de modo amenazador. El caballo resopló, nervioso. Solo con la máxima cautela, Balian alcanzó la otra orilla. Raphael le siguió y llegó igualmente sano al otro lado.

Cuando estaban volviendo a montar, oyeron un estrépito de cascos. Los guerreros del albergue aparecieron en la carretera y avanzaron atronadores hacia el puente. Su jefe iba a la cabeza, con el rostro oculto detrás de una máscara de malla sujeta al yelmo sobredorado. Los hombres no mostraban intención de detenerse al llegar al puente, o al menos cruzarlo más despacio.

—¡No! —gritó Balian, mientras Raphael y él agitaban los brazos—. El puente está dañado. ¡Se romperá bajo vuestro peso!

Pero o bien los guerreros no los vieron, o los ignoraron. Cruzaron el puente al galope. Acababan de llegar al centro cuando la construcción fue incapaz de soportar el peso de tantos caballos y hombres con armaduras. Varios pilares que sostenían las vigas cedieron a un tiempo, y toda la tropa se precipitó al río.

Los caballos relincharon, presa del pánico, mientras la corriente los arrastraba. Los hombres gritaban, intentando no ahogarse. Un guerrero armado hasta los dientes se hundió entre las ondas; los otros lograron mantenerse a flote.

Balian sacó la espada, cortó una larga rama de un matorral y se tiró de bruces en la orilla del río.

—¡Aquí! —gritó—. ¡A mí!

Enseguida un guerrero llegó nadando y agarró la rama con sus últimas fuerzas. Balian tiró de él hasta la orilla, en la que se quedó tendido y tosiendo.

Entretanto, Raphael había arrancado uno de los tablones del destruido puente. Mientras Mordred corría de un lado a otro por lo alto del terraplén, ladrando excitado, su amo se metió en la parte poco profunda del río y acercó el tablón todo lo que pudo, de forma que dos hombres pudieran agarrarse a un tiempo a él, a la vez que Balian sacaba del río a un guerrero con cota de malla. El hombre vomitó un torrente de agua marrón y cayó agotado en el fango. Tendió la rama a otro, que también pudo evitar de ese modo ahogarse.

A los caballos les costó mucho menos salvarse, porque solo llevaban la silla y las bridas, y no armaduras que los arrastraran al fondo como plomos. Resoplando, con los ollares muy abiertos, los animales fueron nadando hacia la orilla hasta que sintieron tierra firme bajo los cascos y pudieron salir del agua. Uno de los guerreros se había agarrado a las riendas de su caballo y fue llevado, medio inconsciente, hasta la salvadora orilla.

—¡Balian! —gritó Raphael, que estaba metido en el río hasta las caderas y tendía el tablón a un hombre que seguía hundiéndose, y que alcanzó la madera con sus últimas fuerzas—. ¡Junto al puente!

Balian volvió la cabeza y vio una melena pelirroja por debajo de la construcción dañada. Uno de los guerreros se aferraba con desesperación a uno de los pilares. Era el jefe; había perdido el yelmo, el cabello se le pegaba a la frente. Tras él, el puente casi había desaparecido completamente. El pilar al que se agarraba pertenecía a la parte que aún se tenía en pie. Había intentado subir por uno de los travesaños, pero había resbalado por el peso de la armadura y no tenía fuerzas para un segundo intento.

Balian corrió hacia los restos del puente que salían desde la orilla. Parecían estables, pero la impresión podía ser engañosa. ¿Y si todos los pilares se habían aflojado con el derrumbamiento? ¿Y si cedían al menor de los pesos? Aun así... tenía que intentarlo. Se arrastró sobre las planchas de madera, prestando atención a cualquier crujido traicionero. La construcción aguantó… hasta que llegó al punto en el que el puente terminaba de golpe. Una de las tablas astilladas cedió bajo su peso. Metió el brazo derecho en el agua hasta el hombro, y se habría deslizado al río si no se hubiera agarrado a la baranda con la mano izquierda. Se subió a un tablero que le pareció lo bastante estable y se arrastró hacia el borde hasta que pudo ver al guerrero. El hombre le había visto y le miraba, la cara pálida, los ojos como platos.

Balian se puso de rodillas y agarró al guerrero por las axilas. La madera gimió y vaciló. Apretó los dientes, y tiró. El guerrero arañó la madera con los dedos. Cuando por fin encontró asidero, se impulsó hasta las tablas con un último acto de fuerza. Iba a levantarse, pero Balian lo sujetó por el brazo.

—Cuidado —dijo.

Lentamente reptaron hacia la orilla, donde se dejaron caer en la hierba, agotados.

Su decidida acción había logrado salvar a la mayoría de los guerreros. Solo tres se habían ahogado; otros dos habían perdido sus caballos en la corriente arrolladora. Los supervivientes estaban sentados en la orilla y daban gracias al cielo por salvarlos, rezando y persignándose. Al hacerlo, llevaban la mano del hombro derecho al izquierdo y no al revés, como Balian hacía. Aun así supuso que eran cristianos, no conocía ninguna otra religión que venerase la cruz.

El jefe se acercó a ellos. Sonriente, les puso las manos en los hombros y los besó en ambas mejillas.

—¿Hablas lituano? —preguntó Balian en la lengua de los samogitios, pero el hombre negó con la cabeza.

—No lituano —respondió con dificultad.

—¿Tal vez alemán? —preguntó sin gran esperanza Balian… que se quedó tanto más sorprendido cuando el guerrero asintió sonriente.

—Hablo alemán. No muy bien, pero lo bastante para daros las gracias. Que santa Sofía os bendiga. Sin vuestra ayuda nos habríamos ahogado miserablemente.

—Intentamos advertiros. ¿No nos visteis?

—Os vi, pero no entendí por qué gritabais. Cuando vinimos

por el puente hace dos días aún estaba intacto. —Les tendió la mano—. Soy Fiódor Andreievich, guerrero de nuestro Señor Nóvgorod el Grande y vasallo del boyardo Grigori Ivanovich.

Balian se presentó.

—Este es mi compañero, Raphael.

—Os he oído hablar. No sois *nemzi*.

—¿Nemzi?

—Así llamamos a los alemanes —explicó Fiódor con una sonrisa.

—Nosotros venimos de Lorena, un país al oeste del Sacro Imperio.

—Entonces habéis viajado mucho.

—Sí que lo hemos hecho, amigo Fiódor—dijo sonriente Balian.

Entretanto había dejado de llover. Se sentaron junto a los empapados guerreros, que retorcían los mantos para escurrirlos, entre maldiciones. Fiódor explicó que su tropa tenía la misión de proteger Nóvgorod de los lituanos.

—Estamos en guerra con el gran duque Mindaugas desde hace dos años. Sus hordas entran una y otra vez en el país de los eslavos.

—Pero Nóvgorod está mucho más al norte —dijo Balian—. ¿Cómo puede Lituania ser una amenaza para vuestra ciudad?

—Para la ciudad no, pero sí para el territorio que domina mi Señor Nóvgorod el Grande. Es gigantesco, y va desde los restos del principado de Polozk hasta el mar Blanco, las tierras de Pechora y las cumbres de los Urales —explicó orgulloso Fiódor—. Pero basta de mí. Decid… ¿qué os trae a la Rus?

—De hecho estamos en camino hacia el norte para hacer una visita a tu Señor Nóvgorod el Grande —respondió Balian.

—¿Vais a Nóvgorod? ¡Qué suerte! —Fiódor le dio una palmada en la espalda—. Cabalgad conmigo. Mi señor Grigori se alegrará de tener dos huéspedes extranjeros.

—Aceptamos gustosos la oferta.

—¿Queréis hacer negocios con los boyardos? No parecéis mercaderes.

—Pues somos mercaderes. Nuestros negocios son de… una naturaleza especial.

Fiódor lo miró con atención, y probablemente imaginó cosas,

pero antes de que tuviera oportunidad de seguir indagando Balian preguntó:

—¿Cómo es que hablas la lengua de los alemanes?

—La aprendí de los *nemzi*. De joven viví con ellos... como prisionero. —El guerrero sonrió para sus adentros—. Fue hace veinte años. Entonces la Orden Teutónica pensó que podía desafiar a mi Señor Nóvgorod el Grande, y le salió mal. Pero antes de que el príncipe Alexander Yaroslavich destrozara al ejército de la Orden en los hielos del lago Peipus, nos golpeó con dureza. Caballeros alemanes y livonios tomaron Pskov por asalto. Yo ayudé en la defensa de la ciudad. Muchos de mis compañeros murieron aquel día maldito, y los caballeros nos llevaron a los pocos supervivientes a su fortaleza de Tharbatum. Allí estuve dos años, y trabajé para ellos en los campos hasta que Alexander derrotó a los *nemzi* y logró que todos los prisioneros fuéramos puestos en libertad. Por eso hablo su lengua —terminó Fiódor, y volvió a sonreír—. Pero sigo sin poder soportarlos.

—Entonces te alegrará saber que acaban de perder una batalla.

—¿Ah, sí? ¿Contra quién?

—Los samogitios y otras tribus, reunidas en torno al príncipe Treniota. Los venció junto al Durbe y mató a muchos de sus caballeros.

—Les está bien empleado. —Fiódor lanzó una carcajada atronadora y dio una fuerte palmada en los hombros de Balian—. Pero aún me hubiera gustado más que los *nemzi* y los lituanos se hubieran matado mutuamente.

—Tu príncipe Alexander... ¿es ese hombre al que llaman Nevski? —preguntó Balian.

—El mismo. ¿Incluso en la lejana Lorena se conoce su nombre? —preguntó lleno de orgullo el guerrero.

Balian asintió, aunque en realidad fue Elva la que le habló de Alexander Yaroslavich.

—Tiene que ser un gran héroe de tu pueblo.

—Lo fue, sí. Venció a los suecos y a los *nemzi* con ingenio y astucia, y aseguró nuestra libertad. Pero eso fue antes. Hoy ya no. Hoy es amigo de los tártaros —dijo amargamente Fiódor, y se puso en pie—. Nos quedan diez días de camino hasta Nóvgorod. Es hora de partir.

38

Noviembre de 1260

Nuestro Señor Nóvgorod el Grande —dijo Fiódor—. Asombraos, amigos míos. ¿No es maravillosa?

Habían detenido los caballos y contemplaban la ciudad que se alzaba ante ellos. A su derecha estaba el lago Ilmen, una amplia extensión de agua que brillaba plomiza al sol de la mañana. Unos hombres chapoteaban en la orilla y arrojaban redes, sin dejarse impresionar por el frío del otoño y por la niebla que tanteaba la orilla con espectrales dedos.

La niebla envolvía también las murallas y torres de Nóvgorod; cimborrios y cúpulas bulbosas sobresalían entre las nubes de bruma y atrapaban los escasos rayos del sol. La escena le pareció a Balian mágica y alejada de la realidad, como si estuviera teniendo una visión del reino de las hadas. La ciudad era enorme, sin duda tan grande como la lorenesa Metz. El río Vóljov la cortaba en dos; a sus orillas se apretujaban iglesias, casas de boyardos y sencillas casas de madera. En su centro se alzaba el Detinets —el palacio de los príncipes, explicó Fiódor—, y murallas con fosos y torres lo rodeaban todo. La gente cruzaba las puertas a raudales, peatones y jinetes, campesinos con sus carros y mercaderes de pieles con sus animales cargados hasta los topes, que se encaminaban a vender sus productos en el mercado.

Balian se acordó de algo que había oído en Lübeck: que Nóvgorod era el Milán de Oriente. No le parecía exagerado.

Cabalgaron hacia una de las puertas, y poco después por el barrio de Sofía, en la parte occidental de Nóvgorod, así llamado por la catedral de tejados plateados. Casas de madera de un solo piso bordeaban las calles sin pavimentar; las casas de piedra eran escasas. Personas y animales compartían el angosto espacio dentro de los muros de la ciudad, que bullía de gansos y pollos que salían corriendo entre chillidos al paso de los jinetes. En los talleres trabajaban herreros, carpinteros y peleteros. Risas y gritos llenaban las calles, se notaba la alegría de vivir de aquella gente.

—Somos ciudadanos de la República de Nóvgorod, y hombres libres —había explicado Fiódor durante la larga cabalgada—, no estamos sometidos a señor alguno. Nosotros mismos elegimos a nuestros príncipes, y cuando ya no nos gustan los echamos.

—En Varennes hacemos las cosas de forma parecida —había respondido Balian, y de hecho Nóvgorod le resultaba extrañamente familiar mientras recorrían sus calles. Como en su ciudad natal, allí vivían puerta con puerta artesanos, mercaderes y campesinos urbanos. Se vivía de los frutos de la tierra y de los productos de los talleres, se charlaba con los vecinos y se echaba un ojo a los niños; incluso el fango de las calles olía como el de Varennes.

A la vez, aquel lugar le parecía enormemente ajeno, empezando por el idioma. La comida olía de manera inusual, como inusual era la vestimenta de las gentes, por no hablar de sus costumbres religiosas. En altares al borde de la calle, colgaban por doquier cuadros de madera de santos, en tonos dorados y rojizos —«iconos», le dijo Fiódor que se llamaban—, ante los que viejos y jóvenes rezaban fervorosamente. La cruz en las torres de las iglesias tenía una forma extraña; también los sacerdotes tenían un aspecto distinto, y se les llamaba «popes». Balian recordó que los habitantes de Nóvgorod eran sin duda cristianos, pero la Iglesia romana los consideraba cismáticos porque ignoraban parte de la doctrina oficial. Todo eso era emocionante y atemorizador a un tiempo, y la contemplativa Varennes le parecía más lejana que nunca.

Remontaron la colina y pasaron por el Detinets, por delante de Santa Sofía y por el puente de madera que cruzaba el Vóljov y llevaba a la parte comercial. Un vivaz mercado se extendía por la orilla, una maraña de puestos, mesas y carros estacionados al azar. Mercaderes con mantos de pieles y anchos calzones vendían a gritos cera, miel, madera, pieles, montañas de todo ello. Refinadas ciudadanas, reconocibles por sus pulseras de cristal de colores y sus zapatos bordados en hilo de oro, se interesaban sobre todo por el brocado de Bizancio y la seda de Catai. Entre unas cosas y otras, simples campesinos ofrecían su ganado y los frutos de sus tierras, y un pregonero municipal que tenía que leer un bando rugía contra el ruido.

Fiódor guio a su grupo hacia el norte, hacia un recinto fortificado por encima del río. Paredes de troncos alisados rodeaban varias chozas y graneros, así como una pequeña capilla. Un edificio sobresalía por encima de todos los demás. Era una casa señorial, con una torre imponente cuya punta brillaba dorada.

—El hogar de mi señor Grigori Ivanovich —explicó el guerrero, antes de saludar jovialmente al guardia de la puerta.

Docenas de personas habitaban el patio: criados, soldados y artesanos con sus familias, y reinaba un agradable trajín. Se ahumaba carne al fuego y se raspaban pieles; dos mozos estaban en ese momento recogiendo una red, extendida en el tejado de un granero, con la que al parecer se atrapaban pájaros los meses más cálidos. El graznido de los gansos y el gruñido de los cerdos, llamativamente pequeños, se mezclaba con la confusión de voces.

Grigori era un boyardo, un noble, según Balian había sabido entretanto, y, como un caballero lorenés, dirigía un gran séquito de hombres libres y siervos, que le debían lealtad y obediencia. Fiódor parecía gozar de gran prestigio entre las gentes de la casa, porque enseguida acudieron en bandadas a saludarle alegremente, antes de descubrir a Balian y Raphael y mirar con curiosidad a los dos forasteros.

Una mujer pequeña se abrió paso con pocas contemplaciones entre la multitud y cubrió al guerrero de besos, y al momento siguiente Fiódor estaba rodeado de niños y jóvenes, nueve o diez, desbordantes de alegría por volver a verlo.

—Mi familia —dijo.

Besó a la niña más pequeña y entregó al niño de unos cinco años a su esposa para poder dirigirse a la casa señorial sin estorbos.

—Venid conmigo —pidió a sus invitados—. Quiero presentaros a Grigori Ivanovich.

El boyardo estaba en ese momento en una sala cubierta de alfombras en la que examinaba pieles frescas y daba instrucciones a dos
peleteros. Era un hombre recio, de barba poblada y cráneo rapado
del que caían sobre las sienes unos rizos de pelo, el signo de la nobleza rusa. El vientre desbordante y las rojas mejillas revelaban su
predilección por la buena comida y las bebidas embriagadoras. Al
ver a Fiódor, abrió los brazos y profirió un alegre saludo. Los dos
hombres se besaron en las mejillas, y Fiódor pronunció un largo
discurso, probablemente su informe acerca de los acontecimientos
en la frontera. En una ocasión Grigori maldijo de forma audible,
al parecer acababa de enterarse de la muerte de los hombres y la
pérdida de los caballos. Pero su irritación no duró mucho. Cuando
Fiódor señaló hacia Balian y Raphael, su gesto se iluminó, les pidió
por señas que se acercaran y les habló durante largo rato.

—Os da las gracias por salvarnos y os invita a vivir en su casa
y comer de su mesa mientras lo deseéis —tradujo Fiódor—. Pronto vendrá el invierno. En los meses oscuros, le entretendréis con
historias de vuestra patria, de la que ya ha oído hablar mucho.

—¿Qué significa «en los meses oscuros»? —preguntó Raphael, que entretanto entendía pasablemente el acento de Fiódor—. No queremos quedarnos tanto tiempo.

—Solo el clima decide cuánto tiempo se queda un hombre en
Nóvgorod, amigo Raphael —repuso Fiódor—. Cuando empieza
a nevar, no es tan fácil salir de aquí. —Rio de manera atronadora
cuando Raphael torció el gesto—. Venid. Os enseñaré vuestros
aposentos. Allí podréis descansar. Esta noche Grigori quiere cenar
con vosotros.

No fue una simple cena lo que el boyardo dio a los dos forasteros:
fue una fiesta embriagadora.

Mientras Balian y Raphael tomaban un baño caliente, los
criados llevaban a la sala barril tras barril. Las criadas trabajaban
incansables en la cocina, y pronto toda la casa olía a pan recién
hecho y pescado asado.

Cuando cayó la noche llegó un carromato, con la madera pintada con todos los colores del arcoíris. De él bajaron tres hombres con calzones ajustados y cortas camisas de seda, tan abigarradas como el vehículo; de una caja sacaron timbales y chirimías y otros instrumentos musicales. Fiódor llamó *skomoroji* a los tres saltimbanquis.

—Los mejores músicos y cómicos de toda Nóvgorod —prometió—. Esta noche tocarán en vuestro honor.

Toda la comunidad se reunió en la sala, donde habían puesto mesas y bancos y encendido velas. A Balian y Raphael se les permitió sentarse junto a la chimenea con Grigori y su familia. El boyardo se había puesto un espléndido atavío de fiesta, y resplandecía de orgullo mientras las criadas servían las abundantes viandas. A la vista de las fuentes humeantes y las bandejas de caza y aves, a Balian se le hizo la boca agua, y la escasa alimentación de las pasadas semanas quedó al instante en el olvido.

Fiódor abrió un barril y repartió un hidromiel de color dorado. Grigori alzó su cuerno, brindó con Balian y Raphael y pronunció un brindis que toda la sala repitió, atronadora. Entonces vació el cuerno de un trago, le brillaban las mejillas, y volvió a besar a sus huéspedes.

Los *skomoroji* empezaron a tocar. Uno cantaba, los otros le acompañaban con la chirimía y el *gusli*, una especie de arpa. El *skomoroj* ponía el *gusli* en las rodillas y le arrancaba extraños sonidos, que sin embargo encajaban con la canción de manera espléndida: una música tan agradable como el chisporroteante fuego del hogar.

Cuando Balian iba a sumergir la cuchara de madera en la sopa de col, Grigori levantó la voz, excitado. Un criado acudió corriendo, pidió cortésmente la cuchara a Balian y le tendió una de plata.

—Mi señor desea que comáis con su cuchara —explicó Fiódor.

Balian sonrió al boyardo.

—Le agradecemos este honor.

Después de la sopa hubo esturión asado, y apenas se habían tomado el pescado cuando el criado les puso en la bandeja venado y nabos asados, lo roció todo con salsa de asado y añadió una gran hogaza de pan. Grigori insistió en que probaran cada plato que había en la mesa, y solo se quedó satisfecho cuando fueron incapaces de tragar un bocado más.

Pero la fiesta estaba lejos de haber terminado. Siempre que los cuernos estaban vacíos los criados los llenaban, y Balian pudo comprobar que el hidromiel ruso no solo estaba exquisito, sino que era fortísimo. Pronto sintió que se le subía a la cabeza. Los rostros estaban encendidos a lo largo de toda la mesa. Grigori y sus guerreros reían cada vez más alto, el ambiente en la sala se hacía más jovial a cada canción.

—Es hora de contar una saga —anunció Fiódor, con voz pesada por el hidromiel—. Vais a oír cómo la Rus ascendió un día hasta convertirse en la mayor potencia del país de los eslavos, para que tengáis algo que contar cuando volváis a la patria. Esta historia ocurrió hace muchas eras —empezó—. En aquellos días, los normandos asediaban a nuestros antepasados. Año tras año venían a través del mar, asaltaban las ciudades, robaban toda la plata y se llevaban a las mujeres. Un día, los chudos y los kriviches y los otros pueblos eslavos se hartaron y concertaron una alianza. Levantaron un ejército, vencieron a los normandos en la batalla y los echaron de tierras eslavas. Muchos héroes nacieron aquel día, pero con la victoria no llegaron ni la paz ni la armonía. Los distintos principados luchaban por el poder, pero ninguno era lo bastante fuerte para someter a los otros. Mucha sangre fue derramada; las madres lloraban a sus hijos caídos. Entonces nuestros antepasados tuvieron una idea: «Necesitamos un príncipe que una a las tribus en disputa», dijeron, y cruzaron el mar en busca del pueblo de los varegos, que era famoso por su bravura. «El país de los eslavos es rico en alimentos y animales y valiosos metales», dijeron a los varegos, a los que también se llamaba «rusos». «Pero ¿de qué nos sirven todos esos tesoros, si no hay paz y orden entre nosotros? Venid con nosotros a través del mar. Poned fin a la discordia y elegid de entre vuestras filas un príncipe que nos gobierne con sabiduría.»

»Y así se hizo. Tres hermanos guiaron a los varegos hasta las tierras que rodean Nóvgorod, que desde entonces se llamarían la Rus. Riúrik, el mayor de ellos, se convirtió en príncipe de Nóvgorod. Los otros se llamaban Truvor y Sineus, y siguieron hacia el sur y el oeste y reinaron allí. Cuando Truvor y Sineus murieron, Riúrik tomó el poder en todos los principados y dio las ciudades a sus más nobles leales. Su general Oleg conquistó la fastuosa Kiev y la convirtió en capital del país.

»Así nació la Rus. Pero aún habían de pasar muchas generaciones antes de que la poderosa gran duquesa Olga lograra forjar un verdadero reino a partir de los distintos principados, y llevar a su pueblo hasta el cristianismo. Para eso, viajó a Constantinopla e hizo que el emperador Constantino y el patriarca la bautizaran...

Un grito de Grigori le interrumpió. Fiódor sonrió.

—Ya he contado bastante. Mi señor quiere saber por fin algo de vuestra patria.

—Venimos de la ciudad de Varennes Saint-Jacques —dijo Balian, y Fiódor tradujo—. Debe su nombre al santo Jacques, cuyos huesos descansan en la cripta de la catedral. —El hidromiel le hacía sentirse arrogante y le apetecía exagerar, como sin duda también había hecho su amigo ruso—. Varennes es tan grande como Nóvgorod, e igual de rica. Poderosas murallas rodean palacios, iglesias y jardines. Nuestros artesanos fabrican las piezas más fastuosas, y nuestra sal es famosa en todo el Imperio. Antaño reinaba sobre el pueblo un obispo, pero era un señor injusto y codicioso, así que lo matamos. Mi abuelo fue uno de los héroes que arrebataron el poder a los tiranos, y fundaron un Consejo que desde entonces decide todos los destinos de Varennes.

A su lado, Raphael exhibía una fina sonrisa. Lo que estaba contando era, en el mejor de los casos, la mitad de la verdad, pero ¿a quién le importaba? Balian no quería aburrir a su anfitrión con complicados hechos, sino entretenerlo. Y parecía que lo estaba consiguiendo.

Grigori escuchaba atentamente mientras sonreía. De pronto, dirigió una pregunta a Balian.

—Háblale del vino de vuestra patria —dijo Fiódor—. ¿Lo cultiváis?

—Sin duda, y es exquisito. Dulce como el néctar cuando desciende por la garganta.

El boyardo asintió con reconocimiento.

—Y las mujeres lorenesas... ¿son hermosas? —tradujo Fiódor la siguiente pregunta.

—Oh, sí —respondió Balian—. Las hay rubias y morenas, pelirrojas y de negros cabellos, y todas son tan dulces que uno estaría mirándolas de la mañana a la noche. Por desgracia, son tan virtuosas que hay que conformarse con mirarlas.

Grigori rio y se dio dos palmadas en los muslos. Luego se levantó y gritó algo.

—Basta de viejas historias —dijo Fiódor—. ¡Ahora vamos a bailar!

Los *skomoroji* entonaron una alegre canción. Uno tocó un ritmo animado en el timbal, el otro en la chirimía, y el cantante empezó a bailar. Giró como enloquecido sobre sí mismo, levantando las piernas, dando saltos, aterrizando sobre las piernas abiertas en compás y volviendo a ponerse de pie como un resorte. Los guerreros, artesanos y criados de Grigori, sus esposas, hijas e hijos, empezaron a dar saltos y a correr por la sala al ritmo de la música. Cuando la canción así lo indicaba, tres o cuatro de ellos se cogían de las manos, giraban en círculo y lanzaban alegres gritos. Balian y Raphael no pudieron hacer otra cosa que sumarse al corro.

—Yo no bailo —protestó débilmente Raphael, pero los arrancaron de su asiento y los arrastraron a la corriente de cuerpos.

Balian se oyó a sí mismo reír a carcajadas. Una alegría primitiva se apoderó de él, una alegría que no necesitaba motivos, que surgía del movimiento y la música y la cordialidad de todos aquellos desconocidos. La canción no acababa nunca, bailó y bailó y se perdió en un torbellino de rostros risueños y vestimentas abigarradas.

Un ruido espantoso le despertó. Un arrastrar y golpetear atronador que hizo que estridentes relámpagos blancos recorrieran su cráneo.

—¡No hagáis tanto ruido, maldita sea! O tendré que zurraros —gimió a su lado Raphael.

Balian abrió apenas los ojos y vio a dos criados que sacaban una mesa de la sala, armando un estrépito infernal. Dos criadas barrían la suciedad de la noche pasada y esparcían juncos frescos. Las muchachas los miraban entre risitas.

Según parecía, ya estaba avanzada la mañana. Del exterior llegaba el trajín del patio. Raphael y él estaban tumbados junto a la chimenea y bajo algunas pieles.

Balian parpadeó. «¿Qué diablos ha ocurrido?», iba a preguntar a su compañero, pero cuando abrió la boca, Raphael gruñó:

—No me hables. ¡Ni se te ocurra!

Se dejó caer otra vez en el lecho y cerró los ojos. Le dolía el cráneo como si todo un ejército de la Orden Teutónica desfilara por él con acompañamiento de tambores. Poco a poco, el recuerdo de la noche anterior regresó. Habían bailado y bebido, grandes cantidades de hidromiel, hasta que apenas podían tenerse en pie. Recordó un detalle especialmente vergonzoso: a hora tardía, había reclamado el *gusli*, arrancado espantosos sonidos al instrumento y cantado, para diversión de sus nuevos amigos, una oda espontánea a la dulce Varennes.

Al oír la voz de Fiódor, se sentó y se frotó el rostro abotagado.

—Oh, sí, el hidromiel ruso... puede ser traicionero —dijo riendo el guerrero—. Ya ha tumbado a más de un forastero. Queríamos dejaros dormir, pero estos necios tenían que llevarse la mesa. Voy a hacer que os traigan un poco de pan y de fiambre. Seguro que cuando hayáis comido os sentiréis mejor.

—Nada de comer, o moriré —gimió Raphael.

También el estómago de Balian se contrajo al pensar en las pesadas comidas rusas.

—Sin duda, la cosa es más grave de lo que habíamos pensado. Pero conozco algo que os curará. —Fiódor apartó las pieles, ignoró sus protestas y los hizo salir de la sala.

Era un día frío; el sol en el turbio cielo parecía un plato de plata carente de brillo. Cruzaron el patio y fueron hacia una choza medio hundida en el suelo.

—La *banya* —explicó Fiódor—. No hay nada mejor después de una noche salvaje.

Dos hombres estaban apilando leña junto a la choza. Eran parte de las dos docenas de *chelyadin* que vivían en el recinto, siervos que tenían que hacer todos los trabajos duros. Fiódor les ordenó que hicieran un fuego en la cabaña. Cuando las llamas brotaron del agujero en el suelo, los *chelyadin* las cubrieron con unas piedras planas. Entretanto, Fiódor se desnudó.

—Vosotros también. Vamos —exigió a sus amigos.

Apenas Balian se había quitado los calzones cuando Fiódor cogió un cubo, lo roció de agua fría y se echó a reír cuando gritó de espanto. Acto seguido, el guerrero sumergió el cubo en un tonel y vertió el contenido sobre su propia cabeza.

—Tú también —dijo a Raphael, con el agua escurriéndole por la barba.

—Gracias. Yo renuncio.

—No seas miedica. Hay que refrescarse bien antes de entrar a la *banya*. Si no, no hace efecto.

—Banya... ¿qué es eso? —preguntó Raphael con desconfianza.

—Bueno, es un sitio para sudar. ¿No sabéis nada de esto los loreneses?

A regañadientes, Raphael cogió el cubo. Entretanto, los *chelyadin* apagaron el fuego y aventaron el humo de la choza. Desnudos, goteando y temblando de frío, los tres amigos entraron a aquel espacio bajo, en el que ardía una tea. Fiódor cerró la puerta, cogió unas ramas de abedul reblandecidas de una fuente y vertió el agua que había en ella sobre las piedras calientes. Enseguida, un vapor de agradable aroma llenó la cabaña.

Se sentaron en los bancos. Fiódor indicó a Raphael que se tumbara y le azotó la espalda con una rama de abedul.

—¿Qué haces? —rugió Raphael.

—Forma parte de esto, padrecito. Relájate para que no te duela.

—He ido a parar a la ciudad de los locos, que Dios se apiade de mí —gruñó Raphael, pero permitió que Fiódor le sacudiera con la rama.

—Qué, ¿no es agradable?

Raphael gruñó, pero dejó de quejarse.

Luego le tocó el turno a Balian, y comprobó que los azotes con la rama no eran en absoluto tan dolorosos como había esperado. Pronto la piel empezó a hormiguear de manera agradable, comenzó a sudar por todos los poros, y pudo sentir que las náuseas desaparecían y la cabeza se le aclaraba.

Aunque en la choza hacía un calor tremendo, se quedaron largo rato en ella, azotándose mutuamente con las ramas de abedul reblandecidas. De vez en cuando Fiódor rociaba las piedras con agua, haciendo brotar más nubes de vapor.

—Balian... —caviló el guerrero—. ¿Solo tienes ese nombre?

—Mi nombre completo es Balian Fleury.

—¿Y el tuyo?

—Raphael Pérouse.

—Fleury. Pérouse —repitió Fiódor, al que le costaba trabajo repetir aquellos apellidos, para él ajenos—. ¿Se llaman así vuestras familias?

Balian asintió.

—Como entre los *nemzi* —dijo su amigo ruso—. Se llaman Burkhard o Gunther y le añaden el nombre de su estirpe. O el lugar del que proceden. ¿Cómo es que ninguno de vosotros lleva el nombre de su padre?

—No es lo usual en nuestra patria. —Balian se secó los brazos. Enseguida, nuevo sudor fresco brotó de sus poros.

—En Nóvgorod, todo el mundo lleva el nombre de su padre. El mío se llamaba Andrei, como el apóstol, y yo soy Fiódor Andreievich. ¿Cómo se llaman vuestros padres?

—Rémy —respondió Balian.

—Martin —dijo Raphael.

—Entonces os llamaremos Balian Remiyevich y Raphael Martinovich. —El guerrero asintió satisfecho—. Eso son nombres de verdad. Buenos nombres rusos.

Finalmente, Fiódor decidió que ya habían sudado bastante. Una vez fuera, volvió a rociar a sus amigos y a él mismo con agua fría.

—¿Exageraba?

De hecho, Balian se sentía como vuelto a nacer.

—Ahora sí podría comer algo —anunció.

Se vistieron y volvieron a la sala, donde Fiódor ordenó a las criadas que les trajeran los restos de la fiesta.

—Por desgracia no puedo acompañaros. Si necesitáis algo, preguntad a mi Katiuska. Entiende un poco de vuestro idioma.

Katrina, llamada Katiuska, era la hija mayor de Fiódor, una guapa muchacha de dieciocho o diecinueve años, que llevaba las largas trenzas pelirrojas castamente ocultas bajo una cofia. En ese momento estaba sentada junto a la chimenea con dos de sus hermanas menores, cosiendo un vestido. Cuando su padre se hubo marchado, sonrió con timidez a Raphael y volvió rápidamente la vista.

—Le has gustado a alguien —murmuró Balian.

—¿Tú también te has dado cuenta? —Raphael tomó un sorbo de *kvas* sin prestar atención a la muchacha—. Ya ayer por la noche no me quitaba el ojo de encima.

—No olvides que tu corazón pertenece a otra.

—Blanche está muerta. Entiéndelo de una vez.

—No lo está. —Balian cogió la mano de Raphael—. No lo está, ¿me oyes?

Raphael liberó la mano y evitó la mirada de Balian.

Comieron en silencio.

39

Por las tetas de María —murmuró Raphael—. ¿Otra vez?
—De algún sitio tienen que salir tantos hijos —dijo sonriente Balian.

Fiódor y su mujer gemían con tal estrépito que se les oía en toda la casa, incluso allí abajo, en la sala, donde dormían sus invitados, los criados y los hijos adultos. El guerrero era un hombre en extremo viril, que desde su regreso yacía continuamente con su esposa. Una vez al día era lo mínimo, dos el promedio; los días buenos lo lograban incluso tres veces.

—Ya no lo soporto. —Raphael saltó del lecho—. Ven. Vamos a estirar las piernas.

Se pusieron los mantos y fueron hacia la puerta pasando por delante de los sonrientes criados, que estaban remendando redes. Fuera, Raphael lanzó un silbido y Mordred acudió corriendo. Para sorpresa de Balian, se llevaba bien con los perros de la granja. Según parecía, tomaba ejemplo de su señor y se había vuelto más tratable. Sin duda al principio había habido peleas y luchas por el poder, pero entretanto Mordred estaba constantemente fuera con los otros perros, mendigando restos de comida a los *chelyadin*.

Balian no podía creer que llevaran ya una semana viviendo en casa de Grigori. Apenas sentían el paso el tiempo, porque pasaban la mayor parte del día durmiendo, sudando en la *banya* y contando historias en la sala de Grigori. Pero después de los trabajos de los últimos meses, necesitaban descanso. Por desgracia, la buena comida y el cómodo lecho los estaba volviendo lentos y perezosos, y el impulso de Balian hacia la acción se había extinguido por completo. Aún no se había ocupado del asunto por el que había ido a Nóvgorod. Pero no era cosa grave. Sabía por Fiódor que los viajeros alemanes seguían en la ciudad, y no se marcharían, como muy pronto, hasta marzo.

—Vamos a echar un vistazo al Peterhof —propuso.

Cruzaron el mercado y observaron la casa de comercio desde una distancia segura. Altas paredes de gruesas vigas protegían los almacenes y viviendas. En la torre había un hombre armado, que observaba con ojos de Argos los acontecimientos en las calles vecinas. Dentro se oían ladridos. Probablemente perros guardianes, a los que por las noches liberaban de sus cadenas.

En el portón reinaba un constante ir y venir, pero el guardia examinaba a conciencia a cada visitante. Solo dejaba entrar a los mercaderes. A todos los demás los ahuyentaba.

—Ahí dentro parecen tener miedo de los nativos —observó Raphael—. ¿Echamos un vistazo al interior?

—No quiero llamar la atención —respondió Balian—. Vamos a ver si podemos entrar por otro sitio.

Rodearon el Peterhof. Solo existía la puerta delantera.

Como Balian temía suscitar la atención de los guardias si seguían rondando el lugar, se retiraron hacia el mercado.

—Volveremos a intentarlo esta noche —decidió.

—Dudo que logremos entrar. Eso no es una casa de comercio... es una fortaleza. —Raphael hizo una pausa—. Si me preguntas lo que opino: la cosa no tiene posibilidades. Mientras Sievert esté ahí dentro estará fuera de tu alcance.

—Entonces esperaré a que salga.

—¿Al acecho en un callejón? Eso es un suicidio. Si conozco bien a esos mercaderes alemanes, solo saldrán de su escondrijo con una manada de guardaespaldas.

—Puede ser. Pero no he hecho todo este camino para abandonar ahora.

Raphael suspiró.

—¿Qué quieres hacer, entonces?

—Observar el Peterhof y pensar —respondió Balian—. Sievert tiene que tener un punto débil. Y voy a encontrarlo.

Dieron un largo paseo por el barrio de los mercaderes, Balian estaba ansioso por saber más sobre la ciudad y sus habitantes. El viento silbaba en torno a las casas y se arrebujaron un poco más en sus mantos. Cada día hacía más frío. Tramperos y guerreros a caballo regresaban del interior de la comarca, los ciudadanos se preparaban para el invierno. Sin duda, las primeras nieves no iban a hacerse esperar.

En primavera y verano, Nóvgorod tenía que ser una ciudad increíblemente verde. Junto al Vóljov y a la sombra de las murallas se extendían praderas y extensos huertos en los que la gente cultivaba fruta y verdura. Balian contempló los árboles que alzaban al cielo sus peladas ramas y lamentó no haber llegado hasta entrado el otoño.

Cuando pasaban por delante de otra granja de boyardos, observó a un adolescente que cruzaba corriendo la puerta y entregaba al señor de la casa una tira de corteza de abedul. El boyardo se quedó mirando la corteza un momento antes de tirarla al fuego e indicar a un criado que ensillara su caballo. Ese era otro prodigio de aquella ciudad inusual: la gente no utilizaba pergamino para los mensajes breves, sino que garabateaban sus notas con un punzón de hueso en un trozo de corteza pelada. Un método ingenioso, porque junto al lago Ilmen había montones de abedules y, en cambio, el pergamino era caro de fabricar.

Cruzaron el río y subieron hasta el Detinets, la residencia de los príncipes. En los terrenos de la fortaleza estaba Santa Sofía, la catedral, que tenía un aspecto muy diferente del de las iglesias del Occidente latino, pero no era menos hermosa. Con sus muros pintados de un blanco níveo, sus numerosas cúpulas y torres y tejados dorados, el edificio parecía un palacio de los ejércitos celestiales, poderoso y frágil a un tiempo.

Cuando entraron en ella, se vieron rodeados por la luz de las velas, el resplandor de la plata y una penumbra mágica. El aroma del incienso hizo que sus pensamientos se hicieran ligeros y se volvieran hacia el misterio divino. Balian admiró los numerosos iconos, apenas podía esperar para hablar a su padre de la destreza de los pintores rusos. Una tabla le gustó especialmente. Mostraba el bautizo del gran duque Vladimir en la ciudad de Korsun. Fiódor le había hablado de aquel acontecimiento. Vladimir estaba considerado el más importante soberano de la Rus porque había logrado lo que su predecesora, Olga, no consiguió: había llevado al pueblo ruso a la fe cristiana, y desde entonces se le llamaba «el Grande».

Al caer la oscuridad, regresaron a la granja de Grigori.

—¿Es esto posible? —murmuró Raphael—. ¿De dónde saca las fuerzas este hombre?

Fiódor y su esposa volvían a amarse. Cuando Balian y su compañero entraron en la casa, estaban alcanzando con estrépito el clímax. Poco después, Fiódor bajaba la escalera, sudoroso y respirando pesadamente, ciñéndose el cinturón. Katrina le tendió una jarra de *kvas*, que vació de un trago.

—¿Qué pasa? —preguntó a Balian, que estaba sentado en un banco y sonreía de oreja a oreja.

—Nada. Todo perfecto.

—Katiuska, nuestros huéspedes tienen las mejillas rojas por el frío. Tráeles un poco de *seljanka*.

La chica no se lo hizo repetir. Katrina hacía todo lo que estaba en su mano para estar cerca de Raphael. Les alargó dos fuentes humeantes y esperó sonriente junto a la mesa, con la esperanza, al parecer, de que Raphael elogiara sus artes culinarias o, al menos, le diera las gracias. No hizo ni lo uno ni lo otro, sino que se tomó la sopa sin dignarse mirarla. La muchacha se fue, visiblemente ofendida.

—Pobre chica —dijo Balian—. Podrías ser un poco más amable con ella.

—Si lo fuera, tampoco te gustaría —respondió Raphael.

Balian tenía que admitir que en eso no estaba completamente equivocado.

Sievert estiró sus cansados miembros y ordenó a un ayudante que le trajera una jarra de cerveza. La constante conversación con el intérprete le había dejado sediento, y vació la jarra en unos pocos tragos.

Dejaba a sus espaldas un largo día, un día lleno de trabajo y negocios. Llevaba desde la mañana temprano negociando con mercaderes locales y comprándoles pieles o cambiándolas por sus propias mercaderías. En concreto el cereal alemán era popular entre los rusos, porque los campesinos de Nóvgorod no podían cultivar el suficiente para alimentar a la gigantesca ciudad. Si entretanto encontraba algún momento, se ocupaba de sus obligaciones como síndico y vigilaba a los artesanos del Peterhof, especialmente a los panaderos, el cervecero y el sastre, para que a los mercaderes no les faltase alimento y vestido. Como juez, dirimía litigios y perseguía las infracciones de la *Schra*, el reglamento de la casa, lo que felizmente no sucedía a menudo. Había penas draconianas para el robo y otros delitos, lo que hacía que ni el más audaz de los criados se atreviera a perturbar la paz. De vez en cuando, Sievert visitaba al *posadnik* y otros dignatarios de Nóvgorod y les recordaba que tenían que respetar los numerosos privilegios comerciales de la Liga de Gotland.

Así pasaba su tiempo Sievert. En el Peterhof, en el fondo, todos los días eran iguales. Era una vida dura y monótona, que solo se podía sobrellevar porque los negocios con los rusos eran en extremo lucrativos.

Había pocas distracciones, sobre todo en invierno, cuando los días eran cortos y las noches frías y sombrías. Los hombres de la Liga raras veces salían del recinto fortificado, por miedo a los asaltos y crímenes; los contactos con los nativos se limitaban al ámbito comercial. Se mantenían juntos y pasaban las tardes bebiendo, jugando a los dados y echando de menos el hogar.

Hoy, sin embargo, los mercaderes habían planeado algo especial, una distracción de la eterna monotonía: una velada llena de placer y diversión. Sievert llevaba todo el día esperándola. Pero antes de que empezara, aún quedaban cosas por hacer.

Cuando atardeció, los criados salieron con antorchas y prendieron teas. Sievert hizo la ronda y ordenó a los mercaderes suspender los negocios por ese día. Los rusos fueron enviados a sus casas; encerraron las mercancías en los almacenes y metieron la plata recién ganada en el gran arcón. Acto seguido, dos vigilantes armados fueron encerrados en la capilla junto con el arca. Los criados atrancaron la puerta del recinto con grandes vigas y soltaron a los perros. Mercenarios con lanzas se apostaron en la torre y en los caminos de ronda. Por desgracia, todas esas precauciones eran necesarias porque los nativos envidiaban la riqueza de los mercaderes extranjeros y sus privilegios, y ya habían atacado varias veces el Peterhof en el pasado.

Luego, por fin, llegó el momento. Sievert se frotaba las manos cuando mercaderes, criados y ayudantes se reunieron en el gran salón.

—¡Bebamos y festejemos! —rugió, y ochenta hombres respondieron con tales gritos que la sala tembló.

Se abrieron los barriles, la cerveza corrió a raudales. Al fuego se asaba medio buey, los hombres le arrancaban directamente la carne de los huesos. Dos de los de Gotland sacaron chirimías y entonaron pegadizas melodías, mientras saltaban de mesa en mesa pisoteando con los pies descalzos restos de comida y charcos de cerveza.

Sievert bebió y rio y se divirtió como un rey. Una y otra vez, su mirada iba hacia los novicios a los que estaba dedicada la fiesta. Los dos jóvenes viajaban por primera vez a Nóvgorod, y tenían que superar una prueba de valor para ser considerados plenamente viajeros de invierno. Estaban pálidos y atemorizados, en espera de lo que pudiera pasarles. Sievert rio al ver el temor en sus ojos. «Como dos cachorros.» Pero no era momento para la compasión. Todos los mercaderes tenían que someterse a una prueba durante su primer viaje a Rusia, también Sievert tuvo que aguantar crueles juegos en sus años jóvenes. El procedimiento hacía hombres duros de chicos inexpertos, porque solo los hombres de una pieza podían subsistir en el extranjero.

Rutger y Olav, los patronos de los dos muchachos, se encargaban de que no escaparan. Les servían jarra tras jarra, y se las rellenaron hasta que se tambalearon.

—¡Es hora! —gritó por fin Sievert—. ¡Llevémoslos al paraíso!

—¡Al paraíso con ellos! —rugieron los hombres, alzando sus jarras.

Los muchachos tuvieron que desnudarse. A uno le vendaron los ojos, al otro le dieron un palo. Acto seguido los hombres formaron pasillo y jalearon cuando los dos muchachos se movieron vacilantes.

—¡Mirad eso! —gritó un mercader—. ¡La tiene pequeñita y encogida… parece un caracol!

Sievert se reía tanto que las lágrimas le corrían por el rostro.

Se repartieron fustas y garrotes. Rutger dio al muchacho de los ojos vendados una patada en las posaderas, y avanzó tambaleándose por el pasillo humano. Enseguida, todos empezaron a aporrear al joven desnudo.

—¡Vamos… defiéndele! —rugió Olav, y el chico del palo intentó de alguna manera parar los golpes. Sin gran éxito, porque estaba tan borracho que apenas podía caminar en línea recta.

—No los acariciéis. ¡Golpead fuerte! ¡Más fuerte! —animó Sievert a mercaderes y criados—. ¡Tenéis que hacer hombres de verdad de ellos!

No pasó mucho tiempo antes de que se alzaran agudos gritos de dolor. Los músicos ocultaron el griterío tocando címbalos y tambores.

Cuando los muchachos llegaron al final del pasillo, entre el alborozo de la chusma, se desplomaron. Verdugones e hinchados moratones surcaban su piel en la espalda, en los brazos, en las piernas; sangraban por una docena de heridas. Sus patronos pusieron en pie a los muchachos, que apenas mantenían la consciencia, y los sostuvieron.

—Bueno, ¿qué tal se han batido? —rugió Rutger.

—¡Como auténticos viajeros de invierno! —gritó la multitud.

Sievert dio unas bofetadas a los chicos, hasta que al menos uno de ellos le dirigió una mirada turbia.

—Ahora sois mercaderes de pleno derecho. Id arriba y descansad. Os lo habéis ganado.

Unos criados se llevaron a los chicos, seguidos de un cirujano que atendiera sus heridas.

—¿Pensáis que les hemos atizado demasiado fuerte? —preguntó preocupado Olav.

—Oh, está bien. Vamos, bebamos a su salud —dijo Sievert.

Bebieron hasta medianoche. ¡Hacía meses de la última vez que se había divertido tanto! Con una sonrisa beoda en el rostro, Sievert subió a sus aposentos.

Allí estaba esperándolo su madre.

—¿Cómo es que aún no estás dormida? —Solo entonces se dio cuenta de lo espesa que tenía la lengua.

Agnes estaba sentada a la luz de las velas, y alzó la vista de su Biblia de bolsillo con expresión sombría.

—¿Con este ruido? Difícilmente.

Sievert se quitó la gorra y colgó el manto de un gancho.

—Hemos festejado un poco. Concédenos este raro placer.

—¿Llamas a eso «placer»? Son necias puerilidades, impías y vergonzosas. Indignas de hombres adultos.

—Es una tradición poner a prueba a los novatos. Como síndico, se espera de mí que participe en ella.

Agnes se limitó a resoplar.

—¿Qué? —preguntó irritado Sievert.

—A un síndico no debería importarle lo que se espera de él. Solo él regula la vida en el recinto. Nadie le obliga a celebrar fiestas infantiles.

—Tú no lo entiendes, madre.

—Oh, lo entiendo muy bien —dijo Agnes—. Quieres que los hombres te quieran. Crees que de ese modo puedes comprar su afecto. Lo que los demás piensan siempre ha sido decisivo para ti. Más importante que todo lo demás. Pero de ese modo nunca llegarás a ser un gran mercader.

Nada devuelve la sobriedad a un hombre tan deprisa como el desprecio de su propia madre. Sievert sintió una rabia que lo asfixiaba.

—Un gran mercader como padre... eso es lo que quieres decir, ¿no?

—Tu padre no se habría entretenido con necias borracheras. Habría aprovechado el tiempo en Peterhof en hacer avanzar su empresa y a la Liga.

—Eso te gusta, ¿eh? Compararme constantemente con otros, y retorcer las cosas de tal modo que yo quede mal. Cuando no es padre, es Helmold.

—De hecho, puedes tomar ejemplo de Helmold. Él ha llegado a comendador. No se pasa el día entero quejándose de lo injustos que son los demás con él.

Sievert enseñó los dientes, dio un rápido paso hacia delante y alzó la mano. Agnes lo miró impávida.

—Vamos, hazlo. Pégame.

Con una maldición en los labios, Sievert dejó caer el brazo.

—Lo sabía —dijo su madre con desprecio—. No eres lo bastante hombre para eso.

40

Fiódor y Balian daban vueltas el uno en torno al otro con las espadas desnudas, acechaban al adversario, buscaban un hueco en su defensa. Más de quince personas daban ánimos al guerrero ruso, pero Balian no se dejó confundir por eso. Estudió, concentrado, sus movimientos hasta que vio su oportunidad de atacar. Saltó rápidamente hacia delante, engañó a Fiódor con una finta y le golpeó en el pecho con el escudo. Cuando el guerrero retrocedió tambaleándose, Balian insistió en su ataque, lo puso a la defensiva con varias estocadas rápidas y lo zancadilleó. Fiódor cayó en el fango con un gemido. Su gente se rio de él.

—Déjame que te ayude, padrecito. —Sonriente, Balian le tendió la mano.

Felizmente, Fiódor no era hombre que se tomara a pecho una derrota. Cuando volvió a estar de pie, se rio con los otros.

—Los jóvenes sois demasiado rápidos para mí. Rogaré a los enemigos de Nóvgorod que solo ataquen con ancianos, para no hacer demasiado mal papel en el campo de batalla.

—Tampoco eres tan lento —repuso Balian—. Sigues estando a la altura de la mayoría de los guerreros... ciegos y lisiados.

Se marcharon riendo del campo de ejercicios.

—¿Dónde has aprendido a pelear así, Balian Remiyevich? —preguntó Fiódor.

—Es una larga historia.

—¿Sabes lo que pienso? Que habéis mentido... no sois mercaderes.

—Sí que lo somos —dijo Raphael, que estaba junto al horno del pan, donde se estaba caliente, y tiraba a Mordred trozos de carne seca—. Tenéis mi palabra.

—Pero no habituales. Uno de mis hombres os ha visto rondando el Peterhof. Estáis incubando algo.

—Puede ser. —Balian sonrió apenas.

—Si puedo ayudar, házmelo saber —dijo Fiódor.

—Ya has hecho más que suficiente por nosotros. Tu deuda está largamente pagada.

—Bah, no se trata de ninguna deuda. Tan solo me gustaría poder jugarles una mala pasada a esos malditos *nemez*, eso es todo...

Fiódor se volvió al oír cascos de caballos. Unos jinetes entraban atronando en el patio, guerreros con brillantes cotas de malla, armados con lanzas, espadas y escudos rectangulares. Balian ya había visto a esos hombres varias veces en la ciudad. Formaban parte de la Druschina, la guardia personal del príncipe Dimitri Alexandrovich.

Su jefe miró imperativo a su alrededor y llamó a Grigori Ivanovich. El boyardo salió del gran salón, acababa de comer y se estaba secando con la manga la barba manchada de grasa. Entre él y el jefe de la Druschina tuvo lugar una conversación cada vez más acalorada, hasta que los dos hombres empezaron a gritarse.

—¿Por qué disputan? —preguntó Balian. Los conocimientos de alemán de Fiódor le eximían de la necesidad de aprender ruso, por lo que hasta ese momento solo había captado expresiones sueltas. Insuficientes, con mucho, para poder seguir la confrontación.

—Se trata de los tártaros —respondió Fiódor—. Pronto los bascacos vendrán a Nóvgorod, y el príncipe exige a todos los boyardos que entreguen pieles, cera y plata para los pagos.

—¿Bascacos?

—Chantajistas. Recaudadores de impuestos. —El rostro de Fiódor se ensombreció—. Aparecen todos los inviernos y nos reclaman impuestos. Ellos lo llaman la *tamga*.

—Pensaba que el Señor Nóvgorod el Grande era libre —dijo Raphael, con un soplo de burla.

—Somos libres. Al contrario que los otros principados de la

Rus, los tártaros nunca nos han vencido en el campo de batalla. Pero Alexander Yaroslavich cree que tenemos que doblegarnos ante la Horda de Oro si no queremos ser arrollados por ella. Por eso lame el culo a los tártaros todo lo que puede, y ha acordado con ellos el pago de tributos anuales. Maldito sea.

—Pero el gran duque Alexander ya no está en la ciudad. —Al menos eso había oído Balian.

—No. Pasa la mayor parte del tiempo en Sarai, donde besa los pies al Kan de los mongoles. Ahora el príncipe es Dimitri, su hijo, que no es ni una pizca mejor que el cobarde de su padre. Cuando quisimos echar a los bascacos el año pasado, envió a su Druschina e hizo que golpearan a su propia gente. Es una vergüenza.

Entretanto, Grigori se había sometido a los guerreros del príncipe. Rendido, alzó las manos y pareció declararse dispuesto a aportar las tasas para los bascacos. Los jinetes volvieron grupas a sus caballos y salieron de allí al galope.

—Que el diablo se lleve a todos los tártaros —dijo Fiódor, y escupió en el barro.

Algunos días después volvieron los tramperos de Grigori. Se habían quedado más tiempo que los otros cazadores en el salvaje territorio interior de la República de Nóvgorod, pero ahora el frío gélido les había obligado a buscar refugio en la ciudad. Sus animales iban cargados con sacos llenos de pieles de zorro, marta y marta cibelina, que dejaron caer en el patio.

Grigori parecía satisfecho con el botín, y pellizcó las mejillas de los hombres entre elogios. Luego ordenó cargar una parte de las pieles en tres carros.

—Quiere venderlas en el Peterhof —explicó Fiódor, y miró de manera significativa a sus amigos extranjeros—. Quizá queráis ir con ellos.

Balian aguzó los oídos.

—Si tu señor no tiene nada en contra...

—No te cruces en su camino y déjale hacer en paz sus negocios, y no tendrá nada que decir.

Siguieron a Fiódor hasta el carro.

—¿Me vais a contar de una vez por qué estáis tan interesados en espiar a los *nemzi*? —preguntó el guerrero.

—Cuando llegue el momento —respondió elusivo Balian.

—Tu maldito… ¿cómo se decía?… ¡Secretismo! Estoy empezando a hartarme de él —gruñó Fiódor, pero no siguió haciendo preguntas.

Poco después la caravana salía del patio. Balian y Raphael se mezclaron sin llamar la atención con los criados que caminaban junto a los bueyes.

De hecho, los tomaron por simples ayudantes cuando la caravana llegó al Peterhof. El guardia de las puertas examinó los sacos, pero como parecía conocer a Grigori no se entretuvo mucho con ellos y les hizo la seña de que pasaran. A los dos loreneses ni los miró.

La mercancía se acumulaba en el patio de la casa comercial. Alemanes y gente de Gotland regateaban con rusos. Varios fuegos de leña ahuyentaban el mordiente frío. Más de cien hombres se apiñaban delante de los edificios, su aliento formaba blancas nubes y se mezclaba con el humo. Balian se dio cuenta de un solo vistazo de que allí se hacían espléndidos negocios. En poco tiempo, cargamentos enteros de pieles y cereales cambiaron de dueño. En las mesas se acumulaban las barras de plata, las grivnas, que en Nóvgorod empleaban como medio de pago en vez de las monedas. Si se necesitaba una cantidad de dinero menor, se echaba mano de un hacha afilada y se cortaba un pedazo de la barra; esos trozos pequeños de plata eran los rublos.

En lo que a las riquezas de los viajeros a Rusia se refería, la estimación de Balian no había sido en absoluto exagerada: el Peterhof era como una gigantesca cámara del tesoro, llena de exquisiteces como ámbar de Prusia, paños de Flandes e incienso del Lejano Oriente. Al parecer, guardaban la plata en la capilla, porque una y otra vez ayudantes cargados con bolsas repletas desaparecían en la pequeña iglesia.

Para no despertar suspicacias, Raphael y él se quedaron junto a los criados de Grigori y miraron a su alrededor sin llamar la atención. Balian había esperado encontrar en su visita al Peterhof algún punto débil que le facilitase su venganza. Volvió a verse defraudado. La empalizada que rodeaba el patio era alta y sólida; sólidos eran también los distintos edificios. Hacía unos días habían observado que además había varios puestos de guardia en los caminos de ronda. Y en lo que a los mercaderes se refería, cada uno de ellos iba constantemente rodeado de hombres armados, ya fueran criados o mercenarios.

De pronto oyó a uno de los auxiliares pronunciar el nombre Sievert.

Un hombre de unos treinta y cinco años atravesó el patio y habló con algunos mercaderes alemanes, que tenían una pregunta relativa a los precios del cereal. Balian lo reconoció al instante. Dio un codazo a Raphael y murmuró, con los labios apretados:

—Es él.

El corazón le latió más deprisa, y el dolor que sintió fue tan fresco como el de aquella noche de Londres. Con la diferencia de que en esta ocasión una ira abrasadora se sobreponía al dolor. No, más aún: odio. Odio hacia ese hombre que había destruido su familia. Una parte de él quería sacar la espada y dejar en el sitio a Sievert.

—No tiene pinta de asesino —dijo en voz baja Raphael.

Balian se tomó tiempo para mirar con calma a Sievert Rapesulver. A Raphael no le faltaba razón. De hecho, el de Lübeck tenía un aspecto más bien vulgar, con su cara corriente y su barba cuidadosamente recortada. Casi aburrido. Un tipo como mil más. «¿Qué clase de hombre eres?» Por desgracia, Sievert no fue tan amable como para mostrar sus debilidades a todo el mundo. Sencillamente se quedó allí hablando, y en algún momento desapareció en uno de los edificios.

Balian palpó el pomo de su espada. Tenía la garganta cerrada de ira y de amargura.

Grigori no necesitó mucho tiempo para vender sus pieles. De regreso, estaba sentado en el pescante y parecía un fauno de cara rojiza que despotricaba sin parar, mencionando varias veces la palabra *nemzi*.

Cuando llegaron a la granja del boyardo, Grigori seguía maldiciendo. Ni siquiera la plata que había recibido por sus pieles lograba mejorar su humor.

—¿Qué le pasa? —preguntó Raphael.

—Está furioso con esos malditos *nemzi* —dijo Fiódor, que estaba delante de su casa y ayudaba a los *chelyadin* a cortar leña—. El príncipe y el *posadnik* no dejan de concederles privilegios.

Cada año más. Les dejan hacer y deshacer todo lo que quieren…
¿Y por qué? Porque dependemos de sus cereales y sus paños. Y
ellos nos lo agradecen imponiéndonos los precios de las pieles y la
cera y obligando a mi señor a vender demasiado barata su mercancía.

—¿Por qué no la vende en otro sitio?

—¿Cómo va a hacerlo? En el oeste, la Liga de Gotland y la
Orden Teutónica controlan el comercio, y en el este lo hacen los
tártaros. O vende barato, o no vende. Así de sencillo. —Fiódor
alzó el hacha por encima de su cabeza y partió en dos un trozo de
leña.

Los dos loreneses se sentaron en la sala, donde podían hablar
sin ser molestados.

—¿Cuántos hombres armados has contado? —preguntó Balian.

—Unas dos docenas de mercenarios. Pero también muchos
comerciantes y ayudantes llevan armas. —Raphael se quedó mirándolo—. No vas a llegar hasta Sievert. Es imposible. Acéptalo
de una vez.

—No hay nada imposible —declaró testarudo Balian—. No
para mí.

—Balian…

—No. Deja de intentar convencerme. Quiero mi venganza. Se
la debo a Michel. Se la debo a toda mi familia. ¿Sabes cómo lo
pasó Blanche cuando se enteró de la muerte de Clément? No habló durante días. No probaba bocado. Estaba como petrificada de
dolor. Si de verdad significa algo para ti, me ayudarás a castigar a
los asesinos.

Se dio cuenta de que sus palabras habían hecho mella. Raphael
guardó silencio un momento, antes de decir:

—Te he seguido hasta el fin del mundo. Reprocharme que no
quiero ayudarte es bastante injusto.

—Puede ser —dijo Balian—. Pero el destino tampoco ha sido
justo conmigo. Y menos aún con Michel y Clément.

41

Odet recorría las calles de Riga buscando algo de comer mientras la lluvia le daba en el rostro y un viento helado tiraba de su agujereada vestimenta.

No podía acordarse de cuándo tuvo tanta hambre por última vez. El estómago se le contraía dolorosamente, de tal modo que apenas podía pensar. Por las noches soñaba con banquetes opulentos. Durante el día, lo atormentaba el temor a desplomarse de debilidad. Hubiera querido enroscarse en un rincón seco y pasar el resto del día durmiendo. Pero no podía entregarse a la desesperación. Los otros contaban con él.

Acarició el saquito con los huesos de san Jacques, rezó a Águeda de Catania, pero ningún santo quería aliviar su angustia. Desde que se habían agotado sus parcas reservas, vivían del aire. Odet salía todos los días y vagaba por la ciudad; a veces encontraba un nabo podrido o un mendrugo de pan duro como una piedra. Su mejor hallazgo hasta el momento habían sido dos gruesos arenques que los pescadores habían perdido en el puerto. Nunca había vuelto a tener tanta suerte.

Y eso que Riga era una ciudad acomodada, con un puerto importante, en el que todos los días atracaban mercantes de Lübeck y de los reinos del norte. En realidad, nadie tenía por qué pasar hambre allí. Pero los señores del comercio guardaban celosamente sus tesoros, y no dejaban acercarse a sus almacenes a un forastero harapiento como Odet. Y los ciudadanos más pobres, artesanos, marineros y trabajadores del puerto, apenas tenían para vivir ellos mismos.

Si fuera por Odet, se habría puesto a mendigar. O a robar. Pero la señora Blanche le había prohibido ambas cosas.

—Eso está por debajo de nuestra dignidad —le había amonestado. Y él se atenía a lo que decía la señora Blanche, aunque el hambre estuviera privándole del entendimiento.

La mayoría de las veces encontraba lo suficiente como para mantenerlos a flote. Pero la señora insistía en que casi todo fuera para el señor Bertrandon, que seguía postrado enfermo y tenía que comer para recuperar las fuerzas. Apenas si quedaba algo para Blanche y Odet.

«La culpa la tienen los malditos prusianos», pensaba mientras se arrastraba, cansado, por el barrio del puerto. «Si no hubiéramos tenido que huir, seguro que hace mucho que el señor Bertrandon estaría sano, y yo no tendría que cederle la mitad de mis raciones.»

Sí, con la fuga de la encomienda habían empezado sus desdichas. Fueron días espantosos, días llenos de miedo e incertidumbre. Cuando se acercaron los saqueadores prusianos, recogieron sus pocas pertenencias y salieron huyendo, porque estaba claro que los hermanos que quedaban no iban a estar en condiciones de defender la casa de la Orden; los enemigos eran demasiado numerosos. Así que Odet y sus compañeros se retiraron a tierras de paganos y se escondieron en los bosques. Sin duda allí estaban a salvo de los rebeldes, pero las frías noches al raso empeoraron la fiebre de Bertrandon. Blanche temía por su vida.

—Tenemos que llevarle a un médico o morirá —decidió.

Con ramas y sus mantas, hicieron una camilla para el enfermo. Odet tiraba de ella durante varias horas al día, hasta que estuvo a punto de desplomarse de agotamiento. Se abrieron paso hacia la costa, porque la señora Blanche había oído decir que junto al mar había ciudades, plazas comerciales fortificadas de los mercaderes alemanes, que sin duda ofrecerían protección frente a los combates. Pero su camino pasaba por el país de los curianos, que también se habían alzado en armas contra la Orden. Los compañeros tuvieron que ir hacia el este, y solo alcanzaron la costa al cabo de ocho largos días. Fue casi un milagro que Bertrandon sobreviviera al viaje. Al menos enseguida fueron a dar con una ciudad, Riga, sede de un arzobispo que defendía con decisión su diócesis de los rebeldes. Allí encontraron techo y refugio, y un médico para Bertrandon.

Y allí permanecían desde entonces. Sin esperanza de volver a ver jamás su patria.

Cuando Odet no tuvo suerte en el puerto, caminó sin rumbo por las calles, empapado y helado y mareado de hambre. «Ayúdame, san Jacques, solo esta vez...», rezó. Y de hecho, esta vez el santo no lo dejó en la estacada. Odet vio un carro de bueyes que daba trompicones por la calle, cargado hasta los topes de coles. Eran espléndidos ejemplares, a cuya vista se le hizo la boca agua. Siguió al carro sin llamar la atención, y poco después su testarudez se vio recompensada. El carro pasó por encima de un socavón, y dos coles cayeron de él. Las recogió a toda prisa, las escondió en el sayo y dio mil veces gracias a san Jacques mientras salía corriendo de allí.

Rápidamente volvió a su alojamiento, un albergue de mala muerte, plagado de chinches, que se pegaba a los muros del palacio episcopal como una ramera insistente a un cliente adinerado, un lugar de paredes mohosas y techo agujereado, por el que se colaba el agua de la lluvia. Pero había una chimenea en la que siempre crepitaba un fuego, y eso era más importante que todo lo demás. Apenas Odet entró por la puerta, colgó su manto empapado de un gancho, cogió una col en cada mano y presentó sonriente su botín.

La señora Blanche le sonrió fugazmente, pero no tenía tiempo para felicitarle por su hallazgo. Estaba sentada a la mesa de la taberna, rodeada como siempre de peticionarios que le pagaban por leerles documentos, explicarles contratos de arrendamiento o escribir cartas a parientes lejanos. Los habitantes alemanes de Riga hablaban un dialecto parecido al de Konrad von Stettin y sus hermanos, que entretanto la señora Blanche dominaba lo bastante bien como para poderlo leer y escribir. Aunque todos los días trabajaba de la mañana a la noche, la plata que ganaba de ese modo alcanzaba justo para pagar el alojamiento y el médico. No quedaba nada para comida o ropa nueva.

Odet pidió una cacerola prestada al posadero, trajo agua y cocinó la col al fuego. Cuando la señora Blanche hubo terminado con el trabajo, fue hacia él, olfateó la sopa y cerró los ojos con expresión de placer.

—Qué bien huele. Y esta vez incluso alcanzará para todos. Lo has hecho bien, Odet.

El criado estaba radiante. Cuando la señora Blanche le elogiaba, el corazón se le salía del pecho. En secreto, estaba un poco enamorado de ella.

—Esto alegrará a Bertrandon —dijo—. Llevémosle su ración.

—No es necesario. Comeré aquí con vos.

El señor Bertrandon salió de la habitación de al lado, donde dormían los huéspedes. Caminaba despacio, pero caminaba, y a Odet ya no le pareció tan pálido como el día anterior.

—Estáis mejor —constató con alegría la señora Blanche.

—Sí. Parece que poco a poco empiezo a remontar.

Se sentaron al fuego y compartieron la sopa. La señora Blanche insistió en que la repartieran bien y guardaran un poco para después. Pero el hambre pronto les hizo olvidar ese buen propósito, y engulleron la col hasta la última hoja. Se quedaron sentados con la panza llena y escucharon complacidos la lluvia, que tamborileaba en el tejado.

«Vaya festín.» Odet sonreía feliz.

Quizá aún quedaba esperanza.

42

Era una mañana gélida cuando los tártaros hicieron su entrada en Nóvgorod. Venían con toda su pompa y arrogancia: los bascacos iban a caballo, espléndidamente ataviados y con una mirada imperativa que recordaba la de los príncipes. Su guardia personal consistía en lanceros a caballo y arqueros montados, que guiaban sus caballos sin consideración alguna entre la multitud, seguidos por criados y esclavos con los animales de carga y el equipaje de sus señores.

El príncipe Dimitri Alexandrovich, el *posadnik* y el arzobispo habían salido al encuentro de los tártaros para saludarlos a la orilla del lago helado, pero el pueblo de la ciudad no los recibió con cordialidad. Se agitaron puños y se gritaron ofensas mientras los recaudadores de impuestos se dirigían al Detinets. Más de uno llegó a arrojarles verdura podrida, de modo que los guardias esgrimieron las fustas y golpearon a los ofensores. Si la Druschina del príncipe no hubiera intervenido para dispersar a la multitud, sin duda habría habido derramamiento de sangre en las calles.

La ira contra los invasores extranjeros hizo presa en Nóvgorod incluso horas después, cuando hacía mucho que los tártaros habían desaparecido en el castillo. Grigori se pasó toda la mañana refunfuñando y descargando su mal humor sobre los criados de la casa. Hacia el mediodía aparecieron otros boyardos, hombres barbados con largos mantos y gorros de piel de los que sobresalían rizos. En el encuentro que mantuvieron en la sala dieron espacio a su ira, maldijeron en abundancia y golpearon con los puños encima de la mesa.

Fiódor, sentado junto al fuego con los loreneses, escuchaba en tensión lo que decían y no dejaba de acariciarse la barba.

—Va a haber una *vetsche* —explicó—. Una asamblea de todos los hombres libres. Van a deliberar si nos sometemos a los tártaros.

—¿Es que acaso tenéis elección? —preguntó Balian.

—No, si hemos de creer a Alexander Yaroslavich y Dimitri Alexandrovich. Pero la mayoría vemos las cosas de otro modo —dijo iracundo el guerrero—. Queremos mandar al infierno a esos malditos bascacos. Que el Kan nos envíe sus tropas. Quizá ya sea hora de devolver a los tártaros al lugar del que han venido.

Una vez que se fueron los boyardos, los pregoneros recorrieron toda la ciudad llamando a los ciudadanos a acudir a la *vetsche* a la mañana siguiente.

—¿Podemos acompañaros? —preguntó Balian.

—Sin duda —respondió Fiódor—. Pero os advierto: una *vetsche* no es algo para espíritus delicados. Allí las cosas se ponen difíciles, y a veces incluso se recurre a los puños. Y esta vez seguro que va a ser especialmente acalorada.

—¿Qué esperas de ir? —preguntó Raphael después, cuando estuvieron solos—. Todo esto no nos atañe.

—No puede hacernos daño estar al tanto de los acontecimientos en la ciudad. Quizá podamos aprovecharlo.

—¿Y cómo?

Balian guardó silencio. Aún era demasiado pronto para hacerse preguntas más precisas.

A la mañana siguiente fueron a la granja de Yaroslav, a la orilla del río, donde iba a tener lugar la *vetsche*. Nevaba desde que había empezado el día, y un viento cortante arremolinaba cristales de hielo en torno a muros y tejados: un remolino invernal sonoro, aullador.

Aun así, casi nadie tenía frío, porque en la granja se apretujaban ya más de mil hombres, vestidos con mantos forrados, gruesos abrigos de lana y gorras de piel, y el sonido de la campana no hacía más que llamar a otros. Eran boyardos, terratenientes y otros miembros de la aristocracia de la ciudad, pero también artesanos, pescadores y siervos, campesinos libres que tenían tanto derecho a hablar en la *vetsche* como la nobleza.

De todos modos, fueron los boyardos los que llevaron la voz cantante en la finca de Yaroslav. Los más ricos y poderosos de ellos se reunieron ante la capilla en torno a Grigori Ivanovich, y poco después inauguraron la asamblea.

Quien quería hablar, subía a la escalera, delante del campanario, y tomaba la palabra. Grigori fue el primero en hacer uso de su derecho. Su voz atronadora resonó en el patio.

—Dice que los tártaros no tienen ningún derecho a exigirnos tributo —tradujo Fiódor, que estaba en medio de la multitud con Balian y Raphael—. Deberíamos negarnos incluso a darles un tarro de miel.

El discurso de Grigori tuvo eco. La multitud rugía entusiasmada y escarnecía a voz en cuello a los mongoles. Otros oradores se sumaron a su posición y reclamaron al pueblo de la ciudad que se opusiera a los bascacos. Los hombres pateaban el suelo de tal modo que temblaba; el griterío era ensordecedor. Balian podía sentir que la ira general estaba a punto de convertirse en violencia.

Pero también había oradores que llamaban a la calma.

—Nos recomienda pagar el tributo esta vez y acto seguido negociar con los mongoles —tradujo Fiódor cuando un mercader entrado en años tomó la palabra—. Porque considera que la resistencia abierta es peligrosa.

El mercader cosechó unos cuantos gritos de asentimiento, sobre todo de sus iguales. Pero la mayoría no mostró otra cosa que desprecio a esa opinión. Balian veía cómo se procedía en la *vetsche* para ejercer la crítica a la opinión dominante: sencillamente, se aplastaba a gritos.

La multitud bramaba. Los rostros ardían, los ojos relampagueaban, la saliva salía volando de los labios. Finalmente, Grigori volvió a subir a la escalera, agitó los puños en el aire y gritó sus exigencias, con el rostro enrojecido.

—Es cosa hecha —explicó satisfecho Fiódor—. Vamos a echar a los tártaros de la ciudad.

La asamblea respondió rugiendo el nombre de santa Sofía, a la que siempre se invocaba cuando estaba en juego la dignidad de la República. La multitud ondeaba como un mar tempestuoso.

Algunos de los presentes habían desenvainado sus armas y las agitaban por encima de sus cabezas. El mercader y sus aliados volvieron a intentar calmar a las masas, pero no les dejaron tomar la palabra. En vez de eso, dos boyardos del campo de Grigori subieron corriendo por la escalera con sus criados y cogieron en volandas a los oradores indeseados. Balian estiró la cabeza y vio que se llevaban a los mercaderes al puente y los tiraban al río.

Raphael lo miró y alzó una ceja. Fiódor se limitó a sonreír.

—Os lo advertí. Entre nosotros, en Nóvgorod las costumbres son rudas.

De pronto hubo un movimiento entre la multitud. El príncipe Dimitri y su Druschina habían aparecido. La gente retrocedió y formó un pasadizo por el que el príncipe se dirigió con solemnidad, acompañado de su guardia, hacia la capilla, donde subió por la escalera y se dirigió, iracundo, al pueblo.

—Uf —murmuró Fiódor.

—¿Qué dice?

—Nos ordena en nombre de su padre dejar en paz a los tártaros. Habría sido mejor que no lo hiciera…

Entretanto, Balian sabía que no se podía comparar al príncipe de Nóvgorod con los altos dignatarios del Sacro Imperio Romano. Porque aquel era elegido por el pueblo y dirigía a la ciudad en la guerra, pero más allá de eso tenía un limitado poder político. Enseguida, los ciudadanos le mostraron de manera indudable en lo que le tenían a él y a su opinión. Hombres furiosos subieron por la escalera, y hubieran agredido a Dimitri si la Druschina no se hubiera interpuesto. Enseñando los dientes, los guardias protegieron a su señor, repartiendo puñetazos y golpes con la contera de las lanzas.

Por la puerta del recinto entraron más soldados del príncipe. Debían de ser un centenar, si no más. De manera brutal, los caballos se abrieron paso entre la multitud y golpearon a los ciudadanos con palos y látigos. Algunos por su parte desenvainaron armas y se aprestaron a defenderse, pero casi todos buscaron la salvación en la huida para no ser arrollados por los caballos. El caos estalló cuando la gente corrió hacia la capilla y los otros edificios, que tenían distintas salidas.

Balian y Raphael se quedaron pegados a Fiódor, que, con expresión dura, llamaba a sus hombres a su lado y se abría paso hacia Grigori. El boyardo rugía de ira, pero se daba cuenta de que ya no había nada que hacer allí. Los guerreros lo rodearon y lo escoltaron hasta un portillo en el muro del recinto.

Entretanto, el príncipe Dimitri estaba delante del campanario y trataba con voz estridente de imponerse al ruido. Incluso sin la ayuda de Fiódor, Balian podía imaginar lo que estaba diciendo: que iba a encarcelar y ejecutar a todo el que se resistiera a sus órdenes.

Se escurrieron por el portillo y comprobaron que los callejones que rodeaban la finca de Yaroslav hervían de soldados. Dejaban en paz a los que se conducían pacíficamente, tan solo les urgían a marcharse a casa. A los demás les hacían sentir el látigo.

Regresaron a la finca de Grigori, donde el boyardo ordenó atrancar la puerta. Fuera, en los callejones, patrullaba la Druschina del príncipe. Al final de la mañana, una extraña calma se había tendido sobre la ciudad.

También los tártaros percibieron el ambiente de la ciudad y se quedaron por el momento detrás de los muros protectores del Detinets. Solo al atardecer osaron salir del castillo.

Balian y sus amigos estaban en la torre de la granja del boyardo, y observaron cómo algunos bascacos con su séquito cruzaban el puente hacia el lado de los mercaderes.

—¿Adónde van?

—A las praderas, a tender sus yurtas, supongo —respondió Fiódor.

—¿Yurtas?

—Tiendas de campaña. Los tártaros desprecian las casas de piedra. ¿Sabes cómo nos llaman? «La gente de las puertas de madera.»

—Vamos a echar un vistazo —dijo Balian a Raphael.

—Tened cuidado ahí fuera —les advirtió su amigo ruso—. Los hombres de la Druschina prenden a todo el que les parece sospechoso.

Salieron de la granja y cabalgaron hacia el muro de la ciudad, en cuyo lado interior acampaban la mayoría de los tártaros, porque en los pastos y sembrados en barbecho había espacio más que suficiente. Los loreneses se apostaron detrás de un muro bajo que limitaba el camino, se asomaron y observaron a una pequeña tropa de mongoles. Era la primera vez que Balian veía de cerca a los temidos guerreros de la estepa. Llevaban arcos y gambesones pespunteados de seda cruda, y cascos puntiagudos con una protección de cuero en la nuca. Sus ojos almendrados, sus anchas narices y sus barbas divididas en dos les daban un aspecto salvaje y extraño.

Los guerreros descabalgaron y pusieron a trabajar a los esclavos, que enseguida desenrollaron las tiendas e hicieron fuego. Un bascaco, fácil de reconocer por sus fastuosas vestiduras, adornadas con enrevesados dibujos, estaba un poco apartado, con las manos metidas en las anchas mangas, y observaba su trabajo. Era un hombre atlético de unos treinta y cinco años, con el cráneo pelado en su mayor parte; tan solo en la parte de atrás de la cabeza había un solitario moño. La comisura izquierda de su boca se elevaba ligeramente, quizá una antigua herida, que le daba el aspecto de estar sonriendo a sabiendas.

A su lado había dos mujeres. Una de ellas era de su edad; la otra mucho más joven, casi una niña. Llevaba un bebé en brazos.

—¿Crees que estará casado con las dos? —preguntó Raphael.

—Eso parece. —Balian había oído decir que los tártaros hacían como los sarracenos, y no veían reparos en casarse con dos o más mujeres.

Observó a un chico que galopaba relajado por la pradera. El niño, posiblemente hijo del bascaco, no podía tener más de ocho años; aun así, iba más seguro en su silla que más de uno de los jinetes adultos que Balian conocía. El niño reía y bromeaba con los criados.

Cuando los esclavos tendieron la yurta, Balian se dio cuenta de que se había hecho una idea equivocada de aquella clase de alojamiento. Era más grande que todas las tiendas de campaña que había visto nunca, una construcción redonda de flexibles pértigas, fieltro y lana, que podía acoger fácilmente a diez o más personas. Se alzaba en el prado con la forma de una enorme carbonera, con una entrada al sur por la que los esclavos estaban metiendo las pertenencias de su señor.

El bascaco llamó al chico, que descabalgó a regañadientes y desapareció en la yurta con las dos mujeres. Antes de seguirles, el bascaco se volvió una vez más y dejó vagar la mirada por las casas; la comisura de la boca elevada daba a su rostro un rasgo de sarcasmo.

«La gente de las puertas de madera», pensó Balian, y se estremeció.

Los mongoles no tenían prisa para exigir la *tamga* a sus vasallos rusos. Durante los dos días siguientes, no ocurrió nada. Quizá estaban recuperándose del viaje. Había una larga cabalgada desde su capital, Sarai, a Nóvgorod.

La calma en la ciudad se mantuvo, de modo que el príncipe Dimitri retiró al castillo a la mayor parte de sus guerreros. Grigori no estaba dispuesto a conformarse con su derrota. Apenas levantado el toque de queda, envió noticias a sus aliados en la *vetsche*. Entrada la tarde, los boyardos acudieron a su casa en total secreto. Una vez más, la sala se llenó de hombres barbudos que, con caras enrojecidas, despotricaban contra los tártaros y contra el príncipe. Grigori les sirvió hidromiel y pronunció un largo discurso, con el que cosechó un apoyo entusiasta.

—No quieren doblegarse a Dimitri Alexandrovich —tradujo Fiódor—. No tiene derecho a disolver una *vetsche*. Vamos a echar a los bascacos, diga él lo que diga.

—¿Y los guerreros de la Druschina? —preguntó Balian.

—Nos libraremos de ellos. —Fiódor sonrió iracundo—. Dimitri ha abusado de nuestra confianza. Ahora verás lo que hacemos en Nóvgorod con los príncipes impopulares, Balian Remiyevich.

Los boyardos acordaron esperar todavía algunos días para la rebelión, para que los mongoles se confiaran. Entretanto, los bascacos empezaron a recaudar el tributo. Boyardos, mercaderes y ciudadanos libres fueron llamados por barrios, y tenían que entregar en las yurtas pieles de marta y oso, sal, miel y otras mercaderías. De la mañana a la noche, carros pesadamente cargados rodaban por las calles.

A Grigori le iba a tocar el turno a más tardar dentro de una semana. Tanto más sorprendido se quedó Balian cuando, una noche, una pequeña delegación mongola apareció en el patio. Arqueros a caballo frenaron sus caballos, singularmente pequeños, y observaron con gesto amenazador a la sorprendida multitud, mientras un mongol con fastuoso atuendo de seda entraba a caballo por la puerta. Era el bascaco al que habían estado observando hacía unos días. Miró a su alrededor, mostrando su equívoca cicatriz sonriente. Grigori salió precipitadamente de la sala, pero fue lo bastante inteligente como para no demostrar su irritación ante la poco bienvenida visita. Con fría cortesía, saludó al bascaco, que con voz agradable le dirigió unas cuantas palabras. Como no hablaba ruso, empleó un intérprete mongol. Grigori frunció el ceño y llamó a Fiódor. Poco después, el guerrero se reunió con los loreneses.

—El tártaro ha venido por vosotros.

—¿Por nosotros? —preguntó sorprendido Balian.

—Ha oído decir que mi señor alberga a dos latinos del oeste del Sacro Imperio. Quiere conoceros.

El bascaco descabalgó, cruzó los brazos delante del vientre y metió las manos en las anchas mangas. La tensión general se calmó un poco cuando Grigori guio al mongol hasta su salón. Acercaron un cómodo asiento para el huésped extranjero y le ofrecieron hidromiel y frutas confitadas.

Todos los habitantes de la casa se apiñaron en el salón, pero los guerreros tártaros cuidaban de que ninguno se acercara demasiado a su señor. Los loreneses fueron invitados a tomar asiento a sus pies. Fiódor y el intérprete se sentaron junto a ellos. Por desgracia la conversación resultó trabajosa, ya que cada palabra tenía que ser traducida primero por el intérprete y después por Fiódor.

El mongol dijo que se llamaba Tarmaschirin y era funcionario al servicio de Berke Kan, que gobernaba los principados rusos y estaba sometido a su vez al Gran Kan de todos los mongoles. ¿De dónde venían exactamente los dos latinos?

Escuchó interesado la respuesta de Balian y preguntó si en Lorena también vivían en casas de piedra.

Cuando Balian respondió afirmativamente, Tarmaschirin sonrió. ¿No era esa una forma de vida poco práctica? ¿Cómo podían escapar de sus enemigos si su vida estaba unida a una casa de piedra?

—Tenemos muros que nos protegen —explicó Balian.

—También Kiev, Vladimir y Susdal tenían fuertes muros; aun

así, cayeron bajo el asalto de la Horda de Oro —respondió cortésmente Tarmaschirin.

Luego habló de su patria. El reino de los kanes mongoles se extendía desde la lejana Catai hasta la Europa Oriental, pasando por Crimea. En aquellos momentos estaba siendo sacudido por revueltas, porque un nuevo Gran Kan había subido al trono, un soberano llamado Kublai, que no tenía piedad con sus rivales. Kublai era nieto del legendario Gengis, dijo Tarmaschirin, un gran hombre que llevaba en sus venas la sangre de los conquistadores, y que iba a expandir las fronteras del Imperio mongol.

Balian miró a Grigori, que apenas podía contener su ira.

—¿Sois cristianos como los habitantes de esta ciudad? —preguntó Tarmaschirin.

—Sí y no —respondió Balian—. Nosotros pertenecemos a la Iglesia de Roma. Para nosotros, la máxima autoridad sobre la tierra es el papa Alejandro, no el patriarca de Constantinopla.

—¿Es eso todo lo que os diferencia de los cristianos de Oriente?

—Más importantes son las diferencias en el rito y en la liturgia. Por ejemplo, nosotros empleamos pan ácimo para la comunión, y los cristianos griegos pan con levadura. También hay diferencias en el sacerdocio. Entre los griegos, los sacerdotes se casan; entre nosotros no.

—Pero ¿cómo puede un sacerdote asistir a familias y recién casados si él mismo no tiene esposa e hijos? No sabe de qué habla.

Balian calló. Era una buena pregunta, para la que él no tenía respuesta.

—¿Hay discordia entre vuestras religiones a causa de todas esas diferencias? —preguntó Tarmaschirin.

—Hemos quemado Constantinopla y saqueado sus iglesias —dijo Raphael—. Dejando eso aparte, nos entendemos a las mil maravillas.

El bascaco exhibió una taimada sonrisa. Hizo más preguntas a los loreneses, porque estaba interesado en su forma de vida, sus creencias y las circunstancias políticas de su patria.

Balian tenía la impresión de que estaban tratando con un hombre cultivado, y tuvo que confesarse que había valorado mal a los tártaros. En su patria tenían a los mongoles por monstruos sanguinarios salidos del infierno para aniquilar a la Cristiandad. Pero eso era como mucho la mitad de la verdad. Al menos Tarmaschirin era todo lo contrario de un bárbaro sediento de sangre. Aun así, Balian recordó que el bascaco pertenecía a un pueblo de conquistadores. Aquella conversación servía probablemente a la finalidad de conocer las debilidades de los pueblos latinos. Por eso, respondió de la forma más vaga posible a Tarmaschirin.

Así pasó la tarde. Cuando los fuegos se hubieron apagado, Tarmaschirin dio por fin las gracias a Grigori por su hospitalidad y se despidió cortésmente de los loreneses.

—Cuando el invierno haya pasado regresaré a Sarai. Visitadme allí si vuestros viajes os llevan algún día por la Ruta de la Seda. Es la ciudad más inmensa que hay bajo el Eterno Cielo Azul, y sus maravillas os asombrarán.

—Gracias, noble Tarmaschirin —dijo Balian.

El bascaco montó a caballo, y los mongoles se fueron.

—Apenas puedo esperar para tirarlo al río a él y a las otras sanguijuelas —murmuró Fiódor, y escupió.

En cuanto los tártaros se hubieron marchado, Grigori volvió a echar pestes.

Raphael y los otros habitantes de la casa dormían aún cuando Balian abrió con sigilo la puerta y salió al exterior. Envuelto en pieles y mantas, se sentó en un banco, respiró el aire gélido y contempló el cielo sobre la ciudad, que le parecía un caldero lleno de estrellas.

No se oía nada más que el viento, que gemía en torno a los tejados. Perdido en sus pensamientos, acarició su emblema de peregrino con el pulgar.

En algún momento la puerta chirrió. Era Fiódor, que como todas las mañanas se levantaba antes de cantar el gallo y echaba un vistazo a la granja. Con él salió Mordred, que desapareció en la oscuridad.

Bostezando, el guerrero se rascó la barba.

—Ya estás despierto —constató.

—No he dormido nada.

—¿Te has pasado la noche cavilando? Cavilar no es bueno. Le quita el valor a un hombre.

—A veces no hay más remedio —dijo sonriente Balian.

Fiódor se sentó junto a él. Guardaron silencio.

—He venido a Nóvgorod a matar a un hombre —dijo finalmente Balian.

Fiódor no pareció sorprendido.

—¿Qué clase de hombre?

—Un *nemez*. El asesino de mi hermano.

El guerrero asintió.

—Supe desde el principio que la venganza era lo que te impulsaba. Podía sentirlo. Estás lleno de ira, Balian Remiyevich.

—El *nemez* se esconde en el Peterhof. No puedo llegar hasta él.

—No sin un pequeño ejército. E incluso en ese caso sería difícil.

—A no ser que lo haga salir —dijo Balian—. Pero no puedo hacerlo solo.

—¿Me estás pidiendo ayuda?

—A ti y a tu señor.

—Por fin. —Fiódor sonrió—. No tenías que haber esperado tanto. Desde que me salvaste espero la oportunidad de pagar mi deuda.

—Primero tenía que tener un plan.

—¿Cuál es tu plan?

Balian se lo explicó.

—A Grigori Ivanovich no va a gustarle —dijo Fiódor.

—Solamente le pido ese favor. No tiene que hacer nada más por mí.

—El plan es peligroso.

—No tengo otro mejor —dijo Balian.

Fiódor reflexionó. Luego asintió.

—Hablaré con mi señor. —Sonrió—. Eres un loco, Balian Remiyevich. ¿Te lo ha dicho alguien alguna vez?

—No te haces idea de cuánta gente.

43

Diciembre de 1260

Sievert se echó el manto por los hombros antes de abandonar el alojamiento y salir al frío. Había nevado durante la noche, pero no era a causa del clima que precisamente en ese momento hubiera tan pocos comerciantes locales en el Peterhof. Siempre que los tártaros aparecían y recaudaban la *tamga*, los negocios se apagaban durante una o dos semanas... todos los inviernos ocurría lo mismo. Los viajeros a Rusia aprovechaban el tiempo para limpiar los almacenes y renovar los edificios. En el Peterhof siempre había algo que hacer.

La nieve crujió bajo las suelas de sus botas cuando pasó delante de los puestos de venta. Allí solo había unos cuantos rusos, todos de mal humor, regateando encarnizadamente por cada rublo. Sievert podía entenderlos. ¿A quién le gustaba pagar tributos? Sin embargo, estaba feliz de que el príncipe Dimitri hubiera ahogado en su germen la rebelión contra los bascacos. Los disturbios en Nóvgorod habrían paralizado el comercio durante semanas o incluso meses. La temporada habría pasado antes de empezar. Y prefería no imaginar la respuesta del Kan mongol...

Se sacudió las botas y entró en uno de los almacenes, donde sus ayudantes estaban haciendo inventario desde por la mañana.

—¿Adelantáis?

—Casi hemos terminado. Aquí está la lista.

Sievert cogió las tablillas de cera y estudió los números, pero fue interrumpido por la llegada del intérprete.

—¿Qué pasa?

—Un tártaro quiere hablar con vos.

Con el ceño fruncido, Sievert siguió al intérprete al exterior.

—Ojalá no lo hayáis dejado entrar.

—Está esperando fuera.

Fue hacia la puerta. De hecho, había un mongol delante del Peterhof, sujetando al caballo por las riendas. Junto a él había dos guerreros a caballo, con lanzas partesanas en las manos. El guardia de la entrada vigilaba a los tres asiáticos y se sentía visiblemente incómodo en su pellejo.

—¿Ha dicho lo que quiere?

—Lo envía su señor, el bascaco Tarmaschirin —respondió el intérprete—. No sé más.

Aunque Sievert pasaba casi todos los inviernos en Nóvgorod, hasta ese momento nunca había conocido personalmente a un tártaro. No se había dado la oportunidad... tanto los viajeros a Rusia como los mongoles se mantenían junto a los suyos cuando llegaban al lago Ilmen. Además, las bárbaras costumbres de ese pueblo lo llenaban de incomodidad. Si el hombre que había ante la puerta no hubiera sido el mensajero de un bascaco, lo hubiera mandado echar. Pero un mercader hacía bien en no irritar al alto funcionario de un soberano extranjero. Así que hizo de tripas corazón y cruzó la puerta.

El mongol se inclinó y dijo algo en ruso.

—Trae saludos de su señor —tradujo el intérprete—. Para Tarmaschirin, es un honor establecer contacto con el prestigioso síndico de la Liga de Gotland.

Sievert se sintió halagado. Su fama le precedía; hasta los mongoles de la Horda de Oro le conocían. «¿Puedes afirmar eso de ti, Helmold?»

—¿Qué desea tu señor?

—El gran Tarmaschirin ha oído hablar mucho de vos —respondió el mongol—. Dado que se interesa por las necesidades de los pueblos latinos, quisiera conoceros y os invita a un banquete en su yurta.

Sievert no estaba precisamente interesado en salir del Peterhof para comer con un bárbaro. Pero ¿cómo podía rechazar la invitación sin ofender al bascaco?

Como si el mensajero hubiera adivinado sus reparos, añadió:

—Mi señor quiere proponeros un lucrativo negocio. Un negocio que reportará riqueza y prestigio a la Liga de Gotland.

—Háblame más de ese negocio.

—Berke, el Kan de la Horda de Oro y padre de todos nosotros, alabado sea, quiere establecer contactos comerciales con los alemanes —explicó el mongol—. Ha encargado a su fiel servidor Tarmaschirin encontrar un socio de confianza para esa empresa. Mi señor considera adecuada a la Liga de Gotland, porque tiene experiencia en el comercio a grandes distancias. Dispone de los medios para transportar nuestras mercancías a los países latinos y suministrar a Sarai vino de uva y otras exquisiteces de los alemanes. ¿Puedo decir a mi señor que estáis interesado?

Sievert ocultó su excitación y se mostró dubitativo.

—Me siento honrado —respondió al fin—. Envía mis saludos a Tarmaschirin y dile que me alegrará conocerlo personalmente.

El intérprete tradujo sus palabras, y el mongol hizo una reverencia.

—Mi señor os espera en su campamento al romper la noche. Que el Eterno Cielo Azul os proteja, noble Sievert —dijo el mensajero, antes de montar y marcharse al paso con sus hombres.

Poco después, Sievert se reunió con Olav, Rutger y Emich, los hombres más influyentes del Peterhof, que gozaban de gran prestigio entre los demás viajeros a Rusia y tenían cada uno una de las llaves del arca de la Liga. En la capilla, les habló de la invitación de Tarmaschirin.

—¿Ese bascaco nos ofrece el monopolio del comercio con la Horda de Oro? —preguntó incrédulo Olav.

—Así he entendido al mensajero.

—Si es así, nos esperan riquezas inimaginables. —En los ojos de Rutger brillaba la codicia—. Los kanes mongoles son increíblemente poderosos… dominan media Asia. Pensad tan solo en lo que significa: ¡Seda! ¡Incienso! ¡Alumbre! Por fin podremos librarnos de los intermediarios rusos.

—Cierto, la oferta es atractiva. Pero no debemos precipitarnos con un negocio de ese volumen —dijo Olav, el eterno dubitativo—. Sin duda no somos los únicos a los que… ¿Cómo habéis dicho que se llama?

—Tarmaschirin —respondió Sievert.

—… a los que Tarmaschirin ha preguntado —prosiguió

Olav—. Si es inteligente, estará negociando al mismo tiempo con los venecianos, que mantienen casas de contratación en el mar Negro y fácilmente podrían extender sus rutas comerciales hasta Sarai. También tenemos que contar con los genoveses. Así que primero hemos de averiguar quiénes son nuestros rivales.

—Berke Kan venderá su monopolio —dijo Sievert—. Que será caro, está fuera de duda. Tengo la intención de hacer a Tarmaschirin una oferta tan generosa que los eventuales competidores no puedan alcanzarla.

Rutger asintió.

—¿Qué es lo que más valoran los tártaros? La fuerza. Impresionad a los bascacos con nuestro poder comercial. Propongo que llevéis con vos el arca. El tesoro de plata le convencerá de que no hay mejor socio que la Liga.

Las miradas de los hombres se dirigieron al arca de la Liga, que estaba en un nicho, vigilada por dos mercenarios que nunca la perdían de vista.

—¿Vais a ofrecerle toda nuestra plata? —gimió Olav—. ¿Estáis loco?

—Es mucho dinero, sin duda —repuso Sievert—. Pero lo que vamos a ganar a cambio es incomparablemente más valioso. Si pensamos en diez o veinte años, un monopolio así superará en cien veces la inversión.

Olav no estaba convencido.

—¿Qué os parece a vos? —se dirigió a Emich, que, como él, procedía de Visby.

Él también titubeó.

—Considero el negocio arriesgado, porque no estoy seguro de que podamos confiar en los tártaros. Son paganos, y bárbaros sanguinarios. ¿Quién sabe lo que pretenden? Pero, si nuestro síndico piensa que debemos hacer una oferta a los bascacos, debemos intentarlo.

—Gracias por la confianza, Emich —dijo Sievert.

—Quizá deberíais ir sin el arca a ver a los tártaros, y oír lo que el bascaco tenga que decir. —Hizo un último intento Olav—. Luego, siempre podéis hacerle una oferta.

—Una oportunidad así se presenta tan solo una vez —contradijo irritado Rutger—. Se impone una actuación rápida y decidida. Vos mismo decís que tenemos que contar con que habrá poderosos competidores. Si titubeamos, es posible que los venecianos nos quiten en nuestras propias narices el mejor negocio de todos los tiempos.

—Tenéis mi palabra, Olav, de que procederé de manera prudente y no pondré en peligro nuestros intereses —declaró Sievert.

El de Gotland libraba un combate interior.

—Bien —dijo al fin—. Estoy de acuerdo... con una condición: que no vayáis solo. Rutger, Emich y yo os acompañaremos a ver a los tártaros. Cuando llegue el momento de hacer una oferta al bascaco, abriremos juntos el arca, como prescriben los estatutos de la Liga.

Así se acordó.

—Ahora, deberíamos decírselo a los otros —dijo Sievert.

Al caer la oscuridad, un carro de bueyes salió del Peterhof y traqueteó por las calles nevadas. En él viajaba el arca de la Liga, bien atada y oculta bajo una pieza de velamen. Dos mercenarios iban sentados encima; otros ocho hombres caminaban junto al carro con las armas al hombro, seguidos por Sievert y sus socios.

—Necio —murmuró Agnes. Había insistido en acompañar a Sievert. Naturalmente, había tirado por tierra el proyecto—. Es una invitación para salteadores y ladrones.

—No va a pasar nada, madre. —Sievert bajó la voz, porque quería evitar que Olav y los otros les oyeran discutir.

—¿Por qué no has pedido al mongol que venga?

—Porque él me ha invitado. La cortesía exige que sea yo el que lo visite.

—Pero aquí fuera puede ocurrirnos cualquier cosa. Ya sabes cómo nos odian los nativos. Que Dios se apiade de nosotros si averiguan lo que hay en el arca.

—¿Cómo habrían de averiguarlo? Además, están los mercenarios...

Bah, no tenía sentido. Su madre había decidido que aquello era un error, nada la convencería de lo contrario. Sievert la dejó refunfuñar hasta que llegaron al campamento de los tártaros.

—Aquí estamos. Sé que todo esto es un abuso para ti, pero al menos intenta comportarte como si te alegraras de la invitación. ¿Puedo contar contigo?

Agnes no contestó, contempló con gesto avinagrado la yurta que se erguía en la pradera, al pie de la muralla de la ciudad, cerca de una torre defensiva. Sievert había esperado ver multitud de tiendas, pero solo había una. Al parecer, el resto de los bascacos acampaban en otro sitio.

Varios tártaros se ocupaban de los caballos que pastaban en el prado. Uno de los guardias echó a un lado la tela de la entrada, desapareció dentro de la yurta y salió con el bascaco y su intérprete.

Aunque Sievert tenía experiencia en el trato con extranjeros, su anfitrión le pareció enormemente exótico. El traje de color azafrán, los ojos almendrados, el extraño moño en la parte trasera de la cabeza... todo en Tarmaschirin resultaba extraño. «¿Son acaso los tártaros personas?», se le pasó por la cabeza. En su patria, algunos afirmaban que eran demonios y servidores del diablo, cuya única meta era aniquilar a la Cristiandad. Pero se trataba de pensamientos necios, indignos de un mercader con experiencia del mundo. Sievert se forzó a sonreír e inclinó la cabeza.

—Os saludo, noble Tarmaschirin, bascaco del gran Berke Kan. Vuestra invitación a cenar nos honra. La amistad de la poderosa Horda de Oro significa mucho para nosotros.

Mientras su intérprete traducía sus palabras al ruso y el intérprete mongol las hacía a su vez comprensibles para su señor, Sievert observó la sonrisa taimada que bailaba en los labios de Tarmaschirin. De repente pensó que todo aquello había sido un error, un terrible error, su madre tenía razón... pero no: no se trataba de una sonrisa perversa, tan solo de una pequeña cicatriz que desfiguraba la boca de Tarmaschirin. Sus ojos almendrados eran amables, carentes de toda doblez.

—Tarmaschirin os da la bienvenida a su campamento y se alegra de hacer amistad con vos y tratar de fructíferos negocios —explicó el intérprete de Sievert—. Os ruega que le presentéis a vuestros acompañantes.

—Esta es mi madre, Agnes, que siempre me acompaña en mis viajes comerciales.

Agnes dirigió una mirada penetrante al tártaro, y no consideró necesario hacer una reverencia ni saludar cordialmente al menos. Aun así, Tarmaschirin le dedicó una cortés inclinación de cabeza.

—Estos son mis socios, Rutger, Emich y Olav. —Sievert señaló a los otros mercaderes—. Juntos, hablamos en nombre de la Liga de Gotland y la comunidad de viajeros a Rusia.

—Tarmaschirin os ruega que paséis a su yurta.

—Quedaos junto al carro y no perdáis el arca de vista —instruyó Olav a los mercenarios y ayudantes—. A la menor señal de peligro nos llamáis, ¿entendido?

Sievert, Agnes y los mercaderes siguieron al bascaco, pero a la entrada de la yurta el intérprete los detuvo.

—Entre los mongoles es costumbre entrar con el pie derecho —explicó en voz baja—. No toquéis el umbral bajo ningún concepto. Ha habido hombres que han muerto por despreciar esta regla.

Entraron a la yurta con extrema cautela.

La tienda no constaba, como Sievert había supuesto, de una sola y gran estancia, sino al menos de dos. Pesadas cortinas separaban la parte de atrás; allí se encontraban probablemente los lechos de Tarmaschirin y su familia. La parte delantera estaba amueblada como una casa, con mesitas, arcones de espléndida decoración y otro mobiliario. Pieles y alfombras cubrían el suelo. Tan solo en el centro habían dejado un espacio libre. En él ardía un fuego sobre el que colgaba una marmita. El humo salía por una abertura en el techo.

Se estaba caliente, comprobó Sievert. Las lonas de fieltro y lana de la yurta eran tan gruesas que el frío invernal no lograba atravesarlas.

Había cómodos cojines, bordados con complicados dibujos, listos para ellos, y fueron invitados a sentarse. Sievert no pudo por menos de mirar con curiosidad a su alrededor. Sin duda su anfitrión era un hombre acomodado.

—Tengo un regalo para vos, noble Tarmaschirin. —Sievert hizo una seña al intérprete—. Vino francón traído de Renania. Estoy seguro de que os gustará.

El bascaco cogió el odre y dijo que apreciaba sobre todas las cosas el vino de uva de los latinos.

—Insisto en que lo bebamos juntos.

—Sería una alegría para nosotros.

Un esclavo trajo varias jarras.

—Antes de que bebamos, quiero que conozcáis a mi familia.

Se apartó una cortina. Dos mujeres y un niño salieron al resplandor del fuego y se inclinaron ante los huéspedes.

—Esta es mi esposa Sarangerel, la madre de mi hijo Naranbaatar. Y esta es mi segunda esposa Tsetseg —las presentó Tarmaschirin—. Su nombre significa «flor», porque es delicada como una
orquídea. La última primavera me dio una hija.

—Vuestras esposas son bellísimas —dijo Sievert—. Tenéis que
ser un hombre afortunado.

—Lo soy. —Tarmaschirin sonrió—. Decid, amigo Sievert, ¿tenéis esposa e hijos?

—Tenía una esposa, pero el Todopoderoso la llamó a su lado
antes de que pudiera darme un heredero.

Sievert evitó mirar a Rutger.

—En verdad los dioses pueden ser crueles. Pero sin duda un
hombre rico y poderoso como vos encontraréis pronto una nueva
esposa cuyo seno sea fértil. Ahora, bebamos.

Alzaron sus copas y probaron el vino. Tarmaschirin echó un
poco a las llamas.

—Una ofrenda al dios del hogar y a los espíritus de mis antepasados —explicó, al advertir las miradas de sorpresa de los cristianos.

Sievert reprimió el impulso de santiguarse.

Entretanto, el esclavo se acercó a la caldera y sirvió carne
humeante en varias fuentes, que tendió a los huéspedes.

—Por favor, comed —dijo Tarmaschirin.

Olav hurgó en su cuenco. No conseguía ocultar su desconfianza.

—¿Qué es?

—Marmota.

Sievert tuvo que admitir que aquel plato inusual estaba exquisito. Habían cocido la carne delicadamente y la habían especiado
con pimienta, sal y cebolla. Iba acompañada de arroz con azafrán
y rollos de hojaldre rellenos. Cuando hubieron vaciado las jarras,
Tarmaschirin les sirvió otra bebida de olor agrio.

—Llamamos a esta bebida *airag*. Es leche de yegua fermentada
—explicó el bascaco—. Probadla, por favor. Pero tened cuidado —añadió sonriente—. En grandes cantidades, es tan embriagadora como vuestro vino de uva.

Tarmaschirin solo se dio por satisfecho cuando cada uno de
ellos, incluida Agnes, hubo tomado dos grandes fuentes de carne
y una considerable cantidad de arroz y rollitos. Acto seguido el
esclavo sirvió fruta escarchada y castañas con nata. Aunque Sie-

vert estaba lleno como hacía mucho tiempo, se obligó a probarlas también, porque no quería en modo alguno ofender a su anfitrión. Esperaba que Tarmaschirin empezara a hablar del negocio, pero primero el bascaco quería charlar con ellos.

—Mi pueblo no disfruta de la mejor reputación entre vosotros, los latinos. —Debido a la cicatriz en la comisura de su boca, su sonrisa era siempre un tanto burlona, como si todo aquel encuentro fuera una misteriosa broma que solo él entendía—. Nos consideráis crueles asesinos, bárbaros primitivos que apenas se distinguen de los animales.

—Puede que algunos piensen así —repuso Sievert—, pero son gente sin formación, que nada sabe de los pueblos de Asia.

—Sois muy amable, pero ambos conocemos la verdad. Los latinos nos temen. Creen que un día iremos y los aniquilaremos. ¿Cómo nos llamáis? «Tártaros», ¿verdad? ¿No significa eso «servidores del infierno»?

—Disculpad si os hemos ofendido, noble Tarmaschirin...

El bascaco alzó ambas manos.

—No me habéis ofendido en absoluto. De hecho, aprecio en extremo vuestra cortesía... un hombre no podría desear huéspedes más gratos. Pero hay muchos malentendidos entre nuestros pueblos. Y deberíamos esforzarnos por erradicar esos errores, ¿verdad?

—Sin duda —dijo Sievert.

—Dejadme, pues, que os hable un poco del Imperio de la Horda de Oro. Comprobaréis que no somos ni toscos ni atrasados. Ahí tenéis, por ejemplo, esta asombrosa innovación, aún desconocida en el Occidente latino.

—A una señal suya, el esclavo abrió un arca y sacó de ella un trozo cuadrado de papel, que tendió a Sievert. El pliego era fino y tenía columnas con extraños signos.

—¿Qué es esto?

—Un *chao*... un billete de dinero —explicó Tarmaschirin.

—¿Dinero? —preguntó incrédulo Rutger—. ¿Se puede pagar con eso?

El bascaco asintió.

—El billete equivale a una considerable cantidad de plata.

Los mercaderes se pasaron el papel y lo contemplaron con curiosidad.

—Creo que es algo parecido a una letra de cambio —conjeturó Emich—. Se obtiene por una cantidad de plata y se recibe a cambio en otro sitio la misma cantidad de dinero, o mercancías por el valor equivalente.

—Es decir, ¿una especie de cédula de crédito como las que utilizan los templarios? —Olav acercaba el billete a su rostro, como si pudiera descifrar los signos con solo mirarlos con la suficiente concentración.

—Un interesante invento —dijo Rutger a su anfitrión—. Aun así, si vamos a hacer negocios preferiríamos que nos pagaran en plata o en oro.

Tarmaschirin se limitó a sonreír.

Una vez que los mercaderes hubieron examinado a fondo el billete, volvió a desaparecer en el arca.

—Ya que hablamos de negocios... —dijo el bascaco—. Mi señor Berke Kan hace lo posible por facilitar a los mercaderes sus viajes por el Imperio de la Horda de Oro. Construye caminos y carreteras. Sus guerreros protegen de asaltos a los viajeros. En puntos fortificados se celebra mercado con regularidad.

—Eso suena prometedor —dijo Sievert, con la esperanza de que Tarmaschirin entrara por fin en materia. Pero su anfitrión siguió ensalzando a su Kan y al poderoso Imperio mongol.

—Además, disponemos de un avanzado sistema de envío de noticias. En las grandes rutas, hay a intervalos regulares casas de postas con cuatrocientos caballos listos para que un mensajero pueda cambiar de montura y seguir su camino con rapidez. Los mensajeros viven en pequeños pueblos repartidos por todo el país. De ese modo están disponibles en todo momento, y pueden llevar noticias urgentes a más de doscientas verstas de distancia en un día.

—¿Cuánto mide una versta? —Sievert tan solo conocía por el nombre la medida rusa.

—Una milla alemana son más o menos siete verstas —explicó su intérprete.

—Entonces serían treinta millas —dijo Olav—. ¿En un día? Imposible, incluso con varios cambios de caballo.

—Es verdad, tenéis mi palabra —repuso Tarmaschirin—. Nosotros los mongoles tenemos los caballos más rápidos y somos los mejores jinetes bajo el Eterno Cielo Azul. Y los más diestros arqueros. Venid. Me gustaría enseñaros una cosa.

Se levantaron pesadamente, hartos todavía de la abundante comida. Sievert podía sentir que sus compañeros estaban empezando a hartarse de las largas explicaciones de Tarmaschirin. «Paciencia», les exhortó con una mirada, mientras seguían al mongol afuera.

Entretanto era noche cerrada. Un viento gélido silbaba en la pradera y sacudía la yurta. Tarmaschirin pidió a sus invitados que se pusieran junto a la tienda. Uno de los tártaros se adelantó y entregó al niño Naranbaatar un arco, un modelo pequeño, hecho a su medida de una de las armas que los guerreros de las estepas utilizaban en la batalla para matar a gran distancia a sus enemigos.

—¿A qué viene esta tontería? —gruñó Agnes.

—Espera —dijo en voz baja Sievert.

—¿No ves que se burla de nosotros?

—Solo quiere enseñarnos las costumbres de su pueblo. Muéstrate interesada. El negocio podría depender de eso.

—Dudo que vaya a haber negocio.

—Cállate, madre.

Tarmaschirin le sonrió.

—Nuestros hijos practican el tiro con arco desde su más temprana infancia. Tengo la esperanza de que mi hijo llegue a ser un auténtico maestro. A sus ocho años, es casi tan bueno como un arquero adulto. Vedlo vos mismo.

Uno de los guerreros había subido a la torre próxima, sostenía una manzana en alto y la dejó encima de una almena. A pesar de la antorcha que el tártaro tenía consigo, apenas se podía distinguir la fruta. Naranbaatar puso una flecha y tensó el arco. La flecha silbó por el aire y alcanzó a la manzana, aunque sin duda el viento dificultaba la puntería.

—Impresionante —dijo Sievert.

—Esperad al siguiente tiro —observó Tarmaschirin.

El guerrero de la torre mostró una segunda manzana y la tiró por encima del pretil. Naranbaatar disparó. Otro mongol corrió por la pradera y regresó con la manzana. La flecha había alcanzado a la fruta justo en el centro.

Esta vez, Sievert estaba realmente impresionado.

Se volvió hacia Tarmaschirin para felicitar al bascaco por la destreza de su hijo, pero la familia mongola y su intérprete habían vuelto a la yurta sin decir palabra y en ese momento desaparecían en su interior. Cuando Sievert fue a seguirles, los dos guardias de la entrada cruzaron sus partesanas.

—¿Qué significa esto? —preguntó indignado—. Dejadnos entrar.

Los guerreros no dieron respuesta alguna, mirando a su través.

—¿Qué significa esto? —Sievert se volvió a su intérprete.

—No lo sé, señor.

—¡Tarmaschirin! ¡Dejadnos entrar, os lo ruego!

—Deja de gritar, loco —le increpó su madre—. ¿Te das cuenta al fin de que tenía razón?

Los otros mercaderes se inquietaron.

—No comprendo —dijo Rutger—. ¿Le hemos ofendido?

—¡Sievert! —siseó en tono de advertencia Olav.

Se volvió. Al borde de la pradera habían aparecido unas figuras que trepaban y saltaban sobre el muro y se dirigían hacia la yurta. Eran alrededor de veinticinco hombres, todos enmascarados y armados con hachas, espadas y venablos.

—¡Tarmaschirin! —volvió a gritar Sievert—. ¡Nos atacan!

—¿Aún no lo has comprendido? —dijo Agnes—. Era una partida perdida desde el principio.

De hecho, los guerreros mongoles se comportaban como si todo aquello no fuera con ellos. Simplemente se habían quedado inmóviles, y observaban relajados al grupo que se aproximaba, sin desenvainar sus armas.

—¡Proteged el carro! —ordenó Sievert a los mercenarios, antes de que el pánico le subiera cual veneno a la garganta.

Empezaba a nevar.

El esclavo vertió la infusión de ramas de abedul sobre las piedras calientes. El agua se evaporó siseando, y la *banya* se llenó de nubes aromáticas.

Dimitri Alexandrovich se tendió desnudo en el banco y se relajó mientras el esclavo le azotaba la espalda con la rama de abedul reblandecida. Enseguida sintió que sus tensos músculos se relajaban. El esclavo conocía su trabajo. Los golpes hacían hormiguear agradablemente la piel de Dimitri, jamás le hacían daño. El esclavo sabía exactamente qué castigo le amenazaba si golpeaba demasiado fuerte.

Dimitri dejaba un día duro atrás. Había hablado con el *posadnik* y los maestres de los gremios de mercaderes y visitado los silos de la ciudad para cerciorarse de que contaban con suficientes provisiones almacenadas. Todo el mundo sabía que a Nóvgorod le esperaba un duro invierno. Más adelante se retiraría a sus aposentos en el palacio y escribiría a su padre, Alexander, que estaba visitando a Berke Kan en el lejano Sarai. Hacía mucho que no sabían el uno del otro, y Dimitri quería comunicarle que no había habido problemas con la recaudación de la *tamga*, que la población levantisca se sometía a sus órdenes. Pero primero quería relajarse un poco en la sauna, lo necesitaba después de toda aquella cháchara. Quizá luego enviara a buscar a su esclava favorita. Sí, una buena idea. Quería disfrutar de su bien formado cuerpo antes de volver a dedicarse al trabajo...

Oyó voces elevadas fuera. «Sin duda no son más que unos cuantos soldados que celebran su noche libre... nada de importancia», pensó, somnoliento. Cuando los gritos aumentaron, levantó la cabeza. Eso no eran unos cuantos borrachos.

—Ve a ver qué está pasando —ordenó al esclavo.

Apenas el criado había soltado la rama de abedul cuando la puerta se abrió de golpe y un grupo de hombres entró en la *banya*. Debido al vapor, Dimitri solo pudo ver sus siluetas. Se incorporó.

—¿Cómo os atrevéis?

Los hombres lo agarraron. Dimitri gritó de rabia, se quitó las manos de encima y derribó a uno de sus agresores. Pero no pudo con los otros. Lo arrastraron al gélido exterior y, desnudo como estaba, le obligaron a ponerse de rodillas.

Delante de la sauna había más de quince hombres armados. Los guardias de Dimitri yacían inanimados en la nieve. Un boyardo se adelantó:

—Esta vez has ido demasiado lejos, traidor amigo de los tártaros. ¡Lleváoslo!

Los hombres lo agarraron por los brazos y lo arrastraron por la nieve. Dimitri pidió ayuda, pero nadie acudió.

44

Los copos de nieve cayeron sobre la máscara de Balian y se fundieron en su respiración cuando dejó vagar la vista por el campamento. Nadie salió de la yurta, y los mongoles que estaban al aire libre no dieron señal alguna de interferir. Así que Grigori había conseguido ganar a Tarmaschirin para su causa. Balian alzó al cielo una oración de agradecimiento. Esa era la parte más difícil y arriesgada del plan, y había salido bien.

Grigori había tomado un tercio de sus hombres y se había unido a la rebelión, que podía empezar en cualquier momento. Los otros estaban allí con Balian, Raphael y Fiódor. El grupo no solo lo formaban guerreros, sino también artesanos, criados y *chelyadin*. Grigori había ofrecido a todo aquel que podía sostener un arma. Quien llevaba armadura la ocultaba bajo una raída túnica. Querían parecer salteadores corrientes.

Fiódor gritó una orden. El grupo se desplegó y formó un semicírculo en torno a los alemanes y a los de Gotland, que se apretujaban atemorizados en torno a su carro de bueyes. Los diez mercenarios de la Liga se pusieron delante de los mercaderes, con hachas y escudos en las manos, dispuestos a luchar. Pero a Balian no le parecieron demasiado decididos… cosa poco sorprendente dada la relación de fuerzas. Sin duda sentían pocos deseos de perder la vida en ese prado lejos de la patria, en una pelea carente de expectativas, solo para proteger a unos cuantos ricachones.

Se adelantó, espada en mano.

—Nada ganamos con vuestra muerte —dijo a los mercenarios—. Deponed las armas, y tenéis mi palabra de que os dejaremos ir.

—¿Hablas nuestro idioma? —preguntó perplejo uno de los mercaderes.

—Vosotros también podéis iros. Solo lo queremos a él. —Balian señaló con la punta de la espada a Sievert.

El de Lübeck lo miró con espanto, y dio la impresión de querer esconderse detrás de una mujer bajita. Probablemente Agnes, la madre de Sievert y de Helmold.

—¿Quién eres? —preguntó la anciana con voz cortante.

—Tú no te acordarás de mí. Pero ya me has visto en una ocasión —dijo Balian a Sievert—. Londres, mayo del cincuenta y seis. De noche, en Guildhall. Vosotros, Helmold y tú, matasteis a dos hombres. Mi hermano Michel y Clément, el esposo de mi hermana. Cuando huías os encontrasteis conmigo, en el patio.

—¡No era yo! —profirió Sievert.

—Excusas y mentiras… no esperaba otra cosa de ti. —Balian sonrió apenas detrás de la máscara. Se volvió a los mercenarios—. Entregádmelo, y nadie sufrirá daño.

—¡Vosotros dos, venid! —Sievert llamó a dos de los guerreros a sueldo, agarró la mano de Agnes y arrastró a la anciana hacia la torre defensiva. Los mercenarios los siguieron sin mucho entusiasmo.

Fiódor ordenó a algunos hombres que los detuvieran.

—Él es mío —dijo Balian—. Vosotros ocupaos de los otros. —Siguió a los fugitivos—. ¡Sievert! ¡Alto, maldito cobarde!

La anciana era lenta, y Balian los hubiera alcanzado con rapidez si los dos mercenarios no se hubieran enfrentado a él. Mientras paraba sus hachazos, vio fugazmente que Sievert empujaba a su madre hacia la puerta de la torre.

—¡Ayúdales! —gimió la anciana—. ¡Protege a tu madre, como haría Helmold!

Pero aunque Sievert había desenvainado la espada, no daba signos de intervenir en la pelea.

—¡Helmold está muerto! ¡Ha pagado por sus crímenes! —gritó Balian.

Justo en ese momento tuvo que rechazar un nuevo ataque.

Cuando Balian se fue, a Raphael le tocó la tarea de hablar con los alemanes. Lanzó una mirada fugaz a su compañero, que luchaba contra los guardaespaldas de Sievert, antes de volverse hacia los mercenarios y los mercaderes.

—¿A qué esperáis? Largaos.

Titubeando, los mercenarios bajaron las armas.

—Aquí no tenéis nada que ganar, así que, ¿para qué combatir?

—¡No nos dejéis en la estacada! —gritó uno de los mercaderes.

Los mercenarios no se detuvieron. Se pusieron en marcha, y los hombres de Grigori formaron un pasillo y los dejaron ir sin molestarles.

—Vosotros también. Vamos, largo —dijo Raphael a los mercaderes.

Rápidamente, sus ayudantes uncieron los bueyes. Cuando uno de los hombres iba a subir al pescante, Fiódor preguntó:

—¿Qué lleváis ahí?

—Vino de Franconia y otras mercaderías que queríamos vender a los tártaros —respondió un mercader que hablaba alemán con acento nórdico.

Fiódor miró a Raphael:

—Tú qué opinas... ¿miente?

—Yo creo que miente.

El guerrero ruso arrebató el hacha a uno de sus hombres y se dirigió al carro. El puro espanto se reflejó en los rostros de los tres mercaderes cuando cortó las cuerdas y apartó las lonas.

—No parecen toneles con vino de Franconia, ¿verdad?

—Más bien me parece el arca de un tesoro —dijo Raphael.

—Ese arca pertenece a la Liga de Gotland. Os ruego que nos dejéis llevarla de vuelta al Peterhof —imploró uno de los mercaderes.

—¿Nos gusta la Liga de Gotland? —se dirigió Fiódor a Raphael.

—No nos gusta. No nos gusta en absoluto.

—Ya habéis oído a mi amigo. Me temo que tenemos que incautar el arca.

—¡No podéis hacer eso!

—Puedo hacer muchas cosas más —dijo furioso Fiódor—. Si no queréis averiguar cuáles, deberíais largaros.

Con los hombros caídos, los mercaderes se fueron, trazando un amplio arco alrededor de Mordred, que les gruñó.

—¿No os lo había dicho? ¡No hubiéramos debido llevar el arca!

—Cierra tu maldita bocaza, Olav…

A muchos cientos de horas de camino, Blanche se despertó sobresaltada. Se quedó sentada en la cama, con las manos aferradas a la colcha, rodeada de tinieblas. Sentía los latidos de su corazón por todo el cuerpo, en la garganta, en las puntas de los dedos. ¿Qué había ocurrido? Había soñado: con espadas y sangre. Con su hermano.

En ese momento supo que Balian vivía. Nunca antes el vínculo entre sus almas había sido tan fuerte. Pero estaba en peligro, en mortal peligro.

Parpadeó, se frotó los ojos ardientes. No conseguía sacudirse el horror.

Sigilosa, se calzó, pasó ante los durmientes y abrió la puerta que daba al patio del albergue. El gélido aire de la noche salió a su encuentro.

Respiró hondo.

Poco a poco, las imágenes de la pesadilla fueron palideciendo, pero a la vez también el vínculo con su hermano se hacía más débil. Los sentimientos que un instante antes podía percibir con claridad, su ira, su deseo de venganza, solo eran un eco lejano.

«Donde quiera que estés, Balian, ten cuidado.»

Sievert se escurrió en la torre detrás de su madre, cerró la puerta y pasó el cerrojo.

—¿Es cierto lo de Helmold? —preguntó Agnes.

—¿Cómo voy a saberlo? Probablemente ese tipo está mintiendo.

—¿Por qué no luchas con él?

—Eso es tarea de los mercenarios. Debemos ocuparnos de desaparecer.

—¿Y tú quieres ser síndico? ¡Eres un cobarde!

—Tan solo intento salvar nuestras vidas. Así que ahórrate las lecciones, mujer. —Con la mano empapada de sudor, Sievert aferraba el puño de su espada y luchaba contra el pánico. Sabía defenderse si era preciso, pero el enmascarado de ahí afuera no era ni un proscrito ni un salteador de caminos medio muerto de hambre... aquel tipo era un combatiente experimentado, y además decidido a todo. No estaba a la altura de un adversario así. Era tarea de los mercenarios rechazar amenazas semejantes. Al fin y al cabo, para eso les pagaba mucho dinero.

Miró a su alrededor, acosado. En la planta inferior de la torre estaba oscuro, pero pudo distinguir una empinada escalera.

—Vamos, sube por ahí.

—¡Suéltame! Puedo ir sola —dijo, venenosa, Agnes.

Subieron corriendo los escalones.

Los dos mercenarios eran mayores y más experimentados que Balian, pero también más lentos y menos valerosos, porque solo luchaban por dinero, y no iban a ir hasta el límite. Atacaban tan solo cuando no tenían que abrir su defensa.

Se aprovechó de eso.

Balian lanzó un arriesgado ataque, que no causó daños pero le permitió dar a un adversario una dolorosa patada en la pantorrilla. El hombre hubiera podido golpearle con el hacha, pero prefirió retroceder para recuperar el equilibrio. Balian aprovechó ese momento para lanzarse audazmente sobre el adversario que le quedaba y ponerlo a la defensiva con una serie de rápidos mandobles. El hombre resbaló en la nieve y se tambaleó. Balian lanzó un mandoble contra su cabeza, y el mercenario se agachó. Pero Balian había contado con eso. Bajó la espada y le golpeó en el hombro. Cuando el hombre retrocedió a trompicones, rugiendo de dolor, trazó un amplio arco con la espada y le cortó el cuello.

Entretanto el otro mercenario se había recuperado de la patada y se acercaba con los dientes apretados. Pero, una vez más, atacó de manera titubeante. Balian paró un golpe dado sin entusiasmo y retrocedió.

—No quiero matarte. Solo estoy aquí por Sievert. Deja caer el arma y podrás irte.

Daban vueltas el uno en torno al otro. El mercenario respiraba pesadamente, de su boca salían nubecillas blancas.

—Si me matas... ¿crees que mis amigos te dejarán ir? —insistió Balian—. Vete ahora. ¿Por qué vas a echar a perder tu vida por nada?

El guerrero titubeó.

—¡Al diablo!

Escupió y salió huyendo.

Balian corrió hacia la torre. La puerta estaba cerrada. Se lanzó contra ella, dos, tres veces, con las fuerzas que la rabia le proporcionaba.

—Ya lo tenía, Michel —jadeó—. Ya lo tenía…

La madera se quebró, la puerta se abrió y él se lanzó dentro.

—¡Sievert!

El mercader y su madre no estaban. Balian subió corriendo las escaleras, saltando los peldaños de dos en dos o de tres en tres.

La escalera llevaba a una entreplanta. Por dos pasadizos se llegaba al muro de la ciudad. Balian miró a la derecha, a la izquierda… y vio dos rastros que iban a lo largo del camino de ronda.

—¡Sievert! —volvió a gritar, antes de salir a la tormenta.

El mercader y la anciana corrían hacia la siguiente torre, notablemente mayor que aquella por la que habían entrado. Una puerta llevaba al interior desde la muralla. Al parecer estaba cerrada, porque Sievert la estaba aporreando con los puños.

Estaban atrapados.

Balian se dirigió hacia ellos y se quitó la máscara que llevaba.

Sievert se plantó delante de su madre y dirigió hacia él la punta de la espada.

—¡No te acerques!

Balian se detuvo a tres pasos de él. Miró a la anciana, que a su vez lo miraba fijamente. Con su rostro estrecho y duro y el blanco vestido de luto bajo el manto, parecía un terrible fantasma en medio de la noche.

—¿Es verdad que Helmold está muerto?

Balian asintió.

—Murió hace unas semanas en el campo de batalla, en Lituania. Yo lo maté. —Sacó del cinturón la carta de Helmold—. Esta carta debía ser entregada a Winrich si él caía. La encontré en su cadáver.

—Dámela —exigió Agnes.

Él tiró la carta a la nieve. La anciana pasó delante de su hijo, la cogió y echó un vistazo a las líneas.

—¿Qué dice ahí? —preguntó Sievert, sin perder de vista a Balian.

Un sonido salió de la garganta de Agnes, un corto y leve gemido, antes de apuntar con el índice a Balian.

—¡Asesino! —siseó—. ¡Pagarás por esto!

—No fue ningún crimen. Fue una lucha limpia entre adversarios iguales. Helmold tuvo ocasión de defenderse. ¿Tuvieron Michel y Clément esa posibilidad? No, sus espadas estaban en el dormitorio. Estaban indefensos cuando los atacasteis.

—Yo no fui —afirmó Sievert—. Helmold los mató. Quise detenerle, pero todo fue demasiado deprisa.

—Me da igual quién empuñó la espada. Tú estabas allí, y querías su muerte tanto como tu hermano. Porque no podíais permitir que pusieran en peligro vuestros planes revelando vuestros valiosos secretos, posiblemente al rey Alfonso de Castilla. ¿Verdad?

Como Sievert no respondía, Balian prosiguió:

—Tenía que haberme dado cuenta mucho antes. Pero confieso que no pienso rápido en lo que se refiere a tales cosas. Lo mío no son las intrigas políticas, la corrupción y los negocios sucios. Aun así, me gustaría saber si tengo razón. Ricardo de Cornualles solo podía ser rey si sobornaba a los príncipes. Con mucho dinero. Con plata de la Liga de Gotland. Esa era vuestra parte del trato, ¿verdad? Ayudabais a Ricardo a subir al trono si a cambio su hermano Enrique os concedía privilegios en Inglaterra. Exención de aduanas, protección real, reducción de distintos tributos, todo eso… todo eso ibais a exigir a la Corona inglesa en mayo del cincuenta y seis, y en última instancia lo obtuvisteis. Pero Michel y Clément os oyeron por casualidad, y por eso tenían que morir, ¿verdad?

Una vez más, Sievert se envolvió en el silencio.

—¡Dilo! —rugió Balian.

El alemán se estremeció y retrocedió un paso.

—Sí. Sí, así fue.

Los copos de nieve rodeaban a Balian; desde el río llegaban gritos hasta sus oídos, lejanos e irreales, como el lamento de almas condenadas desde el inframundo. Apenas los oía, como tampoco sentía el mordiente frío. En voz baja y cortante, dijo:

—Eran hombres con una familia. Con un futuro. Con personas que les amaban. Destruisteis todo eso… ¿y por qué? Por unas cuantas ventajas comerciales. Para que vuestra Liga, inconcebiblemente rica y poderosa, fuera aún más rica y poderosa.

—¿A qué esperas? —siseó Agnes—. Mátalo de una vez. Haz lo correcto al menos una vez en tu vida, y venga a tu hermano.

Dio un empujón a Sievert, pero él la agarró por el brazo y apretó tan fuerte que la hizo gritar. De pronto, su rostro era una máscara de odio; a Balian apenas le parecía humano.

—¡Déjame en paz! —gritó el alemán con voz ahogada—. ¡Déjame de una vez en paz! Estoy harto de tus eternos gimoteos. Harto, ¿me oyes?

Se sacudió sus manos, la empujó contra el bajo pretil que corría a lo largo del camino de ronda y la apretó con fuerza contra él. En su furia, Sievert le dio un empujón, y Agnes cayó de espaldas contra la baranda. Gritó. Cuando él se dio cuenta de su error, quiso sujetarla, pero ya era tarde. Su mano agarró el vacío, su madre cayó y rebotó en el suelo helado. Su grito se extinguió abruptamente.

—¡No! —gimió Sievert—. ¡Oh, Dios, madre!

Se volvió hacia Balian. Los labios le temblaban, temblaba de pies a cabeza. Las lágrimas corrían por sus mejillas.

—¿Qué has hecho?

—Nada —respondió Balian—. Todo ha sido obra tuya. Asumir la responsabilidad por tus actos no es tu punto fuerte, ¿eh?

—¡Te mataré! —La voz de Sievert casi se convirtió en un gallo.

—Adelante. Inténtalo. Para eso he venido: para desafiarte a duelo.

Por un momento, pareció realmente que el mercader iba a atacarle. Pero de pronto dejó caer la espada. Pasó una pierna sobre el pretil y se agarró a uno de los postes.

—Esa es una necia idea —dijo Balian.

Sievert tragó saliva y luchó con el pánico, el dolor y los sentimientos de culpa, antes de volver a encontrar su voz.

—Ya somos demasiado poderosos como para detenernos. La Liga seguirá ascendiendo. No puedes impedirlo. Nadie puede. Dentro de algunos años, dominará el comercio en todas partes. Una Hansa extendida por el mundo, más poderosa que reyes y príncipes.

—¡Sievert!

Balian dio un salto hacia delante, pero no pudo impedir que el mercader sacara la otra pierna y se dejara caer. Se precipitó sin un ruido, y golpeó el suelo diez brazas más abajo con un sonido carnoso.

—¡Maldito loco! —Balian envainó la espada y volvió a la torre, bajó las escaleras y corrió al sitio en el que yacían ambos cuerpos. Agnes Rapesulver estaba muerta. Yacía con los miembros retorcidos, su sangre teñía de rojo la nieve. Sievert en cambio aún vivía, aunque sus heridas eran terribles. Tenía desfigurada la mitad del rostro, el fémur astillado sobresalía de una de sus piernas. Debía de haberse aplastado los pulmones, porque con cada ruidosa inspiración se formaban burbujas de sangre en sus labios.

Balian estaba mirando el cuerpo destrozado cuando Raphael llegó corriendo.

—Lo he visto todo. Ese perro cobarde te ha privado de tu venganza.

—Aun así, Michel y Clément están vengados. Da igual cómo haya muerto. Por mi espada o por propia mano, ¿a quién le importa?

—Aún no está muerto —constató innecesariamente Raphael.

Entonces, Sievert movió el brazo. Su mano se arrastró por la nieve y llegó a tocar el borde de la ropa de Balian. ¿Quería pedir clemencia? ¿Una rápida muerte?

Balian sacó la espada y se la clavó en el corazón. Al instante, el cuerpo se quedó inmóvil.

—Eso ha sido misericordioso por tu parte —dijo Raphael—. Los suicidas van derechos al infierno. Con solo esperar a que muriera solo, habría tenido asegurado el castigo eterno.

Balian limpió su espada con la ropa de Sievert.

—De todos modos va a ir al infierno —dijo con voz ronca, y envainó la espada.

—Hemos encontrado algo. Tienes que verlo —dijo Raphael mientras regresaban junto a los otros.

Los mercaderes, sus mercenarios y ayudantes habían desaparecido, dejando atrás únicamente el carro. En el pescante había un arca enorme.

—¿Has visto una cosa así en tu vida? —preguntó Raphael.

—Por Dios que no.

—Fiódor y yo hemos intentado levantarla. Inútil. Tiene que estar llena de plata. Mira esa cerradura, hacen falta cuatro llaves.

—Creo que tengo una. —Balian sacó el cordoncito de cuero con la llave que había encontrado en el cuerpo de Sievert, en su cinturón, y probó suerte. De hecho, encajaba—. ¿Dónde están las otras?

—Probablemente en manos de los hombres a los que hemos echado —respondió Raphael—. Pero sin duda conseguiremos abrirla de otro modo.

—Llevemos el carro a la granja —dijo Fiódor—, para que pueda ir en busca de Grigori. Mi señor me necesita.

Entretanto la rebelión estaba en plena marcha. Gritos lejanos resonaban a través de la noche. Abajo, junto al río, ardían fuegos. Al parecer, varias yurtas ardían.

—Has olvidado que aún tienes algo que hacer —le recordó Balian, y llamó a Tarmaschirin.

El bascaco y su intérprete salieron de la yurta. El rostro de Tarmaschirin era como una máscara que ocultaba todas sus emociones pero, cuando vio el fuego que bañaba en luz roja los muros del Detinets, la rabia brilló en sus rasgos.

—¿Qué dice? —preguntó Balian cuando el intérprete tradujo al ruso las palabras de Tarmaschirin.

—Que Berke Kan va a castigarnos por esta traición —explicó Fiódor—. Aunque debería estar contento de que a él lo respetemos.

Al parecer el intérprete le dijo esto último, porque el bascaco respondió con una catarata de insultos.

Balian podía entender la amargura de Tarmaschirin. Habían forzado a la traición al bascaco por partida doble: a su propia gente y a sus huéspedes, cuya protección habría tenido que garantizar.

—No discutas con él..., al fin y al cabo ha mantenido su palabra —dijo Balian a Fiódor—. Agradécele que haya sacado a Sievert del Peterhof sin advertir a los otros bascacos. Luego, acompáñalo fuera de la ciudad, para que nosotros también cumplamos nuestra parte del trato.

—Sería más inteligente matarlo. Si lo dejamos ir, le contará al Kan de los mongoles lo que ha ocurrido.

—Nadie le va a tocar un pelo —dijo con decisión Balian—. Le

hemos prometido salir libremente de la ciudad si nos ayudaba. Nos atendremos a eso. Si los bascacos no regresan, Berke se enterará de todos modos de lo que les habéis hecho.

—Está bien... por ser tú —gruñó Fiódor, y cambió unas palabras con el intérprete.

Entretanto, los esclavos habían empezado a desmontar la yurta. Rápidos como el viento, empaquetaron las pertenencias de Tarmaschirin y las cargaron en los animales. Poco después los mongoles estaban a caballo.

—Los escoltaremos hasta la puerta —dijo Fiódor—. Llevad el arca a la granja.

Balian se encaramó al pescante y lanzó una última mirada a Tarmaschirin. Había oído decir que un bascaco que regresa sin la *tamga* tenía que contar con la pena de muerte. Pero Tarmaschirin era un hombre inteligente. Encontraría una forma de hacer que el destino girase a su favor. Al menos eso era lo que esperaba Balian.

—Un hombre nunca debería ser demasiado orgulloso para salvar su vida o empezar una nueva... díselo —le pidió a Fiódor.

Su amigo ruso se dirigió al intérprete mongol, que tradujo las palabras para su señor. Tarmaschirin saludó a Balian con la cabeza, a modo de despedida, antes de salir al galope, seguido de su familia, guerreros y esclavos.

«Que te vaya bien. En otro lugar, en otro momento, quizá habríamos sido amigos.»

Balian se cubrió el rostro, echó mano a las riendas y acicateó a los bueyes.

La rebelión rugía en todo Nóvgorod. Por todas partes se encontraban sublevados que perseguían a los tártaros, hombres que agitaban entre gritos armas y antorchas. Del lado de Santa Sofía, el griterío cruzaba el río; el agua arrastraba cadáveres.

La Druschina no se veía por ninguna parte. Al parecer, los aliados de Grigori habían conseguido neutralizar al príncipe y tomar el Detinets en un golpe de mano.

Fiódor les había dejado a diez de sus hombres, de manera que pudieran llevar el arca con seguridad a la granja. Allí atrancaron la puerta, escondieron el carro con el arca en un granero y se quedaron esperando en la sala. A Katrina le alegró visiblemente ver sano y salvo a Raphael. Les trajo hidromiel y sopa. Luego se sentó junto a sus hermanas mientras contemplaba a escondidas a Raphael.

En mitad de la noche, Grigori, Fiódor y sus guerreros regresaron. Gritaban, borrachos de victoria, cuando irrumpieron en la sala.

—¡Hemos recuperado la *tamga*! —anunció Fiódor.

—¿Y los bascacos? —preguntó Balian.

—Los hemos echado. El que no quiso huir terminó en el río o muerto. ¡Esta noche, nuestro Señor Gran Nóvgorod ha recuperado su orgullo! —El guerrero cogió un cuerno de hidromiel y lo vació de un trago.

Amanecía cuando Grigori, envuelto en gruesas pieles, se detuvo delante del granero y miró con los ojos empequeñecidos el arca del dinero de los viajeros a Rusia, rodeado de sus guerreros y de todas las personas de su casa. Ladró una orden, y le trajeron un hacha de guerra. El boyardo sostuvo el arma con ambas manos, cogió impulso y golpeó con todas sus fuerzas. El hacha rebotó en el arca, haciendo saltar chispas. La durísima madera reforzada con fajones de hierro apenas sufrió un arañazo.

Tampoco el segundo ni el tercer hachazo mostraron efecto alguno. Maldiciendo, Grigori tiró el hacha a la nieve, le quitó de las manos la jarra a uno de los guerreros y bebió, con la mirada sombría puesta en la gigantesca arca.

Balian se acercó a Fiódor:

—Dile que necesito una viga, un gancho y la cuerda más fuerte que tenga.

Ocho hombres tiraron de la cuerda uniendo sus fuerzas. Otros tantos sostenían la viga que Fiódor y Balian habían cruzado sobre el pretil de la torre de vigilancia. Habían hecho una muesca en la madera, habían pulimentado el surco y lo habían frotado con abundante manteca de cerdo para que la soga resbalara sobre él. El otro extremo estaba fuertemente atado al arca, que los hombres alzaban codo a codo, hasta que al final colgó bajo la viga, a diez brazas del suelo.

Grigori rugió. Los criados soltaron la soga. El arca cayó con un silbido y reventó crujiendo en la tierra helada.

Barras de plata salieron de la madera astillada, rublos, monedas, enormes cantidades de ellas.

Los guerreros, *chelyadin* y tramperos se quedaron mirando, incrédulos... antes de que la multitud prorrumpiera en un júbilo ensordecedor.

Un aire gélido silbó en la sala cuando alguien abrió la puerta delantera. Mordred entró, se sacudió un momento y se acomodó junto al fuego con los otros perros. Le seguía Raphael, que solo con esfuerzo consiguió volver a cerrar la puerta. Se sacudió la nieve del manto y se sentó a la mesa junto a Balian.

—Menudo frío. —Se sopló las manos—. Y nosotros que pensábamos que nuestro último invierno había sido duro... Pero quien no ha vivido esto no sabe lo que es un verdadero invierno. —Contempló el montón de barras y monedas de plata—. ¿Es esta nuestra parte?

—La mitad del tesoro, sí. —Balian sonrió—. Una hermosa visión, ¿eh?

—¿Cuánto es?

—Es difícil de decir. Es plata pura. Quizá doscientos marcos. Puede que más.

—¿En total?

—Por persona.

Raphael silbó entre dientes.

—Grigori va a custodiarlo para nosotros hasta que partamos —dijo Balian, mientras ponía la plata en una caja—. En su sótano estará a salvo de ladrones.

—¿Podemos confiar en él?

—Grigori es cualquier cosa menos un estafador. Si quisiera tomarnos el pelo, no nos habría dado la plata.

Balian pidió a una de las criadas que les trajera un poco de *kwas*. Ese era todo el ruso que era capaz de hablar hasta ese momento.

—La ciudad parece volver a estar tranquila —dijo Raphael, después de que hubieron tomado un trago—. Ahora mismo estaban sacando cadáveres del agua. Lo de echar al río a la gente impopular parece tener mucha tradición aquí. Tengo que confesar que el método tiene encanto. Quizá deberíamos implantarlo también en casa.

—Entonces serás el primero que tome un baño en el Mosela, amigo mío.

—Creo que podría pasar —concedió Raphael—. Tú qué crees, ¿se vengarán los tártaros y enviarán un ejército?

—No en este invierno. Después... ¿quién sabe? Fiódor dice que no hay que anticipar acontecimientos. Los boyardos confían en que Alexander Yaroslavich consiga apaciguar al Kan de los mongoles.

—¿Aunque echaron desnudo a su hijo de la ciudad? ¿Sigue vivo Dimitri?

—No lo sé —dijo Balian—. Esperemos que no haya muerto de frío. De lo contrario, Alexander tendrá pocos deseos de defender a Nóvgorod.

Raphael cogió una de las últimas monedas que había encima de la mesa.

—Mira... bizantina —examinó la moneda por todos lados—. ¿Qué vas a hacer con tanto dinero?

—Pagar mis deudas, si es que aún no es demasiado tarde para eso. ¿Y tú?

—Ya se verá. Tal vez amplíe mi negocio. Pero tendré que pensarlo bien.

—Bueno, dicen que el invierno ruso es largo —dijo Balian—. Así que tenemos tiempo para reflexionar.

Balian fue el primero en salir de la sauna. El frío le golpeó como un mazazo, y el aire pareció congelarse en su garganta.

—¡Por Dios! —gimió—. Nunca me acostumbraré a esto.

Fiódor rio.

—Sequémonos, y luego vayamos al salón, allí hay cerveza caliente.

Balian se agachó, y estaba cogiendo un poco de nieve cuando oyó voces indignadas. Miró hacia el portón y vio a los tres mercaderes que habían estado con Sievert en la yurta de Tarmaschirin. Habían traído consigo a varios mercenarios y al intérprete, y estaban discutiendo con los guardias en ese momento. Grigori salió, enérgico, a su encuentro. Rápidamente, Balian empujó a Fiódor y Raphael al interior de la *banya* y cerró la puerta.

—¿Qué pasa?

—Los amigos de Sievert están aquí.

Esperaron un rato mientras se vestían. En algún momento, un *chelyadin* asomó la cabeza y cambió unas palabras con Fiódor.

—Grigori Ivanovich quiere vernos.

El boyardo estaba sentado en el salón, bebiendo. Fíodor habló largo tiempo con él, y por fin se volvió a sus amigos loreneses.

—Hay dificultades.

—Supongo que quieren recuperar su arca —dijo Balian.

El guerrero asintió.

—Además, te buscan. Creen que tú tiraste desde la muralla al *nemez* y a la vieja.

—¿Cómo nos han encontrado? —preguntó Raphael.

—No hay muchos hombres en la ciudad que sepan alemán. De esas cosas se corre la voz. El bascaco también sabía que Grigori albergaba a dos latinos. Pero no temas... aquí estáis seguros. Mi señor ha negado saber nada del arca y que estéis envueltos en el asunto. Ha echado a los *nemzi* y les ha dicho que no vuelvan a molestarle.

Balian dio las gracias al boyardo. Grigori asintió.

—No dejarán pasar este asunto —dijo Balian a Fíodor.

—¿Y qué van a hacer? No hay ningún príncipe al que puedan quejarse. Y el *posadnik* tiene miedo de terminar como Dimitri Alexandrovich. Se guardará de tomar partido por los odiados *nemzi*.

La ronca voz de Grigori se dejó oír.

—Sí. —Fíodor asintió—. Eso es lo más seguro.

—¿Qué dice? —preguntó Balian.

—No deberíais salir de la granja en las próximas semanas, hasta que la hierba haya crecido sobre el asunto. En algún momento, los *nemzi* abandonarán.

Fíodor rugió pidiendo cerveza, y una criada les trajo una jarra.

—Bueno, hay cosas peores, ¿no? —Empujó la jarra humeante hacia Balian y Raphael—. Aquí tenéis todo lo que necesitáis.

La oscura cerveza se vertió sobre la mesa cuando brindaron.

45

De enero a abril de 1261

El invierno ruso fue mucho más largo y más duro de lo que se esperaban. El Vóljov se congeló, y algunos días caía tanta nieve que no se podía salir de la casa, porque las blancas masas se apilaban hasta la altura de las ventanas. No es que nadie quisiera salir de la casa… durante todo enero y febrero, hizo tal frío que la gente se echaba a temblar simplemente con caminar demasiado deprisa.

Así que los habitantes de la granja del boyardo consumían sus reservas, y solo cruzaban la puerta cuando había que conseguir leña para el fuego. Balian aprendió por fin la lengua de sus amigos rusos, y pasaba las largas tardes ocupado en hablarles de su patria. Por lo demás, había poco que hacer. Raphael y él dormían largo tiempo y blasfemaban acerca de Fiódor cuando volvía a regocijarse a voz en cuello con su esposa. Comían sin parar, se movían poco y acumulaban grasa a conciencia.

Una noche, cuando estaban sentados como siempre en el salón, Katrina les trajo su hidromiel, llenó especialmente el cuerno de Raphael y se sentó junto a sus hermanas para contemplar desde lejos a su adorado. Hacía mucho que eso se había convertido en un ritual y, según parecía, la conducta de Katrina también había llamado la atención de Fiódor.

—Mi Katiuska es una guapa chica, ¿verdad? —le dijo a Raphael.

—Lo es.

—Y le gustas mucho.

Los labios de Raphael formaron una fina sonrisa.

—No se me ha escapado.

—¿Te gusta a ti también?

—¿Adónde quieres ir a parar?

—Bueno... —El guerrero se aprestó a pronunciar un largo discurso—. En primavera cumplirá diecinueve. Hora de que encuentre un hombre para ella. En realidad, quería darla por esposa a un ciudadano prestigioso de Nóvgorod, un mercader o un pintor de iconos... pero ahora me pregunto: ¿por qué buscar tanto, cuando tengo delante a un hombre decente? Quiero decir, tú eres valiente y acomodado, y tienes buen aspecto...

—No tan bueno —observó Balian.

—Cierra la boca —dijo Raphael—. Sigue hablando, Fiódor Andreievich.

—Sin duda no eres ruso, pero todo se andará, si te quedas un rato con nosotros. — Fiódor lo miró con gran seriedad—. Raphael Martinovich, ¿quieres tomar por esposa a mi Katiuska?

Raphael bebió un trago de cerveza y se tomó tiempo. Luego se secó la espuma de los labios y se reclinó. Balian lo miró, con una exhortación en los ojos. «No le ofendas.»

—Tu hija es en verdad hermosa —alabó Raphael—. Algún día hará muy feliz a un hombre. Pero yo no soy ese hombre, por mucho que tu oferta me honre.

—¿No puedo convencerte?

—Mi corazón pertenece a otra.

Fiódor asintió, como si hubiera esperado esa respuesta.

—¿Quién es?

—La hermana de mi amigo Balian.

—¿La que perdisteis de vista en el país de los prusianos?

Solo hacía pocos días que Balian había hablado a la comunidad de sus experiencias en el Báltico.

—Sí. Su nombre es Blanche.

—Así que creéis que aún sigue viva.

—Estoy convencido de eso —dijo Raphael con decisión—. Sé que volveré a verla.

Balian sonrió.

—Te agradezco tu sincera respuesta —dijo Fiódor—. Os deseo a ti y a tu Blanche la bendición de Dios y toda la felicidad del mundo.

—Gracias, Fiódor Andreievich.

Volvieron la cabeza cuando una silla se desplazó de golpe. Al parecer, Katrina había entendido de qué estaban hablando. Salió corriendo del salón. Suspirando, Fiódor fue tras ella.

—¿Qué? —preguntó Raphael al advertir la mirada de Balian.

—Ha sido realmente sensible para tus capacidades. Estoy orgulloso de ti.

—Guárdatelo, tengo una reputación que mantener. —Raphael cogió su copa y bebió.

En marzo, la nieve se fue fundiendo paulatinamente y el lago Ilmen se descongeló. A principios de abril los loreneses decidieron que ya era hora de volver a casa.

Era una mañana soleada cuando se prepararon para partir. Balian nunca había vivido una primavera con tanta intensidad. Le parecía que por todas partes despertaba la vida, y reconquistaba el país con derroche de fuerzas. Los últimos chuzos cayeron de los tejados y aterrizaron en el lodo de los callejones reblandecidos por el agua del deshielo. Los gatos se perseguían por el patio; todo florecía y susurraba y olía a flores, miel y tierra húmeda. Habían ensillado los caballos; un mulo llevaba la plata, un regalo de Grigori. La granja entera se había congregado para despedirlos.

—Fiódor os escoltará hasta Narva —dijo Grigori—. Sin duda allí encontraréis un barco que os lleve a casa.

—Gracias, Grigori Ivanovich —repuso Balian—. Es muy amable de tu parte.

El boyardo sonrió de oreja a oreja.

—No oséis darme las gracias. Vosotros dos, forasteros, nos habéis ayudado a irritar a los *nemzi*. Y me habéis hecho rico. Nunca lo olvidaré. A mis brazos, amigo.

Agarró por los hombros a Balian y le besó en ambas mejillas. Acto seguido, la familia de Grigori y la esposa e hijos de Fiódor se precipitaron sobre ellos, los abrazaron y mimaron, y no querían dejarlos ir. Finalmente se les sumó Katrina Fiodorovna, se puso de puntillas y dio un beso en la mejilla a Raphael. Contuvo valerosamente las lágrimas.

Por último, montaron a caballo.

—¡Adiós! —gritó Balian al boyardo—. Al llegar a mi patria ensalzaremos tu valor y tu amabilidad.

La comunidad de la granja los acompañó a través del puente y por media ciudad hasta la puerta, donde los jinetes se despidieron entre bendiciones y gritos de alabanza a santa Sofía, y les estuvieron saludando hasta que se perdieron de vista.

—¿Qué día es hoy? —preguntó Raphael.

—El sexto día de abril —respondió Fiódor.

Raphael sonrió.

—Partimos de Varennes hace justo un año.

—Entonces, nada mejor que volver a casa —dijo Balian.

Cabalgaron cinco días hasta Narva, un pequeño puesto comercial en la costa. Gracias al buen tiempo, llegaron sin incidentes hasta el asentamiento. Cuando vieron los tejados de madera, Mordred se les adelantó, ansioso de explorar aquel lugar desconocido. En cambio, Fiódor y sus guerreros frenaron sus caballos en campo abierto.

—No soy amigo de las despedidas abundantes en lágrimas, así que abreviemos.

Balian sonrió.

—Seguro que quieres regresar con tu esposa lo antes posible. Quiero decir, cinco días de abstinencia... ¿cómo has podido soportarlo?

—Ha sido duro —confesó sonriente Fiódor—. Vuestros apetitosos culos eran más atractivos cada día.

—Tiene ese brillo en los ojos —dijo Raphael—. Vamos a largarnos.

Balian tendió la mano al guerrero.

—Muchas gracias por todo, Fiódor Andreievich. En el futuro, ten cuidado con los puentes. La próxima vez seguro que no hay dos extranjeros listos para sacarte del agua.

—Por Dios, sí. He aprendido la lección.

—Si algún día vas a Lorena, ven a Varennes y pregunta por nosotros. Siempre serás bienvenido.

—Os deseo un buen viaje. Contad en casa todo lo que sabéis del Señor Gran Nóvgorod y de la nobleza de sus ciudadanos.

Y con eso quedó dicho todo. Fiódor les dio una última palmada en los hombros.

—Adiós, Balian Remiyevich y Raphael Martinovich.

Luego picó espuelas a su caballo y galopó con sus hombres por la llanura. Balian se lo quedó mirando, nostálgico. Fiódor había sido un buen amigo, uno de los mejores que había tenido nunca. Y probablemente jamás volvería a verlo.

—Vamos a ver si encontramos un barco —dijo Raphael.

Según se demostró, los santos les eran propicios: en el puerto de Narva había dos cocas. Una iba a zarpar pronto hacia Lübeck, y el capitán estuvo de acuerdo en llevarlos consigo.

Tan solo tuvieron que esperar tres días a que el barco zarpara, pero ese tiempo se le hizo interminable a Balian. Durante los meses pasados, la patria era algo inalcanzable, así que se había sometido a su destino. Pero ahora que existía la posibilidad de volver a ver pronto Varennes, apenas podía soportar nuevos retrasos. Tanto más cuanto que lo apremiaban innumerables preocupaciones... preocupaciones que había estado ignorando todo el tiempo.

¿Dónde estaba Blanche? ¿La encontraría?

¿Qué había sido de sus otros compañeros, de Odet, Bertrandon y Maurice?

Y para terminar: ¿Se habrían incautado entretanto sus acreedores de todas sus propiedades?

Aquellas preguntas le quitaban el sueño, así que dio gracias a Dios cuando por fin zarpó la coca. Balian estaba en la cubierta, con las manos en la borda, el aire matinal olía a pescado, sal y algas, contempló el mar y la costa y pidió al cielo vientos favorables.

Una vez más, los santos le escucharon.

46

El viento favorable los llevó hasta Riga, donde el capitán tocó tierra para reponer víveres y agua potable.

—Buscaos un alojamiento —aconsejó a los pasajeros cuando la tripulación amarró la coca—. No volveremos a zarpar como pronto hasta dentro de dos días.

Así que bajaron del barco; primero los mercaderes daneses, que querían visitar el mercado local, luego Balian y Raphael con los caballos. Aunque Riga no era más que una pequeña ciudad, en el puerto reinaba una ruidosa actividad. Marineros que estibaban la carga. Carreteros gritones. Aduaneros quejicosos. Y en bandadas, caballeros y mantogrises que, con caballos y carros llenos de armas, esperaban delante de dos barcos de la Orden Teutónica.

Mientras se abrían paso entre la multitud, Balian captó distintos fragmentos de conversaciones y se enteró de que hasta ese momento la Orden no había conseguido abatir la sublevación de los prusianos. Los pueblos bálticos seguían rebelándose contra sus señores y llevando la guerra a los estados de la Orden. Sin embargo, gracias a sus fuertes muros y a la fuerza de las tropas episcopales, Riga parecía segura frente a los ataques.

—Disculpad. ¿Venís de ese barco? —les dijo un muchacho medio adolescente.

Balian asintió.

—¿Sigue casualmente ruta hacia Lübeck?

—Así es.

—¡Qué suerte! —Radiante, el muchacho alzó una carpeta de

cuero—. ¿Podéis llevar estas cartas y entregarlas al Consejo en Lübeck?

—Eso tienes que preguntárselo al capitán. Lo encontrarás en cubierta.

—¡Gracias, señores!

Cuando el muchacho salió corriendo, estuvo a punto de atropellar a un caballero de la Orden que guiaba su caballo, sin demasiadas consideraciones, entre el tumulto de los muelles. Entre insultos, el caballero le propinó una patada en el pecho, de manera que el chico cayó y estuvo a punto de ser pisoteado.

Balian le ayudó a levantarse.

—¿Te has hecho daño?

—Estoy bien... ¡Oh, Dios, las cartas!

Con la caída la carpeta se había abierto, de forma que las cartas se habían desperdigado en la suciedad del suelo. Las reunieron con rapidez. Ninguna llevaba sello, porque eran noticias de sencillos habitantes que no sabían escribir, y por eso habían pedido a un clérigo o un escribiente a sueldo que escribiera una breve carta a los que habían dejado atrás. Cuando Balian echó una casual mirada a las líneas, antes de dar al chico los pergaminos, no pudo dar crédito a sus ojos.

Esas capitulares tan marcadas. La inclinación de las letras. El especial impulso de la «e» y la «s». Habría reconocido aquella caligrafía entre un centenar.

—¿Me las devolvéis? —preguntó el chico.

—Las tendrás enseguida...

Balian hojeó las cartas. La caligrafía era siempre la misma, y ciertas fórmulas se repetían. Fórmulas que usaba una persona muy determinada. Tendió las cartas a Raphael.

—¡Mira esto!

—Son cartas. ¿Y qué?

—¡Las ha escrito Blanche!

Raphael se quedó sin habla por un momento.

—No puede ser.

—¡Sí! Esta es su letra. La conozco mejor que la mía propia. —Balian se volvió al chico, que lo miraba completamente perplejo—. La mujer que ha escrito estas cartas... ¿dónde puedo encontrarla?

—En el albergue que hay junto al palacio episcopal.

Balian le puso las cartas en la mano y montó a caballo.

—¡Vamos! —gritó a Raphael, antes de salir corriendo.

No fue difícil encontrar el albergue. Desmontaron en el patio del miserable alojamiento.

—Me quedo con los caballos —dijo Raphael—. Blanche y yo no nos separamos en las mejores condiciones.

El corazón de Balian latía como un tambor de guerra cuando entró al edificio. «Por favor, oh, Señor, haz que no me haya equivocado.» Volver a encontrar de ese modo a Blanche le parecía un milagro. No iba a poder soportar una decepción.

Miró en la taberna… y de hecho allí estaba, delante de un pliego de pergamino y un tinterillo, rodeada de criados, campesinos y artesanos, que no podían esperar a que les tocara el turno.

—¡Blanche!

Ella alzó la cabeza, nada contenta con la interrupción, y a la vez sorprendida de que alguien conociera su nombre en aquella ciudad. Balian no pudo por menos de sonreír, porque sabía exactamente lo que se le estaba pasando por la cabeza… leía en su rostro todas sus emociones desde siempre. Cuando lo vio, abrió la boca. Lentamente, dejó la pluma, echó atrás el taburete y se incorporó.

—¡Balian! —gritó, y se lanzó hacia él. A dos pasos de distancia, se detuvo de golpe y lo miró fijamente, como si tuviera que cerciorarse de que no era víctima de un mal espejismo—. Me has encontrado —consiguió decir.

—Te he encontrado.

Riendo, Balian la tomó en brazos. Ella apoyó la cabeza en su cuello, sollozando, y le clavó los dedos con dolorosa fuerza en los hombros, como si quisiera fundirse con él. Una sensación que Balian compartía. Cuando la tuvo en sus brazos, olió el familiar aroma de su pelo y notó el calor de su cuerpo, se sintió completo por primera vez desde hacía mucho tiempo. Completo y a salvo.

—Sabía que no estabas muerto —cuchicheó ella—. Lo supe todo el tiempo.

—Tenemos mucho que contarnos.

Se separaron con extrema dificultad.

—Marchaos a casa —dijo Blanche a los que esperaban—. Se acabó por hoy.

La gente protestó, pero ella los empujó resuelta hacia la puerta. Una vez más, Balian no pudo evitar sonreír. «Esta es mi Blanche.»

Se sentaron a una mesa y se miraron largo tiempo, estudiaron el rostro del otro en busca de huellas de alegría y dolor, dicha y sufrimiento. Desde su separación habían sucedido una infinidad de cosas, y Balian sentía que ambos habían cambiado. Pero se mantenía la familiaridad entre ellos, incluso parecía más fuerte que nunca.

—¿Cómo has venido a parar a Riga? —preguntó él por fin.

—Es una larga historia. Huimos antes de la sublevación. Desde entonces estamos aquí clavados.

—¿«Estamos»?

—Los otros también están aquí. Odet anda por la ciudad buscando comida para nosotros. Bertrandon trabaja como jornalero para un mercader desde que recuperó la salud.

—¡Viven! ¡Gracias, san Jacques! —Balian reía de alegría, y sentía que al tiempo le brotaban las lágrimas—. ¿Qué pasa con Elva y Maurice?

—Elva puso a flote la *Gaviota Negra* y partió rumbo a Gotland poco antes de la revuelta. Por desgracia, no sé nada más.

—Al menos logró salvarse. —Sin embargo, Balian sintió la punzada de la decepción. En secreto, había esperado que Elva también estuviera en Riga.

—Y Maurice… —Blanche apartó la vista—. Está muerto.

—¿Lo mataron los prusianos?

—Los prusianos no tuvieron nada que ver. Mostró su verdadero rostro. Y no le fue bien.

Aunque Balian ardía en deseos de saber lo que le había ocurrido a Maurice, se conformó con que Blanche no quisiera hablar más del asunto. Sin duda tendría buenas razones para guardar silencio. En el momento oportuno, sabía que le contaría toda la historia.

—¿Y tú? —preguntó ella—. ¿Qué te pasó a ti?

Sonriendo, él se frotó la nariz.

—Dios, ¿por dónde empiezo? Todo es tan increíble que no sé por dónde empezar. Bueno, hubo una emboscada de los paganos…

Apenas había iniciado su historia cuando el perro de Raphael entró por la puerta de la taberna.

—¡Es Mordred! —exclamó Blanche.

El animal la reconoció enseguida, y la saludó meneando la cola. Por el rostro de ella pasaron innumerables sensaciones, sentimientos en extremo contradictorios, de manera que Balian pudo como mucho intuir lo que estaba pasando por su mente.

—Raphael está...

—Espera fuera.

Blanche lo miró de soslayo.

—Está bien. Lo sé todo —dijo.

—¿Todo?

Balian asintió.

—Todo.

Lentamente, ella se levantó y fue hacia la puerta. En ese momento entró Raphael, que al parecer había seguido a Mordred. Se detuvo y miró fijamente a Blanche, cuyo rostro era una máscara impenetrable.

—Creo que voy a salir a vigilar nuestra plata —dijo Balian, y se puso en pie.

—Vives —constató Blanche.

—Eso parece. —Raphael respondió con una fina sonrisa—. La cuestión es: ¿te alegras, o más bien no?

—Claro que me alegro —repuso ella—. ¿De verdad has pensado que deseaba tu muerte?

—De vez en cuando me han acudido tales pensamientos, sí.

—Qué tontería. ¿Me consideras un monstruo?

—Yo... te he echado de menos —dijo él, titubeando.

Un dulce dolor estremeció a Blanche, y le hubiera gustado decirle que también ella le había echado de menos. Pero no quería ponérselo tan fácil.

—Así que se lo has contado todo a Balian —dijo en vez de eso.

—Creía que íbamos a morir. Quería dejar las cosas arregladas.

—¿Cómo se lo tomó?

—Probablemente me hubiera matado de no pensar que la muerte nos esperaba a ambos. —Raphael la miró largo rato antes de añadir—: Hablamos a fondo. No va a interponerse en nuestro camino.

—Vaya. Así que os habéis puesto de acuerdo en que puedes tenerme.

Él se dio cuenta de que no había escogido sus palabras con inteligencia, y levantó las manos.

—No quiero decir eso. Fue una extraña conversación, en extrañas circunstancias… Disculpa, por favor, que me exprese con torpeza. Solo quiero decir que tu hermano y yo…

—¿Sí?

—Hemos puesto fin a nuestra enemistad. Balian sabe lo que siento por ti, y le parece bien.

«Lo que siento por ti.» Le costó trabajo no mostrar sus sentimientos. Aún no había terminado con él, aunque sentía que también él había cambiado. Ya no era el arrogante solitario que hería a todo el mundo a su alrededor. Este Raphael era distinto, parecía sincero y amable. Pero eso ya lo pensó una vez. Tenía que saber si esta vez podía confiar en su cambio.

—Yo no te rechacé solo por Balian. Lo sabes muy bien.

Él asintió.

—Querías saber la verdad. Sobre mí. Mi pasado.

—Si eres un asesino.

En esta ocasión, él no se envolvió en el silencio ni buscó excusas.

—Sí, soy un asesino —confesó—. Maté al monje. Pero tuve buenas razones para hacerlo.

Y empezó a hablar. Del monje fanfarrón. De la muchacha de la taberna. De la violación. De los acontecimientos del día siguiente. Blanche escuchó conmocionada mientras rascaba las orejas a Mordred. Estaban sentados a la mesa, aunque ella no podía recordar haberse sentado.

—Ahora sabes la verdad —concluyó Raphael—. Te toca decidir lo que haces con ella.

Pasó un tiempo hasta que Blanche volvió a estar en condiciones de hablar.

—¿Mi hermano también sabe todo esto?

—Sí.

Ella trató de ordenar sus ideas. Así que era cierto que Raphael mató a un hombre de Dios. Pero ¿quién era ella para condenarle? Todavía recordaba lo que había pensado cuando murió Maurice: «Ha merecido la muerte». Raphael tuvo que sentir algo parecido entonces… y con razón. Cierto, no debió coger el crucifijo, pero, por Dios, ¿representaba realmente eso alguna diferencia?

—¿Por qué no me lo has contado antes? ¿Pensabas que no lo entendería?

Él sonrió, pero había dolor en su sonrisa.

—No era capaz de confiar en ti. Temía que contárselo a alguien pudiera llevarme al patíbulo.

—¿Confías en mí ahora?

—He aprendido mucho en los últimos meses. Necesito a otras personas… personas como tú. Ahora lo sé.

Blanche sonrió y le cogió la mano.

Balian acababa de atender a los caballos y de meter la plata en la taberna cuando Odet entró. El criado se quedó parado, mirándolo con los ojos como platos, con un trozo de pan en una mano y una remolacha en la otra. Los alimentos cayeron al suelo.

—¿Qué pasa? —Balian sonrió—. ¿Ya no reconoces a tu viejo señor?

Odet olvidó la comida y se fue acercando lentamente, tocó con cuidado el rostro de Balian como si tuviera que cerciorarse de que no era un espíritu o algo por el estilo.

—Sois vos. ¡Sois de verdad vos! —cuchicheó, y cayó de rodillas—. San Jacques, san Nicolás, san Valentín, santa Úrsula, santa Eulalia y san Judas Tadeo… os doy mil veces gracias. ¡Señor Bertrandon, venid deprisa! ¡El señor Balian ha vuelto! —gritó antes de coger la mano de Balian y apretarla contra su mejilla. El criado lloraba de alegría.

Justo en ese momento entró corriendo Bertrandon.

—¿Balian? ¿Qué estás diciendo? No puede ser… —Se detuvo en seco—. ¡Por Dios! ¿Cómo es posible?

Su sorpresa dio paso a una radiante sonrisa. Abrió los brazos y corrió hacia ellos.

—Esto es un milagro. Un milagro. ¡Alabado sea el Señor! —También a él se le llenaron los ojos de lágrimas cuando abrazó a Balian y a Raphael—. Ya había abandonado la esperanza. Pero Blanche decía todos los días que aún estabais vivos. ¿Cómo podía yo dudar de ella? Contad. ¿Qué os ha sucedido? ¿Cómo nos habéis encontrado? ¡Quiero saberlo todo!

—Solo cuando dejéis de aullar —dijo Raphael—. Dos hombres llorando son dos de más para mi gusto.

Sonriente, Bertrandon le dio un puñetazo en el hombro.

—Seguís siendo el mismo de siempre, ¿eh?

Se sentaron a una mesa y guardaron silencio un momento, felices de volver a estar juntos.

—¿Empiezas tú? —Se volvió por fin Balian a Raphael.

—Cuenta tú. Eres el charlatán de la pareja.

—¿Tú? —Bertrandon los miraba de hito en hito—. ¿Qué ha pasado aquí? ¿No os habréis hecho amigos?

—Yo no iría tan lejos —repuso Balian.

—¿Tengo aspecto de ir a hacerme amigo de un granuja como este? —completó Raphael.

—Nos soportamos como podemos.

—Pero solo cuando el peligro de muerte nos obliga.

—Lo hemos comprendido. Os odiáis —dijo Blanche—. ¿Tendrán ahora los señores la bondad de contar su historia?

Así que Balian les contó sus experiencias en el territorio de los paganos. Blanche, Bertrandon y Odet estaban pendientes de sus palabras, y se quedaron visiblemente consternados al enterarse de todo lo que habían tenido que soportar sus compañeros.

—Cuando los samogitios vencieron a la Orden Teutónica, Treniota mantuvo su palabra y nos dejó ir —explicó Balian—. Fuimos enseguida a buscaros a la encomienda. Pero todo lo que encontramos allí fueron cadáveres calcinados.

—Habíamos huido al interior poco antes —explicó Blanche—. Porque era previsible que los pocos mantogrises que quedaban no podrían defender la encomienda.

—¿Por qué no os marchasteis con Elva?

—Se había ido ya. Nos quedamos porque yo aún tenía la esperanza de que volvierais. Además, Bertrandon estaba muy enfermo.

—¿Enfermo? —Balian miró con preocupación al pequeño mercader.

—Una fiebre que debo a los vapores malignos de los pantanos lituanos. Durante un tiempo luché contra la muerte, pero el arte curativo de vuestra hermana me salvó.

—El médico que encontramos en Riga también hizo lo suyo —dijo Blanche con modestia.

—Por desgracia, era un médico desvergonzadamente caro —prosiguió Bertrandon—. Por eso durante todos estos meses no hemos podido ahorrar. Me temo que no bastará para pagar un pasaje de barco a nuestra patria.

—¿Bastará quizá con esto? —Balian hizo una seña a Raphael.

Su compañero se cercioró de que seguían solos, antes de abrir una de las bolsas.

A Bertrandon casi se le salieron los ojos de las órbitas al ver tanta plata.

—¿Qué habéis hecho? —gimió—. ¿Habéis saqueado a la Liga de Gotland?

—Somos mercaderes honestos —repuso Raphael—. Jamás haríamos algo tan vergonzoso.

—La Liga fue tan amable de cedernos el dinero —completó Balian.

—¡Ah! Claro. Generosos y amables... así es como consideramos a los Rapesulver y sus amigos. Eso está bien. De verdad... —La sonrisa de Bertrandon se congeló al mirar a sus amigos—. ¿Cómo? ¿No es broma? ¿De verdad habéis conseguido el dinero de la Liga?

Raphael asintió.

—Hasta el último céntimo.

—¿Estáis locos? —Blanche había empalidecido—. ¡Nos perseguirán hasta el fin del mundo!

—No tengas miedo. No nos encontrarán —dijo Balian—. Por otra parte, esta no es la única bolsa de plata. En total, tenemos seis de ellas.

La expresión en el rostro de Bertrandon resultó impagable.

Balian contó el resto de la historia, y Blanche supo cómo había encontrado y liquidado a los asesinos de Michel y Clément. Cerró los ojos, susurró una oración y lloró. Sabía que esa era la última vez que derramaba lágrimas por Clément. Por fin podía cerrar las puertas del pasado.

Se secó las mejillas y sonrió. Apenas podía creerlo. Su hermano había viajado hasta el fin del mundo y vivido inauditas aventuras. «Como el buen Gerhard», pensó.

Pasaron largo tiempo sentados junto al fuego. Nadie tenía deseos de hablar. Se habían vuelto a encontrar, eso bastaba.

Entretanto había anochecido, y hacía mucho que el posadero se había ido a la cama. La lluvia golpeaba en el tejado del albergue; sonaba como los pasitos de diminutos pies sobre las carcomidas vigas. Balian se incorporó pesadamente.

—Vamos a acostarnos.

Bertrandon y él fueron al cuarto de al lado. En el pasillo, Balian se volvió.

—Tú también, Odet —dijo con énfasis.

El criado miró de soslayo a Blanche y Raphael y entendió. Siguió a toda prisa a Balian y cerró la puerta tras él.

—Muy considerado, tu hermano —murmuró Raphael.

—¿Por qué? ¿Aún quieres algo? —Blanche levantó una ceja.

—Siempre lo he querido —repuso él sonriente.

—Lo dejaremos para más adelante. Cuando estemos realmente solos. —Se pegó a él; él pasó el brazo a su alrededor y la besó en la raya del pelo—. Pronto tendremos abundante ocasión.

—Sí —dijo él—. Tenemos todo el tiempo del mundo.

Juntos contemplaron las llamas, que lamían los leños chisporroteando y creando nuevas formas. Blanche vio en ellas las torres y murallas de un castillo encantado, que volvía a crearse a cada momento.

47

Julio de 1261

Y entonces volvieron a casa.

La coca los llevó a Lübeck, adonde llegaron una soleada mañana de mayo. Dado que ninguno de ellos tenía el menor deseo de volver a atravesar los países alemanes, Balian gastó una de sus barras de plata en pagar a un mercante para que los llevara a Dinamarca. En Aalborg encontraron, tras una breve estancia, otro mercante inglés que unas semanas más tarde los dejó en Brujas. No estuvieron mucho tiempo en la metrópoli flamenca. Balian y Raphael compraron caballos para Blanche, Bertrandon y Odet, y se dirigieron al sur, a través de Brabante y Luxemburgo, siempre a lo largo del Mosa, hasta que, poco después de San Pedro y San Pablo, llegaron a Verdún. Siguieron luego por las verdes colinas y llanuras de Lorena, por las familiares tierras del valle del Mosela y, aunque hacía un bochorno espantoso y enjambres de mosquitos se cernían sobre arroyos y charcos, cabalgaron casi sin descanso, durmiendo pocas horas cada noche, porque todos se consumían por volver a la patria.

Por fin, tres meses después de su reencuentro en Riga, tuvieron a la vista Varennes Saint-Jacques.

En una elevación, frenaron los caballos y contemplaron en silencio la ciudad extendida ante ellos, dormitando al calor. Había habido momentos, el año anterior, en que Balian creyó que no volvería a verla... pero ahí estaba, tal como la recordaba, igual de esplendorosa y de miserable, de grandiosa y de pequeña que siempre.

Odet lloraba en silencio.

—San Jacques —murmuró, y besó el saquito de los huesos.

—Vamos a ver si se acuerdan de nosotros. —Balian picó espuelas a su caballo y galopó ladera abajo, seguido de sus compañeros. Pasaron las barreras defensivas y pronto estuvieron envueltos en nubes de polvo.

Un campesino que recogía boñigas de caballo en el foso de la ciudad fue el primero en descubrirlos.

—¡Han vuelto! ¡Han vuelto! —gritó.

La gente acudió corriendo de todas partes cuando los compañeros entraron a caballo al mercado del heno. Tuvieron que desmontar, porque más de cien personas los rodearon, saludándolos alegremente o mirándolos incrédulos.

—¡Os dábamos por muertos! —exclamó un mercader, y los asedió a preguntas acerca de su viaje.

—Luego —dijo Balian—. Primero quiero ver a mis padres. ¿Están bien?

—Sí, pero Célestin y los otros se han empleado a fondo con vuestro señor padre.

—Dejadnos pasar, por favor —pidió Bertrandon a la multitud, pero no se apartaron de ellos y los siguieron hasta la casa de Rémy.

Su madre estaba delante de la puerta y daba de comer a los cerdos. Llevaba un vestido de luto. Frunciendo el ceño, contempló al ruidoso pueblo de la ciudad, y al descubrir a Balian y a Blanche perdió todo el color del rostro.

—¡Rémy! ¡Rémy, ven deprisa! —gritó Philippine, antes de llevarse las manos a los labios y caer lentamente de rodillas.

Rémy puso en la mesa varias jarras de cerveza rebajada. Balian estaba tan sediento que vació la suya de un trago. Su padre la rellenó enseguida y le dio unas palmadas en los hombros. No dejaba de sonreír.

—Cuando no regresasteis por Navidad, al principio no nos preocupamos —dijo Philippine—. En viajes tan largos siempre se producen retrasos. Pero cuando seguimos sin saber nada para la Candelaria, supimos que tenía que haberos ocurrido algo.

—Se oyen cosas terribles del este —dijo Rémy—. Se habla todo el tiempo de disputas entre nobles y caballeros salteadores.

—De hecho nos topamos con uno de esos caballeros —contó Balian—. «Cerbero», se hacía llamar. Tiene sobre su conciencia a Godefroid y a muchos de nuestros criados.

—San Jacques, no me lo recuerdes —murmuró Bertrandon—. Pensé que no íbamos a salir del Osning con vida.

—¿Mató también ese Cerbero al joven Deforest? —preguntó Rémy.

—Maurice murió más adelante... en Prusia. —Balian cambió una rápida mirada con su hermana. Entretanto sabía las circunstancias de la muerte de Maurice, pero quería que fuera ella la que se lo contara a sus padres cuando llegara el momento.

—A pesar de todo, no abandonamos la esperanza —prosiguió su madre—. Pero luego llegó la Pascua, la Ascensión, Pentecostés, y todos dijeron que estabais muertos, y que era una necedad seguir aguardando vuestro regreso. Ya no sé cuándo fue, pero una mañana me desperté y no tenía esperanza. Empezamos a llorar por vosotros. —Se le escaparon las lágrimas, nuevamente abrumada por sus sentimientos.

—Siento haberos causado preocupaciones, madre. —Blanche le apretó la mano.

—Está bien. —Sonriendo, Philippine se secó las lágrimas—. Debéis saber que estoy muy orgullosa de vosotros. Nadie ha viajado nunca tan lejos de Varennes.

—Ahora queremos escuchar por fin toda la historia —dijo Rémy—. Desde el principio.

—Creo que Balian y Blanche podrán hacerlo solos. —Bertrandon se levantó con esfuerzo—. Quisiera despedirme. Es hora de que eche un vistazo a mi casa.

Los gemelos lo abrazaron.

—No olvides tu parte.

Balian le tendió dos sacos llenos de plata. Raphael y él acordaron que Bertrandon participase de los tesoros de la Liga de Gotland, porque el pequeño mercader había pasado tantas penalidades como ellos.

—Gracias, viejo amigo. Nunca lo olvidaré —dijo Bertrandon—. Que san Nicolás te bendiga.

Cuando se hubo marchado, Rémy se volvió hacia Raphael y preguntó, con poca amabilidad:

—¿Y vos?

—Me quedo un poco más, si lo permitís.

A los padres de Balian les disgustaba visiblemente la presencia de Raphael. Pero la cortesía les impedía echar a su huésped. Para no perturbarles, Raphael y Blanche ocultaron su afecto por el momento.

Acto seguido, los gemelos hablaron uno tras otro de sus aventuras en el Mosela y el Rin, en los territorios alemanes entre Colonia y Lübeck, en el mar Báltico y en los estados de la Orden, en Lituania, Livonia y Nóvgorod. Rémy y Philippine escuchaban cautivados, y solo se levantaban de la mesa para rellenar las jarras. De vez en cuando murmuraban: «¡No!» o «¡Dios Todopoderoso!», cuando les hablaban de los numerosos peligros superados; se asombraron al oírles hablar de la plata, y apenas podían creer que sus hijos hubieran vuelto ricos después de haberlo perdido todo.

Al oír que Balian había pedido cuentas de sus actos a Helmold y a Sievert Rapesulver, se persignaron y rezaron una oración por las almas de Michel y Clément, aliviados de que al fin ambos pudieran encontrar la paz en la tierra consagrada de All Hallows the Great, en el lejano Londres, donde sus huesos reposaban.

—Esa es nuestra historia —concluyó Blanche—. Pero antes de celebrar nuestro regreso a casa, aún debéis saber algo más. —Buscó la mirada de Raphael y luego se volvió de nuevo hacia sus padres—. Raphael y yo vamos a casarnos —declaró con voz firme.

El silencio siguió a sus palabras. Rémy no era hombre que mostrara abiertamente sus sentimientos, pero ahora incluso un ciego hubiera visto que estaba perplejo. Perplejo e irritado.

—¿Sabes tú algo de esto? —preguntó ásperamente a Balian.

—Lo sé y lo apruebo.

—Ajá. Así que lo apruebas. De eso hablaremos más tarde.

—Maestro Rémy —dijo Raphael, que había guardado silencio todo el tiempo—. Os doy mi palabra de que cuidaré de vuestra hija y seré un buen esposo para ella.

—Al diablo con eso —rugió Rémy—. Blanche no va a casarse con ningún asesino, aunque tenga diez veces más plata que ella.

—Raphael no es ningún asesino —dijo Blanche—. Al menos, no del todo.

—¿Qué significa eso? ¿Mató al monje o no?

—Déjame explicártelo, padre —dijo Balian.

Rémy miró fijamente a Raphael.

—Quiero oírlo de su boca.

Raphael asintió.

—Lo sabréis todo si me garantizáis que nada saldrá de esta casa. —También a Bertrandon y Odet, que estaban al corriente hacía mucho, les había exigido la promesa de no contarle a nadie lo que había ocurrido en el Vogesen.

—Por mi parte, como queráis —gruñó Rémy.

Y Raphael contó una vez más su historia.

—¿Es esa la verdad? —preguntó finalmente Rémy.

—Lo juro por mi alma.

—¿Tenemos ahora vuestro permiso? —preguntó Blanche a su padre.

—¿Tú estás segura?

Ella asintió.

—Raphael y yo nos amamos.

—Nunca pensé que lo diría, pero Raphael es un buen hombre —dijo Balian, al ver que su padre titubeaba—. Blanche ha hecho una buena elección. Dales tu consentimiento.

Cuando Rémy estaba a punto de responder, Odet se puso en pie de un salto y corrió hacia la ventana.

—¡Oh, Dios! ¡Oh, Dios! ¡Oh, Dios! —gritó—. Ahí vienen Célestin Baffour y los otros. Y traen a los alguaciles consigo.

—Era de esperar —dijo Balian—. Entretanto, toda la ciudad sabe que hemos vuelto. Ven, padre. Dejémoslos entrar.

Bajaron todos juntos al piso de abajo. Célestin estaba golpeando la puerta con el puño.

—Supongo que hace mucho que se incautaron de mi casa —observó Balian.

Su padre asintió.

—De tu casa y de todas tus propiedades. Pero no se conformaron con eso. También querían quitarnos todo a nosotros. Hasta ahora he podido impedírselo, pero solo porque tengo amigos en el Consejo.

—¡Abrid, maestro Rémy! —rugía Célestin mientras aporreaba la puerta—. Sabemos que vuestro hijo está ahí.

Rémy los dejó entrar. Los guardias asaltaron en toda regla el taller; Célestin y los otros acreedores se plantaron amenazantes ante ellos.

—Por los huesos de san Jacques, no pensé que volvería a veros —dijo Baffour—. Llevamos meses esperándoos. ¿Dónde os habéis metido? Admitidlo: ¡os habéis quitado de en medio!

—Entonces no estaría aquí, ¿no? —repuso Balian.

—Probablemente vuestra hermana os ha arrastrado de vuelta a Varennes porque no podía soportar la idea de que vuestro padre estuviera pudriéndose en la Torre del Hambre.

Balian se volvió hacia Blanche:

—Di, hermana… ¿has tenido que arrastrarme hasta aquí?

—No soy más que una débil mujer. ¿Cómo hubiera podido hacer tal cosa? —repuso ella—. No, si la memoria no me engaña, has vuelto de manera voluntaria. Ni siquiera te tuve que convencer. De hecho, apenas podías esperar a encontrarte de nuevo con estos amables señores.

—Divertíos a nuestra costa —ladró Célestin—. Pero la risa se os va a pasar pronto. Vuestro padre ya nos ha retenido bastante. Nuestra paciencia se ha acabado. ¡Vamos a meteros a todos en la Torre del Hambre!

Balian alzó las manos, apaciguador.

—«Torre del Hambre, Torre del Hambre…» No oigo nada más que «Torre del Hambre». ¿A tal punto las costumbres han degenerado durante nuestra ausencia que dos mercaderes ya no pueden hablar como cristianos civilizados?

—¡Ya no hay nada que hablar! —rugió Fulbert de Neufchâteau—. Vuestro viaje ha fracasado. Habéis perdido todas vuestras mercancías, y nosotros seguimos con nuestras deudas. Pagaréis por ello.

—Ya tenéis mi casa y mis bienes. ¿No os basta con eso? En verdad deberíais aprender a frenar vuestra desmesura. La codicia perjudica la salvación de las almas.

—Sabéis muy bien que la casa y todos vuestros cachivaches no bastan para saldar vuestras deudas —dijo Célestin—. Pero ¿por qué me molesto en hablar con vos? Sois un charlatán y un embustero… con vos cualquier palabra es un despilfarro. Prendedlos, a él y al maestro Rémy —ordenó a los guardias.

—Entonces, ¿no queréis mi plata? —Balian había abierto uno de los sacos. Volvió a cerrarlo y se lo tendió a Odet.

—¿Qué es eso? —Célestin tendió la mano hacia el saco, pero Odet lo apartó con gesto sombrío.

—Plata... acabo de decíroslo. Pero vos preferís verme en la Torre del Hambre en lugar de tomarla.

—¡Enseñádnosla! —ladró Martin Vanchelle.

Balian cogió el saco y lo vació. Barras y barras cayeron con estrépito sobre el tablero de la mesa. Sus acreedores se quedaron como tocados por el rayo. Célestin fue el primero en recobrar la palabra.

—¿De dónde ha salido eso?

—Estuvimos en Nóvgorod. Allí hay bueyes con cabeza de asno que las noches de luna llena cagan plata —explicó Raphael—. Deberíais haceros con uno.

—¿Todo esto es vuestro? —preguntó receloso Fulbert.

—Todo. —Balian dividió el montón y empujó la mitad de las barras a un lado de la mesa—. Esto debería bastar para saldar mis deudas, ¿no?

—Ss... sí. Creo que sí —dijo Célestin, mirando la plata con ojos desorbitados.

—Padre, madre, Blanche, Raphael... todos sois testigos de que Célestin, Fulbert y Martin aceptan mi oferta —explicó Balian delante de los guardias—. Con esto, todas las deudas quedan pagadas. Es decir, que estos tres señores no tienen derecho a seguir molestándonos a mí y a mi familia. Y ahora fuera de aquí, sanguijuelas. Tenemos un compromiso que celebrar.

Le puso a Célestin la plata en las manos y echó a los mercaderes junto con los guardias. Apenas la puerta se hubo cerrado tras ellos, empezaron a discutir por la parte del tesoro que correspondía a cada uno.

—Estabas a punto de decir algo, padre —dijo Balian.

—Sí. —Con la parca sonrisa que le era propia, Rémy se volvió hacia Blanche y Raphael—. Os doy mi consentimiento.

Muchas horas más tarde, Odet yacía en su lecho, saciado, feliz y bien borracho, porque habían estado bebiendo y festejando hasta entrada la noche. La señora Blanche y el señor Raphael prometidos, todas las deudas pagadas, la familia salvada... Era increíble cómo al final todo se había resuelto.

—Lo has hecho bien, Jacques —murmuró somnoliento Odet, y acarició el saquito de los huesos—. Ahora tenemos que volver a llevarte a la cripta. ¿Cómo lo haremos sin que nadie se dé cuenta?… ¡Ah, ya lo sé! Esperaremos hasta el próximo día de tribunal, cuando los canónigos llevan su altar al mercado del ganado. Cuando no estén mirando, nos colaremos y devolveremos tus huesos, para que por fin puedas seguir durmiendo. La verdad es que te lo mereces… de verdad que te lo mereces —murmuró Odet, y asintió con la bolsa en la mano.

Epílogo

Agosto de 1261

Fue un verano enloquecido, caprichoso, abrasador, que no acababa de decidir si había de traer calor o tormenta al valle del Mosela. A veces hacía tanto calor que apenas se podía salir a la puerta de la calle. Luego volvía a llover a cántaros, de forma que el Mosela se desbordaba y el Consejo hacía levantar apresuradamente diques en la ciudad baja. El bochornoso calor que siguió a la lluvia fue insoportable. Se sudaba de la mañana a la noche, y la gente se veía asediada por los mosquitos. Las letrinas apestaban de manera espantosa.

Blanche y Raphael se casaron una semana después de la Ascensión. Fue una pequeña fiesta, a la que solo estuvieron invitadas las familias y los amigos más íntimos. Blanche estaba bellísima, con su vestido verde de paño de Flandes y su corona de flores silvestres, y resplandecía cuando Raphael le hizo cruzar el umbral de su casa. Balian sonrió al verlos. Si un año atrás le hubieran profetizado que su hermana iba a casarse algún día con ese hombre, se habría reído a carcajadas o habría cerrado los puños presa de la ira.

Pero la ira, antaño su constante compañera, había desaparecido. Ya nadie le llamaba fracasado. Cuando paseaba por los callejones, todo el mundo le saludaba. Incluso los más ricos de los mercaderes le testimoniaban su respeto.

Todo estaba bien. Y sin embargo sentía una inquietud que lo atormentaba.

Todas las mañanas se levantaba con la primera luz del día,

montaba a caballo y cabalgaba por los bosques. Pasaba solitario junto al túmulo y visitaba todos los otros lugares de su infancia en los que Blanche, Michel y él habían vivido innumerables aventuras. Iba la mayor parte de las tardes al cementerio de Saint-Pierre, a la tumba de sus abuelos, bajo los antiquísimos abedules. Tenía muchas preguntas, pero Isabelle guardaba silencio. Tenía que encontrar él mismo las respuestas.

Una tarde de finales de agosto, ayudó a Blanche a llevar el resto de sus pertenencias a su nuevo hogar, y ahora se habían sentado en la escalera y compartían una jarra de cerveza. Mordred estaba tumbado a la sombra junto a ellos y dormitaba. Una imagen pacífica que le hacía olvidar a uno lo peligroso que podía ser ese perro.

—Mira quién viene por ahí —dijo Blanche.

Balian vio a Thomas Carbonel, que caminaba por la calle. Cuando el pálido mercader descubrió a los gemelos, apretó los labios y aceleró el paso. Balian había oído decir que Thomas no se había recuperado del descalabro de Colonia, y que desde entonces la mala suerte le perseguía en sus negocios. Por razones incomprensibles, hacía responsable de su desgracia a Balian, Bertrandon y Raphael, y hablaba mal de ellos en la ciudad.

—Pobre diablo. Si no fuera por su falta de carácter, se podría sentir compasión por él. —Balian dio un trago a su cerveza.

—¿Qué pasa con tu casa? —preguntó Blanche al cabo de un rato.

—¿Qué tiene que pasar?

—¿Has decidido ya si vas a volver a comprarla?

Balian sonrió confuso. Así que era el momento de la verdad.

—¿Qué pasa? —insistió su hermana.

—Que Baffour se la quede. Ya no la quiero.

—¿Y tu negocio? Necesitas un despacho y un almacén para las mercancías.

—Para ser sincero... tampoco quiero ya el negocio.

—Ah. —Blanche lo miró—. Eso es nuevo.

—He decidido que vosotros sigáis adelante con él. De todos modos, no queda nada más que el nombre. Podéis quedároslo.

—Tienes dinero. Puedes reconstruirlo.

—Sí —dijo Balian—. Pero ¿quiero hacerlo? He cambiado, hermana.

—Todos hemos cambiado.

—Pero yo más que tú, y que Raphael y Bertrandon. Ya no soy el eterno insatisfecho que trata de imitar a su hermano y se pierde en tabernas y burdeles porque se desploma bajo el peso de la tradición familiar. Si hay algo de lo que me he dado cuenta en nuestro viaje es de esto: no he nacido para ser mercader. Es hora de buscar mi propio camino.

Blanche guardó silencio largo tiempo.

—¿Qué vas a hacer, entonces?

—Mi viaje aún no ha terminado.

—¿Quieres proseguirlo?

—Quiero que Raphael y tú os quedéis con mi dinero... al menos con la mayor parte. Lo necesitáis más que yo. Luego, Odet y yo iremos a Santiago.

—¿Santiago?

—Cuando la *Gaviota Negra* estuvo a punto de hundirse, hicimos voto de peregrinar a la tumba del apóstol Santiago. Tenemos que cumplirlo, o los santos nos habrán asistido por última vez. —Además, durante el viaje había hecho cosas de las que no estaba orgulloso. Había ayudado a paganos a matar caballeros cristianos, y cosas parecidas. Quería hacer penitencia por todo eso—. Y después... ¿quién sabe? Quizá ofrezca mis servicios al rey Ricardo, o a Alfonso de Castilla, y trate de convertirme en caballero. —Balian sonrió—. O vaya en busca de Elva y salga al mar con ella.

—No lo dices en serio.

—No puedo quedarme. Varennes se me ha quedado pequeño.

—Bueno, no puedo decir que me sorprenda —dijo Blanche—. ¿Cuándo te irás?

—Mañana.

—¿Ya?

—Me he decidido, así que ¿para qué esperar?

Ella evitó su mirada. Una lágrima rodó por su mejilla.

—¡Idiota! Mira lo que has hecho.

Sonriente, él la tomó en sus brazos. Ella apoyó la cabeza en su cuello, él la besó en el pelo y sintió su corazón latir al unísono con el de ella.

Acompañaron a Balian y a Odet hasta el mercado del ganado, delante de la Puerta de la Sal. Las nubes se acumulaban sobre el tilo de los juicios, aunque de vez en cuando el sol se asomaba. Hacía bochorno, porque durante la noche había vuelto a llover. Olía a tierra húmeda, boñigas de caballo y lavanda al borde del camino.

—¿Lo tienes todo? —preguntó Rémy.

—Los caballos, mi espada, un poco de dinero… no necesito más —explicó Balian.

—¿Qué pasa con la comida? —preguntó su madre.

—Quería llevarse solo un poco de pan —gruñó Odet—. ¿Podéis creerlo, señora Philippine?

—Vamos a una peregrinación —dijo Balian—. Hay que acostumbrarse a ayunar.

—A los santos no puede gustarles que pasemos hambre. Si nunca llegamos a Santiago porque por el camino nos desplomamos de debilidad… eso no puede gustarles. Así que me he preparado. —El criado levantó un saco lleno hasta los topes.

—Por Dios, Odet, ¿qué llevas ahí? —preguntó Blanche.

—Embutido, queso, frutos secos, carne seca, una remolacha, un poco de miel… lo bastante para salir adelante los primeros días —explicó satisfecho el criado, y mostró un saquito de cuero—. También he cogido esto. Solo para estar seguros.

—¿Eso es…?

Odet asintió.

—Pero ¿no ibas a devolver los huesos?

—Hasta ahora nadie los ha echado en falta. Unos meses más no tienen importancia. Además, he pensado que sin duda Jacques no tendrá nada en contra. Seguro que nunca ha estado en Santiago.

Balian se echó a reír.

—Eres incorregible.

Se miraron en silencio. Blanche fue la primera que se despidió de él.

—¡Adiós, hermano! Cuídate.

—San Jacques está con nosotros. ¿Qué puede salir mal? Y tú trátala bien, ¿eh? Si no volveré y te cortaré la mejor parte.

—¿Cómo iba entonces a cumplir con mis deberes de esposo? —repuso sonriente Raphael.

Balian abrazó a sus padres y a Bertrandon. De repente, no quería irse. Quería quedarse allí con su familia, sus amigos. ¿Qué estaba haciendo mal? Tomó impulso y montó a caballo.

—No me miréis así. ¿Queréis que me eche a llorar?

—Demasiado tarde —dijo Bertrandon.

—¡Maldita sea! —Balian se secó las lágrimas—. Vamos, Odet, vámonos antes de que consigan que cambiemos de idea.

—Suerte en tu camino, hermano. —Blanche y los otros saludaron con las manos cuando ellos picaron espuelas a los caballos.

Al otro extremo del recinto de la feria, Balian se volvió una vez más y alzó la mano. Sus padres y Blanche, Raphael, Bertrandon y Mordred, que movía la cola, estaban delante de la puerta, y tras ellos la ciudad con sus torres y tejados y humeantes chimeneas. Los echaría de menos, echaría de menos Varennes. Pero era un dolor bueno: el final de lo viejo y el principio de algo nuevo.

De pronto se sintió libre y fuerte, tan vivo como nunca.

—¡No tan despacio, Odet! —gritó, y corrieron a lo largo del camino por el ancho paisaje que se extendía ante ellos.

POSFACIO

«Cómo se le ocurrió la idea de este libro?» A los escritores nos hacen a menudo esta pregunta. En el caso de la presente novela, es fácil de responder: *El oro del mar* —al menos su idea básica— surgió durante un viaje.

En septiembre de 2013, mi esposa y yo viajamos a Rávena, en la Emilia-Romaña. Por la mañana subimos al coche, y medio día más tarde estábamos allí, en un abrir y cerrar de ojos. Por el camino, pensé en cómo habría podido ser ese viaje en tiempos de la familia Fleury. Porque nuestros predecesores no lo tenían tan fácil como nosotros. En la Edad Media habría hecho falta casi un mes para el mismo trayecto. A pie se cubrían alrededor de 35 kilómetros al día, a caballo 50, con el carro de bueyes apenas 20, dado el mal estado de los caminos. Tiempo variable, puentes a punto de derrumbarse y aduaneros corruptos no favorecían que hubiera mucho ambiente vacacional. Si no se tenía suerte, uno podía enfermar o ser saqueado por salteadores de caminos, y llegaba empobrecido a su destino... o no llegaba.

Aun así, las gentes de la Edad Media abandonaban una y otra vez su patria y partían hacia el extranjero. Buscaban la libertad y la paz, la riqueza o la salvación religiosa, y hacían frente a peligros y obstáculos que los europeos del siglo XXI apenas podemos imaginar.

Quería escribir acerca de un viaje así.

En esta novela, Balian y sus compañeros recorren varios miles de kilómetros. Encima, una parte de su viaje discurre por un Sacro Imperio saqueado por el interregno. Aunque la «época sin emperador», entre 1250 y 1273, no fue tan «espantosa» como se dice en *El conde de Habsburgo* de Schiller, puede suponerse que los viajeros tuvieron especiales dificultades durante aquellos años. La falta de un poder central y eficaz animaba a los príncipes a elevar de manera arbitraria aranceles y tasas. Se multiplicaban las disputas entre nobles. En algunas regiones, los mercaderes eran presa de los fuera de la ley. Así que no sorprende que se formaran alianzas entre ciudades para defenderse de los peligros y los mercaderes fundaran comunidades defensivas.

Una de esas organizaciones fue la Liga de Gotland, de la que luego habría de surgir la Hansa alemana, que en la Baja Edad Media dominó la economía del norte de Europa. La Liga de Gotland ya era poderosa; arrancó amplios beneficios comerciales a reyes y príncipes y procedió sin consideraciones contra sus competidores. Estaba dirigida por ricos mercaderes de Lübeck y Visby. Sievert y Winrich Rapesulver son representantes típicos del patriciado de Lübeck; de todos modos, tanto ellos como su madre, Agnes, y su hermano Helmold, son ficticios, y no están emparentados ni por sangre ni por vínculos de matrimonio con el verdadero Hinrich Rapesulver, que fue alcalde de Lübeck en el siglo XV y sirvió como diplomático para la Hansa (aunque me gusta la idea de que Agnes y sus hijos pudieran ser antepasados de Hinrich).

También Enrique III de Inglaterra otorgó diversos privilegios a la Liga de Gotland, aunque no, como se describe en la novela, porque la liga de mercaderes ayudara a su hermano Ricardo de Cornualles a alcanzar la corona, sino por consideraciones económicas. La conjuración del año 1256 es invención mía y jamás ocurrió. De hecho, Ricardo de Cornualles no necesitaba plata ajena para comprar los votos de los príncipes electores. Era uno de los hombres más ricos de Inglaterra, y podía aportar por sí mismo los fondos para sobornos que corrieron en grandes cantidades en la doble elección de 1256/1257.

Como rey germanorromano, Ricardo no tuvo suerte; nunca

logró neutralizar a su adversario Alfonso de Castilla. Durante sus quince años de reinado, solo estuvo cuatro veces en el Sacro Imperio... aunque de todos modos fueron cuatro veces más que Alfonso, que jamás pisó suelo alemán. En 1260 estuvo en Renania, donde mayor apoyo político tenía. Por motivos de dramaturgia he adelantado su recorrido por Alemania unas pocas semanas; en realidad, Ricardo no llegó a Colonia hasta julio de 1260. Su irritación con los alemanes, que manifiesta a Blanche, está documentada históricamente. Cuando volvió a Inglaterra en otoño de 1260, se quejó de su codicia y su corruptibilidad, y en adelante ya no se preocupó demasiado de su reino.

La Orden Teutónica conquistó en el siglo XIII grandes territorios en el Báltico, y estableció un avanzado sistema estatal. Llevó la guerra a las tribus nativas y las convirtió por la fuerza a la fe cristiana; en su territorio se asentaron colonos alemanes. Una sólida política económica puso los cimientos de esa ambiciosa empresa. Los caballeros de la Orden trabajaron como mercaderes e hicieron abundante uso de los privilegios comerciales de la Liga de Gotland, con la que trabajaron en estrecha cooperación. Aun así, la Orden sufrió numerosos reveses y perdió varias batallas importantes contra los nativos. La más famosa es sin duda la batalla del lago Peipus, en el año 1242, cuando los caballeros alemanes sucumbieron ante el ejército de la República de Nóvgorod. El director soviético Serguéi Eisenstein trató aquel acontecimiento en su película de propaganda histórica *Alejandro Nevski*, de 1938.

También la batalla del Durbe tuvo lugar en la realidad. El 13 de julio de 1260, tribus lituanas derrotaron a un gran ejército de la Orden, desencadenando la devastadora revuelta prusiana que tuvo varios años en jaque a la Orden. En la novela, la batalla tiene lugar alrededor de tres meses más tarde, pero el desarrollo del combate corresponde a los hechos históricos; tan solo la aportación de Balian a la victoria de los lituanos es cosa de ficción.

Treniota, el príncipe de los samogitios, vivió en realidad, y dirigió el ejército lituano en julio de 1260. En cambio, su hijo Algis es producto de mi imaginación. En cambio, no es inventada

543

—aunque pueda parecer fantástica— mi representación de la mitología báltica. Especialmente los lituanos se resistieron durante largo tiempo al cristianismo, y mantuvieron su religión hasta entrado el siglo XIV. Todas las creencias y cultos descritos en la novela corresponden a los hechos históricos.

Una observación acerca de Arnfast: naturalmente que en 1260 ya no había vikingos. La era de los normandos había terminado doscientos años antes. Pero sin duda en todas las épocas es posible encontrar personas que añoran la pasada grandeza y pierden de vista la realidad, ya sueñen con el regreso de los vikingos o con un nuevo Reich pangermánico: la mayor parte de las veces, son tan míseros como peligrosos.

Los largos barcos de los normandos sobrevivieron a sus inventores, y seguían usándose en el norte de Europa en el siglo XIII. Debido a su bajo calado y a su elevada velocidad, eran superiores en más de un sentido a las modernas cocas.

Nóvgorod fue en la Alta y la Baja Edad Media una gran potencia en la Europa Oriental. Los boyardos y un príncipe elegido gobernaban la República, que dominaba vastos territorios en lo que hoy es Rusia. «Nuestro Señor Nóvgorod el Grande», como sus ciudadanos la llamaban cariñosamente, era parte de la Rus de Kiev, que había sido fundada en el siglo IX por los varegos escandinavos. La leyenda relativa al origen de la Rus que Fiódor cuenta en la fiesta de Grigori se rige por la *Crónica de Néstor*, la más antigua de las crónicas eslavas orientales conocidas. Es de principios del siglo XII y pasa por ser una fuente muy valiosa para la historia de la antigua Rusia.

Los mercaderes de Nóvgorod comerciaban con pieles y otras mercancías y recibían, por ejemplo, paño, sal y cereales de Europa Occidental. Cooperaban con la Liga de Gotland, que desde el siglo XIII mantenía una casa comercial en Nóvgorod: el Peterhof. No se sabe exactamente cuál era el aspecto de aquel edificio, pero se supone que tenía la forma descrita en la novela: una empalizada y torres de vigilancia protegían a los viajeros alemanes y a los de Gotland de los frecuentes asaltos de los nativos. Todas las medidas de precaución fueron incapaces de impedir que, hasta su destrucción a finales del siglo XV, el Peterhof fuera atacado y saqueado varias veces.

Los rudos «juegos» con los que Sievert y sus compañeros combatían el aburrimiento invernal tenían lugar en la noruega Bergen, donde la Hansa también contaba con una casa comercial.

En general, Nóvgorod era un lugar incómodo. La ciudadanía tenía poca paciencia con los príncipes u otros representantes electos de la República; quien no actuaba conforme a la voluntad del pueblo era directamente asesinado, expulsado de la ciudad o arrojado al río después de una *vetsche* acalorada. También el gran duque Alexander Yaroslavich Nevski sintió la ira del pueblo cuando negoció el pago de tributos con los mongoles. Con eso no pudo impedir que Nóvgorod tuviera que someterse a la Horda de Oro. Pero sus ciudadanos odiaban a los bascacos, como se llamaba a los recaudadores de impuestos mongoles, y alrededor de 1260 hubo varios motines sangrientos en la metrópoli del Vóljov a causa de los tributos.

Por lo demás, la historia de Tarmaschirin no termina con su huida de Nóvgorod. En su novela *Marco Polo: hasta el fin del mundo*, mi colega Oliver Plaschka nos cuenta lo que Tarmaschirin vivió unos años después, y cómo se encuentra con el protagonista, Marco Polo, probablemente el más famoso viajero de la Edad Media.

No solo las guerras y las inciertas circunstancias políticas amenazaban a los viajeros de antaño; también en la vida cotidiana acechaban peligros. Así, era costumbre hacer responsables a los mercaderes viajeros de las deudas de sus conciudadanos, incautarse de sus mercaderías y encarcelarlos hasta que la deuda quedara saldada. También el llamado «derecho de naufragio» llevó a la ruina a más de un mercader. Cuando su barco embarrancaba en una costa desconocida, tenía que contar con ser saqueado y vendido como esclavo. Porque el barco, la tripulación y la carga pasaban a ser posesión de los nativos… un derecho consuetudinario que solo fue abolido a principios de la Edad Moderna. Sin duda los príncipes y la Iglesia intentaron ya en la Alta Edad Media frenar esta dudosa práctica, pero los habitantes de la costa ignoraban las correspondientes prohibiciones.

Y luego el clima. Con las lluvias, los caminos sin pavimentar se reblandecían, de manera que ruedas y cascos quedaban atascados en el lodo. Con nieve y hielo, la mayoría de los desfiladeros de montaña se volvían intransitables, por lo que la gente prefería viajar en primavera y verano. Por otra parte, a partir de 1258 hubo durante algunos años un enfriamiento global, que tuvo como consecuencia largos y duros inviernos. La culpa de ese capricho del clima no la tuvo, no obstante, la doble elección de 1256/1257, como Balian supone, sino una devastadora erupción volcánica al otro lado del mundo, probablemente en la isla indonesia de Lombok.

La comunicación con forasteros podía deparar notables dificultades, y no solo en el extranjero. También en los territorios alemanes del Sacro Imperio Romano había a veces problemas de entendimiento cuando, por ejemplo, se reunían mercaderes de regiones muy alejadas. Aún no había una lengua que todos entendieran. En la Edad Media, los distintos dialectos alemanes se diferenciaban mucho más que hoy. Si no se era un genio de las lenguas como Balian, a pocos cientos de kilómetros de casa podía ser difícil hacerse entender. Y eso no hacía precisamente más fácil el trato de los extranjeros con aduaneros, corregidores y otros representantes de la autoridad.

Con todos esos peligros que amenazaban a los viajeros, no sorprende que la gente se pasara el día pidiendo ayuda a los santos. La Iglesia de la Edad Media tenía cientos, si no miles, de santos y beatos… es difícil citar cifras exactas. Según la manera cristiana de entender la vida, servían de mediadores entre Dios y los creyentes; había (y hay) santos para cualquier peligro imaginable y para cualquier necesidad humana. Se les invocaba para evitar enfermedades y otros golpes del destino. Gremios profesionales, ciudades y regiones enteras estaban bajo la protección de santos patronos. Odet, un diccionario ambulante en ese ámbito, reza en diversas ocasiones a distintos mártires y santos. El único inventado es su querido Jacques, patrón de la (también ficticia) ciudad de

Varennes y de sus mercaderes de sal. Todos los demás eran y son de hecho venerados. Esto vale incluso para san Guinefort, que ilustra las abstrusas dimensiones que podía alcanzar la creencia popular medieval. Porque Guinefort no era un mártir, un milagrero ni un obispo famoso, sino… un perro.

DANIEL WOLF
Enero de 2016

Glosario

Airag: Bebida hecha a base de leche de yegua fermentada.
Alderman: Dignatario de alto rango en la Londres medieval.
Alehouse: Cervecería en la Inglaterra medieval.
Archimandrita: Superior de un monasterio en la Iglesia ortodoxa rusa; se corresponde con el abad católico-romano.
Asamblea de los Ricos: Reunión de las familias más ricas y poderosas de Colonia, con competencias jurídicas y políticas.
Banya: Sauna en Rusia.
Bascacos: Funcionarios tributarios y administrativos de los mongoles en los principados tributarios rusos.
Beguina: Miembro de una congregación femenina que vivía en la oración, la pobreza y la castidad, pero sin haber hecho votos de monja.
Bizancio: Denominación para referirse al Imperio Romano de Oriente, que perduró hasta 1453.
Boyardo: Noble de la antigua Rusia.
Braza: Antigua medida náutica de longitud, equivale a 1,83 m.
Braza: Antigua medida terrestre de longitud, equivale a 1,70 m.
Cabildo catedralicio: Colegio de clérigos de una iglesia de rango episcopal, que asesora al obispo y le ayuda en la dirección de la diócesis.
Calzón: Vestimenta interior medieval, que llegaba hasta mitad de las piernas.
Cancillería imperial: Institución del Sacro Imperio Romano, for-

mada por juristas y notarios y competente para las certificaciones y los documentos imperiales.

Catai: Denominación medieval de China.

Chao: Papel moneda de los mongoles medievales.

Chelín (francés: «sou»): Unidad monetaria, equivale a 12 → Dinero.

Chelyadin: Siervo o esclavo en la antigua Rusia.

Coca: Tipo de barco de vela en la Edad Media; fue empleado sobre todo por la → Liga de Gotland y la Hansa.

Códice (plural: códices): Manuscrito medieval o recopilación de textos en un libro.

Codo: Medida de longitud, aquí de unos 50 cm. (las medidas difieren parcialmente de región a región).

Cofia: Tocado medieval para damas de clase alta.

Comendador: Cabeza de una → Encomienda.

Comendatura: → Encomienda.

Completas: Hora de oración (→ Horas canónicas).

Corregidor: Funcionario o dirigente comunal con facultades policiales menores.

Curios: Tribu báltica.

Denier (francés): → Dinero.

Derecho de venta obligatoria: Medida política con la que los gobernantes medievales obligaban a los mercaderes que estaban de viaje a poner a la venta sus mercaderías en los mercados sometidos a su control.

Detinets: Fortaleza o ciudadela de una ciudad rusa.

Dinero (francés: «denier»): En la Alta Edad Media europea, moneda de plata de curso más frecuente.

Disputa: Enfrentamiento armado entre personas o partidos que, en teoría, debía producirse dentro de unos límites estrictamente regulados por la ley, pero en la práctica llevaba a menudo a brotes de violencia incontrolada.

Doche: Antigua denominación inglesa para referirse a alemanes, flamencos y holandeses.

Dormitorium: Dormitorio de un monasterio.

Druschina: Guardia personal de un príncipe en la antigua Rusia.

Encomienda: Sucursal o casa de la → Orden Teutónica; también llamada «comendatura».

Escalvianos: Tribu báltica; se incluye entre los → Prusianos.

Eterno Cielo Azul: La suprema deidad de los mongoles.

Evangeliario: Manuscrito medieval que contiene los textos de los cuatro Evangelios.

Factoría: Denominación de una casa de comercio, la mayor parte de las veces fortificada.

Fattore (italiano): Apoderado de un mercader, director de una sucursal.

Ferias de la Champaña: Mercados anuales que se celebraban en distintos lugares de la Champaña; tuvieron una gran importancia para el comercio en la Alta Edad Media.

Fraezlaet: Territorio histórico de Dinamarca.

Fraternidad: Reunión de artesanos de una especialidad, predecesora del gremio.

Gambesón: Camisa acolchada que se llevaba debajo de una cota de malla o servía de vestimenta protectora a los simples soldados.

Gran Maestre: Cabeza de la → Orden Teutónica.

Gremio: Fraternidad juramentada de los mercaderes de una ciudad.

Grivna (plural: grivnas): Barras de plata empleadas como medio de pago en el antiguo Nóvgorod (→ Rublo).

Guildhall: Lonja de los mercaderes alemanes en el Londres medieval; a partir del siglo xv pasó a llamarse «Stalhof».

Gusli: Instrumento de cuerda ruso, similar a un arpa.

Hora de camino: Medida de longitud, equivalente a unos 5 km.

Horas canónicas: División eclesiástica del tiempo que estructuraba la jornada. En la Edad Media, prima equivalía aproximadamente a las 6.00, tercia a las 9.00, sexta a las 12.00, nona a las 5.00, vísperas a las 18.00, completas a las 21.00, maitines a las 24.00 y laudes a las 3.00; las horas variaban según las estaciones del año.

Horda de Oro: Reino de los mongoles en la Alta y Baja Edad Media; estaba gobernado por un → Kan.

Investidura: Ceremonia en la que el escudero era armado caballero.

Kalvelis: El «herrero del cielo», un dios forjador, en la Lituania pagana.

Kan: Título del soberano mongol.

Krive: Sumo sacerdote de los pueblos bálticos paganos en la Edad Media.

Kvas: Bebida rusa, parecida a la cerveza de malta.

Latinos: En Europa Oriental y Levante, denominación para los habitantes de la mitad occidental del antiguo Imperio Romano.

Laudes: Hora de oración (→ Horas canónicas).

Libra: Unidad monetaria, equivalente a 240 deniers.

Liga de Gotland: Poderosa asociación de mercaderes alemanes y de la isla báltica de Gotland, que actuaba sobre todo en los territorios de los mares Báltico y del Norte, y de la que en la Baja Edad Media surgió la Hansa alemana.

Maestre: Alto dignatario de la → Orden Teutónica; de facto, lugarteniente del → Gran Maestre.

Magister: Título académico; en la Edad Media, designaba a alguien que se había licenciado en humanidades y trabajaba como profesor en la universidad.

Marco: Unidad monetaria, equivalente a 160 deniers.

Maitines: Hora de oración (→ Horas canónicas).

Milla: Medida de longitud; la llamada «milla alemana» equivale a unos 7,5 km.

Misericordia, puñal de: El «dador de misericordia», daga de larga hoja.

Nemzi: Denominación rusa para los alemanes.

Noble libre: Miembro de la alta nobleza en el Sacro Imperio Romano.

Nona: Hora de oración (→ Horas canónicas).

Orden Teutónica (latín: *Ordo Teutonicus*): Orden militar que en la Edad Media se había atribuido el misionado de los paganos y que levantó un Estado soberano en el Báltico.

Ordo Teutonicus: Denominación latina de la → Orden Teutónica.

Palacio: Edificio habitado de un castillo.

Panno pratese: Determinada clase de tela procedente de la ciudad italiana de Prato.

Paraiges: Denominación lorenesa para las estirpes patricias que gobernaban la República de Metz en la Edad Media; una *paraige* estaba formada por varias familias de la aristocracia de la ciudad.

Patricio: Miembro del estrato superior, rico, de una ciudad medieval; el concepto «patriciado» designa la totalidad de los patricios de una ciudad.

Percherón: Caballo de monta utilizado en la Edad Media que no era adecuado para la guerra.

Peterhof: Casa comercial fortificada de los viajeros de verano y de invierno a Nóvgorod.

Plural mayestático: Uso del plural por un soberano cuando habla de sí mismo.

Pope: Sacerdote ruso ortodoxo.

Posadnik: En la Edad Media, gobernador o alcalde de una ciudad rusa.

Prima: Hora de oración (→ Horas canónicas).

Proscripción: Castigo medieval, que implicaba el destierro, la expropiación y la pérdida de derechos.

Proscrito: Denominación de una persona que debido a la pena de → Proscripción había quedado excluido de la comunidad medieval y carecía por tanto de derechos.

Prusianos: Tribu báltica.

Pud: Unidad de medida en la antigua Rusia, equivalente a 16,38 kg.

Régimen municipal: Administración y gobierno de una ciudad medieval; conjunto de consejos, colegios y autoridades.

Rublo: Medio de pago ruso; antiguamente, la mínima parte de una barra de plata (→ Grivna).

Rus: Estado de la antigua Rusia, que en el siglo XIII se disgregó en distintos principados, entre ellos Nóvgorod y Kiev.

Sacro Imperio Romano: Ámbito de soberanía de los reyes o emperadores germanorromanos, cuyo territorio abarcaba en los siglos XII y XIII aproximadamente la actual Alemania, Suiza, Lichtenstein, Austria, el norte de Italia, los países del Benelux, Chequia, Eslovenia y, naturalmente, la Alta Lorena.

Samagitios: Tribu báltica, ubicada en Lituania occidental.

Sarracenos: Antigua denominación occidental para los musulmanes y los árabes, empleada a menudo con carácter despectivo.

Scriptorium: Sala de escritura de un monasterio, en la que se copiaban los manuscritos.

Sexta: Hora de oración (→ Horas canónicas).

Sheriff: Funcionario de alto rango en la Inglaterra medieval, comparable al → Corregidor.

Sheriff Court: Tribunal del → Sheriff de Londres.

Siervo: Campesino no libre, artesano o trabajador sometido a un señor feudal.

Síndico: Jefe electo de los viajeros de verano y de invierno; no confundir con el → *Alderman* de Londres.

Skomoroj: Bardo, saltimbanqui y contador de historias en la antigua Rusia.

Sou (francés): → Chelín.

Tamga: Tributo que Nóvgorod y otros antiguos principados rusos tenían que pagar a los mongoles de la → Horda de Oro.

Tártaros: Denominación medieval para los mongoles.

Tercia: Hora de oración (→ Horas canónicas).

Término: Entorno de una ciudad libre, gobernado y administrado por ella.

Tierra Santa: Denominación medieval para Palestina y otros territorios «bíblicos» de Levante.

Tornaboda: Regalo del novio a la novia la mañana siguiente a la noche de bodas.

Ultramar (del antiguo francés *Outremer*, «al otro lado del mar»): Denominación medieval para los cuatro Estados fundados por los cruzados en Tierra Santa.

Usura: Denominación, en la Edad Media, de cualquier cobro de interés por un crédito; la usura estaba condenada por la Iglesia y prohibida.

Vasallo: Persona noble sometida a un príncipe, que tenía que jurarle lealtad y prestarle servicio en caso de guerra.

Versta: Antigua medida rusa de longitud, equivalente a 1,067 km.

Vetsche: Asamblea de todos los hombres con derecho a voto en una antigua ciudad rusa, con fines de cogestión política.

Viajeros de invierno: Denominación medieval para los mercaderes alemanes y de Gotland que visitaban Nóvgorod en otoño e invierno (→ Viajeros de verano).

Viajeros de verano: Denominación medieval para los mercaderes alemanes y de Gotland que visitaban Nóvgorod en primavera y verano (→ Viajeros de invierno).

Vísperas: Hora de oración (→ Horas canónicas).

Vita (latín): Denominación medieval para la biografía de un santo.

Yurta: Tienda de campaña nómada de los mongoles.

Agradecimientos

Mi agradecimiento es para los fieles compañeros que me han seguido en este viaje a la Edad Media:

Mi agente y capitán Bastian Schlück, que siempre me guio de manera prudente.

Mi lectora Eva Wagner, que con determinación cuidó de que este manuscrito llegara a buen puerto.

Mis lectoras de pruebas Monika Mann, Irena Brauneisen y Uschi Timm-Winkmann, que me salvaron de tantas quiebras de giros y de estilo; así como Markus Opper y Juliane Stadler, que tuvieron que hacer el doble del recorrido porque, con total ligereza, se habían declarado dispuestos a leer dos veces el manuscrito.

Oliver Plaschka, que me ayudó a trazar las rutas, aunque él mismo estaba en ese momento haciendo un largo viaje.

Niclas «Agalulf» Ullrich, que fue a Holanda conmigo para la prehistoria de esta novela —la novela corta *El vasallo del rey*— y me ayudó allí como intérprete.

El equipo de Goldmann, la más grata compañía que se puede tener en un viaje.

Y, como siempre, mi esposa Sandra Lode, que me animó cuando temí que no iba a llegar a mi destino.

Gracias a vosotros culminé esta aventura y volví sano a casa. Suerte en vuestro camino... ¡Que san Jacques esté con vosotros!